Le Noël d'un médecin écossais

*

Un secret à Noël

*

Les retrouvailles de Noël

ANNIE O'NEIL

Le Noël d'un médecin écossais

UN BAISER POUR NOËL

Traduction française de
SOPHIE BRUN

HARLEQUIN

Titre original :
CHRISTMAS UNDER THE NORTHERN LIGHTS

Ce roman a déjà été publié en 2021

HARPERCOLLINS FRANCE
83-85, boulevard Vincent-Auriol, 75646 PARIS CEDEX 13
Service Clients — www.harlequin.fr
ISBN 978-2-2805-1139-1

Édité par HarperCollins France.
Composition et mise en pages Nord Compo.
Imprimé en septembre 2024 par CPI Black Print (Barcelone)
en utilisant 100% d'électricité renouvelable.
Dépôt légal : octobre 2024.

FSC
www.fsc.org
MIXTE
Papier issu de sources responsables
FSC® C159065

Pour limiter l'empreinte environnementale de ses livres, HarperCollins France s'engage à n'utiliser que du papier fabriqué à partir de bois provenant de forêts gérées durablement et de manière responsable.

1

Appuyée contre le bastingage, Audrey scrutait la brume épaisse dans l'espoir de voir la côte apparaître. Il aurait suffi qu'elle tende les bras en avant pour ressembler à l'héroïne du *Titanic*.

Enfin, à quelques petites différences près !

Primo, avec ses courts cheveux bruns, elle n'avait pas le physique de Kate Winslet, ni la tenue adéquate, car elle s'était emmitouflée pour le voyage dans plusieurs couches de vêtements. Secundo, elle n'avait pas les moyens de s'offrir une traversée en première classe, même sur ce ferry vieillot. Tertio, comme en témoignait son annulaire gauche, elle n'avait pas de chevalier servant… du moins, plus depuis quelques jours. Elle avait jeté sa bague de fiançailles ornée d'un gros diamant au visage de celui qui la lui avait offerte et qu'elle avait surpris nu comme un ver en compagnie d'une créature également dans le plus simple appareil.

Malgré la rapidité avec laquelle les événements s'étaient enchaînés, Audrey avait remarqué les formes pulpeuses de la blonde lovée dans les bras de l'homme qu'elle aurait dû épouser juste après Noël. Elle n'était pas près d'oublier l'expression contrariée de Rafael, qui n'avait même pas pris un air coupable, ni contrit.

Plus que la trahison elle-même, c'était l'absence manifeste de remords qui avait brisé le cœur d'Audrey, ravivant des peurs enfouies au plus profond d'elle. Rafael ne l'avait pas réellement aimée. Il ne pensait pas les mots doux qu'il lui avait si souvent susurrés à l'oreille, jamais il n'avait eu l'intention de tenir ses promesses. Elle avait vu en lui la réponse à toutes ses attentes, mais cela n'avait été qu'un mirage. Il l'avait trompée sans l'ombre d'un scrupule, et elle s'était sentie pitoyable, insignifiante.

L'unique conséquence positive de ce fiasco, c'était le serment qu'elle s'était fait. Plus jamais elle ne se laisserait traiter comme quantité négligeable. Plus jamais elle ne prendrait ses désirs pour des réalités. Dorénavant, elle serait maîtresse de son destin. Un nouveau poste, une nouvelle maison, une nouvelle vie. Tout au moins pour les cinq semaines à venir. Cette perspective lui redonnait du courage… et l'angoissait au plus haut point !

Luttant contre la furieuse envie de pleurer qui ne la quittait pas, elle lâcha le bastingage, tendit les bras et ferma les yeux, les joues rosies par le vent hivernal.

— Hé, mademoiselle, tenez-vous, ou vous allez piquer une tête !

Elle sursauta sous l'effet de la surprise, et faillit précisément passer par-dessus bord.

Son interlocuteur, qui à en juger par son uniforme était membre de l'équipage, la rattrapa de justesse.

De quoi se mêlait-il, celui-là ? Ne voyait-il pas qu'elle avait besoin d'être seule ?

Réprimant son agacement, elle lui offrit un semblant de sourire. Sourire qui se figea devant la paire de bois de renne multicolores qui surmontait son bonnet de marin. Même ici, à des centaines de kilomètres de Londres, de ses guirlandes clignotantes, de ses vitrines décorées et de son atmosphère festive, Noël imposait sa loi. Quitte à sombrer dans le ridicule.

— C'est noté, répondit-elle un peu sèchement.

Le matelot lui lança un regard circonspect et recula d'un pas.

— Vous avez intérêt à vous éloigner du bord, ça va secouer dur à l'accostage. Vous risquez d'être trempée comme une soupe. À cette période, la mer est plutôt frisquette.

— Merci du conseil. Dans combien de temps sommes-nous censés arriver ?

Le jeune homme fixa droit devant lui un point invisible dissimulé derrière le brouillard comme pour évaluer la distance qui les séparait du port.

— Une dizaine de minutes. Douze, au maximum.

— Parfait.

De nouveau seule, puisque aucun autre passager ne s'était aventuré sur le pont, elle se replongea dans ses pensées.

N'avait-elle pas agi sur un coup de tête en acceptant cet emploi sur une île perdue d'Écosse ?

Il était à peine 14 heures, et le jour déclinait déjà. À cette latitude et en cette saison, les journées étaient courtes. Si elle n'avait pas, avant et après l'embarquement, vérifié à plusieurs reprises la destination du ferry, elle aurait facilement pu s'imaginer que le vieux rafiot avait mis le cap sur le Groenland plutôt que sur l'île de Bourtree tant la température était glaciale et l'atmosphère sinistre.

Le nom de l'unique bourgade de l'île, Bourtree Castle, lui avait paru prometteur, mais une recherche sur Internet lui avait appris que ledit château se résumait en fait à un tas de ruines. Rien à voir avec Windsor Castle… Cet endroit, oublié des touristes et assez peu peuplé, n'était desservi que trois fois par semaine par un ferry vétuste.

Il n'y avait qu'elle pour dégoter le seul poste d'infirmière du triangle des Bermudes version écossaise ! Ceci dit, c'était le cours qu'avait pris son existence depuis quelque temps, à savoir : de mal en pis !

— Vous ne seriez pas l'infirmière remplaçante, des fois ?

Interrompant ces pensées amères, le matelot revenait à la charge.

— Comment avez-vous deviné ?

Le jeune homme, un roux d'une vingtaine d'années, haussa les épaules avec désinvolture.

— Je connais tous les autres passagers, et Coop m'a demandé de vous repérer. Mission accomplie. Bienvenue à Bourtree.

D'un mouvement de la tête, il indiqua l'horizon complètement bouché où Audrey aperçut néanmoins une faible lumière clignotante.

— Et joyeux Noël.

Tu parles d'un Noël ! Celui-ci serait sans doute le pire de toute sa vie !

— Qui est Coop ? demanda-t-elle.

L'annonce ne mentionnait rien au sujet de cet individu.

— Le Dr MacAskill.

Elle n'était pas plus avancée...

— Et de qui s'agit-il ?

— Du médecin qui effectue les visites à domicile. Normalement il est urgentiste dans un hôpital de Glasgow, mais il est rentré à Bourtree pour aider jusqu'à ce que Finlay Anstruther se trouve un successeur. Le bon vieux Doc aura bien mérité de prendre sa retraite.

Si sa mémoire était bonne, le Dr Anstruther était la personne à contacter pour son hébergement sur place. Avec la poisse qu'elle avait en ce moment, elle aurait peut-être droit à un igloo !

— Les gens d'ici aimeraient qu'il reste, mais ils n'y croient pas trop.

— Qui ?

— Ben, Coop !

— Ah oui, bien sûr.

— Il est né sur l'île et il y a grandi, mais...

Le jeune homme s'interrompit avec l'air coupable de qui s'apprête à divulguer un secret d'État.

— Au Puffin, les parieurs s'en donnent à cœur joie. Si vous voulez, vous pourrez miser une livre ou deux.

— Le Puffin ?

— Le pub. C'est là que tout le monde se retrouve pour échanger les derniers potins. Une vraie gazette locale ! Allez-y et, au bout d'une demi-heure, vous saurez tout sur Cooper et d'autres. Mais un conseil d'ami : tenez-vous à carreau. Au début, les habitants vont vous regarder comme une bête curieuse ; si vous sortez des clous, toute la population sera au courant avant que vous ayez eu le temps de dire « ouf ».

Charmante perspective !

Si le Dr MacAskill assurait les visites à domicile, elle devrait certainement faire équipe avec lui à l'occasion. Elle s'en serait volontiers passée. Toutefois, ce « Coop » l'intriguait, et s'intéresser au dilemme de quelqu'un d'autre valait mieux que de ressasser ses propres problèmes.

— Pourquoi « Cooper » ne déciderait-il pas de s'installer sur l'île ? C'est un endroit agréable à vivre, non ?

Pourvu qu'il réponde par l'affirmative !

— Pour sûr. Mais ça fait un bail que Coop est parti. Moi, je vous fiche mon billet qu'il va rester, parce que ce n'est plus comme à l'époque où...

De nouveau, il laissa sa phrase en suspens.

Mieux valait ne pas le questionner davantage. Après tout, elle ne séjournerait que cinq semaines à Bourtree. Peu lui importait que ce mystérieux personnage boucle ses valises dans quelques jours ou les pose définitivement.

Malgré la morsure du froid qui tétanisait les muscles de son visage, elle réussit à sourire.

— Joyeux Noël à vous aussi, euh...

— Scottie. Je m'appelle Scottie.

Sur ce, il tourna les talons en sifflotant *Douce Nuit, sainte nuit*. Encore un adepte de la magie de Noël !

Finalement, cette brève conversation l'avait un peu réconfortée. Ce n'était pas parce que son projet de mariage avait lamentablement échoué qu'elle devait tout voir en noir. Grâce à cette mission, elle allait renouer avec sa vocation initiale d'infirmière libérale et elle serait logée gratuitement, ce qui, compte tenu de l'état de sa trésorerie, représentait un avantage non négligeable.

Comment avait-elle pu être assez stupide pour proposer de financer l'intégralité du mariage et du voyage de noces sur ses deniers personnels ? À l'époque, son objectif était de prouver à Rafael qu'elle ne l'épousait pas pour son argent. Elle avait découvert avec horreur – trop tard, hélas – que les assurances annulation ne fonctionnaient pas en cas d'infidélité du fiancé.

À peine avait-elle eu de quoi investir dans cette longue doudoune blanche au col bordé de fausse fourrure, un vêtement parfaitement adapté à la région et à la saison. À la fois chaud et étonnamment léger, il la protégeait du froid polaire sans gêner ses mouvements, et les deux poches profondes lui éviteraient des engelures aux doigts.

En revanche, son compte en banque avait marqué le coup. À

présent, elle redémarrait à zéro. Tout ça à cause de sa naïveté et du don Juan de pacotille qui l'avait séduite ! C'était pathétique !

Son téléphone portable vibra au fond de sa poche. Elle avait reçu un message plutôt bref d'un numéro inconnu :

Bonjour,

J'espère que vous êtes prête à commencer dès votre arrivée, nous devons faire des visites à domicile cet après-midi même.

Cooper MacAskill

Suivait une brochette d'émoticônes de Noël.

Décidément, tout le monde avait décidé de lui rappeler l'imminence de cette fête qu'elle aurait préféré oublier !

Malgré le style quelque peu expéditif du SMS, Audrey se réjouit à l'idée de rencontrer ses patients sans tarder. Prendre soin de la santé des autres, c'était sa vocation, et le contact des malades l'empêchait d'oublier combien la vie était fragile et pouvait s'interrompre du jour au lendemain. Elle en avait fait la dure expérience à deux reprises : d'abord avec la disparition prématurée de sa mère quand elle n'était encore qu'une enfant ; puis avec le décès de son père, qui avait consacré son existence à l'élever et à la choyer avant, cela faisait deux ans, d'être terrassé par une crise cardiaque.

Elle s'efforça de chasser ces pensées aussi moroses que la météo. Impossible de voir à plus de cinq mètres dans cette purée de pois. Pourtant, elle avait aperçu une lumière tout à l'heure ; la côte n'était certainement plus très loin. S'agissait-il d'un phare ou... d'un sapin de Noël ?

Depuis ce qu'elle avait découvert au pied de son sapin – ou plutôt de son ex-sapin –, elle éprouvait une sorte d'aversion pour ces arbres censés symboliser l'amour et la paix. Elle s'était conformée pour la décoration du sien aux goûts de Rafael. Des goûts qu'elle avait décidé d'adopter jusqu'à ce qu'elle se rende compte, de la façon la plus brutale, que le mode de vie luxueux de son chirurgien de fiancé cachait en réalité une absence de sentiments profonds et sincères. Comment avait-elle pu se laisser aveugler à ce point ? Elle n'avait pas résisté longtemps à sa cour assidue ! En avait-il été de même pour sa maîtresse ? En tout cas, la jolie blonde, offerte comme un cadeau sous le sapin, lui avait paru très amoureuse.

Audrey refoula des larmes de dépit. Il était temps de tourner la page, de se réinventer et de s'endurcir. C'en serait bientôt fini de la jeune femme vulnérable et crédule qui constituait la proie idéale pour des prédateurs tels que Rafael ! Elle se l'était juré, et elle avait la ferme intention de tenir sa promesse.

— Pas mal, ta tenue, Coop !

— Spéciale Black Friday ! fit Cooper à l'intention du docker, qui éclata de rire.

Puis il se dirigea après un salut jovial vers le bout du quai où le ferry était attendu d'une minute à l'autre.

Cooper savait gré aux habitants de l'île de leur discrétion. Au cours de la semaine qui venait de s'écouler depuis les obsèques de sa grand-mère, tous avaient respecté son deuil. Quelques-uns s'étaient hasardés à demander s'il comptait organiser une veillée commémorative, mais personne n'avait osé s'enquérir de ce qu'il ressentait. Sans doute parce que la culpabilité qui le rongeait se voyait comme le nez au milieu de la figure...

Peut-être était-ce leur façon de le convaincre de se racheter en assurant la succession du Dr Anstruther lorsque celui-ci prendrait sa retraite, dans peu de temps ? Ou peut-être, hypothèse plus plausible, estimaient-ils ne pas devoir se mêler de ses états d'âme car il n'avait que ce qu'il méritait ?

Quoi qu'il en fût, l'heure n'était pas à ce genre de considérations. La nouvelle infirmière allait arriver, et ils avaient un programme de visites à domicile assez chargé. Il tapa des pieds et frotta ses mains gantées de cuir dans le vain espoir de se réchauffer. Ici, le froid n'avait décidément rien de commun avec celui de Glasgow. Il vous transperçait jusqu'aux os ! Il aurait dû être immunisé par une enfance et une adolescence passées à Bourtree, mais les années d'absence avaient eu raison de sa résistance aux températures glaciales.

La remarque rituelle de sa grand-mère lui revint alors en mémoire :

« Le problème, vois-tu, Coop, ce n'est pas le mauvais temps, mais une tenue vestimentaire inadaptée. On peut supporter la pluie, le vent et le gel du moment qu'on est habillé en conséquence. » Un souvenir en entraînant un autre, il se rappela aussi qu'elle lui reprochait de se focaliser sur l'avenir au détriment du présent. « Cesse de courir et goûte aux plaisirs simples de l'existence, mon garçon, lui répétait-elle. Admire le paysage, hume le parfum des fleurs. Sinon, tu finiras sans personne à chérir et sans anecdotes à te remémorer. »

Si seulement il l'avait écoutée, il n'en serait pas là, à ressasser des remords qui ne servaient plus à rien !

Il contempla les ruines du château, perchées à une vingtaine de mètres au-dessus du port et vers lesquelles grimpait la rue pavée, principale artère du bourg. Un énorme sapin tout illuminé s'y dressait. Cet arbre majestueux lui rappelait qu'entretenir l'esprit de Noël était l'affaire de chaque foyer. Or, qu'il le veuille ou non, son foyer, c'était ici, à Bourtree... pour ce qui était de son avenir proche, en tout cas.

Un solide gaillard tout en muscles vint se joindre aux quelques personnes attendant le ferry en provenance de Glasgow. Cooper constata avec stupéfaction que l'homme était en short et polo de rugby à manches courtes. Il fallait être complètement givré pour se promener ainsi vêtu par un froid pareil ! Il avait des cheveux roux, un visage constellé de taches de rousseur et des yeux bleu clair. En bref, un pur produit de l'île.

— Salut, mon vieux ! fit celui-ci en s'approchant.

— Salut, répondit Cooper, incapable de retrouver le nom de son interlocuteur.

Pourtant, sa physionomie lui disait quelque chose. Avaient-ils fréquenté la même classe à l'école du village ou avait-il vu sa photo dans l'un des exemplaires du journal local que sa grand-mère avait la manie de collectionner ?

Ce géant était en tout cas impressionnant, avec son oreille en chou-fleur, son nez cabossé probablement cassé à plusieurs reprises, et la cicatrice qui lui barrait un sourcil. Sans doute le souvenir d'une mêlée particulièrement énergique.

Contrairement à la plupart de ses camarades, Cooper ne s'était jamais senti attiré par le rugby. Il pratiquait une activité sportive régulière et veillait à entretenir sa forme, mais de là à se retrouver enseveli sous une masse de corps capables de lancer un tronc d'arbre comme s'il s'agissait d'un cure-dent, très peu pour lui ! Son implication en la matière se limitait à réduire les fractures ouvertes et à recoudre les arcades sourcilières.

Le colosse examina sa tenue d'un œil amusé.

— Tu es devenu un peu frileux, à force de vivre en ville, pas vrai ?

— Là-bas aussi, les hivers sont rudes, fit prudemment Cooper.

Bon sang, qui était ce type ? À en juger par sa manière de lui parler, il devait le connaître. Il essaya de se le représenter avec quelques années de moins et, tout à coup, il eut un déclic.

— Robbie ? Robbie Stuart ?

— Bravo, mon pote ! s'exclama celui-ci en lui assénant une grande claque dans le dos. Tu as mis un peu de temps, mais tu as fini par me reconnaître. Faut dire que j'ai pas mal changé, ajouta-t-il avec une grimace cocasse. Ça fait plaisir de te revoir parmi nous, même si les circonstances... Ta grand-mère nous manquera. Je n'ai jamais rencontré de femme aussi courageuse et généreuse. Sacrée Gertie ! Une dure à cuire, mais le cœur sur la main. Toujours prête à aider la communauté. Sans elle, la fête de la Nativité ne sera plus jamais pareille.

Cooper sentit sa gorge se nouer. La perte de sa grand-mère avait laissé un vide immense en lui. Son aïeule avait été son unique soutien quand la vie dans l'île s'était chargée de l'endurcir.

Une diversion s'imposait.

— Toi, tu m'as l'air plutôt réchauffé !

— Je n'ai pas eu le temps de me changer. Je terminais la séance d'éducation physique avec les élèves du collège quand mon frère m'a demandé de venir accueillir notre petite sœur à la descente du bateau. Tu te souviens de Rachel ? Maintenant, elle travaille comme bibliothécaire dans une école primaire à Glasgow. Elle s'arrange pour rentrer à la maison deux fois par mois, qu'il pleuve, qu'il vente ou qu'il neige. Ce n'est pas toujours simple, avec son boulot et son copain, mais elle se débrouille.

Cooper n'avait pas la moindre idée de ce à quoi ressemblait Rachel. Et pour cause ! Il ne risquait pas de l'avoir croisée sur le ferry. La honte le submergea.

Durant son adolescence, il avait cherché par tous les moyens à quitter l'île et, quand il y était enfin parvenu, il n'avait pas eu envie de revenir. Il avait préféré rester loin des histoires scandaleuses au sujet de ses parents, morts dans un accident de voiture pour n'avoir jamais su choisir entre boire ou conduire. Chaque patient atteint d'insuffisance hépatique le faisait penser à eux.

— En parlant de tenue, la tienne n'est pas mal non plus, fit Robbie. Tu vas rendre visite aux malades en passant par leurs cheminées ?

Content de sa plaisanterie, il éclata d'un gros rire bon enfant.

— Sérieusement, qu'est-ce que tu fais au port ? Tu attends quelqu'un ?

— Oui. L'infirmière remplaçante.

— Ah, ah ! Tu ne voudrais pas prendre la place du Dr Anstruther, par hasard ?

— Je lui donne un coup de main, c'est tout.

Faux, ce n'était pas tout ! Il voulait aussi évaluer dans quelle mesure travailler ici soulageait sa culpabilité de ne pas avoir été là pour sa grand-mère quand elle avait eu besoin de lui. Il aurait dû annoncer dès le début au Dr Anstruther qu'il se sentait prêt à prendre la relève, trancher avec l'assurance et la précision d'un chirurgien pratiquant une incision. Il savait que les paris allaient bon train au pub sur le fait qu'il reste ou non.

Rester ou repartir... Un dilemme simple à résoudre en apparence, mais dont les implications s'avéraient nettement plus complexes. Sa décision contribuerait à forger l'opinion de la population de Bourtree. Était-il quelqu'un de bien, comme Gertie, ou de la mauvaise graine, comme son père ? Voilà la question que se posaient tous les habitants de l'île, sans exception, avec plus ou moins d'indulgence. Malgré le respect et l'affection dont avait bénéficié son aïeule, redorer le blason des MacAskill après le comportement indigne de ses parents ne serait pas une mince affaire. Raison pour laquelle sa sœur s'était expatriée en Nouvelle-Zélande.

— En tout cas, Gertie aurait adoré ton style vestimentaire ! s'exclama Robbie, interrompant le cours de ses pensées. Avec ces bottes noires, ce pantalon rouge et cette énorme veste, tu as tout du Père Noël. Pour ma part, je me serais passé du bonnet rouge à pompon, mais à chacun son goût !

— L'idée, c'est d'apporter un peu de gaieté et de bonne humeur à mes patients.

Cooper consulta sa montre. Le ferry avait une bonne demi-heure de retard. Pas étonnant, avec ce fichu brouillard !

— Je suis certain qu'ils apprécieront cette charmante attention.

— Tant mieux.

Il ne savait pas s'il s'installerait définitivement à Bourtree ou, à défaut, combien de temps il y séjournerait, mais il avait la ferme intention de se consacrer entièrement aux malades, et de soulager autant que possible leurs souffrances et leur détresse.

— Elle est comment physiquement, la nouvelle infirmière ?

— Aucune idée, je n'ai pas vu sa photo.

De toute façon, il s'en moquait. Il n'avait pas la tête à cela. Sa dernière aventure, aussi éphémère que les précédentes, remontait à quelques mois. Le métier d'urgentiste était exigeant et, travaillant d'arrache-pied, il n'avait guère de temps à consacrer aux histoires sentimentales. Pas plus qu'il n'en avait eu pour sa grand-mère... De nouveau, l'aiguillon de la culpabilité lui transperça le cœur. La promesse qu'il lui avait faite des années auparavant – qu'un jour, elle serait fière de l'homme qu'il allait devenir –, il ne l'avait pas tenue. Du moins pas encore complètement. Certes, il avait brillamment réussi ses études de médecine, mais sur le plan humain il avait encore du chemin à parcourir !

— J'espère que le ferry ne va plus tarder. Nous avons pas mal de visites à domicile cet après-midi.

Robbie lui jeta un regard en coin.

— Je suis surpris qu'un grand ponte comme toi se contente de faire la tournée des bobos de gens comme nous.

Cooper haussa les épaules.

— Et pourquoi pas ? Il faut bien que quelqu'un s'en charge pendant que le Dr Anstruther reçoit au cabinet. À cette période de l'année, crois-moi, ce ne sont pas les rendez-vous qui manquent. Dans un premier temps, j'accompagnerai l'infirmière pour qu'elle se familiarise avec les patients. Ensuite, elle volera de ses propres ailes.

— Quand j'ai appris au Puffin que tu allais prêter quelques jours main-forte à notre bon vieux Doc, je t'avoue que je n'en ai pas cru mes oreilles. Cooper MacAskill, le retour !

Robbie éclata de rire comme si l'idée était totalement loufoque.

Cooper s'efforça de garder une expression impassible, malgré son envie de flanquer le poing dans le nez de ce balourd. Heureusement qu'il avait appris à maîtriser ses pulsions ! Il imaginait mal le médecin local en train de réparer les nez cassés par ses « soins » ! À supposer qu'il devienne effectivement le médecin local...

Le cas échéant, il allait devoir s'habituer à ce genre de commentaires qui n'avaient, en soi, rien de malveillant. La perspective de prescrire de l'aspirine et de bander des chevilles foulées ne l'enthousiasmait guère, lui qui se passionnait pour la médecine d'urgence. Mais peut-être éviterait-il ainsi qu'une autre personne âgée de l'île ne meurt d'une pneumonie, comme sa grand-mère.

« Un petit rhume, mon garçon, ne t'inquiète pas », lui avait-elle assuré au téléphone.

Si seulement, il avait été plus perspicace – moins égoïste surtout –, il aurait deviné que, même dans son état, son aïeule continuerait de se promener à bicyclette malgré le froid hivernal et le brouillard persistant. Le « petit rhume » avait dégénéré en inflammation pulmonaire aiguë. Ensuite, tout était allé très vite, et le Dr Anstruther n'avait rien pu faire.

Le coup de sirène annonçant l'arrivée du ferry fit sursauter Cooper. La manœuvre d'accostage prit un temps fou. Il fallut patienter près d'une demi-heure pour que les passagers débarquent enfin. Ici, la notion du temps était différente ; la nonchalance s'apparentait presque à une philosophie de vie. Pour Cooper, habitué au rythme effréné des urgences, tout semblait se dérouler au ralenti.

La patience : encore une qualité qu'il devrait apprendre pour s'intégrer vraiment à la communauté.

— Coop ! MacAskill !

Cooper tourna la tête en direction de celui qui l'interpellait. Scottie, un membre d'équipage qu'il connaissait, lui désigna d'un geste une personne emmitouflée dans une grande doudoune blanche. Lorsque le regard de Cooper se posa sur le visage d'Audrey Walsh, il en eut le souffle coupé... et pas de froid !

Deux yeux bruns en amande, couleur chocolat, se braquèrent vers lui. La femme avait un air presque juvénile, avec ses cheveux bruns coupés court et ses taches de rousseur. Quel âge avait-elle ? Dans les trente-cinq ans, comme lui ? Non, sans doute plutôt trente.

Elle était plus grande que la moyenne sans pour autant avoir la taille mannequin. Bien que dissimulée par le long manteau, sa silhouette mince semblait bien proportionnée. Miss Walsh avait un charme fou, à la fois naturel et sexy, qui ne devait pas laisser beaucoup d'hommes indifférents : telle fut la conclusion qui s'imposa à lui tandis qu'il l'examinait avec un peu trop d'insistance.

Il s'était attendu à une femme robuste à la chevelure grisonnante, peu soucieuse de son apparence et privilégiant le pragmatisme et l'efficacité à l'élégance. Une sorte de Noreen, l'infirmière dont elle assurerait le remplacement, en fait.

— Bienvenue à Bourtree, dit-il en s'avançant vers elle.

Elle lui offrit un sourire circonspect.

— Merci. J'avais cru comprendre, à la lecture de votre message, que nous irions directement chez les patients, mais j'imagine que vous voulez vous changer d'abord.

Elle ne paraissait pas apprécier sa tenue de Père Noël. Une infirmière devait pourtant savoir que son métier ne consistait pas uniquement à prendre la température et à contrôler le pouls, mais aussi à apporter un réconfort moral aux malades. Et c'était précisément son but en s'habillant ainsi !

— Non, pas du tout. En réalité, j'ai prévu quelques accessoires pour vous dans la voiture, répondit-il en lui montrant le gros 4x4 garé non loin.

Il vit son expression se figer.

— C'est hors de question ! répondit-elle d'un ton sans appel.

2

Audrey se mordit la lèvre. Dire qu'elle avait accepté ce poste pour échapper aux festivités de Noël et tenter de réparer son cœur brisé !

L'île présentait un certain nombre d'avantages, à commencer par le fait d'être située, sur la carte de la Grande-Bretagne, aux antipodes de Londres. Autres points positifs qu'Audrey avait notés sur sa check-list au moment de trancher : « pas de décorations de Noël ostentatoires » et « un docteur en âge de partir à la retraite ». Deux cases qu'à première vue elle allait devoir décocher !

Car, même dans cet accoutrement ridicule, Cooper MacAskill avait tout pour plaire : des yeux d'un bleu perçant que faisait ressortir le noir de sa chevelure, des lèvres pleines et sensuelles, une carrure d'athlète…

Elle fit la moue. Le sort avait décidé de lui jouer un tour cruel – un de plus – en mettant sur son chemin un médecin jeune, habillé en Père Noël… et absolument craquant.

— Je n'ai pas l'intention de me déguiser, dit-elle de nouveau. Si vous insistez, je remonte immédiatement sur ce vieux ferry et je repars dans l'autre sens.

C'était une menace difficile à mettre à exécution, sachant qu'elle n'avait nulle part où aller et qu'elle avait signé un contrat.

Manifestement peu impressionné, son interlocuteur empoigna sa valise et se dirigea vers un 4x4 qui, à en croire les inscriptions sur les portières, était son véhicule de service. Elle n'eut pas d'autre choix que de le suivre. Après avoir fourré son bagage dans le coffre, il se tourna vers elle et l'examina de la tête aux pieds.

— Dommage, cette tenue de lutin vous irait à merveille.

Il lui souriait gentiment, mais elle surprit dans son regard une lueur de détermination qui la mit aussitôt sur ses gardes. De déception aussi. Il semblait tenir à son idée de déguisement. Curieux, pour quelqu'un qui n'était a priori même pas sûr de vouloir rester à Bourtree Castle. S'agissait-il d'une coutume locale ? Le cas échéant, elle aurait peut-être intérêt à entrer dans le jeu afin de s'intégrer rapidement à son nouvel environnement.

Non, c'était au-dessus de ses forces. Même avec la meilleure volonté du monde, elle ne parviendrait pas à se joindre à la liesse générale alors que sa vie avait du jour au lendemain été transformée en un champ de ruines. Non qu'elle voulût jouer les rabat-joie, en temps normal elle adorait l'ambiance festive de Noël... mais pas cette année.

Soudain, elle songea aux patients auxquels ils s'apprêtaient à rendre visite, à ces personnes vulnérables cloîtrées chez elles et, pour certaines, clouées au lit par la maladie. Ne méritaient-elles pas un petit effort pour égayer leur quotidien ? N'était-ce pas le rôle de leur infirmière, de soulager leurs souffrances physiques comme morales en leur redonnant le sourire ?

— Je porterai le chapeau, mais c'est tout, dit-elle à contrecœur.

Cooper MacAskill ne commenta pas, se contentant de la remercier d'un sourire. Toutefois, quand leurs regards se croisèrent, elle eut l'étrange sensation qu'une sorte de complicité commençait déjà à s'instaurer entre eux.

— Maintenant, passons aux choses sérieuses, dit-il comme si cet instant n'avait existé que dans son imagination à elle. Nous travaillerons en binôme, au moins durant la première semaine. Cela vous permettra de faire plus ample connaissance avec les patients et de vous familiariser avec les pratiques de l'île.

— Elles ne doivent pas être si différentes de celles d'ailleurs.

Elle aurait préféré voler plus rapidement de ses propres ailes. Dans l'état de nervosité et de vulnérabilité où elle se trouvait, la proximité permanente de ce médecin un peu trop séduisant risquait de la perturber. Heureusement qu'elle disposerait de ses soirées pour faire le deuil définitif de sa relation avec Rafael et réfléchir à son avenir.

— Les gens d'ici n'aiment pas tellement le changement, répondit Cooper en guise d'explication.

— C'est partout pareil, non ? Pourtant, quand les circonstances l'exigent, il faut s'y résoudre.

Pour s'en convaincre, elle caressa du pouce son annulaire gauche où son ex-bague de fiançailles n'avait pas eu le temps de laisser de marque. Son geste, pourtant discret, n'échappa pas au Dr MacAskill, aussi s'empressa-t-elle de faire diversion.

— Alors c'est l'uniforme réglementaire local du corps médical en cette période de l'année ? demanda-t-elle en détaillant d'un œil moqueur l'accoutrement de son interlocuteur.

Sa question lui valut un rire amusé.

— C'est la première fois que je le porte. Par ailleurs, je ne suis pas ici à Noël, d'habitude.

— Dans ce cas, pourquoi vous donner toute cette peine ?

Le beau visage s'assombrit brusquement. Elle avait dû involontairement toucher une corde sensible. Le Dr MacAskill semblait, lui aussi, avoir quelques vieux démons à combattre.

Ce fut à son tour de changer de sujet.

— À en juger par la taille de votre valise, on pourrait croire que vous vous êtes enfuie de chez vous, dit-il sur le ton de la plaisanterie en contemplant l'énorme bagage dans lequel elle avait entassé tout ce qu'elle possédait, ou presque.

Elle sentit son cœur se serrer douloureusement dans sa poitrine. Cet homme avait un sixième sens ! Quand il posa de nouveau les yeux sur elle, elle eut l'impression qu'il percevait sa peine. Ils venaient tout juste de se rencontrer, et il aurait déjà pu deviner ses pensées les plus secrètes ? Non, impossible ! Elle se faisait des idées.

Elle avait néanmoins acquis une certitude : Cooper MacAskill avait une personnalité autrement plus complexe que son costume de Père Noël ne le laissait supposer. Intriguée, elle profita de ce qu'il passait rapidement ses textos en revue pour l'étudier à la dérobée. Il était indéniablement beau. Un genre de beauté virile auquel elle n'était pas insensible. Le proverbe « Chat échaudé craint l'eau froide » lui revint en mémoire, et elle se promit de maintenir une distance prudente avec cet apollon. Elle avait appris à ses dépens à ne pas se fier aux apparences.

À présent, elle avait hâte de commencer les visites. Cela lui rappellerait ses débuts. Son chemin avait ensuite croisé celui du talentueux chirurgien Rafael de Leon, lequel l'avait convaincue d'accepter un poste dans un hôpital pédiatrique renommé, ce qui « siérait mieux à l'image de notre couple ». Le métier d'infirmière à domicile ne devait pas être assez bien pour lui. Comment avait-elle pu être assez aveugle pour ne pas comprendre, à ce moment-là, qu'elle faisait fausse route avec son Argentin ?

L'arrivée d'un colosse, un gros sac en toile rose fluo sur l'épaule, interrompit le cours de ses pensées. Le mode vestimentaire des îliens était pour le moins excentrique ; en plein hiver, l'homme portait pour tous vêtements un short et un maillot de rugby à manches courtes ! Il asséna une grande claque entre les omoplates de Cooper qui encaissa le choc sans broncher malgré la différence de gabarit. S'il s'était agi d'elle, le coup l'aurait certainement envoyée valdinguer à une bonne dizaine de mètres !

— Alors, Coop, t'as finalement trouvé l'infirmière ?

— Oui, répondit celui-ci, imperturbable. Je te présente Audrey Walsh. Audrey, voici Robbie Stuart, le professeur d'éducation physique du collège.

Voilà qui expliquait la tenue.

Elle salua le géant débonnaire.

— Excuse-nous, Robbie, on doit y aller. Les patients nous attendent.

— Tu devrais l'emmener au Puffin, ce soir. Un pot est organisé après la répétition pour la fête de la Nativité.

Elle jeta un regard interrogatif en direction de Cooper, qui attendit que Robbie se soit éloigné pour lui fournir quelques précisions.

— La fête de la Nativité est une tradition locale. Si Noël vous tape sur les nerfs, un conseil : n'y assistez pas. Quant au « pot », soyez sûre que la population de Bourtree Castle au grand complet y sera lorsqu'elle saura que la remplaçante de l'infirmière vient de débarquer. Ici, les nouvelles vont vite, et l'arrivée de visiteurs crée toujours l'événement.

— C'est aussi pour cette raison que les gens parient sur le fait que vous restiez ou non sur l'île.

À peine eut-elle prononcé ces mots qu'elle les regretta en voyant le sourire de Cooper s'effacer. Elle venait de toute évidence de commettre un impair.

— Pardon, fit-elle à la hâte. Cela ne me regarde pas.

— Pas de problème, répondit-il en s'engouffrant dans la voiture. De toute façon, vous allez vite vous rendre compte qu'à Bourtree les habitants ont une fâcheuse tendance à se mêler des affaires des autres. Un sport local, en quelque sorte.

— Je sens que ça va me plaire !

Et, bien décidée à tourner dorénavant sept fois sa langue dans sa bouche avant de s'exprimer, elle grimpa à son tour dans le 4x4. Le Dr MacAskill était un être beaucoup plus complexe que son attitude décontractée ne le laissait supposer, et si elle voulait établir une relation de confiance, elle avait intérêt à faire preuve de discrétion.

— Désolée de partir aussi vite. Je dois aller chercher les enfants à l'école et leur préparer le goûter à la maison. Je repasserai dès que Deacon sera rentré du travail et pourra garder les petits. Malheureusement, je ne resterai pas longtemps, car il y a la répétition de la fête de la Nativité.

— Vous avez un bon rôle ? demanda Audrey.

Mhairi leur sourit, pour la première fois depuis leur arrivée.

— Superbe ! Celui de Frigg.

À en juger par son air perplexe, Audrey n'avait jamais entendu parler de ce personnage. Cooper se promit de lui expliquer plus tard. Pour le moment, il s'agissait de réconforter Mhairi.

— Nous allons ausculter ton père, et je te tiendrai informée par téléphone.

La jeune femme parut néanmoins hésiter. Elle jeta un coup d'œil anxieux en direction de la chambre de son père.

— C'est difficile de te prendre au sérieux, Coop.

— Pourquoi ? À cause de ma tenue ? L'habit ne fait pas le moine.

Il souleva son chapeau, libérant une chevelure brune et ondulée qui lui descendait jusqu'en bas de la nuque.

— Oui, bien sûr… C'est juste que… nous sommes habitués au Dr Anstruther et à Noreen. Ils connaissent bien papa et la maison, alors je ne m'inquiète pas quand je ne peux pas rester.

Cooper hocha la tête, s'efforçant de conserver une expression neutre. Il avait plus d'une fois été confronté à ce genre de réaction, au cours de la semaine précédente. Si chacun, dans l'île, savait qu'il exerçait en tant qu'urgentiste au sein d'un hôpital renommé de Glasgow, personne n'avait eu l'occasion de le voir à l'œuvre pendant une trachéotomie ou alors qu'il s'activait autour d'un chariot d'urgence face à un cas d'encéphalogramme plat. Personne ne l'avait vu ramener à la vie des patients voués à une mort imminente.

Tous se remémoraient l'enfant bagarreur dans la cour de l'école, l'adolescent chevauchant une moto avant l'âge légal, le petit dur qui faisait constamment usage de ses poings et n'obéissait qu'à ses propres règles. Il faudrait du temps avant qu'ils ne lui accordent leur confiance. Des années, peut-être. Aurait-il cette patience ?

— Je comprends, Mhairi. Mais même dans ce déguisement, je suis avant tout médecin. Ma priorité, c'est de soigner, pas d'amuser la galerie. Par ailleurs, Audrey a toutes les qualifications requises. Si, à nous deux, nous ne parvenons pas à établir un diagnostic, nous demanderons au Dr Anstruther de passer ausculter ton père après ses consultations. Ça te va ?

Malgré la gravité de la situation et l'évidente inquiétude de Mhairi – un vieux prénom gaélique, d'après Cooper –, Audrey éprouva une certaine fierté en entendant vanter ses qualités professionnelles. Pour autant, le Dr MacAskill ne l'ayant pas encore vue officier basait son jugement sur son seul CV.

— Papa n'est pas dans son état normal, dit Mhairi en attrapant son manteau et son sac à main. C'est pour ça que j'ai appelé le cabinet médical. Jamais il ne reste toute la journée au lit. Je passe souvent prendre une tasse de thé avec lui avant d'aller chercher les enfants à l'école, et je le trouve toujours en train de jardiner ou de bricoler quelque chose. Quand je suis arrivée aujourd'hui, il n'avait même pas ouvert les volets. Apparemment, il n'a pas mis le nez dehors depuis hier.

En parfait gentleman, Cooper l'aida à enfiler son manteau. Un geste qui, chez lui, semblait tout naturel.

— S'il ne se sent pas bien, mieux vaut qu'il garde le lit. S'il s'avère qu'il faut l'hospitaliser, ne t'inquiète pas, nous nous chargerons de son transfert.

Il mentionna un hôpital de renom où, dit-il, il avait des confrères qui veilleraient à ce que le patient reçoive les meilleurs soins, le cas échéant.

Mhairi fronça les sourcils.

— Mais c'est à Glasgow, dit-elle avec une nette réticence.

Nul doute que, dans son esprit, Glasgow s'apparentait au bout du monde ! Audrey réprima un sourire.

— Là-bas, il bénéficiera d'une surveillance vingt-quatre heures sur vingt-quatre. Cela te permettra de te reposer. Cet établissement jouit d'une excellente réputation.

— C'est là que tu travailles ?

— Je le connais bien et je ne saurais trop le recommander.

Audrey nota avec intérêt qu'il n'avait pas vraiment répondu à la question.

Désemparée, Mhairi secoua la tête.

— Je n'aime pas trop cette idée. Surtout en cette période de Noël. Il sera entouré d'étrangers, loin de nous et de ses petits-enfants. Il n'a plus que nous.

Ces arguments firent resurgir en Audrey la sensation de manque qui la poursuivait depuis sa prime jeunesse. Enfant unique, elle avait perdu sa mère très jeune et avait été élevée par son père qui n'avait jamais réussi à faire son deuil.

— Tu sais ce que c'est, Coop, de devoir se débrouiller seul. Ce n'est pas très agréable.

La mâchoire de Cooper se crispa et Audrey perçut une sorte de tension qui aiguisa sa curiosité.

— Pardon, je n'aurais pas dû…

— Pas de problème.

Un silence embarrassant s'installa entre Cooper et Mhairi.

De quoi s'agissait-il ? Audrey n'en savait rien, mais elle avait mieux à faire qu'assister, passive, à une scène dont elle ne comprenait ni les tenants ni les aboutissants. Elle se décida à intervenir.

— Pour le moment, personne ne va nulle part. Nous ferons tout ce qui est en notre pouvoir pour éviter un séjour à l'hôpital à votre père. Je suggère que vous nous laissiez maintenant l'examiner afin de savoir le plus tôt possible à quoi nous en tenir.

— Vous serez là longtemps ?

— Cinq semaines.

— Je crois que Mhairi nous demandait combien de temps prendrait l'examen, dit Cooper, sortant de son mutisme.

Audrey lui signifia d'un regard que la balle était dans son camp. D'autres malades comptaient sur eux, cet après-midi. À Londres, elle aurait enchaîné les visites dans une véritable course contre la montre, avec la frustration de ne pas pouvoir accorder davantage de temps à chacun de ses patients, mais peut-être les choses fonctionnaient-elles ici selon un rythme différent.

— Nous ne laisserons pas Glenn seul si nous estimons qu'il y a le moindre risque, affirma Cooper.

Empathie, conscience professionnelle, sang-froid, sensibilité, sans oublier un physique largement au-dessus de la moyenne : le Dr MacAskill cochait de nombreuses cases !

Elle se reprocha aussitôt cette pensée subversive.

— Promis ? demanda Mhairi.

— Tu as ma parole, répondit-il sur un ton étrangement solennel.

— Dans ce cas, je pars l'esprit plus tranquille, murmura Mhairi, non sans une ultime hésitation.

— Et maintenant, Audrey, au travail, dit Cooper lorsqu'elle eut refermé la porte derrière elle.

Un quart d'heure plus tard, après avoir pris connaissance du dossier médical de l'octogénaire et procédé à l'examen clinique préliminaire, Cooper partageait les inquiétudes de Mhairi. Et, à en juger par le froncement de sourcils d'Audrey, elle aussi était préoccupée.

Glenn Davidson avait de la fièvre. Il était déshydraté, incapable de se concentrer, et très faible. Cooper et Audrey avaient d'ores et déjà éliminé la grippe, du fait de l'absence de congestion et de maux de gorge. À en croire le vieil homme, la fatigue et la température ne se s'étaient pas manifestées de façon brutale, comme c'était souvent le cas des symptômes grippaux. De plus, Glenn leur avait assuré s'être fait vacciner contre la grippe en septembre.

— Juste avant ta grand-mère, avait-il précisé d'une voix à peine audible, assis au bord de son lit et se balançant d'avant en arrière comme si ce mouvement stimulait sa mémoire. Nous avions pris rendez-vous en même temps pour échanger des magazines.

Cooper avait surpris le regard désarçonné d'Audrey. Elle ne savait rien de lui, ni lui d'elle, et c'était aussi bien ainsi. Cela lui offrait une chance de se racheter et d'essayer de devenir l'homme qu'il avait promis de devenir à son aïeule : respectable, loyal, et altruiste.

Si, par un juste retour des choses, il avait veillé sur sa grand-mère comme Mhairi sur son père, il serait venu la voir dès la première mention de sa toux. Peut-être alors aurait-il diagnostiqué la pneumonie avant qu'il ne soit trop tard. Au lieu de quoi il avait privilégié sa mission au service des urgences. Mais l'heure n'était pas à l'examen de conscience. Sa priorité, c'était de soigner les personnes souffrantes et vulnérables qui dépendaient de lui.

Il compléta le dossier médical de Glenn tandis qu'Audrey prenait sa pression artérielle. Il avait laissé le champ libre à l'infirmière, et pourrait ainsi de se rendre compte de sa façon de travailler. Elle lui semblait un peu nerveuse, comme si elle n'y voyait pas une preuve de confiance mais un moyen détourné de prendre l'ascendant sur elle.

— Ce n'est pas trop serré ? demanda-t-elle à Glenn après avoir ajusté le brassard.

— Non, ça va, répondit Glenn.

Jusqu'à quel point fallait-il le croire ? Depuis qu'ils étaient dans sa chambre, le vieil homme avait manifesté à plusieurs reprises des difficultés à fixer son attention et son regard.

Audrey plaça les embouts du stéthoscope dans ses oreilles et frotta le pavillon contre sa paume pour le réchauffer avant de le positionner. Une attention qui n'échappa pas à Cooper.

Elle commençait à presser la poire de gonflage du tensiomètre quand Glenn bascula vers l'avant. D'un bond, Cooper fut près de lui pour le retenir.

— Ne vous inquiétez pas, monsieur Davidson, je vais vous remettre au lit.

Le pauvre homme n'avait même pas la force de se tenir assis tout seul. Il se mit à marmonner des propos incohérents à propos d'un chien qui pourrait l'aider. S'agissait-il d'un début d'Alzheimer ?

— Adossez-vous aux oreillers, vous serez plus à l'aise. Avez-vous souvent ce genre de vertiges ?

— De plus en plus souvent, répondit-il en gémissant. Je ne sais pas ce qui m'arrive, depuis quelque temps. J'ai des étourdissements et la tête toute chamboulée.

— Est-il coutumier du fait ? demanda discrètement Audrey à Cooper.

Cette simple question raviva son sentiment de culpabilité. Il avait perdu de vue la plupart des habitants de son île natale. Il se pencha au-dessus de Glenn Davidson pour pouvoir le regarder droit dans les yeux.

— À notre arrivée, nous n'avons pas eu le temps de beaucoup discuter avec Mhairi, elle devait aller chercher vos petits-enfants à l'école et craignait d'être en retard. Pouvez-vous nous expliquer précisément ce qui ne va pas ?

— J'ai mal, répondit le vieil homme en remontant ses genoux contre sa poitrine.

— Est-ce que vous vous alimentez ? demanda Audrey d'une voix douce.

— Pas faim.

— Vous avez eu des nausées.

— Non. J'ai juste envie de dormir… ou de mourir.

Épuisé, Glenn ferma les yeux.

— Buvez-vous de l'eau en quantité suffisante ?

Le malade poussa un gémissement étouffé et marmonna quelque chose à propos d'un petit remontant qu'il avait avalé dans l'espoir d'atténuer la douleur.

Cooper fronça les sourcils. L'alcool n'était jamais une solution, mais une source de problème. Il en avait fait la pénible expérience avec ses parents. De nouveau, il songea à sa grand-mère. Le Dr Anstruther lui avait affirmé qu'elle était partie durant son sommeil. Une maigre consolation, mais à la vue de Glenn à l'agonie, il se réjouissait que Gertie ne soit pas tombée aussi bas.

Il surprit de nouveau le regard d'Audrey posé sur lui. Son expression trahissait de l'inquiétude, mais aussi une intense réflexion.

— Monsieur Davidson, allez-vous souvent aux toilettes ?

— Tout le temps. J'ai arrêté de boire de l'eau hier parce que ce n'était plus possible. Et je refuse de porter ces trucs… Enfin, vous savez… ces couches.

Audrey, un sourire rassurant aux lèvres, lui pressa la main. Un geste que Cooper apprécia à sa juste valeur. Amener un vieil homme à aborder des sujets aussi délicats que l'incontinence et l'hygiène intime était un exercice difficile. D'autant plus lorsqu'il s'agissait d'un insulaire écossais !

— La dernière fois, dit Glenn sur le ton de la confidence, je m'étais même pas recouché qu'il a fallu que j'y retourne.

Cooper et Audrey échangèrent un regard entendu. L'un comme l'autre en étaient arrivés à la même conclusion : infection urinaire. Tous les symptômes corroboraient ce diagnostic : fièvre, sensation d'inconfort, difficultés à concentrer son attention, douleur et fuites urinaires. Il lui fit signe de poursuivre.

— Il semble que vous souffriez d'une forme assez prononcée d'infection urinaire.

— C'est grave ?

— Ça aurait pu le devenir si votre fille ne nous avait pas appelés. Vous allez prendre des antibiotiques, et dans quelques jours ce ne sera plus qu'un mauvais souvenir.

Elle avait une voix douce et rassurante. Une vraie professionnelle.

— Je vais laisser l'ordonnance sur la table de la cuisine et demander à Mhairi de passer sans attendre à la pharmacie. Vous commencerez le traitement dès ce soir. En tout cas, Glenn, vous pouvez être fier d'avoir tenu le coup jusque-là sans avoir d'hallucinations.

Le vieil homme esquissa une grimace cocasse.

— Pourtant, j'ai bien cru en avoir quand tu es entré dans ma chambre avec cet accoutrement, mon garçon ! J'ai pensé que le Père Noël venait me chercher pour me conduire auprès du Bon Dieu. J'aimerais bien vivre encore un peu pour voir mes petits-enfants grandir.

— Ne vous inquiétez pas. Audrey et moi y veillerons.

— Mais tu vas bientôt repartir, et cette jeune demoiselle aussi. Quant au Dr Anstruther, il a l'intention d'aller se la couler douce au soleil, alors...

— Noreen ne tardera pas à rentrer. Vous pouvez compter sur elle pour prendre soin de votre santé.

— Ah ça, pour sûr ! Avec elle, pas question de faire un petit écart. Un vrai dragon, cette femme ! Mais dans le fond, une bonne âme.

Glenn bâilla. La conversation l'avait fatigué.

— Et maintenant, il faut vous reposer, dit Audrey. Je vais ajouter ce ravissant plaid sur vous pour que vous ayez bien chaud.

Elle prit la couverture pliée dans un fauteuil et l'étendit sur le lit. Le cœur de Cooper fit une embardée. Pas de doute : dans toute l'île une seule personne avait pu confectionner un plaid aussi coloré : Gertie MacAskill, sa grand-mère.

Par chance, la jeune femme ne perçut pas son trouble.

— Je vais aussi vous apporter un verre d'eau que je poserai sur votre table de nuit. Avez-vous un verre de prédilection, monsieur Davidson ?

Elle eut droit à une réponse incompréhensible, et sortit sans insister de la chambre. Cooper la suivit dans la cuisine.

— Félicitations, dit-il en posant sa mallette médicale sur la table, vous avez été plus rapide que moi pour le diagnostic.

— C'est gentil, mais je n'en crois pas un mot. J'avais l'habitude des infections urinaires, avec mes patients âgés, et M. Davidson présente tous les symptômes.

— Avais ?

Elle détourna le regard et entreprit d'ouvrir les portes des placards à la recherche d'un verre.

— J'ai accepté un poste dans un hôpital pédiatrique il y a trois mois. Ce travail m'a beaucoup plu, bien sûr, mais le métier d'infirmière libérale me manquait.

Pourquoi ne pas l'avoir mentionné sur son CV ? Il décela dans cette confidence un soupçon de... De quoi, au juste ? D'amertume ? De culpabilité ? De frustration ? Difficile à dire. Peut-être, lors d'une visite, s'était-il produit un incident qui l'avait incitée à changer de poste.

— Soigner est nettement plus passionnant en milieu hospitalier qu'à domicile, fit-il.

Pour lui, il s'agissait d'une évidence, aussi fut-il pris de court par la sécheresse de la réponse.

— Je n'ai jamais fait de différence de traitement entre mes patients, qu'ils se trouvent à l'hôpital ou chez eux.

Il avait manifestement touché un point sensible.

— Je n'en doute pas une seconde.

Elle remplit un verre d'eau au robinet de l'évier dans lequel se trouvait de la vaisselle sale, puis enfila une paire de gants en caoutchouc.

— Que faites-vous ?

— À votre avis ?

— Laver la vaisselle n'entre pas dans les attributions d'une infirmière à domicile.

Elle le toisa comme s'il avait un cœur de pierre.

— M. Davidson n'a pas assez d'énergie actuellement pour le faire, et sa fille m'a paru plus que débordée. Cela ne me prendra que cinq minutes. Je peux bien leur rendre ce menu service. D'autant que cela confirme ce que je soupçonnais : le pauvre homme n'a pas suivi un régime sain, ces derniers jours. Au vu du nombre de tasses et de verres, il a dû compenser le manque de nourriture solide – une seule assiette avec les restes d'un plat au curry certainement tout préparé – par une consommation excessive de café et de whisky. Connaître l'hygiène de vie des patients entre, à mon sens, dans les attributions d'une infirmière à domicile.

Qu'il se le tienne pour dit !

Force était de reconnaître qu'elle avait raison. Cela ne faisait que quelques jours qu'il prêtait main-forte au Dr Anstruther en effectuant des visites à domicile, et il n'avait pas encore pris ses marques. Finlay était venu le chercher à son arrivée sur l'île pour le conduire chez sa grand-mère. Et lui avait annoncé à cette occasion son intention de prendre sa retraite et le fait qu'il avait de quoi financer le salaire d'un second médecin jusqu'à cette date. Il avait prévu de réserver ce budget à son futur successeur mais, faute de candidat, il avait proposé à Cooper d'assurer l'intérim.

Cooper avait tout d'abord refusé l'offre, mais Finlay lui avait fait valoir que certains cas l'intéresseraient à coup sûr. Jusqu'à présent, Cooper n'en avait encore identifié aucun et, de toute façon, lorsque l'état du patient nécessitait des soins intensifs, le malade était transporté vers l'hôpital le plus proche par hélicoptère médical. C'était ce qui s'était produit pour ses parents, même si les secours étaient arrivés trop tard. Ce drame était à l'origine de sa vocation : sauver des vies, inspirer instantanément la confiance et le respect.

Confiance et respect… La population de Bourtree les lui accorderait-elle un jour ?

D'un geste las, il se massa la nuque. Ce genre d'introspection ne le mènerait nulle part. Mieux valait se concentrer sur le présent. Il avait la chance de faire équipe avec une infirmière aussi jolie que professionnelle qui avait quitté l'effervescence de Londres pour mettre ses compétences au service d'une poignée d'Écossais isolée du reste du monde. Peut-être lui prouverait-elle qu'exercer ainsi était plus passionnant que le travail en milieu hospitalier ?

Autant lui poser la question sans détour !

— Pourquoi, après avoir officié dans un hôpital pour enfants très renommé, avez-vous décidé de revenir aux soins à domicile ? Ce n'est pas franchement une progression de carrière.

Sa remarque lui valut un regard noir.

— Vous avez décidément une piètre opinion des infirmières libérales.

Bon sang ! Il aurait mieux fait de réfléchir avant de parler !

Il battit aussitôt en retraite.

— Désolé. Loin de moi l'idée de critiquer votre profession. Vous rendez un service inestimable aux malades immobilisés chez eux. En revanche, maintenant que vous y avez goûté, vous devez reconnaître que le travail en hôpital est autrement plus...

Il s'interrompit avant de dire « exaltant », de crainte que ce qualificatif ne choque la jeune femme. Elle ne devait surtout pas s'imaginer qu'il comptait sur le malheur des autres pour lui procurer des poussées d'adrénaline. Dans l'idéal, un service des urgences était désert. Cependant, il était devenu accro à la pression pesant sur les épaules des urgentistes toujours sur la brèche pour s'occuper de patients, certes anonymes, mais en grande détresse. En général, les heures s'enchaînaient à un rythme effréné, et il aimait cela !

— Ce qui m'intrigue, c'est la raison pour laquelle vous vous êtes exilée ici pour un remplacement plutôt que de rester exercer dans un hôpital londonien. Ce ne sont pas les opportunités qui manquent en cette période de Noël, et vous auriez un meilleur salaire.

À en juger par l'expression d'Audrey, il venait de commettre un second impair, pire encore sans doute que le premier. Quel balourd !

— Il n'y a pas que le statut et l'argent dans la vie.

Son intonation trahissait une curieuse émotion. Il avait affaire à une femme blessée, il l'aurait parié. Elle se reprit et lui offrit un sourire timide.

— Pardon. Je réagis trop vivement. Le sujet est sensible.

— Celui de l'argent ou celui du statut.

— Ni l'un ni l'autre.

— Un petit ami obsédé par l'un ou par l'autre, peut-être ?

Elle se mordilla la lèvre. Luttait-elle contre les larmes ou tentait-elle de réprimer une repartie bien sentie pour le dissuader de se mêler de ce qui ne le regardait pas ? Comment savoir. En revanche, il avait acquis une certitude : Mlle Walsh avait une bouche extrêmement sensuelle qui appelait le baiser.

— Quelque chose d'approchant, dit-elle. Et si nous finissions de nous occuper de M. Davidson pour partir chez le prochain patient ?

Une manière détournée de mettre fin à l'interrogatoire. C'était de bonne guerre ! Lui-même n'aurait guère apprécié des questions indiscrètes sur sa vie amoureuse, qui avait connu des hauts et des bas.

Pourquoi était-il encore célibataire à son âge alors que bon nombre de ses confrères avaient déjà fondé une famille et, pour certains, attendaient leur deuxième ou leur troisième enfant ? Personne à Bourtree ne s'était donné la peine de l'interroger à ce sujet, car tous connaissaient la réponse.

Il prit le verre d'eau qu'Audrey lui tendait pour le porter à Glenn, et s'efforça d'ignorer son trouble quand leurs doigts se frôlèrent. Lorsqu'il revint après s'être assuré que le vieil homme était confortablement installé, Audrey se dirigeait déjà vers le 4x4.

3

Quatre heures, un énorme *fish and chips* à emporter et sept patients plus tard, Audrey et Cooper avaient bouclé leur demi-journée de travail. Il était presque 20 heures et, malgré sa doudoune qui s'ornait à présent de diverses taches de boue, de thé et de ketchup – souvenir d'un bambin très affectueux –, Audrey frissonnait de froid. D'autant que le système de chauffage de la voiture avait rendu l'âme après leur deuxième visite.

Elle ne rêvait plus que d'une chose : se glisser dans un bon bain chaud et siroter une tasse de thé en repensant à cette journée bien remplie. Le bonheur ! À condition, toutefois, que ne s'y immiscent pas des pensées plus sombres, telles qu'un cœur brisé par un fiancé infidèle, un compte en banque à sec et un horizon limité à cinq semaines. Au-delà, elle n'aurait plus ni logement ni emploi.

Cooper engagea le 4x4 sur la route de la côte, en direction du cabinet médical où les attendait le Dr Anstruther. En réalité, le réseau routier local se résumait à l'axe principal qui faisait le tour de l'île, à partir duquel des routes étroites et sinueuses desservaient l'intérieur des terres.

Après M. Davidson, ils avaient rendu visite à deux adorables nourrissons dont l'un souffrait d'une infection des voies respiratoires, à un vieillard atteint de la maladie de Parkinson, à un jeune homme d'une vingtaine d'années qui présentait des fractures ouvertes aux deux fémurs à la suite d'un accident de ski, à un consultant en informatique têtu comme une mule qui refusait d'attribuer la mauvaise irrigation sanguine de ses pieds à son diabète, puis, pour finir, à une jeune mère de famille qui, malgré un courage exemplaire, était en train de perdre la bataille contre un cancer métastatique des os. Son unique vœu était de tenir le plus longtemps possible pour profiter de son dernier Noël avec ses enfants.

En l'entendant avouer cela, Audrey avait eu toutes les peines du monde à retenir des larmes de compassion, et Cooper était sorti précipitamment de la chambre sous prétexte d'aller rédiger son ordonnance. En plus d'avoir du cœur, cet homme était un excellent médecin, à l'écoute des malades, adaptant son discours et son attitude à chacun d'eux. Maintenant qu'elle l'avait vu à l'œuvre, elle ne doutait pas qu'il excellât dans un service d'urgences. Il était calme et efficace, et avait un diagnostic sûr. Il semblait n'avoir aucune idée de l'effet que son physique pour le moins viril produisait sur la gent féminine, à commencer par elle. Elle n'avait décelé aucune arrogance en lui.

L'inverse de Rafael, en somme…

Et dire qu'elle était allée jusqu'à vendre la petite maison où elle avait vécu avec son père, et qu'une partie du montant de la vente – une somme dérisoire, selon Rafael – avait servi à financer son mariage avorté, l'autre étant placée dans une assurance vie à laquelle elle ne pourrait pas toucher avant plusieurs années ! À partir de ce moment-là, précisément, quand elle avait bradé son passé, elle avait commencé à perdre de vue qui elle était et la femme qu'elle aspirait à devenir.

Tout cela pour quoi ? Pour offrir à ce chirurgien prétentieux, à ce coureur de jupons, un cadeau digne de son statut, ce que son modeste salaire d'infirmière ne lui avait pas permis jusqu'alors. Une folie ! Comment avait-elle pu être assez stupide pour croire que cet homme l'aimait sincèrement ?

Cet argent lui faisait désormais cruellement défaut, et le manque de liquidités compromettait sérieusement le succès de tout éventuel projet d'avenir. En clair, elle était coincée !

Quoi qu'il advienne, elle n'en parlerait à personne, pas plus que de l'immense honte d'avoir agi ainsi. Une infirmière se devait de préserver sa dignité, surtout dans une petite île comme

Bourtree où, semblait-il, les rumeurs se propageaient comme une traînée de poudre !

Raison de plus pour ne pas réagir si vivement aux commentaires de Cooper sur l'argent et le statut social. Le Dr MacAskill ne pouvait pas savoir qu'elle avait quitté son métier d'infirmière libérale parce que Rafael l'y avait incitée. Avec le recul, elle prenait conscience qu'elle avait dit amen à toutes ses suggestions : changement de poste, vie commune, mariage précipité dans la plus stricte intimité et voyage de noces mémorable sur une île tropicale, dans un bungalow hyper luxueux, perché sur pilotis au-dessus d'une mer turquoise, avec champagne à l'arrivée et spa. Sans oublier les billets d'avion en première classe. Le grand jeu !

Cela la rendait malade, de s'être laissé manipuler comme une débutante ! Elle, discrète, terne et effacée ; lui, supérieur, élégant, beau parleur et séducteur. Elle, la Cendrillon ; lui, le prince charmant à qui le monde appartenait. Il estimait sans doute qu'elle n'était pas assez brillante pour lui, ce qui expliquait sa trahison, à défaut de la justifier.

— Vous vous êtes vraiment bien débrouillée, aujourd'hui, dit Cooper, rompant le silence.

Le compliment lui fit chaud au cœur.

— À mon sens, les médecins et les infirmières à domicile sont autant en première ligne que ceux du SAMU et des urgences. J'aime rencontrer les patients dans leur environnement. Cela permet de déceler certaines pathologies plus facilement.

Elle avait tendance à s'enflammer lorsqu'elle parlait de son métier, au risque de déplaire à ceux qui ne partageaient pas son avis. Mais, après tout, pourquoi prendre des gants avec le Dr MacAskill ? Leur collaboration s'interromprait dans cinq semaines, voire plus tôt s'il décidait de partir avant. Et elle n'avait pas l'intention de le séduire.

— C'est un point de vue intéressant. Toutefois, en ce qui me concerne, moins je connais la personne, plus je suis capable du recul nécessaire à l'établissement de mon diagnostic.

— Prenons Jimmy, par exemple.

— Jimmy Talbot ?

Il s'agissait du diabétique auquel ils avaient rendu visite dans l'après-midi. Il avait à peu près son âge et, malgré le risque d'amputation des orteils, s'obstinait à nier que son régime alimentaire puisse vraiment influer sur sa maladie, qu'il mettait sur le compte d'une injustice génétique.

— Oui. Il est dans le déni complet au sujet de son diabète.

— Il se plie néanmoins à sa piqûre quotidienne d'insuline.

— C'est vrai, mais c'est ce qui lui permet un contact quotidien avec le monde extérieur.

— Poursuivez.

— Il prétend nous laisser le soin de pratiquer l'injection parce que la vue d'une seringue lui inspire une peur panique. Vous a-t-il paru si effrayé ?

— Non, pas vraiment.

— En réalité, il a surtout envie de compagnie. Il ne fait aucun effort pour améliorer sa santé et ne plus avoir besoin de piqûres. Un peu étrange, pour quelqu'un qui redoute autant les aiguilles, non ?

— Mais il m'a expliqué qu'il mangeait de la viande maigre, des légumes et des fruits.

— Avez-vous jeté un œil dans la poubelle de la cuisine ?

Il lui adressa un regard étonné.

— Non.

— Moi si. Et j'y ai découvert plusieurs sachets de boulangerie ainsi qu'une boîte en carton rose qui, j'en suis sûre, contenait des pâtisseries.

— Je ne comprends pas comment il se les procure. À l'en croire, il se fait livrer ses courses et est incapable de mettre le nez dehors. C'est pour cela qu'il ne vient jamais au cabinet médical, pour ses injections.

— Je ne doute pas qu'il reste cloîtré chez lui, mais pas forcément parce qu'il est dans l'incapacité de sortir. Aucune trace autour de son véhicule n'indique qu'il l'aurait utilisé récemment. Le réfrigérateur renferme en tout et pour tout un litre de lait et un sachet entamé de pain de mie. Il dit avoir passé un accord avec un employé du supermarché pour qu'il lui apporte ses courses à domicile. À mon avis, son livreur improvisé s'arrête en chemin à la boulangerie. Enfin, il a fini par m'avouer qu'il simulait. En réalité, il n'a pas la phobie des aiguilles.

Cooper lui adressa un grand sourire, d'une telle chaleur et d'une telle sincérité que son cœur se mit à battre plus fort.

— C'est un chapeau de détective que j'aurais dû vous prêter, pas celui d'un lutin de Noël ! À vrai dire, Audrey – et mes propos n'ont rien d'offensant pour Noreen –, je comprends qu'il joue la comédie si cela lui vaut la visite quotidienne d'une aussi jolie femme que vous. Qui sait ce qu'il raconte à Noreen !

Audrey se sentit rougir jusqu'à la racine des cheveux. Depuis ses déboires sentimentaux, elle se trouvait plutôt quelconque et peu désirable. Ce commentaire, surtout venant d'un homme aussi beau et manifestement avare de compliments que Cooper MacAskill, la flattait.

— Je ne suis que de passage ici. Il est parfois plus facile de confier ses fragilités à un parfait étranger. D'autant plus lorsque vous habitez une petite île où, a priori, tout finit par se savoir. Pensez-vous qu'une autre raison expliquerait pourquoi Jimmy vit comme un ermite ?

Cooper prit le temps de réfléchir avant de répondre.

— Je me le rappelle à l'école. Il était d'une timidité maladive. Il ne croisait jamais votre regard, même quand vous lui parliez. Les enfants ne sont pas tendres entre eux. Ils l'avaient surnommé « Jimmy le Gros ». Il ne semblait pas en souffrir, mais peut-être que...

— Que quoi ?

— Peut-être qu'il donnait le change. Il a toujours eu des difficultés à s'intégrer. Il n'appartenait à aucun groupe, ne pratiquait aucun sport d'équipe, il préférait s'isoler pour jouer à des jeux vidéo et, plus tard, développer des programmes informatiques. Il a néanmoins fait partie de la troupe de théâtre, il s'occupait des éclairages et du son. En coulisse bien sûr, jamais sur le devant de la scène.

— À mon avis, il se terre chez lui parce qu'il craint le regard des autres. Imaginez le courage qu'il faut pour s'aventurer à l'extérieur quand tout le monde vous juge de façon négative à cause de votre excès pondéral.

— Personne n'aime être jugé.

Il avait prononcé ces mots d'un ton si abrupt qu'elle se demanda s'il ne parlait pas d'expérience.

— Je ne vois toujours pas ce que cela a à voir avec un diagnostic plus précis.

— C'est pourtant évident. Maintenant que nous savons que la peur de la piqûre n'est qu'un prétexte, nous devons trouver un moyen de le faire sortir de chez lui et de pratiquer un peu d'exercice physique.

— On peut dire que vous aimez les défis ! fit Cooper en riant.

— Comment cela ?

— Vous voulez vous attaquer aux habitudes d'un homme, l'inciter à affronter le monde extérieur alors qu'il n'a pas quitté son cocon depuis des années ? Je vous souhaite bon courage ! Je suis prêt à parier que vous n'y arriverez pas.

Elle le fusilla du regard.

— Vous avez l'art de manier le chaud et le froid ! Vous dispensez des compliments et, l'instant d'après, vous rabaissez votre interlocuteur. Curieuse façon de fonctionner !

Il fallait dissiper le malentendu sans attendre. Cooper se gara sur le bas-côté et se tourna vers Audrey.

— Ne vous fâchez pas ! Je ne remets pas vos compétences en question. Je vous teste juste pour comprendre votre mode de raisonnement.

— Et de quel droit ?

Sa réaction n'était pas totalement injustifiée, il y était allé un peu fort. Il avait toujours eu tendance à se montrer direct, voire incisif - insolent et provocateur, disaient les adultes, à l'époque. Ce réflexe de défense était sans doute lié à la cruelle franchise avec laquelle ses parents lui avaient répété qu'ils ne l'avaient pas désiré et qu'il leur gâchait la vie.

Ce n'était cependant pas une raison pour se montrer désagréable et se mettre Audrey à dos. Elle était charmante et prenait son métier très à cœur. Quoi de plus normal qu'elle voie les choses sous un angle différent ? Il décelait en elle une vulnérabilité qu'elle cachait avec grand soin à ses patients. Derrière son calme et son professionnalisme se dissimulait un secret lourd à porter. Finalement, ils n'étaient pas si différents que cela.

— Je vous présente mes excuses, Audrey. Considérez mon franc-parler comme une déformation professionnelle. Rien de personnel contre vous. Aux urgences, on ne prend pas de précautions oratoires. Il faut agir vite et se concentrer sur l'essentiel : sauver des vies. Et si nous rembobinions le film pour repartir sur de bonnes bases ? Bonjour, Audrey, comment allez-vous ? Je suis le Dr MacAskill, mais appelez-moi Cooper.

S'il espérait détendre l'atmosphère, il en fut pour ses frais.

— J'ai une meilleure idée, répondit-elle. Pourquoi ne pas nous en tenir à ce que notre relation est censée être, à savoir : professionnelle ?

— Comme vous voudrez, fit-il avec une moue dépitée.

Contre toute attente, sa grimace lui valut un vrai sourire.

Quand ils atteignirent le cabinet médical, la tension avait disparu.

— Je vais vous montrer votre nouveau chez-vous.

— Volontiers. Je rêve d'un bon bain chaud et d'un lit douillet.

— Je crains, hélas, que ce ne soit pas possible.

Ils se retournèrent d'un bloc.

— Doc ?

Aveuglé par le faisceau de lumière d'une lampe torche, Cooper cligna des yeux.

— Bonsoir, Coop, bonsoir, Audrey.

Finlay Anstruther avait l'air exténué. Il y avait de quoi ! À soixante-dix ans passés, le dénommé Doc travaillait encore dix à douze heures par jour, six jours sur sept.

— Je suis désolé de vous réserver un si piètre accueil, ma chère.

Son ton trahissait une forte contrariété.

— Que se passe-t-il ? demanda Cooper. Il y a un problème ?

Finlay hocha la tête.

— Rien de grave, au moins ?

— Le chauffe-eau a rendu l'âme. Il n'a pas résisté au gel d'avant-hier. Il y a un bon moment que je n'étais pas monté à l'appartement et, quand Emily y est allée pour faire un brin de ménage, cet après-midi, elle a découvert le désastre. J'ai bien tenté de réparer les dégâts, mais on ne s'improvise pas plombier. Et maintenant, vous verriez le plafond de mon bureau…

Il poussa un soupir de lassitude.

— Vous n'avez pas appelé les gars à la rescousse ?

Par « gars », Cooper entendait ceux avec qui il avait grandi sur l'île, fils et petits-fils d'artisans formés par les générations précédentes. Pas comme lui qui, s'il avait suivi les traces de son père, aurait fini alcoolique, laissant deux orphelins derrière lui…

— Impossible de joindre qui que ce soit. Ils sont tous à la répétition pour la fête de la Nativité.

— Voulez-vous que je jette un coup d'œil ?

— Sans vouloir présumer de tes compétences en matière de bricolage, mon garçon, je doute que tu puisses faire grand-chose. Audrey, je suis vraiment désolé de ce contretemps.

— Il semble que l'enfant Jésus et moi ayons tous deux un problème de logement ! répondit-elle en riant. Mais ne vous inquiétez pas pour moi. Il y a bien un B & B dans le coin où je pourrai m'installer en attendant.

Cooper et Finlay échangèrent un regard embarrassé.

— Pas à cette période de l'année, ma chère.

Le Dr Anstruther promit de contacter les artisans à la première heure, le lendemain. Il aurait volontiers offert l'hospitalité à Audrey mais, ayant mis sa maison en vente en prévision de son départ à la retraite, désormais imminent, Emily et lui avaient converti la chambre d'amis en espace de stockage, encombré de cartons…

Cooper avait perdu le fil de la conversation, son esprit empruntait désormais un chemin étroit, semé d'embûches. Il savait que Finlay allait bientôt partir, mais l'entendre évoquer de façon concrète les préparatifs du déménagement lui faisait l'effet d'une douche froide.

Un emploi à vie s'offrait à lui ici, à Bourtree Castle. Il lui suffisait de déclarer son intérêt pour l'obtenir. Souhaitait-il vraiment rester dans son île natale pour le restant de ses jours ? Aspirait-il à devenir le médecin en qui la population locale placerait sa confiance ? Difficile d'y voir clair !

Quand il revint au présent, Finlay expliquait à Audrey que tous ceux qui travaillaient ou étudiaient en dehors de l'île allaient rentrer pour célébrer les fêtes de fin d'année en famille, d'où l'absence d'hébergement disponible. Réfléchissant à voix haute, il passait chaque foyer en revue. Une énumération interminable que Cooper, fidèle à ses manières directes, jugea bon d'interrompre.

— Elle va s'installer chez moi, Doc.

Il avait parlé un peu vite, mais il ne pouvait tout de même pas laisser Audrey à la rue.

— « Elle » a peut-être son mot à dire, non ? répondit la jeune femme dont la voix avait grimpé d'une octave. Et « elle » ne s'installera pas chez vous, Cooper. Dr Anstruther, êtes-vous sûr qu'il n'y a pas un seul endroit sur cette île susceptible de m'accueillir temporairement ?

— Certain, malheureusement. Même en temps normal, les possibilités d'hébergement sont plutôt restreintes. À votre place, j'accepterais l'invitation de Coop. Et maintenant, je dois vous abandonner. Emily va me passer un savon si elle ne me voit pas à la salle paroissiale. On se retrouve demain matin à l'heure habituelle pour discuter des travaux ?

— D'accord, Doc. Bonne soirée.

Cooper attendit que Finlay se soit éloigné en direction de l'église pour se tourner vers Audrey qui, pétrifiée, ne pipait mot.

— Rassurez-vous, je n'habite pas une tanière de célibataire, en désordre et sentant le phoque ! dit-il sur le ton de la plaisanterie. Même si l'endroit ne manque pas d'originalité, je l'admets volontiers.

Elle paraissait sur ses gardes.

— Qu'entendez-vous par là ? demanda-t-elle d'un ton suspicieux.

— Vous verrez, répondit-il simplement faute de trouver un qualificatif plus adapté pour décrire la maison de sa grand-mère.

— Waouh ! Votre grand-mère a un goût pour la décoration plutôt... Je n'ai jamais rien vu de tel.

La réaction d'Audrey amusa Cooper et le réconforta. Il aurait sans doute dû la prévenir, ou lui donner une paire de lunettes de soleil avant d'allumer la lumière !

Chaque soir, il franchissait le seuil avec un sentiment doux-amer et, étonnamment, la présence d'Audrey atténuait cette épreuve quotidienne. La plupart de ses conquêtes auraient fait la grimace et laissé échapper des commentaires désobligeants devant la multitude de napperons et autres ouvrages au crochet tous plus bariolés les uns que les autres. C'était en partie pour cette raison qu'il n'en avait convié aucune à Bourtree. Pas question d'infliger des remarques sarcastiques à sa grand-mère.

Audrey était différente. L'effet initial de surprise passé, elle semblait apprécier cet intérieur au charme décalé, comme si elle estimait à sa juste valeur le privilège d'être admise dans un sanctuaire rempli de souvenirs.

Il ôta son manteau, observant du coin de l'œil son invitée qui découvrait avec curiosité la passion de Gertie pour les couleurs flashy et les associations audacieuses de coloris. La vieille dame avait une prédilection pour les teintes vives qui apportaient une touche de gaieté dans ce vénérable cottage aux plafonds bas et compensaient la morosité de la météo écossaise, neuf mois sur douze.

Audrey s'avança dans le salon et caressa de la main le plaid plié sur le dossier du sofa.

— Quel boulot ! dit-elle, manifestement impressionnée. Elle a tout fait elle-même ?

— Absolument !

Il éprouva soudain une bouffée de tendresse et de fierté pour celle qui les avait élevés, sa sœur et lui. Mais il ne précisa pas que cette collection de travaux d'aiguilles ne représentait que le tiers des œuvres de son aïeule. Pour chaque naissance, mariage ou autre événement, celle-ci confectionnait une couverture en tricot pour le nourrisson, une série de napperons brodés pour le jeune couple, etc. Il n'y avait pas un foyer de Bourtree qui n'eût une création de Gertie MacAskill.

— Pas de sapin de Noël ?

— Non.

Il eut conscience d'avoir répondu un peu sèchement et se reprit :

— Croyez-le ou non, malgré ma tenue, je ne suis pas très porté sur les décorations de Noël.

— Votre grand-mère non plus ?

— Elle en raffolait.

Comme c'était douloureux d'évoquer au passé une personne aussi pleine de vie !

L'expression d'Audrey s'assombrit.

— Oh ! pardonnez-moi. Je vous présente mes condoléances. C'est arrivé quand ?

— Il y a un peu plus d'une semaine.

Il avait la gorge nouée. De nouveau, il sentit une culpabilité oppressante peser sur lui. Il aurait dû et *pu* être là. Il avait assuré dix jours d'affilée la permanence aux urgences, ce qui lui donnait droit à plusieurs jours de congé. Congé que, bien entendu, il n'avait pas jugé bon de prendre, travaillant sans relâche comme s'il était indispensable et que le sort de son service hospitalier dépendait entièrement de lui ! Il s'était simplement informé de la santé de sa grand-mère par téléphone, lui conseillant de mettre plus de citron et de miel que de whisky dans son grog. Comme si elle avait besoin qu'il le lui rappelle ! Elle connaissait autant que lui les ravages de l'alcool...

— Ce doit être dur de vivre ici, au milieu de tous ces souvenirs.

— Moins difficile, en tout cas, que d'essayer de les effacer.

La repartie avait fusé avant qu'il ne puisse la retenir. Il fallait dire qu'Audrey avait, à son insu, retourné le couteau dans la plaie.

Elle se figea.

— En ce qui me concerne, je préfère m'en créer de nouveaux, répondit-elle froidement.

Ainsi, elle aussi portait quelques stigmates du passé.

— Si vous n'y voyez pas d'inconvénients, Cooper, je souhaiterais aller me reposer. La journée a été longue.

— Bien sûr, excusez-moi.

Il lui fit visiter le rez-de-chaussée, à l'exception de la chambre de sa grand-mère qui, au fond du couloir, donnait sur le jardin de derrière.

— On dirait un atelier de tricot, dit Audrey en découvrant la salle à manger.

Son commentaire ne se voulait probablement pas blessant, aussi Cooper s'efforça-t-il de ne pas y voir de reproche. Il y avait une bonne dizaine d'années que sa grand-mère et lui n'avaient pas partagé de repas digne de ce nom autour de la grande table. Lors de ses rares et brefs passages à Bourtree, il avait systématiquement insisté pour l'inviter au Puffin. Un bien modeste remerciement pour les sacrifices consentis par son aïeule.

Maintenant qu'il était trop tard, il aurait payé cher pour déjeuner ici en tête à tête avec Gertie. Lorsqu'il vivait encore là, la vieille dame dressait parfois la table avec un soin particulier, comme pour recevoir la reine en personne.

« Et pourquoi pas ? rétorquait-elle lorsqu'il se moquait gentiment d'elle. On ne sait jamais quel instant sera le dernier, alors autant les rendre tous spéciaux. »

Sans doute fallait-il voir dans cette philosophie une allusion au décès prématuré de ses parents. Cet accident fatal était pourtant inévitable, compte tenu de la quantité d'alcool qu'ils consommaient. En revanche, il aurait pu éviter que sa grand-mère meure d'une pneumonie, si seulement il était intervenu à temps...

Chassant l'affreuse pensée qui le torturait depuis des jours, il conduisit Audrey à l'ancienne chambre de sa sœur. La décoration, beaucoup plus sobre, y privilégiait les tons jaune pâle et crème. Elle ne comportait, hormis une photographie de sa sœur et lui enfants, aucun objet personnel, contrairement à la chambre de sa grand-mère qu'il avait laissée en l'état. Une sorte de mausolée dans lequel il venait méditer dans l'espoir de devenir un homme meilleur.

— C'est beaucoup plus... neutre ici.

— Ma sœur a toujours préféré se fondre dans le décor. Pour elle, le salut était dans la discrétion.

Il surprit une lueur d'intérêt dans le beau regard brun et chaud.

— J'ignorais que vous aviez une sœur.

Il haussa les épaules.

— Une sœur aînée. Il y a longtemps maintenant qu'elle vit en Nouvelle-Zélande.

Leurs naissances avaient été des « surprises » pour leurs parents. De toute évidence, de *mauvaises* surprises.

— Est-elle rentrée pour les obsèques ?

Non, elle n'avait pas effectué le déplacement. Comme lui, elle avait souffert d'être « la progéniture des pochetrons de Bourtree », une étiquette qui leur avait collé à la peau dès leur plus jeune âge. Désormais, elle avait fondé une famille et menait une vie heureuse, du moins pour le peu qu'il en savait, car ils n'entretenaient guère de relations.

Se battre ou disparaître : tous deux avaient choisi la seconde option.

— Le voyage est trop long.

— Oui, j'imagine, répondit Audrey avec douceur.

Sa compassion, sincère, le prit de court. Les gens de l'île s'étaient montrés moins magnanimes. Alors qu'il serrait les mains à l'issue des funérailles, il avait eu droit à plusieurs commentaires acerbes au sujet de Shona, dont un virulent : « On n'est pas assez bien pour elle, c'est ça ? Gertie, paix à son âme, vous a donné tout ce qu'elle avait. La moindre des choses aurait été que sa petite-fille vienne lui rendre hommage. »

Il avait fait observer que Shona avait offert une énorme gerbe des fleurs préférées de leur grand-mère, mais ce cadeau n'avait pas trouvé grâce auprès de la population locale. Un cadeau, aussi somptueux fût-il, ne compensait pas l'absence.

— Le système de chauffage central fonctionne quand il en a envie. Si vous voulez, vous pouvez allumer un feu dans la cheminée.

La proposition parut enchanter la jeune femme.

— Génial ! Je n'ai jamais eu de cheminée dans ma chambre.

— Les prévisions météorologiques indiquent une chute probable des températures, il nous faudra une flambée dans toutes les pièces. Mais n'ayez crainte : vous n'aurez pas à fendre les bûches.

Il s'agissait d'une plaisanterie, mais elle y fut insensible.

— Pourquoi ?

— Parce que c'est ma responsabilité.

En fait, il s'acharnait à grands coups de hache et depuis son arrivée sur les billes de bois stockées dans le bûcher ! Cet exercice n'avait pas apaisé ses tourments, mais avait eu le mérite de l'épuiser physiquement.

Chez Audrey, le plaisir à la perspective d'un bon feu de bois avait cédé la place à une sourde irritation.

— Si je comprends bien, vous me croyez incapable de fendre des bûches parce que je suis une femme.

— Loin de moi cette idée !

Elle surprit néanmoins une lueur amusée dans le regard de Cooper.

Il se moquait d'elle, par-dessus le marché ! Tout compte fait, il ne valait pas mieux que les autres. Dire qu'elle avait encore failli se laisser berner ! Décidément, les hommes ne rataient jamais une occasion de rabaisser les femmes en affirmant leur prétendue supériorité ! Pas question, cette fois, de céder.

— Vous estimez certainement que, si je devais me débrouiller seule, je mourrais de froid avant la fin de la semaine !

Campée au milieu de la pièce, elle le défiait du regard, dans l'attente d'une confirmation.

Rafael aurait à coup sûr abondé dans ce sens.

Elle avait appris à ses dépens que ce qu'elle prenait, faute d'expérience, pour de la galanterie n'était rien d'autre que du sexisme, un machisme enraciné dans les mentalités et qualifié à tort de courtoisie. Sous ce prétexte fallacieux, Rafael l'avait privée de toute responsabilité dans leur couple, lui abandonnant les tâches subalternes, comme les courses, la cuisine ou encore le ménage.

Une dérive progressive que, dans son aveuglement, elle n'avait pas vu venir. Et sans s'en rendre compte, elle s'était retrouvée dans le rôle de la femme des années 1950, à la différence près qu'elle travaillait. C'en était fini de ce carcan.

Si Cooper voulait jouer à ce petit jeu, il trouverait à qui parler. Même si elle n'avait pas la moindre idée de la façon dont on fendait des bûches... Après tout, cela ne devait pas être sorcier ; il suffisait d'apprendre la technique et de s'entraîner un peu. Pour autant, elle avait conscience de s'être aventurée en terrain miné.

— Il ne me viendrait jamais à l'esprit de considérer que, parce que vous êtes une femme, vous ne savez pas faire un certain nombre de choses. Et pas seulement de crainte que le fantôme de ma grand-mère ne revienne me punir.

Se trompait-elle sur son compte ? Il semblait parfaitement sincère.

Plus détendue, elle sourit en imaginant le fantôme de la vieille dame poursuivant son petit-fils à travers la maison.

— En vérité, je n'ai jamais fendu de bois de ma vie, dit-elle finalement.

Dans l'attente de l'inévitable remarque cynique, elle se rendit compte qu'elle retenait sa respiration. Une manie qu'elle avait prise avec Rafael, chaque fois qu'elle devait lui avouer quelque chose. Avait-elle réellement souhaité une vie conjugale où elle aurait dû gommer sa personnalité pour plaire à son partenaire ?

Non seulement Cooper ne lui témoigna aucun mépris, mais il eut le bon goût de ne pas afficher un air victorieux.

— Vous voudrez que je vous apprenne ?

— Volontiers, répondit-elle, déstabilisée par le tour que prenait la conversation.

Ils échangèrent un sourire qui lui fit chaud au cœur et elle eut un regain d'optimisme concernant les cinq semaines à venir. Malgré l'humeur changeante du Dr MacAskill, elle ne doutait plus qu'ils établiraient une relation professionnelle saine et constructive.

— Marché conclu, dit-il en lui serrant la main pour sceller leur accord.

Elle frémit, ce simple contact provoqua une étrange sensation au creux de son ventre, dont elle préférait ignorer la nature. Il dut percevoir son trouble, car il lui lâcha aussitôt la main.

— Avant que j'aille me coucher, souhaitez-vous que je vous prépare un en-cas ? Vous avez peut-être faim ?

— Oh ! non. Pas après cet énorme *fish and chips* !

— Dans ce cas, bonne nuit.

Une fois seule, elle s'assit sur le lit pour tester le confort du matelas et caressa avec un plaisir presque enfantin la courtepointe brodée et cousue à la main. Il en avait fallu, de la patience et de la dextérité, pour confectionner un si bel ouvrage ! Elle aurait beaucoup aimé rencontrer cette vieille dame.

Cette pensée la ramena des années en arrière. Elle n'avait pas connu ses grands-parents et avait vécu une enfance, certes heureuse – son père se pliait en quatre pour qu'elle ne manque de rien –, mais solitaire. Elle enviait les familles nombreuses et aspirait à en fonder une.

Était-ce pour cette raison qu'elle avait pris ses désirs pour la réalité, qu'elle avait fermé les yeux sur les travers de Rafael, son côté autoritaire, et foncé tête baissée quand il l'avait demandée en mariage après six mois seulement ?

Trêve de lamentations. Il y avait pire malheur dans la vie que de se séparer d'un fiancé dépourvu de valeurs morales. Perdre un être cher en faisait partie. À en juger par la sensibilité à fleur de peau de Cooper, il devait particulièrement tenir à sa grand-mère. Et si cet homme ressemblait un tant soit peu à son aïeule, il y avait fort à parier qu'un cœur en or se cachait sous cet accoutrement de Père Noël...

4

— Ce n'est effectivement pas un petit dégât des eaux !

Audrey, Finlay et Cooper examinaient la tache d'humidité qui maculait le plafond de la salle d'examen du cabinet médical. Des cloques commençaient déjà à apparaître.

— La cuisine de l'appartement se trouve au-dessus ? demanda Audrey.

— Oui, juste au-dessus, répondit Finlay. Quel désastre !

Il paraissait sincèrement navré.

— Je vous propose de récupérer tout le matériel dont vous avez besoin, Doc. Vous ne pouvez pas continuer à recevoir les malades ici.

Vu l'ampleur du problème, Audrey allait devoir rester chez Cooper plus longtemps que prévu, à condition qu'il soit d'accord, bien entendu. Si cette perspective ne lui déplaisait pas franchement, à elle, il n'en allait peut-être pas de même pour lui. Elle avait le sentiment qu'il préférait la solitude à la cohabitation.

Quant à elle, elle aurait eu intérêt à se méfier de la manière dont elle réagissait. La veille au soir, elle n'avait pu s'empêcher d'imaginer Cooper ôtant son costume de Père Noël et de spéculer sur le corps qui s'y cachait. Ce qui ne s'inscrivait pas au programme !

Cooper, qui n'avait vraisemblablement pas eu les mêmes pensées à son égard, se montrait pragmatique.

— Il faut déménager le cabinet ailleurs que dans ce bâtiment. J'ai aperçu des cartons vides dans la réserve, l'autre jour. Nous allons nous en servir.

Joignant le geste à la parole, il disparut pour revenir quelques minutes plus tard les bras chargés de boîtes.

— Je suggère que nous aménagions temporairement le cabinet dans la salle paroissiale. Je me charge d'appeler le pasteur pour lui demander l'autorisation. Doc, pourriez-vous prévenir la secrétaire médicale pour qu'elle nous retrouve sur place dans une petite heure ? Nous serons très bien là-bas. Je me rappelle que vous y aviez organisé la collecte de sang.

— Tu te souviens de ça ? demanda le Dr Anstruther, manifestement étonné.

— Bien sûr !

Cooper était de nouveau sur la défensive. On aurait dit que, pour une raison qu'elle ignorait, il cherchait à se justifier.

— Tu as une bonne mémoire, mon garçon, et je trouve ton idée excellente.

Les traits de Cooper se détendirent, comme si le compliment de Finlay le rassurait sur sa légitimité au sein de la communauté de l'île. Elle ne s'était pas encore hasardée à l'interroger à ce sujet, mais quelque chose semblait peser sur sa conscience. Des histoires de famille, peut-être...

— Cela ne vous dérange pas de nous aider à empaqueter, Audrey ?

Elle prit alors conscience qu'elle l'observait avec un peu trop d'insistance.

— Non, pas le moins du monde, dit-elle aussitôt, espérant qu'il ne remarque pas le rouge qui lui montait aux joues.

Qu'elle le veuille ou non, le physique de Cooper, avec son regard d'un bleu intense, sa crinière noire qui refusait de se laisser dompter, et son menton volontaire ombré d'une barbe naissante, éveillait en elle un trouble qu'elle s'était juré de ne plus ressentir avant longtemps. Du moins, le temps de se remettre de sa dernière expérience.

Elle avait gâché six mois de son existence et perdu sa dignité. Hors de question de s'exposer de nouveau à une telle humiliation !

Tandis qu'ils s'activaient tous les trois pour ranger le matériel médical dans les cartons, elle se sentait d'humeur optimiste.

Sa situation n'avait cependant rien d'enviable : elle avait un compte bancaire vide, avait rompu avec son fiancé, démissionné d'un emploi bien rémunéré, signé un contrat de travail de cinq semaines seulement qui l'avait exilée sur une île perdue au milieu de nulle part et, comme si le sort s'acharnait contre elle, elle se retrouvait dans l'obligation de loger chez un homme qu'elle connaissait à peine !

Ces épreuves lui dévoilaient pourtant une facette essentielle de sa personnalité : elle aurait la force de caractère nécessaire pour les affronter. Elle surmonterait sa déception sentimentale et le chaos que celle-ci avait semé dans sa vie ; elle en avait désormais la conviction.

Certes, elle n'avait sans doute pas versé sa dernière larme et n'apprécierait plus jamais autant les fêtes de Noël, mais elle était prête à l'accepter. Elle était déterminée à aller de l'avant, avec un nouvel état d'esprit qui lui permettrait de goûter pleinement aux petits plaisirs de la vie.

Comme une tasse de chocolat chaud !

Elle sourit en songeant à celle que Cooper avait déposée sur sa table de nuit la veille au soir, pendant qu'elle prenait sa douche. Cette délicate attention l'avait touchée plus qu'elle ne l'aurait imaginé. Elle s'était sentie choyée, et s'était glissée entre les draps brodés par Gertie avec une sensation de bien-être qu'elle n'avait pas éprouvée depuis le décès de son père. Elle avait dormi d'une seule traite jusqu'au lendemain matin, sans que d'horribles cauchemars ne viennent perturber son sommeil.

La voix de Cooper la tira de ses pensées.

— Ça va, Audrey ?

Elle leva les yeux et surprit son regard perplexe posé sur elle. Il s'était enroulé une guirlande de Noël argentée autour du cou à la manière d'une écharpe. La veille encore, elle aurait jugé cela ridicule. Aujourd'hui, elle trouvait presque attendrissante cette initiative qui ne portait en rien atteinte à la virilité de ce médecin décidément pas comme les autres. Leurs regards se rencontrèrent, s'attardant un peu trop longtemps, ce qui la troubla encore davantage.

Elle lui répondit d'un simple sourire. Elle n'allait tout de même pas lui avouer à quel point une simple tasse de chocolat chaud l'avait émue !

Deux heures plus tard, ils avaient terminé l'emménagement du cabinet médical improvisé. La vaste salle paroissiale, aux murs en pierres apparentes et au parquet encaustiqué, avait été divisée en quatre grâce à des cloisons amovibles prêtées par l'église. Dans un angle s'empilaient des malles remplies de déguisements d'animaux sur lesquelles on pouvait lire : « Fête de la Nativité – NE PAS TOUCHER ! »

Après avoir passé en revue avec le Dr Anstruther la liste des patients qui attendaient leur visite, ils sortirent pour commencer leur tournée ; le soleil n'avait toujours pas pointé le bout de son nez. Heureusement, les illuminations de la rue principale et les guirlandes clignotantes de l'immense sapin près des ruines du château égayaient le paysage.

Comme ils grimpaient dans le 4x4, le téléphone de Cooper sonna. D'après les bribes de conversation qu'Audrey glana, une mère, au bord de l'hystérie, ne savait plus comment s'y prendre avec sa fille qui, une fois de plus, refusait d'aller à l'école.

Cooper s'efforça de la calmer de sa voix rassurante.

— Ne t'inquiète pas, Helen. Nous passerons après notre première visite de la matinée… Non, non, nous n'en avons pas pour longtemps. Tu ne seras pas en retard à ton travail. Audrey et moi… Audrey Walsh est l'infirmière qui remplace Noreen pendant ses vacances. Tu te rappelles ? Noreen est partie en Australie voir sa fille qui vient d'avoir un bébé.

Il marqua une pause plus longue que les précédentes pour écouter patiemment sa correspondante.

— Oui, elle est beaucoup plus jeune mais très expérimentée. C'est exactement le genre d'interlocutrice qu'il faut à Cayley. En nous attendant, prépare-toi un thé. Nous allons bientôt arriver, et nous nous occuperons du problème, je te le promets.

Audrey éprouva un élan de gratitude envers Cooper. Rafael l'avait fait douter de sa passion pour son travail d'infirmière à domicile. Au point qu'elle l'avait abandonné pour rejoindre le milieu hospitalier. Ce type était un maître dans l'art de la manipulation. Quel bonheur d'entendre Cooper mettre ainsi en valeur le métier qui, elle le savait désormais, était sa véritable vocation !

— Je vous remercie, dit-elle dans un accès de spontanéité dès qu'il eut raccroché.

— De quoi donc ?

— De parler de moi en des termes élogieux.

Perplexe, il fronça les sourcils.

— C'est mérité. Vous êtes une excellente professionnelle.

Elle se retint in extremis de lui avouer le peu de considération de son ex-fiancé pour elle. Ils n'étaient pas assez intimes pour des confidences aussi personnelles.

— Je n'ai pas été très aimable avec vous hier, et c'est gentil de votre part d'exprimer du positif à mon sujet… Enfin, sur mes qualités d'infirmière, bien sûr… Cela me touche d'autant plus venant d'une personne aussi… compétente que vous.

Sentant ses joues s'empourprer, elle s'interrompit brusquement, de crainte de s'enliser davantage. Elle allait devoir travailler sur son émotivité ; cela lui épargnerait l'embarras de ce genre de grande déclaration !

Il la fixa d'un air songeur puis, comme s'il était parvenu à une conclusion, il détourna le regard et démarra le moteur.

— Pas de costume de Noël, aujourd'hui ? demanda-t-elle au bout d'un moment pour rompre un silence gênant.

— Seulement quelques accessoires, répondit-il avec un sourire en touchant la guirlande argentée toujours enroulée autour de son cou et en extrayant un chapeau de Père Noël de la poche de sa veste.

— J'espère ne pas vous avoir vexé, hier, avec mes commentaires sur le déguisement de lutin. Vous avez dû me prendre pour une sacrée rabat-joie.

— Un peu, je l'avoue. Mais comme vous aviez l'air plutôt mal lunée, je n'ai pas insisté.

— Désolée. J'étais fatiguée… et un peu déboussolée.

— Je comprends.

Il quitta l'axe principal pour une route secondaire. Quelques minutes plus tard, il se gara devant la maison de Jimmy Talbot.

Le taux d'insuline contrôlé et l'injection effectuée, Audrey se rendit dans la cuisine sous prétexte de préparer un thé à Jimmy. Cooper l'y rejoignit peu après et jeta un rapide coup d'œil dans la poubelle.

— Il a encore essayé de me rouler dans la farine, fit-il en grommelant.

— Comment ça ?

— Il prétend avoir mangé un potage à la tomate et une salade hier pour le dîner. Or ce que je vois là-dedans, c'est une barquette vide de lasagnes pour six personnes et un pot, tout aussi vide, de glace chocolat et caramel ! À ce régime-là, il ne s'en sortira jamais. Et comme si ces mensonges ne suffisaient pas, il a le culot de réclamer des biscuits de ma grand-mère !

— Votre grand-mère Gertie ?

Cooper eut un sourire attendri.

— Oui. À l'occasion de Noël, elle en confectionnait des tonnes qu'elle distribuait à tous ceux que la maladie ou une infirmité clouait chez eux. Inutile de préciser qu'au fil des années Jimmy en a bien profité ! Il avait néanmoins droit à une recette spéciale, moins riche en sucre.

L'air soucieux, il se frotta le menton.

— Je suis sûr que Granny aurait su s'y prendre pour stimuler Jimmy et le faire sortir de sa tanière de temps en temps. Ce n'est pas en fouinant dans ses ordures et en lui faisant la morale que nous le tirerons d'affaire.

Audrey fut touchée de la manière dont Cooper s'investissait pour ses patients. Non seulement, il soignait leurs maux, soulageait leurs souffrances, mais il se préoccupait de leur bien-être psychologique, de leur confort de vie.

Soudain, son visage s'éclaira.

— J'ai peut-être une idée, dit-il en lui adressant un clin d'œil de connivence.

Sur ces mots, il regagna le salon où Jimmy n'avait pas bougé du sofa. À en juger par la couette pliée à l'une des extrémités, il devait y passer ses journées, mais aussi ses nuits.

Audrey entendit distinctement Cooper lui proposer de faire la prochaine injection à la salle paroissiale et d'envoyer, si nécessaire, quelqu'un le chercher. Ayant ouvert le robinet d'eau pour se laver les mains, elle ne saisit pas la réponse de l'intéressé.

Cooper revint, sa mallette médicale en bandoulière.

— Prête ?

Elle acquiesça et le suivit à l'extérieur.

— Alors, demanda-t-elle une fois dans la voiture, Jimmy a-t-il accepté ?

— Oui, avec beaucoup de réticence et à condition que nous l'y emmenions. Il s'isole de plus en plus et se complaît dans cette vie de reclus. Ça m'inquiète.

— Et vous pensez qu'un saut à la salle paroissiale va y remédier.

— Du moins, elle y contribuera peut-être. S'il comprend que les gens d'ici ont beau l'avoir surnommé Jimmy le Gros, ils ne lui veulent aucun mal, il sera plus enclin à renouer le contact. Par ailleurs, j'ai un plan.

— Lequel ?

— Il est encore trop tôt pour en parler, répondit-il avec une mine de conspirateur.

— Que de mystère ! dit-elle en riant.

Un quart d'heure plus tard, ils étaient chez Helen, et leur bonne humeur avait disparu. C'était le troisième jour consécutif que Cayley manquait l'école et, cette fois, l'adolescente de treize ans n'avait même pas pris la peine de s'inventer une quelconque indisposition, ce qui préoccupait d'autant plus sa mère.

D'ordinaire, ce genre de cas ne faisait pas l'objet d'une visite à domicile, aussi Audrey s'étonnait-elle que Cooper ait accepté sans hésitation d'intervenir en urgence. Peut-être Helen lui avait-elle confié quelque chose qui l'avait alerté ?

— Je suis complètement démunie, avoua celle-ci d'une voix étranglée par l'émotion et le stress. Elle refuse de se lever, et pleure sans arrêt. Le pire, c'est qu'elle ne me donne aucune explication.

Elle répète juste en boucle qu'elle ne remettra plus jamais les pieds au collège. C'est encore une enfant !

— Je veux bien lui parler, répondit Cooper, mais s'il s'agit d'une question… comment dire… intime…

Peinant à trouver les mots adéquats, il s'interrompit et lança un regard lourd de sens à Audrey, qui se sentit fondre. Qu'un médecin urgentiste aussi aguerri que le Dr MacAskill fasse preuve d'une telle pudeur témoignait d'une certaine noblesse de cœur.

Elle vola à son secours.

— Peut-être votre fille est-elle confrontée à des soucis typiquement féminins ? suggéra-t-elle.

— Le cas échéant, il vaudrait mieux qu'Audrey s'en occupe, dit-il aussitôt. Elle saura mieux que moi établir la communication avec Cayley, l'écouter et la conseiller. Pour ma part, je n'interviendrai que si une prescription médicale se révèle nécessaire.

De nouveau, il la mettait en avant. Elle lui en fut reconnaissante. Une semaine de ce traitement, et elle retrouverait la confiance en elle que Rafael avait si bien sapée !

— Puis-je vous accompagner ? demanda Helen.

— Bien sûr… À moins qu'elle ne redoute d'avouer devant vous ce qui la bouleverse à ce point.

— Je ne pense pas. Ma fille et moi avons toujours été très proches. Nous avons confiance l'une en l'autre. Voilà pourquoi je ne comprends vraiment pas son brusque changement de comportement.

Audrey lui adressa un sourire réconfortant.

— Montons la voir et tâchons d'en savoir plus.

Alors qu'elles se dirigeaient vers l'escalier, Helen la retint par le bras.

— Il faut que je vous dise que… Eh bien… son père et moi nous sommes séparés il y a quelques mois.

— D'accord.

Helen resserra son étreinte.

— Brian, mon ex, travaille sur des plates-formes pétrolières, et la moitié de son salaire passe dans le jeu… et les femmes. J'ai essayé de protéger Cayley. Mais nous vivons sur une petite île où les rumeurs se répandent vite, vous comprenez ?

Audrey comprenait cinq sur cinq. Elle-même, par crainte des commérages, avait quitté l'unité de soins pédiatriques de pointe avant que la nouvelle de ses déboires sentimentaux ne se propage, pour fuir la compassion ou l'ironie dans le regard de ses collègues.

Plongé dans ses pensées, Cooper contemplait la vue depuis la fenêtre de la cuisine. Helen habitait un peu à l'écart de la rue principale de Bourtree Castle. Elle était propriétaire d'une maison mitoyenne, de taille modeste mais confortable, à la porte d'entrée peinte en rouge. Deux pièces au rez-de-chaussée, deux chambres à l'étage, un jardinet où étendre le linge en été et stocker quelques stères de bois pour l'hiver.

Les gens d'ici avaient coutume de dire que, pour vivre heureux, il leur suffisait de posséder un foyer comme celui-ci. Une ambition hors de portée de ses parents pour qui les virées au pub étaient le principal poste budgétaire. Au lieu d'économiser pour un bien immobilier, ils avaient gaspillé le peu qu'ils gagnaient dans la boisson, quitte à s'entasser chez Gertie. Jusqu'à ce qu'ils ratent un virage en épingle à cheveux et que leur véhicule...

Il refoula ces mauvais souvenirs et se concentra sur la voix de Cayley. Il ne distinguait pas les paroles, mais la rapidité du débit entrecoupé de sanglots et les intonations qui montaient dans les aigus indiquaient que l'adolescente en avait gros sur le cœur.

Une vingtaine de minutes plus tard, les deux femmes le rejoignirent dans la cuisine. En signe de soutien, Audrey avait glissé un bras sous celui de Helen.

— Alors ? demanda-t-il simplement.

— Cayley est devenue la tête de turc d'un groupe de collégiens, annonça Audrey.

Il sentit une remontée de bile lui brûler la gorge. Il ne connaissait que trop bien la cruauté des jeunes entre eux.

— Pour quelle raison ?

— Elle s'est amourachée d'un garçon de la classe supérieure à la sienne. Or le jeune homme en question a déjà une petite copine.

— Rien de grave, en somme. Ça arrive souvent. Pourquoi enquiquinent-ils Cayley pour si peu ?

— Les histoires d'amour tiennent une place aussi importante dans la vie des adolescents que dans celle des adultes. Douze ou treize ans, c'est l'âge où l'on commence à expérimenter les émois du cœur et du corps.

— Si tôt ?

À cet âge-là, il était principalement occupé à se battre derrière l'abri à vélos pour faire ravaler leurs insultes aux brutes qui se moquaient de lui à cause de ses parents ; tomber amoureux était le dernier de ses soucis.

En vérité, il ne s'en était jamais tant soucié que cela. Bien sûr, il avait eu des petites amies, ici et à Glasgow, mais toutes s'accorderaient probablement à dire qu'il ne leur avait pas consacré beaucoup de temps. Et elles n'auraient pas forcément tort. Défendre à coups de poing le nom des MacAskill, réussir brillamment ses études, exceller dans son métier d'urgentiste : ses priorités étaient ailleurs. De plus, l'exemple parental l'avait échaudé. Aimer, c'était s'exposer à de graves déceptions. Surtout si ce sentiment n'était pas payé de retour…

— Le problème n'est pas là, répondit Audrey sur un ton étonnamment sec. L'amour ne se commande pas.

— OK. Où est le problème, dans ce cas ?

— Certains accusent Cayley de harceler ce garçon, ce qui est faux.

Audrey s'interrompit et coula un regard embarrassé en direction de Helen.

— Ils la traitent de « pétasse » – je cite –, et crient sur tous les toits qu'elle ne vaut pas mieux que son père.

— Le scénario classique, fit-il d'une voix sourde.

Audrey le dévisagea avec insistance, comme si elle cherchait une réponse. Il eut alors l'impression qu'elle lisait son âme comme à livre ouvert, qu'elle devinait en lui le jeune garçon blessé et révolté faisant disparaître les traces de sang de son visage pour ne pas peiner davantage sa grand-mère, s'efforçant de garder la tête haute envers et contre tout.

— Que suggérez-vous ?

— De la dispenser de collège pendant une semaine. Cette histoire dure depuis un bon moment et l'a plongée dans un profond état d'anxiété. Elle a perdu du poids, elle dort mal… Je crois qu'il est grand temps d'intervenir.

— J'aurais dû être plus vigilante. Malheureusement, je n'ai pas assez de temps à lui consacrer. Je dois travailler double pour que nous nous en sortions financièrement, faute de recevoir de l'argent de son père.

— Comment ? s'exclama Cooper, furieux. Brian ne te verse pas de pension alimentaire ?

Helen esquissa un signe de dénégation.

— Nous n'avons même pas encore entamé les procédures de divorce. Je ne sais plus où donner de la tête. Je suis en retard sur tout…

Sa voix se fissura et les larmes se mirent à couler.

— Je fais tout mon possible pour préserver Cayley, mais avec l'emprunt pour la maison, les factures et bientôt Noël, j'ai parfois l'impression de m'enfoncer dans un puits sans fond.

— Que vous soyez divorcés ou non n'est pas la question ! tonna Cooper, indigné. Cette enfant, vous l'avez eue ensemble, Brian n'a pas le droit de se défiler. Il a le devoir d'assumer sa responsabilité de père.

Devant une telle virulence, Audrey s'était figée. Un silence pesant s'installa.

Il avait laissé parler son cœur et, à présent, il se sentait à nu devant elles. D'un geste nerveux, il ôta la guirlande de son cou et la fourra dans sa poche.

— Excusez-moi, je m'emporte. Le sujet est un peu… sensible.

— Je sais, Coop, murmura Helen d'une voix compatissante. Nous sommes tous très fiers de toi, de l'homme que tu es devenu malgré les… circonstances.

Il surprit le regard insistant d'Audrey posé sur lui.

Super ! Une nouvelle personne venait de s'ajouter à la liste de ceux qui le jugeaient en fonction de son passé. La réputation de poivrots de ses parents allait-elle le poursuivre jusqu'à la fin de ses jours, lui coller à la peau telle une étiquette ? C'est en grande partie pour cette raison qu'il avait quitté l'île et qu'il avait eu tant de mal à y revenir, malgré son amour sincère pour sa grand-mère.

— Y a-t-il un psychothérapeute à Bourtree ? demanda Audrey.

Cooper lui sut gré de recentrer la discussion sur Cayley. À l'époque, il aurait aimé pouvoir compter sur une personne comme elle, à l'écoute, capable de prendre du recul et dépourvue de préjugés. Ou bien sur un psychothérapeute.

Sa grand-mère avait tenté de le remettre dans le droit chemin, de le libérer de la rage qui bouillonnait en lui, en employant des méthodes, certes efficaces, mais moins orthodoxes au regard de la psychologie moderne : fendre des bûches, faire la plonge au Puffin ou encore porter des caisses à la filature. En revanche, ils n'avaient jamais parlé, ensemble, de la racine du problème.

— Il y a effectivement une psychologue scolaire. Je lui demanderai de passer voir Cayley, si tu es d'accord, Helen.

— Bien sûr. Son bonheur m'importe plus que tout. Je me sens fautive. J'ai forcément fait quelque chose qui a détourné Brian de moi et l'a éloigné de sa fille.

Helen prit le mouchoir en papier que lui tendait discrètement Audrey et sécha ses larmes.

Cooper eut soudain une révélation. Et si, pendant toutes ces années, sa grand-mère avait, elle aussi, porté le fardeau de la culpabilité sur ses épaules ? Elle devait se reprocher d'avoir raté l'éducation de son fils et s'en vouloir des conséquences de cet échec pour ses petits-enfants.

— Ne dites pas ça, Helen, fit Audrey avec une grande douceur. Vous n'y êtes pour rien. Vous agissez de votre mieux, et Cayley a de la chance d'avoir une mère telle que vous.

Helen lui adressa un sourire de gratitude.

— Merci. Vous pensez vraiment que ce soutien psychologique suffira ?

— À mon avis, oui. Et cela permettra certainement de ne pas avoir recours à un traitement médicamenteux.

Helen, horrifiée, écarquilla les yeux.

— Vous croyez qu'elle pourrait avoir besoin d'antidépresseurs ?

Cooper prit le relais.

— Pas à ce stade, semble-t-il. J'ai confiance dans le jugement d'Audrey. Maintenant, si Cayley accepte de me recevoir, je vais l'ausculter avant de la dispenser d'école pour une semaine.

— Je n'aime pas trop l'idée qu'elle manque les cours. Surtout qu'en ce moment, elle a des difficultés en maths.

— Je peux l'aider, si tu veux, dit-il.

Helen eut l'air embarrassé.

— C'est gentil, mais... je préférerais quelqu'un qui... enfin, qui ne risque pas de partir d'ici du jour au lendemain. Tu comprends ? Elle a déjà dû surmonter un tel changement dans sa vie !

Il aurait voulu protester, affirmer qu'il envisageait de rester une bonne fois pour toutes. Cependant, quelque chose le retint. Quelque chose qui ressemblait à un doute profond.

Que cherchait-il à se prouver ? Qu'il avait le pouvoir de réparer ses torts ? C'était trop tard. Il n'avait pas répondu présent quand sa grand-mère avait besoin de lui. Maintenant, elle n'était plus là. Elle venait de prendre sa retraite quand le drame s'était produit, laissant deux orphelins alors adolescents. Elle qui rêvait de découvrir enfin le monde avait dû renoncer à ses projets de voyage pour élever ses petits-enfants, lesquels n'avaient pas hésité, par la suite, à déserter sa maison.

— J'aiderai Cayley, dit-il d'un ton ferme. Tu as ma parole.

Légèrement en retrait, Audrey assistait à leur échange. À en juger par sa moue perplexe, certains éléments de la discussion lui échappaient.

Cooper s'apprêtait à insister quand son portable vibra dans sa poche. Un message du Dr Anstruther lui transmettait les coordonnées d'un patient à ajouter à la liste des visites.

— Voilà une affaire entendue. Maintenant, je monte m'entretenir avec Cayley.

Quelques minutes plus tard, il s'était forgé une idée précise de l'état de l'adolescente et partageait les conclusions d'Audrey : les crises d'angoisse étaient réelles, mais ils intervenaient suffisamment tôt pour éviter le recours à la médication. Il avait vu trop de ses confrères régler de façon systématique les problèmes à coups d'ordonnances.

— Donc, tu te sens prête à parler de tes soucis à quelqu'un ?

Gardant obstinément les yeux baissés, Cayley acquiesça.

— Ça ne pourrait pas être Audrey ? Je préférerais lui parler à elle, plutôt qu'à Mlle MacIntyre ou...

Cooper éclata de rire.

— Ou à moi ? C'est bien ce que tu veux dire ?

Elle hocha la tête.

Il ne l'en blâmait pas. À sa place, il aurait réagi de la même manière, et il imaginait sans difficulté se confier à Audrey. Une certitude étrange, pour lui qui n'était pas du genre à s'épancher, encore moins auprès d'une jeune femme qu'il connaissait à peine.

— Mlle Walsh va rester plusieurs semaines à Bourtree. Cependant, je crains que son emploi du temps ne lui laisse pas cette liberté.

— Et vous ? Vous allez rester ?

Elle se montrait étonnamment directe pour une jeune fille timide.

— Oui, il y a des chances, répondit-il, prudent.

Pour le moment, il lui était impossible de s'engager davantage.

— Sache néanmoins que Mlle MacIntyre est disponible. Quant à moi, je viendrai t'aider en maths deux fois par semaine tant que tu n'auras pas repris les cours. Ce que j'essaie de t'expliquer, c'est que, désormais, tu as des gens sur qui compter pour te soutenir jusqu'à ce que tu aies surmonté cette épreuve.

La lèvre inférieure de Cayley se mit à trembler et, tout à coup, de grosses larmes déferlèrent sur ses joues.

— Allons, ne pleure pas, je vais essayer d'arranger ça avec Audrey. Simplement, elle est infirmière, pas psychothérapeute, et je pense qu'en l'occurrence une professionnelle aurait une meilleure qualité d'écoute.

— Peut-être mais elle, au moins, elle sait ce qu'on ressent quand on a le cœur brisé ! Son fiancé l'a trompée comme papa a trompé maman.

Cooper tomba littéralement des nues. Comment un type pouvait-il être assez stupide pour gâcher une telle chance ? De nombreux hommes auraient rêvé de partager leur vie avec une femme aussi adorable ! En tout cas, voilà qui expliquait qu'une Londonienne s'exile en plein hiver sur une île perdue, et sans doute aussi que la perspective des fêtes de Noël ne la transporte pas d'enthousiasme.

— J'espérais qu'elle m'apprendrait à reprendre mon destin en main, comme elle a commencé à le faire depuis la rupture de ses fiançailles.

— D'accord. Mon petit doigt me dit qu'elle trouvera du temps pour toi. Toutefois, c'est à elle de décider.

— Vous croyez ?

— Oui. En attendant, jeune fille, rallonge-toi et tâche de dormir un peu. Si j'ai bien compris, tu as pas mal de sommeil à rattraper. Si tu veux réussir ta mission, il faut d'abord te requinquer.

— Merci, murmura Cayley, des étoiles dans les yeux.

Quand Cooper redescendit à la cuisine, une foule de questions se bousculaient dans son esprit. Toutes tournaient autour d'Audrey Walsh.

5

Audrey sortit de la jeep, s'étira et frissonna. Le système de chauffage du véhicule ne fonctionnait toujours pas, et la journée avait été passionnante, mais longue. Elle avait achevé de la convaincre que, quoi qu'en dise son ex, les visites à domicile ne concernaient pas « majoritairement des vieillards incontinents ayant besoin qu'on leur change leurs draps ». Il existait toutes sortes de raisons pour lesquelles une personne ne pouvait pas se rendre chez son médecin traitant.

Ce qui l'avait frappée aujourd'hui, c'était la déception de bon nombre de malades qu'ils avaient également vus la veille que Cooper ait délaissé son costume de Père Noël. Elle comprenait à présent qu'elle avait réagi un peu trop vite en jugeant ce déguisement ridicule. Ce n'était pas parce qu'elle était malheureuse que tout le monde devait l'être. Malheureuse… plus tant que ça, d'ailleurs. Depuis qu'elle avait coupé les ponts avec son existence d'avant, elle avait l'impression de commencer à se retrouver.

Foncer tête baissée dans ce projet de mariage, abandonner son métier d'infirmière à domicile et intégrer une unité pédiatrique de pointe afin d'impressionner Rafael, veiller à ne pas lui faire honte lors des soirées entre grands pontes… Elle avait dépensé une énergie considérable pour plaire à son fiancé, quitte à oublier qui elle était vraiment. Pourtant, son père lui avait dit un jour qu'aimer ne consistait pas à modifier sa personnalité pour qu'elle corresponde à l'idéal de l'autre. Elle aurait dû s'en souvenir ; cela lui aurait évité bien des peines et des désillusions.

Cooper ne s'était pas montré très loquace non plus, dans la voiture. Il s'était retranché dans ce silence qui lui tenait lieu d'armure. Elle aurait parié que son mutisme avait quelque chose à voir avec la phrase que Helen avait prononcée sur un ton étrange : « Nous sommes tous très fiers de toi, de l'homme que tu es devenu malgré les… circonstances. » Qu'entendait Helen par « malgré les circonstances » ?

Elle avait deviné que Cooper n'entretenait pas d'excellents rapports avec son père, compris qu'il détestait les brutes – un bon point pour lui – et attachait une importance particulière à la responsabilité parentale – un autre bon point. En revanche, si, de toute évidence, il adorait sa grand-mère, pas une seule fois il n'avait mentionné sa mère.

Il aurait mieux valu qu'elle tombe amoureuse d'un homme comme lui plutôt que de Rafael…

Sauf que, pour l'instant, les histoires de cœur ne faisaient pas partie du programme, encore moins avec le Dr MacAskill ! Elle s'en tiendrait donc à leur relation professionnelle… Fort agréable, au demeurant.

Plus tôt dans l'après-midi, ils étaient allés chercher Jimmy Talbot, puisque Cooper avait réussi l'exploit de le convaincre de mettre le nez dehors. Ils l'avaient conduit à la salle paroissiale pour procéder au contrôle du taux d'insuline et à l'injection. Là, un monsieur d'apparence débonnaire avait sollicité ses conseils sur les éclairages pour la fête de la Nativité. Audrey avait surpris un regard de connivence entre cet homme et Cooper quand Jimmy s'était lancé dans des explications détaillées. Cette rencontre ne devait a priori rien au hasard.

— J'ai réfléchi au sujet de Cayley, dit Cooper tandis qu'ils se dirigeaient vers le Puffin où ils avaient prévu de dîner.

— Oui ? demanda Audrey en pressant le pas.

Elle avait hâte d'être au chaud. Elle était tellement frigorifiée qu'elle avait du mal à raisonner de façon cohérente.

— Pour elle aussi, ce serait certainement profitable de sortir de chez elle pendant son congé maladie.

— Elle n'a pas de devoirs à faire ?

— Si, mais vous connaissez beaucoup de jeunes capables de se concentrer sur leurs devoirs pendant une journée complète ?

— Non, aucun, fit-elle avec un sourire.

Il la précéda à l'intérieur du pub.

— Je me disais qu'on pourrait la faire venir.

— Au Puffin ?

— Non, à la salle paroissiale. Encore qu'un petit boulot ici l'aiderait à prendre conscience de sa valeur.

Encore un bon point à mettre au crédit du Dr MacAskill !

— C'est quoi, l'idée ? Que le Dr Anstruther garde un œil sur elle pendant que sa mère travaille ?

Il salua d'un geste l'homme et la femme qui s'activaient derrière le bar à servir des pintes de bière à un groupe – l'équipage du ferry à en juger par les uniformes.

— J'envisageais plutôt qu'elle apporte sa contribution aux préparatifs de la fête de la Nativité. Ceci dit, la présence de Finlay constituerait un atout non négligeable. Il connaît bien Cayley ; il l'a vu naître. Elle pourrait participer à la confection des costumes, par exemple.

Elle éclata de rire.

— Décidément, ces festivités vous tiennent particulièrement à cœur ! Pour un peu, je croirais que vous y avez un intérêt personnel !

Le visage de Cooper s'assombrit.

Oups ! Elle s'était de nouveau aventurée en terrain miné. Elle ferait mieux de tenir sa langue, dorénavant.

Ils se dirigèrent en silence vers une table située près de la cheminée où crépitait un bon feu. Audrey nota que les clients chuchotaient sur leur passage. Sans doute leur présence relançait-elle les paris au sujet du départ ou non de Cooper ? Il parut ne rien remarquer.

Dans ce vénérable lieu de rencontres, vieux de deux à trois siècles, régnait par ailleurs une ambiance chaleureuse et bon enfant. Parquet usé et encaustiqué, sièges dépareillés aux dossiers recouverts d'une peau de mouton ou d'un plaid de laine : la déco affichait fièrement son âge canonique.

Avec un naturel désarmant, Cooper lui tira la chaise pour l'inviter à s'asseoir et sa galanterie la troubla malgré elle. Quand, au début de leur relation, Rafael se comportait ainsi, son geste n'avait rien d'élégant ni de discret, puisqu'il était destiné à capter l'attention des autres convives plus qu'à choyer celle qui l'accompagnait.

Chez Cooper, la prévenance semblait être une seconde nature. Une fois de plus, elle songea que, sous ses airs parfois sombres, cet homme cachait une âme d'une extrême sensibilité.

— Nous devrions en toucher un mot à la responsable de l'atelier couture, dit-il en lui indiquant l'ardoise qui présentait les plats du jour.

— Qui vous dit qu'il s'agit d'une femme ? demanda-t-elle, moqueuse.

Ce commentaire censé détendre l'atmosphère ne dérida pas Cooper.

— C'est *toujours* une femme, répondit-il en étudiant la carte des boissons.

Son ton d'évidence la piqua au vif.

Mais bien sûr ! Où avait-elle la tête ? Quoi de plus normal que les hommes s'occupent des éclairages et les femmes des costumes ?

— Remarque typiquement masculine, ne put-elle s'empêcher de répliquer.

Il leva les yeux vers elle et lui adressa un sourire amusé.

— Qu'entendez-vous par là ?

Sur le moment, elle ne sut que répondre. Échaudée par ses déboires sentimentaux, elle avait décidé de considérer tous les membres de la gent masculine comme des machos, à commencer par son ex. Une décision simpliste, certes, mais très efficace pour s'épargner de nouvelles désillusions. Toutefois, Cooper MacAskill ne correspondait pas franchement à ce profil. Il avait beau être d'humeur changeante, elle percevait en lui plus de lumière que de zones d'ombre.

— Je reconnais que j'ai tendance depuis peu à vous mettre tous dans le même panier.

— Le sexisme n'est pas l'apanage des hommes, à ce que je vois.

Il n'avait pas tort. Elle s'apprêtait à en convenir quand la femme qui officiait derrière le comptoir à leur arrivée vint vers eux.

— Puis-je vous apporter quelque chose à boire ? Une bouteille de vin rouge, peut-être ?

Elle se tourna vers Cooper :

— Je suis désolée, Coop, pour ta grand-mère. J'ai assisté aux obsèques, mais j'ai dû revenir ici aussitôt après la messe ; et comme il n'y a pas eu de veillée commémorative...

— Pas de problème, fit-il comme pour lui-même. Audrey, que préférez-vous ? Du vin ou autre chose ?

— Je boirai volontiers un chocolat chaud.

— Quoi ? fit la serveuse en riant. Coop, je parie que le chauffage du 4x4 ne fonctionne toujours pas ! Le Dr Anstruther m'a appris qu'il était tombé en panne.

— Exact, répondit-il comme à regret.

— Mon Billy pourrait te réparer ça en moins de deux !

Il esquissa une moue dubitative.

— Il a bien changé, tu sais. C'est un mari adorable et un père de famille exemplaire.

— Je prendrai un Coca-Cola, répondit Cooper, coupant court à ces éloges qui ne le convainquaient manifestement pas. Audrey ? Que voulez-vous manger ?

— Je vous recommande la tourte au poulet et aux champignons. C'est la recette de Gertie. Tu te souviens, Coop ? Ta grand-mère n'avait pas son pareil pour la préparer.

Le regard rivé sur l'ardoise du menu, il ne se donna pas la peine de lui répondre.

— Dans ce cas, va pour la tourte ! dit Audrey, de plus en plus mal à l'aise.

Cooper commanda un steak avec frites, puis parut se radoucir et ajouta :

— Merci, Fiona. Je passerai un coup de fil à Billy demain, d'accord ?

Peu rancunière, Fiona lui sourit avant de s'éclipser. Après son départ, ils n'échangèrent pas un mot jusqu'à ce qu'un jeune homme dépose leurs boissons devant eux.

— Salut, Coop. Ça fait plaisir de te revoir au Puffin. Maman confirme sa proposition.

Cooper leva son verre en direction de la femme derrière le bar.

— Merci à elle. J'en prends bonne note.

Audrey attendit que le jeune serveur se soit éloigné pour poser la question qui lui brûlait les lèvres.

— Alors ? Avez-vous l'intention de m'expliquer ?

— Vous expliquer quoi ?

— Ce que signifient ces mystérieux échanges.

Il sembla hésiter, but une longue gorgée de soda avant de se décider.

— J'ai un passé... tumultueux.

— À quel niveau ?

— Tous les niveaux imaginables.

— Vous étiez le voyou du coin ? J'ai peine à le croire.

— Non, c'était Billy le gros dur.

— Le gentil Billy qui est marié à la serveuse ?

— Lui-même. À l'époque, il me flanquait régulièrement des raclées.

Elle apprécia la sincérité de cet aveu. En général, les hommes avaient honte de confesser qu'ils avaient été le souffre-douleur.

— Oh ! Mais pour quelle raison ?

— Mes parents étaient les pochetrons de l'île. C'est comme ça que les gens d'ici les appelaient, pas devant ma grand-mère, bien sûr. Quand vous êtes fils d'alcooliques dans une si petite communauté, la vie n'est pas toujours facile. La plupart des gens prédisent que vous suivrez l'exemple parental.

— Vous n'avez pourtant aucun problème d'alcool.

— Aucun. C'est la seule chose dont je leur sais gré : de m'avoir vacciné contre la tentation. J'ai trop vu les méfaits de la dépendance.

Il s'interrompit, le temps de boire une nouvelle gorgée.

— Vous voulez connaître toute l'histoire ?

— Uniquement si vous vous sentez prêt à la raconter.

Sa réponse le prit manifestement au dépourvu, car ses traits jusqu'alors crispés se détendirent. Elle l'avait mis en confiance.

— Mes parents n'étaient pas faits pour avoir des enfants, dit-il en guise d'introduction.

Puis il lui raconta comment ils s'étaient rencontrés sur les bancs du lycée, leur histoire d'amour exclusive qui avait donné lieu à une grossesse accidentelle et à la venue au monde de sa sœur Shona.

— Ils ont pensé que ce serait « sympa » d'avoir un bébé ou deux, jusqu'à ce qu'ils se rendent compte que le rôle de parents comportait un certain nombre de contraintes. Alors ils nous ont tout simplement refourgués à ma grand-mère paternelle qui nous a pris sous son aile.

— Et vos grands-parents maternels ?

— Ils ont fichu leur fille à la porte en apprenant qu'elle était enceinte. De toute façon, ils ne lui avaient jamais accordé beaucoup d'attention.

— Comment ça ?

— Eux aussi buvaient. Ils ont déménagé à Glasgow avant ma naissance. Davantage de pubs à écumer.

— Par la suite, vous avez habité avec Gertie ou avec vos parents ?

— Les deux, en quelque sorte. Étant incapables d'économiser de quoi payer un loyer ou, a fortiori, d'acquérir un logement, ils vivaient chez ma grand-mère. Par intermittence.

— Par intermittence ?

— Ils avaient du mal à décrocher un travail sur l'île. Et pour cause ! Ils rentraient de temps à autre à Bourtree, quand ils avaient gagné un peu d'argent ailleurs, là où leur réputation ne les avait pas précédés.

— Où sont-ils aujourd'hui ?

— Au cimetière.

— Oh ! pardon ! Je suis désolée.

Elle trouva soudain un goût amer à son chocolat chaud.

— Ne le soyez pas. Ils sont revenus à l'occasion de mon treizième anniversaire. À peine soufflées les bougies du gâteau confectionné par Granny, ils sont repartis. Ils se sont enivrés, ont raté un virage en épingle à cheveu et ont fini au fond de la mer.

— Oh mon Dieu ! dit Audrey, horrifiée.

— C'était écrit, fit-il avec un détachement qui faisait froid dans le dos. J'ai surmonté cette épreuve. Ce que je suis aujourd'hui, je le dois à ma grand-mère, mes qualités, du moins.

— Elle vous manque terriblement, j'imagine.

Il pinça les lèvres, et son visage prit une expression aussi chargée qu'un ciel d'orage.

— Oui. Je m'en veux de ne pas avoir su lui témoigner plus d'affection quand elle était encore de ce monde.

— L'amour se manifeste de bien des façons. Il n'a pas forcément besoin de grandes déclarations pour prouver qu'il existe.

Il en avait été ainsi avec son propre père. Ils n'avaient pas été très démonstratifs, mais n'avaient jamais douté de leurs sentiments réciproques et avaient toujours été là l'un pour l'autre.

Alors que Rafael s'était plutôt montré du genre excessif. En réalité, les énormes bouquets de fleurs et autres présents somptueux qu'il lui faisait livrer à l'hôpital l'avaient plutôt embarrassée vis-à-vis de ses collègues qu'enthousiasmée. C'était étrange qu'elle ne s'en rende compte que maintenant.

— Audrey…

Il emprisonna ses mains dans les siennes et la fixa avec une troublante intensité, comme s'il réclamait d'ores et déjà son absolution pour la confession qu'il s'apprêtait à faire.

— Je n'étais pas là lorsque ma grand-mère est morte. Quand elle m'a informé qu'elle était malade, je n'ai rien trouvé de mieux à lui répondre qu'elle était solide comme un roc. Je lui ai promis de venir le week-end suivant. J'ai assuré une permanence supplémentaire aux urgences, puis une autre, et, comme d'habitude, je lui ai fait faux bond. Sauf que, cette fois, j'ai raté la dernière occasion de la voir de son vivant. Si j'avais été un bon petit-fils, j'aurais sauté dans le premier ferry en partance pour Bourtree, dit-il d'une voix étranglée par l'émotion.

— Vous ne pouviez pas l'anticiper.

— Si. Je savais qu'elle toussait beaucoup. Je savais aussi qu'elle avait dépassé les quatre-vingts ans et qu'à cet âge-là, en plein hiver, un rhume bénin risque de dégénérer en une pneumonie mortelle. Les urgences sont pleines d'octogénaires atteints de troubles respiratoires graves en ce moment.

Cooper lâcha les mains d'Audrey. Il ne méritait ni compassion, ni réconfort.

— Je n'ai aucune excuse. J'ai abandonné la seule personne qui ait pris soin de moi à son triste sort.

Un étau de la culpabilité lui comprima la poitrine. C'était la première fois qu'il exprimait devant un tiers ce qu'il ressentait au plus profond de son être.

— Est-ce réellement ce qui s'est passé ?

— Oui. Le Dr Anstruther lui rendait visite chaque jour, de même que ses voisins.

— Les avait-elle appelés ?

— Non, c'est moi qui leur ai téléphoné pour le leur demander.

— Vous avez donc veillé sur elle autant que possible. Il semble que votre présence était requise aux urgences.

— Vous ne comprenez pas. Ma place était *ici*, pas à l'hôpital. Ma grand-mère est morte sans personne pour lui tenir la main, personne pour la rassurer et la soulager. J'ai manqué l'ultime occasion de la remercier de tous les sacrifices qu'elle a faits pour mon bien-être, de lui dire combien je l'aimais...

Bouleversé, il s'interrompit. À quoi bon se flageller ? Cela ne ramènerait pas sa grand-mère.

— Elle se montrait parfois bourrue, mais elle était d'une grande générosité. Toujours prête à rendre service, à partager ce qu'elle avait. Même disparue, elle reste omniprésente.

Pour preuve, une assiette contenant une grosse part de tourte à la pâte dorée à souhait et une portion non moins copieuse de purée fut déposée devant Audrey.

Son plat favori. Il avait eu beau en manger un nombre incalculable de fois durant sa jeunesse, il ne s'en était jamais lassé. Il aurait mieux fait de le commander au lieu de choisir ce steak, certes appétissant, et ces frites même croustillantes à point.

— Vous voulez goûter ? demanda Audrey comme si elle lisait dans ses pensées.

— Non, merci.

— Allez, ne vous faites pas prier. Vous l'avez amplement mérité.

Son intuition lui souffla qu'elle saluait ainsi son courage. Du courage, il en fallait pour avouer ce qui pesait si lourd sur sa conscience. Cherchait-elle aussi à lui délivrer un message, à lui faire comprendre qu'il n'avait pas fui sa grand-mère, mais les démons du passé ?

Il lui offrit un sourire triste et, le regard rivé au sien, accepta la bouchée. Une onde d'une incroyable intensité les relia alors l'un à l'autre. Celle-ci ne dura que quelques secondes, mais étrangement elle lui insuffla le fol espoir qu'un jour, peut-être, il parviendrait à se pardonner.

— Envisagez-vous une veillée commémorative ? demanda-t-elle.

— Fiona a proposé qu'elle se déroule ici. C'est ce dont me parlait son fils tout à l'heure. D'après elle, de nombreux habitants de l'île y assisteraient. En revanche, je ne voudrais pas que cette réunion vire à la veillée funèbre. Granny détestait les larmoiements.

— Mes deux parents sont morts, et leurs soirées commémoratives ont été l'occasion pour les participants de se remémorer tous les bons moments passés en leur compagnie.

Il se rappelait comme si c'était la veille celle organisée à la mémoire de ses propres parents. Elle n'avait réuni que Gertie, lui et quelques proches venus soutenir sa grand-mère, et les plateaux de canapés étaient restés quasiment intacts. Le fait qu'au lieu de se tuer ses parents auraient pu ôter la vie à ceux qui auraient eu le malheur de croiser leur route ce jour-là avait frappé les esprits. S'il y avait bien une communauté soudée, c'était celle de Bourtree. Et malgré les inévitables différends, tous ou presque se serraient les coudes.

Il en était là de ses souvenirs quand, du coin de l'œil, il aperçut Billy qui entrait dans le pub. Celui-ci se dirigea droit vers le bar, où il embrassa sa femme avant de saluer les habitués accoudés au comptoir. Il dit quelque chose et tous rirent de bon cœur. Autrefois, ces mêmes types auraient baissé les yeux en priant pour qu'il ne les remarque pas.

Cooper ajouta mentalement l'aptitude au changement à la liste des qualités qu'il souhaitait acquérir. Car l'adaptation devait venir de l'intérieur et non d'un déguisement de Père Noël...

— Une dernière bouchée avant que je finisse d'engloutir cette délicieuse tourte ?

Il lui sourit et résista à l'envie de lui caresser la joue. Cette femme avait le pouvoir de l'émouvoir. Au premier contact, elle lui avait paru psychorigide en refusant tout net le costume de lutin. À sa décharge, elle avait toutes les raisons de se méfier de l'homme mal rasé et bizarrement vêtu qui l'avait accueillie à sa descente du ferry ! D'autant plus qu'elle venait de subir une peine de cœur. Il fut tenté de la questionner à ce sujet, mais se ravisa. Lui comme elle avaient eu leur dose de confidences.

Son téléphone portable vibra. Voyant « Doc » s'afficher à l'écran, il décrocha aussitôt. Le Dr Anstruther l'informait d'une urgence potentielle.

— Pas de problème, nous y serons dans deux minutes. Suspicion de crise cardiaque, dit-il à Audrey après avoir raccroché.

Ils se levèrent d'un bond, enfilèrent leurs manteaux. Alors qu'ils passaient au pas de charge devant le bar, Fiona qui avait deviné de quoi il retournait leur cria de ne pas s'inquiéter pour l'addition ; ils régleraient plus tard.

Une fois dehors, Cooper fonça vers le 4x4. Il ouvrit le coffre et saisit la mallette médicale ainsi que le défibrillateur automatisé externe qu'entre eux les professionnels de santé appelaient plus souvent DAE.

— Prête pour un sprint ? Faites attention, le trottoir est verglacé.

Sans lui laisser le temps de répondre, il attrapa Audrey par la main et l'entraîna à sa suite.

Quelques minutes plus tard, ils atteignaient leur destination, une bâtisse à la façade en pierre grise située à l'extrémité de la rue principale. Une couronne de Noël était suspendue au heurtoir en laiton rutilant de la porte d'entrée. Celle-ci s'ouvrit avant même qu'ils n'aient signalé leur présence.

— Merci d'être venus si vite. James est dans le salon.

Cooper présenta brièvement Audrey à Karen, une femme d'une cinquantaine d'années dont le visage exprimait une angoisse proche de la panique.

— Est-il conscient ?

— Oui, répondit-elle en les précédant dans le couloir. C'est à peine s'il peut bouger, et il se plaint d'une terrible douleur à la poitrine.

— Tu as prévenu le service des urgences ?

— Oui. Malheureusement, l'hélicoptère a été réquisitionné pour une intervention dans une autre île et, dans son état, James est intransportable par bateau.

Ils pénétrèrent dans une vaste pièce au centre de laquelle trônait un sapin qui devait mesurer dans les trois mètres de hauteur. Le teint livide, un homme était étendu sur le tapis, au pied de l'arbre. Son ventre rebondi témoignait d'un goût prononcé pour la bonne chère.

Cooper s'agenouilla à côté de lui tandis qu'Audrey se plaçait en face et préparait le défibrillateur. Le fait que James soit resté conscient indiquait qu'il pouvait s'agir d'une fausse alerte.

— Comment ça va, James ? demanda doucement Cooper.

— J'ai connu mieux. Au fait, Coop, mes condoléances pour ta grand-mère.

— Merci.

Sans qu'il ait eu besoin de le lui demander, Audrey avait déjà sorti de la mallette médicale le spray de trinitrine ainsi que de l'aspirine. Cooper demanda un verre d'eau à Karen, puis reporta son attention sur James.

— Peux-tu nous expliquer comment tu te sens ?

— J'ai un peu moins mal, mais tout à l'heure, la douleur était insupportable. J'ai bien cru que le Seigneur me rappelait à Lui !

— Il semble que ton heure ne soit pas encore arrivée. Nous allons t'installer plus confortablement.

Le comprenant à demi-mot, Audrey se redressa aussitôt. Elle prit un coussin d'assise du canapé qu'elle plaça sous les genoux de James et un autre, moins épais, qu'elle glissa sous sa tête.

— Prends-tu un traitement contre l'angine de poitrine ou pour le cœur ?

— Aucun. J'étais perché là-haut en train d'accrocher l'étoile quand c'est arrivé. Un peu comme si j'avais reçu un uppercut en pleine poitrine. Je suffoquais, et même ma mâchoire me faisait souffrir. Si Karen ne m'avait pas vu devenir blanc comme un linge et ne m'avait pas aidé à descendre, on aurait pu ajouter la commotion cérébrale à la liste de mes bobos.

— Donc, tu décorais le sapin ?

— Oui. Je ne sais pas combien de fois j'ai monté et descendu l'escabeau ! Karen a des idées bien précises sur la façon de disposer les guirlandes, et tu connais le dicton...

— Ce que femme veut, Dieu le veut, répondit Cooper, soulagé de constater que James parlait sans devoir reprendre son souffle. Pratiques-tu régulièrement un exercice physique aussi exigeant ?

— Jamais, répondit-il avec une grimace cocasse. Ça se voit, d'ailleurs, je n'ai pas franchement un corps d'athlète.

— As-tu déjà subi ce genre d'alerte ?

— De temps à autre. La dernière fois que ça m'a pris, nous assistions au bal traditionnel. Pas question de gâcher la fête. De toute façon, ça finit toujours par passer. Et puis tu comprends, ma chérie, dit-il à l'intention de son épouse, pétrifiée sur le seuil, je ne voulais pas t'inquiéter.

— Il n'empêche que tu aurais dû en parler. Ces malaises à répétition risquent d'avoir des conséquences graves.

— S'agit-il d'un infarctus ? demanda Karen d'une voix tremblotante. Il vaudrait peut-être mieux utiliser votre appareil, là.

— Le défibrillateur ne sert que dans deux circonstances : d'une part, une fibrillation ventriculaire – si c'était le cas de ton mari, il aurait perdu connaissance ; d'autre part, une tachycardie ventriculaire, c'est-à-dire une accélération du rythme cardiaque telle que le sang n'est plus éjecté correctement vers les autres organes.

— Dans un cas comme dans l'autre, chérie, je ne jacasserais pas comme ça.

— Exact. Les premières douleurs se sont manifestées il y a une vingtaine de minutes, c'est bien ça ?

James le lui confirma d'un hochement de tête.

— Tout porte à croire que tu as eu une violente crise d'angine de poitrine, causée par un effort excessif.

— C'est ma faute, dit Karen en gémissant. Je suis désolée, mon chéri. Est-ce une maladie ?

Cooper vit qu'Audrey s'apprêtait à intervenir, puis se ravisait. D'un regard, il l'encouragea. Elle était membre à part entière du tandem qu'ils formaient, et elle avait voix au chapitre tout autant que lui.

Le sourire de gratitude qu'elle lui offrit en retour le toucha et acheva de l'intriguer. C'était comme si elle n'avait pas l'habitude que son opinion soit prise en considération. Curieuse réaction venant d'une excellente professionnelle qui, de surcroît, avait exercé dans l'un des établissements de pédiatrie les plus renommés de Londres.

Il avait une chance inouïe de l'avoir à ses côtés. D'autant qu'en dehors du travail elle était d'une compagnie très agréable. Elle l'avait prouvé une nouvelle fois au pub en l'écoutant patiemment raconter ce qu'il avait sur le cœur, sans l'interrompre, sans porter de jugement. Jamais encore il ne s'était épanché ainsi auprès de quiconque, pas même ses petites amies. Cette femme était une perle !

— L'angine de poitrine n'est pas une maladie, dit-elle. Elle provoque des douleurs comparables à celles de la crise cardiaque, mais il s'agit en réalité d'une réaction à un défaut d'irrigation sanguine au niveau du cœur.

— Comment le soigner ? demanda Karen. Faut-il que James garde le lit ?

— Le mieux serait de consulter un cardiologue pour qu'il effectue des examens complémentaires et établisse un diagnostic. Cooper ? Quelle est la procédure ici ?

— Il faut prendre rendez-vous dans un hôpital de Glasgow.

Le visage de Karen se décomposa.

— Et pourquoi vous ne vous en chargeriez pas sur place, tous les deux ?

Le ton était presque suppliant.

— Nous pouvons procéder aux contrôles préliminaires et évaluer l'hygiène de vie du patient : tension artérielle, taux de cholestérol, IMC... En revanche, nous ne disposons ni des équipements ni des compétences pour réaliser un électrocardiogramme ou une angiographie coronarienne. Or, dans le cas de James, ces examens sont indispensables.

Karen fondit en larmes.

— Pardon, mon chéri ! Si j'avais su ! Plus jamais nous ne décorerons de sapin pour Noël.

Cooper ne s'étonna pas. La population locale n'aimait guère quitter son île, et encore moins pour se rendre dans un hôpital d'une grande ville. Il prescrivit un comprimé d'aspirine par jour afin de faciliter la circulation du sang dans les artères coronaires.

— En attendant le rendez-vous chez le cardiologue, James, il te faut du repos. Et si tu as de nouveau mal, Karen doit nous contacter aussitôt. Promis ?

Le couple s'y étant engagé, Cooper et Audrey prirent congé.

— Vous avez assuré, dit-il tandis qu'ils se dirigeaient vers le 4x4.

— Je n'ai fait que mon travail, répondit-elle sur un ton joyeux prouvant néanmoins que le compliment la touchait. De vous à moi, j'espère que James et Karen ne renonceront pas à décorer un sapin lors des prochains Noëls.

— Et moi qui pensais que vous n'appréciiez pas cette fête !

Elle rougit.

— Cela a-t-il un rapport avec la déception sentimentale que vous avez évoquée avec Cayley ?

— Elle vous a raconté ?

— Contrairement aux médecins, les patients ne sont pas tenus au secret médical. Vous voulez en parler ?

Elle attendit qu'il ait rangé la mallette médicale et le défibrillateur dans le coffre de la jeep avant de répondre.

— Pourquoi pas.

— Dans ce cas, en voiture ! Je connais un endroit qui se prête particulièrement aux confidences.

6

— Où m'emmenez-vous ?

Audrey se sentait un peu nerveuse.

Cooper quitta la route de la côte pour un petit chemin menant à la pointe nord de l'île. Il gara le véhicule devant un point de vue panoramique, face à la mer.

— Nous y sommes.

— Il fait nuit noire. On ne voit pas grand-chose.

— Les conditions sont parfaites.

— Parfaites pour quoi ? À quoi rime cet air mystérieux ?

— Patience !

Il sourit, détacha sa ceinture de sécurité et se pencha au-dessus du volant pour scruter le ciel.

— Ici, il n'y a pas de pollution lumineuse. J'imagine que Londres brille et scintille de toutes parts en cette période de l'année.

— Oui, c'en est presque aveuglant.

— Votre ancien petit ami habite là-bas ?

Il fixait toujours la voûte céleste qui – elle le remarquait maintenant – était piquetée d'étoiles.

— Ex-fiancé, crut-elle bon de rectifier.

— Ah.

— Je l'ai surpris au pied de notre sapin dans les bras d'une blonde très sexy.

Il lui lança un regard bienveillant avant de reprendre son observation.

— Je comprends mieux pourquoi vous avez une dent contre les sapins de Noël.

Elle sortit de ses poches des gants qu'elle enfila avec une lenteur délibérée afin de se donner une contenance.

— Vous viviez ensemble ?

— Oui. J'ai vendu la maison de mes parents, où j'étais restée après le décès de mon père, pour m'installer chez lui. Il n'y avait pas trois semaines que nous cohabitions quand c'est arrivé.

Pour la première fois depuis sa rupture, elle éprouva une colère sourde. Elle poursuivit sur sa lancée.

— Il ne m'a même pas laissée déballer mes objets personnels, d'après lui le style de mes bibelots aurait juré avec celui de l'appartement. Quel genre d'individu se comporte ainsi ? Et surtout, quel genre d'imbécile n'y voit pas un très mauvais signe ? Peut-être qu'au fond de moi je savais cette relation vouée à l'échec ? Peut-être que c'est pour cette raison que je n'ai pas insisté pour vider mes cartons ? Ou alors, je me fais des idées. Vous-même n'avez pas changé la déco du cottage de Gertie...

Cooper lui sourit avec une certaine douceur.

— Je n'y touche pas parce que je souhaite préserver ce qu'il me reste de mon ancienne vie.

— Vous pensez que c'est ce que Rafael cherchait à faire : préserver ce qu'il lui restait de son ancienne vie ? demanda-t-elle, la gorge nouée.

Il haussa les épaules.

— Je me garderai d'émettre un jugement, mais qu'il vous ait trompée si rapidement incite à penser qu'il n'était pas très « impliqué » dans votre relation.

— Pourtant, l'idée de mariage venait de lui ! Il n'y avait que six mois que nous nous fréquentions !

Elle prit conscience que sa voix montait dans les aigus et s'efforça de refouler la rage qui bouillonnait en elle.

— Il a utilisé les grands moyens pour me convaincre ! Dîners dans des grands restaurants, bouquets de fleurs, cadeaux : il n'a pas lésiné ! Et moi, pauvre idiote, je me suis laissé embobiner. Il a même réussi à me persuader d'abandonner le métier d'infirmière à domicile, ma véritable vocation ! Ce qui m'arrivait me faisait l'effet d'un conte de fées...

Cooper lui adressa un regard qui, contrairement à ce qu'elle redoutait, n'exprimait pas de pitié, mais une sincère empathie.

— Quelque part, au fond de votre cœur, vous saviez sans doute que vous faisiez fausse route.

— Non, je ne crois pas. Il était si différent des hommes avec lesquels je sortais habituellement. Pas qu'il y en ait eu tant que ça.

— Différent dans quel sens ?

— Riche, reconnu, toujours tiré à quatre épingles.

— Médecin ?

— Chirurgien. Le Dr Rafael de Leon.

Il émit un sifflement.

— Vous voyez !

Il parut embarrassé.

— Au risque de paraître désagréable, les épithètes que vous avez utilisées pour le décrire ne correspondent pas vraiment. J'en aurais choisi d'autres.

— Lesquels ? demanda-t-elle, intriguée.

— Arrogant, opportuniste, don Juan.

Il marqua une pause, comme s'il hésitait à poursuivre.

— En quête d'un passeport britannique.

— Quoi ?

Elle tombait littéralement des nues.

Il leva les mains en signe d'excuse.

— Je ne l'ai jamais rencontré, mais je le connais de réputation. D'après ce que j'ai entendu dire, ce type figure parmi les meilleurs en chirurgie cardiaque. Le problème, c'est qu'il brise autant de cœurs qu'il n'en répare.

— J'en suis la preuve vivante, fit-elle avec amertume.

— J'évoquais surtout plusieurs affaires en Argentine.

— Qu'en savez-vous ?

— J'ai assisté là-bas à une conférence sur la médecine d'urgence, et j'ai eu vent de certaines rumeurs au sujet de M. de Leon. Ayant eu moi-même à souffrir du qu'en-dira-t-on, je n'y ai pas trop prêté attention.

— Que disaient ces rumeurs ? demanda-t-elle, la boule au ventre.

— Vous êtes sûre de vouloir les entendre ?

— Si ça peut m'aider à comprendre la façon dont il s'est comporté envers moi, oui.

— OK. Il exerçait dans l'hôpital le plus prestigieux du pays et avait pour patients des hommes politiques de premier plan, des stars de cinéma et le gratin de l'aristocratie locale.

— Il n'a pas commis une faute grave, j'espère.

— Non. En revanche, il profitait de la convalescence de ceux qu'il opérait pour séduire leurs épouses. Or, il s'est trouvé que l'une d'elles était mariée à un membre très influent du gouvernement, un homme ayant le pouvoir de le faire radier de l'ordre des médecins.

Chaque mot lui faisait l'effet d'un coup de poignard.

— Voilà pourquoi il a émigré en Angleterre, dans l'espoir d'obtenir la nationalité britannique au cas où il deviendrait *persona non grata* dans son pays d'origine, dit-elle.

— Je le crains. Il a échappé à des sanctions en Argentine où il peut continuer d'exercer. Sinon, pas un hôpital anglais n'aurait accepté de l'embaucher. Toutefois, son image en tant qu'homme s'avère nettement moins reluisante que sa renommée professionnelle. Je regrette d'enfoncer le couteau dans la plaie, mais la vérité vous permettra peut-être d'y voir plus clair.

— Vous devez me prendre pour une midinette, naïve et sans jugeote.

— Absolument pas. Vous avez eu affaire à un individu manipulateur et très doué pour jouer la comédie.

— Tout cela me paraît si... minable, murmura-t-elle, aucun autre qualificatif ne lui venant à l'esprit.

— Je sais.

— Je me demande bien comment !

— Moi aussi, j'ai fait preuve de déloyauté. À l'égard de ma grand-mère à qui j'ai promis un nombre incalculable de fois de rendre visite sans tenir parole.

— Cependant, personne n'aurait l'idée de douter de l'amour que vous lui portiez.

— Peut-être, mais depuis, quand je me regarde dans une glace...

— Vous découvrez un Père Noël ?

Il la regarda, interloqué, et soudain, tous deux éclatèrent de rire. Un rire libérateur. Jusqu'à ce que, fidèle à son habitude, Cooper change subitement d'humeur et coupe court à leur hilarité en s'écriant :

— Vite ! Sortons !

Il bondit hors de la voiture, et Audrey n'eut d'autre choix que de l'imiter.

— Regardez !

Il vint vers elle et, le plus naturellement du monde, passa un bras autour de ses épaules tandis que, de son index gauche pointé vers le ciel, il lui indiquait l'horizon.

Ce fut alors qu'elle les vit naître au loin, les lueurs célestes, les unes s'étirant en faisceaux, les autres s'enroulant en volutes. Un spectacle magique de halos vert émeraude, bleu roi, violines et dorés.

— L'aurore boréale ! s'exclama-t-elle, émerveillée.

Elle se laissa aller contre lui, résistant à l'envie de l'enlacer à son tour.

— Pour les Vikings, ces lumières représentaient les reflets des armures des Valkyries lorsqu'elles partaient à la guerre, dit-il, les yeux rivés sur la voûte céleste.

— Une croyance qui manque singulièrement de poésie.

— Détrompez-vous. À l'époque, mourir sur le champ de bataille était considéré comme un grand honneur.

— En ce qui me concerne, je préfère que ma vie, plutôt que ma mort, me vaille les honneurs !

— Bravo ! Voici des propos dignes d'une femme déterminée à garder la main sur les événements.

Elle éprouva une bouffée d'allégresse.

— Vous pensez vraiment ce que vous dites ?

— Absolument.

Il tourna la tête vers elle. Son regard avait une telle intensité et ses lèvres étaient si proches qu'elle se prit à espérer un baiser.

Un accès de sentimentalité qu'elle mit sur le compte de la féerie du spectacle.

— Pour quelqu'un qui vient de rompre ses fiançailles, vous avez l'air plus indignée qu'abattue. Ne le prenez pas mal, car je me garderais bien de vous juger, mais étiez-vous sincèrement amoureuse de ce type, ou de l'image que vous vous faisiez de lui ?

Bonne question, en vérité.

Tout s'était tellement précipité au cours des six derniers mois qu'elle n'avait pas eu le temps de prendre du recul pour réfléchir. Cette multitude de cadeaux qu'elle interprétait comme un témoignage d'amour et de générosité l'avait privée de tout bon sens, sans oublier l'appartement ultramoderne où aucun gadget à la mode ne manquait. Rien à voir avec le cottage vintage de Gertie où l'on se sentait bien à peine entré.

Pourquoi s'était-elle laissé séduire par cette débauche d'artifices ? Cela ne lui ressemblait pas. Elle était tout sauf superficielle !

La perspective de fonder une famille ? L'envie d'être aimée autant que son père avait chéri sa mère ? Cette mère qu'elle avait à peine connue.

Elle se remémorait les derniers jours passés avec son père. Il avait insisté sur le fait que l'amour devait rendre meilleur, pas faire renoncer à sa véritable personnalité afin de se conformer à un modèle édicté par l'autre.

Elle avait eu faux sur toute la ligne !

Elle leva un regard nouveau vers le ciel où l'aurore boréale continuait son show époustouflant, et songea aux divinités guerrières des croyances nordiques. Il lui sembla tout à coup que ces faisceaux et ces volutes magnifiques symbolisaient l'éternité, la force et la bravoure, plus que la fugacité et l'évanescence.

Ce déclic en entraîna un second. Ne devait-elle pas se voir autrement ? Bannir définitivement de son esprit l'image de la femme meurtrie et humiliée ? Après tout, elle n'avait pas tout perdu. Il lui restait son nom, ses compétences professionnelles et assez d'énergie pour se reconstruire.

Elle sentait confusément que Cooper l'y aiderait. Finalement, cette cohabitation non prévue au départ leur était bénéfique, à lui autant qu'à elle.

Deux guerriers blessés en quête d'une renaissance...

Une bourrasque glaciale la fit frissonner. Cooper la serra plus fort contre lui. Elle se tourna vers lui, et lui vers elle. Lorsque leurs regards se rencontrèrent, une onde électrique la parcourut. Il pencha la tête vers elle, et son cœur s'emballa.

Allait-il l'embrasser ?

Le sang lui martelait les tempes.

En avait-elle envie ? Oui, indéniablement. Les signaux que lui envoyait son corps ne trompaient pas.

Elle fouilla le regard de Cooper, y cherchant la confirmation que ses émotions étaient partagées. Elle n'y lut aucune promesse, mais de la sincérité et du respect. Deux éléments essentiels qui avaient cruellement fait défaut dans sa relation avec Rafael.

Le bras de Cooper glissa de ses épaules à sa taille et il l'attira plus près de lui. Leurs visages étaient si proches que le souffle tiède de Cooper lui caressait la joue.

Comme elle entrouvrait les lèvres en une invite involontaire, il s'écarta et lui prit la main. Sans se concerter, ils s'appuyèrent contre le capot et s'abandonnèrent en silence dans la contemplation du spectacle céleste.

Elle ne lui en voulait pas, bien au contraire. Il avait pris la bonne décision. S'il n'avait tenu qu'à elle, elle aurait cédé à l'appel de ses sens. Et où cela l'aurait-il menée ? Dans un peu plus d'un mois, elle quitterait l'île pour ne plus y revenir. Quant à lui, il n'était même pas sûr de vouloir y rester...

— Et maintenant, ça te dirait, des bonshommes en pain d'épices ? demanda Cooper tandis qu'ils finissaient de ranger la vaisselle du dîner.

Audrey se laissa tomber sur une chaise et lui adressa une moue adorable.

— Volontiers ! Avec un thé bien chaud, s'il te plaît. J'avoue que je suis éreintée.

— Voilà qui n'a rien d'étonnant. Nous n'avons pas chômé depuis quinze jours !

— Le rythme est-il toujours aussi soutenu ?

Il haussa les épaules.

— À vrai dire, je n'en sais rien. Contrairement à la plupart des autres îles, qui sont des déserts médicaux, Bourtree a la chance de pouvoir compter sur le Dr Anstruther et sur Noreen. Ce tandem est le garant de la santé publique locale. Sachant que nous prêtons main-forte en ce moment, il se peut que les gens hésitent moins à solliciter nos services.

— Deux sacrées personnalités qu'il ne sera pas facile de remplacer, fit-elle, songeuse. Enfin, j'imagine que Noreen a l'intention de revenir.

— Oui. À moins que son rôle de grand-mère l'enthousiasme au point de rester en Australie, elle devrait continuer à exercer ici encore de nombreuses années. Elle a toujours dit qu'elle se reposerait quand elle serait morte !

— Avec Doc qui prend sa retraite, elle va avoir du pain sur la planche.

Le futur remplaçant du Dr Anstruther aussi ! Cooper avait pu s'en rendre compte, exercer ce métier sur une île dépassait largement le cadre de la médecine générale de ville. Cela supposait d'être en permanence sur la brèche et de répondre présent dès que quelqu'un avait besoin de vous.

Ce qui n'avait pas toujours été son fort...

Pourtant, tout le monde ici l'avait accueilli à bras ouverts, une fois dissipé le scepticisme initial. Seules subsistaient les spéculations quant à son intention de reprendre ou non le cabinet médical.

— Maintenant, passons aux choses sérieuses : les biscuits ! déclara-t-il avec plus d'entrain qu'il n'en ressentait.

Elle rit de bon cœur.

— Et par où ces bonshommes en pain d'épices vont-ils apparaître ? Par la cheminée ?

— Pas du tout. Nous allons les confectionner ensemble... Enfin, si tu veux bien me donner un coup de main.

Elle lui glissa un regard à la fois amusé et dubitatif. Il y avait quinze jours encore, elle l'aurait observé avec méfiance, mais ces deux semaines de cohabitation et de collaboration les avaient rapprochés. Une certaine complicité s'était instaurée entre eux, et le tutoiement avait tout naturellement succédé au vouvoiement.

Depuis ce fameux soir où ils étaient allés admirer l'aurore boréale, chacun s'appliquait à garder une certaine distance physique vis-à-vis de l'autre. Une façon de se protéger contre l'attirance qu'ils éprouvaient l'un pour l'autre et qu'ils s'efforçaient de dissimuler sans y parvenir vraiment. Cooper était néanmoins convaincu que l'expression de son visage le trahissait lorsque, malgré lui, il l'observait un peu trop longtemps, ou que leurs doigts se frôlaient par inadvertance. Quant à Audrey, il l'avait surprise à plusieurs reprises en train de le dévisager. Ses prunelles sombres brillaient alors d'un éclat particulier.

— Penses-tu que ce soit une bonne idée, Coop ?

Il sourit. Il adorait qu'elle l'appelle par son diminutif et non plus son prénom. Encore un changement qui s'était opéré au cours des deux semaines qui venaient de s'écouler.

Elle s'était adaptée à sa nouvelle vie avec une facilité stupéfiante. Elle avait su gagner la confiance des patients, qui insistaient désormais pour qu'elle les appelle par leurs prénoms et qu'elle goûte à telle ou telle spécialité. À force de grignoter un gâteau par-ci, une confiserie par-là, ils rentraient repus... et exténués. Malgré la fatigue, ils trouvaient toujours un prétexte pour retarder le moment de se séparer pour gagner leurs chambres respectives. Aussi le dîner de ce soir avait-il été une grande première.

Cooper exhuma d'un tiroir l'épais cahier dans lequel sa grand-mère avait recopié avec soin chacune de ses recettes maison, recettes qu'il avait toutes testées et dont le souvenir restait gravé dans sa mémoire. Il le posa sur la table, devant Audrey. La jeune femme effleura la couverture cartonnée sur laquelle le titre s'inscrivait en lettres multicolores : *Les Délices de Gertie*.

— Je peux ?

— Bien sûr, répondit-il en s'asseyant à côté d'elle.

— La tourte au poulet et champignons y figure-t-elle ?

Il acquiesça d'un hochement de tête.

— Et si nous en faisions une, un soir ?

Il ne put réprimer un rictus.

— Oh ! désolée ! Je crois savoir que tu avais un faible pour ce plat en particulier. Ce doit être difficile pour toi de côtoyer tant de souvenirs au quotidien.

— Le plus difficile, c'est de ne pas pouvoir revenir en arrière pour corriger ses erreurs.

— Je comprends, murmura-t-elle, le regard fixé sur le cahier.

Il n'en douta pas une seconde.

Il n'avait pas la faculté de rembobiner le film de sa vie pour modifier le cours des événements passés. En revanche, il pouvait agir sur le futur afin de le rendre meilleur, ce qui supposait que lui-même évolue.

Il observa Audrey tandis qu'elle feuilletait le recueil de recettes. *Pour une femme comme elle, il se sentait prêt à changer.* Il chassa cette pensée aussi erronée que déplacée. Erronée, car on ne changeait pas pour quelqu'un, mais parce qu'on en ressentait le besoin au plus profond de son être. Déplacée, car sa relation avec la jeune infirmière devait rester avant tout professionnelle. Sinon, il risquait de tout gâcher.

Il appréciait leurs joutes verbales, leur solidarité et leur complémentarité dans le travail, le cran qu'elle avait et son engagement vis-à-vis des patients. Une main de fer dans un gant de velours. Comme Gertie...

Et pour couronner le tout, elle était extrêmement belle... mais tout aussi vulnérable. Elle méritait quelqu'un de solide, issu d'une famille au passé sans tache. Pas un homme qui refusait d'affronter ses problèmes personnels. Quelqu'un assez fort pour assumer ses faiblesses et tenter d'y remédier.

Était-ce dans l'espoir de correspondre à ce profil qu'il envisageait de rester à Bourtree ? Un homme qu'une femme de la qualité d'Audrey serait susceptible d'aimer...

Stop ! À quoi bon se torturer avec des questions dont il n'avait pas les réponses, de s'aventurer sur des chemins qui risquaient de le blesser plus qu'il ne l'était déjà ?

— Je propose que nous confectionnions l'une des spécialités

de ma grand-mère : les biscuits. Les gens d'ici seront ravis que ses traditions culinaires se perpétuent.

— D'où les bonshommes en pain d'épices.

— Exact, sans oublier les boules de neige, les *crinkles* au chocolat, les étoiles de Noël...

Audrey éclata de rire et leva les mains en signe de reddition.

— Je ne sais pas pour toi, mais, en ce qui me concerne, je ne suis pas experte en pâtisserie. Ne vaudrait-il pas mieux commander ces gâteaux demain à la boulangerie pour les offrir ensuite à nos patients ?

— Hors de question. Chez les MacAskill, tout est fait maison !

— Euh, Coop... Dois-je te rappeler que je ne suis pas une MacAskill ?

Elle avait prononcé ces mots d'un ton léger. Pourtant, quand leurs regards se croisèrent, ils étaient l'un et l'autre chargés d'intensité, et Cooper ressentit un curieux pincement au cœur.

— Puisque tu habites leur maison familiale, considère-toi comme membre honoraire !

Il repoussa sa chaise et se leva.

— Alors ? Parée pour l'aventure ?

— Je parie que Gertie t'a appris à cuisiner dès ton plus jeune âge.

— Ce n'est pas faute d'avoir essayé, la pauvre, mais il paraît que j'étais réfractaire. J'inventais toujours une excuse pour me défiler.

Une bouffée de chagrin monta en lui au souvenir des pyramides de biscuits qu'elle avait préparés à l'occasion des obsèques de son fils et de sa belle-fille. Elle y avait passé des heures, sans doute aussi pour refouler la peine immense d'avoir perdu son unique enfant. Il n'oublierait jamais ce qu'elle lui avait dit lorsque la dernière pelletée de terre avait recouvert les cercueils : « J'ai fait de mon fils un homme faible et dépendant ; je ferai de toi, mon petit-fils, un homme fort et droit. »

Avait-elle réussi ? Il n'en était pas si sûr... Il craignait au contraire d'être tout ce que Gertie redoutait : solitaire, frustré et amer.

Intuitive, Audrey dut percevoir sa tristesse, car elle retroussa ses manches en s'exclamant :

— Je relève le défi ! De toute façon, qui ne tente rien n'a rien !

Deux heures plus tard, Audrey et Cooper durent se rendre à l'évidence : ils n'étaient pas doués pour la pâtisserie. Quoi qu'il en fût, cet « atelier culinaire » avait égayé leur humeur, et dans la cuisine régnait une ambiance décontractée.

— J'admire ton courage ! dit-il en la voyant porter à sa bouche un biscuit à la forme improbable.

S'agissait-il d'un bonhomme de neige... D'un renne, peut-être ? Impossible à dire !

— Il ne faut pas se fier aux apparences.

Elle mâcha avec application, puis un sourire éclaira son visage.

— Ces biscuits ne ressemblent à rien, mais ils sont délicieux.

Il esquissa une grimace.

— Nous aurions peut-être dû laisser la pâte reposer une nuit, comme indiqué.

Ensemble, ils se penchèrent au-dessus du cahier. Dans la marge en face de cette étape était stipulé : « Très important ! »

— Il y a forcément une recette moins longue et moins compliquée à réaliser, dit-elle en feuilletant le recueil.

— Tu veux dire, qui soit à la portée d'un médecin urgentiste et d'une infirmière de choc ?

Son compliment lui valut un sourire radieux. La spontanéité et la sensibilité dont elle faisait preuve le touchaient. Avec elle, pas d'artifices, ni de faux-semblants. Elle était naturelle et sincère.

— J'ai trouvé ! Un toast au fromage. Cela n'a pas l'air sorcier, mais pourquoi « à l'écossaise » ? Qu'a-t-il de particulier par rapport à la version standard galloise ?

— La moutarde.

— Comment ça ?

— Je vais te montrer.

Il sortit un pot d'un placard qui en contenait trois et le lui tendit.

— Confection maison ! annonça-t-il, goguenard. Avec de la moutarde forte de Dijon et une bonne dose de whisky.

— En effet, dit-elle en lisant les ingrédients mentionnés sur l'étiquette. Cette mixture a de quoi vous arracher les papilles !

— Tu veux y goûter pour te rendre compte par toi-même ?

— Non, merci ! Au risque de passer pour une poule mouillée, je déclare forfait.

— Tu es tout sauf une poule mouillée.

— Tu le penses vraiment ?

Leurs regards se rivèrent de nouveau l'un à l'autre. Alors, il lâcha prise.

— J'ai envie de t'embrasser.

Elle se contenta d'acquiescer d'un signe de tête.

— Tu es sûre ?

Nouveau hochement de la tête.

Incapable de résister plus longtemps, il franchit la distance qui les séparait, s'agenouilla et emprisonna le visage d'Audrey entre ses mains. Il jouait avec le feu, mais c'était plus fort que lui.

Il s'empara de sa bouche avec douceur et, comme par magie, oublia tout ce qui n'était pas eux deux. Seuls comptaient l'instant présent et la tempête d'émotions que cette simple caresse déchaînait en lui. Dans sa poitrine, son cœur tambourinait.

Elle entrouvrit les lèvres en une invite silencieuse, et leur baiser devint plus passionné, plus intime. Elle avait un goût de cannelle et d'orange.

— Quelle sera la suite ? murmura-t-elle lorsqu'ils s'écartèrent pour reprendre leur souffle.

Son trouble manifeste trouva un écho profond en lui. *Où cela allait-il les mener ?* Bonne question, mais qui soulevait trop d'interrogations. Il feignit de ne pas en comprendre le sens véritable.

— J'envisage de prendre la suite de Doc.

C'était la première fois qu'il formulait cette éventualité à voix haute. Était-ce vraiment ce qu'il souhaitait pour son avenir ?

Elle parut surprise.

— Tu lui en as parlé ?

— Pas précisément.

— Dois-je comprendre que tu ne lui as encore rien dit de ton projet ?

— Le moment opportun ne s'est pas encore présenté.

— Mais, Coop, il va partir sous peu à la retraite ! Bourtree n'aura plus de médecin.

— Je sais. Le cas s'est produit dans une île plus au nord ; depuis trois ans, aucun successeur ne s'est présenté.

— Raison de plus pour annoncer ta décision au Dr Anstruther sans tarder. Ça le rassurera.

Sauf qu'il n'avait encore pas pris de décision définitive.

Serait-il à la hauteur d'une telle mission, qui nécessitait une disponibilité totale ? Pourrait-il offrir à la communauté de Bourtree la qualité de service qu'elle était en droit d'exiger de son médecin ? Ne regretterait-il pas d'avoir renoncé au métier d'urgentiste ? Même si celui de généraliste dans une si petite île s'en rapprochait beaucoup. Dernière question et non des moindres : réussirait-il à être heureux ici après le départ d'Audrey ?

Il plongea son regard dans les beaux yeux bruns qui le fixaient dans l'attente d'une réponse.

— Il y a encore trop d'incertitudes. La seule chose dont je suis absolument sûr, c'est que je ne veux pas te faire souffrir.

— Moi non plus, dit-elle dans un murmure en se levant. Je propose donc d'oublier ce qui vient de se passer et de nous comporter comme si cela n'avait jamais existé.

La tristesse de sa voix le bouleversa, mais il saisit l'échappatoire.

— Sage suggestion.

Comme elle s'apprêtait à quitter la cuisine, il l'entendit chuchoter :

— Espérons-le.

7

— Alors vous seriez d'accord, ma chère ?

Emily, l'épouse du Dr Anstruther, jeta un coup d'œil prudent par-dessus son épaule, comme si elle venait livrer un secret d'État à Audrey. Après tout, à Bourtree, c'en était peut-être un.

Audrey était aux anges que le comité des fêtes ait pensé à elle. Toutefois, entendant dans sa tête une voix désormais familière à l'accent écossais déclarer que les habitants de l'île étaient réfractaires au changement, elle jugea utile d'en avoir le cœur net.

— Vous êtes sûre que cela ne posera de problème à quiconque ?

Par « quiconque », elle entendait notamment Cooper.

— Absolument certaine. Et ce costume vous ira à la perfection.

Audrey examina de nouveau la tenue en question. De toute façon, avec un tel déguisement, qui l'aurait reconnue ?

— Dans ce cas, j'accepte volontiers le rôle.

Le sourire ravi d'Emily acheva de la convaincre. Elle vivait ici depuis peu et, déjà, elle se sentait intégrée à une communauté. Pas comme à Londres où l'anonymat était la règle. Peut-être que son père et elle s'étaient repliés sur eux-mêmes après le décès de sa mère. Le chagrin les avait empêchés de s'ouvrir au monde et, dans le cas de son père, de rencontrer une autre femme et de s'exposer à souffrir davantage. Pourvu que sa décision de venir à Bourtree ne procède pas de la même démarche ! À trop vouloir se protéger, on finissait seul et sans amour.

Elle songea au baiser dans la cuisine. Malgré la plénitude de cet instant, elle n'avait pas pu s'empêcher de s'interroger sur la suite. Elle aurait mieux fait de prendre exemple sur Emily, cette septuagénaire qui s'apprêtait à rompre les amarres et vendre une maison dans laquelle elle avait habité quarante-sept ans pour vivre de nouvelles aventures avec son mari. Tourner la page : voilà la solution. Et profiter de l'instant présent sans se torturer l'esprit au sujet du lendemain.

— Quand on voit le désordre, difficile d'imaginer que, dans moins de vingt-quatre heures, il en sortira un spectacle parfaitement rodé, dit Emily, la tirant de ses pensées.

Audrey sourit. Il régnait effectivement une sacrée pagaille dans la salle paroissiale. Des groupes d'enfants, s'efforçant de couvrir le concert des coups de marteau, répétaient des chants différents aux quatre coins de la pièce ; un homme s'escrimait à éloigner son âne de la table où étaient temporairement stockés les biscuits de Noël confectionnés par la population locale qui, en l'occurrence, n'incluait pas l'équipe médicale.

— Est-ce toujours aussi...

Audrey s'interrompit, cherchant un terme approprié qui ne froisserait pas son interlocutrice.

— Chaotique ? Oui. Chaque année. Sauf que, d'habitude, il n'y a pas autant de volontaires pour mettre la main à la pâte.

— Ah bon ?

— Coop et vous formez une sacrée équipe. Vous semblez vous entendre à merveille.

— Comment cela ? demanda Audrey, aussitôt sur ses gardes.

— Il y a longtemps que Jimmy n'avait pas participé à la vie de notre petite communauté. Regardez-le, il se démène comme un beau diable !

Perché sur un escabeau, Jimmy Talbot fixait un énorme spot au-dessus de la porte menant à l'église tout en jetant des coups d'œil peu discrets en direction d'Angela, une jeune femme au physique avenant, occupée à disposer des fruits dans des corbeilles. La présence de Jimmy n'était a priori pas due qu'au pouvoir de persuasion de Cooper...

— Bon, je file. Je vous laisse travailler.

Dans un accès de générosité – excessive, il fallait bien l'admettre –,

Audrey s'était engagée à coudre des paillettes sur un costume. Erreur monumentale ! Vingt minutes plus tard, elle n'avait réussi qu'un seul exploit : se piquer au sang avec l'aiguille. La couture n'était décidément pas sa spécialité !

Après l'épisode du baiser, Cooper et elle avaient tout fait pour limiter les moments en tête à tête dans l'intimité du cottage. Outre les visites aux patients, ils avaient entrepris de vider complètement le cabinet médical en prévision des travaux de rénovation. Il n'y avait pourtant aucune urgence, le conseil municipal ayant décidé, faute d'artisans disponibles en cette période de fêtes, de reporter le chantier après le 1er janvier. Le successeur du Dr Anstruther, qui ne s'était toujours pas fait connaître, aurait ainsi son mot à dire dans l'agencement du local.

Cooper ne s'était toujours pas porté candidat. S'il décidait de rester, elle devrait quitter l'île à la fin de son contrat et leurs chemins ne se recroiseraient probablement plus. Dans le cas inverse, elle envisageait de proposer au Dr Anstruther de prêter main-forte à Noreen jusqu'à l'arrivée du nouveau médecin.

Elle s'efforça de se concentrer sur son ouvrage qui n'avait pas progressé d'un pouce.

— J'ai l'impression que ce costume te donne du fil à retordre ! dit Cooper avec un sourire goguenard.

Il avait surgi de derrière une plaque de contreplaqué découpée en silhouette de chameau.

Le trait d'esprit la fit rire.

— Je suis encore moins douée en couture qu'en pâtisserie.

— Aïe ! Je n'aimerais pas être celui qui va hériter de ce déguisement.

Il se pencha pour examiner son doigt, et son parfum lui rappela leur baiser. Une bouffée de désir l'envahit et avec elle une profonde anxiété. Si elle n'y prenait pas garde, elle allait tomber amoureuse de Cooper MacAskill. Peut-être était-il déjà trop tard...

— Te faut-il un pansement ou dois-je foncer chercher mon kit de suture ?

Elle esquissa une grimace dépitée.

— Très drôle ! Nous ferions mieux d'échanger nos postes : moi, je me chargerais de la fabrication des décors ; toi, de la couture. En tant qu'urgentiste, les points de suture n'ont pas de secrets pour toi. Tu as forcément l'habitude de manier aiguille, fil et ciseaux !

— J'adorerais te démontrer mes compétences en la matière, mais Cayley m'a commandé trois chameaux supplémentaires.

— Cayley ? Je croyais qu'elle faisait partie de l'équipe des costumes, comme moi.

— Eh non ! Elle a tenu quarante-huit heures, jusqu'à ce qu'elle se découvre une vocation pour la peinture. D'après Doc, elle a eu une véritable révélation, elle vient tous les jours. Il n'y a qu'à voir sa salopette maculée de taches multicolores pour en avoir la confirmation.

Cooper lui adressa un clin d'œil de connivence. La délicieuse contraction au creux de son ventre que cela provoqua en elle s'intensifia quand, sous prétexte d'examiner de plus près la plaie minuscule, il lui prit la main et la retint prisonnière. Elle devint rouge pivoine à l'idée qu'il puisse se montrer plus entreprenant, puis elle se raisonna. Depuis leur moment d'intimité dans la cuisine de Gertie, il s'était conduit en parfait gentleman. Pourquoi se livrerait-il en public à des gestes susceptibles de paraître déplacés ?

— Penses-tu que je vais survivre à ma blessure ? demanda-t-elle dans l'espoir de masquer son trouble par une plaisanterie.

Il prit un air des plus sérieux pour déclarer :

— Je connais le remède miracle.

Il s'apprêtait à poser ses lèvres sur son doigt endolori quand quelqu'un s'écria :

— Il neige !

Une lueur de contrariété assombrit le visage de Cooper puis, très vite, son sourire réapparut.

— Tu as envie d'assister aux premières loges à un événement rare à Bourtree ?

— Rare ? Il ne neige pas souvent, ici ?

— Non. On dirait bien que le Père Noël met les bouchées doubles pour te réserver une fête spéciale, que tu le veuilles ou non.

Elle allait protester quand elle se souvint de son état d'esprit à son arrivée sur l'île. En peu de temps, des sentiments positifs avaient remplacé son chagrin, sa rancœur et son rejet de Noël. Une transformation qu'elle devait pour l'essentiel à Cooper. C'était lui qui l'avait guidée pour son retour au métier d'infirmière à domicile ; lui qui avait chassé ses idées noires en improvisant un « atelier pâtisserie » ; lui encore qui lui avait fait découvrir le spectacle magique de l'aurore boréale…

Elle interrompit une énumération qui ne rimait à rien. Elle s'était exilée à Bourtree dans le but de retrouver la personne qu'elle était avant Rafael, pas pour se précipiter de nouveau dans une relation amoureuse ! Et pourtant…

Bien entendu, il y avait une explication rationnelle à l'attirance qu'ils éprouvaient l'un pour l'autre. Tous deux étaient des âmes blessées. Et, comme le Dr MacAskill avait coutume de dire à ses patients : « Une fois guéri, vous serez plus fort qu'avant. »

Cela s'appliquait-il aussi aux peines de cœur ? Vraisemblablement, car plus les jours passaient, moins elle pensait à Rafael et plus elle se concentrait sur la vie qu'elle aspirait à mener. Une existence simple et sereine, au milieu de gens qui l'apprécieraient pour ce qu'elle était, et où l'amour occuperait une place centrale. En somme, une existence pas si éloignée de celle qu'elle avait à l'heure actuelle.

— Tu détestes la neige ? demanda Cooper, manifestement inquiet de son mutisme.

— Pas du tout ! Allons jeter un coup d'œil dehors. Qui sait, il y en aura peut-être assez pour une bataille de boules de neige.

Il prit un air choqué.

— Je t'imaginais plutôt en train de faire l'ange de neige.

— Merci pour le compliment !

Dans la rue principale parée de ses illuminations et dominée par l'immense sapin qui brillait de mille feux au milieu des ruines du château, avec les arômes de vin chaud s'échappant du pub, Cooper éprouva une certaine euphorie à laquelle la présence d'Audrey à ses côtés n'était pas étrangère.

Tous deux formaient désormais une équipe soudée. Plus que des collègues, ils étaient désormais des partenaires, au vrai sens du terme. Il avait l'impression qu'Audrey le connaissait mieux que quiconque, qu'elle avait su passer outre les apparences pour découvrir sa véritable personnalité, avec ses qualités et ses défauts, ses forces et ses faiblesses. Il avait également le sentiment de devenir meilleur à son contact.

Il sourit en la voyant tirer la langue pour essayer d'intercepter un flocon, et fit de considérables efforts pour ne pas l'attirer dans ses bras et l'embrasser.

— Ça te dirait, un verre de vin chaud ?

— Il vaudrait peut-être mieux retourner à la salle paroissiale ?

— À mon avis, c'est inutile. Regarde, ils sont tous sortis pour saluer l'arrivée de la neige.

Un sourire illumina l'adorable visage d'Audrey.

— Dans ce cas, va pour le vin chaud !

Quelques minutes plus tard, chacun un gobelet du breuvage chaud et odorant à la main, ils remontèrent la grande rue pavée en direction des ruines du château pour profiter en toute tranquillité du paysage recouvert d'un mince manteau blanc.

— On s'assied ? proposa Cooper en désignant un banc en bois.

— J'ai été bien inspirée de mettre ma doudoune aujourd'hui, répondit-elle pour toute réponse.

Il ne put s'empêcher de jeter un regard sceptique au long manteau dont le blanc n'était plus vraiment immaculé.

Elle éclata d'un rire joyeux.

— Le choix de la couleur n'était pas judicieux, je sais !

— Tu l'as acheté spécialement pour ici ?

Il vit ses joues s'empourprer tandis qu'elle faisait mine de s'absorber dans la volute de vapeur s'échappant de son gobelet.

— Oui et non… Après avoir découvert que mon fiancé me trompait, j'avais besoin de me rassurer, de me prouver que j'étais encore séduisante. Une réaction ridicule, j'en ai parfaitement conscience, mais j'avais perdu toute confiance en moi. Quand j'ai essayé cette doudoune dans la boutique, je me suis tout de suite sentie… à l'abri.

Sa voix trahissait une tristesse qui serra le cœur de Cooper.

— Tu aimes toujours ce type ?

Elle leva les yeux, manifestement surprise par la dimension directe de la question, à laquelle elle répondit avec une égale franchise.

— Non, plus du tout.

Elle but une gorgée de vin chaud avant d'ajouter :

— Tu as fait une remarque qui m'a fait réfléchir, l'autre jour. Avec le recul, je me demande si je l'ai jamais vraiment aimé.

— Alors pourquoi avoir accepté sa demande en mariage ?

— J'étais un peu... à la dérive, je suppose. À la mort de mon père, deux ans plus tôt, j'ai perdu mon dernier point d'ancrage avec ma vie d'avant, celle qui m'avait façonnée. Il me restait mon travail et quelques relations plus ou moins proches, bien sûr, mais je n'avais plus personne à qui me raccrocher dans les moments difficiles, plus personne en qui j'aie une confiance absolue.

Elle poussa un profond soupir.

— Je ne m'apitoie pas sur mon sort, mais un métier, aussi passionnant soit-il, ne remplace pas une famille. Je me sentais seule. Mes amies étaient toutes mariées et mères de jeunes enfants, elles n'avaient pas trop de temps à me consacrer. Par ailleurs, dans une capitale comme Londres, la notion de communauté n'existe pas. Alors, quand Rafael a déboulé dans mon univers terne et morose, je n'ai pas résisté longtemps à ses avances. D'autant qu'il a su se montrer persuasif. J'aurais dû me rendre compte que nous n'étions pas faits l'un pour l'autre, me méfier de son empressement. Au lieu de quoi, je me suis laissé aveugler. À présent, je mesure ma crédulité. Pour un homme comme lui, j'étais une proie idéale. Tout cela peut sembler complètement stupide.

Ému, il secoua la tête en signe de dénégation. Il avait éprouvé un sentiment identique au décès de sa grand-mère. Lui aussi avait perdu son unique repère à la disparition de celle qui l'avait aidé à traverser tant de tourmentes... Depuis, il se sentait orphelin, ce qui ne lui était pas arrivé après le deuil de ses parents.

Il prit la main d'Audrey et la serra.

— Je te comprends.

Elle leva vers lui un regard embué.

— Je sais.

Les larmes se mirent à rouler sur ses joues.

— S'il te plaît, ne pleure pas.

Abandonnant son gobelet sur le banc, il emprisonna le visage de la jeune femme entre ses paumes. Dans les prunelles sombres, il lut une grande confiance, mais aussi du désir. Alors, il se pencha vers elle et l'embrassa.

Durant le trajet du retour, Cooper et Audrey restèrent silencieux. Entre eux, les paroles étaient désormais superflues.

Elle avait conscience de s'apprêter à franchir un pas décisif, ce qui la rendait fébrile. Ce soir, elle tournerait définitivement la page, mais que se passerait-il ensuite ? Elle se remémorait la douceur de leur baiser et le sentiment de plénitude qu'il lui avait procuré. Ensuite, ils avaient échangé un long regard complice puis, sans se concerter, ils avaient regagné la jeep, impatients de se retrouver seuls dans l'intimité du cottage.

Elle aperçut de loin la maison de Gertie, et son cœur se mit à battre la chamade tandis qu'une crispation familière lui nouait le ventre. Elle brûlait d'envie de faire l'amour avec Cooper MacAskill, avec ou sans promesse de lendemain. Tout bien réfléchi, le précepte philosophique *Carpe diem* avait du bon. Elle sourit en songeant à la métamorphose dont elle faisait l'expérience.

— Qu'y a-t-il de si drôle ? demanda Cooper.

— La situation.

— Comment ça ?

— Deux êtres blessés qui se rencontrent au milieu de nulle part. Souviens-toi, je n'étais pas d'humeur particulièrement optimiste quand j'ai débarqué ici.

— Il y avait de quoi ! Quant à moi, je n'ai pas dû être drôle tous les jours.

— Exact. En revanche, en t'observant agir avec les patients, j'ai découvert ta véritable personnalité.

— À savoir ?

— Tu es quelqu'un de profondément humain, Coop. Quelqu'un de droit, d'honnête, et même si, par moments, tes vieux démons te jouent encore des tours, tu as le courage de les affronter.

— Waouh ! Merci ! Tu as l'art de redonner du punch aux ego en berne !

— Je le pense sincèrement.

— Confidence pour confidence, ces compliments s'appliquent aussi à toi. Tu es l'une des infirmières les plus compétentes avec lesquelles j'ai eu le privilège de travailler. Sans oublier que tu es la plus désirable de toutes !

Elle frémit, une onde de chaleur lui traversait le corps. Cooper paraissait sincère. Il ne s'agissait pas d'une pulsion d'un soir mais d'une attirance mutuelle qui, basée sur une confiance réciproque, s'était accrue au fil des semaines.

— En fait, j'ai le sentiment de m'être toujours conformée à des rôles, dit-elle alors qu'il garait le 4x4 devant la maison. Celui de fille modèle, puis d'infirmière dévouée, puis de fiancée docile. Il a fallu que mon monde s'écroule pour que je comprenne enfin ce que je veux dans la vie.

— Et que veux-tu ? demanda-t-il.

Elle se retint de justesse de répondre : « Un homme comme toi à mes côtés. » Il était trop tôt, et elle ne commettrait pas deux fois la même erreur. Même s'il n'avait rien de commun avec Rafael…

— Progresser dans la carrière d'infirmière à domicile : ça, c'est une certitude. Ce qui suppose que je trouve un poste sans tarder, dans un endroit où je me sentirai bien.

— Tu en as déjà un. Tout le monde t'adore ici.

— Mon contrat touche à son terme.

Les mains toujours sur le volant, il fixait un point invisible droit devant lui, ne lui offrant qu'un profil à l'expression indéchiffrable.

— Pourquoi pas Glasgow ?

Quel message essayait-il de lui transmettre ?

Pas de conclusion hâtive ! Surtout, ne pas brûler les étapes !

— Qu'est-ce que cette ville a de si formidable ? demanda-t-elle sur un ton qu'elle espérait anodin.

Il eut un petit rire désabusé.

— À vrai dire, je ne sais pas trop. Happé par mon métier d'urgentiste, je n'ai pas encore pris le temps de la visiter, autrement que pour quelques sorties nocturnes.

Alors, il se tourna vers elle et plongea son regard dans le sien.

— Ce que je sais, en revanche, c'est que je redécouvre mon île natale et que j'aime y vivre… avec toi.

Il se pencha vers elle et, glissant sa main derrière sa nuque, il attira son visage à lui, puis s'empara de ses lèvres. Il y avait de la passion dans son baiser. Un baiser qu'elle lui rendit avec tout autant de ferveur.

— Je crois que je suis en train de tomber amoureux de toi, Audrey, avoua Cooper dans un murmure quand leurs bouches se séparèrent après un long baiser aussi ardent que langoureux. Chaque fois que je pose les yeux sur toi, je me sens tellement vivant ! J'adore être avec toi, travailler avec toi… et même confectionner d'affreux biscuits de Noël avec toi. Tu tires le meilleur de moi-même. Pourtant, je crains que ça ne suffise pas.

— À quoi ?

Il surprit un tremblement dans sa voix.

— Bâtir un avenir… ensemble.

Elle nicha son visage au creux de son épaule. Son haleine tiède lui chatouillait le cou.

— Coop, ni toi ni moi ne savons ce que l'avenir nous réserve.

— Que suggères-tu alors ?

Elle se redressa pour le regarder et lui adressa une moue mutine.

— Pourquoi ne pas profiter pleinement de ce qui nous est offert aujourd'hui, sans nous torturer l'esprit à propos de demain ? Il sera toujours temps d'aviser.

— Tu as raison. Allons discuter à l'intérieur. Il fait un froid de canard dans cette voiture ; si ça continue, on va finir ensevelis sous une congère !

Mais la porte du cottage refermée derrière eux, il n'avait plus la moindre envie de poursuivre la conversation. Il n'avait qu'une seule idée en tête : laisser ses sens s'exprimer enfin, sans retenue. Il se débarrassa de sa parka sans perdre une minute.

— J'ai attendu cet instant si longtemps.

Il ne mentait pas. Dès leur première rencontre, sur le quai du port, il avait éprouvé un élan de désir pour cette jeune femme au regard triste, au visage adorable et à la silhouette harmonieuse. Ce qu'il ressentait à présent était plus puissant, plus profond.

D'une main fébrile, il fit glisser la fermeture Éclair de la doudoune blanche tandis que son rythme cardiaque s'emballait.

— Tu es sûre ?

— Oui, murmura-t-elle.

Son manteau tomba sur le sol sans qu'aucun d'eux n'esquisse le moindre geste pour le ramasser.

Alors, n'y tenant plus, Cooper la souleva dans ses bras et la porta jusqu'à sa chambre, à l'étage. Puis il lui retira ses bottines, son jean et son pull. Debout près du lit, il contempla ce corps superbe, étendu sur la couette couleur grenat, et seulement vêtu d'une lingerie dont la dentelle fine dissimulait à peine les appas qu'elle recouvrait.

Son envie d'elle devint plus impérieuse, et son sexe, encore emprisonné dans son jean, se durcit presque douloureusement. Alors Audrey se redressa et, s'agenouillant au bord du matelas, l'attira à elle pour déboutonner sa chemise. Il se laissa faire. Concentrée sur ses gestes, elle semblait ne pas vouloir précipiter les choses, goûter l'instant présent, ce qui aiguisait davantage le désir qu'il avait d'elle. Il frémit quand les doigts fins effleurèrent son torse, et lorsqu'elle défit sa ceinture, puis ouvrit sa braguette, il parvint difficilement à réprimer un gémissement de plaisir.

Il s'écarta pour finir de se dévêtir.

— À mon tour, maintenant.

Il la bascula sur la couette puis s'allongea tout contre elle, avide de sentir la chaleur de sa peau. Elle entremêla ses jambes aux siennes. Leurs bouches se trouvèrent tout naturellement et leurs langues s'unirent en un baiser torride mais aussi d'une tendresse infinie, chacun s'abandonnant comme si, au plus profond de lui-même, il avait l'intime conviction que l'autre était la personne qu'il attendait depuis toujours.

En revanche, quand la main d'Audrey s'aventura vers son membre durci, il l'intercepta, craignant de ne pouvoir se retenir.

— Laisse-moi te caresser.

Elle ne lui opposa aucune résistance lorsqu'il dégrafa son soutien-gorge et fit glisser le petit slip en dentelle que, d'un mouvement de cheville, elle expédia au sol. Elle ne protesta pas davantage quand il lui prit les poignets et guida ses mains jusqu'aux barreaux de la tête de lit autour desquels, d'instinct, elle enroula ses doigts.

— Promets-moi de ne pas lâcher ces barreaux, lui chuchota-t-il au creux de l'oreille.

Elle cligna des paupières en guise d'assentiment. Elle était là, offerte, et son regard brillait avec une telle intensité qu'il sentit son cœur chavirer. Alors, il déposa une pluie de baisers sur son cou, puis sur sa poitrine ronde et ferme dont les pointes se hérissèrent quand il les happa entre ses lèvres.

Elle poussa une longue plainte de volupté.

Il poursuivit la conquête de ce corps qui vibrait sous ses caresses. Tandis que sa bouche s'attardait sur ses seins, il fit courir ses doigts sur la peau veloutée de son ventre jusqu'au triangle de toison soyeuse. Puis ils explorèrent la vallée humide de sa féminité, avant de se faufiler à l'intérieur.

Elle se cambra et, rompant sa promesse, s'agrippa à ses épaules.

— Je t'en supplie, viens, maintenant !

Sentant son propre point de rupture tout proche, il obéit, après avoir pris les précautions d'usage. Quand il se plaça entre ses jambes, elle s'arc-bouta. Il la pénétra lentement, sentant les prémices du plaisir l'envahir. Il sonda le regard d'Audrey et n'y lut que du désir, un désir aussi intense que le sien. Alors, il se mit à aller et venir en elle. Leurs deux corps, soudés l'un à l'autre, bougeaient à l'unisson en une danse d'un érotisme fou. Le mouvement devint plus saccadé à mesure que la jouissance s'amplifiait, jusqu'à atteindre son paroxysme. L'orgasme les emporta ensemble.

Plus tard, Audrey blottie dans ses bras, il songea que de toute sa vie il n'avait encore jamais connu un moment d'une telle félicité.

— Tu dors, ma chérie ? demanda-t-il à voix basse.

— Non, je savoure l'instant. C'est la première fois que tu m'appelles « chérie ».

Il déposa un baiser sur ses cheveux.

— Faisons en sorte que ce ne soit pas la dernière.

8

— Vous avez un air bizarre, tous les deux, dit Jimmy en dévisageant tour à tour Cooper et Audrey. Comme si vous étiez sur un petit nuage.

De peur de devenir rouge pivoine, Audrey se garda de regarder Cooper. Celui-ci continuait de fredonner un chant de Noël.

— Particulièrement toi, Coop, fit Jimmy, goguenard. À quoi devons-nous ce joli récital ? Au fait que nous sommes le 24 décembre ? Et demain, tu comptes t'habiller en Père Noël et arriver chez moi en passant par la cheminée ? Je te préviens, je décline toute responsabilité si tu restes coincé dans le conduit !

Il éclata de rire et Audrey se joignit à son hilarité, tandis que Cooper demeurait imperturbable. Elle avait le cœur si léger que, pour sa part, elle se déguiserait en lutin s'il le fallait.

Faire l'amour avec Cooper l'avait libérée d'inhibitions insoupçonnées. Pas seulement en matière d'érotisme, encore que leurs ébats de la nuit précédente lui avaient révélé quelques zones érogènes dont elle ignorait jusque-là l'existence...

C'était comme si, en elle, un verrou venait de sauter. Elle se rendait compte, à présent, qu'elle avait toujours cherché à plaire aux autres, quitte à s'oublier elle-même, à rester dans le rang et ne pas se faire remarquer. Et aussi qu'elle avait une vision idéaliste de l'amour, calquée sur l'exemple de ses parents.

Ceux-ci avaient une relation tellement fusionnelle qu'à ses yeux d'enfant ils formaient une même entité, indivisible. Voilà pourquoi, en perdant sa mère, elle avait également perdu une partie de son père, un homme désormais séparé de sa moitié et condamné à ne jamais retrouver son intégrité.

Avec Cooper, au contraire, elle se sentait protégée, mais indépendante. Elle conservait son libre arbitre et il lui appartenait de décider de sa destinée, sans en référer à quiconque. Cette toute nouvelle intimité avait renforcé, et non amoindri, son désir de mener son existence comme elle l'entendait, de faire ses propres choix.

C'était une sacrée leçon de vie, qui lui avait fait comprendre que l'amour véritable pouvait prendre plusieurs formes et que le couple idéal n'existait pas.

Bien sûr, il aurait été prématuré de s'avouer qu'elle aimait Cooper. Cependant, elle avait la conviction qu'au plus profond d'elle-même, là où son histoire avec Rafael n'avait laissé que désillusion et défiance, l'optimisme et la confiance commençaient à refleurir.

Elle espérait que cette nuit avait provoqué le même déclic chez Cooper et qu'elle lui permettrait de chasser définitivement ses vieux démons. Son humeur joyeuse semblait le confirmer.

— Prends garde, mon vieux ! Ou c'est toi qui risques de te retrouver en habit de Père Noël ! Et plus vite que tu ne le crois !

— Pitié ! s'exclama Jimmy. Tu sais bien que les premiers rôles ne me conviennent pas. Je suis un homme des coulisses, moi.

L'expression de Cooper devint sérieuse.

— Exact. D'ailleurs, j'ai entendu dire que les éclairages de la fête de la Nativité allaient être grandioses.

— N'exagérons rien, répondit Jimmy, faussement modeste, en relevant la jambe de son pantalon au-dessus du genou.

Audrey observait l'échange avec intérêt. Cooper s'exprimait avec un accent écossais prononcé, qui disparaissait lorsqu'il s'adressait à elle. Ce n'était pas calculé, mais naturel. Sa façon à lui de s'adapter et de communiquer.

Ce qui amenait une question : ce soir, date officielle du départ à la retraite du Dr Anstruther, Cooper se serait-il décidé entre rester à Bourtree ou regagner Glasgow, et l'annoncerait-il à Doc ? Il avait tellement l'air de se sentir chez lui, ici ! Néanmoins, il était sans doute autant dans son élément au service des urgences où il travaillait.

À cette pensée, elle sentit son cœur se serrer douloureusement. D'autant que, fidèle à sa promesse de ne plus laisser quiconque influer sur son destin, elle avait déjà fait son propre choix...

Noreen lui avait téléphoné le matin même, pendant que Cooper était sous la douche, pour l'informer que son mari et elle avaient l'intention de s'installer définitivement en Australie. Ils projetaient de rentrer à Bourtree afin de régler leurs affaires, puis ils repartiraient. Elle avait demandé à Audrey si son poste l'intéressait. Dans un élan d'enthousiasme dû à n'en pas douter aux moments merveilleux qu'elle venait de vivre avec Cooper, Audrey avait répondu par l'affirmative. Elle se disait maintenant qu'elle aurait dû s'accorder le temps de la réflexion, ne pas réagir à chaud.

Elle ramena son attention sur l'instant présent. Cooper avait préparé la seringue pour l'injection d'insuline. L'esprit ailleurs, elle désinfecta la zone de la piqûre, juste au-dessus du genou. Ce genre de visite ne nécessitait pas vraiment qu'ils se déplacent ensemble. En revanche, d'autres interventions plus délicates, si. Serait-elle à la hauteur de la situation si jamais Cooper reprenait son métier d'urgentiste et qu'aucun médecin ne se portait candidat ?

— Tu t'es mis à manger des fruits, Jimmy ? demanda Cooper en désignant la corbeille pleine de pommes et de mandarines qui trônait sur la table basse.

— Eh oui, tout arrive !

— Il me semble d'ailleurs que vous avez perdu du poids, dit Audrey.

— Cinq kilos, déclara fièrement Jimmy en tapotant son ventre encore bien rebondi. Depuis que je participe aux préparatifs de la fête de la Nativité, mes soirées sont bien plus courtes. Je n'ai même plus le temps de grignoter !

— Mon pauvre ! fit Cooper, moqueur.

— En plus, je dois surveiller un peu ma ligne parce que mon agenda commence à se remplir. La bonne société de Bourtree reconnaît mon expertise en matière d'éclairages.

— Tiens donc !

— Je suis invité le lendemain de Noël à prendre le thé chez Angela.

Audrey capta le regard triomphant que lui lança Cooper.

— Voici une excellente nouvelle ! dit celui-ci avec une tape amicale sur l'épaule de Jimmy.

— Vous n'avez donc plus de raison de fouiller dans ma poubelle. Je précise que ce commentaire vaut autant pour vous, Audrey, que pour toi, Cooper…

— Moi ! se récria Audrey de son ton le plus innocent, tandis que Cooper jetait un coup d'œil par-dessus son épaule comme si la remarque ne le concernait pas.

— J'ai conscience de devoir absolument perdre du poids, et je vous remercie de veiller sur ma santé au point de contrôler le contenu de ma poubelle ou de me pousser à mettre le nez dehors. La vérité, c'est que…

Jimmy prit une profonde inspiration pour repousser le trop-plein d'émotions.

— C'est que j'étais dans le déni le plus complet et qu'il est grand temps que je me reprenne en main.

Nous sommes deux, songea Audrey.

— Je m'en réjouis, répondit Cooper.

Pour sa part, elle ne lui annonça pas qu'elle serait là pour l'encourager dans ses efforts et se contenta de lever le pouce. Elle devait d'abord informer Cooper de sa décision.

— Nous allons te laisser. Un autre patient nous attend. On se voit ce soir au spectacle.

— Parce que tu comptes y assister ?

— Bien sûr ! Pourquoi cette question ?

Jimmy parut embarrassé.

— Pour rien.

— S'il te plaît ! Tu peux parler librement devant Audrey. J'ai toute confiance dans sa discrétion. Les gens pensent que je n'irai pas à la fête de la Nativité ?

— Au Puffin, certains ont même misé quelques billets, avoua

Jimmy en se dandinant d'un pied sur l'autre. C'est en rapport avec ta grand-mère...

— Je m'excuse, mais je ne comprends pas, répondit sèchement Cooper.

— Primo, tu n'as pas organisé de soirée commémorative en son honneur. Secundo, tu ne parles jamais d'elle à personne. Tertio, Doc ne sait toujours pas à quoi s'en tenir te concernant. Je ne dis pas que c'est à toi de t'assurer que nous ayons un médecin à Bourtree, mais...

— Mais tout le monde ne raisonne pas comme toi, c'est ça ?

— Ben oui. Ils comprendraient que tu ne veuilles pas rester, bien sûr.

— Vraiment ?

Cooper avait-il déjà réservé son billet de retour pour Glasgow ? Son ton le laissait supposer.

Audrey sentit sa gorge se nouer. Elle brûlait d'envie d'abréger la conversation, mais Jimmy ne l'entendait pas de cette oreille.

— Moi, j'aimerais *vraiment* que tu restes. Tu es le médecin qu'il nous faut, j'en suis certain. Si tu acceptais de succéder à Doc, je crois que tous les habitants de l'île t'en seraient reconnaissants.

Cooper fixait Jimmy d'un regard étrange.

N'y tenant plus, Audrey se décida à intervenir.

— Coop, nous devons aller chez Rhona.

— Oui, répondit-il brièvement, les yeux toujours braqués sur Jimmy.

Ce dernier les raccompagna jusqu'à la porte.

— Désolé de m'être mêlé de tes affaires. C'est juste que, grâce à toi, j'ai maintenant le courage de me regarder dans une glace.

— Pas de problème, mon vieux. Et encore bravo. Nous aurions tous intérêt à nous regarder dans une glace de temps en temps.

Lorsque Audrey fut seule avec Cooper dans la jeep, l'ambiance n'avait plus rien de commun avec celle du début de matinée : elle était devenue pesante et glaciale.

— Tu veux en parler ?

Cooper haussa les épaules.

— Laissons passer la journée, d'accord ? Et voyons où elle nous mène.

La réponse doucha ses derniers espoirs. Ce n'était pas le Cooper qu'elle avait appris à connaître… et à aimer. Était-ce réellement ce qu'elle ressentait pour lui ? De l'amour ?

Certes, il était doux de se réveiller en songeant qu'elle partagerait son temps avec lui. Surtout ce matin, quand elle s'était éveillée dans ses bras. Elle appréciait au plus haut point les rapports qu'il tissait avec ses patients car il ne soignait pas simplement les symptômes mais cherchait à déterminer la véritable origine du problème ; et elle aimait qu'il tienne compte de son avis au lieu de l'écarter sous prétexte qu'il était médecin et elle une simple infirmière. Elle adorait la façon dont sa bouche s'étirait d'un seul côté avant que son sourire ne se propage à l'ensemble de son visage. Elle adorait son rire, son odeur, ses caresses…

En revanche, elle détestait ses sautes d'humeur, quand les fantômes surgissaient d'un passé qui, semble-t-il, le hantait en permanence.

Dix minutes plus tard, quand il gara le 4x4 devant chez les Gillies, il arborait de nouveau son masque professionnel, celui qui rassurait les malades. Audrey décida de l'imiter et de mettre sa frustration de côté. Les patients méritaient toute son attention, notamment Rhona. Cette jeune mère de famille souffrait d'un cancer des os en phase terminale, et ses jours étaient comptés.

Cooper vérifia pour la troisième fois la glacière contenant la poche de sang destinée à Rhona et le matériel nécessaire à la transfusion. Puis il poussa un profond soupir et se tourna vers Audrey.

— Tu es sûre de tenir le coup ? Je peux y aller tout seul, si tu préfères.

Sa sollicitude lui fit du bien.

— Je t'accompagne, répondit-elle néanmoins.

Avant même qu'ils aient atteint le perron, Charlie, le mari de Rhona, apparut sur le seuil. Il devait guetter leur arrivée. Il avait une mine épouvantable, les traits marqués par la fatigue et l'inquiétude.

— Comment ça va, Charlie ? demanda Cooper.

— Rhona n'est pas en pleine forme, aujourd'hui.

— L'anémie progresse. La poche de sang devrait la requinquer un peu.

— Elle ne pense qu'à une chose : vivre au moins jusqu'à demain pour voir les enfants ouvrir leurs cadeaux de Noël. Tu la connais ; tu sais combien elle peut être têtue parfois... Si la Grande Faucheuse s'avise de se faufiler par la cheminée avant le Père Noël, elle est capable de la renvoyer aussi sec en lui disant de revenir au plus tôt après le déjeuner.

Charlie tenta un rire qui ressemblait plus à un sanglot. Il toussa et s'éclaircit la gorge pour refouler le trop-plein d'émotions.

— Oui, je la connais. C'est une battante. Elle lutte avec le courage d'une guerrière. Mais, en réalité, ma question te concernait toi. Comment vas-tu ? Tu tiens le coup ?

Charlie passa une main dans sa tignasse, qui n'avait manifestement pas vu un peigne depuis plusieurs jours.

— Je me débrouille de mon mieux. Mon patron s'est montré généreux, il m'a accordé un congé d'un mois pour que je puisse m'occuper de Rhona et des enfants. Je ne peux pas me plaindre...

Il s'interrompit, plongea la main dans sa poche pour en extirper un mouchoir, puis lâcha prise. Les larmes débordèrent de ses paupières.

— Pardon de me donner en spectacle, marmonna-t-il en s'essuyant les yeux. Pour ne pas craquer devant les petits, je me récite en boucle des vers de ce fameux poème, tu sais, celui qui explique que perdre l'être cher vaut mieux que de n'avoir jamais aimé de sa vie.

Cooper hocha la tête.

— *In Memoriam A.H.H.*, d'Alfred Tennyson.

— Oui, c'est ça. Il a fallu que Rhona tombe malade pour que j'en saisisse tout le sens. Mais comment se réjouir d'avoir connu un amour profond et sincère alors que le destin nous contraint à nous dire adieu beaucoup plus tôt que prévu ? Moi, je n'arrive pas à me résigner. C'est tellement injuste !

Cooper posa ses mains sur les épaules de Charlie.

— Je comprends, murmura-t-il d'une voix étranglée, et j'aimerais tant trouver les mots justes pour soulager ta peine.

Audrey resta discrètement en retrait tandis que les deux hommes se dévisageaient, unis dans le chagrin. Seuls résonnaient des rires d'enfants provenant du jardin derrière la maison.

— Et si nous allions voir Rhona ? dit Cooper, rompant le silence. Elle doit commencer à s'impatienter.

— Oui. Elle vous attend.

Cooper empoigna la glacière et se dirigea vers la chambre. Audrey lui emboîta le pas.

Cooper s'efforçait de conserver une attitude professionnelle et réconfortante tandis que, dans son for intérieur, un dilemme le minait. La transfusion sanguine permettait, certes, de combattre l'anémie, mais rendait-il réellement service à Rhona en prolongeant sa bataille, perdue d'avance, contre le cancer ? Elle n'avait plus que la peau sur les os.

— Je me sens déjà mieux, annonça-t-elle néanmoins.

Un sourire radieux illumina le visage de Charlie, planté les bras ballants au pied du lit. Le moindre regain d'énergie, aussi infime fût-il, devait lui sembler un miracle.

— Bonne nouvelle, ma chérie ! L'effet a été drôlement rapide.

— Comment pourrait-il en être autrement avec tout ce bon sang de Bourtree qui coule désormais dans mes veines ?

— Le sang de Bourtree ? demanda Audrey en appliquant une compresse stérile à l'endroit de la piqûre.

Charlie lui fournit l'explication. Il y avait de la fierté dans son ton.

— Gertie a organisé une collecte de don du sang. Comme elle était trop faible pour sortir de chez elle, elle a contacté tout le monde par téléphone. C'était la veille de son décès. Désolé, Coop.

— Ne t'en fais pas pour moi. D'ailleurs, une telle initiative ne m'étonne pas d'elle.

— C'est vrai qu'elle avait du cran, de la générosité… et de la suite dans les idées. Elle a rameuté toute la population de l'île ou presque. Ils ont été des dizaines à se présenter pour donner leur sang et aider ma Rhona à tenir.

— Le plus beau cadeau de Noël dont on puisse rêver, dit celle-ci.

Cooper prit conscience que son métier d'urgentiste ne lui avait pas offert jusqu'à présent des moments d'une telle richesse émotionnelle. Des moments qui exigeaient aussi une parfaite maîtrise de ses glandes lacrymales ! Bien sûr, certains cas des urgences l'avaient particulièrement touché, mais il n'avait pas côtoyé ces personnes sur les bancs de l'école, ni suivi de loin leur parcours.

Connaître personnellement ses patients ferait-il de lui un meilleur médecin ?

Il jeta à la dérobée un coup d'œil à Audrey, qui rangeait l'équipement de transfusion. À coup sûr, elle n'était pas dupe. Elle avait forcément remarqué la respiration plus laborieuse de jour en jour de Rhona, ses lèvres sèches et sa peau glacée malgré la chaleur étouffante qui régnait dans la pièce au point que, sans se concerter, ils avaient ôté les déguisements qu'ils avaient décidé d'un commun accord de porter en cette veille de Noël.

Cette initiative avait germé pendant qu'ils partageaient, dans la cuisine, un savoureux petit déjeuner composé de crêpes, et ponctué de rires et de baisers volés.

En s'éveillant ce matin avec Audrey blottie contre lui, il s'était senti plus vivant que jamais, plus fort. Une pensée incongrue alors qu'il se trouvait au chevet d'une femme jeune mais condamnée à mourir à très court terme. Or ce n'était pas la première, car lors de sa conversation avec Jimmy, un peu plus tôt dans la journée, il s'était bel et bien imaginé bouclant ses valises pour retourner à Glasgow...

Rétrospectivement, cette idée lui faisait honte. Quand cesserait-il de fuir comme un couard ?

— Ça va, Coop ?

— Très bien, Rhona. Je veux juste m'assurer que tu ne souffres pas trop.

— Ne t'inquiète pas. Ma meilleure amie, la morphine, veille au grain.

Comment pouvait-elle encore trouver le courage de plaisanter ? La volonté de cette femme forçait l'admiration.

Il n'avait pas dû se montrer convaincant car, quand Audrey et Charlie s'éclipsèrent pour aller préparer un chocolat chaud aux enfants, Rhona répéta sa question.

— Tu es sûr que ça va ? Tu fais une drôle de tête.

Il faillit répondre que non, cela n'allait pas. Il se comportait comme un imbécile vis-à-vis d'Audrey en dressant de nouveau une barrière entre eux, sous prétexte de gagner du temps pour réfléchir. À sa décharge, il n'était encore jamais tombé amoureux… jusqu'à maintenant. Ce sentiment le terrifiait. Saurait-il aimer Audrey comme elle le méritait ?

— Hé, haut les cœurs ! C'est Noël !

Il se ressaisit.

— Tu as raison : haut les cœurs !

À ce moment précis, Audrey revint dans la chambre. Au regard doux-amer qu'elle lui lança, il aurait voulu se précipiter vers elle, la serrer fort contre lui et lui demander pardon.

— Ah, je vois, murmura simplement Rhona.

Il s'assit sur le bord du lit.

— Qu'est-ce qui te ferait plaisir ? lui demanda-t-il avec douceur.

— Je souhaiterais assister au spectacle de la Nativité.

— À l'église ?

— Oui. Si je n'y vais pas, ils n'iront pas non plus, et la fête de la Nativité n'a de sens que si tout Bourtree y participe.

Cooper n'hésita pas une seconde.

— Nous y veillerons.

Quelques heures plus tard, c'était chose faite. Il avait tenu parole et en tirait une immense satisfaction.

Emmitouflée dans des plaids tricotés par sa grand-mère, Rhona était installée au premier rang. Audrey avait glissé des bouillottes d'eau chaude sous la pile de couvertures, et l'équipe de rugby de Robbie avait porté Rhona dans son fauteuil roulant de chez elle à l'église pour lui épargner les pavés de la rue principale.

Un magnifique exemple de compassion et de solidarité.

Chacun s'était mobilisé pour exaucer le dernier vœu d'une femme en fin de vie.

C'était sans doute cela, la véritable magie de Noël.

— Où est Audrey ? demanda Robbie qui l'avait rejoint. Je pensais qu'elle serait avec toi.

— Elle avait une dernière course à faire.

Vu son comportement froid et distant envers elle, elle devait être allée se renseigner sur l'horaire du prochain ferry pour Glasgow. Il ne l'en blâmait pas. Après leur visite chez les Gillies, il ne lui avait guère prêté attention, trop occupé à réaliser le souhait de Rhona. Ce débordement d'énergie était, une fois de plus, un réflexe de fuite, il en avait parfaitement conscience.

Bon sang ! Pourquoi n'était-il pas fichu d'avouer à Audrey ce qu'il ressentait pour elle ?

Robbie lui donna une petite bourrade dans l'épaule.

— Dommage que l'île ne puisse se permettre d'avoir deux infirmières. Vous formez une super équipe tous les deux.

— Qui te dit que je vais rester ?

Robbie s'écarta pour le regarder droit dans les yeux.

— T'es sérieux ? Tu te vois repartir à Glasgow après tout ce que tu as accompli ici ? Tes initiatives ont amélioré la vie de plusieurs habitants. L'île a besoin de toi, Coop.

— L'île a besoin d'un *médecin*.

Le visage du géant exprima une profonde déception.

— Tu sais aussi bien que moi que c'est faux.

Sur ces mots prononcés avec une pointe de mépris, Robbie s'éloigna.

À bon entendeur, salut !

Cooper trouva une place assez loin de Rhona pour qu'elle ne se sente pas surveillée, mais assez proche pour pouvoir intervenir en cas de besoin.

D'un geste, le pasteur calma les murmures d'excitation de la congrégation et adressa ses remerciements à tous ceux qui avaient participé à l'organisation des festivités. Il invita ensuite les enfants, quels que soient leur âge et leur religion, à s'approcher pour entonner les chants de Noël ainsi que celui qu'ils affectionnaient le plus, le chant des guerriers vikings.

Cooper eut une bouffée d'émotion en se remémorant son enfance. À l'époque, la fête de la Nativité se résumait à la coutume chrétienne avec, dans les rôles principaux, Marie, Joseph, l'enfant Jésus, sans oublier l'âne et, dans les seconds rôles, les rois mages et quelques moutons. C'était Gertie qui avait estimé que les Vikings méritaient une place dans cette célébration, en raison des nombreuses traditions que leur devait la population de l'île. Elle s'était donc lancée dans la confection de costumes de guerrier, costumes que grand-mère et petit-fils arboraient fièrement à l'occasion du spectacle de la Nativité.

— C'est super, non ? s'enthousiasma Robbie qui l'avait de nouveau rejoint.

Les enfants achevaient leur prestation sous un tonnerre d'applaudissements. Se tournant vers lui pour lui répondre, Cooper constata que Robbie observait non pas la chorale, mais Rhona, dont le visage émacié rayonnait littéralement de bonheur. À ses côtés, Charlie la couvait des yeux.

— Oui. Elle a l'air tellement heureuse ! Ça fait chaud au cœur.

Du regard, il parcourut l'assemblée à la recherche d'Audrey. En vain. Elle était l'une des rares à manquer à l'appel, avec Noreen, bien sûr, toujours en Australie chez sa fille. Et si Noreen s'installait là-bas pour voir grandir ses petits-enfants ? Audrey resterait-elle à Bourtree ? Le cas échéant, cette nouvelle donne le déciderait-elle à succéder au Dr Anstruther ?

Autant de questions auxquelles il n'avait pas de réponse. Cependant, une chose était sûre : l'absence de la jeune femme faisait naître une angoisse sourde en lui.

Il n'avait pas été à la hauteur des attentes d'Audrey. Et elle s'était lassée de ses tergiversations et de ses sautes d'humeur. Il avait laissé passer sa chance de bonheur. Il se maudit pour sa stupidité.

Il en était là de ses sombres pensées quand Marie fit son entrée dans l'église, perchée sur un âne que Joseph guidait par la bride. Ils remontèrent lentement la travée centrale, s'arrêtant en chemin pour demander aux uns et aux autres s'ils avaient une chambre disponible dans leur auberge. Malheureusement non. Tout étant complet, la petite procession devait se rendre à « l'étable du village ».

Cette mise en scène inédite provoqua l'hilarité générale. Une seule personne de l'assemblée ne riait pas : Cooper. Pendant trop longtemps, il avait été persuadé que tous ces gens voulaient l'éjecter de Bourtree à cause des erreurs de ses parents. Il ne leur avait pas fait ce plaisir, et préféré prendre les devants. Il avait quitté son île natale, et hélas sa grand-mère par la même occasion, en se jurant de ne jamais y remettre les pieds. Et tout cela pour quoi ? Un appartement impersonnel à l'ameublement spartiate, où il ne rentrait que pour dormir, et une vie sociale sporadique.

Depuis son retour, il mesurait son erreur et, surtout, il regrettait amèrement d'avoir délaissé Gertie. Ici, il pourrait devenir membre à part entière d'une communauté.

Alors que l'orgue retentissait, d'autres personnages firent leur entrée par une porte latérale : les trois rois mages – deux hommes et une femme – escortés par des Vikings. Parmi ces derniers, Cooper distingua une guerrière : Audrey !

Un mélange complexe d'émotions le submergea quand leurs regards se croisèrent, et son cœur se serra douloureusement dans sa poitrine. Ils avaient sollicité Audrey pour un rôle, et pas lui. Se trompait-il en pensant que les habitants souhaitaient le voir rester ?

Il comprit trop tard qu'il n'avait pas réussi à dissimuler son dépit. Audrey détourna la tête.

Soudain, des exclamations d'admiration jaillirent de la congrégation. Le plafond blanc venait de s'illuminer. Un spectacle féerique. Jimmy s'était surpassé, il avait réussi à reproduire les couleurs et les mouvements de l'aurore boréale.

Cooper éprouva de nouveau un choc en songeant à tous les merveilleux moments qu'il avait manqués par peur du qu'en-dira-t-on. Parviendrait-il, un jour, à devenir celui dont sa grand-mère aurait été fière ? Un homme capable de vaincre les démons du passé pour se construire un avenir ?

Il jeta un coup d'œil involontaire en direction de Rhona,

entourée de son mari et de ses enfants. Épuisée, elle avait fermé les yeux, mais un sourire de béatitude flottait sur ses lèvres.

Alors, un déclic se produisit, et Cooper sut, sans ambiguïté, ce qu'il lui restait à faire.

9

— Après tes excentricités dans la neige, cela te fera du bien, dit Cooper en déposant une grande tasse de chocolat chaud devant Audrey.

— C'est de la faute des enfants.

Elle s'efforça de sourire. Cette attention, aussi délicate fût-elle, n'allégeait pas sa peine car elle s'apprêtait à mettre un terme à leurs relations en dehors du cadre strictement professionnel. Quoi qu'il lui en coûte, elle irait jusqu'au bout.

— Si mes souvenirs sont bons, ils n'ont pas eu besoin d'insister pour que tu participes à leur concours d'anges de neige !

Malgré ses efforts manifestes pour rétablir la communication, il était aussi tendu qu'elle. Il en avait été ainsi depuis qu'ils s'étaient retrouvés à la sortie de l'église. Et leur visite à Rhona, après que l'équipe de rugby l'avait raccompagnée chez elle, n'avait certainement pas contribué à égayer leur humeur. La pauvre était exténuée. Quel répit lui accorderait la transfusion sanguine ? Nul ne le savait. En revanche, elle lui avait permis d'assister aux festivités, ce qui était son vœu le plus cher.

Moi, mon vœu le plus cher aurait été de vivre ici, avec toi, songea Audrey, le cœur serré.

Elle avait eu l'impression d'appartenir à cette communauté lorsque Emily Anstruther lui avait proposé un rôle dans le spectacle de la Nativité. Mais il avait suffi qu'elle croise le regard de Cooper pour comprendre, et que sa joie s'évapore.

Il ne voulait pas d'elle à Bourtree. Il avait déjà assez de mal à gérer les émotions provoquées par son retour dans son île natale pour ne pas en rajouter.

Quelle idiote ! Elle s'était précipitée dans le même piège qu'avec Rafael, à une différence près, et de taille : cet homme, elle l'aimait vraiment ! Un sentiment non partagé qui ruinait son Noël bien plus qu'elle ne l'aurait imaginé quand elle avait débarqué, pleine d'amertume et de désillusion.

Après avoir découvert, à force de persévérance, la richesse de la personnalité qui se dissimulait sous un étrange déguisement de Père Noël, et avoir succombé malgré elle à son charme, elle avait commis une terrible méprise, par excès d'optimisme.

Que faire maintenant ? Serrer les dents, se taire et tenir encore quelques jours jusqu'à ce que l'un des deux embarque à bord du ferry, ou crever l'abcès et tenter de découvrir ce qui se cachait derrière ce masque indéchiffrable ?

Elle choisit la seconde option.

— J'avais accepté le poste de Noreen, mais j'ai changé d'avis.

Les sourcils de Cooper dessinèrent deux accents circonflexes.

— Comment ?

— J'aurais sans doute dû en discuter avec toi avant. Toutefois, il est plus que temps que je prenne mes décisions par moi-même.

Un peu brutal comme entrée en matière ! Il semblait tomber des nues. Elle avait un nœud à l'estomac et s'engluait dans ses explications. Pour autant, cette épreuve était nécessaire.

Elle s'était attachée à l'île, à ses patients, à ce mode de vie. Quant à Cooper, elle l'aimait de toutes les fibres de son être… Impossible néanmoins d'unir son destin à quelqu'un qui ne savait pas ce qu'il voulait faire de son existence. Elle devait sortir de sa vie pour construire la sienne.

— Bon sang, de quoi parles-tu ?

— Noreen a téléphoné tôt ce matin pendant que tu étais dans la douche. Elle a l'intention de s'établir définitivement en Australie et m'a proposé de lui succéder à Bourtree. J'ai répondu oui. Un peu trop vite, semble-t-il, car la situation entre nous… Réflexion faite, il vaut mieux que je m'en aille. J'appellerai Noreen pour l'en aviser. Dès qu'une remplaçante aura été nommée, je bouclerai mes valises et j'irai tenter ma chance ailleurs.

Il ouvrit la bouche, comme s'il s'apprêtait à dire quelque chose, puis se ravisa. Tant mieux, car elle ne voulait pas de sa compassion. Les larmes n'étaient pas loin, et il ne manquerait plus qu'elle éclate en sanglots devant lui ! Encore une nouvelle à lui annoncer et elle pourrait échapper à ce supplice.

— Les Gillies ont proposé de m'héberger, en attendant. Comme ça, je veillerai sur Rhona, ce qui soulagera un peu Charlie. Le pauvre est à deux doigts de craquer.

D'un geste mécanique, Cooper porta sa tasse à ses lèvres, puis la reposa sur la table sans avoir bu. Son expression était impénétrable.

— C'est vraiment ce que tu souhaites ? demanda-t-il d'une voix atone.

Non, ce n'était pas du tout ce qu'elle souhaitait. Cependant, elle s'était juré de ne plus laisser autrui diriger, volontairement ou non, le cours de sa vie. Quand elle avait surpris l'expression de dépit de Cooper à l'église parce qu'elle avait été conviée à participer au spectacle et pas lui, un natif de l'île, elle s'était sentie piquée au vif.

Pour se redonner de l'entrain, elle avait gardé le regard fixé sur Rhona, cette femme au courage extraordinaire dont les jours étaient comptés.

— OK, dit Cooper, prenant son mutisme pour un assentiment, je respecte ta décision.

Il alla vers l'évier, y versa sa tasse de chocolat encore pleine, avant d'ajouter :

— Je vais me coucher. La journée a été longue. Tu veux toujours assurer les visites avec moi, demain matin ?

— Bien sûr.

— Et cela ne te pose pas de problème de rester dormir ici, cette nuit ?

Son cœur se serra affreusement dans sa poitrine. Il semblait s'imaginer qu'elle avait peur de lui ou qu'il la dégoûtait. Or elle agissait ainsi pour la raison inverse. Aussi paradoxal que cela puisse paraître, elle s'éloignait pour ne pas l'encombrer avec un amour qui, de toute évidence, n'était pas payé de retour.

— Pas le moindre. S'il te plaît, n'y vois aucune offense personnelle. Je serais restée chez toi jusqu'à la fin de mon contrat si les Gillies n'avaient pas besoin d'aide. Cela me paraît la meilleure solution pour… comment dire ? Conclure.

— C'est noté, fit-il avec un bref signe de tête.

Une ombre traversa son regard et, comme chez Jimmy, elle vit presque se matérialiser le rempart derrière lequel il se protégeait de ce qu'il considérait, à tort ou à raison, comme une agression extérieure. La distance entre eux devenait infranchissable, ce qui la conforta dans sa décision, pourtant pénible.

— Dans ce cas, bonne nuit, dit-il.

Et il quitta la cuisine sans se retourner.

— Joyeux Noël, murmura-t-elle pour elle-même, la mort dans l'âme. Et bonne année…

Dire que Cooper avait mal dormi aurait été un euphémisme. À 5 heures du matin, après une nuit d'insomnie, il se résolut à se lever.

Qu'est-ce qui lui avait pris d'informer le Dr Anstruther qu'il acceptait de lui succéder en tant que médecin généraliste de l'île avant d'en discuter avec Audrey ?

Parce qu'il voulait lui faire une surprise, voilà pourquoi ! Il croyait alors, dans sa grande naïveté, qu'un avenir commun la réjouirait. Un peu comme un cadeau de Noël…

Une très mauvaise idée, sachant qu'elle ne voulait pas de lui comme présent… ni comme futur !

Lorsqu'il poussa la porte de la cuisine, elle était assise à la table, dans le costume de lutin de Noël qu'elle avait refusé de porter le jour de son arrivée.

Fallait-il y voir le signe d'une trêve ? Il l'espérait de toutes ses forces.

— Joyeux Noël, Cooper.

Elle avait les traits tirés et son regard trahissait une profonde anxiété. *Bon sang, quel gâchis !*

— Joyeux Noël à toi aussi, répondit-il sans entrain.

Une immense tristesse le submergea. Pourquoi réagissait-il comme un égoïste ? Si son amour pour elle était sincère, il ne devait souhaiter que son bonheur. Si elle le trouvait ailleurs et sans lui, eh bien, comme Charlie tentait de s'en convaincre, mieux valait perdre l'être cher que de n'avoir jamais aimé de sa vie.

Lui au moins, à la différence de Charlie, aurait la satisfaction de savoir que l'élue de son cœur menait l'existence qu'elle s'était choisie.

— Que dirais-tu d'un petit déjeuner spécial ? C'est Noël, après tout !

Un sourire d'une grande douceur le récompensa. À quoi bon se déchirer ? Mieux valait qu'ils se quittent en bons termes. Il réussit même à la faire rire en découpant le pain de mie en forme de sapin de Noël, à l'aide des emporte-pièces dont sa grand-mère se servait pour les biscuits.

Chose étrange, vu les circonstances, ils mangèrent avec appétit.

— Qu'aviez-vous l'habitude de faire, Gertie et toi, le 25 décembre ? demanda Audrey après avoir englouti son dernier toast. Ta sœur était-elle avec vous ?

— Non. Après la mort de nos parents, elle ne s'est pas éternisée à Bourtree. Pour finir, elle a émigré en Nouvelle-Zélande et n'est pas revenue depuis.

— Tu es allé lui rendre visite ?

— Une seule fois. J'ai fait un stage de six mois dans un service d'urgence à Auckland, ce qui m'a donné l'occasion de faire la connaissance de son mari et de ses enfants.

— Et tu n'as pas eu envie d'y retourner ?

— Pas vraiment. J'ai eu droit à un accueil sympa, mais je ne me suis pas franchement senti en famille. Ma présence suscitait pas mal de questions sur notre passé de la part de l'entourage de Shona, un passé qu'elle préférait oublier. À la fin, j'avais l'impression d'être devenu une source de désagréments pour elle, alors je suis parti.

— Et depuis, pas de nouvelles ?

— Nous nous écrivons de temps en temps, rien de plus.

En fait, il n'avait pas réellement eu de contacts avec sa sœur depuis plusieurs années. Le dernier en date avait été pour le décès de leur grand-mère. Peut-être aurait-il dû lui téléphoner ?

— Tu vas penser que je saute du coq à l'âne, mais que dirais-tu d'aller au pub ce soir ?

Elle lui lança un regard indécis.

— C'est ouvert, un 25 décembre ?

— Absolument, c'est une tradition locale. Le Puffin ouvre ses portes en début de soirée.

— Il sert à dîner ?

— Oui. Un certain nombre d'esseulés – des personnes âgées et des hommes célibataires, pour la plupart – sont bien contents de s'offrir un repas amélioré. Je comptais te le proposer hier soir, mais...

Elle leva la main.

— Je sais, j'ai un peu gâché la fin de soirée. Je suis désolée de t'avoir annoncé tout ça aussi brutalement, mais je craignais de changer d'avis, sinon.

Elle lui offrait une lueur d'espoir, certes ténue.

— Y a-t-il une chance ?

— Que je change d'avis ?

L'expression de son visage se ferma, et il s'en voulut d'avoir tenté d'influer sur ses décisions !

Il se leva pour débarrasser la table.

— Bon, passons. J'envisage de payer une tournée générale pour que chacun lève son verre à la mémoire de ma grand-mère.

— Une sorte de mini-soirée commémorative ?

— Exactement.

— Ça me paraît une excellente idée. Ensuite, j'irai directement chez les Gillies. Le pub n'est pas très loin de chez eux.

Au prix d'un effort considérable, il resta impassible alors que la frustration lui nouait l'estomac. Aimer, c'était laisser son libre arbitre à l'être cher.

— Comme tu veux. Et maintenant, si tu es prête, je propose que nous rendions visite à nos malades.

Lorsqu'ils franchirent les portes du pub, Cooper avait atteint son niveau de stress maximum.

— Tu vas bien ? demanda Audrey, l'air inquiet.

— Oui, très bien.

De toute évidence, ce mensonge ne la trompa pas. Au fil de la journée, la communication entre eux était devenue de plus en plus laborieuse, au point que les derniers trajets d'un rendez-vous à un autre s'étaient déroulés en silence. Une chance que l'autoradio fonctionnait !

— Je te commande un verre de vin rouge ? proposa Audrey tandis qu'il l'aidait à ôter sa doudoune, et la suspendait à la patère dans l'entrée.

— Je m'en charge. Va plutôt t'asseoir. Il y a une table près du feu.

— Mais c'est notre table ! s'exclama-t-elle avant de piquer un fard. Enfin, je veux dire, c'est la table que nous occupions la première fois.

Songeur, il la regarda s'éloigner en direction de la cheminée.

Notre table ? Se pouvait-il qu'Audrey regrette sa décision autant que lui ?

Plutôt que de rejoindre le bar, il resta un moment dans le vestibule. Il devait remettre de l'ordre dans ses idées. Cette journée lui avait fait perdre le contrôle sur ses émotions. Un coup d'œil dans la salle, Audrey avait déjà engagé la conversation avec ses voisins. L'un d'eux sortit son téléphone portable et lui montra l'écran. Elle rit de bon cœur.

L'infirmière méfiante et un peu coincée avait disparu au profit d'une femme ouverte et souriante, intégrée à une communauté qui non seulement l'appréciait, mais la respectait. Deux choses auxquelles elle aspirait dans la vie.

La population locale avait besoin d'elle. Elle lui faisait confiance et s'était attachée à elle.

Soudain, un déclic se produisit en lui.

Audrey avait accepté le poste de Noreen parce qu'elle se plaisait à Bourtree et souhaitait s'y installer… jusqu'à ce qu'elle s'imagine qu'il ne voulait pas d'elle sur place.

Quelle ironie ! Chacun pensait faciliter les choses à l'autre en prenant l'initiative de rompre une relation qui n'en était pourtant qu'à ses débuts. Il devait impérativement rectifier le tir avant qu'il ne soit trop tard !

Si seul le travail avait été en cause, les visites de la journée auraient dû convaincre Audrey de s'en tenir à sa décision initiale.

Les patients leur avaient, en effet, offert toutes sortes de menus présents : des cartes, des chocolats, des fruits confits, des *minces pies* et autres friandises. Cayley leur avait sauté au cou en les remerciant de lui avoir redonné confiance en elle et ouvert les yeux sur sa véritable vocation : plus tard, elle voulait devenir costumière. Quant à Jimmy, il leur avait promis de les rejoindre au pub dans la soirée, une fois confectionné le « dessert de régime » qu'il avait l'intention d'apporter chez Angela, le lendemain.

Bien sûr, il y avait eu des visites moins joyeuses. À des couples âgés de plus en plus dépendants, à une femme atteinte de la maladie de Parkinson qu'ils avaient trouvée en pleurs parce qu'elle avait renversé du café sur sa robe préférée, et enfin aux Gillies qui s'efforçaient de faire bonne figure bien que l'état de santé de Rhona se soit dégradé. La mère de famille ne regrettait pas d'avoir assisté à la fête de la Nativité. Son ultime vœu avait été exaucé, et elle semblait en paix avec elle-même. Elle avait décidé de profiter du mieux possible du peu de temps qu'il lui restait à vivre. Elle se savait aimée et se disait chanceuse.

Une chance que n'avait pas Audrey, car il ne lui avait pas avoué qu'il l'aimait de tout son cœur. Il avait déjà agi ainsi avec sa grand-mère. Qu'il soit maudit s'il répétait cette terrible erreur !

Il se dirigea vers le bar.

— Que puis-je te servir, Coop ? demanda le barman quand son tour fut venu. Oups, désolé ! Désormais, tu n'es plus Coop, mais Doc !

Cooper lui sourit sans prendre la peine de l'interroger sur l'identité de son informateur. À Bourtree Castle, les nouvelles allaient vite. Il s'apprêtait à commander deux verres de vin rouge quand il changea d'avis.

— Une bouteille de champagne, s'il te plaît.

— Hum ! Un événement à célébrer ?

— Quelque chose dans ce goût-là.

— Un nouveau job, ou *deux* ?

— Nous verrons, répondit Cooper, évasif, en attrapant les deux flûtes et le seau à champagne dans lequel le barman avait mis la bouteille à rafraîchir.

— Moi, je parie que ce sera « deux ».

— Merci, mon vieux. C'est sympa.

Cooper avait l'intention de porter un toast aux nouveaux départs, quels qu'ils soient. Avec un peu de chance, il s'agirait peut-être d'un seul nouveau départ... à deux !

— Du champagne ! s'exclama Audrey, surprise.

Cooper prit place face à elle.

— Après tout, ce n'est pas tous les jours Noël, et la journée a été bien remplie. J'ai pensé que quelques bulles ne nous feraient pas de mal, d'autant que nous ne nous verrons sans doute pas beaucoup, ces prochains jours.

— Coop, à ce sujet, je...

Il l'interrompit.

— S'il te plaît, laisse-moi parler. J'ai quelque chose d'important à te dire.

Il emprisonna ses mains dans les siennes et, malgré l'intention qu'avait Audrey de garder la tête froide, elle sentit son cœur s'emballer et son esprit partir à la dérive, comme à chaque fois qu'il la touchait.

— J'ai annoncé au Dr Anstruther qu'après mûre réflexion j'avais décidé de prendre sa suite. C'était hier matin, avant notre visite chez Jimmy.

Elle eut l'impression de se liquéfier.

— Je vois.

— Je souhaite m'installer définitivement ici... À condition que cela ne te pose pas de problème.

Avait-elle mal interprété la conversation chez Jimmy ou le regard de Cooper à son entrée dans l'église, la veille au soir ?

— Continue.

— J'ai accepté ce poste en espérant trouver les arguments pour te convaincre de ne pas quitter Bourtree. Très honnêtement, je n'ai pas tant envie que ça de rester si tu t'en vas.

— Oh Coop...

Ce fut tout ce qu'elle réussit à articuler.

— Je t'aime, Audrey. Il m'a fallu du temps pour me débarrasser de toutes les pensées négatives qui m'obsédaient, me rendre compte que mon bonheur passerait par toi. Je croise les doigts pour que cette prise de conscience n'arrive pas trop tard. L'amour que j'éprouve pour toi me comble de joie. Je n'aurais pas supporté de te laisser partir sans te l'avouer.

Incapable de prononcer un mot tant l'émotion lui serrait la gorge, elle plongea son regard dans le sien pour y chercher la confirmation qu'elle ne rêvait pas tout éveillée.

— J'aurais dû t'en parler avant, mais j'étais tellement obnubilé par le besoin de redorer le blason des MacAskill auprès des gens de l'île que j'en ai oublié l'essentiel.

— L'essentiel ? fit-elle d'une voix étranglée.

— L'avenir. Mon avenir avec toi... Si tu veux bien de moi.

— Coop, je...

— Loin de moi l'idée de t'imposer quoi que ce soit. Si tu souhaites vivre ici sans que je figure dans tes projets, nous trouverons une solution. Je peux partir ou rester : à toi d'en décider. Pour moi, ton bien-être passe avant tout, le mien compris.

Bouleversée, elle avait l'impression de flotter sur un petit nuage. Après l'attitude polie et distante qu'il avait affichée les dernières quarante-huit heures, elle ne s'attendait pas à une telle déclaration. La tête lui tournait, ses oreilles bourdonnaient, et ce fut à peine si elle se rendit compte qu'il avait rempli leurs deux flûtes.

Elle aimait tout chez cet homme : sa délicatesse, sa générosité, son intelligence, son humour, sans oublier son corps, ses yeux d'un bleu vif qui reflétaient si bien ses émotions, sa bouche, son menton volontaire, sa barbe naissante qui le rendait plus viril encore... Elle interrompit là l'énumération.

— Je lève mon verre à la seule femme au monde capable d'assez de finesse, de courage et de patience pour m'avoir fait comprendre que je devais changer. J'ai encore du chemin à parcourir, mais je crois être sur la bonne voie.

— Tu sais, Coop, je t'aime tel que tu es, avec tes qualités et tes défauts, tes forces et tes faiblesses.

Il eut un sourire lumineux.

— Alors, ma chérie, trinquons à l'amour et à cette vie magnifique qui nous attend, ensemble, sur cette île isolée qui t'a séduite et avec laquelle je me suis finalement réconcilié.

Ils trinquèrent et burent une longue gorgée de champagne.

— Toi aussi, tu m'as ouvert les yeux, dit-elle, émue. À ton contact, j'ai repris confiance dans mes capacités. Tu n'as pas raté une occasion de me valoriser et, grâce à toi, je me suis découvert une détermination que j'ignorais. Je ne te remercierai jamais assez.

Il lui caressa la joue, et elle frémit de plaisir.

— Que lis-tu dans mes yeux ? lui demanda-t-il.

— De l'amour.

— Et quoi d'autre ?

— Du désir.

— Ce qui donne ?

— La combinaison idéale, répondit-elle en riant. À mon tour de porter un toast : à la magie du Noël de Bourtree qui nous a rappelé la vraie valeur de la vie.

Ils vidèrent leurs flûtes, leurs regards soudés s'échangeant des promesses muettes. Puis, obéissant à une même impulsion, ils se penchèrent l'un vers l'autre, par-dessus la table. Leurs bouches se trouvèrent, et elle oublia le monde qui les entourait. Les sifflets et les acclamations finirent par l'arracher à son état de béatitude.

Dans la salle du pub, tous les yeux étaient braqués sur le jeune couple qui venait de sceller son amour en public par un long baiser langoureux.

Deux Noëls plus tard

— Tu es certaine de vouloir porter ça ?

— Absolument.

Audrey adressa une grimace cocasse à Cooper.

— Ce costume de Valkyrie te va à merveille, je l'admets. Tu fais une guerrière plus vraie que nature !

— Le mérite en revient à Cayley. Elle s'est surpassée.

— Tu serais sexy même avec un sac à patates sur le dos, mon amour.

Il déposa un baiser sur le bout du nez de la jeune mariée puis, incapable de résister, l'attira dans ses bras.

— Hum, ça chatouille, protesta-t-elle pour la forme. Crois-tu qu'un jour nos enfants surprendront leur maman dans les bras du Père Noël en train de l'embrasser ?

— Je parierais que oui !

Il tira sur l'élastique de sa longue barbe blanche et la plaça sous son menton, avant de s'emparer de cette bouche si tentante.

— Cette année, l'église est bondée, dit-elle quand elle s'écarta pour reprendre son souffle.

— Et pour cause !

— Je suis si contente que ta sœur soit là.

— Ses enfants adorent Bourtree. Je les ai entendus supplier leur mère de les laisser revenir tous les ans.

— Tu penses qu'elle acceptera ?

— Oui. Comme pour moi, les mauvais souvenirs avaient occulté tout ce que l'île a de merveilleux. À mon avis, elle s'en fabriquera d'autres, des bons cette fois.

Il se félicitait d'avoir renoué le contact avec Shona. Il avait organisé un appel vidéo sous prétexte de présenter Audrey à sa sœur.

— Tu sais que tu es une femme merveilleuse, Audrey MacAskill ? Je n'aurais pu rêver d'unir mon destin à une épouse plus ravissante en une nuit si particulière.

Elle lui offrit un sourire radieux.

— Si je ne te connaissais pas, Cooper MacAskill, je dirais que tu es plus sentimental que moi !

Il éclata de rire.

— Heureusement que le pasteur a accepté de nous marier aujourd'hui, un 24 décembre, juste avant la fête de la Nativité.

— C'est vrai. Mais il pouvait bien t'accorder une dérogation. Tu œuvres tellement pour le bien de notre communauté.

— Tu y contribues largement, je te signale.

— C'est bon de voir tout le monde réuni. Tu te rends compte, même les Anstruther ont fait le déplacement depuis l'Espagne pour assister à notre mariage !

— La magie de Noël m'étonnera toujours, répondit-il avec un clin d'œil complice.

— Maintenant, file. Sinon, on va tous les deux rater mon entrée.

— Tes désirs sont des ordres, ma chérie ! Mais avant, un dernier petit baiser.

Elle ne lui opposa aucune résistance quand il l'enlaça.

Le « petit » baiser s'avéra plus passionné que prévu, et Audrey apparut dans l'église avec un léger retard sur le reste du cortège. Personne ne s'en offusqua. Des jeunes mariés avaient droit à un traitement de faveur, quoi de plus normal ?

Lorsque la congrégation entonna à l'unisson *Douce Nuit, sainte nuit*, les regards de Cooper et Audrey se rivèrent l'un à l'autre. Ce chant de Noël glorifiant l'amour et l'espérance faisait écho aux vœux qu'ils avaient échangés devant l'autel, quelques heures auparavant...

SHARON KENDRICK

Un secret à Noël

UN BAISER POUR NOËL

Traduction française de
CATHERINE BENAZERAF

HARLEQUIN

Titre original :
CINDERELLA'S CHRISTMAS SECRET

Ce roman a déjà été publié en 2021.

1

— C'est *impossible*...

Hollie avait lâché ces mots dans un gémissement étranglé. La tenue qu'elle tenait à bout de bras était ce que l'on pouvait faire de plus criard en matière de déguisement de Noël. Coupée dans un tissu brillant, d'un vert vif, la très courte robe scintillait sous les lumières violentes de l'hôtel où se tiendrait la réception organisée par l'agence immobilière où travaillait Hollie.

Une nouvelle fois, elle plaça le déguisement devant son buste, et contempla son reflet dans la psyché.

— Janette, je ne pourrai jamais porter ça, insista-t-elle.

Les sourcils parfaitement dessinés de ladite Janette – patronne de l'agence, et conséquemment de Hollie – formèrent un accent circonflexe.

— Et pourquoi pas ? questionna celle-ci.

— Eh bien, tout d'abord, parce que...

Cherchant comment formuler ses objections sans être blessante, Hollie se dit qu'il y avait quand même des limites à ce qu'une employée – aussi dévouée soit-elle – était censée accepter. Habituellement, elle était des plus conciliantes, accomplissant avec zèle, et sans jamais protester, les tâches qui lui étaient confiées. Mais là, c'en était trop !

— D'abord, c'est vraiment très court..., avança-t-elle.

Manifestement sa patronne n'avait que faire de ses objections. Elle semblait encore plus centrée sur elle-même que de coutume, et elle s'était montrée d'une humeur de dogue depuis le matin, lorsqu'elle s'était cassé un ongle et avait fait un accroc à l'un de ses bas extra-fins.

— Une jeune femme de votre âge peut tout à fait se permettre ce genre de tenue, objecta sèchement Janette en redressant une branche de houx. Je suis certaine que cela vous ira à la perfection. Et puis, cela changera agréablement de vos choix vestimentaires habituels.

— Mais…

— Il n'y a pas de « mais » ! Dois-je vous rappeler que c'est nous qui donnons cette réception ? L'une des serveuses vient de déclarer forfait, et nous ne pouvons pas nous permettre de manquer de personnel. Tout ce que vous aurez à faire, c'est de passer quelques heures à servir des toasts et des boissons, déguisée en lutin. Si j'avais votre âge, je n'hésiterais pas une seconde à m'en charger moi-même. Surtout dans la mesure où Maximo Diaz sera là.

Janette gratifia Hollie d'un sourire artificiel, avant d'enchaîner :

— C'est le plus gros client que nous avons jamais eu. Monsieur Crésus en personne. Et si nous réussissons à lui faire signer l'achat de son château avant Noël, vous pourrez compter sur une belle prime. J'imagine que vous n'avez pas oublié cela, non ?

Hollie hocha la tête. Bien évidemment, elle n'avait oublié ni Maximo Diaz, ni toute l'agitation qui entourait chacune des visites du magnat des affaires dans leur petite ville du Devon.

Comment oublier un homme qui ressemblait à un ange des ténèbres descendu sur terre en costume sur mesure ? Un homme qui faisait battre son cœur à cent à l'heure chaque fois qu'elle se retrouvait prise dans l'implacable faisceau de son regard de jais, avec l'impression d'être un papillon épinglé sur un morceau de carton.

Déglutissant avec peine, Hollie songea que Maximo Diaz devait faire la même impression à toutes les femmes. Elle n'avait pas manqué de remarquer la manière dont le contemplaient celles de l'agence lorsqu'il s'y montrait. Chacune était comme hypnotisée par la puissance de sa musculature d'athlète et l'éclat de sa peau mate.

Curieusement, l'image de cet homme semblait s'être incrustée dans l'imagination de Hollie. Pour autant qu'elle s'y efforce, elle était incapable de rester insensible à tant de virilité, à cette mâle sensualité qui la plongeait dans un trouble teinté d'appréhension.

Non qu'elle eût le moindre doute concernant sa totale invisibilité sur les écrans radar du milliardaire espagnol. Des individus tels que lui ne devaient même pas remarquer une employée quelconque s'affairant en silence dans l'ombre d'un bureau. À l'occasion, il lui était arrivé de servir le café au puissant magnat, avec l'un des biscuits qu'elle confectionnait parfois à l'intention de ses collègues – enfin, à condition que Janette, sa patronne, ne soit pas dans un épisode de régime strict.

La première fois où Maximo Diaz avait mordu dans la légèreté aérienne d'un sablé que Hollie venait de lui offrir, il avait ensuite posé un regard étonné sur la friandise, comme s'il n'était pas habitué aux douceurs.

À vrai dire, cela n'avait rien de surprenant. Car « douceur » n'était pas un terme susceptible d'être associé à l'homme d'affaires à la séduction austère. Les termes qui venaient plus aisément à l'esprit le concernant relevaient du champ sémantique de l'âpreté et du mystère.

Mais trêve de divagations sur la personne de Maximo Diaz ! Sous le regard interrogateur de Janette, Hollie n'eut d'autre choix que de plaquer un sourire conciliant sur son visage.

— Bien sûr que je n'oublie pas le *señor* Diaz ! s'exclama-t-elle. C'est notre client le plus important.

— Justement ! C'est même la raison pour laquelle toutes les personnalités du coin seront présentes à la réception. Maximo Diaz va avoir un impact considérable sur la région. Surtout s'il refait du vieux château le palace hôtelier qu'il était autrefois. Cela nous permettra de ne plus avoir recours à cet hôtel minable pour nos manifestations officielles.

Se reculant, Janette posa sur Hollie un regard appuyé, avant de poursuivre :

— Bon, je peux compter sur vous ?

Hollie hocha la tête. Avait-elle d'autre option qu'accepter ?

Alors, autant se soumettre de bon cœur, se dit-elle. La vie lui avait appris que cela valait mieux.

— C'est d'accord, dit-elle. Vous pouvez compter sur moi, Janette.

— Parfait ! Changez-vous immédiatement. Ah, et ne relevez pas vos cheveux, pour une fois. Je n'ai jamais compris pourquoi vous vous obstinez à dissimuler ce qu'il y a de mieux chez vous !

Serrant contre elle le déguisement de lutin, Hollie quitta la pièce en écartant de la main les serpentins de couleur vive pendant du plafond. Bien qu'il reste encore deux mois avant la période des fêtes, l'hôtel était paré de toutes les décorations scintillantes que Noël imposait.

À vrai dire, Hollie ne s'en plaignait pas. Elle avait beau ne plus avoir la moindre famille avec laquelle célébrer cela, elle en aimait tous les symboles : le scintillement des bougies, les chants traditionnels, les sapins odorants, le tintement des clochettes, la neige...

Des guirlandes lumineuses éclairèrent son chemin jusqu'à un vestiaire lugubre, au sous-sol, mais Hollie décida qu'elle n'allait pas se laisser démoraliser pour autant. Après avoir secoué, pour la défroisser, la robe verte ourlée de fausse fourrure, elle la posa sur une chaise, ainsi que les collants rayés rouge et blanc, et les escarpins vermillon aux talons vertigineux.

Dans la pièce mal chauffée, ce fut en frissonnant qu'elle se débarrassa de sa robe-chemise, de ses collants couleur chair, et de ses chaussures plates. Puis elle se glissa avec peine dans le costume de lutin, bataillant pour en remonter la fermeture à glissière. Lorsque, enfin, elle se contempla dans le miroir, Hollie se rendit compte que ses réticences à accepter le rôle n'étaient pas infondées. La personne qui lui faisait face était... *méconnaissable.*

Clignant des yeux, elle avait bien du mal à se reconnaître. La serveuse absente devait être passablement plus petite qu'elle-même, car l'ourlet blanc lui arrivait à peine à mi-cuisses. La hauteur démesurée des talons aiguilles ne faisait qu'accentuer cette impression.

Le pire, c'était que la propriétaire en titre du costume devait être également plus mince que Hollie. Le velours vert épousait étroitement ses formes – comme du miel nappe une cuillère. Le tissu moulait les rondeurs de sa poitrine, et lui serrait la taille d'une manière qui n'avait rien à voir avec le type de vêtements auxquels elle était habituée.

Se raclant la gorge, Hollie lutta pour contenir sa soudaine nervosité, et l'appréhension sourde qui faisait s'emballer son cœur. Était-ce à constater qu'ainsi elle ressemblait à sa mère, lorsque cette dernière se mettait sur son trente et un dans l'attente d'un énième retour au foyer de son cher époux, père de sa fille unique ? Comme s'il suffisait à une femme de se parer d'atours affriolants pour se faire aimer d'un homme !

Évidemment, les efforts de la malheureuse n'avaient jamais servi à rien ! Hollie revoyait parfaitement l'amertume déformant les traits de celle-ci, lorsqu'elle claquait la porte sur les talons de son infidèle de mari.

« Il ne faut pas croire que l'on peut se faire aimer d'un homme, Hollie. Les hommes sont incapables d'aimer. »

C'était un avertissement que Hollie gardait en mémoire. Sa mère le lui avait assez souvent répété pour qu'elle ne puisse l'oublier.

Pour l'instant, elle n'avait aucune envie de penser à tout cela. Tout ce dont elle rêvait, c'était de se débarrasser de ce déguisement ridicule, et de laisser tomber la réception pour regagner le petit cottage qu'elle louait à la sortie de la ville.

Si seulement elle pouvait rentrer chez elle pour se plonger dans la recette du gâteau qu'elle prévoyait de confectionner pendant le week-end ! Et se laisser aller à imaginer le jour où elle serait en mesure d'ouvrir son propre salon de thé, pour être enfin sa propre patronne.

Encore une année à faire des économies, et elle disposerait des fonds suffisants pour se lancer.

Cette fois, Hollie se garderait bien de s'associer avec qui que ce soit. De plus, elle monterait son affaire dans la petite ville du Devon où elle avait trouvé refuge après son échec londonien. Trescombe était l'endroit idéal pour cela, à l'inverse d'une mégalopole anonyme telle que Londres.

Était-ce à force de s'y sentir invisible que Hollie avait perdu toute confiance en elle ? Au point de ne pas se rendre compte que sa prétendue meilleure amie l'escroquait, la dépouillant de tout son argent ?

La leçon avait été douloureuse mais salutaire. Les quelques illusions que Hollie entretenait encore sur le genre humain n'en avaient été que davantage entamées. Mais, surtout, elle s'était bien promis de ne plus jamais se mettre en situation de se faire avoir.

Pour l'instant, l'important était que la réception se déroule au mieux. L'achat du vieux château – situé à l'extérieur de la ville, sur une colline – était susceptible d'ouvrir une ère de prospérité pour le tourisme local, et Hollie entendait bien en tirer parti. Si la bâtisse avait été autrefois un hôtel, elle avait grand besoin de soins attentifs et coûteux pour retrouver son lustre. L'énigmatique homme d'affaires ibérique semblait un candidat inattendu pour se lancer dans pareille entreprise ; cependant, c'était peut-être l'une des surprises que la vie garde en réserve.

Les gens ne sont pas toujours ce qu'ils paraissent être, songea Hollie.

Un play-boy de renommée internationale, fabuleusement riche, pouvait être en même temps quelqu'un de bien.

Obéissant à l'injonction de Janette, Hollie retira le chouchou retenant ses cheveux et secoua la tête pour les laisser retomber sur ses épaules. D'un châtain doré lumineux, ils se répandirent en boucles abondantes sur sa poitrine, dissimulant fort à propos un décolleté passablement outrageux.

La touche finale du costume était constituée par un bonnet rouge et vert terminé – en guise de pompon – par un grelot dont le tintement évoquait celui d'une caisse enregistreuse à chacun des mouvements de tête de Hollie. Elle sourit en pensant que, bientôt, elle ouvrirait son propre salon de thé. Certes, elle ne prévoyait pas de se vêtir de façon aussi voyante pour servir ses clients, mais l'épisode de ce soir constituerait un très bon entraînement en la matière. D'une démarche mal assurée – à cause des fins talons –, elle gagna la porte.

Après tout, tenir le rôle d'un lutin de Noël ne pouvait pas être si difficile que ça.

Si seulement il avait pu se trouver à des milliers de kilomètres de cette fichue réception !

Certes, l'affaire qu'il allait réaliser ajouterait quelques millions supplémentaires à sa fortune. Cependant, Maximo Diaz se sentait encore plus indifférent que d'habitude à ce qui l'entourait.

D'un coup d'œil, il embrassa la pièce curieusement décorée de guirlandes de Noël bien que l'on ne soit encore qu'en octobre. Un immense sapin était accolé à un mur, et de minuscules ampoules dorées et argentées scintillaient dans tous les recoins possibles. Il semblait que la magie de Noël ait élu domicile étonnamment de bonne heure dans cette petite ville perdue du Devon avec vue sur la mer.

Maximo pinça les lèvres.

À dire vrai, il n'aurait su dire où il se serait senti le mieux. Ou le moins mal ! Il n'avait pas davantage envie de se trouver dans cette province reculée que dans son appartement de Madrid ou celui de New York. Où qu'il se trouve, il ne parviendrait pas à faire taire les sombres pensées qui se bousculaient dans son esprit. Pour la première fois de sa vie, Maximo avait du mal à prendre du recul sur les événements.

Son passé n'avait pas été exempt de problèmes. Des moments tragiques s'étaient succédé dans sa vie. Des épisodes inattendus, le prenant au dépourvu, dont il avait eu raison à force de volonté, décidant que ces difficultés glisseraient sur lui comme de l'eau sur les plumes d'un canard. Il s'était forgé un sang-froid à toute épreuve, s'enorgueillissant de sa capacité à dédaigner les épreuves.

Maximo avait cultivé la résistance nécessaire pour émerger sain et sauf du chaos, tel un phénix renaissant de ses cendres. Avec l'énergie de sa jeunesse, doté d'une ambition dévorante, il avait su se prémunir contre la souffrance morale. Au point d'en venir à la conclusion qu'il faisait partie du petit nombre de chanceux que la douleur n'atteignait pas.

Si cela avait pour conséquence qu'on le juge froid et insensible – ce qui était souvent le cas auprès de la gent féminine –, c'était le cadet de ses soucis.

Alors, qui aurait pensé que la mort d'une personne qu'il

méprisait puisse l'affecter à ce point ? Comment était-il seulement *possible* que cela lui déchire le cœur ?

Par choix, il n'avait pas vu depuis des années la femme qui l'avait mis au monde. Il ne manquait pas de très bonnes raisons pour cela. Lui dire adieu – au pied du lit où l'avaient convoqué les religieuses qui la soignaient – n'aurait dû susciter en lui rien d'autre que colère et ressentiment. Pourtant, rien de tel n'était arrivé.

Secouant la tête, Maximo songea que sa réaction l'avait surpris lui-même. Il s'en était voulu, aussi, car les émotions qu'il éprouvait n'étaient pas celles auxquelles il s'était préparé. Tandis qu'il tenait entre les siennes la main parcheminée, avec son entrelacs de veines sombres, il avait senti monter en lui un profond chagrin. Il avait été submergé par un sentiment de perte irrémédiable.

Or ce n'était pas du tout le genre d'émotions auxquelles Maximo se laissait aller habituellement.

L'important était d'avancer en écartant de son chemin tout ce qui n'était que vaine tristesse. Quel autre choix y avait-il pour quelqu'un qui élevait l'indifférence à la hauteur d'une œuvre d'art ? Maximo était certain de parvenir à surmonter tout cela, comme il y avait toujours réussi. Il finirait bien par se pardonner à lui-même cette incursion exceptionnelle dans l'univers sirupeux du sentimentalisme. N'était-ce pas un domaine qui ne présentait pas le moindre attrait à ses yeux ?

Quoi qu'il en soit, il poursuivrait son inexorable ascension vers les sommets de la réussite. En construisant routes et ponts aux quatre coins de la planète, Maximo continuerait à amasser des fortunes. Depuis peu, il avait ajouté une branche nouvelle à ses affaires : la création d'une chaîne d'hôtels de luxe. Qu'il dispose, désormais, de bien plus d'argent qu'il ne pourrait jamais en dépenser ne signifiait nullement qu'il soit prêt à ralentir le pas. Car Maximo adorait le succès. Moins pour les gratifications matérielles qu'il garantissait que pour l'aura de consécration qui l'accompagnait.

C'était comme s'il se devait de faire éternellement ses preuves. Et si ce n'était pas au profit de ses parents, lesquels l'avaient rejeté l'un comme l'autre, c'était au moins pour son bénéfice personnel.

— Vous laisserez-vous tenter par quelque chose, *señor* Diaz ?

Une voix douce venait d'interrompre les réflexions de Maximo. Soulagé d'être arraché à ses sombres méditations, il se tourna vers la femme qui lui tendait un plateau. Sauf que ce qui retint instantanément l'attention de Maximo ne fut pas l'assortiment peu appétissant de petits-fours, mais bien plutôt la tournure de la jeune personne.

Se laisserait-il tenter ? Elle avait effectivement tout ce qu'il fallait pour cela !

Plissant les yeux, Maximo se demanda comment diable telle pensée lui avait traversé l'esprit. D'autant que le déguisement dont était affublée l'inconnue était quelque peu ridicule. Il sentit le sang battre à ses tempes, et sa bouche devenir étrangement sèche. À vrai dire, si le costume prêtait à sourire, il n'en était pas moins… oui, assez sexy.

Non, rectification : *très* sexy !

Curieusement, il avait l'impression d'avoir déjà vu la jeune femme. Mais il cessa de chercher où il avait pu la rencontrer, tant la fascination qu'elle exerçait sur lui le privait de toute capacité de réflexion. Et même de celle de respirer aisément.

Comment aurait-il pu en être autrement devant cette apparence… *spectaculaire* ? Maximo déglutit, tout en poursuivant son examen silencieux.

Le vert soutenu du velours faisait ressortir la pâleur de porcelaine du teint. Quant à la fausse fourrure bordant le décolleté, elle attirait l'attention sur l'onctuosité d'une chair un peu trop opulente pour correspondre aux canons de la mode. Abaissant son regard, Maximo découvrit les jambes interminables que rendaient encore plus démesurées les escarpins à talons aiguilles. D'un rouge vermillon, ils correspondaient au fantasme érotique de tout mâle normalement constitué.

En totale contradiction avec la volupté étudiée de la tenue, la jeune beauté ne portait pas une once de maquillage. Tout à coup, devant ce visage à la carnation laiteuse, cette chevelure soyeuse que les guirlandes électriques animaient de reflets chatoyants, Maximo éprouva une émotion qu'il n'avait pas ressentie depuis un certain temps : un furtif mais insistant frisson de désir qui se propagea dans ses veines comme un flux de miel chaud.

Une moue d'autodérision pinça ses lèvres. Allons, se morigéna-t-il *in petto*, sa libido – plutôt en berne depuis quelque temps, il devait bien le reconnaître – n'était quand même pas titillée par ce déguisement carnavalesque !

— Euh... nous avons toute une sélection de délicieux canapés, reprit la jeune femme d'une voix douce qui fit naître des picotements sur l'épiderme de Maximo. Je peux vous proposer des mini-vol-au-vent, ou des miniquiches...

— Des miniquiches ? répéta Maximo sur un ton sarcastique.

De toute évidence, l'ironie n'avait pas échappé à la serveuse car, lorsqu'il releva la tête après un coup d'œil au peu attrayant plateau, Maximo vit qu'elle était écarlate.

— Je sais que tout le monde ne les apprécie pas, fit-elle, mais la municipalité a suggéré que nous cultivions le thème rétro...

Contre toute attente, Maximo était délicieusement charmé de voir son interlocutrice rougir de la sorte. Cela faisait tellement longtemps qu'une femme n'avait pas rougi devant lui !

— Et pourquoi diable ? s'étonna-t-il.

— Parce que Noël est une période où l'on donne volontiers dans la nostalgie...

Elle s'interrompit pour couler vers lui un regard interrogateur, semblant se demander si Maximo faisait juste preuve de politesse, ou s'il tenait vraiment à ce qu'elle exprime son avis.

— Enfin, c'est ce que j'imagine, reprit-elle.

— Mais Noël est encore loin, objecta Maximo.

— Je sais. Néanmoins, quelques décorations et un sapin ajoutent un peu de gaieté au décor, non ?

Maximo jeta un coup d'œil venimeux en direction du sapin dont la cime caressait le plafond, et à ses illuminations criardes. Il ne put refréner un frisson lorsque son regard s'arrêta sur l'empilement de faux paquets-cadeaux répartis à son pied.

— Désolé de vous contredire, observa-t-il, mais je trouve tout cela monstrueux.

— On dirait que vous n'appréciez pas beaucoup Noël.

— C'est le moins qu'on puisse dire ! Si vous voulez tout savoir, c'est une période que je déteste.

— Oh… je comprends. Eh bien, c'est dommage… Mais si vous préférez que je vous apporte quelque chose à boire, je peux aller vous chercher une flûte de champagne au bar.

L'air soucieux, la serveuse mordilla sa lèvre inférieure, et Maximo se dispensa d'une remarque acerbe sur la probable médiocre qualité des breuvages offerts aux invités.

Après tout, songea-t-il, c'était injuste de déverser sa mauvaise humeur sur la malheureuse. Cette réception n'était qu'une occasion pour lui de rencontrer les notables locaux susceptibles de soutenir ses ambitieux projets. Ce n'était certainement pas un plaisir, mais son interlocutrice ne faisait que son travail.

Tout à coup, l'impression fugitive de la reconnaître s'imposa davantage à Maximo. Il examina le charmant visage plus attentivement. Ces longs cils bruns, ourlant délicatement de grands yeux gris, lui rappelaient quelqu'un…

— Nous nous sommes déjà rencontrés, non ? l'interrogea-t-il tout à trac. On se connaît ?

Manifestement mal à l'aise, la jeune femme haussa gauchement ses épaules laiteuses.

— C'est-à-dire que vous ne me connaissez pas vraiment, *señor* Diaz, dit-elle. Nous nous sommes seulement croisés. Je travaille à l'agence immobilière à laquelle vous vous êtes adressé pour acheter le château. Habituellement, je suis…

— Assise derrière un bureau ! *Sí, sí*… bien sûr, je me rappelle…

Comment avait-il oublié celle qui représentait une oasis de calme paisible à chaque fois qu'il avait traité avec l'agence ? Aussi différente que possible de son acerbe et cupide patronne, c'était la jeune employée qui s'était empressée auprès de lui, servant aimablement café et délicieuses douceurs. Sauf qu'habituellement son apparence était celle d'une secrétaire modèle, vêtue avec une sobriété des plus conventionnelles. Quant à la masse de ses cheveux châtain doré, elle était toujours tirée en une queue-de-cheval si sévère que même une religieuse aurait trouvé la coiffure peu flatteuse.

Un moment, Maximo s'était dit que, s'il avait besoin d'une succursale dans ce coin perdu, la jeune femme ferait une parfaite assistante. Il n'aurait pas hésité à la débaucher, en lui offrant deux fois le salaire qu'elle devait gagner à l'agence.

Comment aurait-il soupçonné que les vêtements quelconques dissimulaient une anatomie sensationnelle ? Faire coïncider deux images aussi diamétralement opposées de la même femme n'était pas chose facile.

— Mais alors, reprit-il, pourquoi ce changement de rôle ? interrogea-t-il. Et cette tenue ?

— Je sais. C'est affreux, n'est-ce pas ?

Maximo n'avait pu ignorer le regard affligé en direction du costume aux couleurs trop voyantes.

— Ce n'est peut-être pas le terme que j'emploierais, répondit-il. Je trouve que cela vous va même très bien.

— Sérieusement ? s'étonna la jeune femme, d'un air à la fois surpris et secrètement ravi.

Le plus étrange, songea Maximo, c'était le soudain remue-ménage que causait en lui cette manifestation de timidité. La manière dont son interlocutrice mordillait sa lèvre inférieure attirait l'attention sur le coussinet de chair rose délicieusement incurvé en un doux sourire. Tout à coup, la bouche sensuelle semblait particulièrement attirante, donnant furieusement envie à Maximo de s'en emparer.

Surprenant ! Comme s'il n'existait pas bien d'autres femmes susceptibles d'éveiller son désir qu'une employée de bureau costumée de manière extravagante ?

— Dois-je comprendre que vous faites des heures supplémentaires ? s'enquit-il.

— D'une certaine façon, oui.

Jetant un coup d'œil à droite et à gauche, la jeune femme s'inclina vers Maximo. Les effluves d'un frais parfum vinrent lui titiller les narines, et il s'étonna qu'une senteur aussi subtile puisse avoir quelque chose d'incroyablement provocant.

— L'une des serveuses a déclaré forfait pour la soirée, expliqua à mi-voix celle qui s'avérait donc n'être qu'une doublure occasionnelle. On m'a demandé de la…

— Ah ! enfin vous voilà, Maximo ! Caché dans l'ombre, tel un mystérieux conquistador.

Une voix stridente venait d'interrompre brutalement la conversation, et Maximo leva les yeux pour voir Janette se précipiter vers lui. Curieusement, elle parvenait à onduler tout en avançant avec la détermination d'un grenadier.

— J'espère que Hollie a pris soin de vous ! reprit-elle. J'imagine que c'est le cas, vu tout le temps qu'elle a passé auprès de vous.

Après avoir gratifié Maximo d'un autre sourire ravageur, Janette se tourna vers l'infortunée serveuse, et siffla à son intention :

— Vous semblez oublier que nous avons d'autres invités, ma chère. Certes, il est particulièrement plaisant de monopoliser le *señor* Diaz, je vous l'accorde, cependant Monsieur le Député semble prêt à tuer père et mère pour un canapé.

Se contentant d'acquiescer d'un signe de tête, Hollie s'éloigna sans parvenir à ignorer le regard de jais qui la suivait comme une traînée de feu. Malgré elle, ses talons aiguilles lui donnaient une démarche chaloupée, et elle ne pouvait qu'espérer ne pas trop attirer l'attention sur son postérieur.

Sans se départir de son sourire, elle tendit au député le plateau sur lequel il fit main basse. Tandis qu'il s'empiffrait de petits-fours, elle repensa à ce qu'avait dit Janette.

Pouvait-on vraiment lui reprocher d'avoir monopolisé le bel Espagnol ?

Après tout, il lui était difficile de démentir la fascination qu'il exerçait sur elle.

Enjôlée par le timbre grave de la voix aux sonorités agréablement chantantes, Hollie avait été incapable d'arracher son regard du visage à la beauté ténébreuse. Cependant, pour une fois, elle avait eu le sentiment qu'il s'agissait d'un véritable échange. Ce soir, elle avait capté l'attention de l'homme d'affaires. Au lieu de lui lancer un coup d'œil dédaigneux, comme il en avait l'habitude à l'agence, Maximo Diaz l'avait regardée et écoutée. À croire qu'il s'intéressait à ce qu'elle disait et prenait plaisir à bavarder avec elle.

Tournant la tête, elle se rendit compte qu'il attirait nombre d'invités, eux aussi aimantés par tant de virilité désinvolte.

— Bel homme, n'est-ce pas ? observa le député, entre deux bouchées. Toutes les femmes le dévorent des yeux.

Esquissant une moue contrite, Hollie se dit qu'elle n'avait pas manqué d'en faire autant. Elle avait bavé d'admiration, comme une adolescente à un concert de rock.

— J'imagine que tout le monde s'intéresse au *señor* Diaz parce qu'il va devenir l'un des notables locaux, dit-elle.

— Et pas à cause de sa fortune, ni de son allure de play-boy latin, peut-être ?

— Bien sûr que non ! rétorqua Hollie d'un ton pincé.

Prenant congé prestement, elle retourna à ses fonctions avec une ardeur renouvelée. Il était temps de se racheter auprès de sa patronne !

À son grand agacement, elle avait beau s'affairer, l'image de l'homme au regard de braise ne cessait de l'obséder. Maximo Diaz avait fait naître en elle un trouble qu'elle ne parvenait pas à surmonter. Depuis qu'il avait dardé ce regard sur elle, Hollie était totalement décontenancée. Car il lui avait donné le sentiment d'être…

Mettre des mots sur ce qu'elle avait éprouvé n'était pas facile. Elle s'était sentie… *différente*. Comme si elle n'était plus la Hollie Walker habituelle. Comme si une autre femme s'était insinuée dans son corps.

Au cours de leur brève conversation, son regard s'était attardé sur les lèvres sensuelles de l'Espagnol – lesquelles étaient une véritable invitation au péché –, et elle n'avait pu s'empêcher de se demander à quoi ressemblaient ses baisers. Un instant, elle s'était même interrogée sur les sensations que cela devait procurer d'être serrée dans des bras aussi puissants.

Quelle folie !

Un homme tel que Maximo Diaz était hors de portée. Tout autant que les étoiles dans le ciel.

N'avait-il pas une réputation de play-boy international, recrutant ses très nombreuses conquêtes parmi les plus belles filles de la planète ? De celles qui figuraient sur les couvertures glacées des magazines de mode.

Tandis que Hollie, à vingt-six ans, n'avait jamais eu la moindre relation avec un homme. Elle n'avait jamais été nue dans les bras d'un amant, n'avait jamais partagé la complicité d'un petit déjeuner après une nuit d'amour, ne s'était jamais vu offrir un bijou en témoignage d'attachement…

Pour tout dire, elle était encore vierge.

Peut-être était sa faute, après tout ? Ne lui faisait-on pas souvent remarquer qu'elle portait des tenues trop conformistes pour son âge ? Janette ne se privait pas de le lui signaler chaque fois que l'occasion lui en était donnée.

Sauf que ces détracteurs ignoraient tout de l'enfance de Hollie. Elle avait grandi aux côtés d'une mère pour qui l'apparence physique était une arme. Afin de mettre en valeur sa fabuleuse plastique, celle-ci moulait son corps dans des tenues affriolantes. Quant à son visage, elle le maquillait aussi outrageusement que celui d'une cocotte.

Or tout cela était resté vain. Pendant des années, Hollie avait vu sa mère se mettre en quatre pour plaire à un homme qui ne voulait pas d'elle. Être témoin des humiliations répétées que la malheureuse avait subies restait une leçon indélébile dans l'esprit de Hollie : jamais elle n'agirait de la sorte. Une femme n'avait pas besoin d'un homme pour exister.

Une fois qu'elle eut ramassé les verres vides, Hollie jeta un coup d'œil à la ronde. Maximo Diaz avait disparu. Son cœur se serra. Elle ne l'avait même pas vu partir.

Fin de l'épisode !

Submergée par une curieuse tristesse, elle gagna le sous-sol pour se changer. Lorsqu'elle remonta – le costume de lutin plié dans un sac –, les salons de réception étaient déserts.

Émergeant de la sortie de service dans la nuit noire, Hollie eut la mauvaise surprise d'être cueillie par un véritable déluge. Sans parapluie, et dans son léger manteau peu imperméable, il ne lui fallut que quelques secondes pour être trempée jusqu'aux os. Courant jusqu'à l'arrêt de bus, elle regretta que le toit n'en ait jamais été réparé : un trou béant laissait passer toute l'eau du ciel.

Pas le moindre autobus à l'horizon ! Que faire ? Appeler un taxi – au diable la dépense ! – ou braver les éléments en rentrant à pied ?

Hollie en était encore à s'interroger lorsqu'une imposante limousine noire vint s'arrêter à sa hauteur, dans un ronronnement presque imperceptible.

Son cœur s'arrêta de battre lorsqu'elle reconnut la puissante silhouette, sur la banquette arrière. La vitre électrique s'abaissa, et un frisson courut le long de l'épine dorsale de Hollie. Moins à cause de la pluie qui gouttait dans son cou que parce que le regard de jais de Maximo Diaz la transperçait comme une dague.

— Montez ! lui intima-t-il.

2

— Quelle direction ? lança Maximo à la jeune femme qui se glissait en frissonnant sur la banquette, à côté de lui, tandis que le chauffeur refermait la porte sur la violence des éléments.

— Je… je rentrais… chez moi.

C'était tout juste si elle ne claquait pas des dents, et Maximo s'étonna de trouver cela aussi charmant.

— Je m'en doute bien, dit-il sèchement. Où habitez-vous ?

— À la sortie de la ville, en direction d'Exeter.

Elle s'interrompit, tournant vers lui un regard empreint de gratitude.

— C'est très aimable à vous de me raccompagner, *señor* Diaz, ajouta-t-elle.

— Je n'ai pas vraiment la réputation d'être un homme aimable, mais il faudrait avoir un cœur de pierre pour laisser une jeune femme sur le bord de la route par une nuit pareille.

Dans la pénombre de la voiture, Maximo voyait des gouttes de pluie briller sur les joues de sa passagère.

— Êtes-vous d'accord pour que je vous reconduise ? reprit-il. Ou bien votre mère vous a-t-elle mise en garde sur le fait qu'il ne faut jamais monter dans la voiture d'un inconnu ?

— Vous n'êtes pas tout à fait un inconnu. Et puis, je ne vois pas comment je pourrais refuser votre proposition. Il fait un temps épouvantable. Je vous remercie. C'est… très gentil.

Maximo faillit éclater de rire. Il n'avait pas le souvenir que l'on n'ait jamais employé des termes aussi positifs le concernant.

Les infirmières qui avaient accompagné les derniers jours de sa mère n'auraient certainement pas souscrit à pareilles louanges. Comment encenser la gentillesse d'un fils qui négligeait sa mère mourante, et ne versait pas une larme en recueillant son dernier souffle ? En tout cas, c'était ce que ces femmes avaient dû penser de lui, ignorant tout de son histoire.

Repoussant les souvenirs d'un passé douloureux, il se tourna vers la jeune femme qui continuait à trembler de froid à ses côtés.

— Cessez donc de me donner du *señor* Diaz, lui enjoignit-il. Appelez-moi Maximo. Et attachez-vous.

— C'est ce que j'essaie de faire.

Écartant la main malhabile de sa voisine, Maximo se pencha vers elle pour fixer sa ceinture de sécurité. Ce faisant, il inhala des effluves qui évoquaient davantage le savon de toilette qu'un parfum de luxe. Cela lui parut tout aussi délicieux que plus tôt, dans le grand salon de l'hôtel.

Un instant, il se demanda si c'était par pur esprit chevaleresque qu'il était venu au secours de la belle. Comment nier qu'au cours de la soirée il l'avait véritablement désirée ? S'il s'était intéressé à elle, ce n'était nullement dans l'hypothèse d'en faire son assistante, comme il avait voulu s'en persuader lui-même.

Ce soir, l'image de douceur et de délicatesse qu'il avait précédemment associée à la jeune employée de l'agence s'était télescopée avec une variante bien plus coquine de sa personne. Et cette découverte inattendue avait fait naître en lui un désir particulièrement tenace.

Cependant, l'idée de pousser plus loin les choses ne l'avait même pas effleuré. À quoi bon ? La ravissante jeune femme résidait dans cette petite ville endormie, où lui-même ne faisait que passer.

Or Maximo s'était toujours gardé des aventures d'un soir. D'expérience, il savait que ce genre de relation pouvait déboucher sur quelque chose de bien plus compliqué qu'il n'était souhaitable.

Les complications étaient quelque chose qu'il évitait comme la peste. Aussi, à son départ de la réception était-il persuadé qu'il ne tarderait pas à oublier cette rencontre. S'il advenait qu'ils se croisent à nouveau – ce que rien ne garantissait –, ce serait dans un tout autre contexte.

La secrétaire modèle aurait retrouvé sa sempiternelle tenue sans charme, et il aurait tout oublié de son éblouissement devant un costume manifestement conçu pour aguicher, avec sa jupe trop courte et son corsage étroitement moulant. Il y avait fort à parier qu'il ne lui jetterait même pas un coup d'œil, marquant ainsi la fin de l'épisode. *Adiós !*

L'intention de Maximo était de ne pas demeurer dans cette ville une seconde de plus qu'il ne serait nécessaire. Dès qu'il aurait signé l'acte de propriété du château, et mis en branle les projets qu'il formait pour la bâtisse, il tournerait les talons sans demander son reste.

Pourquoi avait-il fallu que le destin remette aussi vite sur son chemin sa rencontre d'un soir ?

Cette fois, elle n'avait plus rien du lutin aux longues jambes gainées de blanc et de rouge, mais tout d'une adolescente perdue dans la tempête, ébouriffée et tremblante de froid.

— Vous avez l'air frigorifiée, dit-il.

— Un peu.

Dans sa langue maternelle, Maximo demanda à son chauffeur de monter le chauffage de la voiture.

— C'est mieux comme cela ? demanda-t-il.

— Beaucoup mieux.

Changeant de position sur la banquette, elle ajouta :

— C'est bizarre, les coussins semblent chauds.

— Normal, puisqu'ils sont chauffés.

— Vous voulez dire que les sièges sont équipés d'un système de chauffage ?

— Ce n'est pas vraiment de la technologie de pointe. La plupart des véhicules modernes en sont dotés.

Un long silence suivit sa remarque.

— Je n'ai jamais eu de voiture, observa la jeune femme.

— Vous plaisantez !

— Pas du tout. Je n'en ai jamais eu besoin. À Londres, où j'ai vécu quelque temps, il était impossible de se garer. Et ici, ce n'est pas indispensable.

Se concentrant sur les maisons défilant derrière la vitre, elle ajouta :

— Il va falloir bientôt tourner à gauche. Juste après le prochain lampadaire.

Maximo chercha le regard du chauffeur dans le rétroviseur, et vit celui-ci acquiescer d'un hochement de tête.

— Comment vous débrouillez-vous sans voiture ? questionna-t-il, revenant sur le sujet.

— Je me déplace souvent à vélo. Les routes de campagne sont magnifiques au printemps.

Une image s'imposa à l'esprit de Maximo : celle d'une ravissante cycliste, ses longs cheveux soyeux flottant au vent, sur un chemin bordé de haies constellées de fleurs.

Il en était à rajouter quelques chants d'oiseaux à cette vision romantique, lorsqu'il entendit sa voisine claquer des dents.

— Vous ne semblez pas vous être réchauffée, fit-il remarquer.

— Pas vraiment. Mais je suis arrivée, c'est la dernière maison de la rue.

De la main, elle désignait une maisonnette à la façade sombre.

Le chauffeur vint se garer le long du trottoir, et Maximo lui fit signe de ne pas bouger. Car, déjà, lui-même sortait de la voiture et en faisait le tour pour tenir la portière ouverte à la jeune femme. Ce faisant, il ne put s'empêcher de se demander pourquoi il se mettait autant en peine. N'avait-il pas suffisamment joué au bon Samaritain en la reconduisant chez elle ? Mais, curieusement, il n'avait aucune envie de se montrer raisonnable. Pas plus qu'il n'était gêné par la pluie fouettant son visage.

— Vous allez être trempé ! entendit-il protester.

— Je survivrai.

Sur le visage levé vers lui, Maximo vit se peindre une expression indécise.

— Est-ce que vous... ?

Marquant une pause, la jeune femme jeta un coup d'œil en

direction de la petite maison, puis leva les yeux vers lui avec l'air de faire appel à tout son courage.

— Est-ce que vous accepteriez une tasse de café ? reprit-elle. Juste pour vous remercier. Mais… non, c'est stupide ! Je ne sais pas pourquoi je vous propose cela. N'y pensez plus !

Elle secoua la tête pour marquer son embarras.

— Je suis certaine que vous êtes attendu ailleurs, conclut-elle.

Les doutes se reflétant sur la charmante physionomie faisaient écho à ceux qui se multipliaient dans la tête de Maximo. Que diable faisait-il là ? Il ne fréquentait ni ce genre d'endroit, ni ce genre de femme.

Cela faisait bien longtemps qu'il avait laissé derrière lui tout misérabilisme. Sans un regard en arrière.

— Je ne suis attendu nulle part, s'entendit-il répondre avec étonnement. Et un café serait le bienvenu. Mais hâtons-nous. Sinon, nous allons être tous les deux imbibés jusqu'à l'os.

Emboîtant le pas à sa guide, sur l'allée étroite, Maximo se morigéna intérieurement. Ne ferait-il pas mieux de retourner à sa voiture ? Une fois à l'abri dans sa luxueuse chambre d'hôtel, il s'absorberait dans le travail ou appellerait cette ravissante top-modèle qui le harcelait de messages enflammés depuis des mois.

Certes, il ne doutait pas de la déception qu'il provoquerait ainsi. Lui-même éprouverait peut-être un léger pincement au cœur. Mais ce ne serait qu'une émotion passagère. À ce jour, il n'avait encore jamais rencontré une femme qui continue à occuper son esprit si elle disparaissait de sa vie.

Malgré tout, Maximo se retrouva en train d'incliner la tête pour passer la porte du modeste cottage. L'atmosphère glacée le cueillit sur place, et ses épaules se crispèrent instinctivement comme il refermait la porte derrière lui. Son hôtesse avait-elle remarqué sa réaction ? Le fait est qu'elle eut un petit rire nerveux puis se lança dans une explication :

— Je sais, il fait glacial. Mais je n'allume pas le chauffage lorsque je suis absente.

À la vue de ce qu'il découvrit lorsqu'elle alluma un lampadaire, Maximo n'eut pas besoin de demander pourquoi. Peut-être aurait-elle argué du noble souci d'économie d'énergie, mais la véritable raison relevait indubitablement du manque de moyens.

En dépit des coussins colorés sur le canapé – manifestement cousus main – et de la saisissante beauté du lys rouge sombre dans son pot posé sur la table, le tapis élimé devant l'âtre ainsi que les rideaux un peu trop courts évoquaient des restrictions douloureusement familières à Maximo. Quand bien même il avait grandi dans le nord de l'Espagne, et non en Angleterre.

Son cœur se serra. Il y avait si longtemps qu'il vivait dans un tel luxe qu'il pensait avoir définitivement enseveli sous les strates du temps les souvenirs de la pauvreté. N'avait-il pas lutté obstinément pour oublier ? Mais voilà que tout remontait à sa mémoire avec un goût âcre.

Maximo se remémorait la sensation de faim et de froid, la fierté mise à survivre sans laisser percevoir les signes de la misère – le manteau trop peu épais pour vous prémunir contre le froid, les semelles trouées qui laissent s'infiltrer l'eau glacée.

Le plus insensé, c'était qu'il repensait à tout cela avec une pointe de nostalgie. Dire que, quand il était pauvre, il ne rêvait que de devenir riche !

— Je vais faire du café.

La douce voix avait interrompu ses rêveries. Il s'interrogea devant l'expression anxieuse crispant le visage de la jeune femme. Regrettait-elle de l'avoir invité ? Ou avait-elle cru lire de la réprobation dans le regard qu'il promenait à la ronde ? Lui avait-il donné l'impression qu'il la jugeait, alors qu'il n'avait aucun droit de porter un jugement sur quiconque ? Hormis sur lui-même, peut-être.

— Séchez-vous d'abord, dit-il. Le café peut attendre.

— Mais…

— Faites ce que je vous dis.

Il y avait tant d'autorité dans le timbre sourd de Maximo Diaz que Hollie n'eut d'autre choix que d'obtempérer. Le cœur battant, elle se précipita à l'étage pour se débarrasser de ses vêtements détrempés. Puis elle passa en revue les cintres dans son placard, et son choix s'arrêta sur une robe en lainage – sa tenue la plus raffinée.

Hollie avait presque du mal à réaliser qu'un homme – et quel homme ! – l'attendait dans son modeste salon. Les seuls individus de sexe mâle qui avaient jamais franchi le seuil du cottage étaient des ouvriers, envoyés par son propriétaire pour effectuer les réparations rendues nécessaires par la vétusté des équipements électriques.

Son tempérament introverti la faisait paraître distante aux yeux de bien des gens. Cependant, elle ne manquait pas d'excellentes raisons pour ne pas se montrer plus sociable. Tout d'abord, elle ne pouvait se permettre de dépenser en sorties ou invitations. Ne faisait-elle pas des économies pour ouvrir son salon de thé ? De plus, elle n'habitait pas le coin depuis assez longtemps pour s'être fait des connaissances.

Tout cela était la pure vérité, bien que ce ne soit pas le fond de la question.

À dire vrai, cette vie solitaire lui donnait le sentiment d'être protégée, à l'abri des déceptions et souffrances que risquait de lui infliger la fréquentation d'autrui.

Pourtant, elle avait transgressé ses règles de vie en invitant chez elle un milliardaire mondialement connu. Comment diable en avait-elle eu le courage ? Et qu'est-ce qui avait bien pu pousser ce dernier à accepter ?

Pour l'instant, le problème était qu'il allait lui falloir descendre le retrouver. Pour dire quoi ? Que pouvait-elle avoir en commun avec le richissime homme d'affaires espagnol ?

D'un certain côté, elle regrettait l'impulsivité qui lui avait fait émettre pareille invitation. En même temps, comment aurait-elle pu ignorer le délicieux frisson d'excitation au creux de son estomac ?

Était-ce mal d'éprouver pareille émotion à l'égard de quelqu'un que l'on ne connaissait presque pas ?

Plantée devant son miroir, Hollie tendit automatiquement la main pour attraper un élastique avec lequel attacher ses cheveux, puis la laissa retomber. Son épaisse crinière cascadant librement sur ses épaules, elle referma derrière elle la porte de sa chambre.

Les craquements de l'escalier auraient dû annoncer son arrivée, pourtant Maximo ne semblait pas l'avoir entendue. Pendant quelques secondes, Hollie demeura immobile à la porte du salon. Tout à coup, elle eut l'impression que quelqu'un avait agité une baguette magique, rajoutant à son intérieur banal une symphonie de couleurs vives. Et Maximo Diaz était au cœur de ce maelström éclatant.

Ayant déposé son élégante veste sur le dossier du canapé, il avait allumé le petit poêle à bois. À travers les vitres, on voyait des flammes orangées trembler au-dessus des bûches et, déjà, un nuage de chaleur commençait à se diffuser dans la pièce. Dire qu'elle s'était figuré qu'un homme aussi riche ne pourrait supporter de se salir les mains !

Mais ce qui étonna Hollie encore davantage, c'était la position qu'il avait adoptée. Assis sur ses talons, sur le vieux tapis devant l'âtre, Maximo semblait parfaitement à l'aise, le regard perdu vers les flammes qui mettaient des ombres dansantes sur son profil aristocratique.

Un frisson d'excitation parcourut Hollie, et un brasier s'alluma au creux de son ventre. Elle se retint de dire quoi que ce soit pour ne pas rompre le charme de cet instant. Pas encore. Car, dans quelques minutes, Maximo allait certainement revenir à la raison, se rappelant que son chauffeur l'attendait.

Sans faire de bruit, elle alla dans la cuisine préparer du café, puis revint dans le salon avec un plateau chargé de deux mugs. À voir briller une lueur mystérieuse dans les profondeurs ténébreuses du regard que Maximo leva vers elle, Hollie se sentit grelotter comme lorsqu'elle était dehors, sous l'averse.

Était-ce le fruit de son imagination, ou bien une étincelle admirative avait-elle enflammé les prunelles de jais, entre les paupières plissées ?

— Venez vous asseoir près du feu, ordonna-t-il.

Comment résister à cette voix de velours, dont Hollie avait l'impression qu'elle l'enveloppait dans un manteau de douceur ?

Même si l'injonction avait été formulée sur un ton d'autorité inébranlable qui semblait naturel à Maximo !

Déposant le plateau sur le sol, Hollie se laissa tomber à côté de lui. Était-elle sur le point de s'embarquer dans une aventure insensée ? Situation dont toute personne un tant soit peu raisonnable se serait tenue à l'écart !

Sauf que Hollie avait froid, que le feu était agréablement réconfortant, et que le café sentait divinement bon. De plus, elle n'était quand même pas suffisamment écervelée pour s'imaginer que Maximo Diaz risquait de lui faire des avances !

— Peut-être auriez-vous préféré un verre de vin ? suggéra-t-elle.

— Pourquoi ? Est-ce votre cas ?

Hollie secoua la tête avec véhémence. Elle était déjà trop ébranlée par la proximité de cet homme. Un verre de vin était la dernière des choses dont elle avait besoin.

— Seigneur, non ! s'exclama-t-elle. Un café me convient parfaitement. J'espère juste que cela ne vous empêchera pas de dormir.

Les lèvres de Maximo s'incurvèrent en un sourire moqueur. Un bref instant, Hollie eut l'impression qu'il se préparait à ajouter quelque chose, puis il sembla ravaler sa remarque, s'adossant au vieux fauteuil derrière lui et allongeant ses longues jambes.

Pendant un moment, la pièce fut habitée par le genre de calme qui précède parfois la tempête. Le crépitement des bûches et ses propres battements de cœur étaient les seuls bruits que Hollie percevait. Dans la lumière tamisée, les yeux de Maximo brillèrent comme deux éclats de jais lorsqu'il tourna la tête vers elle et la dévisagea.

— Cela fait longtemps que vous vivez ici ? interrogea-t-il.

— À peine un peu plus d'un an. Avant, j'habitais Londres.

— Où vous n'aviez pas besoin de voiture.

Hollie lui décocha un grand sourire, ravie qu'il se souvienne.

— C'est exact, fit-elle.

— Et qu'est-ce qui vous a attirée à Trescombe ?

Comment répondre à cette question sans révéler qu'elle s'était fait escroquer par celle qu'elle prenait pour sa meilleure amie ?

C'était le genre de confidence pénible qu'il valait mieux taire pour ne pas embarrasser son auditoire.

— J'ai toujours rêvé de créer mon propre salon de thé, dit-elle. Et j'ai appris qu'un centre commercial allait bientôt ouvrir dans le centre de Trescombe. C'est prévu pour le printemps, alors je travaille en attendant, de manière à mettre de l'argent de côté.

S'interrompant, Hollie jeta un coup d'œil au plateau posé entre eux, puis ajouta :

— Je suis désolée de ne pas vous l'avoir demandé plus tôt, mais souhaiteriez-vous manger quelque chose ?

Maximo s'obligea à sourire. Il avait conscience des efforts de son hôtesse pour le recevoir agréablement, et il savait qu'il ferait mieux de mettre un terme à sa visite plutôt que lui laisser entretenir des illusions. Néanmoins, il n'avait pas la moindre envie de bouger. Car, pour la première fois depuis bien longtemps, il se sentait étonnamment à l'aise.

L'ameublement sans prétention, la douce chaleur du poêle, tout cela lui paraissait étrangement plaisant. Autant que la présence bienveillante à ses côtés.

À vrai dire, pour quelqu'un qui avait la réputation de ne jamais tenir en place, Maximo aurait presque été capable de se laisser aller complètement – n'eût été la tension quasi palpable qui s'installait progressivement entre lui et son hôtesse.

Tous ses sens en alerte, il déglutit lorsque ses yeux se posèrent sur les douces rondeurs qui tendaient le jersey de la robe, sur les mamelons durcis si parfaitement visibles.

Cela faisait quelque temps que Maximo n'avait pas eu de relation intime, mais il ne pouvait manquer de décrypter le message subliminal que lui adressait la charmante Mère Noël.

Et cela le rendait fou.

Se rendait-elle compte que ses pupilles s'assombrissaient chaque fois qu'elle tournait le regard vers lui ? Avait-elle conscience de caresser ses lèvres de la pointe de la langue, comme un chat devant une coupelle de lait ?

Maximo mourait d'envie d'attirer la jeune femme dans ses bras pour vérifier si ses lèvres étaient aussi douces qu'il y paraissait.

— Pourquoi ne laissez-vous pas plus souvent vos cheveux lâchés ? questionna-t-il à brûle-pourpoint.

La demande sembla la surprendre, car elle porta la main aux mèches soyeuses qui ondulaient presque jusqu'à sa taille.

— Je ne sais pas, répondit-elle en haussant les épaules. Parce que c'est plus pratique, je suppose.

— Est-ce à dire que vous ne vous permettez jamais un peu de fantaisie ?

— Je préfère éviter. La vie est plus facile comme cela. Plus rassurante.

Caressant pensivement l'ombre de barbe à son menton, Maximo objecta :

— Ne trouvez-vous pas que ça rend la vie un peu ennuyeuse ? Quel âge avez-vous ?

— Vingt-six ans.

— Et il ne vous arrive jamais de jeter la prudence par-dessus les moulins pour faire quelque chose de totalement inattendu ?

— Pour être honnête, ce n'est pas le genre de pensée qui me traverse l'esprit, habituellement.

Le cliquetis de la tasse sur la soucoupe attira le regard de Maximo sur les mains de la jeune femme. Il les vit trembler, et elle reposa aussitôt l'ensemble sur le plateau.

— Eh bien, dit-il, pour une fois peut-être pourriez-vous modifier vos habitudes ? Par exemple, comment réagiriez-vous si je répondais au désir implicite que je lis dans vos yeux, et que je vous prenais dans mes bras ? Si je glissais les doigts dans vos cheveux, pour voir s'ils sont aussi doux qu'il le semble à la lueur du feu ?

— Je... je ne peux pas...

Maximo vit la jeune femme déglutir avec peine.

— Je ne peux même pas imaginer que vous fassiez une chose pareille, conclut-elle.

— Vraiment ?

Il n'avait pu ignorer la pointe d'espoir dans la protestation.

Ce fut sans un mot que Maximo y répondit. Il tendit la main et emprisonna une mèche des longs cheveux entre ses doigts.

— Pourtant, je n'ai pensé qu'à cela toute la soirée, reprit-il.

Pendant quelques secondes, il se contenta d'écouter le souffle saccadé à ses côtés. Cela ne fit qu'accroître son désir.

— Vous savez ce qui va se passer ensuite, pas vrai ? interrogea-t-il.

Elle fit non de la tête, le regardant avec de grands yeux.

— Bien sûr que si, vous le savez, insista-t-il.

— Dites-le-moi, murmura-t-elle, comme un enfant réclame une histoire.

— Je vais vous embrasser.

Leurs regards se mêlèrent.

— Oui..., murmura la jeune femme en opinant de la tête. Embrassez-moi. S'il vous plaît.

Alors, Maximo se servit des longs cheveux comme d'une corde, pour attirer à lui ses lèvres offertes. Et il sentit tout son corps vibrer d'une envie dévorante.

3

Maximo l'embrassa encore et encore, jusqu'à ce que Hollie ne puisse retenir des gémissements impatients, exprimant tacitement son désir effréné.

Elle s'étonna de ne pas appréhender ce qui allait suivre. Aucune crainte ne l'effleurait.

S'écartant, Maximo planta dans le sien un regard de braise, où flamboyait la passion. Doigts noués dans la masse de ses cheveux, il murmura contre ses lèvres :

— Tu ne crois pas que nous devrions chercher un endroit plus confortable ?

— Oui…, souffla Hollie.

Aurait-elle dû faire semblant d'hésiter ? se demanda-t-elle. Cette préoccupation s'évapora à la seconde même où Maximo la souleva du sol pour l'emmener à l'étage, avec l'autorité souveraine qu'elle avait imaginée dans ses rêves les plus fous. Tandis qu'il gravissait l'étroit escalier, Hollie n'entendait que les battements de son propre cœur mêlés aux craquements des degrés en bois.

— Où se trouve ta chambre ? s'enquit-il une fois sur le palier.

Ce n'était guère le moment de révéler qu'il n'y en avait qu'une. Aussi Hollie se contenta-t-elle d'un signe du menton en direction de la porte, regrettant de n'avoir pas mis d'ordre dans la pièce.

À son grand soulagement, Maximo ne sembla remarquer ni le cardigan négligemment jeté sur l'unique chaise, ni la pile de livres de cuisine en équilibre instable sur la table de chevet. Avec délicatesse, il la déposa au sol et, lorsqu'il reprit la parole, ce fut avec un accent bien plus marqué que de coutume.

— Tu es bien trop couverte, grommela-t-il en promenant ses mains sur le corps frissonnant de Hollie. Et je regrette que tu n'aies pas gardé ton déguisement. J'aurais adoré déshabiller un lutin pour la première fois de ma vie.

Était-ce à croire qu'il n'aimait pas sa robe ? s'interrogea Hollie. Certes, elle devait lui paraître bien trop austère en comparaison du costume dans lequel il l'avait découverte.

Les inquiétudes qui l'assaillaient furent balayées d'un coup lorsque Maximo lui ôta ladite robe avec maestria, la faisant passer par-dessus sa tête, puis la libéra de ses collants.

— Tu trembles de froid, observa-t-il.

— Je... je ne chauffe pas... beaucoup... l'étage, bredouilla-t-elle.

— Et c'est la seule chose qui te fait frissonner ?

La pointe de malice, dans la voix de Maximo, fit sourire Hollie. Était-ce cela qui lui permit de s'enhardir jusqu'à refermer une main sur la nuque puissante pour l'attirer à elle et effleurer ses lèvres des siennes ?

— Pas seulement ça, non, murmura-t-elle.

Il laissa échapper un petit rire ravi, puis rabattit la couette et poussa doucement Hollie pour la faire s'allonger.

— Alors, pourquoi ne commencerais-tu pas à réchauffer le lit ? suggéra-t-il en la couvrant. Pendant ce temps, je me débarrasse de mes vêtements.

La bouche sèche, elle le dévora des yeux tandis qu'il retirait sa chemise, puis portait les mains à la ceinture de son pantalon. Heureusement que la pièce était plongée dans une semi-pénombre, se réjouit-elle intérieurement, car cela aidait peut-être à dissimuler la rougeur qui lui montait aux joues en le voyant faire glisser la fermeture de sa braguette.

Cependant, elle ne détourna pas le regard une seule fois. Même quand il dégagea sa virilité triomphante de son boxer-short. Pourtant, c'était la première fois de sa vie qu'elle contemplait un homme dans le plus simple appareil.

Et quel homme !

Maximo vint la rejoindre dans le lit, l'entourant de ses bras aux muscles saillants. Le sentiment de sécurité qui submergea Hollie, dans ce cocon de douce chaleur, lui fit enfouir le visage contre son épaule. Elle était en proie à une émotion soudaine sur laquelle il lui était impossible de mettre un nom.

— *Mia belleza...*, souffla-t-il dans ses cheveux, tandis que ses mains naviguaient sur la chair frémissante de Hollie.

Elle ne tarda pas à fondre de plaisir. Mais lorsqu'il dégrafa son soutien-gorge, dégageant ses seins lourds de leur carcan, puis aspira goulûment un téton raidi, elle fut submergée d'une volupté qui la mit au bord de l'évanouissement.

Comment était-il possible qu'elle n'éprouve pas une once de gêne ? Il ne restait presque plus rien pour la dissimuler au regard de Maximo. Hormis un triangle de tissu imprégné du feu liquide qu'elle sentait sourdre entre ses cuisses, tandis qu'elle se cramponnait aux sculpturales épaules comme si sa vie en dépendait.

Car c'était bien de cela qu'il s'agissait. L'impression de n'avoir jamais été véritablement vivante avant que Maximo ne l'embrasse. Celle d'être en danger de mort si tout cela s'arrêtait.

Tout cela... la fulgurance du désir qui la transperçait comme une flèche incandescente.

— Maximo..., gémit-elle d'une voix qu'elle ne reconnut pas. C'est... *fantastique*.

Abandonnant sa poitrine, la tête brune se releva. Maximo se hissa jusqu'à elle pour reprendre sa bouche. Il insinua la langue entre les lèvres de Hollie, et elle accepta le duel qu'il proposait, se délectant de découvrir une intimité inconnue d'elle, plaquant sa poitrine contre le torse dénudé. Comme si, par le simple contact de ses mamelons aussi durs que la pierre, elle s'efforçait de faire comprendre à Maximo toute la puissance de son désir.

Il perçut sa prière muette, et laissa sa main descendre jusqu'à venir promener l'extrémité d'un index sur l'étoffe humide de son entrejambe. Hollie fut secouée d'un hoquet de surprise ravie lorsque Maximo titilla le bourgeon gonflé de désir.

— Toi aussi, tu es fantastique, souffla-t-il contre sa bouche. Je n'aurais jamais imaginé que tu sois tellement...

— Tellement, quoi ? questionna-t-elle dans un hoquet.

Semblant retrouver en partie son sang-froid, Maximo tirailla l'élastique de sa banale culotte en coton.

— Eh bien, tout d'abord, que tu sois tellement vêtue.

Un instant, il poursuivit d'un doigt ses délicieux effleurements, faisant frémir Hollie de plaisir autant que de frustration. Ensuite il fit glisser, le long de ses jambes, la culotte qu'il expédia rejoindre les vêtements éparpillés au sol.

— Mais tu es aussi tellement sexy ! Et si étonnamment ardente. C'est comme si tous mes fantasmes s'incarnaient en toi. Qui l'eût cru ?

Posant la main à plat sur le torse d'airain, Hollie fut éblouie par la vision qu'offrait l'épiderme couleur bronze à la lueur diffuse de la lampe de chevet. Timidement, elle se risqua à agacer du pouce l'un des mamelons bruns. Sentir Maximo frissonner sous la caresse lui donna l'audace de lui retourner le compliment.

— Toi aussi, tu es tout ce dont j'ai rêvé, murmura-t-elle.

Maximo s'immobilisa aussitôt, puis releva la tête. Dans le regard dardé sur elle, entre les paupières plissées, Hollie ne put manquer de percevoir la subite méfiance mettant des étincelles dans les profondeurs de jais.

— Sauf que rêves et fantasmes n'ont rien à voir avec la réalité, dit-il d'une voix douce. Nous en sommes conscients *tous les deux*, n'est-ce pas ?

— Bien sûr ! acquiesça Hollie, hochant la tête avec véhémence.

Car, d'instinct, elle avait compris ce que voulait Maximo. Ou, plutôt, ce dont il ne voulait *pour rien au monde*.

Il n'était pas question qu'elle tombe amoureuse !

Pour être honnête, c'était ce que Hollie ne s'autoriserait surtout pas. Bien qu'elle ne connaisse pas grand-chose à la gent masculine, elle s'était rendu compte au premier abord que Maximo Diaz était la dernière personne sur qui jeter son dévolu. D'accord, il la fascinait depuis leur première rencontre. Et cette fascination n'avait fait que croître de jour en jour. Néanmoins, elle n'était pas stupide.

Se retrouver nue dans un lit avec lui était une chose qu'elle n'aurait jamais imaginée possible. Même pas dans ses rêves les plus fous ! Pourtant, cela était arrivé. Et d'une manière qui faisait qu'elle se sentait à l'aise avec son propre corps pour la première fois de sa vie. De cela, elle lui était particulièrement reconnaissante.

Alors, pourquoi s'interdirait-elle de profiter pleinement de ce qui n'allait pas manquer d'advenir ?

Hollie n'avait jamais dévié du sentier rectiligne du conformisme – par souci d'éviter les dangers, avant tout. Mais Maximo avait raison. Il était peut-être temps qu'elle renonce à ses habitudes de sérieux, pour se risquer à l'imprévu. Pour la première fois de sa vie, elle avait furieusement envie de se montrer impulsive.

Elle n'avait jamais été amoureuse. Témoin involontaire – à travers le couple de ses parents – des désastreuses répercussions d'émotions aussi dangereusement fluctuantes que la passion, elle s'était gardée même de toute amourette. Du coup, avec aucun des quelques garçons brièvement fréquentés elle n'avait jamais accepté d'aller au-delà du flirt.

Hollie avait fini par se convaincre qu'elle faisait partie de ces femmes qui n'éprouvent aucun désir physique. Celles que l'on avait tendance à railler, en les qualifiant de « frigides ».

Sauf que Maximo Diaz était en train de lui apporter la preuve qu'elle se trompait : son corps fonctionnait à merveille.

Cependant, cela ne devait pas l'entraîner à élaborer quelque chimère que ce soit au sujet du milliardaire ibérique. En aucune manière ! Ce ne serait pas simplement irréaliste, mais totalement déraisonnable.

Elle ferma les yeux lorsque Maximo s'empara à nouveau de ses lèvres, tout en glissant une main entre ses cuisses. En réponse, Hollie enserra de ses bras les épaules athlétiques, comme s'il était son roc, son ancre.

Comment était-il possible qu'elle se sente aussi bien, quand la langue experte d'un homme avait pris possession de sa bouche ? Quand de longs doigts écartaient les pétales humides de sa féminité pour titiller le bouton qui s'y cachait, avec une précision divinement diabolique ? Mais ce n'était plus le moment de se perdre en réflexions inutiles. D'ailleurs, Hollie n'en était plus capable, car le désir tendait tous ses muscles comme les cordes d'un violon.

— *Maximo !* lâcha-t-elle dans un hoquet.

Il releva la tête, et dans son regard Hollie vit briller un mélange de passion et d'ironie.

— Qu'y a-t-il ? interrogea-t-il d'une voix rauque.

Elle ne savait si elle devait lui dire d'arrêter, ou de ne *jamais* arrêter. Puis la situation lui échappa quand ses muscles internes se contractèrent autour des doigts que Maximo insérait en elle, et qu'elle fut secouée par une succession de spasmes tellement intenses qu'un cri inarticulé monta du plus profond de son être. Alors, le monde se fractionna en un kaléidoscope aux couleurs chatoyantes.

Peu à peu, elle retrouva ses esprits, redescendant du septième ciel lentement, voluptueusement. Elle avait vaguement conscience que Maximo la contemplait, attendant manifestement que s'apaisent les dernières secousses de son orgasme. Après avoir déposé un baiser sur chacun de ses mamelons encore parcourus de picotements, il tendit le bras vers la table de nuit pour attraper quelque chose qu'il avait dû y déposer sans qu'elle s'en rende compte. Certainement un préservatif, songea-t-elle. Car Hollie n'ignorait rien des règles incontournables lors d'un rapport sexuel, quand bien même elle ne les avait jamais pratiquées. Se protéger était indispensable !

Avec l'impression de faire preuve d'un voyeurisme éhonté, elle observa attentivement Maximo déroulant l'étui de latex sur son membre dressé.

Comment se faisait-il qu'elle n'éprouve pas la plus légère crispation d'embarras ? s'étonna-t-elle. Ou même une petite appréhension à l'idée de ce qui allait se passer ?

Mais rien de tout cela. Hollie était simplement perdue dans un état de langueur rêveuse qui lui fit ouvrir largement les bras, heureuse d'accueillir le poids de ce corps tiède, lorsque Maximo vint s'allonger sur elle.

Elle s'émerveilla du fait que la musculature d'airain soit gainée d'un épiderme aussi doux que du satin. Le contact du long membre érigé, plaqué contre son ventre, lui fit écarter instinctivement les cuisses, en un geste dicté par un savoir inné. Une intuition naturelle qui permettait à la chaste innocente qu'elle était de donner l'impression d'agir en toute connaissance de cause.

Un petit rire monta de la gorge de Maximo, et il se mit en position au-dessus d'elle, tout en effleurant des siennes les lèvres de Hollie. Elle devina l'extrémité de son sexe durci flirtant avec son entrejambe.

— Tu veux vraiment, *mia belleza* ? questionna-t-il.

— *Sí*, répondit-elle, le faisant sourire.

Le sourire s'effaça des lèvres de Maximo lorsqu'il se glissa en elle. Un bref instant, il ferma les yeux. Puis il les rouvrit, tout son corps tendu à l'extrême, dardant sur Hollie un regard inquisiteur.

— C'est ta première fois, c'est ça ? s'assura-t-il.

Hollie ne put que hocher la tête. Était-ce une pointe d'incrédulité qu'elle avait perçue dans la voix grave ? La gorge nouée, elle était incapable de prononcer la moindre parole tant elle était terrifiée que Maximo ne change d'avis.

Allait-il encore vouloir d'elle, maintenant qu'il savait que personne n'en avait voulu avant lui ?

Sauf qu'en cela elle avait tort. Complètement tort.

Posément, il passa les mains sous les fesses de Hollie pour la hisser plus près de son bassin, de manière à ce qu'ils soient pratiquement soudés l'un à l'autre. Ensuite, il reprit ses lèvres en un long baiser impérieux. Le seul fait de sentir la bouche de Maximo dévorer la sienne suffit à ce que Hollie s'abandonne complètement. Elle s'ouvrit à lui, tandis qu'il se mettait en mouvement, l'emplissant totalement. La sensation de cette chair dure et palpitante plongeant en elle – faisant de leurs deux corps une seule et même entité – la bouleversa comme jamais rien d'autre auparavant.

Était-ce de son propre chef qu'elle noua les jambes autour de la taille de Maximo pour l'attirer plus profondément, ou bien la guida-t-il ? Hollie n'aurait su dire. La seule chose dont elle avait conscience, c'était que les sensations divines qu'il lui avait fait connaître un peu plus tôt recommençaient à croître en elle, l'entraînant de plus en plus haut vers un nouveau paroxysme de plaisir.

Ce fut au moment où elle s'y attendait le moins qu'elle se sentit basculer dans un précipice sans fond, avec un long cri de plaisir.

Ses muscles intimes pulsèrent autour du sexe de Maximo en une succession de contractions frénétiques, et il accéléra ses coups de reins, grommelant des mots sans suite, en espagnol.

Les convulsions qui le secouèrent semblèrent ne devoir jamais cesser, tandis que Hollie enregistrait une multitude de sensations nouvelles. Elle percevait chaque bouffée d'oxygène emplissant ses poumons alors qu'elle s'efforçait de reprendre son souffle, chaque battement sourd dans sa poitrine.

Un voile de transpiration nacrait les épaules de Maximo, et elle perçut les effluves d'un parfum âcre et distinctement viril dans l'air qui les entourait. Puis ce fut la pression du grand corps reposant sur elle de tout son poids – aussi lourd que l'étaient ses propres paupières.

Hollie exhala un long soupir, et elle se blottit contre Maximo, cédant au sommeil. Cependant, elle ne tarda pas à reprendre conscience en le sentant durcir de nouveau en elle. Elle lâcha un petit cri, trahissant son désir renouvelé. Nouant les bras autour du torse musclé, elle se remit à rouler des hanches contre lui, murmurant dans son cou des plaintes inarticulées.

— Non, attends !

La brusque exclamation mit un coup d'arrêt à l'exaltation croissante de Hollie. Elle sentit Maximo se retirer avec précaution, puis il s'écarta d'elle, s'allongeant sur le dos. Au comble de l'embarras, elle le vit ôter prudemment le préservatif, avant de se lever. Les cheveux en bataille, il la dominait de toute sa hauteur, posant sur elle un regard indéchiffrable.

— Où est la salle de bains ? l'interrogea-t-il.

Sous l'effet de la surprise, Hollie eut du mal à produire une réponse cohérente.

— Au… au bout… du couloir, bredouilla-t-elle.

Lorsque Maximo eut quitté la chambre, elle s'efforça de mettre un peu d'ordre dans la confusion de son esprit.

Dire qu'elle venait de faire l'amour avec un homme qui ne connaissait même pas l'agencement de sa maison ! songea-t-elle, un peu honteuse.

Aussitôt, elle se reprocha cette réflexion. De quoi diable devrait-elle avoir honte ? Il était hors de question qu'elle joue les vierges effarouchées.

Elle avait simplement eu une relation sexuelle avec un homme qui lui plaisait. Et cela avait été fabuleux. C'était le genre de choses que faisaient des millions de femmes à la surface de la planète. Hollie venait enfin de se joindre au club. Il était grand temps, et il n'y avait rien de mal à cela.

Se redressant dans le lit, elle passa les doigts dans sa chevelure en désordre, à l'instant où Maximo revenait dans la pièce avec une nonchalance montrant clairement combien il se sentait à l'aise dans sa glorieuse nudité.

Hollie s'attendait à ce qu'il récupère ses vêtements et les enfile – ce qu'elle aurait tout à fait compris. Or quelle ne fut pas sa surprise en voyant qu'il revenait se glisser sous la couette !

Fallait-il qu'elle n'ait aucune confiance en elle pour se figurer qu'il tournerait les talons sans demander son reste ? Elle était presque mortifiée d'en prendre conscience.

Se tournant vers Maximo, à ses côtés, elle attendit qu'il prenne la direction des opérations. Car elle n'avait pas la moindre idée de la manière dont une femme était censée se comporter en pareilles circonstances. S'attendait-il à ce qu'elle l'encense et le remercie de lui avoir fait vivre l'expérience la plus sensationnelle de toute sa vie ? Ou devait-elle afficher un calme olympien, comme si tout cela n'avait guère d'importance à ses yeux ?

Quel dommage qu'aucune jeune femme, suffisamment audacieuse pour cela, n'ait jamais écrit un manuel de règles d'étiquette pour premier rapport sexuel !

Maximo demeurait immobile. Allait-il se décider à l'embrasser comme elle le désirait ? Au lieu de quoi, il se tourna vers elle et se contenta d'écarter du doigt une mèche en travers de son front. Puis il la dévisagea de son regard sombre, lui donnant l'impression qu'un projecteur était braqué sur elle.

— C'était la première fois pour toi, dit-il sur un ton plus affirmatif qu'interrogateur.

Déglutissant difficilement, Hollie se désola à l'idée de devoir être soumise à un interrogatoire qui la ferait passer inévitablement pour un phénomène de foire.

— Effectivement, dit-elle. Ça t'ennuie ?

Fronçant les sourcils, Maximo eut l'air de réfléchir un instant, avant de lâcher :

— Pourquoi est-ce que cela m'ennuierait ? Tu es adulte et consentante. Coucher avec moi était *ta* décision. Je suis plutôt flatté que tu m'aies choisi pour premier amant. Ce qui m'étonne, c'est que tu aies attendu aussi longtemps pour franchir ce pas.

Que pouvait-il bien espérer comme réponse ? s'interrogea Hollie. Qu'elle avait patienté jusqu'à rencontrer un homme aussi séduisant que lui ?

Maximo Diaz n'avait pas besoin que l'on regonfle son ego ? Il n'attendait certainement pas cela.

— Faut-il vraiment qu'il y ait des raisons ? questionna Hollie.

Le haussement d'épaules de Maximo impulsa à sa musculature un mouvement particulièrement troublant.

— La plupart des femmes se préservent pour celui avec lequel elles pourront s'engager dans une relation de longue durée, répondit-il.

Était-ce une accusation, ou un reproche ? s'interrogea Hollie. L'avait-elle déçu en cédant trop vite ?

— Peut-être que je ne suis pas semblable à la plupart des femmes, observa-t-elle.

— En effet. J'avoue que tu as une personnalité assez surprenante. Je dois dire que tu m'as passablement déconcerté. Crois-moi, cela n'arrive pas souvent !

Laissant échapper un petit rire, Maximo darda sur Hollie un regard brillant. Leurs corps se frôlaient, et elle sentait son épiderme moite de sueur effleurer le sien.

— Je me demande bien laquelle des deux personnes qui cohabitent en toi est la bonne, reprit-il. Est-ce l'employée efficace et discrète, cachée derrière son bureau ? Ou l'hôtesse délurée dans son costume provocant, qui tortille du postérieur de manière fort suggestive ?

— C'est à cause des chaussures que je marchais comme ça, protesta Hollie. On me les avait prêtées.

— Ah, donc ce sont les chaussures qu'il faut incriminer ?

Une lueur moqueuse brillait dans le regard de jais.

— C'est ça ! s'exclama Hollie. Moque-toi de moi !

— Je plaisante, *mia belleza*. Mais c'est juste parce que je n'ai qu'une envie : t'embrasser à nouveau, et te...

— Me faire l'amour ?

À percevoir la tension qui habitait subitement Maximo, Hollie se reprocha amèrement son audace.

— Eh bien, rétorqua Maximo, c'est une façon de présenter les choses. Sauf que ce que nous allons faire n'a rien à voir avec l'amour, ne l'oublie pas.

Il s'interrompit, et Hollie nota la crispation qui déformait le beau visage au teint hâlé.

— L'amour est un concept inventé par la société, reprit-il. Il tient lieu de gratification ou de menace. C'est aussi une dangereuse chimère.

Hollie ouvrait la bouche pour objecter face à pareil cynisme, lorsqu'elle se rendit compte qu'elle n'était pas franchement en désaccord.

N'avait-elle pas vu sa propre mère promener à la ronde le prétendu « amour » qu'elle vouait à son époux ? Comme un talisman qu'elle exhibait partout et devant tous, lui accordant une place tellement prépondérante dans sa vie qu'elle en avait oublié de se soucier de sa fille.

— Tout à fait d'accord, dit-elle. Mais si l'amour n'a rien à voir dans l'affaire, alors de quoi s'agit-il ?

Une fraction de seconde, Hollie s'alarma de sa propre hardiesse. Mais ne faisait-elle pas déjà preuve d'une extrême impudence à être nue dans ce lit, rayonnante de satisfaction physique, auprès d'un homme qu'elle connaissait à peine ?

Le frémissement insistant qu'elle sentait se réveiller au cœur de sa féminité lui fit comprendre qu'il était temps d'en finir avec arguties et discussions.

Comme s'il l'avait deviné implicitement, Maximo tendit une main pour déposer une caresse sensuelle sur sa joue, puis son cou, s'attardant sur la veine qui palpitait follement à sa base. Hollie fut parcourue d'une myriade de frissons tandis qu'il descendait très lentement jusqu'à sa poitrine. Elle eut l'impression qu'il mettait une éternité à atteindre le mamelon et à entreprendre de le titiller, esquissant un petit sourire lorsque la pointe en devint aussi dure qu'un éclat de diamant. Tout ce temps, il n'avait cessé de soutenir son regard, et Hollie se rendit compte qu'il n'avait toujours pas répondu à sa question.

À croire que Maximo lisait dans ses pensées, il déclara alors :

— Il s'agit seulement de sensations. Et ce sont les plus délicieuses qui puissent exister. Tu ne crois pas ?

— Oui, souffla Hollie, pensivement. Mais je suppose que tu as dû éprouver la même chose maintes fois.

— C'est vrai. Pas récemment, cependant...

Elle faillit demander ce qu'il entendait par là, puis décida que cela ne la regardait en rien. De plus, ses réponses la laisseraient certainement sur sa faim.

Voyant qu'elle ne poussait pas plus loin – ce dont il sembla s'étonner –, Maximo se rapprocha d'elle.

— Pourquoi ne pas nous contenter de profiter du moment présent ? enchaîna-t-il d'une voix douce. Je pourrais renvoyer mon chauffeur, et nous aurions tout le temps de nous donner du plaisir. Je te montrerais bien des façons différentes d'atteindre l'orgasme. Nous pourrions explorer chacun le corps de l'autre. Le tien est vraiment...

Hollie fut envahie par un sentiment d'indicible puissance en sentant les doigts de Maximo glisser nonchalamment le long de son sternum jusqu'à son ventre.

— Oui... Quoi ? lâcha-t-elle dans un souffle.

— *Está magnífico !* Tellement doux, tellement féminin, tellement généreux...

Tout en répondant d'une voix voilée, Maximo avait entrepris de pétrir la chair de Hollie avec une volupté qui la fit gémir.

— J'ai envie d'être à nouveau en toi, reprit-il. Profondément. Autant de fois que j'en serai capable. Est-ce que tu en as envie, toi aussi ?

Comment n'aurait-ce pas été le cas ? s'interrogea Hollie en hochant la tête avec véhémence.

Sauf qu'elle ne devait pas oublier la condition qui allait avec la proposition de Maximo : *juste pour une nuit*.

N'avait-il pas suffisamment insisté sur le fait qu'il ne lui fallait pas espérer davantage ? Au moins, il se montrait complètement honnête. C'était un bon point pour Hollie, élevée dans l'idée que tous les hommes n'étaient que des menteurs invétérés.

Elle vit Maximo tendre le bras et attraper son pantalon sur le sol. Il extirpa un téléphone de la poche, puis échangea quelques mots dans sa langue avec son chauffeur. Ensuite, ce fut un préservatif qu'il retira de son portefeuille.

À cet instant, Hollie se sentit véritablement adulte, pour la première fois de sa vie.

N'était-elle pas en train de vivre pleinement sa première expérience sexuelle ?

Le bel hidalgo lui avait fait atteindre l'orgasme deux fois déjà, et il avait bien l'intention de recommencer.

Décidément, Noël était en avance, cette année !

S'installant confortablement sur les oreillers, Hollie eut un délicieux frisson d'anticipation lorsque Maximo se mit à la caresser en dardant sur elle ce regard de jais qui la faisait fondre.

Ce fut alors qu'il chamboula sa belle euphorie, en soufflant tout contre sa bouche :

— Te rends-tu compte que je ne connais même pas encore ton prénom ?

4

Fermant les yeux, Hollie marmonna une sorte de prière. Lorsqu'elle les rouvrit, ce fut pour constater que son vœu n'avait pas été exaucé. Autour d'elle, rien n'avait changé. Par la fenêtre de son minuscule cottage, son regard découvrait toujours les éclairages de Noël de la maison d'en face. Et elle demeurait la même que quelques secondes auparavant.

Enceinte.

Enceinte d'un milliardaire espagnol.

Et il lui fallait en informer Maximo. Plus elle attendrait, plus ce serait difficile.

Dire qu'elle avait renoncé à sa virginité pour un homme qu'elle connaissait à peine ! Hollie se devait d'admettre qu'elle n'aurait pu choisir pire candidat comme premier amant. Un play-boy de renommée internationale qui n'avait été que trop impatient de mettre toute la distance possible entre eux, au lendemain de leur brève rencontre.

Le moins qu'elle puisse dire, c'était que leur nuit ne s'était pas achevée sur une note très positive. Hollie avait espéré que Maximo s'attarderait un peu, au matin. Elle avait même envisagé de lui faire des pancakes pour le petit déjeuner. Son objectif secret était de l'impressionner par ses talents de cuisinière. Ne disait-on pas que c'était le chemin le plus court pour atteindre le cœur d'un homme ?

Sauf que Maximo avait quitté le lit à peine l'aube commençait-elle à poindre. Le ton brusque sur lequel il s'était adressé à elle aurait dû être une indication suffisante de ce qui suivrait.

— Je ferais mieux d'y aller, avait-il dit. J'ai appelé mon chauffeur.

— Oh ! vraiment ? *Déjà ?*

— Oui, vraiment. On m'attend pour une réunion.

C'était une heure curieusement matinale pour une réunion, avait songé Hollie avant de se rendormir.

À son réveil, Maximo avait disparu.

Il s'était écoulé pratiquement une semaine avant qu'elle ne prenne conscience qu'il n'avait nulle intention de la recontacter. Certes, c'était dans le droit-fil de ce qu'il lui avait laissé entendre. Cependant, elle n'avait pu empêcher une ridicule petite lueur d'espoir d'élire domicile dans son cœur. Peut-être changerait-il d'avis...

Hélas, pas le moindre coup de fil ! Pas de visite inopinée à l'agence pour lui demander si – par hasard – elle serait libre à déjeuner. Bien sûr qu'elle l'aurait été !

L'achat du château était désormais conclu. Toute la ville bruissait d'impatience dans l'attente du démarrage des travaux de rénovation. C'était probablement pour lancer les choses que Maximo était revenu dans le Devon, après une absence de plusieurs semaines.

À l'agence, profitant de ce que Janette s'était éclipsée pour un rendez-vous chez la manucure, Hollie avait exploré divers dossiers jusqu'à trouver le numéro de portable de l'homme d'affaires. Puis elle avait envoyé un SMS, demandant à le rencontrer de toute urgence.

La réponse de Maximo avait été directe et concise. Certains l'auraient même qualifiée de grossière.

Je suis très occupé.

Hollie aurait adoré rétorquer qu'il pouvait aller se faire voir. Sauf qu'il en aurait été ravi. En ruminant sa colère, et d'une main tellement tremblante qu'elle eut besoin de s'y reprendre à plusieurs fois, elle écrivit son message en retour :

Je n'en doute pas une seconde, mais j'ai absolument besoin de te parler de vive voix.

Au bout d'une heure entière, son téléphone finit par vibrer, affichant une concession manifestement accordée à contrecœur :

Je t'accorde une demi-heure. Ce soir, à 18 heures. Où ?

Cela demandait réflexion. Certes, Hollie jugeait préférable que cette rencontre ait lieu en terrain neutre. Cependant, elle ne pouvait prendre le risque d'un esclandre en public. Pas dans une petite ville où les langues allaient bon train. Le souvenir de la présence de Maximo dans son petit cottage ne cessait de la hanter désagréablement ; néanmoins, c'était encore le meilleur endroit. Elle se força à écrire :

Peux-tu venir jusque chez moi ? J'espère que tu n'as pas oublié l'adresse.

Cette fois, la réplique laconique ne se fit pas attendre.

Entendu.

Tout en se reprochant sa stupidité, Hollie consacra la fin de l'après-midi à confectionner des biscuits en prévision de la visite de Maximo. Elle les avait même disposés sur sa plus jolie assiette en porcelaine. Plutôt s'occuper à quelque chose, avait-elle pensé, que d'arpenter son petit salon dans l'attente du ronronnement de la limousine. Ce qui était parfaitement ridicule, c'était qu'elle avait choisi de faire des sablés pour la seule raison que Maximo avait mentionné en être friand.

Vraiment, c'était pathétique !

Croyait-elle l'amadouer de la sorte ? Espérait-elle qu'il allait la rassurer, lui dire qu'il était ravi d'apprendre qu'elle portait son enfant ? Cela, après une brève aventure supposée n'être jamais rien de plus !

Détournant son regard de la vitre devant laquelle elle s'était plantée, Hollie s'attarda sur le minisapin qu'elle s'était forcée à décorer bien qu'elle n'eût guère l'esprit à la fête. Habituellement, elle adorait disposer sur les branches la guirlande lumineuse multicolore et les petites boules scintillantes. Malheureusement, cette année, les appréhensions encombrant son esprit l'avaient empêchée de se réjouir.

Au bruit du puissant moteur, elle s'écarta de la fenêtre. Il n'était pas question que Maximo la surprenne en train de guetter son arrivée, comme quelque harceleuse dans un film d'horreur. Elle inspira profondément lorsque des pas se rapprochèrent, puis expira en entendant la sonnette.

En silence, Hollie compta jusqu'à trois. Enfin, elle gagna lentement la porte, essayant de se préparer mentalement à revoir Maximo Diaz. Hélas, elle avait eu beau penser à lui à chaque instant des journées qui s'étaient écoulées depuis leur nuit de passion, ce fut un choc inattendu de le découvrir sur le pas de la porte.

Il était… tout simplement *à couper le souffle* !

Hollie sentit son cœur s'emballer follement, jusqu'à résonner à ses oreilles dans un vacarme assourdissant.

Vêtu de noir de pied en cap, Maximo portait un jean et une veste en cuir sous laquelle on devinait un fin pull-over en cachemire. En l'occurrence, c'était la seule note de douceur dans son apparence. Tout son corps exprimait une tension extrême, que ne démentait pas celle de son beau visage. Il vrillait sur elle le faisceau de ses prunelles aussi sombres et glacées que deux éclats de jais. Quant à ses lèvres, naturellement si sensuelles, elles n'étaient qu'une ligne dure.

Comme il était étrange, songea Hollie, qu'elles aient pu faire déferler en elle tant de vagues successives de plaisir, alors qu'elles n'affichaient plus qu'une moue dédaigneuse.

Il fallait absolument qu'elle se reprenne. À quoi bon chercher à deviner ce qui se passait dans la tête de Maximo, et à interpréter de façon négative la moindre de ses mimiques. Pour l'instant, l'important était d'agir avec tout le flegme possible. Quand bien même cela s'avérait difficile, au vu de ce qu'elle se préparait à annoncer.

Ce fut au prix d'un effort surhumain que Hollie plaqua sur son visage un sourire qui se voulait accueillant. Puis elle réussit à formuler quelques mots de salutations dont elle se reprocha aussitôt la maladresse.

— Bonsoir, *señor* Diaz !

Maximo dut se faire violence pour ignorer le coup de poing à l'estomac qu'il reçut en contemplant la jeune femme plantée devant lui. Il aurait dû être sur ses gardes. Pourtant, il ne put s'empêcher de se remémorer ses formes pulpeuses, la pâleur d'albâtre de son épiderme, sa chevelure soyeuse tombant en vagues châtaines sur sa poitrine dénudée.

Fallait-il attribuer à cette réaction inopportune le débit saccadé avec lequel il formula sa riposte ?

— Tu ne crois pas que ces manières sont passablement déplacées, compte tenu de ce qui s'est passé entre nous ?

— Bien que tu ne connaisses même pas mon prénom.

C'était exact, songea Maximo en esquissant une grimace. Comment tout cela était-il arrivé ? Il ne parvenait pas à se l'expliquer.

La jeune effrontée, dans sa provocante robe à mi-cuisses et ses talons aiguilles écarlates, n'était plus qu'un lointain souvenir. Retour de la très sage tenue que Hollie arborait à l'agence : jupe classique, pull-over dont la fonction n'était certainement pas de flatter des courbes féminines, chignon serré pour dissimuler la luxuriance de la chevelure, bottines ayant connu des jours meilleurs. De toute évidence, lesdites bottines avaient été cirées avec un soin tout particulier. Ce témoignage de volonté de faire avec ce que l'on a toucha une corde sensible au plus profond de l'âme de Maximo – souvenir de nécessités auxquelles lui-même avait été confronté en des temps révolus...

Il fronça les sourcils. Pour aussi terne que soit l'apparence de la jeune femme, elle n'en rayonnait pas moins d'un étonnant éclat intérieur, suffisant pour faire oublier tout le reste.

— Mais, maintenant, je sais que tu t'appelles Hollie, rétorqua Maximo avec un sourire qu'il voulait bienveillant.

— Hollie Walker, précisa-t-elle sèchement.

La légère rougeur qui lui était montée aux joues ne fit que souligner son ingénuité.

Avait-il vraiment couché avec elle ? s'interrogea Maximo. Lui avait-elle véritablement offert sa virginité ?

Oui !

Et cela avait été sensationnel.

Mieux, même : cela avait confiné au sublime !

Ensorcelé par ces jambes interminables, cette cascade de cheveux chatoyants, Maximo avait succombé à la tentation d'une aventure d'un soir, ce qui ne lui était pas arrivé depuis l'adolescence.

Cela avait été un choc de découvrir que Hollie était vierge. Il ne s'expliquait toujours pas pourquoi il n'avait pas quitté le modeste cottage lorsqu'il avait pris conscience de la situation. Cela aurait été leur rendre service à tous deux. Un homme tel que lui n'était pas une fréquentation convenable pour la jeune provinciale candide qu'elle était.

Sauf qu'au lieu de battre en retraite il s'était perdu dans la douce tiédeur de ce corps. Et cela avait duré la nuit entière.

Lorsqu'il s'était trouvé à court de préservatifs – ce qui ne lui arrivait jamais –, Maximo avait su satisfaire sa jeune conquête de bien des façons. De ses doigts, de ses lèvres, de sa langue – et même à l'aide d'un glaçon qu'elle était allée chercher dans le réfrigérateur –, il avait tiré d'elle des gémissements de plaisir qui avaient continué à retentir dans sa mémoire pendant de longs jours.

Il avait eu bien du mal à oublier la façon dont Hollie psalmodiait son prénom, l'étreinte des cuisses fuselées autour de sa taille tandis qu'il la soumettait à des assauts furieux, la touffeur de ce cœur brûlant qui l'enserrait si étroitement.

À cause de cela, il avait été difficile à Maximo de se concentrer sur son travail. Des rêveries sensuelles s'emparaient de lui à la moindre occasion, et il avait dû finir par s'interdire de penser à Hollie.

Néanmoins, ce n'était rien de tout cela qui occupait son esprit en cet instant. C'était plutôt une sourde méfiance qui s'insinuait en lui tandis qu'il la dévisageait. Pourquoi diable avait-elle tant insisté pour le voir ?

S'efforçant d'écarter les nuages noirs qui assaillaient son esprit, Maximo afficha une expression de curiosité polie.

— Eh bien, fit-il, que puis-je pour toi, Hollie ? Je ne mentais pas en te disant que je suis très occupé. Il y a divers problèmes que je dois régler avant Noël. Nous n'en sommes plus qu'à quelques jours, je ne te l'apprends pas.

Pour appuyer son propos, il désigna du menton l'arbre de Noël. Le plus minuscule qu'il n'eût jamais vu !

Hollie semblait avoir du mal à se décider à parler, et elle avait pâli. Elle serrait les poings à s'en faire blanchir les jointures.

— Ce que j'ai à te dire n'est pas facile, finit-elle par lâcher d'une voix voilée. Je suis enceinte, Maximo. Je porte ton enfant.

Autour de Maximo, tout se mit à tourner. Un bruit strident résonnait dans sa tête, le rendant pratiquement sourd. Un instant, il se demanda si c'était un cauchemar. Sauf que la façon dont Hollie tremblait et son visage livide suffisaient à comprendre que tout cela était bien réel.

— C'est impossible, souffla-t-il. Nous avons pris toutes les précautions nécessaires.

Il avait dit cela sur un ton glacial. Cependant, une rage furieuse s'était allumée en lui.

— Eh bien, apparemment cela n'a pas suffi, répliqua Hollie. Écoute, je comprends que tu sois sous le choc…

Sourcils froncés, Maximo se livra à un rapide calcul.

— Nous avons couché ensemble en…

— Octobre, l'interrompit Hollie, rougissante. Au cas où tu me confondrais avec une autre.

— Il n'y a eu personne d'autre depuis !

À peine cette répartie lancée d'un ton sec, Maximo se demanda ce qu'il lui avait pris de donner à Hollie de tels indices concernant la vérité. À savoir que toutes les femmes qu'il avait rencontrées après ce pluvieux matin d'automne l'avaient laissé complètement froid !

N'allait-elle pas se figurer qu'elle occupait une place particulière dans son esprit ?

— Ah bon ? rétorqua-t-elle, l'air étonné.

Le regard de Maximo erra sur la silhouette de la jeune femme, comme cela lui était arrivé avec tant d'autres avant elle. Mais son attention ne s'attarda pas sur sa chevelure, sa bouche ou les rondeurs de sa poitrine, non, c'était son abdomen qu'il ne pouvait quitter des yeux.

— Enceinte, fit-il.

Était-ce pour se persuader de la réalité de quelque chose qu'il ne pouvait percevoir à l'œil nu ?

— De onze semaines.

Ainsi, songea Maximo, voilà qu'il était propulsé dans un monde nouveau, inconnu. Un monde dans lequel tout se comptait en dates.

— On peut dire que tu as pris ton temps pour me l'annoncer, observa-t-il.

Hollie hocha la tête.

— Je ne m'en suis rendu compte que récemment. Au début je n'y ai pas cru. J'ai même fait trois tests avant de me résoudre à accepter la vérité. Et puis, tu avais disparu. Tout le monde disait que tu allais forcément revenir à Trescombe avant Noël pour entamer les travaux. Du coup, j'ai…

— Quels travaux ? l'interrompit Maximo.

— Ceux du château. Tu prévois bien de le transformer en hôtel de luxe, non ? En tout cas, c'est ce qui se dit en ville. Du coup, j'ai jugé préférable de patienter pour te parler face à face.

— Tu aurais pu attendre longtemps ! Mes affaires m'appelaient au bout du monde, et je risquais d'être absent plusieurs mois.

— Et… C'est vraiment la seule raison qui t'a fait quitter la région ?

Le visage de Hollie s'était crispé, et elle semblait s'être forcée à formuler cette question. Maximo pinça les lèvres. Ne valait-il pas mieux qu'il se montre franc avec elle ? Plutôt piétiner les folles chimères qu'elle avait peut-être construites que les laisser croître et s'épanouir.

— Non, ce n'est pas la seule raison, répondit-il. J'ai pensé préférable de mettre un peu de distance entre nous pour que tu ne te fasses pas d'illusions. Que tu ne risques pas de bâtir des châteaux en Espagne.

— Les châteaux en Espagne sont plutôt ton domaine, répliqua-t-elle sèchement. Et je t'ai déjà dit que je ne souhaite pas poursuivre notre relation.

— Il arrive que les femmes disent des choses qu'elles ne

pensent pas véritablement, Hollie. Parfois, c'est pour sauver la face. Parfois, dans l'espoir de se convaincre elles-mêmes.

Hollie le fusilla du regard.

— Si je comprends bien, dit-elle, tu as eu peur que je ne te harcèle avec d'embarrassantes démonstrations d'adoration. Comme si je devais inévitablement tomber amoureuse de toi ! Pour cela, il faudrait que tu sois un peu moins arrogant, moins désagréable.

Maximo haussa les épaules.

— Tu étais vierge, Hollie, fit-il. Lorsqu'une femme connaît sa première expérience, cela peut fausser son jugement. Tout particulièrement si elle y a pris autant de plaisir que nous en avons eu cette nuit-là. Je ne t'ai pas caché quel genre d'homme je suis. Néanmoins, rien ne prouvait que tu m'aies cru.

Les joues empourprées, Hollie dardait sur lui un regard où le reproche se mêlait à l'amertume. Manifestement, il l'avait blessée. Cela dit, il n'était pas prêt à mentir pour épargner les sentiments de la jeune femme. Pour sa part, les séquelles de son enfance le prémunissaient à jamais contre le risque de se laisser enfermer dans le piège d'une relation durable.

— Je n'ai jamais souhaité ni me marier, ni avoir des enfants, poursuivit-il d'un ton rogue. La première de ces choses relève encore de ma volonté. Malheureusement, il n'en est pas de même pour la seconde, semble-t-il.

— Mais, enfin, je n'attends rien de toi ! Je suis tout à fait capable de me débrouiller par mes propres moyens.

Manifestement hors d'elle, Hollie serrait les poings avec l'air d'être prête à s'en servir contre lui.

Jetant un coup d'œil autour de lui, Maximo observa l'exiguïté de la pièce, la peinture défraîchie des murs, la couverture dissimulant l'usure du canapé. Il n'avait pas oublié le lit étroit dans la chambre glaciale, à l'étage. Ni la précipitation avec laquelle il avait regagné sa limousine, au matin, ordonnant d'un ton sec à son chauffeur de l'emmener loin de tout cela.

Comment diable avait-il pu se mettre dans pareille situation ?

— Parce que tu penses vraiment pouvoir élever un enfant dans un endroit pareil ? lança-t-il.

— Pourquoi pas ? Je n'ai pas des moyens considérables, mais je me débrouillerai. Même si cela ne sera pas facile, je le sais. Le travail ne me fait pas peur, ni devoir vivre chichement. En tout cas, s'il y a une chose dont mon bébé ne manquera jamais, c'est d'amour !

À voir se peindre, sur le visage de Hollie, un instinct maternel aussi farouche, Maximo eut presque honte de ses préjugés. Cependant, les grandes déclarations n'engageaient pas à grand-chose, se dit-il.

— Admirable..., lâcha-t-il sur un ton sarcastique.

Hollie secoua la tête avec colère.

— Je ne cherche pas ton approbation ! siffla-t-elle. Pour tout dire, je n'ai absolument pas besoin de toi, Maximo Diaz. Je ne te demande rien. Tu m'as comprise ?

Levant une main devant lui, Maximo repoussa les protestations de Hollie.

— Je ne suis pas suffisamment abject pour te refuser mon aide matérielle, objecta-t-il.

Prenant dans son portefeuille une carte de visite, il la plaqua sur la table basse d'un geste tellement brusque que cela fit trembler le petit sapin sur sa base.

— Mon secrétariat te donnera les coordonnées de mes avocats. Ils feront ce qu'il faut pour que tu disposes des moyens nécessaires afin d'élever décemment cet enfant. Mais s'il y a une chose que je ne suis pas prêt à te fournir, Hollie, c'est un père pour ce bébé !

Puis il gagna la porte, contenant difficilement la colère qui montait en lui.

5

— Hollie, vous m'écoutez ?

Hollie déglutit. Non, elle n'écoutait pas. Elle était incapable de se concentrer sur ce que disait Janette, tout comme il lui avait été impossible de fixer son attention sur quoi que ce soit ces derniers temps. Pas même sur les préparatifs de Noël, qui n'était plus qu'à deux jours.

La seule chose qui occupait entièrement son esprit, c'était l'affreuse entrevue qu'elle avait eue avec Maximo, lorsqu'elle lui avait annoncé sa grossesse. Il avait réagi avec…

Colère ? Incrédulité ?

Un mélange des deux, à vrai dire. Il s'était montré terriblement distant. Glacial, même. À le voir afficher une telle impassibilité, une telle indifférence, nul n'aurait pu se douter qu'ils avaient été amants.

Cela dit, ce terme était-il approprié lorsqu'on n'avait jamais partagé qu'une seule nuit ?

Comme si cela ne suffisait pas, Janette n'avait fait qu'ajouter au désespoir de Hollie en lui demandant de confectionner l'un des gâteaux dont elle avait le secret pour l'offrir à Maximo. Pour fêter l'achèvement des démarches concernant l'achat du château, avait-elle dit.

C'était bien la dernière des choses que Hollie avait envie de faire ! Mais quelle excuse fournir pour refuser ?

Désolée, Janette, mais je suis enceinte du bébé de Maximo, et il s'est montré tellement injuste en apprenant la nouvelle que j'ai peur de ne pas résister à la tentation d'ajouter une bonne cuillerée d'arsenic à la préparation.

Au lieu de protester, Hollie avait docilement hoché la tête, refusant d'écouter ce que lui disait son cœur, lourd d'amertume.

Tout en battant les œufs avec le sucre, elle avait été incapable de chasser de son esprit l'image du visage furieux de Maximo. Qu'allaient-ils faire, maintenant ?

D'une certaine façon, qu'il se refuse à endosser son rôle de père ne pouvait que la satisfaire. Maximo n'avait-il pas accueilli la nouvelle avec la plus totale consternation ? Elle se débrouillerait mieux sans lui !

En tout cas, le plus important était de conserver son emploi. Elle n'avait jamais autant eu besoin de gagner sa vie. C'est pour cette raison qu'elle gratifia Janette d'un sourire qu'elle espérait convaincant.

— Oui, que disiez-vous, Janette ? interrogea-t-elle.

— J'étais en train de vous féliciter au sujet de votre gâteau. Il est très joli. Bien qu'il ne soit pas tout à fait à la hauteur de ce que vous réussissez d'habitude...

Hollie hocha la tête. Janette n'avait pas tort. La malchance avait voulu qu'une grosse larme vienne s'écraser sur le glaçage à la dernière minute, et tous ses efforts pour tenter de rattraper les choses n'avaient fait qu'aggraver la situation.

— Je reconnais qu'il est loin d'être parfait, admit-elle piteusement.

— Tant pis ! rétorqua Janette énergiquement. Avec un peu de chance, Maximo Diaz ne remarquera rien. Et puis, c'est l'intention qui compte. Vous le lui livrerez aujourd'hui.

— Le... le livrer ? *Moi* ? L'apporter à... Maximo ?

— Au *señor Diaz* ! Depuis quand vous permettez-vous d'appeler nos clients par leur prénom ? Bien sûr, c'est sur vous que je compte ! Vous n'avez pas de famille, donc vous êtes la seule de l'équipe à disposer du temps nécessaire si près de Noël. Apportez-le-lui dans l'après-midi. Avec les documents qu'il doit signer. Ne traînez pas, voulez-vous ?

Janette s'interrompit pour jeter un coup d'œil à travers la vitrine de l'agence.

— Je n'aime pas beaucoup ces nuages, ajouta-t-elle. La météo prévoit de la neige. Dave vous déposera en allant à son rendez-vous de 16 heures. Vous n'aurez qu'à rentrer à pied.

Plaquant sur son visage un sourire figé, Hollie était anéantie à l'idée de se retrouver en présence de Maximo.

Mais quelle justification trouver pour ne pas accéder à la requête formulée par Janette ? Rien qu'à imaginer la réaction de cette dernière – surtout si elle lui révélait les vraies raisons de son refus –, Hollie préféra écouter son bon sens. Se rebiffer n'était clairement pas une option.

Son bon sens !

S'y fier avait été le principe directeur de sa vie entière, et elle l'avait complètement ignoré au moment où il lui aurait été le plus précieux ! Hollie ne cessait de se reprocher d'avoir fait fi de tout discernement lorsqu'elle s'était laissé séduire par Maximo.

Son regard erra vers la rue animée. Une multitude de gens se pressaient pour les ultimes courses de Noël sous un ciel couleur d'encre, dans une étrange lumière jaune safran. Déjà des flocons épars se mêlaient à la neige synthétique décorant les sapins sur les trottoirs. Dans les boutiques, des effigies du Père Noël attiraient les enfants cramponnés à la main de leur mère.

Le cœur de Hollie fit un bond dans sa poitrine. Bientôt un bambin la tirerait par la manche pour rester bouche bée devant les devantures de jouets. Mais avant d'imaginer l'avenir, il lui fallait affronter le présent.

Elle n'avait d'autre choix que d'apporter ce fichu gâteau à Maximo, et de lui faire signer les documents que lui confiait sa patronne. Tout cela, avec une feinte décontraction.

Si jamais Maximo abordait le sujet d'arrangements possibles par l'intermédiaire de ses avocats, Hollie se promettait de lui signifier que le moment était mal choisi. Mieux vaudrait, lui dirait-elle, attendre jusqu'après les fêtes, une fois que les choses se seraient un peu tassées…

Il était à peine plus de 15 heures lorsque la vieille guimbarde de Dave déposa Hollie en bas du chemin menant au château. Serrant contre son cœur la boîte contenant le gâteau, elle se lança à l'assaut de la colline au sommet de laquelle se dressait fièrement Kastelloes – puisque c'était ainsi que se nommait la vieille bâtisse grise à laquelle tourelles et murailles crénelées conféraient un aspect passablement menaçant.

Tout en cheminant, Hollie essayait d'imaginer ce que serait sa vie avec un enfant. Serait-il toujours envisageable d'ouvrir un salon de thé en ayant la charge d'un nourrisson ? Elle avait eu beau protester fièrement, devant Maximo, que cela ne serait pas un problème, la jeune femme était loin d'en être certaine.

Tandis qu'elle se rapprochait du château en traînant les pieds, les flocons se mirent à tomber de plus en plus drus, déposant sur ses joues de larges taches blanches.

Il n'y avait pas signe de vie lorsqu'elle franchit le pont-levis. Personne pour lui ouvrir l'antique porte de chêne. Peut-être Maximo était-il absent ? Janette n'aurait qu'à le contacter ultérieurement pour les signatures. Cependant, une lumière brillait à l'une des fenêtres à meneaux, à l'étage. *Quelqu'un* était effectivement présent. Le cœur battant la chamade, Hollie ne pouvait plus reculer.

Lorsqu'elle tira la sonnette, un faible tintement résonna dans les profondeurs de l'édifice. Dans l'attente qu'on vienne lui ouvrir, elle se tourna vers le parc. La neige commençait à recouvrir statues et jardinières d'une fine pellicule blanche. Elle s'efforça de s'absorber dans cette vision. Il était hors de question que Maximo la trouve derrière la porte, avec un visage contracté par l'angoisse. Au moins, lui laisser croire qu'elle maîtrisait parfaitement la situation, même si c'était loin d'être le cas.

Ses mains étaient glacées. Pourquoi diable n'avait-elle pas mis de gants ? Quant à son manteau, il était bien trop fin pour la protéger. Son haleine sortait de sa bouche en petits nuages blancs.

Hollie se demandait si la bâtisse n'était pas réellement vide, lorsque la porte grinça derrière elle. Prenant tout son temps, elle pivota lentement pour se trouver face à Maximo. Dans l'encadrement de bois en forme de voûte, sa carrure paraissait encore plus imposante que dans son souvenir. Hollie eut l'impression que son estomac effectuait un saut périlleux. Intérieurement, elle se maudit. Mais était-elle responsable de ce qui n'était qu'une réaction instinctive ?

En dépit de tout ce qui s'était passé entre eux, il était clair qu'elle n'était nullement immunisée contre la présence de cet homme. Comment s'en étonner ? Comme de coutume, il était vêtu de noir. Il donnait l'impression de surgir de temps très anciens, tel un chevalier reclus dans cette citadelle battue par les vents.

Hollie se rappela avoir entendu Janette dire que Maximo Diaz avait toute l'apparence d'un conquistador. À noter la puissance ténébreuse, presque inquiétante, qui émanait de lui, cette appréciation se révélait particulièrement juste.

— Hollie ? dit-il. En voilà une surprise !

À en juger par le ton acerbe, Hollie comprit qu'il se serait volontiers passé de ladite surprise.

— Je dois te faire signer quelques documents, répliqua-t-elle aussitôt.

Il était de la plus haute importance qu'il sache qu'elle n'était là qu'en service commandé !

— Et aussi..., enchaîna-t-elle en lui tendant la boîte, Janette a tenu à t'envoyer ceci.

— Qu'est-ce que c'est ? l'interrogea Maximo en lorgnant l'objet d'un regard méfiant.

Quelques flocons voletèrent jusque sur les joues de Hollie, et elle se balança d'un pied sur l'autre. Maximo lui faisait clairement sentir qu'elle n'était pas la bienvenue, la mettant au comble de l'embarras. Tout à coup, elle aurait aimé que le sol s'ouvre sous ses pas pour l'engloutir – ce qui, en l'occurrence, n'était pas une expression toute faite !

— C'est un gâteau, souffla-t-elle.

— Un gâteau ? répéta Maximo, les yeux écarquillés.

— Nous souhaitions... Enfin, c'est surtout une idée de Janette. Elle tenait à célébrer la vente de Kastelloes. Du coup, elle m'a demandé de confectionner un gâteau pour te l'offrir.

— Est-ce la coutume avec tous les clients de l'agence, ou dois-je me sentir particulièrement flatté ? questionna Maximo d'une voix suave, en lui prenant la boîte des mains.

C'en fut trop pour Hollie. Pour qui se prenait-il ? Avait-il besoin d'adopter ce ton arrogant ? Se figurait-il qu'elle avait combiné cette piètre excuse dans le seul but de le revoir ? Il ne fallait pas qu'il l'imagine prête à tout pour cela !

— Noël est le temps des cadeaux, que je sache, rétorqua-t-elle. Je suppose que c'est la raison pour laquelle Janette a eu cette idée. D'ailleurs, tu n'es pas obligé de le manger. Tu peux aussi t'en servir pour nourrir les oiseaux. Ils devraient apprécier, par ce temps glacial.

— Je n'en doute pas.

Comme pour appuyer la remarque de Hollie, une rafale de neige vint les frapper de plein fouet. Entre eux, la tension n'avait fait que croître, ce dont Maximo avait clairement conscience.

C'était pour se mettre à l'écart des fêtes qu'il était venu se réfugier au château. Noël était *la* période de l'année où il tenait à être seul. Kastelloes offrait un refuge idéal. Maximo avait prévu de s'y enfermer quelques jours, avant de le faire détruire – il n'y avait que les gens du coin pour s'imaginer qu'il allait transformer la vieille bâtisse en hôtel de luxe !

En attendant, il avait espéré être à l'abri de toute visite. Celle de Hollie Walker plus que toute autre ! Car la présence de la jeune femme l'obligeait à se confronter à une réalité qu'il aurait préféré balayer sous le tapis.

Pour l'instant, tout au moins...

Ne portait-elle pas leur enfant ?

Devoir affronter cette vérité était encore plus compliqué pour Maximo alors qu'il n'avait qu'une envie, prendre Hollie dans ses bras. S'il l'avait pu, il l'aurait dévorée de baisers avant de lui arracher les ternes vêtements dissimulant ses formes sensuelles. Ensuite, il se serait perdu dans la volupté qu'elle offrait. Comme par une nuit de tempête...

Mais à quoi bon ? Il ne ferait jamais partie de la vie de Hollie.

Ni de celle de leur enfant. Elle n'avait qu'à prendre contact avec les avocats dont il lui avait communiqué les coordonnées. De la sorte, elle ne serait jamais dans le besoin. Se montrer généreux était la seule chose à laquelle Maximo consentirait jamais. Le plus important pour un enfant n'était-il pas d'être aimé ? Or lui-même était incapable de donner de l'amour. Son cœur était à tout jamais stérile – triste réalité à laquelle Maximo s'était résigné depuis longtemps.

Tout ce qu'il lui restait à faire, c'était signer ces fichus documents, s'extasier sur le *superbe* gâteau, et renvoyer Hollie dans ses foyers. Et surtout ignorer le besoin qui le taraudait de revivre la nuit passée dans les bras de la jeune femme. S'il se montrait suffisamment distant – voire désagréable –, elle se rendrait bien compte qu'il était préférable de se passer d'un homme tel que lui.

— Bon, suis-moi à l'intérieur ; maugréa-t-il.

— Rassure-toi, je ne te dérangerai pas plus longtemps que nécessaire.

Refermant la porte sur le vent glacé, Maximo précisa :

— Allons dans la bibliothèque. C'est le seul endroit du château où il ne fait pas trop froid.

— Comme tu voudras.

Le cœur lourd, Hollie suivit Maximo le long des couloirs aux murs lambrissés. Que n'aurait-elle donné pour se trouver ailleurs !

La mauvaise humeur que lui avait inspirée l'animosité ostensible de Maximo se dissipa lorsqu'ils pénétrèrent dans la bibliothèque. Hollie n'en avait eu qu'un aperçu lorsque Janette lui avait fait visiter la bâtisse avant de la mettre sur le marché. À l'époque, elle avait trouvé cette pièce sans intérêt, pour ne pas dire désespérément triste. Il n'en était plus de même cette fois. Hollie était fascinée par les sculptures tarabiscotées ornant les boiseries ainsi que par les hautes fenêtres à meneaux s'ouvrant sur le parc.

Était-ce l'une des qualités de Maximo de mettre de la beauté là où n'existait que fadeur ? Comme il l'avait fait chez elle...

À moins que ce ne soit la flambée crépitant gaiement dans l'âtre qui insufflait à la pièce cette atmosphère chaleureuse ? Le cœur de Hollie se serra à l'idée que le lieu avait toutes les potentialités pour devenir un confortable foyer. Si quelqu'un voulait bien se donner la peine de le transformer...

Lorsqu'elle se retourna, ce fut pour découvrir le regard sombre fixé sur elle. Maximo l'examinait comme si c'était la première fois qu'il la voyait. Hollie sentit son estomac se nouer. N'était-elle pas dans la même disposition d'esprit ? Comme si elle ne s'était jamais trouvée seule avec lui, elle se sentait curieusement mal à l'aise. Ce qui était passablement ridicule, vu ce qu'ils avaient fait ensemble.

— Qu'est-ce que je dois signer ? demanda Maximo, posant la boîte à gâteau sur la table sans se donner la peine de l'ouvrir.

— Voici, répondit Hollie.

D'une main tremblante, elle chercha le dossier dans le porte-documents, espérant que Maximo ne s'était pas rendu compte de son trouble.

— Ce n'est rien de très important, ajouta-t-elle en s'approchant de la table.

Bien évidemment, il s'absorba dans la lecture des actes qu'elle lui remit. Ce n'était pas le genre d'homme à apposer sa signature sur quelque chose qu'il n'avait pas soigneusement étudié au préalable. Du coup, cela prit un certain temps.

Dans le silence lourd, Hollie eut l'impression d'entendre s'égrener une à une les secondes. Même sa tentative de se distraire en consultant les messages sur son portable – tous déjà lus précédemment – ne lui fut d'aucun secours pour surmonter son embarras.

Enfin, elle entendit le crissement du stylo sur le papier, puis Maximo releva la tête avec un sourire de pure forme.

— Eh bien voilà, dit-il, tu as ce que tu étais venue chercher.

Il meurt d'impatience de me voir tourner les talons.

Se levant de sa chaise, il lui tendit le dossier, et ajouta :

— Si tu n'as rien d'autre à me demander, je te raccompagne.

Hollie ne put réprimer un frisson.

— Ce n'est pas nécessaire, fit-elle. Je connais le chemin.

— J'insiste.

Dans le regard qu'il lui lança, Hollie vit passer une lueur étrangement mélancolique.

— Comment te sens-tu ? l'interrogea-t-il.

Si la situation n'avait pas été aussi navrante, l'on aurait pu juger comique pareille question. Hollie eut toutes les peines du monde à ne pas éclater d'un rire hystérique.

Si c'était là le seul effort de Maximo pour aborder le sujet de sa grossesse, on pouvait dire qu'il faisait preuve de la délicatesse d'un éléphant dans un magasin de porcelaine. Sans trop savoir comment, Hollie parvint à accrocher un faible sourire à ses lèvres.

— Ça va, répondit-elle. D'après le médecin, ma grossesse se déroule aussi bien que possible.

Un lourd silence s'installa, puis Maximo déclara :

— Écoute, je sais bien que ma réaction à cette nouvelle a été plutôt brutale. Je te prie de m'en excuser.

Il était clair que ces paroles ne venaient pas vraiment du fond du cœur ; néanmoins, Hollie décida de se montrer magnanime.

— Ce n'était pas tout à fait ce dont une femme rêve, mais ce n'est pas grave, dit-elle. J'imagine que cela a été un choc pour toi. Et, au moins, tu as été honnête. Ne t'inquiète pas, j'ai surmonté tout ça.

— Mes avocats m'ont signalé que tu ne les avais pas encore contactés.

— J'ai pensé qu'il valait mieux attendre que les fêtes soient passées.

Maximo hocha la tête.

— Comme tu préfères, fit-il.

« Comme tu préfères » ?

Hollie aurait pu débiter une liste interminable des choses qui auraient eu sa préférence – dont la très grande majorité demeurerait lettre morte, à n'en pas douter. Par-dessus tout, elle aurait amplement *préféré* que Maximo soit doté d'un cœur, au lieu d'avoir dans la poitrine un éclat de pierre. Elle aurait tant voulu que…

Non, il fallait être stupide pour souhaiter être aimée d'un individu aussi insensible !

Tout en discutant, ils avaient gagné le hall d'entrée. Hollie n'avait plus qu'une seule envie : mettre autant de distance que possible entre elle et cet homme. L'exclamation qu'il poussa en ouvrant la porte la fit sursauter.

— *Es imposible !*

Suivant le regard de Maximo, elle regarda au-dehors et son cœur fit un bond dans sa poitrine. Perdue dans ses réflexions, elle n'avait prêté attention ni au temps qui passait, ni à la tempête de neige qui s'aggravait.

Le parc était totalement transformé. Arbres, buissons et pelouse étaient recouverts d'un épais manteau blanc, étincelant comme une myriade de diamants sous la lumière violette de la fin d'après-midi. Dans ce paysage féerique, les traces de ses pas sur le sentier étaient désormais indiscernables. À croire qu'elle ne s'était jamais rendue au château. Ce qui avait quelque chose de presque inquiétant...

Dire qu'elle avait toujours adoré la neige ! songea Hollie. Elle aimait la magie des flocons cotonneux. Sauf qu'en cet instant elle n'y voyait qu'un obstacle lui barrant le chemin. Levant les yeux vers le ciel d'encre, elle laissa échapper dans un murmure une sorte d'imprécation. Tout ce qu'elle voulait, c'était regagner sa petite maison. Certes, elle était des plus modestes, mais au moins elle s'y sentait chez elle.

— Ton taxi ne t'a pas attendue ? s'inquiéta Maximo.

— C'est un collègue qui m'a déposée. Je devais rentrer à pied.

Maximo marmonna quelque chose – probablement un juron dans sa langue – avant d'expliquer :

— Je t'aurais volontiers raccompagnée moi-même ; malheureusement j'ai donné congé à mon chauffeur, et il est parti avec la voiture.

Plutôt que se faire reconduire par Maximo, Hollie aurait préféré faire le chemin pieds nus !

— Ça va aller, dit-elle. Ce ne sont pas quelques flocons qui vont m'arrêter.

— Tu plaisantes ! Je te rappelle que tu es enceinte !

— Parce que tu crois que je risque d'oublier, peut-être ?

— On dirait que tu te fais une spécialité de devoir être sauvée des éléments déchaînés !

— Oh ! fiche-moi la paix, Maximo !

Un seul pas à l'extérieur suffit à ce que Hollie s'enfonce jusqu'aux chevilles. Elle contemplait d'un air affligé ses bottines presque intégralement recouvertes de neige, lorsque les mains de Maximo se nouèrent autour de sa taille. D'un seul mouvement, il l'arracha au piège immaculé.

— Fiche-moi la paix ! redit-elle d'une voix plus faible. Pose-moi immédiatement. Je *veux* rentrer chez moi.

— Pour l'instant, c'est hors de question ! Tu vas être obligée de rester ici jusqu'à ce que la neige cesse.

Maximo la déposa sur le seuil, avant d'ajouter :

— Mais peut-être avais-tu prévu qu'il en serait ainsi...

Comme sous l'effet d'un coup de poing, Hollie recula en chancelant.

— Tu as le culot d'imaginer que je me suis arrangée pour me retrouver coincée avec toi ? questionna-t-elle.

Haussant les épaules, Maximo répliqua :

— Il n'y a que toi qui puisses répondre à cette question. Mais si tu veux savoir si je pense les femmes capables de ce genre de stratagème, alors ma réponse est « oui ».

— Espèce d'affreux... *macho* !

— Je suis seulement réaliste. Et plutôt que de continuer à discuter ici de mes défauts, tu ferais mieux de me suivre à l'intérieur. Tu y seras à l'abri du froid, au moins.

6

Maximo claqua la porte plus violemment qu'il n'était nécessaire. Son cœur battait la chamade. Était-ce sous l'effet de la colère ?

Celle que lui inspirait cette visite inopinée à ce qu'il considérait être la pire période de l'année.

Un instant, il s'absorba dans la contemplation des lèvres sensuelles, que la révolte faisait trembler, et quelque chose d'indéfinissable fit brusquement palpiter son cœur. Comment oublier qu'elle portait son enfant ? songea-t-il sombrement. Un enfant qu'il n'avait cependant jamais souhaité. Pourquoi aurait-il désiré transmettre ses gènes à un innocent ?

Cependant, sa contrariété se trouvait malencontreusement compliquée par des sensations inattendues. Lesquelles risquaient de mettre à mal son intention de garder ses distances avec la jeune femme qu'il avait séduite. Et il avait beau s'exhorter fermement à la sagesse, c'était sans effet. Car il lui suffisait de poser les yeux sur Hollie Walker pour que s'éveille instantanément en lui un irrépressible désir. En dépit de tout, il avait incroyablement envie d'elle.

Pourquoi diable, il n'en savait trop rien !

Ses goûts le portaient habituellement vers des femmes au tempérament aussi arrogant que le sien. Elles se devaient, pour lui plaire, d'être froides et sexy. Des partenaires au fait des règles du jeu, et non des innocentes au regard effarouché, offrant à ses baisers des lèvres tremblantes.

Depuis toujours, Maximo préférait les relations sexuelles

maîtrisées à la folle passion – susceptible de prendre en otage tout homme raisonnable. De prime abord, il s'employait à énoncer les conventions à respecter. C'était lui qui tenait les rênes. Ce qui ne soulevait pas habituellement de contestation chez ses conquêtes. L'attirance qu'il exerçait sur celles-ci suffisait à lui garantir leur soumission.

Or, avec Hollie Walker, Maximo se trouvait confronté à une situation tout à fait déroutante. D'ordinaire, il tenait pour acquis qu'une femme perdait tout mystère dès qu'on la mettait dans son lit. Cela avait toujours été le cas par le passé. Pourquoi en était-il autrement aujourd'hui ? Pourquoi éprouvait-il l'envie d'en savoir davantage sur la jeune beauté ?

Pourquoi, surtout, était-il taraudé par l'envie d'emprisonner à nouveau ce corps délicieux dans la chaleur du sien jusqu'à entendre Hollie crier grâce ?

Pour l'instant, elle le fusillait du regard, comme s'il était le diable en personne, sans parvenir toutefois à dissimuler le désir qu'elle éprouvait. Il n'était qu'à voir la couleur montant à ses joues, et la façon dont s'assombrissaient ses extraordinaires yeux gris, pour comprendre qu'elle n'était pas insensible à son charme.

Après tout, tous deux se trouvaient obligés de supporter la présence de l'autre jusqu'à ce que les intempéries s'apaisent. Pourquoi, alors, ne pas tirer parti de l'incroyable alchimie qu'il y avait entre eux ?

Il faudrait bien qu'ils occupent les longues heures à venir. De plus, on était à la veille de Noël. Habituellement, Maximo se contentait de faire le dos rond jusqu'à ce que cette fête détestable soit derrière lui. Pour une fois, il voyait se profiler la possibilité d'en faire tout autre chose.

Quelque chose d'éminemment érotique.

Le délicieux frémissement au creux des entrailles de Maximo commença à se répandre dans tout son corps. Jusqu'à la fraction de seconde où il remarqua l'expression de vulnérabilité sur le ravissant visage pâle levé vers lui. En son for intérieur, Maximo se morigéna, s'obligeant à écouter ce que lui dictait sa raison.

Contente-toi de lui offrir un abri jusqu'à ce que le temps devienne plus clément ! Il te suffit de te maîtriser pendant quelques heures.

— Suis-moi, dit-il. Je vais te trouver un endroit où dormir.

— Ce ne sera pas nécessaire. Je n'ai pas l'intention de rester.

— Il n'est pas question que tu partes tant que les rues sont trop enneigées pour circuler facilement. Ce qui ne risque pas d'être le cas avant la tombée de la nuit.

Pendant quelques secondes, Maximo et Hollie se mesurèrent du regard. Jusqu'à ce qu'elle finisse par céder, acquiesçant d'un hochement de tête.

— Donc, je n'ai pas le choix ! fit-elle sèchement.

— Exactement. Maintenant, suis-moi.

Ce fut avec l'impression d'avoir été passée à la moulinette de l'implacable autorité de Maximo que Hollie lui emboîta le pas – de fort mauvaise grâce – à travers le château glacial.

Elle était terrifiée par les sentiments que cet homme lui inspirait. Par l'envie obsédante de se jeter dans ses bras plutôt que le repousser comme elle le devait. Car Maximo n'avait rien à faire d'elle. *Il ne la désirait pas !*

C'était une réalité qu'elle ne devait pas perdre de vue. Si cela n'avait pas été aussi douloureux, elle aurait pu éclater de rire en voyant à quel point il était consterné à la perspective de la supporter sous son toit quelques heures.

S'il était une chose dont on ne pouvait accuser Maximo Diaz, c'était de faire preuve de duplicité. Il était d'une honnêteté sans faille, ce dont Hollie aurait dû se réjouir. Lèvres pincées, elle décida qu'elle ferait mieux de prendre du bon côté les imprévus qui l'obligeaient à cohabiter – temporairement ! – avec le séduisant hidalgo.

Lorsqu'il la fit entrer dans l'une des chambres, elle frissonna derechef. Il y faisait encore plus froid que dans le reste de la demeure. La pièce était quasi vide, à l'exception d'un vaste lit dépourvu de draps et de couvertures. Même en faisant preuve de la plus extrême imagination, la veillée de Noël s'annonçait comme dénuée de toute féerie.

— Il y a des plaids dans le placard du couloir, déclara Maximo en fronçant les sourcils à la voir frissonner. J'admets que le chauffage central est passablement archaïque. Je vais voir ce que je peux faire pour améliorer la situation.

— Tu n'as pas de domestiques ? s'étonna Hollie.

Les épais sourcils noirs s'incurvèrent en un questionnement moqueur.

— Suis-je censé me déplacer avec une armée de serviteurs ? interrogea Maximo.

Hollie haussa les épaules.

— Je ne sais pas, répondit-elle. Tu es riche, et c'est ce que font habituellement tes semblables, non ?

— Si tu veux le savoir, je suis le seul occupant du lieu. Je considère qu'un homme doit être capable de se débrouiller par ses propres moyens. Je tiens trop à mon indépendance.

— Mais c'est Noël. C'est un moment voué à la famille, non à la solitude.

— Est-ce la raison pour laquelle tu es si soucieuse de rentrer chez toi ? Ta famille t'attend pour la soirée, c'est cela ?

— Je n'ai pas de famille. Mes deux parents sont morts.

Autant répondre sans détour, songea Hollie. Et puis, il n'aurait guère été diplomate d'avouer que ce qui la poussait à quitter les lieux était l'effet que Maximo produisait sur elle.

— Pareil pour moi, répliqua Maximo d'une voix douce.

Décontenancée par cette réponse, Hollie regretta qu'il lui ait livré cette confidence. C'était bien là l'une des fourberies propres à l'esprit humain que de vous conduire à des interprétations erronées sur la base du plus infime détail ! Si elle ne se méfiait pas d'elle-même, il lui serait facile d'imaginer qu'ils avaient quelque chose en commun Tout cela parce qu'elle découvrait que tous deux étaient orphelins.

Or rien d'autre ne les rapprochait qu'une étonnante alchimie sexuelle – des plus inopportunes, d'ailleurs –, et un enfant qu'ils n'avaient pas souhaité.

— Eh bien, comme cela, nous ne manquerons à personne ! lança-t-elle d'un ton léger.

Une fraction de seconde, un sourire flotta sur les lèvres de Maximo. Cela ne dura guère. À croire que cet homme n'avait aucune disposition à se montrer un tant soit peu enjoué.

— Je te laisse t'installer, annonça-t-il tout à trac. Rejoins-moi au rez-de-chaussée quand tu seras prête. Prends ton temps.

S'installer était un bien grand mot dans cet environnement des plus spartiates. Néanmoins, Hollie s'efforça de rendre la chambre un peu plus confortable. Dans le placard indiqué par Maximo, elle trouva une collection de plaids en velours, dépareillés, dont les couleurs vives mirent un peu de gaieté dans la pièce aux murs fanés. Fort heureusement, Hollie avait l'habitude de dormir dans une chambre mal chauffée.

La salle de bains attenante était particulièrement vieillotte. La plomberie émettait des grondements sinistres, et l'immense baignoire semblait dater des siècles passés. Cependant, l'eau était brûlante. Hollie se lava les mains avec un morceau de savon dur comme la pierre, puis observa son reflet dans le miroir piqueté de rouille. À sa grande surprise, elle se trouva meilleure mine qu'elle ne l'avait imaginé. Ses yeux brillaient, et ses joues étaient agréablement rosies. Elle s'interrogea pour savoir si elle allait laisser ses cheveux retomber librement sur ses épaules. Peut-être cela apporterait-il un peu de chaleur autour de son cou ?

Quelque chose la retint, néanmoins. Certainement le souvenir de la manière dont Maximo s'était servi d'une mèche pour l'attirer jusqu'à lui et l'embrasser. Par mesure de précaution, Hollie noua sa chevelure en un chignon serré au sommet du crâne. Puis elle descendit rejoindre son hôte.

Ne le trouvant pas dans la bibliothèque, elle se laissa guider par de délicieux arômes, à travers le dédale de couloirs, jusqu'à la cuisine. Lorsqu'elle y pénétra, ce fut pour découvrir un spectacle tout à fait surprenant.

À vrai dire, Hollie n'aurait su expliquer à quoi elle s'attendait réellement, mais certainement pas à la vision qu'offrait le magnat des affaires espagnol, manches remontées jusqu'aux coudes, en train de tourner une cuillère en bois dans un faitout.

Elle avait dû faire du bruit car Maximo pivota sur lui-même, tenant la cuillère en l'air comme un chef d'orchestre sa baguette. Son teint hâlé était coloré par la chaleur du fourneau, et il était incroyablement sexy. Le cœur de Hollie fit un bond dans sa poitrine, comme si elle découvrait l'extraordinaire beauté de cet homme pour la première fois.

Étaient-ce ses hormones qui la mettaient dans un tel état ? s'interrogea-t-elle.

En cet instant, Maximo avait tout du mâle *alpha*. Le chasseur, l'homme nourricier, en charge de sa famille. Le père de l'enfant que Hollie portait en elle…

Sous son pull-over, elle sentit ses tétons durcir, et se demanda si Maximo le remarquait. Était-ce la raison qui lui faisait presque imperceptiblement plisser les paupières ? Était-ce la cause de la tension qui semblait l'habiter tout à coup, l'immobilisant tel un fauve prêt à bondir ?

— Fichtre ! lâcha Hollie.

— *Fichtre ?* répéta Maximo sur un ton amusé qui soulagea un peu la tension. Dois-je prendre cela comme une suprême exclamation de surprise ?

— J'avoue que je suis effectivement déconcertée, admit Hollie. Je ne t'imaginais pas en apprenti cuisinier.

— Pas apprenti. Confirmé !

— Bien sûr ! Comment suis-je assez bête pour oublier que tu excelles probablement dans tout ce que tu entreprends ? Où as-tu appris à cuisiner ?

— Je me suis formé sur le tas. Comme je te l'ai dit, je tiens à pouvoir me débrouiller seul.

— Alors, je suis encore plus impressionnée !

Le regard de jais lui lança un coup d'œil insolent.

— N'y aurait-il pas quelque chose d'un peu sexiste dans ta remarque ? interrogea Maximo.

Peut-être avait-il raison ? songea Hollie. Elle n'aurait su dire. La seule chose dont elle était certaine, c'était le désir que son hôte lui inspirait tandis qu'elle le contemplait à nouveau penché sur le fourneau. En dépit de sa volonté, elle ne pouvait détacher les yeux des boucles brunes caressant la nuque de Maximo. Elle avait beau s'exhorter à ne pas se laisser aller à des chimères, la situation ne l'y aidait pas.

S'ils avaient eu une véritable relation, ne serait-ce pas le genre d'activités qu'ils partageraient – préparer le repas en badinant plaisamment ?

Sauf qu'elle n'avait rien de commun avec les femmes que Maximo fréquentait habituellement ! se rappela Hollie. Ses recherches sur Internet lui avaient confirmé cette douloureuse réalité. Elle n'avait été pour lui qu'un « coup d'un soir » – un corps accueillant, lors d'une nuit où il avait manifestement besoin de compagnie.

Néanmoins, il était vain de se perdre en pensées négatives ! Au lieu de cela, Hollie préféra s'absorber dans la contemplation de Maximo éminçant des oignons avec dextérité. Il n'avait pas exagéré en affirmant être un cuisinier de talent.

— Que prépares-tu ? s'enquit-elle.

— Un plat du nord de l'Espagne appelé *cocido montañés*. Une sorte de pot-au-feu montagnard, si tu préfères. C'est typique de la cuisine de Cantabrie.

— C'est de là que tu viens ?

— Exactement.

Pendant quelques secondes, Maximo se contenta de remuer la préparation. Manifestement, il se sentait moins à l'aise en évoquant son lieu de naissance qu'en commentant sa recette.

— C'est plutôt une soupe d'hiver, reprit-il. On y met du chorizo, du porc, des haricots verts et des haricots blancs, du vin, de l'ail, et plus ou moins tout ce qui te tombe sous la main.

— Ce n'est pas vraiment...

— Pas vraiment quoi ?

De nouveau, Maximo avait suspendu son geste. Le faisceau des prunelles d'ébène la transperça comme un poignard.

— Eh bien, répondit-elle, ce n'est pas le genre de plat que

j'imagine un homme comme toi en train de consommer. Encore moins cuisiner.

— Et pourquoi cela ?

Pensivement, Hollie suivit d'un doigt une profonde entaille sur la vieille table de bois.

— C'est plutôt un plat d'ouvrier, non ?

— Parce que ce n'est pas ce que je suis ?

Hollie eut un sourire ironique.

— Pas exactement, répliqua-t-elle.

— Peut-être plus aujourd'hui, répliqua-t-il à voix basse. Mais je l'ai été, autrefois.

Levant les yeux du plateau de la table, Hollie reporta son attention sur Maximo qui mettait le couvercle sur le faitout et baissait le feu.

— Toi ? s'exclama-t-elle. Tu as été ouvrier ?

Comment s'était-il laissé aller à pareille confidence ? s'interrogea Maximo en son for intérieur. Habituellement, il mettait un veto sur toute conversation concernant son passé.

Surtout si la demande émanait de l'une de ses conquêtes. Les femmes pensaient que connaître les détails de la vie de leur amant leur conférait un indéniable pouvoir sur ce dernier.

Son histoire n'appartenait qu'à lui seul. La seule période de l'année où Maximo s'autorisait un retour sur les temps anciens était précisément celle de Noël, où il se livrait au rituel de la préparation de ce plat typique – lequel ne figurerait jamais à la carte des restaurants où il s'attablait désormais.

Cela lui permettait de ne pas oublier qui il avait été, et d'où il venait. Il y trouvait la confirmation qu'il ne pouvait que se satisfaire de son sort, et cela lui remettait à l'esprit tout ce qu'il refusait absolument dans sa nouvelle vie.

Cependant, un événement récent avait bousculé cet ordre des choses : le décès de sa mère.

Dire qu'il avait toujours pensé n'être en rien affecté par la disparition de celle-ci. Or il l'était bien davantage qu'il ne se l'était figuré.

Depuis qu'elle était morte, il se sentait… *perdu*. Comme un ballon de baudruche dont la ficelle a échappé à l'enfant qui le tient, et qui s'envole au gré du vent. À croire que toute la fortune et tout le pouvoir pour lesquels il avait tant lutté ne signifiaient plus rien.

Maximo en venait à se demander si c'était ce qui expliquait son aventure éphémère avec une petite provinciale. Cet ouragan de passion auquel il s'était abandonné si complètement qu'il en avait émergé, au matin, étourdi et désorienté. Avec le sentiment que, pour la première fois de sa vie, il avait enfin trouvé sa place.

N'était-ce pas précisément pour cela qu'il n'avait pas recontacté Hollie ? Il n'aimait pas les sentiments qu'elle suscitait en lui ou, plutôt, il s'en méfiait comme de la peste.

Maximo avait résisté à la tentation – fort surprenante, à ses yeux – de revoir la jeune femme. Les prenantes activités entre lesquelles il jonglait, d'un bout à l'autre de la planète, l'avaient aidé à mettre à distance le souvenir de cette nuit de passion – l'image de celle qui lui avait fait perdre temporairement le contrôle de lui-même.

Sauf qu'en plongeant son regard dans les grands yeux gris braqués sur lui Maximo était soudainement tenté de s'ouvrir à Hollie de choses qu'il n'avait jamais confiées à personne.

Rien de trop profond, cependant, mais il serait amusant de révéler ce qu'avaient été ses débuts, de dévoiler en partie l'homme se dissimulant sous le vernis de raffinement.

Peut-être cela suffirait-il à ce qu'il résiste au désir de prendre Hollie dans ses bras pour l'embrasser follement ?

— Oui, finit-il par lâcher, j'ai été ouvrier. J'étais fils unique d'une mère célibataire, et l'argent manquait au foyer. J'ai souffert de la faim bien des fois. Cela m'empêchait même d'être assidu à l'école du village, dont le niveau n'était pas très élevé, d'ailleurs. Aussi, à quatorze ans, j'ai commencé à travailler sur des chantiers.

Les yeux de Hollie s'arrondirent.

— *Quatorze ans* ? souffla-t-elle. C'était légal ?

Maximo haussa les épaules.

— Probablement pas ! Mais il y avait peu de contrôles à l'époque. Le propriétaire du chantier ne m'a rien demandé. Je pense qu'il se moquait bien de mon âge.

— Tu lui as menti à ce sujet ?

— Je lui ai juste laissé croire ce qu'il avait envie de croire. En tous les cas, j'étais suffisamment grand et fort pour cela. J'ai beaucoup appris en travaillant dans le bâtiment.

— Que veux-tu dire ?

Il y avait tant de douceur dans la voix de Hollie que Maximo ne songea même pas à éluder sa question.

— J'ai appris à me battre. Aussi, j'ai découvert que l'alcool et le jeu étaient les plus brefs raccourcis vers la déchéance. Surtout, je n'ai pas mis longtemps à me rendre compte que je ne voulais pas de ce genre de vie.

— Je n'en doute pas. Mais comment as-tu échappé à la condition de…

Tête baissée vers la table, Hollie avait repris son occupation, suivant du bout du doigt les diverses éraflures. À croire qu'elle s'employait à éviter son regard. Ce dont Maximo ne pouvait que se réjouir. Car il y avait dans les magnifiques yeux gris une profondeur et une perspicacité qui rendaient difficile toute résistance à leur examen candide.

— D'ouvrier, tu veux dire ? fit-il. Ce n'était pas sorcier. J'ai su me rendre indispensable, et j'ai économisé sou par sou. Dès que je l'ai pu, j'ai fait l'acquisition de ma première pelleteuse. Puis d'une autre, et une autre encore. Assez vite j'en ai possédé une vingtaine, et je suis devenu sous-traitant de toutes les grandes entreprises de construction. Avant de me lancer, à mon propre compte, dans les travaux publics. Sans un regard en arrière…

Il était peu de dire qu'il n'avait jamais regardé en arrière !

Pendant quelques secondes, Hollie absorba toutes ces informations sans commentaire. Puis elle se lança :

— Ce n'est pas tout à fait comme cela que…

— Que tu voyais les choses ? Tu imaginais que j'étais né avec une cuillère en argent dans la bouche ? Comme on dit en espagnol : *nacer en cuna de oro.*

— Quelque chose comme ça, oui. Tu as l'air tellement à l'aise dans ta situation d'homme fortuné. Tellement bien dans ta peau...

— Je te remercie.

Maximo avait dit cela d'une voix rauque, avec une intonation teintée d'approbation. Lui-même s'en était rendu compte, et l'étonnement qu'il vit se peindre sur le visage de Hollie lui fit comprendre qu'elle aussi l'avait perçue.

Comment aurait-elle pu savoir qu'elle venait de le gratifier du compliment qu'il appréciait le plus ? Car n'était-ce pas ce pour quoi il avait lutté plus que pour toute autre chose ?

Être bien dans sa peau, et que cela soit visible.

Malheureusement, Hollie ajouta quelque chose qui lui fit reprendre pied dans la réalité du moment.

— Il y a aussi quelque chose de... *d'aristocratique*, dans ton allure, dit-elle avec une moue indécise.

Peut-être Maximo devait-il se réjouir que la jeune femme l'ait ramené à la raison ? Son étonnante perspicacité...

Que lui arrivait-il ? N'avait-il pas été sur le point de lui révéler toute sa pitoyable histoire ? Tout cela parce qu'il se laissait endormir par la douceur d'une voix, par un regard pénétrant.

Ce à quoi s'ajoutait le désarroi dans lequel l'avait plongé le décès d'une mère avec laquelle Maximo était brouillé depuis de longues années.

N'avait-il pas consacré deux décennies à éradiquer de sa mémoire les souvenirs qu'il avait manqué déballer devant Hollie ? Oubliait-il qu'elle disposait déjà d'un pouvoir exorbitant sur lui ?

Car la grossesse conférait à Hollie Walker une influence indue sur la vie de Maximo. Tout à coup, il en prenait conscience.

Or comment savoir quel usage elle comptait en faire ? Exercer un étroit contrôle sur son image était une préoccupation majeure pour Maximo, et ce, depuis toujours. Il n'acceptait jamais d'interviews, et ne laissait personne l'approcher de trop près. S'il se montrait très généreux avec son argent, il ne donnait pas la moindre part de lui-même à quiconque. Même au cours de ses relations amoureuses les plus durables – elles ne se prolongeaient jamais au-delà de quelques mois –, il demeurait toujours sur ses gardes. Ce qui, d'ailleurs, contribuait à l'attrait qu'il exerçait sur la gent féminine. Ses compagnes voyaient en lui une énigme et un défi à relever, persuadées qu'elles étaient de parvenir à faire s'effondrer les barrières dont il s'entourait.

Dans le cas de Hollie, les choses s'avéraient fort différentes. Bientôt, la rumeur ne tarderait pas à se répandre que cette Anglaise inconnue portait son enfant.

Ce serait alors à *elle* de présenter au monde l'image qu'elle souhaitait. Celle d'une victime si cela lui chantait. Maximo n'aurait aucun contrôle sur la situation.

Il sentit son estomac se nouer. Ne lui avait-il pas fait trop de révélations, quand lui-même ne savait rien d'elle ? Il était temps de redresser la barre. Non qu'il se souciât de découvrir ce qu'était la vie de la jeune femme. Plutôt pour rééquilibrer le pouvoir que chacun avait sur l'autre.

Tirant un tabouret en face d'elle, Maximo s'y percha et questionna :

— Mais toi, quelle est ton histoire ?

Hollie eut un instant d'hésitation. Certes, Maximo lui avait révélé davantage d'éléments de son existence qu'elle ne s'y attendait. S'il ne s'était pas montré aussi prolixe, elle aurait balayé sa requête d'un revers de main, arguant qu'il n'y avait pas grand-chose à raconter sur sa propre vie.

— Moi aussi, je suis fille unique, finit-elle par lâcher. Et j'ai été élevée par ma mère.

Aussitôt, Hollie vit un muscle se contracter convulsivement sur la tempe de Maximo. Craignait-il qu'elle leur cherche des points communs ? Sur-le-champ, elle mit l'accent sur ce qui les distinguait l'un de l'autre.

— Nous n'étions pas pauvres. Sans être vraiment à l'aise, non plus. Mon père...

— Oui, que faisait ton père ?

L'insistance avec laquelle il avait posé cette question fit hausser les épaules à Hollie.

— À vrai dire, je ne l'ai pas vraiment connu, fit-elle. C'était un homme à femmes. Séduisant. Charmeur. Il se déplaçait beaucoup pour son travail. Il a eu de nombreuses maîtresses, mais j'ai été sa seule enfant. Régulièrement, il prétendait être à nouveau amoureux de ma mère. Il s'installait avec nous pour quelque temps, puis...

Un instant Hollie se tut, perdue dans ses pensées, avant de reprendre :

— Peut-être trouvait-il que la vie de famille n'était pas pour lui. Toujours est-il que ma mère et lui finissaient invariablement par se disputer, et il disparaissait à nouveau. Plus elle lui courait après, plus il la méprisait.

— Cela devait être dur pour toi.

Peu habituée à ce qu'on la questionne de la sorte, Hollie préféra feindre l'insouciance.

— Pas tant que ça, fit-elle. C'est vrai qu'à chaque fois ma mère s'effondrait. Les départs de mon père se soldaient par un épisode dépressif. Mais, comme on dit, à toute chose malheur est bon. C'est comme ça que je me suis mise à la cuisine. Ce qui...

— Qu'est-ce qui s'est passé, ensuite ? l'interrompit Maximo, repoussant d'un geste de la main sa tentative de faire de l'humour.

— Un jour, mon père a cessé de nous contacter, reprit-elle. Nous n'avons jamais su ce qui lui était arrivé. Il n'y avait pas de réseaux sociaux à l'époque. Ma mère ne s'en est jamais remise. Lorsqu'elle est morte, j'ai vendu la petite maison où nous habitions. Cela m'a permis de payer mon inscription dans une école hôtelière. Pour abréger, je m'y suis fait une amie avec laquelle j'ai monté un salon de thé à Londres, en utilisant le reste de mes économies.

— Et... ? J'ai l'impression que tu ne dis pas tout.

Cet homme ne manquait pas de discernement, songea Hollie.

— Mon associée a emprunté une grosse somme en se servant de notre commerce comme garantie, révéla-t-elle. Bien sûr, elle n'a pas pu rembourser.

— C'est du vol qualifié !

— Certainement... Mais bon... je n'ai pas eu l'énergie suffisante pour la traîner devant les tribunaux. Et puis, nous avions choisi un mauvais emplacement. Pas le genre de quartier où un salon de thé qui sert des scones avec de la crème est susceptible de marcher. C'est pour cela que je suis venue dans le Devon. Il n'y a pas meilleur endroit pour cela. D'ailleurs, c'est l'une des raisons pour lesquelles je suis heureuse que tu aies aussi choisi la région.

Maximo eut l'air décontenancé.

— Vraiment ? interrogea-t-il.

— Oui ! Je ne parle pas du bébé, bien sûr. Je sais que tu n'es pas ravi que je sois enceinte. Mais, ne t'inquiète pas, je saurai faire face.

— Hollie...

— Non, laisse-moi finir, je t'en prie.

Prenant une profonde inspiration, Hollie plongea son regard dans les profondeurs insondables des prunelles couleur d'encre, s'étonnant de l'épaisseur des cils noirs.

— Ce qui me réjouit, reprit-elle, c'est le fait que tu aies acquis Kastelloes. Grâce à toi, et tes projets d'hôtel de luxe, toute la région va reprendre vie. Mon commerce aussi bien que tous ceux de Trescombe vont en bénéficier.

Maximo se leva pour aller surveiller son pot-au-feu, et Hollie se demanda pourquoi il affichait soudain une expression étrange. Était-ce parce qu'elle l'ennuyait avec son bavardage ?

Tandis qu'il mettait la dernière touche à son plat, elle ne put détacher son regard de ses gestes souples, de son postérieur ferme étroitement moulé dans le jean noir.

Peu à peu, Hollie prenait conscience qu'ils étaient complètement seuls dans cette bâtisse imposante, isolée du monde. Elle ne pouvait ignorer la tension qu'elle sentait croître entre eux.

— Mangeons, annonça-t-il brusquement.

Ce fut avec un visage fermé qu'il servit, dominant Hollie de toute sa taille, l'englobant tout entière dans l'obscurité de son ombre oppressante.

Curieusement, Maximo avait réussi à détruire la fragile harmonie qui les avait brièvement rapprochés.

7

Sous la pile de plaids en velours Hollie ne cessait de frissonner. Le silence régnant dans la pièce, et autour du château, était presque oppressant, seulement troublé par les cloches de l'église de Trescombe dans le lointain.

Elle avait beau faire, rien ne venait la distraire de la pensée que Maximo dormait à l'autre bout du couloir.

C'était tellement étrange !

Pensait-il à elle, ou dormait-il d'un sommeil paisible, même pas troublé par la présence de cette encombrante visiteuse ? Tendant l'oreille, Hollie perçut les douze coups de minuit, annonçant Noël à la ronde.

Un Noël qui n'aurait pu être plus misérable !

Pourquoi fallait-il qu'elle se retrouve coincée dans un château glacial, dégarni, en compagnie d'un homme qui aurait donné n'importe quoi pour qu'elle soit au diable ?

Hollie retourna son oreiller et le bourra de coups de poing. Elle avait eu beau compter tous les moutons de la création, le sommeil la fuyait obstinément. Depuis qu'elle avait gagné ce qui lui tenait lieu de chambre, à peine 22 heures sonnées, elle n'avait fait que somnoler par intermittence. Lorsqu'elle était montée, Maximo travaillait dans la bibliothèque.

Leur repas s'était déroulé dans une atmosphère des plus étranges. Oh ! certes, le pot-au-feu cuisiné par son hôte était délicieux – Hollie s'était répandue en compliments. Néanmoins, elle n'avait pu ignorer tous les non-dits qui semblaient flotter dans l'air autour d'eux comme d'invisibles boules de Noël. Tout comme elle n'avait pas réussi à dédaigner les spirales de tension qui s'enroulaient au creux de son estomac à chaque fois que Maximo s'approchait d'elle pour la resservir.

Malgré tout, Hollie avait mis à profit cette étrange soirée pour en apprendre un peu plus sur le père de son enfant. Découvrir qu'il n'avait pas hérité de sa fortune mais l'avait bâtie à la force du poignet l'avait emplie d'un indéniable respect à son égard.

Cependant, Maximo avait semblé regretter les confidences qu'il lui avait faites. Car, lorsqu'elle avait cherché à en savoir davantage sur son adolescence, il avait changé de sujet. Après quoi la discussion avait singulièrement manqué de naturel.

Pour couronner le tout, Hollie avait dû mobiliser tout son courage pour demander à son hôte s'il aurait quelque tenue adéquate à lui prêter pour la nuit – vu qu'elle n'avait rien prévu de tel. Il l'avait regardée comme si elle perdait l'esprit.

Ses yeux noirs s'étrécissant, il avait déclaré :

— J'ai pour habitude de dormir nu.

Une information dont Hollie se serait volontiers passée en pareilles circonstances. Se reprochant son abyssale stupidité, elle s'était levée d'un bond – espérant, ainsi, dissimuler la rougeur qui lui montait aux joues –, et avait pris la poudre d'escampette. Dans l'espoir de se réchauffer un peu, elle s'était fait couler un bain. À son retour dans la chambre, elle avait trouvé un grand T-shirt posé sur le lit. Lorsqu'elle l'avait enfilé, le contact du coton sur sa peau nue lui avait semblé d'autant plus doux qu'elle savait qui était le propriétaire du vêtement.

Les minutes s'égrenaient avec une lenteur insupportable, et Hollie continuait à se tourner et se retourner entre les couvertures. Un coup d'œil à sa montre lui révéla qu'il était déjà 1 heure du matin. S'enveloppant de l'un des plaids, elle gagna la fenêtre. L'admiration lui arracha une exclamation étouffée à la vue du décor enneigé. C'était la vision la plus extraordinaire qu'il se puisse imaginer : une véritable illustration pour conte de Noël.

Il ne neigeait plus, et l'énorme lune, haut dans le ciel, baignait le paysage immaculé d'une lumière argentée, transformant les hautes silhouettes des arbres en apparitions fantomatiques. Pendant un moment, Hollie demeura plantée devant ce spectacle, fascinée par tant de beauté. Puis elle prit conscience qu'elle mourait de soif, et regretta de ne rien avoir à boire dans la chambre.

Tendant l'oreille, elle n'entendit aucun bruit. Maximo devait dormir profondément. Avec mille précautions, Hollie ouvrit la porte et se glissa dans le couloir, serrant autour d'elle sa cape de fortune. Très doucement, elle gagna la cuisine. Lorsqu'elle actionna l'interrupteur, un flot de lumière inonda la pièce où ne demeurait aucun signe du repas. Maximo avait tout nettoyé avant de se coucher. Il ne mentait donc pas en disant qu'il était capable d'assumer les tâches ménagères. Ce qui ne laissait pas de surprendre Hollie, car jamais elle n'avait vu son père lever le petit doigt.

Après avoir avalé un verre d'eau tirée au robinet, elle le remplit à nouveau pour l'emporter. Éteignant, elle reprit le chemin du retour, s'étonnant de ne pas être effrayée de se déplacer ainsi dans l'obscurité. À vrai dire, il régnait une atmosphère paisible entre ces vieux murs. Combien de femmes l'avaient-elles précédée le long de ces passages, au plus noir de la nuit, incapables de trouver le sommeil parce que l'incertitude quant à leur avenir les en empêchait ?

Perdue dans ses pensées, elle avait presque atteint l'escalier lorsqu'une silhouette émergea de l'ombre, la faisant sursauter. L'eau décrivit un arc qui alla arroser le mur, et le verre glissa de ses doigts. Maximo se jeta en avant main tendue pour cueillir le récipient intact, comme un joueur de cricket réussit une prise exceptionnelle.

Les cheveux en bataille, il s'était manifestement habillé à la hâte d'un pull-over et d'un jean dont le bouton de ceinture était défait.

— J'ai failli mourir de peur ! protesta Hollie avec véhémence.

— Je ne cherchais pas à te faire peur. C'est juste que j'ai entendu du bruit, et je suis venu voir ce qu'il se passait.

Marquant une pause, Maximo promena sur elle un regard impénétrable.

— Tu ferais mieux de regagner l'étage, ajouta-t-il avec une intonation soudain âpre. Il fait trop froid, ici.

Hochant la tête, Hollie se rendit compte qu'elle n'était pas en mesure de faire un pas. À croire qu'elle avait subitement perdu l'usage de ses jambes.

— Il fait froid partout, murmura-t-elle. Cela fait des heures que j'essaye de dormir.

Les paupières de Maximo se plissèrent, et une expression d'intense spéculation vint assombrir ses traits déjà difficiles à discerner dans l'ombre. Il semblait en proie à un conflit intérieur, dont Hollie n'aurait su dire quelle était l'issue lorsqu'elle le vit hocher la tête.

— Nous pourrions chercher une solution à ce problème, dit-il. Qu'en penses-tu ?

Au ton sur lequel Maximo s'était exprimé, Hollie sentit un piège voluptueux se refermer sur elle. Sous ses paupières lourdes, il l'observait de ce regard pénétrant qui la liquéfiait. Les pulsations d'un désir à fleur de peau emplissaient l'air autour d'eux, comme les battements d'un cœur.

Le souffle court, Hollie avait la sensation de jouer une partie dont elle ne connaissait pas les règles. Quelle carte devait-elle abattre ?

— Tout dépend de ce que tu as en tête, souffla-t-elle.

Un sourire rêveur monta aux lèvres de Maximo. Le genre de sourire auquel aucune femme normalement constituée n'aurait pu résister.

— Il y a plusieurs options, dit-il. Je peux te prêter un T-shirt supplémentaire. Ou bien nous pouvons nous mettre en quête d'un autre de ces plaids que tu sembles tant apprécier. Enfin, l'autre possibilité serait que tu viennes te réchauffer dans mon lit. À toi de voir, Hollie. Que choisis-tu ?

Si Maximo avait posé la même question dans l'après-midi – au moment où il lui faisait clairement sentir qu'elle n'était pas la bienvenue –, Hollie se serait récriée avec force.

Sauf que l'obscurité les enveloppait dans un manteau d'anonymat, ce qui ne faisait qu'accroître la fièvre de ses sens. Et puis, n'était-ce pas le jour de Noël ? Un moment de magie, où les vœux les plus secrets étaient susceptibles de se réaliser, où tout devenait possible.

Maximo ne la jugerait pas mal si elle disait oui. Car l'instant présent était comme une bulle, suspendue hors du temps. Et elle mourait d'envie de céder.

— Tu sais bien ce que je choisis, dit-elle simplement.

Un grognement sourd monta de la gorge de Maximo. Apparemment, cette reddition sans condition le satisfaisait pleinement. Il posa le verre sur les dalles de pierre, très précautionneusement, puis la prit dans ses bras. Après avoir écarté du plat de la main les mèches éparses sur ses joues, il se contenta de la dévisager un moment d'un regard ferme.

Allait-il l'embrasser ? s'interrogea Hollie. Il n'en fit rien. Au lieu de cela, il noua ses longs doigts aux siens et l'entraîna vers l'escalier. Cela avait quelque chose de si raisonnable qu'elle en fut secrètement désappointée. Ce qu'elle avait espéré, c'était qu'il l'emporte dans ses bras le long des couloirs de l'antique château jusqu'à sa tanière. Ce fut seulement lorsqu'ils atteignirent le palier du premier étage que Hollie se risqua à lever vers Maximo un regard interrogatif.

— Tu veux savoir pourquoi je ne t'ai pas prise dans mes bras cette fois-ci, n'est-ce pas ? s'enquit-il.

Tout en acquiesçant d'un hochement de tête, Hollie hésita entre admiration et agacement en constatant qu'il lisait en elle comme à livre ouvert.

— Eh bien, reprit-il, parce que tu es enceinte, et que j'aurais eu trop peur de te laisser tomber.

Il y avait quelque chose d'incroyablement tendre dans cet aveu, et Hollie sentit une onde de chaleur monter en elle.

— Tu es bien trop costaud pour me laisser tomber, protesta-t-elle doucement. Et puis, je ne suis pas en verre.

— Heureusement ! Tu sembles prendre peu de précautions avec ce matériau, si j'en juge par ce qu'il vient d'arriver.

Cette plaisanterie allégea quelque peu la tension qui régnait entre eux. Jusqu'à ce que Maximo recommence à poser sur Hollie un regard aussi ténébreux qu'impénétrable. Elle vit une veine battre follement à sa tempe.

— Quoi qu'il en soit, enchaîna-t-il, puisque nous sommes maintenant sur le palier...

Cette fois, il n'hésita pas à s'incliner afin de passer les bras sous ses jambes et la soulever du sol – donnant vie à ses fantasmes romantiques – pour gagner sa chambre.

À peine plus grande que celle de Hollie et tout aussi peu meublée, elle abritait néanmoins un lit bien plus imposant – quand bien même il était couvert.

Mais peu importait le décor ! Tout ce qui comptait, aux yeux de Hollie, c'était la façon dont cet homme la déposait précautionneusement sur l'amoncellement de couvertures – identique à celui qu'elle-même avait réalisé –, ses traits aristocratiques crispés tandis qu'il la couvrait d'un édredon, avant de se redresser pour ôter ses propres vêtements.

Les rayons de lune entrant à flots par la grande fenêtre nimbaient sa peau d'une lueur métallique. Hollie suivit des yeux le sillon de toison brune descendant en pointe des pectoraux jusqu'au nombril. Lorsque Maximo commença à faire glisser la fermeture à glissière de son pantalon, il releva la tête et la gratifia du sourire le plus lascif qu'elle eût jamais contemplé.

— Est-ce que cela t'excite de me voir me déshabiller ? l'interrogea-t-il dans un murmure.

Hollie opina du chef, soulagée que Maximo ne la traite pas comme la néophyte qu'elle était. Elle n'était pas encore remise de son étonnement à l'idée qu'un homme tel que lui puisse désirer une femme comme elle.

Cependant, en dépit de son absolu manque d'expérience, Hollie ne pouvait ignorer l'incroyable alchimie qui les unissait. Elle était, d'ailleurs, fermement décidée à jouir de chacune des secondes à venir.

Attendre l'impossible ne servait à rien. Mieux valait vivre à fond l'instant présent.

Elle sentit le matelas ployer sous le poids de Maximo tandis qu'il s'allongeait auprès d'elle. Suivant du doigt l'ourlet du T-shirt qu'Hollie portait encore, il murmura :

— Je suis en position désavantageuse. Me voilà entièrement nu, alors que tu n'as pas quitté ça.

Aussitôt Hollie leva les bras au-dessus de sa tête, et Maximo ne se fit pas prier pour la débarrasser de l'encombrant vêtement, qu'il lança au sol.

Appuyant les lèvres au creux du cou de Hollie, Maximo écarta la masse soyeuse de sa chevelure. A priori, il n'avait eu aucune intention d'en arriver là. Mais comment aurait-il pu résister à la tentation qu'incarnait son invitée inattendue ? Par ailleurs, qui aurait-il cherché à épargner en résistant à un désir que l'un comme l'autre éprouvaient ?

Il était clair que Hollie le désirait éperdument. Pour en juger, il suffisait de voir comme elle ondulait contre lui, telle une sirène, caressant l'épiderme de Maximo d'un souffle brûlant et saccadé. Quant à lui-même, qu'avait-il à perdre ? Le mal était déjà fait, en quelque sorte. Certes, c'était peut-être une vision passablement cynique. Mais, après tout, pourquoi nier les faits ?

Ses mains explorèrent les courbes délicieuses qui lui étaient offertes, renouant connaissance avec cette chair suave, cette peau de satin. Lorsqu'il recueillit les seins lourds dans ses paumes, Maximo songea qu'ils s'étaient davantage arrondis. Était-ce à cause du bébé ?

Une vague dont il n'aurait su dire exactement la nature submergea Maximo, mais il s'empressa d'y faire obstacle.

Il se refusait à penser au bébé.

Seul le plaisir comptait.

Aussi s'employa-t-il à mobiliser tous ses talents érotiques, mêlant flagrante provocation et promesses aguichantes. Tout en pressant son membre dur comme le roc contre le ventre de Hollie, il déposait une pluie de baisers sur ses paupières, ses joues, son cou, le lobe de ses oreilles, différant jusqu'à l'insupportable le moment où il capturerait ses lèvres avec passion. Était-ce le petit cri qu'elle laissa échapper qui précipita Maximo dans des abîmes insondables ? Comme si Hollie l'entraînait dans quelque région inconnue de lui, où l'obscurité le disputait à la douceur exquise d'un nectar sirupeux.

— Tu es... *deliciosa*, souffla-t-il.

— Délicieuse ?

— Tes progrès en espagnol sont étonnants, Hollie !

Avant qu'elle n'ait le temps de répondre à cette taquinerie par une remarque tout aussi désinvolte, Maximo scella les lèvres de Hollie par un baiser impérieux, puis glissa un doigt dans la douceur soyeuse de ses plis intimes.

Les gémissements impatients qui montaient de sa gorge, tandis qu'il la menait encore et encore au bord de l'orgasme, le transportèrent de ravissement.

Ce fut seulement lorsqu'il lui devint impossible de supporter une seconde de plus l'exquise torture à laquelle lui-même était soumis que Maximo la pénétra – quoique bien plus prudemment, et plus lentement, que la première fois.

Les sentiments que cela causait en lui étaient...

Étaient quoi, au fait ?

Il n'aurait su dire, tant sa raison était mise en pièces par la façon dont Hollie contractait ses muscles internes autour de lui. Des spasmes interminables la secouèrent, tandis qu'elle arquait le dos pour mieux s'offrir à lui. Enfin, le moment vint où Maximo fut, à son tour, ébranlé de longs frémissements avant de s'effondrer sur elle.

Pendant quelques instants, il n'y eut d'autre bruit que celui de leurs deux souffles mêlés, haletants, jusqu'à ce que Hollie approche ses lèvres de l'oreille de Maximo.

— *Maximo*..., murmura-t-elle.

Déjà il se sentait durcir de nouveau, et il lui intima d'une voix saccadée :

— Ne... ne bouge pas. Reste comme ça.

— Je n'ai pas l'intention d'aller où que ce soit.

Avec un petit rire étouffé, Maximo reprit doucement ses mouvements de va-et-vient. Un deuxième orgasme aussi fabuleux que le premier, puis un troisième défiant toute description, le laissèrent merveilleusement comblé.

— Je n'ai jamais fait l'amour sans protection jusqu'à cette nuit, confia-t-il tandis qu'il s'allongeait près de Hollie.

— Alors, c'est une première pour toi ?

— Si je compte bien, on peut parler d'une première, deuxième et troisième fois, non ?

Maximo se souvint seulement du rire ravi de Hollie lorsqu'il ouvrit les yeux après s'être assoupi pour ce qu'il pensait être un bref moment. Mais la vive lumière du matin d'hiver inondait la pièce, remplaçant la clarté argentée de la lune.

Sans dire un mot, il demeura immobile, la tête de Hollie reposant sur son épaule – sa chevelure étalée comme un rideau de soie sur son torse. Abaissant les yeux, il s'émerveilla des deux croissants identiques que formaient les épais cils bruns sur le rose de ses joues. Les lèvres carmin étaient entrouvertes, laissant passer un souffle lent et régulier. Maximo sentit une émotion inconnue de lui palpiter au tréfonds de son être.

Il y avait en Hollie quelque chose de tellement… *inattendu.*

La première fois qu'ils avaient fait l'amour, c'était découvrir son innocence qui avait désarçonné Maximo. Cette nuit, c'était sa fabuleuse spontanéité. Elle s'était abandonnée à lui avec la plus délicieuse simplicité. C'était comme si elle savait d'instinct de quelle manière le satisfaire – comme s'ils étaient faits pour s'accorder l'un à l'autre. À la perfection.

Bon sang, que lui arrivait-il ? Il lui fallait remettre de l'ordre dans ses idées, manifestement mises sens dessus dessous par le cocktail d'hormones courant dans ses veines.

Sans y prendre garde, il avait dû réveiller Hollie car les cils de velours papillotèrent. Les grands yeux gris levèrent vers Maximo un éclat qui l'éblouit. Il vit la confusion se peindre sur le visage de Hollie, montrant qu'elle ne savait plus trop où elle se trouvait, ni avec qui. Puis un sourire radieux retroussa les lèvres sensuelles, et il fut transpercé par le désir de l'embrasser à nouveau.

— Joyeux Noël ! dit-elle.

— À toi aussi.

Le bref sourire dont Maximo accompagna sa réponse avait pour objet de bien montrer qu'il n'avait pas changé du tout au tout pendant la nuit.

— Hollie..., enchaîna-t-il.

— C'est bon... Tu n'as pas besoin de te fatiguer. Je sais à quoi m'en tenir.

Hollie s'était empressée de couper la parole à Maximo, tout en se réfugiant de l'autre côté du lit.

— Vraiment ? questionna-t-il.

Le regard sombre qu'il lui lançait agaça Hollie. Que s'imaginait-il ? Qu'elle échafaudait déjà des projets d'avenir parce qu'ils avaient partagé une nuit d'amour fabuleuse ? Fallait-il qu'il soit épouvantablement sûr de lui pour se figurer que cela avait suffi à lui faire perdre la tête !

Sauf qu'il n'avait pas tout à fait tort... Néanmoins, il ne saurait jamais que le cœur de Hollie se gonflait d'une joie sans mélange à la pensée de ce qu'ils avaient vécu. Cela, elle ne l'avouerait jamais, de crainte que cela ne brise irrémédiablement le fragile lien entre eux.

Avant de répondre, Hollie prit le temps de maîtriser suffisamment sa voix pour dissimuler le désordre de ses émotions.

— Bien sûr que je le sais ! finit-elle par lâcher. N'avons-nous pas déjà eu cette discussion ? Tu n'es pas prêt à t'engager, et cela me convient parfaitement. J'ai juste pris beaucoup de plaisir à ce qui s'est passé cette nuit, et j'espère qu'il en a été de même pour toi...

— Comme si tu pouvais en douter ! grommela Maximo, lui coupant la parole.

— C'était tout à fait agréable, c'est sûr.

Tournant les yeux vers la fenêtre, Hollie ajouta :

— Eh bien, si la neige a commencé à fondre, je ne tiens pas à t'importuner plus longtemps.

D'un bond, elle quitta le lit, agrippant un plaid pour s'en entourer, puis elle gagna la fenêtre. Maximo ne la quittait pas du regard.

La scène qui se révéla aux yeux éblouis de Hollie était d'un blanc immaculé. Son cœur accomplit un saut périlleux dans sa poitrine lorsqu'elle comprit qu'elle n'était pas près de quitter le château.

Même si cela aurait été préférable pour l'un comme pour l'autre, elle se réjouissait secrètement à la perspective de faire durer encore un peu cette voluptueuse parenthèse...

— Oh ! Seigneur ! soupira-t-elle.

— Que se passe-t-il ?

— Je suis désolée de t'apprendre que tout est encore plus gelé qu'hier soir. On dirait même qu'il a continué à neiger pendant la nuit. Le chemin m'a l'air complètement bloqué.

— Es-tu tellement pressée de me fausser compagnie, Hollie ?

Elle gratifia Maximo de son sourire le plus radieux.

Après tout, n'était-ce pas cela, Noël ? Une magie éphémère qui donnait le sentiment que tout était merveilleux, puis s'évaporait comme si rien n'avait existé.

Par ailleurs, ce n'était pas parce que Maximo affirmait détester ces festivités - tel Scrooge, l'affreux grincheux du conte de Dickens - qu'elle devait respecter son opinion.

D'accord, elle ne trouverait au château ni éclairages de fête, ni boules de couleur. Mais Hollie avait toujours su s'adapter aux situations imprévues.

— À vrai dire, déclara-t-elle, ce qui me chagrinerait réellement serait que nous ne fêtions pas Noël. Mais cela n'arrivera pas.

— Comment cela ? Il n'y a rien, ici, en matière de cotillons et décorations de fête. Et puis, je t'ai dit que je ne supporte pas Noël.

— Toi, peut-être, mais pas moi ! Je n'ai pas l'intention de me priver de ce plaisir simplement parce que nous manquons de ressources. Laisse-moi faire.

La façon dont le beau regard noir devint tout à coup rêveur n'était plus inconnue à Hollie. À percevoir la réaction instinctive de son propre corps, elle enregistra la sensation divine et irrépressible d'être entraînée dans un tourbillon enivrant.

— Je me moque éperdument de fêter Noël, grommela Maximo. Tout ce qui m'importe, Hollie Walker, c'est que tu viennes me rejoindre dans ce lit. Dépêche-toi, ou je vais perdre patience !

Jamais Hollie n'avait éprouvé le sentiment aussi grisant d'exercer son pouvoir sur autrui. Un court instant, elle demeura impassible, se contentant de savourer. Puis elle lâcha d'une voix voilée :

— Pourquoi ne viens-tu pas me chercher ?

8

— C'est bon, tu peux les ouvrir !

Les douces mains couvrant les yeux de Maximo s'écartèrent, et il demeura bouche bée, incapable de croire au spectacle qui s'offrait à lui.

Le dénuement de la vaste salle avait laissé place à une profusion de décorations scintillantes. Hollie ne s'était pas contentée d'orner la longue table de la bibliothèque afin de donner une allure festive à leur repas, elle avait aussi paré de guirlandes étincelantes le moindre recoin de la pièce.

Disques et carrés argentés tombaient du plafond, au bout d'invisibles fils de nylon. Hollie en avait disposé également sur une branche de conifère qui parvenait à ressembler à une sorte de sapin miniature. Elle avait réparti des branchettes de houx sur les étagères vides, et en avait rassemblé une brassée dans une cruche, au centre de la table.

Des baies rouges faisaient écho au bouquet, disséminées sur le plaid en velours écarlate dans lequel Hollie s'était enveloppée un peu plus tôt. Deux serviettes immaculées étaient nouées de rubans rouges – où diable Hollie les avait-elle dénichés ? –, et quantité de bougies de toutes tailles créaient des ombres fantasmagoriques à la ronde. D'autres flammes joyeuses montaient des bûches dans l'âtre.

Par la fenêtre, le crépuscule tombait sur le paysage enneigé. Le contraste avec l'intérieur illuminé faisait oublier la vétusté de la pièce, la parant d'une atmosphère magique.

— Comment as-tu fait cela ? souffla-t-il.

— J'ai juste utilisé ce qui me tombait sous la main, répondit Hollie avec un haussement d'épaules. Les bougies étaient dans l'arrière-cuisine. J'y ai aussi trouvé des morceaux de carton que j'ai découpés et recouverts de papier aluminium. Les rubans sont ceux de la boîte à gâteau de Janette. Et tout le reste vient du jardin.

S'interrompant, Hollie mordilla sa lèvre inférieure, le front barré d'un pli soucieux.

— Ça te plaît ? ajouta-t-elle.

— C'est… c'est étonnant. Tout à fait… remarquable.

— Assieds-toi. Je vais servir.

— Laisse-moi t'aider.

— Pas question ! C'est toi qui as tout fait, hier soir. À mon tour. Si tu veux, tu peux ouvrir le vin et t'en verser un verre. Pour ma part, je me contenterai d'eau. Évidemment !

Après avoir obéi aux injonctions de Hollie, Maximo alla ajouter une bûche dans le feu déjà crépitant, plutôt pour se distraire des pensées qui l'assaillaient. Tout *cela* était exactement la raison pour laquelle il refusait d'être invité à Noël. Il vivait ce genre de réjouissances chaleureuses comme un rappel douloureux de tout ce dont il avait été privé. Il ne pouvait s'empêcher d'imaginer ce qu'était la vie de familles heureuses, se rassemblant pour festoyer parmi les rires et les bavardages. Cette fois, son malaise était aggravé par le fait que Hollie portait leur enfant.

Elle revint, chargée d'un plateau que Maximo lui prit instantanément des mains, sans écouter ses protestations. Tandis qu'elle retournait à la cuisine, il suivit du regard le balancement involontairement provocant de ses hanches. Dans le pull-over qu'elle lui avait emprunté, et qui lui descendait à mi-cuisses, elle était extraordinairement sexy.

Lorsqu'elle s'était plainte de ne pas avoir de culotte de rechange, Maximo avait suggéré qu'elle pouvait fort bien ne pas en porter.

— Je ne peux pas faire ça ! avait-elle protesté.

— Pourquoi pas ?

C'était sur un ton léger que Maximo avait lancé cette provocation. Cependant, son cœur battait comme celui d'un adolescent.

Tous deux avaient échangé un long regard entendu, ce qui avait retardé d'autant leur lever.

Après que Hollie se fut enhardie à le chevaucher longuement, ils avaient pris un bain ensemble, trempant dans l'eau jusqu'à ce que leurs doigts soient complètement fripés. Puis, avec des cris de ravissement, elle s'était laissé enrouler dans un peignoir et emmener de nouveau jusqu'à la chambre.

Avait-il jamais été à ce point excité par une femme ? se demanda Maximo. Si Hollie ne s'était pas donné tant de mal pour organiser un repas de fête, il aurait volontiers proposé qu'ils le remettent à plus tard, au profit d'agapes bien plus sensuelles.

Ils s'installèrent à la table, et Maximo fut envahi du curieux sentiment que des fantômes avaient pris place sur les sièges vides. Le fantôme de sa mère, tout d'abord. Également celui de son père, bien qu'il ait seulement appris le décès de celui-ci dans les pages d'un quotidien, l'année précédente.

Préférant ne plus penser aux Noëls manqués de son passé, Maximo regarda le ventre de Hollie, se demandant à quoi pourraient bien ressembler ceux à venir.

— J'ai réchauffé le reste de ton plat, dit-elle, sa voix douce le tirant de ses réflexions. J'ai aussi trouvé différents fromages et des charcuteries dans les paniers-repas que tu t'étais fait livrer. Est-ce que tu veux un peu de jambon ?

Impuissant à proférer la moindre parole – comme si sa langue était collée à son palais –, Maximo se contenta de secouer la tête, puis prit une gorgée de vin. C'était un cru qu'il réservait habituellement à ses Noëls solitaires – le genre de breuvage corsé qui réchauffait le sang. Mais, ce soir, il aurait tout aussi bien pu porter à ses lèvres un verre de vinaigre. Il le reposa, à peine entamé.

Pourquoi était-il à ce point obsédé par le passé ? C'était comme si un lourd manteau pesait sur ses épaules – un manteau dont il ne parvenait pas à se défaire.

— Quelque chose ne va pas ? questionna Hollie.

De nouveau, Maximo secoua la tête.

— Non, tout va très bien, se défendit-il.

— Désolée de te contredire, Maximo, mais il est évident que quelque chose ne va pas.

— Mangeons, grommela Maximo.

Se rappelant qu'ils avaient sauté le petit déjeuner, il s'efforça d'ingurgiter un peu de nourriture. En face de lui, Hollie mangeait de bon appétit, et cela le réjouit. Au bout d'un moment, elle leva la tête de son assiette, posa ses couverts, et le fixa d'un regard songeur.

— Il y a quelque chose qui me tracasse, finit-elle par dire.

— Ah bon ?

C'était intentionnellement que Maximo avait répondu sur un ton blasé. Il était clair que Hollie voulait l'entraîner sur des sujets qu'il n'était pas prêt à aborder. Cependant, cela ne la dissuada pas de poursuivre. Après s'être tamponné les coins de la bouche avec sa serviette, elle attaqua :

— Tu m'as raconté comment tu as commencé à travailler, à quatorze ans, sur des chantiers… mais tu ne m'as rien dit de tes parents.

— C'était peut-être intentionnel.

Comme si elle n'avait pas entendu son commentaire, Hollie enchaîna d'un air songeur :

— Quand même, tu étais très jeune. Ils n'ont rien trouvé à redire à ce que tu fasses ta vie aussi tôt ?

Se donnant le temps de décider laquelle de ses habituelles stratégies de contournement il allait mobiliser, Maximo demeura silencieux. Mais quelque chose l'empêcha d'éluder comme de coutume. Était-ce la candeur du beau regard gris ? Ou l'expression bienveillante qu'il lisait sur le visage de Hollie, dépourvue de toute forme de jugement ? À croire qu'elle avait deviné la vérité.

Maximo se remémora ce qu'elle lui avait confié sur son propre père – l'incapacité de ce dernier à être présent pour elle. À vrai dire, Hollie Walker et lui-même avaient peut-être davantage en commun que Maximo ne se l'était figuré de prime abord. Et puis, quel mal y avait-il à ce qu'elle en sache un peu plus long sur le père de son enfant ?

— Mes parents n'étaient pas au courant, lâcha-t-il. À cette époque, ma mère et moi étions déjà brouillés.

— Quand tu avais *quatorze ans* ?

— Ce sont des choses qui arrivent.

— Et ton père ?

— La relation que j'ai eue avec cet homme a été tellement éphémère que j'ai du mal à lui donner ce nom.

— Pourquoi ? Que s'est-il passé ?

Cette fois, Hollie touchait à un sujet tabou, et Maximo pinça les lèvres. Un sujet qu'il avait soigneusement rayé de sa vie, prenant bien garde à ce que rien ne filtre sur Internet ou dans la presse. Très rares étaient ceux qui connaissaient l'identité du père de Maximo.

Soudain, il revit l'expression de mépris sur le visage des infirmières qui avaient entouré sa mère. Tout cela parce qu'elles le considéraient comme un fils indigne. Était-ce ce souvenir qui lui donnait envie de s'ouvrir à Hollie sur l'infortune de son enfance ? Pour faire comprendre à quelqu'un qu'une mère coupable d'abandonner son propre enfant – voire de le fuir comme la peste – ne méritait pas d'être aimée de ce dernier...

— Je suis un enfant illégitime, lâcha-t-il. De nos jours, ce n'est plus un problème. À l'époque, et dans la région où j'ai grandi, c'en était un et de taille.

Voyant la moue qu'esquissait Hollie, Maximo se demanda si ces propos la renvoyaient à sa situation du moment. Une mère célibataire était-elle encore vilipendée dans cette petite ville du Devon où elle s'était installée ?

— Mon père était l'une des plus grosses fortunes d'Espagne, reprit-il. Le problème, c'est qu'il était marié. Ma mère n'était que l'une de ses nombreuses maîtresses. Il était déjà père de deux filles et, s'il souhaitait désespérément un héritier mâle, il espérait que sa très aristocratique épouse le lui donnerait.

Un instant, Maximo marqua une pause, serrant les lèvres avec amertume, puis il enchaîna :

— Lorsque ma mère lui a annoncé être enceinte, il n'a rien voulu savoir. Sa réputation était en jeu, et il se refusait à risquer le scandale. Il l'a chassée sans autre forme de procès. Et sans lui proposer quelque aide que ce soit. Même lui offrir une assistance matérielle aurait signifié admettre sa responsabilité si la chose avait transpiré.

— Et elle n'a pas essayé de le poursuivre en justice ? Ou d'alerter la presse ? Puisqu'il était si riche...

— Comme je te le disais, on vivait dans un monde différent, à cette époque. Donc, ma mère et moi avons vécu dans une quasi-misère. Et elle m'en a terriblement voulu de la priver d'une vie « normale ». Là où nous habitions, une mère célibataire était mise au ban de la société.

Les yeux gris le fixaient sans ciller. Hollie s'humecta les lèvres de la pointe de la langue, avant de demander :

— Et ensuite, que s'est-il passé ?

Maximo haussa les épaules, puis reprit son récit.

— Mon père n'a jamais eu d'autre fils que moi. Lorsque ma mère a appris qu'il était veuf, elle est allée le trouver pour le convaincre de faire ma connaissance, lui disant à quel point je lui ressemblais, tant sur le plan physique que moral – ce qui est vrai. Elle a plaidé qu'il ferait mieux de laisser son entreprise à un garçon, à qui il pouvait donner son nom, plutôt qu'à ses filles qui en changeraient. Bref, il a accepté de m'accueillir dans son immense demeure du centre de Madrid. Pour une période d'apprentissage, en quelque sorte. Afin de savoir si je me montrerais digne d'être légitimé.

S'interrompant, Maximo laissa s'installer un silence pesant. Ce fut Hollie qui le rompit.

— Tu as accepté ? s'enquit-elle.

— Mes conditions de vie étaient si dures que je ne pouvais voir là qu'une proposition alléchante. Malheureusement, je n'ai pas tardé à me rendre compte que je n'étais pas vraiment le bienvenu dans son foyer...

De nouveau, Maximo s'absorba dans les souvenirs du passé. Tout à coup, le gamin sans le sou s'était vu propulsé dans un univers parallèle où régnaient luxe et opulence. Ses sœurs se moquaient de lui car il ne savait pas quel couvert utiliser à table. Jusqu'aux domestiques, qui affichaient tout le mépris qu'ils lui portaient. Il n'était rien d'autre qu'*un bastardo*, et cela ne changerait jamais. Maximo avait tenu bon aussi longtemps qu'il l'avait pu, sans se défaire de l'impression d'être pris au piège.

Hollie l'arracha à ces tristes souvenirs.

— Tu as été mal accueilli ? questionna-t-elle.

— Personne ne m'a aidé à m'intégrer. Bien au contraire !

Vrillant son regard à celui de Hollie, Maximo comprit qu'elle attendait davantage que cet amer résumé. Sauf que cela aurait signifié se mettre moralement à nu devant elle. Afficher ses fragilités. Maximo ne s'était jamais montré vulnérable devant personne. Il n'allait pas commencer aujourd'hui, même devant la mère de son enfant.

— À la veille de Noël, reprit-il, j'ai décidé de retourner chez ma mère. J'ai fait du stop de Madrid jusqu'à La Coruña. Il était presque minuit lorsque j'y suis arrivé. La nuit était glaciale. Il neigeait. Je m'étais attendu à ce qu'elle soit sortie. Plus probablement pour aller au bar qu'à la messe !

Maximo laissa échapper un rire caustique, avant de poursuivre :

— Ce que je n'avais pas supposé, c'était qu'elle ait carrément déménagé. Sans laisser d'adresse...

Pour l'enfant qu'il était, le choc avait été terrible. Au fond de lui, il avait toujours cru à son amour. En dépit de tout. N'était-elle pas sa mère ? Cette nuit-là, Maximo avait compris qu'il s'était bercé d'illusions. Cette femme ne l'avait jamais aimé. Il était tombé à genoux dans la neige, pleurant tout son soûl. C'était la dernière fois de sa vie où il avait versé des larmes. Heureusement, Maximo avait un peu de nourriture dans son sac à dos – la seule chose qu'il ait emportée de chez son père. Sans savoir où il allait, il s'était mis en route. Il avait marché toute la nuit et, au matin de Noël, il était tombé sur le chantier de construction. Il s'y était trouvé un abri pour attendre la reprise du travail. Et il s'était juré que plus jamais il ne laisserait quiconque l'approcher suffisamment pour le faire souffrir de la sorte.

Hollie ouvrait des yeux ronds.

— Elle ne t'avait même pas fait savoir où elle allait ? s'étonna-t-elle.

— Non ! Elle m'avait rayé de sa vie comme si je n'avais jamais existé. Ce n'est que bien plus tard, lorsqu'elle a eu vent de ma réussite, qu'elle m'a contacté.

— Et… est-ce que vous vous êtes réconciliés ?

— Nous nous sommes rencontrés, mais tout ce qui l'intéressait c'était ce qu'elle pouvait tirer de moi. Elle n'a jamais cherché à rattraper le temps perdu. J'ai subvenu à ses besoins sans la revoir, jusqu'à il y a quelques mois.

— Elle… est morte, c'est ça ?

Levant les yeux, qu'il fixait sur ses mains, Maximo se raidit.

— Comment le sais-tu ? questionna-t-il.

— Je l'ai deviné à ton expression. Tu as eu l'air si triste ! Je suis désolée pour toi, Maximo. Elle a eu beau se montrer cruelle avec toi, c'était ta mère, malgré tout.

Comment était-il possible que la voix de Hollie exprime tant de douceur ? s'interrogea Maximo.

Il s'apprêtait à nier éprouver quelque chagrin que ce soit, mais Hollie ne lui en laissa pas le loisir. Quittant sa chaise, elle fit le tour de la table et vint se mettre à califourchon sur ses genoux. Pendant un long moment, elle le dévisagea sans mot dire, puis appuya son front contre le sien. Personne n'avait jamais eu ce genre de geste un peu désuet avec Maximo. Cela n'avait rien de sexuel. C'était plutôt d'une extraordinaire tendresse consolatrice.

Il émanait de Hollie un parfum de savon et de fraîcheur qui fit venir à l'esprit de Maximo toutes les vertus qu'il associait à la jeune femme – vertus qu'il ne lui serait même pas venu à l'idée d'attribuer à ses conquêtes précédentes.

L'innocence, la pureté, la gentillesse…

Tout à coup, ce fut comme si toute la tension accumulée en lui se dévidait à toute allure, pareille au moulinet que relâche un pêcheur à la ligne. Quelque chose de tendu à se rompre venait de se briser net. Il enlaça Hollie si étroitement que l'on n'aurait pas glissé entre eux l'épaisseur d'une feuille de papier à cigarettes. Maximo n'avait jamais éprouvé pareil désir pour aucune femme.

Car cela ne pouvait être que du désir. Quoi d'autre, sinon ? La façon dont son cœur battait follement, la sensation qu'un incendie s'allumait au creux de son ventre lui étaient suffisamment familières. Pourtant, ce qui était tout à fait inhabituel pour lui, c'était l'urgence qui le taraudait – ce besoin dévorant de posséder Hollie.

D'une main refermée sur la nuque frêle, il lui fit incliner la tête jusqu'à ce que leurs lèvres se soudent. Maximo se délecta de leur douceur, du contact soyeux du rideau de cheveux sur ses doigts. Il approfondit son baiser de sorte que Hollie ne tarda pas à faire aller et venir son bassin contre lui, avec des mouvements de plus en plus éperdus. Qu'elle ne porte pas de culotte lui rendait perceptible, à travers l'étoffe du jean, le feu liquide perlant du cœur de son intimité secrète.

— Descends la fermeture de mon pantalon, murmura-t-il contre la bouche de Hollie.

Les mains tremblantes, elle entreprit instantanément de le libérer, ce qui nécessita quelques manœuvres peu commodes. Enfin, Maximo la souleva pour la faire s'empaler sur son membre dressé. Un gémissement monta de sa gorge lorsqu'il sentit qu'il l'emplissait totalement.

L'on aurait pu croire que Hollie était née pour cela, car elle le chevauchait avec un savoir atavique, dans un rythme venu du fond des âges.

En dépit de son manque d'expérience, elle semblait lire en Maximo comme à livre ouvert. Il n'eut même pas besoin de lui dire à quel moment ôter le pull-over qui la dissimulait, révélant à son regard affamé le divin balancement de ses seins pulpeux. D'un mouvement de tête, elle balaya ses épaules nues des ondulations chatoyantes de sa longue chevelure. Et, soudain, tous deux jouirent ensemble dans un orgasme interminable, tel que Maximo n'en avait jamais connu.

Il laissa échapper un long cri de plaisir, et son corps se convulsa dans d'irrépressibles soubresauts sous celui de Hollie. Lorsque tout s'apaisa, Maximo apprécia qu'elle ne dise rien. Il aurait détesté toute tentative éventuelle de trouver du sens à ce qui venait d'avoir lieu. Car cela n'en avait aucun. Ce n'était jamais que la manifestation de l'extraordinaire alchimie régnant entre eux.

Désireux de prendre un peu de distance pour remettre de l'ordre dans la confusion de son esprit, Maximo changea de position.

— Il serait peut-être temps de penser au dessert, non ? dit-il.

Le souffle de Hollie était chaud contre son cou, et elle répondit d'une voix somnolente :

— Mais... je n'ai rien prévu pour le dessert.

Fronçant les sourcils, Maximo s'écarta.

— Pourtant, tu avais bien apporté un gâteau, non ? fit-il.

Tirée, malgré elle, de sa béatitude, Hollie leva vers Maximo un regard dubitatif. Tenait-il vraiment à goûter ce fichu gâteau que Janette l'avait obligée à confectionner ?

Pareille demande n'était pas une manière très romantique de conclure ce qui avait été l'épisode le plus érotique de sa vie, songea Hollie, légèrement agacée. Encore une fois, cela traduisait le refus de Maximo de tout ce qui pouvait se rapprocher d'une manifestation de sentimentalité. Pour lui, ce qu'ils venaient de partager n'était rien d'autre que l'assouvissement de besoins purement physiques.

Mieux valait garder cela en tête au lieu de croire à d'inutiles chimères ! se morigéna-t-elle.

— Bien sûr, fit-elle. Je vais le chercher.

Se laissant glisser des genoux de Maximo, elle ramassa le pull-over sur le sol et l'enfila. Après un bref passage dans la salle de bains, Hollie revint dans la bibliothèque, portant le fameux gâteau. Maximo n'avait pas quitté sa chaise. Le regard fixé sur le feu crépitant dans l'âtre, il semblait perdu dans ses pensées. Lorsqu'elle posa la boîte sur la table, il tourna son regard vers elle. Son expression était indéchiffrable. L'atmosphère de sensualité langoureuse, dans laquelle ils avaient baigné un moment plus tôt, s'était complètement évaporée.

Elle se préparait à lui en couper une tranche, lorsque Maximo se leva et vint regarder par-dessus son épaule, déchiffrant l'inscription qu'elle avait laborieusement écrite sur le glaçage.

— *Felicidades !* lut-il lentement, à haute voix.

Puis il pointa du doigt la marque indistincte, à côté du mot.

— Qu'est-ce que c'est que ça ? interrogea-t-il.

La veille, Hollie aurait inventé n'importe quelles balivernes pour dissimuler le fait qu'une larme avait malencontreusement atterri sur sa création. Mais plus aujourd'hui. Au cours des heures passées, Maximo s'était confié à elle. Il avait baissé la garde, probablement parce qu'il la jugeait digne de confiance. Alors, pourquoi ne pas en faire autant avec lui ?

— Une larme, répondit-elle en haussant les épaules. Au moment où j'ai confectionné ce gâteau, j'avais un peu tendance à m'apitoyer sur mon sort.

— Et ce n'est plus le cas ?

— Plus du tout. Il faut apprendre à faire avec ce que la vie nous offre.

Prenant la part que Hollie lui tendait, Maximo en détacha un fragment qu'il porta à sa bouche tout en songeant aux événements qui avaient conduit à ce moment, et à tout ce qui allait suivre.

Quoi qu'il advienne, il assurerait à son enfant l'aisance matérielle dont lui-même avait été privé.

Mais cela suffirait-il ?

De l'autre côté de la table, Hollie détachait pensivement des petits bouts de glaçage du morceau de gâteau posé dans son assiette sans en manger une miette. Tout à coup, Maximo prit conscience d'une réalité qu'il avait négligée jusque-là : en dépit de son apparente simplicité, la jeune femme le mettait face à une situation d'une complexité inattendue.

Il était son premier amant. Le seul homme qu'elle eût jamais connu, à vrai dire. Bien que Maximo se soit efforcé de n'y accorder aucune réelle importance, il ne pouvait s'empêcher de sentir une bouffée de satisfaction primitive monter en lui à cette idée. De plus, il se devait bien d'admettre que l'imaginer dans le lit d'un autre le révulsait. De même qu'il n'accepterait jamais d'entendre son propre enfant appeler « papa » quelque inconnu.

Pareilles pensées étaient certainement le fruit d'un instinct de possession passablement développé. Mais elles n'étaient pas totalement dépourvues de bon sens.

L'absence de père avait projeté une ombre funeste sur la vie de Maximo, et Hollie lui avait avoué avoir souffert tout autant d'une expérience quasi similaire. Pourquoi, alors, tous deux ne protégeraient-ils pas leur enfant de pareille souffrance ? Cela n'avait rien de bien compliqué.

— Marions-nous, Hollie, lâcha-t-il tout à trac.

Levant les yeux de son assiette, Hollie posa sur lui un regard plein de confusion. Fronçant les sourcils, elle demanda :

— Qu'est-ce que tu dis ?

— Épouse-moi, Hollie.

— C'est… un ordre ?

— Préférerais-tu que je joue les amoureux transis ? Que je mette un genou à terre ?

— Non. Je veux juste comprendre la raison de cette proposition surprenante.

— Eh bien, il me semble que c'est la solution la plus sensée au problème auquel nous sommes confrontés.

— Parce que tu appelles ça un *problème* ?

Esquissant une moue irritée, Maximo objecta :

— Je ne crois pas nécessaire d'enjoliver une situation dont ni toi ni moi n'avons voulu. Tout ce que je veux, c'est que cet enfant ne puisse pas croire que son père ne l'a pas désiré.

— Ce qui est pourtant le cas, non ?

Maximo secoua la tête.

— Maintenant que le choc est passé, je me rends compte que je *veux* cet enfant.

— Sauf que cela ne suffit pas à justifier un mariage, Maximo.

— Certes ! Et je n'aurais jamais fait pareille proposition à une autre que toi, Hollie. Mais je prends un plaisir certain à ta compagnie, ce qui n'a pas été le cas avec mes relations précédentes. De plus, crois-moi, l'alchimie sexuelle qu'il y a entre nous est quelque chose de très rare.

Hollie esquissa une moue dubitative.

— Quand même, fit-elle, le mariage est une solution plutôt extrême, non ?

Alors qu'il s'était figuré la voir capituler instantanément, Hollie lui résistait, et cela ne faisait qu'aiguillonner la détermination de Maximo – il ne se sentait jamais aussi vivant que lorsqu'il lui fallait batailler pour quelque chose.

— Je suis persuadé de n'avoir aucun mal à vivre avec toi, insista-t-il. Par ailleurs, mon travail m'oblige à voyager très souvent. Cela nous donnerait de l'espace à l'un comme à l'autre. Et puis, tu n'aurais plus à te faire du souci pour ta situation financière. Cela restera vrai même si tu décides que la situation ne te convient pas, et que tu demandes le divorce.

À lire dans les yeux de Maximo une attente imperturbable, Hollie se sentit curieusement ébranlée. N'aurait-elle pas dû être choquée par la façon dont il présentait les choses ?

À dire vrai, elle aussi prenait plaisir à la compagnie de Maximo. Et malgré son peu d'expérience en matière *d'alchimie sexuelle*, elle ne pouvait ignorer que leur entente atteignait un niveau qu'elle n'aurait jamais imaginé possible.

Mais le plus important n'était-il pas le bébé ? *Leur* bébé !

Hollie posa une main sur son ventre. Ne devait-elle pas à cet innocent de lui offrir le meilleur ?

Cependant, Hollie ignorait tout des us et coutumes en vigueur dans le monde privilégié de Maximo. Allait-il lui imposer le mode de vie de ce que l'on avait coutume d'appeler « un couple libre » ? Pareille situation serait au-dessus de ses forces.

— Comment envisages-tu la question de la loyauté dans le couple ? lâcha-t-elle. As-tu l'intention de m'être fidèle ?

— Absolument ! répondit Maximo d'un ton sévère. Mais je tiens à être honnête envers toi, Hollie. S'il advient que je rencontre une femme que je désire plus que toi, je t'en parlerai immédiatement, et nous nous séparerons.

Ce genre de réponse n'était pas exactement ce que Hollie espérait. Néanmoins, elle comprit qu'il lui faudrait s'en contenter.

Au moins, elle pouvait compter sur la franchise de Maximo. Le douloureux récit qu'il lui avait fait de son enfance montrait qu'il n'était pas exempt de fragilités, tout autant qu'elle-même. Ne pouvaient-ils s'appuyer l'un sur l'autre pour faire face à un monde parfois bien cruel ?

Hollie sentit une soudaine paix l'envahir. Le sourire dont elle gratifia Maximo venait du fond du cœur.

— C'est d'accord, dit-elle d'une voix douce. Je veux bien t'épouser.

9

Finalement, le dégel arriva. On aurait pu croire qu'il n'y avait jamais eu de neige. Que Noël n'avait pas existé, ni les quatre jours suivants.

Sauf que c'était loin d'être le cas. Ces quelques jours n'avaient-ils pas bouleversé la vie et l'avenir de Hollie ?

Elle avait débarqué à Kastelloes en n'ayant d'autre perspective qu'être mère célibataire. Or voilà qu'elle n'allait pas tarder à être l'épouse de Maximo Diaz, le très sexy magnat des affaires ibérique.

Laissant Maximo endormi, Hollie s'enveloppa d'un plaid en velours – de couleur verte, cette fois – pour aller se poster à la fenêtre. Il ne subsistait plus rien de la magie du paysage immaculé. Parcourue par un frisson d'appréhension, Hollie se tourna vers le lit. La masse de ses cheveux de jais en bataille, Maximo reposait paisiblement sur l'oreiller. Tout à coup, les pires craintes assaillirent Hollie.

Et s'il se réveillait en regrettant sa proposition ? Ne s'était-il pas laissé emporter par l'émotion des tristes confidences dont il s'était ouvert auprès d'elle ? Le plus habile serait peut-être qu'elle lui offre l'occasion de se rétracter d'une manière les épargnant l'un et l'autre...

Les longs cils bruns papillotèrent sur la peau mate, et Hollie se prépara à affronter une inévitable déception.

— La neige a complètement fondu, dit-elle *ex abrupto*.

— Tant mieux ! Si les routes sont dégagées, nous allons pouvoir regagner Londres.

— Londres ? Pourquoi cela ?

— Pour rejoindre mon jet privé qui va nous conduire à Madrid. J'y suis attendu pour une réception de nouvel an que je ne peux manquer sous aucun prétexte. Ce sera l'occasion de présenter ma fiancée à tout le monde.

Maximo s'était exprimé d'une voix très douce, mais avec une détermination clairement inébranlable.

Jusqu'à cet instant, Hollie n'avait pas envisagé la perspective de vivre à Madrid. Fallait-il qu'elle soit stupide ! se morigéna-t-elle *in petto*.

— Mais..., commença-t-elle.

— Quoi ?

Déjà, Maximo se levait, telle une statue de bronze soudain animée de vie. Il s'avança jusqu'à Hollie.

— Eh bien, enchaîna-t-elle, je vais devoir effectuer mon préavis à l'agence.

— Je peux tout à fait trouver quelqu'un pour te remplacer.

C'était une suggestion que Hollie jugeait presque offensante. Certes, son travail à l'agence n'exigeait pas de compétences particulières, et Janette n'était pas la plus conciliante des patronnes. Néanmoins, Hollie n'avait pas l'intention de s'évaporer dans un nuage de fumée. Tout cela sur un claquement de doigts d'un richissime individu.

De plus, céder aussi facilement aux injonctions despotiques de son futur époux n'augurait pas très favorablement de leur avenir commun.

— C'est hors de question ! protesta-t-elle. Je suis liée par un contrat. Je ne peux pas le rompre du jour au lendemain. Et je n'ai pas l'intention de quitter Trescombe en douce.

L'expression fermée que Maximo lui opposa montrait sans équivoque son agacement à la voir résister de la sorte.

— Cela m'ennuierait d'être séparé de toi, Hollie, dit-il. Je crois que j'ai un peu trop pris l'habitude de t'avoir dans mon lit. Mais, si c'est ce que tu souhaites, nous trouverons un *modus vivendi*.

Bien sûr qu'elle ne souhaitait pour rien au monde être éloignée de Maximo, même temporairement ! s'insurgea Hollie en son for intérieur. Qui sait si la distance ne le ferait-elle pas changer d'avis ? Horrible éventualité !

Ce qu'elle voulait, c'était devenir sa femme. Avoir un père pour son enfant. Vivre aux côtés de Maximo.

— Un mois, cela passera vite, affirma-t-elle avec une assurance qu'elle était loin de ressentir.

Maximo exhala un long soupir.

— Si tu le dis…, acquiesça-t-il d'un air boudeur. Je vais m'exhorter à la patience. Ce qui n'est pas ma qualité première. J'imagine que je devrais te féliciter pour ta loyauté à l'égard de ton employeuse. Mais, pour l'instant, le sujet est clos parce que je te ramène au lit.

Lorsque la limousine de Maximo s'immobilisa devant le château, Hollie émergeait à peine de l'éblouissement du plaisir.

Elle ne tarda pas à découvrir combien tout s'agençait avec une étonnante facilité dans le monde des ultrariches. Un avion les attendait pour les conduire à Madrid, et le chauffeur la déposa tout d'abord à la porte de son cottage avec instruction expresse de Maximo de n'emporter avec elle que l'indispensable.

— De toute façon, même après mon préavis, nous ne quitterons pas Trescombe pour toujours, n'est-ce pas ? le questionna-t-elle avant de sortir du véhicule. Lorsque tu entameras la rénovation de Kastelloes, il faudra…

— Concentrons-nous sur l'essentiel, veux-tu, Hollie ?

Certes, Maximo avait lancé cela d'un ton un peu sec, mais Hollie ne pouvait s'empêcher de trouver confortable que l'on décide à sa place. C'était bien la première fois de sa vie où elle pouvait s'appuyer sur quelqu'un. Elle avait porté sa mère à bout de bras, lorsque cette dernière s'était effondrée. Laisser quelqu'un d'autre assumer les responsabilités lui paraissait un changement bienvenu.

Invoquant la nécessité de passer divers appels téléphoniques, Maximo l'attendit dans la voiture, et Hollie n'eut besoin que d'une vingtaine de minutes pour se changer et préparer une petite valise.

Ce fut au pas de course qu'elle ressortit de chez elle, redoutant presque de ne plus trouver la limousine devant la porte – le carrosse de Cendrillon ne s'était-il pas transformé en citrouille à minuit ?

Mais non, le somptueux véhicule était toujours là, et les deux gamins de la maison voisine le contemplaient avec des yeux écarquillés, comme si le traîneau du Père Noël effectuait une visite tardive dans le quartier.

Traversant des villes en habits de fête, ils gagnèrent Londres à vive allure. Maximo en profita pour annoncer à Hollie son intention de lui procurer une garde-robe digne du rang qu'elle occuperait à Madrid.

Contemplant d'un air maussade ses bottes en cuir impeccablement cirées, Hollie questionna :

— Redouterais-tu que je te fasse honte ?

— Ce n'est pas cela. Simplement, tu ressembles à une écolière. C'est certainement très sexy, mais ce n'est pas tout à fait approprié pour ma fiancée. De plus, je ne veux pas que tu te sentes mal à l'aise lorsque tu rencontreras des femmes vêtues par de grands couturiers.

— Oh ! Seigneur ! gémit Hollie. À t'entendre, notre union ne va rien avoir de très réjouissant !

Le sourire dont Maximo la gratifia était empreint d'une telle sensualité qu'elle fut envahie par une onde de chaleur.

— Je peux te proposer des activités bien plus distrayantes, Hollie ! répliqua-t-il. En attendant, efface cette expression soucieuse de ton ravissant visage, et embrasse-moi.

Ce baiser eut la vertu immédiate de chasser tous les doutes de Hollie.

Une fois au centre de Londres, la limousine les déposa devant un grand magasin à la façade luxueuse. Les portiers en livrée semblaient sortis d'un roman de l'époque victorienne. En dépit de la foule affluant pour profiter des soldes de fin d'année, Hollie se vit attribuer une styliste personnelle chargée de la guider dans le choix de ses tenues. Néanmoins, Maximo insista pour les accompagner dans leurs recherches, ce qui ne laissa pas de surprendre Hollie.

Il lui consacra la plus grande attention tandis qu'elle paradait devant lui dans une succession de toilettes, et la lueur incendiaire qu'elle voyait s'allumer dans ses yeux à chaque fois qu'il approuvait enchantait la jeune femme.

Cependant, il finit par se concentrer sur les messages reçus sur son téléphone, et elle songea que rien n'avait plus d'importance pour Maximo que ses affaires. Au fond, il ne faisait que la déguiser comme une poupée, pour être certain qu'elle ne l'embarrasserait pas devant ses amis.

Néanmoins, Hollie ne pouvait nier le plaisir qu'elle prenait à essayer ces vêtements hors de prix. Jamais elle n'aurait imaginé la transformation qu'ils opéraient sur elle. Pour une fois, elle se trouvait presque... jolie.

— Je suppose que je ne suis pas la première à laquelle tu fais faire le tour des boutiques, finit-elle par glisser.

— Tu te trompes ! Cela ne m'est jamais arrivé. Tout comme il ne m'est jamais arrivé de proposer le mariage Par conséquent, pour t'éviter d'autres questions inutiles, je peux t'assurer que je ne me suis jamais investi de la sorte auprès d'aucune femme. Cela devrait à la fois te rassurer et te flatter, non ?

Ce qui n'était pas faux. Hollie avait le sentiment d'être... *unique*. Pour un peu, elle se serait mise à chanter à tue-tête. Elle avait l'impression d'être prête à conquérir le monde.

Lorsqu'ils en eurent terminé avec l'épisode shopping, Maximo l'emmena déjeuner dans un restaurant très chic. Puis il la déposa à nouveau devant le même temple du luxe, et Hollie fut entraînée jusqu'à un salon d'esthétique où on la soumit à divers traitements : pédicure, manucure, épilation, et leçon de maquillage. Enfin, ce fut le salon de coiffure, où son abondante crinière se vit légèrement raccourcie et disciplinée.

Lorsqu'elle eut le loisir de découvrir sa nouvelle apparence dans un miroir en pied, Hollie se demanda si c'était bien elle qui la regardait. Oubliés l'écolière sage aussi bien que le lutin aguichant ! Ils avaient laissé place à une étrangère sophistiquée.

Lorsque Maximo vint la chercher, il sembla tout aussi déstabilisé que Hollie l'était elle-même.

— *Estupendo !* murmura-t-il d'un air songeur, tout en la détaillant de la tête aux pieds. Qu'avons-nous là, *mia belleza* ?

— Ça ne te plaît pas, c'est ça ? interrogea Hollie tandis qu'ils se glissaient sur la banquette arrière de la limousine.

— Je n'ai rien dit de tel ! répliqua Maximo. Tu es juste méconnaissable. Pourquoi est-ce que tu ne me crois jamais lorsque je te fais un compliment ?

— Peut-être parce que je n'ai pas l'habitude qu'on m'en fasse.

— Alors, compte sur moi pour t'y habituer. La seule chose qui me chagrine, c'est que je n'ai pas le temps de te prouver sur-le-champ combien mes louanges sont sincères. Les boutiques vont bientôt fermer, et je tiens à ce que nous t'achetions une bague avant notre départ pour Madrid.

— Est-ce vraiment indispensable ? Il me semble que nous avons suffisamment fait d'emplettes pour aujourd'hui.

Maximo tourna vers Hollie un regard étonné.

— Je croyais que les femmes n'étaient jamais lasses de dépenser, observa-t-il. Serais-tu l'exception à la règle ? Quoi qu'il en soit, j'ai bien l'intention que tu aies au doigt le plus gros diamant possible à notre arrivée en Espagne.

Hollie se laissa donc conduire dans une discrète boutique qui ne ressemblait en rien à l'image qu'elle se faisait d'une bijouterie. À leur sortie du magasin, son doigt s'ornait d'une énorme pierre ronde dont la dimension suffisait à attirer tous les regards à la ronde.

Cependant, Hollie ne pouvait se défaire d'une étrange mélancolie. Cet achat s'était effectué sans la moindre émotion. Pas la plus infime expression de joie ne s'était inscrite sur le visage de son futur époux lorsqu'il lui avait glissé la bague au doigt. Elle avait tout juste pu déceler une lueur de satisfaction dans les prunelles de jais à l'instant où Maximo avait été complimenté par le joaillier pour avoir acquis le plus beau joyau de la collection.

Elle ferait mieux de ne jamais oublier qu'aucun sentiment n'entrait en ligne de compte dans leur histoire, se morigéna-t-elle *in petto*, tandis qu'ils remontaient en voiture.

Certes, Maximo et elle étaient liés par une indéniable attraction physique, et par leur mutuelle détermination à agir pour le bien de leur enfant. Cependant, cette union n'était jamais que la solution la plus favorable à ce que Maximo envisageait comme leur *problème* commun. Négliger cette vérité l'exposerait à de sérieux dangers.

— Où allons-nous, maintenant ? s'enquit-elle, un peu éblouie par les rais de lumière vive à sa main gauche.

Maximo leva le nez de son téléphone sur lequel il pianotait.

— Nous passerons la nuit au Granchester Hotel, répondit-il. Je suppose que tu dois être fatiguée après une aussi longue journée.

— Un peu, oui.

— Et demain, mon jet nous conduira à Madrid où nous assisterons à une grande réception de nouvel an.

Tout à coup, Hollie fut en proie à un accès de nervosité.

— Une *très* grande réception ? questionna-t-elle.

— Absolument ! Les Espagnols adorent fêter le passage à la nouvelle année. Tous mes amis seront présents, ce qui me permettra de leur présenter ma future épouse. Nous arriverons à Madrid pour le déjeuner.

— C'est là que tu habites ? À Madrid ?

Hollie se fit la réflexion qu'elle allait épouser un homme dont elle ne connaissait pratiquement rien.

— Oui, j'ai un appartement en plein centre. Je suis sûr que tu t'y plairas.

Pour un peu, Hollie aurait senti la tête lui tourner. Était-ce à cela que sa vie ressemblerait dorénavant ? Un tourbillon entre diverses capitales, entrecoupé de réceptions au côté des riches et célèbres de la planète ? Et saurait-elle y trouver sa place, ou resterait-elle l'insignifiante employée de bureau consacrant ses loisirs à confectionner de la pâtisserie ?

Ayant éteint son téléphone portable, Maximo lui caressa d'un doigt la paume de la main, et ce contact la fit frissonner de la tête aux pieds. Lorsqu'il s'inclina pour capturer ses lèvres, Hollie abaissa les paupières.

Que pouvait-elle désirer de plus ?

10

— Et voici ma gouvernante, Carmen. Tu peux lui faire confiance pour te procurer tout ce dont tu auras besoin. Dans les limites du raisonnable, bien sûr.

Les yeux brillants, Maximo s'écarta pour laisser entrer Hollie.

— *Encantada de conocerte*, déclara-t-elle en utilisant l'une des rares phrases d'espagnol qu'elle avait apprises.

— Moi aussi, je suis très heureuse de faire votre connaissance, répliqua Carmen en souriant. Et je parle couramment votre langue

— Dieu soit loué ! s'exclama Hollie.

— Félicitations pour vos fiançailles, ajouta la gouvernante avec un bref coup d'œil en direction du colossal diamant. Tout le personnel est ravi pour vous et le *señor* Diaz. Soyez la bienvenue dans votre nouvelle demeure.

— Merci, Carmen.

Hollie passa la langue sur ses lèvres sèches. Ainsi, cet immense appartement moderne surplombant le célèbre parc du Retiro était censé devenir son foyer. Au premier regard, elle fut frappée par l'ordre impeccable qui y régnait. Parviendrait-elle à s'y sentir à l'aise ?

Au moins, elle était un peu plus calme que durant le voyage depuis Londres. Les papillons ayant élu domicile dans son estomac s'étaient multipliés jusqu'à être une véritable nuée lorsque le jet s'était posé sur l'aéroport de Madrid. Une limousine les y attendait pour les emmener directement jusqu'à l'appartement.

— Veux-tu que je te fasse découvrir les lieux ? l'interrogea Maximo une fois qu'ils furent seuls.

— Avec plaisir.

— Ensuite, après le déjeuner, il sera temps de t'initier à l'une des principales traditions de mon pays : la sieste.

— *Maximo !*

— Tu ne réalises pas à quel point tu m'excites en prononçant mon prénom de cette manière. Surtout, ne cesse jamais, *mia belleza* ! Bon, maintenant suis-moi.

Hollie emboîta le pas à son guide, en s'efforçant de ne pas laisser paraître sa déception au fur à mesure qu'elle découvrait les vastes pièces.

Bien que meublées avec le plus grand soin, et décorées d'œuvres d'art manifestement ruineuses, elles étaient toutes plus impersonnelles les unes que les autres. Les fauteuils et canapés de cuir sombre donnaient à l'ensemble une dominante particulièrement masculine. La seule touche colorée était apportée par l'étendue turquoise du bassin de nage sur la gigantesque terrasse entourant le deuxième étage.

Prendrait-elle plaisir à vivre dans cet univers de surfaces étincelantes ? Un bébé y avait-il sa place ?

— C'est magnifique, murmura Hollie, ne sachant trop quels mots employer pour exprimer son opinion.

Malgré elle, la nostalgie de Kastelloes l'envahit. D'accord, il y faisait glacial et une partie de la bâtisse était presque en ruine, mais au moins l'endroit ne manquait pas d'âme. Et Maximo et elle y avaient vécu un Noël magique.

Tous les doutes de Hollie furent balayés d'un seul coup, après le déjeuner, lorsque Maximo l'interpella d'une voix voilée.

— Hollie ? Tu n'as pas oublié que notre programme de la journée inclut une incontournable sieste, au moins ?

— Bien sûr que non !

Dardant sur elle un regard torride, Maximo laissa échapper une sorte de feulement rauque, puis l'emmena dans la chambre, comme un guerrier victorieux emporte son butin.

Quelle importance pouvait bien avoir le décor autour d'elle ? songea Hollie en se blottissant contre lui.

La poitrine de Hollie se soulevait et s'abaissait au rythme de sa respiration paisible. Ses cheveux brun doré s'étalaient sur l'oreiller, et ses joues étaient légèrement rosies.

On ne pouvait pas dire qu'elle soit véritablement belle, songea Maximo. Son nez était peut-être un peu trop fort, ses lèvres insuffisamment pleines pour mériter ce qualificatif imprécis et subjectif. Mais elle était terriblement sexy.

À nouveau, il sentit le désir s'éveiller en lui.

De sa bouche avide, Hollie avait mené Maximo à un orgasme tel qu'il avait cru qu'il ne s'achèverait jamais, son grand corps secoué de spasmes incoercibles. Ensuite, il lui avait rendu la pareille. Se délectant du nectar caché au centre des cuisses fuselées à coups de langue délicats, il avait fait perdre la tête à Hollie. Les ongles plantés dans les épaules nues de Maximo, elle avait longuement psalmodié son prénom au moment où la jouissance l'emportait.

Se remémorant l'euphorie de ces instants, Maximo fut néanmoins traversé par une appréhension passagère.

Hollie lui donnait un plaisir tel qu'il n'en avait jamais connu avec ses maîtresses précédentes – et, au cours de ses trente-quatre années de célibat, il en avait connu bon nombre. Avec sa douceur, son innocence, sa simplicité, elle était différente de toutes les femmes qu'il avait croisées.

Le problème était qu'elle portait son enfant.

Est-ce que cela ne lui conférait pas le genre de pouvoir qu'il s'était juré qu'aucune femme n'exercerait jamais sur lui ?

Soudain, Maximo sentit sa gorge se serrer. Avoir un enfant était à l'opposé de tout ce qu'il désirait. Comment pouvait-on être capable d'amour paternel quand on n'en avait jamais connu soi-même ? Faire endurer à un petit être ce dont lui-même avait souffert était une aberration.

Par ailleurs, Maximo accordait la plus extrême importance à sa propre liberté. Qu'en serait-il désormais ?

Un monde nouveau s'ouvrait devant lui. Au centre de ce monde se tenait la pure et naïve Hollie qu'il savait si fragile, si vulnérable. Bien trop même !

Maximo n'avait pas l'habitude qu'une femme pose sur lui ce genre de regard candide, plein d'espoir.

Lèvres serrées, il se promit de les protéger, elle et leur enfant, jusqu'à son dernier souffle. Sauf que, s'il était prêt à pourvoir à tout ce qui relevait des besoins matériels, il se devait de faire comprendre à Hollie que leur union ne serait jamais qu'un mariage de raison. Mieux valait qu'elle accepte la réalité, plutôt que de croire à d'impossibles mirages.

En bref, il incombait à Maximo de se montrer un peu cruel avec sa future épouse, mais pour le bien de celle-ci.

Caressant du bout des doigts le velours de sa joue, il murmura :

— Hollie ?

Au son de sa voix, elle ouvrit les yeux et eut un sourire timide en voyant qu'il la contemplait.

— C'était… fabuleux, souffla-t-elle.

— Certes. Mais il est temps que nous nous préparions. Je te rappelle que nous sommes attendus.

— J'ai un peu peur, Maximo.

— De quoi ?

— De ne pas plaire à tes amis.

— Il n'y a aucune raison pour cela. Maintenant, va te préparer.

Se dirigeant vers la salle de bains, Hollie pesa les paroles de Maximo. Il semblait n'avoir aucune conscience du fait que le monde dans lequel il gravitait n'avait rien de commun avec celui dont elle était issue. Contrairement à ce qu'il affirmait, il n'était pas certain que les connaissances de Maximo accueillent à bras ouverts une étrangère dépourvue du raffinement auquel elles étaient habituées. Ne penseraient-elles pas que leur ami avait perdu la tête ?

Se glissant sous le jet puissant de la douche, Hollie laissa l'eau chaude ruisseler sur sa peau. Il ne servait à rien d'anticiper le pire, se dit-elle.

Lorsqu'elle émergea de la salle de bains, vêtue seulement d'un peignoir immaculé, elle se sentait beaucoup mieux.

La vision de Maximo dans un élégant costume noir était si fascinante que Hollie fut submergée par une inévitable bouffée de désir. Nonchalamment installé dans l'un des fauteuils de cuir sombre de la chambre, il leva les yeux de son portable en l'entendant.

— Je ne sais vraiment pas comment m'habiller, déclara Hollie en passant en revue ses nouvelles tenues déjà soigneusement disposées dans la penderie – probablement pendant qu'ils se restauraient.

— Mets la robe noire, décréta Maximo, et relève tes cheveux.

— Je croyais que tu aimais mieux quand ils étaient lâchés.

— Oui, mais pas ce soir. Et cesse de me regarder de cet air suspicieux, Hollie. J'ai une bonne raison pour cela. Tu comprendras tout à l'heure. Patience, *mia belleza*.

Une demi-heure plus tard, Hollie était fin prête. Elle avait noué sa chevelure en un chignon souple, bas sur la nuque, et la soie noire de la robe effleurait ses genoux. Une paire de sandales à brides ajoutait quelques centimètres à sa taille. Tandis qu'elle se penchait vers le miroir de la coiffeuse pour maquiller ses lèvres d'un simple lip gloss, Maximo traversa la pièce et vint poser un écrin sur la tablette, devant elle.

— Ta tenue sera parfaite avec ceci, déclara-t-il.

Il ouvrit le coffret, révélant une paire de longues boucles d'oreilles absolument sensationnelles, dont les diamants scintillaient de mille feux.

— Tu m'as déjà tellement gâtée, Maximo ! protesta-t-elle.

— C'est ton cadeau de Noël.

— Mais je ne t'ai rien offert !

À la grande surprise de Hollie, Maximo appliqua une main sur son ventre encore plat. Dans le miroir, leurs regards se rencontrèrent.

— C'est faux, rectifia-t-il d'une voix très douce. Tu m'as offert le plus précieux cadeau qui soit. Un cadeau que l'argent ne peut acheter. Mon enfant !

Il se tut, et pendant quelques secondes Hollie fut captivée par le regard d'ébène braqué sur elle comme un projecteur.

— Est-ce que cela te dérangerait si nous annoncions la nouvelle dès ce soir ? questionna Maximo. Cela couperait court à toutes les rumeurs et spéculations.

Dans un premier temps, Hollie ne sut trop que répondre. L'idée ne la séduisait guère. C'était encore tellement nouveau, et tellement… intime. Cependant, cela n'avait rien d'un secret honteux. Par ailleurs, elle avait dépassé le nombre de semaines critiques.

— Ça ne m'ennuie pas du tout, se résolut-elle à répondre.

Avant que Maximo ne se détourne, Hollie eut le temps de percevoir une lueur surprenante dans ses yeux noirs. Un éclat presque dur, très macho.

Serait-ce un éclair de triomphe ?

L'ombre d'un mauvais pressentiment vint s'ajouter aux craintes qui la tenaillaient déjà. Hollie décida de les repousser, et de se concentrer plutôt sur tous les bonheurs que la vie lui apportait. Demain serait le premier jour d'une nouvelle année, et elle le passerait en compagnie du père de son enfant, lequel n'allait pas tarder à être son époux. N'était-ce pas suffisant pour la rendre heureuse ?

Maximo l'entraîna dans le salon, situé au dernier étage de l'immeuble, où Hollie admira la vue sur Madrid et le parc du Retiro tout en sirotant un verre de *casera* – une boisson gazeuse, légèrement citronnée, très populaire en Espagne comme le lui expliqua Maximo.

Puis la limousine les emporta vers le très chic quartier où se déroulait la fête. Au milieu d'un immense domaine, une imposante construction moderne resplendissait de mille feux, entre projecteurs éclairant habilement statues et buissons, et guirlandes d'ampoules colorées. Tandis que leur véhicule progressait lentement sur une longue allée, Hollie aperçut une foule d'invités buvant et riant. On se serait cru dans un spot publicitaire, et elle aurait mis au défi quiconque ne faisait pas partie de ce cénacle de ne pas être épouvantablement intimidé.

Inconsciemment, elle avait dû se raidir, car Maximo lui caressa la paume de la pointe de l'index.

— Tout va bien ? interrogea-t-il.

— Oui. Je suis juste un peu nerveuse.

— C'est inutile, *mia belleza* ! Je suis certain que tout le monde va t'apprécier. Ah, j'ai oublié de te parler d'une autre de nos traditions nationales...

— Comme la sieste ?

— Tout aussi importante, *sí* ! *Las doce uvas de la suerte* sont aussi chères au cœur des Espagnols que la *siesta*. Nous sommes un peuple pétri de traditions.

Hochant la tête, Hollie se demanda si l'attachement de Maximo à ces rituels était dû au fait qu'il avait grandi sans en connaître aucun. Tout comme elle-même.

— Et en quoi est-ce que cela consiste ? s'enquit-elle.

— À chacun des douze coups de minuit, il est de coutume de manger un grain de raisin. Cela porte bonheur au cours des douze mois de l'année à venir. Rares sont mes compatriotes qui prendraient le risque d'attirer sur eux le mauvais œil en contrevenant à cette coutume.

— En Angleterre, nous jugerions plutôt cela comme de la superstition.

— Alors, je ferai mon possible pour te persuader du contraire, souffla Maximo tout contre sa joue.

Il avait accompagné sa phrase d'une caresse le long de sa cuisse, et Hollie frémit car il semblait lui rappeler tous les délices qui les attendaient à l'avenir.

À leur entrée dans le grand salon de réception, toutes les têtes se tournèrent vers eux. Après une pause d'une fraction de seconde, les conversations reprirent de plus belle. Un homme – très grand et très beau – s'extirpa du groupe qui l'entourait et se dirigea vers eux pour les accueillir.

— Maximo ! lança-t-il. Je suis tellement heureux que tu aies réussi à te libérer.

La main de Maximo se posa au creux des reins de Hollie.

— Javier, dit-il, permets-moi de te présenter ma fiancée, Hollie Walker. Hollie, voici notre hôte, Javier de Balboa. Un très vieil ami à moi.

— Je suis enchantée de faire votre connaissance, Javier.

— Ainsi, il existe bien une jeune audacieuse qui ne renonce pas à dompter ce loup solitaire à l'âme noire comme la nuit, déclara Javier avec un regard pétillant de malice. J'espère que vous avez conscience de la tâche à laquelle vous vous attelez, Hollie.

— Oui, je le crois, répliqua Hollie.

Sa repartie timide amena un sourire sur les lèvres de ses deux interlocuteurs, et Hollie se sentit tout à coup un peu plus à l'aise. Lorsque Javier prit deux coupes de champagne sur le plateau d'un serveur pour leur en tendre une à chacun, elle osa réclamer un verre de *casera* à la place.

— Vous n'aimez pas le champagne ? s'étonna Javier.

— Hollie est enceinte, expliqua Maximo.

— Ah, bien sûr ! s'exclama leur hôte. Dans ce cas, je vous adresse mes félicitations à tous les deux.

Une fois que ce dernier eut disparu, Hollie s'interrogea sur le sens de son exclamation. Javier avait-il signifié que seule l'arrivée d'un enfant était susceptible de forcer au mariage un célibataire endurci tel que Maximo ? Et n'était-ce pas le cas ?

Maximo s'était lancé dans une conversation animée avec un invité, et Hollie se sentait désespérément seule. À ses côtés, son futur époux était le centre de l'attention. Peu à peu, elle avait l'impression de disparaître dans l'ombre.

En dépit de tous ses efforts pour se mettre à l'unisson de la gaieté ambiante, Hollie avait toutes les peines du monde à faire taire la nervosité qui l'étreignait davantage au fil des minutes. Dans un coin de la vaste salle, elle repéra d'immenses saladiers remplis de grappes de raisin. Parviendrait-elle à se plier à la coutume locale, alors même que sa grossesse lui coupait sérieusement l'appétit ?

Regardant à la ronde, Hollie fut frappée par le nombre de splendides élégantes gravitant en ce lieu. Les propos que lui avait précédemment tenus Maximo lui revinrent en mémoire :

le jour où il rencontrerait une femme qu'il jugerait plus désirable qu'elle, c'en serait fini de leur histoire.

Comment pareille chose ne se produirait-elle pas, une fois que se serait émoussé l'enchantement de leur vie sexuelle ?

Tout à coup, Hollie eut l'impression de partir à la dérive sur un radeau, ballottée par une mer démontée. Elle était seule et perdue, en dépit de la présence à ses côtés de cet homme superbe qui concentrait les regards de toutes les femmes de l'assemblée.

11

Au matin d'une nuit agitée, Hollie s'éveilla pour se rendre compte qu'elle était seule dans le lit de Maximo. Battant des paupières, elle reprit contact avec l'environnement étrange de la chambre.

Où donc était passé Maximo ?

Comme en réponse à sa muette interrogation, il entra, vêtu de noir de la tête aux pieds comme à son habitude. Absorbé par une conversation sur son portable, il se contenta de lui adresser un signe de la main. Lorsque Hollie sortit de la salle de bains, un peu plus tard, il était toujours au téléphone. Pensive, elle alla se planter devant la fenêtre. Par-delà les frondaisons du parc du Retiro, les immeubles et les rues encombrées retinrent son attention. Madrid avait beau être une ville réputée pour sa beauté, Hollie craignait de ne pas s'habituer à l'effervescence de la capitale espagnole en comparaison du calme provincial de Trescombe. C'était ce qu'elle avait apprécié par-dessus tout après avoir quitté Londres.

Son entretien terminé, Maximo vint se placer à côté d'elle, nouant un bras autour de sa taille.

— Tu es déjà debout ? s'étonna-t-il. Je pensais que tu dormirais davantage. Nous nous sommes couchés tard. Est-ce que la réception t'a plu ?

— C'était très agréable, oui.

— Qui était cette femme avec laquelle tu t'es entretenue une bonne partie du temps ? La blonde, avec une robe verte.

— Tu veux parler de Cristina ?

En souriant, Hollie se remémora la rencontre qui l'avait grandement aidée à supporter une soirée passablement éprouvante. Lui décochant un sourire lumineux, la très élégante inconnue avait traversé toute la salle pour venir à sa rencontre. Tout de suite, elle avait montré une bienveillance chaleureuse, confiant qu'elle aussi avait vécu l'expérience d'être nouvelle venue au milieu de ce genre de réception.

— Cela peut avoir quelque chose d'un peu pesant, avait-elle avoué d'une voix douce. Tous ces gens sont charmants, mais un peu intimidants. Attendez de les connaître mieux.

L'arrachant à ses pensées, Maximo l'interrogea :

— Qui est cette Cristina ?

— Elle est propriétaire d'une boutique dans la... Hum ? Calle de Serano, c'est ça ! Elle a proposé que nous déjeunions, un de ces jours. Je lui ai donné mon numéro de portable, mais je lui ai bien précisé que je regagnais bientôt l'Angleterre. Nous nous verrons à mon retour.

Nouant ses doigts à ceux de Hollie, Maximo l'entraîna vers le lit.

— C'est très bien, dit-il. Il faut que tu te fasses des amies.

La faisant s'allonger, il commença à se dévêtir.

— Qu'est-ce... qu'est-ce que tu fais, Maximo ? questionna Hollie.

— À ton avis, *querida* ?

— Mais... mais tu sors à peine de la douche...

— J'en prendrai une autre. Je meurs d'envie d'être en toi.

Lorsque leurs corps se soudèrent l'un à l'autre, Hollie se délecta du contact avec l'épiderme satiné de son amant. D'une voix rauque, il souffla tout contre sa bouche :

— Est-ce que tu aimes le goût de mes lèvres, *mia belleza* ?

— Oh ! oui, gémit-elle en retour.

Déposant une pluie de baisers sur son cou, puis sur son ventre, Maximo s'aventura entre les cuisses de Hollie. Elle battit des paupières au premier coup de langue sur ce qui était le nœud gordien d'où semblaient irradier toutes ses terminaisons nerveuses. Très vite, Hollie sentit tous ses muscles se contracter convulsivement dans l'explosion de plaisir qui faisait désormais partie intégrante de sa vie.

Comment avait-elle pu vivre aussi longtemps sans connaître cela ? se demanda-t-elle, lovée entre les bras de Maximo, après l'orgasme. Comment avait-elle fait pour vivre aussi longtemps sans *lui* ?

Sauf que leur relation ne tarda pas à prendre un tour que Hollie n'avait pas imaginé. La complicité qu'ils avaient connue, dans les jours suivant Noël, s'évapora comme si elle n'avait jamais existé. Leurs échanges devenaient affreusement prosaïques.

Certes, la même entente magique continuait à exister à chaque fois qu'ils faisaient l'amour. Mais elle avait clairement conscience que Maximo se montrait de plus en plus distant depuis leur installation à Madrid. Totalement obsédé par son travail, il passait l'essentiel de son temps au bureau. Lorsqu'elle lui en fit la remarque, il ne manifesta pas le moindre remords.

— Enfin, Hollie, regimba-t-il, tu peux comprendre que mes affaires m'accaparent. Je dirige une grande entreprise, et le sort de milliers de gens repose sur mes épaules.

— Est-ce que ce sera pareil quand le bébé sera là ?

— Je n'en sais fichtre rien ! Ne compte pas sur moi pour te faire des promesses que je ne suis pas certain de pouvoir tenir, *querida*. Tout ce que je peux te dire, c'est que je ferai de mon mieux pour être un bon père. C'est déjà bien, non ?

Quand bien même Maximo faisait preuve d'une honnêteté qui l'honorait, ce n'était pas ce que Hollie avait envie d'entendre. Ces propos n'avaient rien de particulièrement rassurant. De toute évidence, Maximo considérait avoir rempli sa part du contrat, ce qui lui laissait désormais tout loisir de porter son attention sur d'autres sujets.

Qu'attendait-il d'elle ? Qu'elle vaque à ses propres activités de son côté ? Ce n'était pas tout à fait comme cela qu'elle avait envisagé son avenir conjugal.

Bien trop rapidement à son goût, cependant, le moment de son retour dans le Devon finit par arriver.

Dans le jet privé qui la ramenait à Londres, Hollie se demanda si Maximo était soulagé de retrouver son bel appartement pour lui tout seul. Elle n'avait entendu dans sa bouche aucun regret de la voir partir. Le matin même, il lui avait fait l'amour, puis l'avait longuement serrée contre lui, sans un mot. Pantelante des derniers vestiges de l'orgasme, Hollie ne s'était pourtant jamais sentie aussi seule.

Se retrouver en Angleterre parut à Hollie à la fois étrange et bizarrement réconfortant. C'était comme enfiler une vieille robe de chambre confortable.

Tandis que la limousine progressait le long des rues de Trescombe, elle prit conscience qu'elle était chez elle dans la petite ville. À sa demande, le chauffeur fit une halte devant l'épicerie du quartier, pour qu'elle fasse quelques provisions, et le propriétaire la regarda entrer avec des yeux ronds.

— Hollie ! s'exclama-t-il en lui souriant de toutes ses dents. Où étiez-vous passée ? J'ai failli ne pas vous reconnaître !

En rougissant, Hollie songea qu'elle n'avait pas accoutumé le brave homme à débarquer avec une voiture de luxe, qui plus est vêtue d'un manteau en cachemire manifestement hors de prix, et avec au doigt un diamant colossal.

Dès le lendemain, résolut-elle, ses jupes et chemisiers très raisonnables ressortiraient du placard où elle les avait remisés. La question la plus urgente à résoudre était de savoir comment elle allait présenter la situation à Janette. Avec sa curiosité légendaire, cette dernière ne manquerait pas de s'autoriser toutes les indiscrétions possibles, et s'attendrait à ce que Hollie lui raconte un véritable conte de fées.

Il serait difficile d'enrober de romantisme ce qui n'était que l'aboutissement d'une aventure d'un soir aux conséquences inattendues. Et considérables !

De plus, il n'était pas question pour Hollie de s'ouvrir à sa patronne des doutes qui l'assaillaient quant à la place qui était la sienne dans la vie de son richissime et charismatique futur époux.

Mordillant sa lèvre inférieure, elle songea à la manière dont Maximo semblait la mettre de plus en plus à distance. Certes, il ne lui avait pas caché qu'il ne donnerait jamais dans les sentiments à l'eau de rose. Savoir cela ne changeait rien à ce que Hollie éprouvait. À chaque fois qu'elle pensait à lui, le désir lui faisait tourner la tête.

Parfois, lorsqu'elle reposait dans les bras de son amant, quand les battements du cœur de celui-ci s'apaisaient lentement en rythme avec les siens, elle éprouvait quelque chose qui ressemblait terriblement à...

De l'amour ?

Était-il possible d'être amoureuse d'un homme qui ne faisait pas mystère de n'attendre rien de tel ?

Pourtant, Hollie avait de plus en plus la certitude d'avoir succombé. Sinon, pourquoi son cœur se gonflerait-il de joie à la lecture du SMS de Maximo lui demandant si elle était bien arrivée ? Et pourquoi frémirait-elle d'impatience à l'idée qu'il l'appellerait un peu plus tard, comme il le promettait ?

Bien qu'elle ne l'ait quitté que depuis quelques heures, elle souffrait. Maximo lui manquait à un point qu'elle n'aurait pas imaginé. Tout son être pulsait d'un manque douloureux, viscéral.

Par conséquent, ne devrait-elle pas faire l'effort de s'habituer à vivre à Madrid, dans l'univers qui était le sien ? N'était-ce pas *à elle* de leur accorder le temps nécessaire pour que les choses se mettent en place ? Ils finiraient peut-être par retrouver la tendre complicité qu'ils avaient connue...

Le lendemain matin, Hollie se préparait à partir à l'agence lorsque son portable vibra. Le numéro lui était inconnu, manifestement étranger, probablement espagnol. Lorsqu'elle prit l'appel, ce fut avec plaisir qu'elle reconnut la voix de Cristina, sa potentielle future amie.

— Salut ! s'exclama Hollie, enthousiaste. C'est gentil de m'appeler. Comment vas-tu ?

— Très bien, merci. Je suppose que tu es en Angleterre ?

— Oui. Je rentre à Madrid début février.

— Est-ce que Maximo est avec toi ?

— Non, hélas ! Il doit me rejoindre ce week-end.

— Ah, je vois...

La voix de Cristina était étrangement lourde de sous-entendus, et elle marqua une pause avant de poursuivre :

— J'ai appris que tu étais enceinte, Hollie. Toutes mes félicitations.

Le cœur de Hollie fit un petit bond de joie dans sa poitrine.

— Merci, Cristina, fit-elle. Je passe la première échographie mercredi prochain.

Une autre pause suivit, puis son interlocutrice toussota, comme si elle avait quelque chose de difficile à dire.

— Je te trouve très sympathique, finit-elle par lâcher avec des trémolos dans la voix. Et j'ai appris quelque chose dont je pense que tu devrais être informée…

— Tu m'inquiètes ! De quoi s'agit-il ?

— Cela concerne Maximo, et la vraie raison qui l'a poussé à te proposer le mariage.

Pendant un bref instant, Hollie ne sut que répondre. La main crispée sur le portable, elle lutta contre la déception qui l'envahissait. Cette Cristina n'était peut-être pas aussi bienveillante qu'elle se l'était figuré. Dans d'autres circonstances, Hollie n'aurait pas hésité à lui dire de se mêler de ce qui la regardait.

— Je ne suis pas suffisamment naïve pour croire qu'il l'aurait fait si je n'étais pas enceinte, dit-elle la gorge serrée.

— Bien sûr, bien sûr…

De nouveau, Cristina marqua un temps d'arrêt, puis inspira comme si elle se décidait à se lancer. Enfin, elle reprit :

— Sauf que ce n'est pas son unique motivation. S'il t'épouse, c'est dans le but de mettre la main sur les affaires de son père. Maximo en sera l'administrateur pour le compte de votre enfant, à la condition expresse que la naissance ait lieu dans le cadre d'un mariage en bonne et due forme.

Hollie se figea. Maximo ne lui avait-il pas confié ne plus avoir aucune relation avec son père depuis qu'il s'était enfui de chez celui-ci, à quatorze ans ?

— Je ne te crois pas, murmura-t-elle en s'agrippant au dossier d'une chaise.

— Malheureusement, c'est la pure vérité, répliqua Cristina. Je le tiens de la bouche même de Beatriz, l'une de ses demi-sœurs. Cette clause du testament a donné lieu à des contestations farouches, mais les juristes assurent qu'elle est inattaquable. Les deux sœurs sont furieuses. Je suis désolée, Hollie, mais j'ai pensé qu'il valait mieux que tu saches.

— Bien sûr, je comprends, Cristina. Et je te remercie.

Après quelques remarques sans intérêt, Hollie finit par raccrocher.

Fallait-il qu'elle ait été stupide ? se morigéna-t-elle intérieurement. Elle qui pensait n'entretenir aucune illusion sur la gent masculine s'était laissé abuser par des mirages.

Que connaissait-elle réellement de Maximo ? Il n'était que celui qu'elle avait voulu voir, dans son désir éperdu d'être aimée de lui. Elle ignorait tout des blessures qu'il dissimulait profondément. Certes, il n'avait nul besoin de la fortune de son géniteur. Mais dans cette disposition testamentaire, il voyait probablement une revanche sur le passé, sur le rejet dont il avait été victime au sein de sa famille paternelle. Comprendre cela ne changeait rien à une donnée essentielle, et terriblement douloureuse...

Maximo l'avait trahie. Tout comme son propre père l'avait fait avec sa mère.

Les jambes flageolantes, Hollie se cramponna de plus belle à la chaise. Néanmoins, après que le vertige des premiers instants fut effacé, elle se sentit étrangement calme. À croire qu'elle s'attendait à ce coup de théâtre. Comme si son histoire avec Maximo était trop belle pour être vraie.

Dire qu'il avait fallu qu'elle apprenne tout cela de la bouche d'une étrangère !

Les choses auraient été bien différentes si Maximo l'avait informée lui-même de la situation. S'il lui avait dit que cet enfant allait lui permettre de prendre la revanche dont il avait rêvé toute sa vie. Elle aurait compris et, surtout, elle ne se serait pas bercée d'illusions insensées.

À la réflexion, Hollie ne s'étonnait plus d'avoir surpris une lueur de triomphe dans le regard de Maximo lorsqu'elle avait accepté qu'il annonce sa grossesse lors de la réception.

Reprenant son portable, elle regarda longuement l'écran avant de se décider à taper un message. Cela lui demanda un temps considérable, car ses doigts tremblaient. Une larme tomba sur le dos de sa main. Elle la chassa d'un geste nerveux avant de frapper les touches.

Maximo,

Être de retour dans le Devon m'a permis de réfléchir posément. J'en viens à la conclusion que cela ne pourra jamais marcher entre nous.

Le doigt hésitant au-dessus de la touche d'envoi, Hollie lutta contre l'envie de se contenter de ces deux phrases. Mais ne devait-elle pas se montrer un peu plus adulte ? Aussi, ajouta-t-elle :

Si tu le souhaites, nous pourrons nous entretenir d'ici quelques jours.

Hollie

Elle ne jugea pas nécessaire d'y adjoindre quelque formule aimable que ce soit. Ce faisant, elle prit conscience que sa relation avec Maximo n'avait jamais connu aucune de ces choses qui font le tissu d'une histoire d'amour : ni lettres, ni SMS, ni coups de fil exprimant une tendre affection.

Il n'y avait eu entre eux que du sexe, un bébé, et un diamant gros comme le Ritz.

Dire que pendant les quelques jours qu'ils avaient passés dans le refuge de Kastelloes Hollie s'était laissé prendre à la magie de ces moments ! Alors que pendant tout ce temps...

Pendant tout ce temps, Maximo avait élaboré le plan qui allait lui permettre de mettre la main sur les affaires familiales.

Elle s'était comportée comme une véritable oie blanche, mais tout cela était bien fini.

Ainsi qu'elle l'avait dit à Maximo, elle saurait se débrouiller seule avec le bébé. Qu'il lui apporte une assistance financière ou pas était totalement accessoire. De toute façon, tout était préférable à une vie de tromperie et de faux-semblants.

Arrachant la lourde bague de son doigt, Hollie la posa brutalement sur la table à laquelle elle s'était assise. Puis, exhalant un long soupir, elle posa la tête sur ses bras croisés et fondit en larmes.

12

Une petite pluie fine déposait sur le pare-brise un film poisseux. Levant le pied de l'accélérateur, Maximo attaqua la route secondaire à la vitesse d'un escargot. Non pour mieux maîtriser son puissant bolide, par cette sinistre météo hivernale, mais pour se donner le temps de réfléchir à ce qu'il dirait à Hollie.

Lorsqu'il avait reçu son message – s'étonnant de constater combien son cœur se serrait douloureusement en le lisant –, il avait été tenté de décrocher son téléphone pour exiger une explication. Au lieu de cela, il avait préféré agir – ce qui était sa façon habituelle de régler les problèmes. Dans son jet, toujours prêt au décollage, il avait gagné l'aéroport d'Exeter sans attendre.

Une fois à Trescombe, il se posta à proximité de l'agence, surveillant l'entrée depuis le véhicule. Lorsque Hollie sortit et se dirigea vers l'arrêt de bus, Maximo fut submergé d'un soulagement qui le surprit lui-même. Il dut lutter afin de contenir la tentation d'avancer jusqu'à elle pour lui intimer l'ordre de monter dans la voiture. Pour rien au monde, il ne voulait d'une confrontation publique.

De toute évidence, elle avait retrouvé les habitudes de sa vie passée – une vie dont Maximo était clairement exclu. Sa chevelure était serrée en une natte sévère, au lieu de retomber librement sur ses épaules comme il l'aimait tant. Quant au manteau dans lequel elle s'enveloppait, c'était une relique fatiguée, sortie tout droit de la penderie où elle rangeait ses tenues vieillottes.

Dire qu'autrefois Maximo s'était fait le serment – qu'il croyait inébranlable – de ne jamais laisser personne envahir sa sphère intime afin de se protéger de tout risque de souffrance ! Jusqu'à ce jour, il n'avait jamais dévié de cet engagement, formulé à genoux dans la neige, un matin de Noël, tant d'années auparavant.

Pourquoi ne partirais-tu pas tant qu'il en est encore temps ? lui souffla à l'oreille la petite voix de la sagesse.

Maximo choisit de l'ignorer.

Quelques instants plus tard, il immobilisait la limousine devant le petit cottage de Hollie, puis il franchit d'un pas décidé les quelques mètres de gravier menant au porche. Négligeant la sonnette, ce fut d'un poing ferme qu'il tambourina sur la porte, et l'écho des coups sourds se répercuta dans l'air froid de la nuit.

Occupée à laver la vaisselle de son frugal dîner, Hollie suspendit son geste en entendant cogner à sa porte avec suffisamment d'autorité pour réveiller un mort.

La gorge nouée, elle songea qu'une seule personne était capable de frapper de la sorte. Le cœur battant la chamade, elle posa la tasse qu'elle tenait, et se dirigea vers l'entrée.

Ne s'attendait-elle pas à cette visite ?

Le moment était venu, et une acceptation fataliste s'abattit douloureusement sur elle.

Prenant une profonde inspiration, elle ouvrit la porte sur la haute silhouette de Maximo, vêtu de noir comme à son habitude. Le vent avait décoiffé son épaisse chevelure de jais, et son visage était empreint d'une amertume que Hollie n'y avait jamais vue auparavant.

— Est-ce que je peux entrer ? interrogea-t-il sèchement.

Comme si elle était capable de refuser ! À son grand regret – et en dépit de la déception ressentie en apprenant qu'elle n'avait jamais été autre chose qu'un pion dans les plans ambitieux de Maximo –, Hollie ne parvenait à éprouver ni haine, ni même indifférence à son égard.

Un instant, elle fut tentée de se jeter dans ses bras en oubliant tout. Se retenant de céder à pareille impulsion, elle dut aussi s'interdire de lui proposer quelque rafraîchissement. Pour retarder l'inévitable, peut-être ? Ou même faire semblant qu'ils avaient encore un avenir commun…

Sauf qu'elle n'en était plus à feindre.

De manière assez étonnante, connaissant la personnalité de Maximo, il parut tout à coup hésiter.

— Est-ce que… est-ce que le bébé va bien ? questionna-t-il en promenant sur elle un regard scrutateur.

Évidemment ! C'était sa seule préoccupation ! s'indigna Hollie en son for intérieur.

— Tout va bien, répondit-elle sèchement. Je passe l'échographie après-demain.

Sa phrase tomba dans un silence qui sembla s'éterniser indéfiniment. Le regard que Maximo posait sur elle se fit plus dur.

— Puis-je connaître la raison qui t'a poussée à m'envoyer ce message ? finit-il par lâcher.

Comment trouver les mots ? s'interrogea Hollie. Y avait-il une manière adéquate de formuler les phrases qui mettraient un terme définitif à leur histoire ?

— Puis-je connaître la raison qui t'a conduit à me proposer le mariage ? répliqua-t-elle. La *vraie* raison, je veux dire !

Maximo fronça les sourcils.

— Mais enfin, tu la connais, répondit-il.

— Je ne parle pas du bébé. Nous nous étions promis d'être honnêtes l'un avec l'autre, non ? Alors, j'attends le véritable motif de ta décision. Ce grand secret qui couve à l'arrière-plan, et dont tu n'as jamais fait mention.

— Quel secret ? Je ne comprends rien à ce que tu racontes. De quoi s'agit-il ?

— De l'héritage de ton père. Quoi d'autre ?

— Pardon ?

Ouvrant de grands yeux, Maximo était l'image même de l'incompréhension. Pour un peu, Hollie l'aurait cru sincère. Elle se raidit intérieurement. Les hommes n'étaient-ils pas tous des menteurs ? Sa mère répétait qu'elle n'avait jamais entendu son mari proférer autre chose que des mensonges.

— Cristina m'a appelée, dit-elle. C'est une amie de ta demi-sœur, Beatriz.

Maximo ne put dissimuler un léger hoquet de surprise, ce que Hollie interpréta comme un aveu de culpabilité. Elle enchaîna :

— Cristina m'a informée du testament de ton père. Elle m'a expliqué que tu deviendras le gestionnaire de tout son héritage à la condition expresse que tu deviennes père à ton tour. Bien sûr, ton enfant devra naître dans les liens sacrés du mariage. Pourquoi m'as-tu caché cela, Maximo ? J'aurais admis cette raison de me proposer le mariage. Ce que je n'accepte pas, c'est le mensonge !

— Tu m'apprends tout cela, Hollie. Je n'ai jamais été informé de ces dispositions testamentaires. Et je n'ai pas parlé à mes demi-sœurs depuis l'époque où elles prenaient plaisir à torturer le gamin impressionnable que j'étais. Est-ce que tu imagines vraiment que je t'aurais dissimulé cela ?

— Si tu veux savoir la vérité, oui, je t'en crois capable.

Maximo esquissa un mouvement de recul comme s'il avait été souffleté. Si quelqu'un d'autre l'avait humilié de la sorte, il aurait tourné les talons sur-le-champ.

Sauf qu'il s'agissait de Hollie. Celle qui en savait davantage sur son compte que qui que ce soit d'autre. La seule qui l'avait jamais écouté avec empathie.

La seule explication à la défiance qu'elle lui opposait était qu'elle avait cruellement souffert des mensonges de son propre père. Peut-être redoutait-elle d'avoir affaire au même genre d'homme que celui-ci ?

De plus, comment lui aurait-elle fait confiance, se demanda Maximo, quand lui-même s'était assidûment employé à la repousser depuis leur arrivée en Espagne ? Il avait érigé entre eux des barrières infranchissables. Jusqu'à détruire la tendre complicité qui les avait rapprochés, Hollie et lui, pendant leur court séjour à Kastelloes.

C'était à cause de lui – de sa stupide cruauté ! – que Hollie le fixait avec cette tristesse soupçonneuse. Soudain, Maximo fut incapable de supporter l'idée qu'il avait probablement saboté toutes ses possibilités de créer une famille.

La famille qu'il espérait fonder avec Hollie et leur enfant.

— Je te le répète, murmura-t-il, je ne savais rien de tout cela. Et penses-tu vraiment que je serais prêt à accepter la charité de quelqu'un qui n'a jamais voulu de moi de son vivant ? Même si j'étais le plus pauvre parmi les pauvres, je n'aurais pas accepté, Hollie ! Est-ce que tu me crois ?

Il avait mis une telle chaleur dans son propos que Hollie sembla en partie convaincue. Elle haussa les épaules d'un air circonspect.

— Peut-être..., fit-elle.

Cependant, l'adorable visage ne s'était pas departi de son expression ombrageuse. Maximo savait que la partie était loin d'être gagnée.

— Ce n'est pas à toi que j'ai menti, Hollie, mais à moi-même, poursuivit-il. Et pas au sujet de ce testament dont j'ignorais jusqu'à l'existence. Depuis que nous nous sommes rencontrés, j'ai refusé de m'avouer les sentiments que j'éprouve pour toi. Parce que cela me fait peur. J'ai l'impression qu'ils me rendent... vulnérable. Or je me suis toujours promis de ne jamais accepter de l'être.

Marquant une pause, Maximo expira longuement, puis il reprit :

— À Madrid, je me suis efforcé de redevenir celui que j'étais avant de te connaître. J'ai été suffisamment stupide et arrogant pour penser que je pouvais t'obliger à t'adapter à ma vie passée. À te faire entrer dans une petite case. Tout ce que j'ai réussi à faire, c'est t'éloigner de moi. Je n'aurais jamais dû agir ainsi.

— C'est vrai, Maximo. Mais il nous arrive à tous de faire et de dire des choses dont nous devrions nous dispenser. C'est souvent parce que nous avons peur. Tu n'es pas le seul dans ce cas. Quand Cristina m'a donné à croire que tu m'avais menti, cela m'a soulagée, d'une certaine façon.

— *Soulagée* ?

— Je crois que ça m'arrangeait de te penser aussi menteur que tous tes congénères. De cette façon, je ne...

Dans les yeux de Hollie, Maximo vit briller des larmes. Sa voix s'était étranglée, et il termina sa phrase avant elle :

— De cette façon, tu ne prenais pas le risque de souffrir, comme ta mère avait souffert, c'est cela ?

Elle hocha la tête, mordillant sa lèvre inférieure.

— Oui, souffla-t-elle. Je ne voulais pas que mon enfant grandisse dans un monde de promesses jamais tenues.

— *Notre* enfant, corrigea Maximo.

Avec un petit sourire triste, Hollie acquiesça d'un signe de tête, avant de continuer :

— C'est ce qui m'a poussée à décider qu'il valait mieux que je l'élève seule. Ce que je veux pour lui, ou pour elle, c'est une *vraie* famille, Maximo. Pas une parodie dépourvue d'amour. Ça, je ne l'accepterai jamais !

Maximo était encore loin d'obtenir la capitulation qu'il espérait. Toute sa vie, il avait fui les émotions et les souffrances qu'elles entraînaient. Aujourd'hui, s'il voulait construire sa vie avec Hollie, il n'avait d'autre choix que de briser la carapace dont il s'était entouré. Il devait accepter de dire des choses dont il n'aurait jamais imaginé qu'elles puissent franchir ses lèvres. Et il lui fallait être convaincant.

— T'ai-je déjà dit combien je t'aime, Hollie ? souffla-t-il. La première fois où nous avons fait l'amour, j'ai eu l'impression de m'embraser à ton contact. Au risque de faire fondre le bloc de glace dans lequel j'avais enfermé mon cœur. Je n'avais jamais rien éprouvé de tel. Tout à coup, je me suis senti dangereusement vulnérable. C'est pour cette raison que j'ai cherché à reprendre mes distances et à t'éloigner de moi.

— Maximo...

D'un geste de la main, Maximo fit taire Hollie. Il se devait d'aller au bout de cette confession.

— Quand tu es venue m'annoncer ta grossesse, je me suis comporté avec une épouvantable arrogance. Et pourtant, tu es passée outre. Tu as su organiser le genre de Noël que je n'avais jamais connu. Pour la première fois de ma vie, j'ai compris ce que cela signifiait d'avoir un foyer et une famille. Tu es *mon foyer* et *ma famille*, Hollie ! Je t'aime de toute mon âme, et je veux passer ma vie avec toi et notre enfant.

Lorsque Maximo lui ouvrit les bras, Hollie s'y engouffra. Nichant son visage au creux de son épaule, elle pleura tout son soûl. Pendant tout ce temps, Maximo la tint étroitement serrée. Puis, lorsqu'elle fut calmée, il l'écarta et suivit du bout du doigt les traces sur ses joues.

— J'ai bien réfléchi, ajouta-t-il. Mon appartement de Madrid n'est pas du tout adapté à la vie avec un enfant en bas âge. De plus, j'ai l'impression que tu n'as pas un tempérament de citadine. Aussi, je te propose d'organiser les choses différemment. C'est moi qui vais me transplanter dans ton univers, et non l'inverse. Et, là aussi, j'ai un aveu à te faire.

Levant vers lui un regard inquiet, Hollie demanda :

— Quoi encore ?

— Je n'ai jamais eu l'intention de transformer Kastelloes en hôtel de luxe. Ce sont les gens d'ici qui se sont mis cette idée en tête. En fait, j'avais prévu de faire raser le château pour développer d'autres projets à la place. J'ai changé d'avis. Si tu le souhaites, Kastelloes deviendra notre maison familiale. Bien sûr, à la condition que tu veuilles encore de moi. Que tu sois toujours décidée à être ma femme...

Dans un élan de joie et de gratitude, Hollie se mit sur la pointe des pieds et, nouant les bras autour du cou de Maximo, pressa son visage contre le sien.

— Oh ! Maximo..., souffla-t-elle, bien sûr que je veux t'épouser ! Parce que je t'aime, plus que tout. Quand je t'ai envoyé ce message, c'était pour me protéger. Pour éviter de souffrir. Mais la pire souffrance que j'ai connue, c'était en imaginant passer ma vie loin de toi. Je t'aime de toute mon âme, Maximo Diaz. Et tu peux être certain que je t'aimerai toute ma vie.

Un sourire illumina le beau visage penché sur elle. Dans le regard de jais brillait une lueur qui réchauffa le cœur de Hollie. Lorsqu'il captura ses lèvres, elle eut l'impression de renaître. Ils s'embrassèrent passionnément, goûtant sur les lèvres l'un de l'autre le sel de leurs larmes mêlées.

Certes, songea Hollie, tous deux avaient été abîmés par la vie, mais l'amour réparerait leurs âmes et leurs cœurs.

L'amour n'était-il pas le seul et unique guérisseur de toutes les blessures ?

Épilogue

« Douce nuit, sainte nuit,
Dans les cieux, l'astre luit... »

Entonnant une dernière fois le célèbre cantique, le groupe de chanteurs entama la descente de la colline en direction de la ville. Hollie leva les yeux vers le ciel d'où commençaient à tomber de gros flocons. Refermant la porte du château, elle se réjouit à l'idée qu'ils auraient un Noël blanc.

Dans le hall lambrissé de boiseries, un immense sapin scintillait de mille feux. Il y en avait un second dans la bibliothèque, où serait dressée la table du déjeuner de Noël, le lendemain. Comme cela était désormais la tradition, Hollie avait illuminé la pièce avec un nombre incalculable de bougies de toutes tailles. Dans la cuisine, un pot-au-feu des montagnes de Cantabrie mijotait dans un grand faitout. Cela aussi, c'était devenu une tradition incontournable.

— Est-ce que le Père Noël va bientôt passer, *papá* ? questionna une petite voix dans le dos de Hollie.

Elle se tourna pour contempler la petite tête de Mateo, nichée au creux du bras de son père.

— *Sí, hijito !* Quand tu dormiras. Alors, il est temps que je t'emmène au lit. Est-ce que tu veux que *mamá* nous accompagne ?

— Oh ! oui, s'il te plaît !

Le sourire radieux dont Maximo gratifia Hollie, par-dessus les boucles brunes en bataille, était empreint d'une promesse qui la fit frémir d'une délicieuse anticipation.

— Alors, allons-y ! *Vamos !* conclut Maximo.

Ce fut un Mateo gloussant de ravissement qui fut emmené le long du superbe escalier en pierre, aux murs désormais ornés d'œuvres d'art, jusqu'à sa chambre située à quelques pas de celle de ses parents.

Après trois années de coûteux travaux de rénovation, Kastelloes avait acquis un confort accueillant dont Hollie ne cessait de s'émerveiller et de remercier son mari.

Leur union avait été célébrée dans la petite église de Trescombe, au cours d'une cérémonie toute simple. Javier avait été le garçon d'honneur de son meilleur ami. Tout le monde s'était entendu pour dire que c'était un magnifique mariage où se mêlaient exclamations en espagnol et en anglais – les premières étant les plus sonores.

Hollie et Maximo s'étaient définitivement installés dans le Devon, d'où ce dernier gérait ses affaires. Lorsque leur fils avait atteint l'âge d'un an, Hollie avait ouvert le salon de thé dont elle avait toujours rêvé. Bien qu'une équipe de confiance l'y remplace la plupart du temps, elle prenait plaisir à mettre au point de nouvelles recettes de gâteaux et à en réaliser certaines. L'on venait de très loin pour déguster ses scones à la légèreté aérienne.

Une fois que Mateo fut profondément endormi, Hollie vint se lover entre les bras de son époux. Une délicieuse excitation bouillonnait en elle. Il y avait quelque chose qu'elle devait absolument lui annoncer, et elle attendait le moment adéquat.

— Tout est *presque* prêt pour célébrer Noël, murmura-t-elle.

Maximo éclata de rire.

— Oh ! je te fais confiance pour cela, *mia belleza* ! s'exclama-t-il.

Posant sur elle un regard à la fois attendri et malicieux, il caressa ses fesses.

— *Maximo !* souffla-t-elle. Qu'est-ce que tu fais ?

— À ton avis ? répliqua-t-il en s'inclinant pour la soulever dans ses bras.

— Mais... mais nous n'avons pas fini d'emballer les cadeaux et...

— Chut ! l'interrompit Maximo.

La déposant sur la courtepointe de velours rouge – souvenir

de leur première nuit au château –, Maximo dévêtit tendrement Hollie, puis il la pénétra à l'instant où elle allait lui confier son secret. L'orgasme les emporta dans un même tourbillon, et Maximo s'effondra sur elle.

Le cœur battant la chamade, Hollie attendit de reprendre son souffle, avant de murmurer paresseusement :

— Maximo… j'ai quelque chose à te dire.

— Je sais.

— Comment ça ?

S'écartant pour pouvoir le dévisager, Hollie nota que les prunelles de jais brillaient d'un éclat intense.

— Qu'est-ce que tu sais ? interrogea-t-elle.

— Que tu vas me donner un autre enfant, *querida*.

— Comment as-tu deviné ?

— Parce que je t'aime, et que je te connais bien, *mia belleza*. Tu as le même regard et le même sourire que lorsque tu attendais Mateo. Mais, *querida*, qu'est-ce qui ne va pas ?

Fronçant les sourcils, Maximo caressa du pouce la lèvre tremblante de Hollie.

— Pourquoi pleures-tu ? ajouta-t-il.

— Je pleure de bonheur, mon amour ! Tu vois que tu ne me connais pas si bien que ça.

Avec un petit rire émerveillé, Maximo passa un bras autour de Hollie pour l'attirer contre lui.

Dire qu'autrefois il avait pensé qu'un tel bonheur n'était pas de ce monde !

— Joyeux Noël, ma merveilleuse épouse ! dit-il en déposant un tendre baiser sur les cheveux de Hollie.

NANCY ROBARDS THOMPSON

Les retrouvailles de Noël

UN BAISER POUR NOËL

Traduction française de
CLAIRE NEYMON

HARLEQUIN

Titre original :
A DOWN-HOME SAVANNAH CHRISTMAS

Ce roman a déjà été publié en 2020.

1

Flippée ! Elle ! Elisabeth Clark, Eli pour les intimes !

Son futur mari lui avait reproché d'être flippée ! Au beau milieu du repas, alors qu'ils effectuaient les dégustations en vue du dîner de mariage !

Tout cela parce qu'elle s'était inquiétée auprès de ses sœurs, Jane et Kate, au sujet des fleurs pour la cérémonie. Le fleuriste avait-il bien compris que les bouquets les plus hauts devaient être placés derrière l'estrade, et non devant, afin que les invités ne soient pas gênés et puissent bien voir les mariés et leur famille ? Elle ignorait que Roger écoutait, vu qu'il se trouvait très loin, assis à l'autre extrémité d'une table de douze.

Il fallait croire qu'il l'avait entendue, puisqu'il l'avait aussitôt interpellée.

— Tu es vraiment flippée, toi ! Détends-toi, suis le mouvement !

Le ton agacé n'avait échappé à personne. Le silence s'était fait autour de la table, puis, la surprise passée, Eli avait préféré penser que la remarque se voulait humoristique.

Parfois, l'humour de Roger tombait à côté de la plaque ou pouvait paraître caustique. Lorsqu'il arrivait à Eli de lui demander de faire attention au ton qu'il employait, cela se terminait généralement par une dispute. Or ce soir, elle n'avait qu'une envie : que tout soit parfait. Aussi décida-t-elle de laisser filer, de ne pas prêter attention à sa remarque. Après tout, Roger et elle s'aimaient profondément et mieux valait être bonne joueuse.

Néanmoins, elle ne put résister à l'envie de lancer à la cantonade, sans viser personne en particulier :

— Comme c'est bien de se marier ! Tout ce qu'on a à faire, c'est débarquer le jour du mariage, et tout est prêt ! Pouf ! Comme par magie !

Eli hocha la tête et mima un baiser qu'elle souffla vers Roger.

Puis elle se mit à rire et tout le monde l'imita. Enfin, tout le monde, sauf Roger. Eli crut même surprendre une lueur sombre dans son regard.

Au cours des journées qui suivirent, les doutes insidieux et les craintes qu'Eli avait pu concevoir et qu'elle avait préféré enfouir au fond de sa conscience resurgirent avec force.

Maintenant, alors qu'elle se tenait aux côtés de Roger dans sa magnifique robe blanche, son bouquet de pivoines et de roses blanches serré dans sa main gantée, en train d'écouter le pasteur proclamer que le mariage était sacré, *un engagement à ne pas prendre à la légère et dans lequel on ne se lance qu'après mûre réflexion*, l'incertitude l'assaillait de nouveau, comme une terrible prémonition.

— Roger, souhaitez-vous prendre Elisabeth Clark pour épouse ?

Roger ne répondit pas tout de suite à la question du pasteur et le silence qui s'installa sembla durer une éternité. Elisabeth le vit pâlir, glisser un doigt dans son col et le desserrer. Son nœud papillon s'inclina brusquement, formant comme un étrange sourire.

Quelques petits rires nerveux commençaient à parcourir l'assistance. Elisabeth chercha le regard de Roger. S'il consentait à la regarder, ils prendraient tous deux une grande inspiration et tout irait bien. Mais Roger fixait un point lointain au-delà de son épaule gauche, le visage blême, crispé.

Reste avec moi, Roger ! C'est juste le trac. Tout ira bien !

Roger détestait être le centre de l'attention, Elisabeth le savait, mais elle n'avait pas imaginé une seconde qu'il pourrait se trouver paralysé en cet instant crucial. Depuis toujours, elle-même rêvait à ce grand jour : un mariage somptueux, avec robe blanche, demoiselles d'honneur et monceaux de fleurs.

Ce devait être une journée parfaite. Et ça le serait. Il leur suffisait à tous les deux de prononcer le mot magique, de se dire oui, et tout serait réglé.

Elisabeth jeta un regard en direction des deux cent cinquante-six personnes rassemblées dans l'église presbytérienne de Savannah pour assister au mariage des enfants chéris de la ville, amoureux l'un de l'autre depuis le lycée.

Elisabeth et Roger. Ils étaient ensemble depuis si longtemps que beaucoup les considéraient déjà comme une entité.

Le pasteur s'éclaircit la voix.

— Roger, répéta-t-il, acceptez-vous de prendre pour épouse Elisabeth Clark ici présente ? Si c'est le cas, dites oui !

Oh ! mon Dieu, il avait le souffle coupé, à présent ?

Si seulement Roger pouvait la regarder, elle lui ferait discrètement signe de respirer. Il fallait qu'il se détende.

Roger, je t'en prie, ce n'est pas le moment de te trouver mal.

Le révérend Chambers posa une main sur le bras de Roger.

— Roger ? Il nous faut une réponse, mon fils.

Roger entrouvrit les lèvres comme s'il s'apprêtait à parler, mais il referma la bouche avant d'avoir pu proférer un son.

Maintenant, c'était elle, Elisabeth, qui avait le souffle coupé.

Elle jeta un nouveau coup d'œil à l'assistance. Pouvait-on mourir de suffocation... ou d'humiliation ?

Il ne fallait pas exagérer, quand même.

Cela dit, pour gâcher un mariage, rien de tel que la mariée tombant raide morte au pied de l'autel... Elisabeth avala une goulée d'air, tel un nageur en perdition refaisant surface.

À présent, si Roger voulait bien répondre, acquiescer d'un signe de tête ou faire au moins un geste. N'importe lequel. Le révérend Chambers les déclarerait mari et femme, elle remonterait l'allée à son bras et ils déboucheraient en pleine lumière, sur le parvis de l'église. Elle lui réajusterait son nœud papillon et l'on prendrait des photos. Ils riraient ensemble de la peur qu'il lui avait faite en manquant de se trouver mal au beau milieu de la cérémonie.

Parle, Roger ! S'il te plaît !

Elisabeth songea un instant à pousser discrètement le pied de son fiancé de la pointe de sa chaussure. La robe était suffisamment longue, personne ne s'en apercevrait. Mais avant qu'elle ait eu le temps d'esquisser un mouvement, elle croisa le regard de Daniel Quindlin, le témoin de Roger.

Ce dernier referma la main sur l'épaule du marié et lui donna une secousse ferme.

— Allez, Roger, fais ce qu'il faut ! lui dit-il.

L'espace d'un instant, Elisabeth crut qu'il voulait l'aider. Jusqu'à ce que Roger retrouve l'usage de la parole.

— Je... Je suis désolé, Eli, je ne peux pas. Daniel a raison. Je ne peux pas t'épouser. Je suis navré.

Daniel acquiesça d'un signe de tête.

— C'est bien.

Comme dans un film au ralenti, Eli vit son fiancé quitter l'église par une porte latérale. Sa sœur Jane lui glissa un bras autour de la taille pour la soutenir et la dissimuler aux regards interloqués de l'assistance plongée en plein drame.

Eli ne sentait plus ses jambes, le sang battait dans ses tempes et ses oreilles bourdonnaient. Au moment où Jane l'entraînait, elle l'entendit lancer d'une voix sifflante :

— Pourquoi as-tu fait une chose pareille ? Tu ne pouvais pas les laisser tranquilles ?

Six ans plus tard

Il n'y avait pas vingt-quatre heures qu'Elisabeth Clark était de retour à Savannah et elle se demandait déjà si elle avait pris la bonne décision en revenant chez elle.

Chez elle, c'était au manoir Forsyth Galloway, dans Whitaker Street. Une belle propriété qui appartenait à sa famille depuis six générations, plus de cent cinquante ans au total, et qui proposait des chambres d'hôtes. Eli avait grandi dans cette vaste demeure victorienne, avec sa jolie tourelle et ses parquets d'acajou fauve qui craquaient sous les pas.

C'était un lieu à la fois réconfortant et étouffant. Il y flottait une certaine nostalgie qui n'était pas sans rappeler les étreintes trop enthousiastes de la grand-tante Gertie. Tous les enfants tentaient de s'y soustraire, mais elle finissait toujours par en coincer un et il n'y avait alors pas d'autre solution que de se retrouver écrasé contre son opulente poitrine. Cependant, les années ayant passé et grand-tante Gertie ayant disparu, ses étreintes laissaient aujourd'hui un souvenir chaleureux, comme le symbole d'un temps où tout était plus simple.

Pour Eli, le manoir Forsyth Galloway était un peu à cette image. Chaleureux, réconfortant, mais étouffant. Lorsqu'elle s'y trouvait, elle n'avait qu'une envie, en repartir. Pourtant, elle y revenait toujours, irrésistiblement attirée par lui, chaque fois que les temps devenaient difficiles. Ou chaque fois qu'il lui arrivait un coup dur, comme la veille, à Atlanta, lorsque le ciel lui était tombé sur la tête.

C'était le dernier jour de classe avant les vacances de Noël. Certains professeurs parlaient déjà d'aller boire un verre ensemble pour fêter la fin de l'année lorsque la proviseure, Mme Wescott, l'avait fait appeler.

Pour faire bref, son poste de professeur d'art était supprimé. Lorsqu'elle avait été engagée, deux ans et demi plus tôt, Eli savait que sa position serait précaire. Les crédits pour l'enseignement de l'art n'étaient pas prévus dans le budget de l'école, mais un groupe de parents tenaces avait jugé cet enseignement extrêmement important et, par l'intermédiaire de la fondation de l'école, ils avaient rassemblé les fonds nécessaires pour engager un enseignant pour deux ans. Ils pensaient que, si le programme donnait satisfaction, le comté débloquerait les crédits. Tel n'avait pas été le cas et, même si elle avait pu réunir l'argent nécessaire pour son salaire du premier trimestre, la fondation avait finalement compris que le comté ne bougerait pas et elle avait redirigé les fonds sur un autre projet.

Dans un avenir immédiat, l'école n'avait rien à offrir à Eli. La proviseure ne pouvait pas lui faire de promesses, mais elle tenterait de lui trouver quelque chose, peut-être courant janvier.

Et il y aurait certainement une possibilité à la rentrée prochaine, en septembre. Un poste d'enseignante, mais pas en art.

— En attendant, je comprendrais que vous cherchiez ailleurs, avait-elle conclu.

Joyeux Noël !

Le timing n'aurait pas pu être pire. Eli avait fait une demande de crédit pour acheter un appartement dans le quartier de Buckhead. Elle s'était privée pour économiser jusqu'au dernier centime et avait plus d'une fois dîné d'un potage instantané et d'un morceau de fromage. Mais le jeu en valait la chandelle si elle pouvait ensuite s'offrir l'appartement de ses rêves. Elle avait suffisamment économisé pour effectuer le premier versement. Le logement lui convenait tout à fait et les propriétaires avaient accepté son offre. Toutefois, en l'absence de travail, elle ne voyait pas comment elle pourrait prendre un crédit. Il lui avait fallu beaucoup de temps pour dénicher cet appartement : superficie idéale, quartier idéal et prix à portée de sa bourse. Les vendeurs se faisaient bâtir une maison et ils ne pourraient pas le garder pour elle indéfiniment. Et à ce prix-là, elle le savait, il ne resterait pas longtemps sur le marché. L'agent immobilier avait eu vent de l'affaire avant qu'elle devienne publique et ils avaient agi très vite, Eli et lui. À présent, sans garanties financières, il ne fallait pas se faire d'illusions, le projet tombait à l'eau.

D'ailleurs, le crédit mis à part, Eli allait avoir besoin d'argent pour couvrir ses dépenses en attendant de retrouver du travail. Elle avait de quoi tenir deux ou trois mois, certes, mais, au-delà, elle serait obligée d'entamer la somme mise de côté pour l'appartement.

Cela lui laissait donc une petite marge de manœuvre. Néanmoins, cette situation la rendait extrêmement nerveuse. Il lui avait fallu attendre d'être en chemin pour Savannah et le manoir, déjà à bonne distance d'Atlanta, pour commencer à se détendre.

Après une première nuit passablement agitée, elle se trouvait à présent sur le balcon de fer forgé de sa chambre, en train de boire un café dans une jolie tasse de porcelaine fine et de respirer l'air grisant du matin dans lequel flottait la fragrance suave des fleurs du Sud, mêlée aux effluves plus âcres de la rivière toute proche. Eli ferma les yeux et huma le parfum familier, réconfortant. Quel que soit le temps qu'elle passait loin de Savannah, elle retrouvait toujours le lieu identique à lui-même. Et elle espérait qu'il l'aiderait à se ressourcer, à dépasser ses problèmes.

Même en décembre, il faisait chaud à Savannah. Rien à voir avec l'hiver que connaissait le Nord.

Et puis, il y avait le lever du soleil.

La lumière baignait de tout son éclat le parc, que l'on avait magnifiquement décoré pour les fêtes de fin d'année : des guirlandes vertes et rouges ornaient les lanternes anciennes des vieux réverbères et couraient le long des grilles de fer forgé et tout autour de la majestueuse fontaine. Eli avait le souffle coupé devant tant de beauté. L'espace d'un instant, elle fut tentée de croire que cette scène, en tout point magique, était le signe qu'elle avait pris la bonne décision en revenant ici, à Savannah. Elle contempla les teintes de bleu, de rose et d'orangé qui baignaient le ciel. La brise joua un instant dans ses cheveux, caressa ses joues, puis s'en fut balayer doucement les longs filaments de mousse espagnole qui se balançaient aux branches des chênes verts séculaires.

Eli poussa un soupir et but sa dernière gorgée de café. Il était froid et amer.

Voilà qui était davantage en accord avec l'humeur du moment !

Froid et amer...

Elle ne put réprimer un petit rire.

Malgré son envie de croire qu'avec ses couleurs éblouissantes et sa brise légère, ce matin glorieux était le signe de tout ce qui allait arriver de bien, elle était réaliste.

Mère Nature n'avait pas en son pouvoir d'opérer des miracles. Toute cette beauté signifiait simplement que la vie continuait, qu'Eli ait ou non un travail qui lui permette de subvenir à ses besoins et de n'avoir à compter sur personne d'autre.

Pour l'instant, il était temps de s'habiller et de descendre aider sa mère, Zelda, et sa grand-mère, Wiladean, ou plus exactement Gigi, comme elles avaient coutume de l'appeler, ses sœurs et elle. En effet, ce matin, un petit déjeuner était organisé au manoir.

Eli n'était venue là ni pour prendre des vacances ni pour vivre aux crochets de sa famille. Elle entendait se rendre utile.

La veille au soir, son arrivée avait suscité l'enthousiasme. Elle sourit, émue. Lorsqu'elle était entrée, les deux femmes dressaient la salle pour le petit déjeuner. Elles s'étaient aussitôt interrompues pour lui sauter au cou, l'embrasser et, bien sûr, boire un bon thé avec elle. Car il n'était pas de visite, prévue ou impromptue, au manoir Forsyth Galloway qui ne s'accompagne d'une tasse de thé fumant.

Bien sûr, un flot de questions avait suivi.

Qu'est-ce qui t'amène ?

J'avais juste envie de vous voir.

Tout va bien ?

Eh bien, j'ai perdu mon poste aujourd'hui, mais ce n'est pas grave, ça va s'arranger. J'espère...

Et c'était vrai. D'une manière ou d'une autre, elle retomberait sur ses pieds. Elle trouverait un autre poste de professeur d'art ou amorcerait un brillant changement de carrière.

— C'est toi, Elisabeth ? appela soudain une voix féminine.

C'était Mercy Johnston qui passait en bas, sur le trottoir de Whitaker Street. Une voisine de longue date qui marchait d'un pas décidé, dans sa jupe crayon noire et ses chaussures de sport. Nul doute qu'elle se rendait à son travail, au palais de justice du comté.

— Ça fait plaisir de te revoir en ville, lança-t-elle encore.

— C'est gentil à toi, le plaisir est partagé. Bonne journée ! répondit Eli.

Sans se retourner, Mercy lui adressa un petit signe de main et poursuivit sa route.

Eli se détournait déjà, prête à rentrer, lorsqu'elle vit les lumières s'allumer au café-restaurant Chez Joe, un peu plus bas dans la rue. Une autre voisine de longue date, Lisa Reynolds, marqua un temps d'arrêt au moment où elle ouvrait les portes de sa pâtisserie, Angel Cakes, située à deux pas du manoir, et la salua d'un signe de main dès qu'elle la reconnut.

Quelques voitures passèrent dans la rue, pressées, et Eli vit le van de livraison pour le café Le Chat Noir ralentir en amorçant le virage. Puis elle entendit crisser les freins. La camionnette se gara devant l'entrée de l'établissement.

Il y avait quelque chose de réconfortant dans la permanence des choses, dans les sons, les parfums qu'elle retrouvait, identiques, et chez ces voisins qu'elle reconnaissait, même après des années passées à Atlanta, et qui accueillaient son retour sans paraître se soucier de la débâcle qu'avait été son mariage.

À Atlanta, il n'était pas difficile de demeurer anonyme si on le souhaitait. À Savannah, on ne pouvait pas se cacher. Eli se sentait obligée de garder la tête haute pour prouver qu'elle ne regrettait rien et que tout allait très bien pour elle. Elle s'assumait et n'avait nul besoin d'un homme pour s'occuper d'elle. En fait, c'était devenu une fierté d'être célibataire, libre de faire ce qu'elle voulait quand elle le voulait, et de n'avoir de comptes à rendre à personne.

Roger lui avait finalement rendu service en ne l'épousant pas.

Elle jeta un coup d'œil à sa montre. Les invitées seraient là dans une heure. Hier, son arrivée avait empêché Gigi et Zelda de tout préparer. Il était temps qu'elle aille leur donner un coup de main.

Eli jeta un dernier regard à la sublime lumière changeante qui baignait le parc. Les longs doigts de clarté dorée et argentée qui se glissaient au travers des branches des grands chênes verts formaient une image éthérée, irréelle. Près de la fontaine passait un jogger...

Elle n'avait pas encore mis ses lentilles de contact et elle plissa les yeux pour mieux le voir. Mais peu importait. Même à cette distance, même flou, il lui parut extrêmement séduisant. Elle s'appuya contre la rambarde en fer forgé du balcon et s'abandonna à la contemplation de cette silhouette virile qui courait. Elle n'avait besoin de personne pour vivre, certes, mais cette indépendance ne l'empêchait pas d'admirer un homme quand il était beau.

Et sexy... Oui, ce spécimen-là valait le coup d'œil.

Il était grand, mince, avec des cheveux bruns un peu longs et une belle carrure, qui ne semblait pas devoir sa puissance à la fréquentation de salles de sport, mais plutôt à un travail physique intense.

Pas mal…

Eli fronça les sourcils. Il lui semblait soudain que cette silhouette avait quelque chose de familier.

Avait-elle déjà vu cet homme ? Dans une ville où tout le monde se connaissait, à l'exclusion des touristes, cela paraissait vraisemblable. Elle passa en revue tous les endroits possibles où leurs chemins avaient pu se croiser. Elle élimina très vite les différents cercles d'Atlanta, les enseignants de son école, les parents et ses élèves en classe d'art.

Même si elle était née et avait grandi à Savannah, elle n'y avait pas passé beaucoup de temps ces dernières années. Elle n'y était pas revenue souvent depuis qu'elle avait obtenu son diplôme de fin d'études de l'université d'art et de design de Savannah et qu'elle était partie enseigner à Atlanta, après le fiasco de son mariage.

Eli énuméra mentalement leurs voisins à Savannah et les membres des différents groupes et associations liés à l'université auxquels elle avait pu appartenir. Elle se retrouva rapidement à remonter jusqu'à l'époque du lycée.

Le jogger s'arrêta tout à coup sur le trottoir d'en face et leva la tête vers elle.

Eli sentit son ventre se nouer.

Quoi…

Ce n'était pas possible !

Est-ce que… Oh non, ce n'était pas Daniel Quindlin, tout de même ?

Elle se détourna trop vite et, dans sa précipitation, sa cuillère à café glissa de la soucoupe et tomba avec un claquement sec sur les lattes de bois du balcon, par miracle sans se casser. Se sentant ridicule, elle se baissa à la hâte pour la ramasser.

Qu'est-ce qui t'arrive ? Il t'a vue le regarder, c'est certain, et alors ?

Elle prit une profonde inspiration et se redressa de toute sa hauteur, épaules fièrement rejetées en arrière, avant de poser de nouveau les yeux sur le jogger.

Oh mon Dieu !

Il s'agissait bien de Daniel.

Elle serra les dents, assaillie par une foule d'émotions incompréhensibles. Si ce magnifique lever de soleil et tout ce qu'elle avait retrouvé de familier ici lui était apparu comme un heureux présage, la présence de Daniel, debout face à elle, n'annonçait rien de bon, c'était le moins qu'on puisse dire.

Que faisait-il à Savannah ? Quand y était-il revenu ? Elle en voulut à sa mère et à sa grand-mère ; elles auraient dû la prévenir.

Il ne devait pas habiter là, il devait être de passage, comme elle. Eli se souvenait qu'au lycée déjà, il disait que Savannah était le dernier endroit où il aurait envie de se fixer.

Il ne l'avait pas quittée des yeux et, à présent, il levait la main pour la saluer.

Le cœur d'Eli s'accéléra et elle sentit ses joues s'empourprer. *Mais pourquoi, bon sang ?* Elle n'avait aucune raison d'éprouver la moindre gêne ni de se soucier de ce que Daniel Quindlin pouvait penser d'elle. Elle se passa une main dans les cheveux pour tenter de discipliner la masse de boucles emmêlées par le sommeil et l'humidité de l'air. Elle ne s'en était guère souciée tout à l'heure, quand elle était sortie boire son café sur le balcon.

C'était cela, l'inconvénient d'appartenir à la sixième génération de natifs de Savannah : on connaissait tout le monde ou, tout du moins, tous les habitants du centre historique. Et on était connu d'eux tous.

Elle aurait dû s'en souvenir.

Les joues toujours en feu, mais la tête haute, elle ôta la main de ses cheveux et esquissa un signe de main en retour, histoire de prouver que tout allait bien, que des années après l'humiliation vécue devant tout le monde, lorsqu'il avait dissuadé Roger de l'épouser, elle se sentait parfaitement libérée de tout ça.

Raisonnablement, on pouvait estimer que personne n'aurait pu pousser Roger à faire une chose dont il n'avait pas envie. Pourtant, elle en voulait à Daniel pour la façon dont s'étaient déroulées les choses. Et le revoir aujourd'hui, après tant d'années, rouvrait une blessure qu'elle pensait cicatrisée.

Peu de temps avant le début de la cérémonie, Jane avait dû aller chercher une épingle de sûreté dans la voiture. En passant devant la sacristie, elle avait entendu Daniel et Roger discuter. Daniel disait à son ami qu'il avait tout intérêt à ne pas se marier, ajoutant que mieux valait tout arrêter maintenant plutôt que de divorcer plus tard.

Jane s'était reproché par la suite de n'avoir rien dit à sa sœur et de l'avoir laissée venir jusqu'à l'autel. Cependant, Roger paraissait si résolu lorsqu'il avait répondu à Daniel de ne pas se mêler de ses affaires qu'elle ne s'était pas fait de souci. Elle avait pensé que tout allait bien et que Daniel n'était qu'un imbécile.

Quelques minutes plus tard, voir Roger attendre Elisabeth sur le parvis de l'église l'avait confortée dans la décision de ne rien dire. Tout semblait se dérouler comme prévu.

Eli avait compris et avait pardonné à sa sœur. En fait, elle ne lui en avait jamais voulu. Jane n'était responsable de rien. Il y avait la musique, Roger qui attendait sa promise, apparemment prêt à se marier, qu'était-elle censée faire ? Interrompre la cérémonie pour quelques bribes de conversation, qu'elle n'était même pas certaine d'avoir entendues correctement ?

Pendant toute une année ensuite, Jane avait broyé du noir, disant à qui voulait l'entendre que, si c'était à refaire, elle aurait affronté Daniel et Roger et leur aurait demandé de s'expliquer clairement sur leur conversation, et elle aurait empêché Eli de marcher jusqu'à l'autel.

Par égard pour sa sœur, Eli s'était tellement efforcée de montrer qu'elle allait bien qu'elle avait fini par s'en convaincre elle-même.

Jusqu'à cet instant.

Après toutes ces années, la vue de Daniel Quindlin lui faisait perdre ses moyens.

Mais pourquoi ? Pourquoi lui accordait-elle le pouvoir de la mettre mal à l'aise ? C'était plutôt à lui de l'être, non ? Il fallait rentrer se préparer et chasser Daniel de son esprit ! Ce n'était pas en restant plantée sur ce balcon, telle une Juliette éplorée, qu'elle allait pouvoir se rendre utile.

Sans plus hésiter, elle rentra dans sa chambre, se doucha et enfila un jean et un pull de coton fin. Puis elle se sécha les cheveux avant de les relever en queue-de-cheval et prit quelques minutes pour se maquiller.

Elle s'était complètement reprise lorsqu'elle descendit à la cuisine en saluant au passage, dans le grand escalier, plusieurs résidents du manoir. Dans le vaste hall d'entrée, elle admira une fois de plus l'immense arbre de Noël paré de toutes ses décorations, identiques à celles qu'elle avait toujours connues et tant aimées à chaque Noël. Il trônait à sa place d'honneur, celle qu'il avait toujours occupée du plus loin qu'elle s'en souvienne.

Comme toujours pour les fêtes, sa mère et sa grand-mère avaient transformé le manoir en une véritable féerie, disposant avec goût des bouquets de fleurs et de houx, suspendant aux fenêtres des guirlandes vertes et dorées et disposant sur les étagères et les tables de jolis photophores en forme d'étoiles. Au pied du sapin, comme le voulait la tradition, elles avaient posé des boîtes enveloppées de beaux papiers qui annonçaient les cadeaux à venir.

Il n'y avait personne à la cuisine, mais un grand plat de service provenant du Chat Noir et recouvert d'un linge était posé sur la longue table à tréteaux. Il flottait une odeur délicieuse dans la pièce et le ventre d'Eli se mit à gargouiller. Après avoir rincé sa tasse et sa soucoupe, elle s'approcha et souleva un coin du linge. Le parfum des petits pains à la cannelle tout chauds assaillit ses narines. Elle ferma les yeux et se délecta de cette odeur, puis elle remit le linge en place. Mieux valait quitter la cuisine, la tentation était trop forte.

Elle poussa la double porte et traversa l'office, qui faisait le lien entre la cuisine et la salle à manger privée de la famille. Il y avait certainement là quelque chose qu'elle pouvait faire pour achever de mettre en place ce petit déjeuner un peu spécial.

Avec ses grandes portes-fenêtres, la salle à manger du manoir était l'une des pièces préférées d'Eli. Elle était très lumineuse et offrait une vue merveilleuse sur le parc. À cette époque de l'année, le jardin était encore vert, mais les massifs de fleurs de printemps et les délicats rosiers avaient fait place au rouge voluptueux des poinsettias et aux décorations de Noël.

La plupart des tableaux qui décoraient la salle à manger étaient des œuvres peintes par Eli lorsqu'elle était encore étudiante. Ils représentaient des bouquets de fleurs et leurs couleurs mêlées à celles du jardin formaient un univers subtilement coloré dont les tonalités changeaient avec la lumière.

La réception de son mariage aurait dû se tenir dans ce jardin...

Elle se reprit. Elle n'y avait jamais pensé les fois où elle était revenue à Savannah, ces six dernières années. Et il avait suffi qu'elle voie cet homme, instigateur de la rupture, pour que tous les souvenirs affluent en force !

À présent, il savait qu'elle était au manoir. S'il subsistait en lui une once de décence, il se tiendrait à distance. Ce n'étaient pas les espaces verts qui manquaient pour faire du jogging. Il n'avait pas besoin de passer précisément sous ses fenêtres.

Un souvenir s'imposa soudain à son esprit. C'était le jour du mariage et, tout de suite après le drame, Jane avait entraîné Eli dans la sacristie. Là, Daniel avait eu le toupet de se montrer à la porte. Jane s'était interposée, véritable chien de garde, et ne lui avait pas laissé l'occasion de dire un mot. Elle lui avait interdit de parler, de s'expliquer, ni quoi que ce soit d'autre qu'il aurait eu l'intention de faire.

Eli était entourée de sa mère, de sa grand-mère et de sa plus jeune sœur, Kate, qui s'affairaient autour d'elle en s'efforçant de la consoler. Jane, elle, montait la garde, répondant aux coups discrets frappés à la porte, prenant les messages, assurant aux invités désolés qu'elle transmettrait leurs amitiés à Elisabeth.

Quand Daniel s'était présenté, Eli ne l'avait pas vu, mais elle avait compris que c'était lui, au ton outré que prenait sa sœur. Kate s'était glissée à l'extérieur et la conversation n'était plus parvenue que par bribes aux oreilles d'Elisabeth, qui avait imaginé le reste. Jane avait très vite chassé Daniel. Elle s'était montrée si virulente et si dure qu'il avait disparu sans demander son reste.

Depuis, les rares fois où Eli se sentait déprimée en songeant à cette journée, elle se remontait le moral en se représentant sa sœur en train de chasser le monstre.

Elle était même allée jusqu'à dessiner la scène qu'elle imaginait dans son carnet de croquis. Un carnet d'esquisses, de saynètes croquées parfois à l'aquarelle et qu'elle ne montrait à personne. Ce journal de bord intime agissait comme une catharsis. Elle pouvait jeter sur le papier tout ce qui la tourmentait et le refermer ensuite.

Elle avait pris soin de bien représenter Jane dans sa robe rose pâle de demoiselle d'honneur. Il ne fallait pas qu'elle puisse être confondue avec la mariée, qu'on puisse croire que c'était cette dernière, en train de chasser celui qui aurait dû devenir son époux. Quelle image terrible cela aurait donnée de ce mariage !

Pendant les six mois qui avaient suivi, Eli avait presque espéré que Roger reviendrait, plein d'amertume et de remords, regrettant d'avoir commis la pire erreur de sa vie. Elle ne l'aurait pas repris, bien sûr, mais elle se plaisait à l'imaginer, contrit, malheureux, la suppliant de lui accorder une seconde chance.

Elle avait fini par abandonner ces pensées ridicules, préférant se convaincre qu'elle n'avait besoin de personne. Elle pouvait parfaitement se prendre en charge toute seule. On ne l'y reprendrait plus. Plus jamais elle ne se comporterait de manière aussi stupide.

Il ne lui avait pas fallu longtemps pour trouver un poste d'institutrice, et, plus tard, de professeur d'art.

Elle s'était installée à Atlanta et y avait fait sa vie. Aujourd'hui, la perte de son poste la ramenait au point de départ. Et la rencontre avec Daniel Quindlin n'arrangeait rien.

Quoi qu'il en soit, elle n'avait pas l'intention de demeurer longtemps à Savannah. Elle y était venue dans l'intention de faire une pause et de reprendre ses esprits, et aussi pour voir sa mère, Gigi, et peut-être Kate si cette dernière parvenait à s'échapper de son salon de coiffure. Elles étaient toutes de fortes femmes et, à leur contact, elle se souviendrait qu'elle aussi était forte.

Elle dépasserait l'obstacle et en sortirait plus aguerrie que jamais.

Et tandis qu'elle regardait se balancer dans la brise légère les guirlandes rouge et or suspendues aux arbres impeccablement taillés de l'allée, elle se fit la promesse de ne plus penser au passé. Un nouveau chapitre de sa vie devait s'ouvrir. Un nouveau chapitre à consigner dans son journal intime.

Elle se détourna de la fenêtre et jeta un regard circulaire à la pièce pour voir ce qu'elle pouvait faire. Les tables étaient installées et l'on avait prévu une estrade pour intervenants. Quelqu'un avait sorti les nappes blanches, la vaisselle de porcelaine, petites assiettes, tasses et plats, ainsi que les couverts en argent, et tout cela attendait, ainsi que des plateaux en argent, près de la fontaine à café. Il restait à dresser les tables et à disposer les mets livrés par le Chat Noir sur les plats.

Eli se demanda où étaient passées sa mère et Gigi.

Elle alluma les chauffe-plats installés sur la desserte. Enfant, elle adorait faire cela. Gigi la surveillait, certes, mais elle la laissait toujours allumer seule les petites bougies. Aujourd'hui, leur flamme ravivait ces souvenirs et lui réchauffait le cœur.

Un sourire nostalgique aux lèvres, Eli s'empara d'une nappe et la déplia avec précaution pour l'étaler sur la table la plus proche. Elle la lissa du plat de la main, mais s'aperçut que ses gestes étaient nerveux, trop brusques. Elle comprit que la rencontre avec Daniel Quindlin continuait de la troubler.

S'il l'obsédait à ce point, c'était parce qu'elle le laissait s'insinuer dans ses pensées. Il fallait absolument le chasser de son esprit, et se concentrer sur autre chose.

Elle jeta un coup d'œil autour d'elle. Tant de souvenirs étaient attachés à cette salle à manger ! Elle songea soudain à toutes les femmes de la famille qui l'avaient précédée ici.

Des femmes qui avaient confectionné ces nappes, notamment, des nappes d'une grande finesse, brodées avec délicatesse et amour. Chaque génération avait pris grand soin de protéger cet héritage et de le transmettre. Ses ancêtres avaient été les gardiennes de ce patrimoine. Pour Eli, les nappes et serviettes, tout ce beau linge et les histoires qui s'y attachaient revêtaient presque autant d'importance que le manoir lui-même. Ces femmes, dont ses sœurs et elles étaient les descendantes, avaient veillé avec orgueil sur tous ces trésors, linge, porcelaine, argenterie, cristal, et en avaient fait profiter les hôtes qui avaient séjourné au manoir. C'était cette générosité, ce partage qui faisait que les résidents du manoir s'y sentaient si bien et avaient envie d'y revenir.

Eli entendit soudain un bruit métallique venu de l'office. Un instant plus tard, sa mère faisait irruption dans la salle à manger, poussant un chariot de nourriture.

— Ah, te voilà ! s'exclama-t-elle en l'apercevant. Je suis tellement heureuse que tu sois là, tu ne peux pas savoir !

Le regard de Zelda s'attarda sur elle et la scruta. Eli ne la connaissait que trop bien. À l'évidence, elle attendait une explication.

La veille, en arrivant d'Atlanta, elle avait été trop fatiguée pour entrer dans les détails. Elle s'était contentée de dire qu'il n'y avait plus de crédits pour financer le département d'art. Elle ne voulait pas que sa mère s'inquiète. Zelda avait ses propres soucis et les épreuves n'avaient pas manqué pour elle au cours des années. Aussi longtemps que le manoir resterait à la famille, Eli y trouverait le gîte et le couvert. Toutefois, il ne fallait pas compter en tirer beaucoup d'argent. L'entretien des chambres d'hôtes engloutissait l'essentiel des recettes et laissait peu de bénéfices. De plus, le manoir avait besoin de réparations. Il avait souffert lors du dernier ouragan. L'eau avait causé des dégâts. Et même cette salle à manger qu'Eli adorait aurait eu bien besoin d'un coup de peinture. Or, pour tout cela, il fallait de l'argent.

C'était pour cela qu'Eli ne voulait pas donner de soucis supplémentaires à sa mère.

— Merci d'avoir mis les chauffe-plats en route, lança Zelda en déposant un plat sur le bac d'eau frémissante. Dans le hall, j'ai croisé les Gibbons, qui occupent la chambre 12. Ils se sont plaints parce qu'on ne leur a pas changé leurs serviettes. Je suis passée à la lingerie, mais il n'y en a plus. C'est bizarre parce que, lorsque j'ai vérifié hier soir, il en restait trois jeux. Je me demande où ils sont passés...

Zelda haussa les sourcils et passa une main dans ses boucles auburn. Elle allait sur ses cinquante-cinq ans, mais possédait un corps que bon nombre de trentenaires lui auraient envié et un teint de pêche quasi parfait, si l'on exceptait une légère marque de fatigue aux commissures des lèvres et quelques petites rides au coin des yeux.

— Je ne sais pas, maman. Je suis désolée. Moi, j'avais tout ce qu'il fallait dans ma salle de bains. Je peux appeler le service de blanchisserie et demander qu'on en livre, si tu veux.

Zelda eut un geste défaitiste.

— Non, ma chérie, nous ne faisons plus appel à ce service, nous nous occupons nous-mêmes du linge. Cela revient moins cher. C'est une charge de travail supplémentaire, mais ça fait partie de notre programme de réduction des frais.

Un programme de réduction des frais ?

Eli s'apprêtait à lui demander si tout allait bien, mais Zelda enchaîna sans attendre.

— Tu sais, c'est pour pouvoir financer cette rénovation que nous voulons entreprendre. Quoi qu'il en soit, j'étais au sous-sol tout à l'heure et j'ai lancé une nouvelle machine de serviettes. J'en ai fait plusieurs hier après-midi et je n'ai pas encore eu le temps de les plier et de les ranger. Mais je suis certaine d'en avoir vu dans la lingerie hier soir, insista-t-elle.

— Quelqu'un a dû aller se servir directement, suggéra Eli. Ne t'en fais pas, dès que tout sera prêt pour le petit déjeuner, j'irai en plier et j'en monterai un jeu chez les Gibbons. Je rangerai les autres dans la lingerie. Ça me fait plaisir de te donner un coup de main.

— Merci, ma chérie.

Eli vit le visage de sa mère se détendre. Il était évident que le manoir lui donnait beaucoup de travail et Eli n'eut plus qu'une envie, l'aider, alléger ses tâches et lui rendre la vie un peu plus facile. Si Gigi, sa grand-mère, n'avait pas l'air de se faire trop de souci et semblait se porter comme un charme, Zelda, elle, était plus introvertie.

— Où est Gigi ce matin ?

— Ces derniers temps, elle ne descend plus qu'en milieu de matinée, répondit Zelda.

Gigi parlait de prendre sa retraite et de lui laisser les rênes, lui expliqua-t-elle. Dans ce cas, il faudrait embaucher quelqu'un, au moins à temps partiel. Ce serait surtout utile pour les journées comme aujourd'hui, quand un événement était organisé. La gestion du manoir ne pouvait pas reposer sur une seule personne.

— Je te trouve l'air fatigué, dit Eli en s'emparant d'un plateau de muffins à la myrtille.

Elle le disposa sur la table du buffet.

— Mais tu sais, ça ne se voit pas. Tu es toujours aussi belle. Seulement, je m'inquiète pour toi, tu as trop de travail, surtout avec ces économies que tu t'es mis en tête de réaliser. Tu t'en sors ?

— Mais oui, ma chérie, je m'en sors ! Rassure-toi, tout va bien. C'est juste que ce manoir...

Zelda s'interrompit, les sourcils froncés de nouveau.

— Non, tout va bien.

Elle sourit, mais Eli ne fut pas dupe. Elle décida de changer de tactique.

— Donc, si tout va bien au manoir et que tu es fatiguée, c'est que tu me caches quelque chose, dit-elle en riant. C'est un homme, le responsable ?

Eli voulait détendre l'atmosphère, mais c'était tout de même une vraie question qu'elle lui posait.

Zelda se mit à rire.

— Oh mon Dieu, non ! Tu plaisantes ! Je ne vois pas où je trouverais le temps pour un homme. À la fin de la journée, je monte dans ma chambre et je m'écroule devant la télévision. Je suis tellement fatiguée que je n'ai plus le courage de bouger.

Quelques années auparavant, Zelda avait vécu un divorce plus que difficile et, depuis, elle n'avait plus eu de relation suivie. Eli comprenait la méfiance de sa mère envers les hommes, car la rupture avait été très douloureuse. Elle-même n'avait pas été pressée de retomber amoureuse après Roger, aussi comprenait-elle tout à fait que sa mère hésite.

— Dommage ! J'espérais que c'était un homme qui t'empêchait de dormir, lança-t-elle avec un sourire.

Zelda l'ignora et changea de sujet.

— Tu ne trouves pas que ça sent bon ? demanda-t-elle. J'ai l'impression que Moriah s'est surpassée, ce matin.

Elle transféra un plateau de mini-quiches sur un plat de service. Eli fit de même avec de petits cakes au maïs et du bacon grillé. Le manoir n'ayant pas de restaurant et ne servant qu'un petit déjeuner continental à ses résidents, Moriah West, du Chat Noir, pourvoyait à tous les événements qui requéraient un buffet.

Zelda s'empara d'une pince et attrapa une quiche au moment où Eli s'apprêtait à couvrir le plat avec un couvercle en argent.

— C'est juste pour goûter, lança-t-elle en mordant dedans à belles dents. Je dois m'assurer que la nourriture est aussi bonne qu'elle en a l'air. Au fait, tu devrais te servir et aller prendre ton petit déjeuner dans la cuisine. Je peux parfaitement me débrouiller seule.

Eli haussa les sourcils et se planta devant sa mère, les mains sur les hanches.

— Tu crois que je ne me rends pas compte que tu viens de détourner la conversation, maman ? Écoute, j'ai entendu dire qu'il y avait *speed dating* tous les jeudis soir au Jack's Bar, en ville. Tu pourrais essayer, non ?

Zelda haussa les sourcils, imitant sa fille.

— Avec tout ce qui se passe au manoir, j'ai trop à faire, je ne peux pas. Mais je te remercie infiniment. Et puisque tu sembles si intéressée, pourquoi n'irais-tu pas, toi ? Tu me raconterais.

— Je ne suis que de passage, ça ne servirait pas à grand-chose. Mais si tu y vas, je t'accompagne. Je serai ton assistante. On demandera à Gigi de s'occuper de tout en notre absence !

Elle venait de trouver une excuse tout à fait recevable. À quoi bon rencontrer un homme à Savannah si elle vivait à Atlanta ? Cela n'avait aucun sens. Cela dit, Eli se demandait combien de temps allait encore s'écouler avant qu'elle se sente prête à rencontrer quelqu'un.

Depuis Roger, elle avait eu une liaison, une seule : Heath Jordan, professeur de chimie au lycée, le genre « savant fou ». Cela avait duré six semaines et soudain, Eli s'était sentie étouffer. Elle avait rompu. À quoi bon poursuivre si elle ne voyait aucun avenir avec cet homme ? Quelle ironie, tout de même ! Un professeur de chimie avec lequel elle n'avait trouvé aucune alchimie ! Mais c'était ainsi. En fait, l'idée de coucher avec lui et de se retrouver ensuite à chercher des prétextes parce qu'elle n'avait plus envie de le faire, voilà ce qui l'avait décidée à tout arrêter.

L'alchimie avec un homme, c'était primordial.

Elle se surprit brusquement à penser à Daniel Quindlin, sa silhouette virile, ses épaules carrées… Elle le revit en train de courir dans le parc et sentit aussitôt ses joues s'empourprer.

Bon, d'accord, ce mariage, ou ce *presque* mariage, était déjà de l'histoire ancienne. C'était du moins ce qu'Eli se plaisait à penser. Avant de voir Daniel ce matin-là, elle était sûre d'avoir réussi à tourner la page. Elle ne regrettait plus Roger. Depuis ce jour déplorable, elle n'avait plus eu de contact avec lui. Toutefois, pour être honnête, elle devait avouer qu'une question continuait de la tourmenter : pourquoi Daniel l'avait-il empêché de dire oui au pasteur ? Pourquoi avait-il eu ce geste, devant l'autel, de le saisir par l'épaule et de le pousser quasiment à tourner les talons ?

Comment Daniel avait-il pu faire une chose pareille ? C'était lamentable, honteux ! Lorsqu'elle avait réclamé une explication, lorsqu'elle avait pressé Roger de questions, la seule fois où ils s'étaient parlé après le mariage, il lui avait juste dit qu'il ne l'aimait pas assez pour vouloir passer le restant de ses jours avec elle. Cette petite phrase assassine lui avait suffi. Elle n'avait pas cherché à connaître les motivations de Daniel. Après tout, c'était Roger, et nul autre, qui avait choisi de la laisser tomber. Cela avait été difficile à avaler, mais en fin de compte, c'était probablement le plus grand service qu'on lui ait jamais rendu.

Ce qui ne voulait pas dire qu'elle était tenue d'apprécier Daniel Quindlin ou de le laisser gâcher son retour à Savannah. Roger n'était plus qu'un souvenir. Aux dernières nouvelles, il se trouvait en Californie. Ses parents avaient déménagé et vendu leur maison. Il n'y avait donc aucun risque de rencontrer un membre du clan Hathaway. Alors, durant son séjour, elle prendrait soin de ne pas fréquenter les lieux où elle serait susceptible de croiser Daniel Quindlin.

Comme si Daniel et elle pouvaient fréquenter les mêmes lieux ! Eli leva les yeux au ciel.

— C'est moi qui te fais lever les yeux au ciel ? demanda Zelda en souriant.

— Quoi ? Non, pas du tout ! Je pensais à tout un tas de choses. Ce n'était absolument pas dirigé contre toi.

— Oh ! je sais, ma chérie. Tu es préoccupée par ton poste d'enseignante, mais tout finira par s'arranger, tu verras. En attendant, je ne te cache pas que ton aide nous serait précieuse ici. Nous devrions même pouvoir te rémunérer un peu. Je suis certaine que nous pouvons nous le permettre.

— Non, maman, financièrement, ça va. J'ai des économies. Je suis certaine que mon problème va se résoudre. Mais tu sais quoi ? Je veux bien rester pour vous donner un coup de main, à Gigi et à toi, en attendant. Vous en avez bien besoin.

Zelda poussa un cri de joie et serra sa fille dans ses bras.

— Ma cadette chérie va passer ses vacances de Noël avec nous ! s'exclama-t-elle. Rien ne peut me faire plus plaisir que d'avoir mes filles à la maison ! Je ne suis pas certaine que Jane pourra laisser son restaurant, cette année. C'est la haute saison pour elle. Oh ! Eli, tu ne pouvais pas me faire de plus beau cadeau pour Noël que d'être ici. Quand Gigi va savoir ça ! Quant au *speed dating*, je passe mon tour. C'est toi et ta sœur Kate qui devriez y aller. Il est temps que tu commences à t'amuser un peu et le plus tôt sera le mieux !

Non, le plus tôt ne serait pas le mieux. Zelda dut lire le doute dans l'expression de sa fille, car ce fut son tour de lever les yeux au ciel.

— Quoi ? lança Eli. C'est toi, maintenant, qui fais des grimaces !

Zelda sourit et secoua la tête.

Eli songea un instant à lui dire qu'elle avait vu Daniel Quindlin et à lui demander depuis quand il était de retour à Savannah. Toutefois, elle n'avait aucune envie de prononcer son nom en cet instant.

— Pour qui organisez-vous ce petit déjeuner ce matin ? demanda-t-elle.

— Pour la Women's Society de Savannah. C'est leur réunion mensuelle. Mais celle-ci a quelque chose de particulier...

Ah oui, la très estimée Women's Society de Savannah, comme on l'appelait. Eli aurait dû s'en douter.

Du plus loin qu'elle s'en souvienne, ces dames avaient leur jour de réunion fixe au manoir. Elles apportaient même un petit panneau, rédigé en lettres fantaisie, que l'on plaçait au pied de l'escalier :

« La Women's Society de Savannah se réunit ici, le premier samedi de chaque mois, à l'exception de janvier et juillet. Vous êtes tous les bienvenus ! »

— Quelque chose de particulier ? Quoi ? s'étonna Eli.

Le regard de Zelda s'illumina.

— Le principal sujet à l'ordre du jour est financier. Il s'agit du bénéfice annuel du groupe. Tu n'es pas sans savoir que ces dames accordent chaque année une subvention pour financer un projet de réhabilitation dans le centre historique de Savannah. Et devine qui sera l'heureux bénéficiaire cette année ?

Elisabeth eut un haussement d'épaules.

— Comment veux-tu que je le sache ?

— Le manoir Forsyth Galloway, figure-toi ! s'exclama Zelda en battant des mains.

— C'est vrai ? Je ne savais pas qu'elles finançaient des commerces ou des résidences privées. Je croyais qu'elles se limitaient à des projets non lucratifs.

— Il y a peu de statues et de monuments qui ont besoin d'être restaurés, alors elles ont décidé d'inclure les maisons privées du centre historique. Il ne s'agit pas simplement de redonner un coup de neuf au manoir. Nous avons d'importantes réparations à faire, surtout depuis le dernier cyclone, avec cet arbre déraciné qui est tombé sur notre toit.

— Maman, le dernier cyclone, c'était il y a trois ans ! Je croyais que l'assurance avait remboursé les dégâts. Pourquoi n'as-tu pas fait faire les réparations ?

— L'assurance nous a versé une somme d'argent, mais c'était loin du compte ! De plus, tu sais comment ça se passe : quand on commence à réparer d'un côté, le reste paraît brusquement vétuste. C'est l'effet domino. Nous avons comblé la fuite dans le toit, mais il ne restait pas suffisamment d'argent pour faire restaurer les parquets que l'eau a endommagés. Les planches sont disjointes et gondolées. La liste est longue de ce que nous avons à restaurer et tu sais à quel point tout coûte cher. Voilà pourquoi nous avons réduit nos dépenses et assumé nous-mêmes un certain nombre de tâches. Nous avons présenté notre candidature pour la subvention et nous l'avons obtenue. Le seul problème, c'est que Gigi et moi, nous avons des vues très différentes sur le type de rénovation à mener. Je t'en parlerai plus tard, après la réunion. Tu seras peut-être la voix de la raison. Mais pour l'instant, il faut finir de tout mettre en place. Ce matin, c'est la remise du chèque. Le moment est important.

— Je suis très contente d'être présente pour l'occasion, commenta Eli.

Elle posa un grand bol de salade de fruits à côté d'un plat de scones et de petits gâteaux à la crème.

— J'espère que ce petit déjeuner leur plaira.

— Ah, justement, il faut que je m'occupe du café ! Je viens juste d'en faire. Tu en veux une tasse ?

— Non merci. J'en ai bu avant de descendre.

Eli recula d'un pas pour admirer leur œuvre. Tout était en place pour le buffet. Il ne restait plus qu'à remplir les thermos de café et tout serait fin prêt pour accueillir les participants.

Lorsque Zelda fut sortie, Eli jeta un regard autour d'elle et comprit ce que sa mère voulait dire. La salle à manger avait un charme fou, mais comme elle l'avait constaté elle-même, elle avait vraiment besoin d'un coup de peinture et, elle le voyait à présent, d'une rénovation des lambris et d'un nouveau papier peint.

En son temps, le manoir de Forsyth rayonnait sur le quartier. Il en était le phare. Aujourd'hui, il ne pouvait plus cacher son âge, même si, en dépit de ses rides, il se dressait toujours, royal et fier, aimé par ceux qui, comme Eli, chérissaient son charme intemporel.

Peut-être le Forsyth avait-il besoin d'une rénovation, mais il faudrait y aller en douceur pour ne pas lui faire perdre de sa personnalité et de l'attrait lié à son histoire.

Le regard d'Eli s'arrêta sur les photos dans les cadres argentés qui ornaient les murs et le manteau de la cheminée. On y voyait toutes les ancêtres qui avaient vécu au manoir et avaient dirigé l'auberge, devenue aujourd'hui chambre d'hôtes, avant Gigi et sa mère. Un jour, ses sœurs et elle auraient elles aussi leur photo ici.

Eli prit une grande inspiration et se laissa envahir par la chaleur réconfortante du souvenir de toutes ces générations de femmes si courageuses. Sa famille.

Elle avait eu raison de venir au manoir. C'était un privilège d'appartenir à une telle lignée, d'avoir un lieu chargé d'histoire dans lequel on pouvait se ressourcer et faire le point. Elle était heureuse, en outre, d'avoir l'occasion d'aider sa mère et Gigi. Après tout, la meilleure façon d'oublier ses problèmes était sans doute de s'occuper des autres, de se mettre à leur service.

Eli quitta la salle à manger, plus que jamais déterminée à se rendre utile. Elle allait descendre au sous-sol plier les serviettes, et elle en monterait un jeu dans la chambre des Gibbons.

Elle ne put mettre son projet à exécution. Elle s'immobilisa dès qu'elle eut franchi le seuil de la salle à manger, interdite. Devant elle se tenait Daniel Quindlin.

Elle crut que son cœur s'arrêtait de battre et porta une main à sa poitrine.

Daniel était à l'accueil, dans le hall d'entrée, douché et bien habillé. Une barbe naissante ombrait ses joues.

En le revoyant de près, Eli redécouvrait combien il était grand. Aujourd'hui, il paraissait encore plus imposant que dans son souvenir, presque menaçant. Peut-être était-ce parce qu'il faisait irruption ici, dans son sanctuaire, son espace à elle, et qu'elle se sentait tout à coup très fragile et très vulnérable.

Toutefois, elle allait devoir se débarrasser très vite de cette sensation. Jamais, pas une seule fois dans son existence, elle ne s'était sentie fragile. Même quand Roger l'avait abandonnée devant l'autel, elle n'avait pas craqué. Ce n'était pas maintenant qu'elle allait commencer.

Mais un frisson la parcourut.

Immobile et sombre, l'air déterminé, il lui donna l'impression d'être venu pour elle. Or elle ne voulait ni le voir ni lui parler, c'était hors de question. Elle voulut tourner les talons et regagner la salle à manger, mais elle avait l'impression d'être clouée sur place. Daniel la regardait.

Eli le fixa en prenant une grande inspiration. Cet homme avait contribué à l'humilier et à lui voler sa dignité, mais plusieurs années plus tard, elle ne le laisserait pas lui gâcher le plaisir de se retrouver au manoir. Il ne la priverait pas du réconfort qu'elle était venue chercher là.

2

— Je n'ai pas rêvé, alors ! C'est vraiment toi !

Elisabeth Clark leva le menton et le toisa de cet air supérieur dont elle usait si souvent à l'époque du lycée.

— Tu espérais quelqu'un d'autre, sûrement ? rétorqua-t-elle.

Elle n'avait rien perdu de son impertinence. Et bon sang, qu'elle était belle ! Plus belle encore que la dernière fois qu'il l'avait vue, dans sa robe blanche de mariée, lorsque Roger s'était enfui, tournant le dos à ce qui aurait pu arriver de mieux dans sa pauvre vie.

Depuis qu'il l'avait vue sur le balcon, tellement désirable, encore tout ébouriffée au saut du lit, Eli avait relevé ses longs cheveux blonds en queue-de-cheval et enfilé un jean et un pull léger qui soulignaient les courbes envoûtantes de son corps. Contre toute attente, il fut pris de l'irrésistible envie de les sentir sous ses doigts.

— Non, c'est bien toi que j'attendais, dit-il. Je t'ai vue ce matin. Il me semble que tu m'as fait signe.

Eli le fixa sans répondre et il vit ses narines frémir tandis qu'elle le toisait, une attitude qui la rendait plus attirante encore.

— J'ignorais que tu étais là jusqu'à ce que je te voie sur le balcon, telle Juliette.

Il arrêta là la comparaison. Inutile de lui dire qu'il aurait aimé être son Roméo.

— Je croyais que tu habitais Atlanta, maintenant ? ajouta-t-il.

— J'ignorais que tu espionnais mes allées et venues, Daniel.

— Ne te fais aucun souci, ce n'est pas le cas.

Il lui décocha un sourire qu'elle ne lui rendit pas. Il la vit cependant rougir légèrement.

— Tu sais quand même que j'habite à Atlanta.

Elle croisa les bras et le décolleté en V de son pull glissa légèrement, laissant entrevoir la naissance de ses seins. Il dut faire un effort pour ne pas laisser son regard s'y attarder.

— Moi, reprit-elle, je n'ai aucune idée de ce que tu as fait jusqu'à présent. Et j'ignorais que tu étais de retour en ville.

Le ton de sa voix suggérait qu'elle n'en avait absolument rien à faire de toute façon. Après le mariage et son issue catastrophique, elle lui avait clairement fait comprendre qu'elle le tenait pour responsable. Ensuite, il avait quitté Savannah, mais pas dans les meilleures circonstances. Il n'était donc pas étonnant qu'elle soit surprise de le voir.

Elle n'avait pas changé, songea-t-il. Sauf sur un point : elle était devenue encore plus belle. Était-ce dû à l'impression qu'elle donnait d'être plus sûre d'elle, plus mûre ? Il ne la sentait pas endurcie ni aigrie ; on voyait simplement qu'elle n'était pas prête à s'en laisser conter. À l'époque de Roger, elle était naïve. Il fallait reconnaître que le mari qu'elle s'était choisi avait l'art de manipuler les gens, de faire croire aux femmes qu'il leur était fidèle, aux parents qu'il serait le gendre idéal. Quant à ses amis, ils auraient tout donné pour lui rendre service.

Aujourd'hui, Eli semblait posséder un réel aplomb, mais en même temps, il la sentait désabusée. Au lycée, elle avait été l'élève parfaite, la plus appréciée de tous, superbe pom pom girl et très douée en dessin. Pourtant, il avait toujours senti chez elle un côté passionné qu'elle dissimulait. Il la voyait comme un volcan endormi qui attendait l'homme capable de le réveiller. Être celui qui provoquerait l'éruption chez l'intouchable Elisabeth Clark restait, aujourd'hui encore, son fantasme le plus tenace.

— J'habite à Savannah maintenant, dit-il. Ma grand-mère est décédée il y a deux ans et, avec mon frère Aidan, nous avons hérité de sa maison de Barnard Street. Nous y avons installé les bureaux de notre entreprise. J'ai reconstruit la maison pour elle… après l'accident.

L'accident en question avait été un incendie, le malheureux résultat de l'inconséquence de deux adolescents désœuvrés qui n'avaient pas eu suffisamment de jugeote pour comprendre que, si les feux d'artifice étaient interdits, il y avait forcément une raison. Par chance, personne n'avait été blessé, mais la maison de leur grand-mère avait entièrement brûlé. Néanmoins, ce malheur avait eu au moins un point positif : il avait agi comme un électrochoc. Daniel avait cessé d'en vouloir au monde entier et il s'était repris.

— J'ai appris, pour le décès de ta grand-mère, dit Eli, la compassion adoucissant son regard. Je suis désolée.

Daniel hocha la tête.

— Merci.

Il glissa les mains dans les poches arrière de son jean, cherchant désespérément quelque chose à dire pour que la conversation se poursuive.

— Alors, c'est comment, la vie à Atlanta ? fut la première question qui lui vint à l'esprit.

Il vit le regard bleu d'Eli s'assombrir. Elle le fixa en se mordant la lèvre inférieure.

Alors, le souffle manqua à Daniel. Oh ! ces lèvres pulpeuses… Sa bouche avait-elle le même goût enivrant qu'autrefois ?

— Très agréable, merci, rétorqua-t-elle, les sourcils froncés.

Son expression et la sécheresse du ton qu'elle employait suggéraient que ce n'était peut-être pas le cas… ou qu'elle avait deviné ses pensées.

— Merci d'être passé, ajouta-t-elle. Je peux faire encore quelque chose pour toi ?

Daniel eut soudain en tête bien des choses qu'Eli aurait pu faire pour lui. Par exemple, terminer ce qu'ils avaient commencé avant que Roger vienne s'immiscer dans leur histoire. Toutefois, la raison lui commanda de tenir sa langue.

— Pas aujourd'hui, répondit-il. En fait, je suis venu voir ta grand-mère.

Il désigna du menton Wiladean Boudreau, qui descendait justement le grand escalier.

— Mais merci quand même ! Si je pense à quelque chose, je te le ferai savoir.

— Ah…

Daniel n'aurait su dire si la surprise qu'elle exprimait venait du fait qu'il avait rendez-vous avec sa grand-mère ou de la réponse qu'il avait donnée à sa question. Il espérait qu'il y avait un peu des deux.

Eli se tourna vers sa grand-mère, qui s'avançait maintenant vers eux.

— En fait, si, reprit Daniel. Si, je pense à quelque chose. Que dirais-tu de prendre un verre ensemble ?

Il y avait peu de chances qu'elle accepte, il le savait. Mais qui ne tente rien n'a rien !

— Voilà qui est magnifique ! s'exclama Gigi. Je suis ravie que vous ayez eu l'occasion de vous saluer, tous les deux.

Il brillait dans le regard de sa grand-mère une lueur qui mit Eli mal à l'aise.

— Si vous ne vous étiez pas rencontrés, ce matin, j'aurais fait en sorte que Daniel sache que tu étais au manoir.

Les yeux de Gigi brillaient de malice, mais la façon dont elle jetait des regards à la dérobée dans le hall n'échappa pas à Eli.

— À présent, il va falloir que tu nous excuses, ma chérie. Daniel et moi devons discuter affaires.

— Quel genre d'affaires ?

Grâce à l'arrivée de Gigi, Eli avait pu éviter de répondre à la proposition de Daniel, maintenant éclipsée par le fait qu'il soit venu s'entretenir avec sa grand-mère. C'était étrange, tout de même…

— Tu as oublié la réunion du petit déjeuner avec les membres de la Women's Society, Gigi ?

La vieille dame jeta un coup d'œil vers la salle à manger et les convives qui commençaient à arriver, puis elle se tourna de nouveau vers Eli et Daniel.

— Non, non, je n'ai pas oublié. Mais puisque tu en parles, justement, pourquoi n'irais-tu pas aider ta mère à accueillir les convives ? Je suis certaine qu'ils seront ravis de te voir.

Sur ces mots, elle fit signe à Daniel de la suivre.

— Nous ne devrions pas en avoir pour longtemps, ajouta-t-elle en s'éloignant déjà.

Eli lui saisit le bras pour l'arrêter.

— Je suis très heureuse d'aller aider maman, mais d'abord, j'aimerais bien savoir pour quelle raison vous avez rendez-vous, tous les deux.

Elle se tourna vers Daniel, mais son visage, parfaitement stoïque, n'exprimait rien.

En temps normal, elle ne se serait jamais mêlée des affaires de sa grand-mère, mais cette dernière agissait de manière bizarre et, de plus, ce n'était pas avec n'importe qui qu'elle avait rendez-vous. C'était avec Daniel Quindlin ! Il avait beau être charmant et très bel homme, elle n'avait aucune confiance en lui, aucune envie de le laisser seul avec une personne aussi chère à son cœur que l'était Gigi. Il se tramait quelque chose et elle entendait bien découvrir de quoi il s'agissait.

Wiladean se mit à rire.

— Je te trouve bien curieuse. Un peu trop à mon goût, d'ailleurs !

— Gigi ! protesta Eli sur le ton de la réprimande.

— Oh ! ma chérie, en voilà une histoire ! Daniel est venu discuter des rénovations que je veux entreprendre au manoir.

Elle eut un haussement d'épaules, comme pour signifier que cela aurait dû tomber sous le sens.

— Ce n'est rien de plus, ajouta-t-elle.

— Mais pourquoi est-ce avec Daniel que tu en discutes ?

En effet, pourquoi ? À quel genre de racket projetait-il de se livrer ? Et avec *sa* Gigi !

— Je suis entrepreneur en bâtiment, répondit Daniel avec calme. Ma spécialité, c'est la restauration de maisons anciennes comme celle-ci. C'est mon métier.

Mais oui, bien sûr ! N'avait-il pas dit tout à l'heure qu'il avait reconstruit la maison de sa grand-mère après l'incendie ? Du temps où ils étaient lycéens, il allait souvent travailler sur des chantiers pendant les vacances scolaires. Il lui arrivait même de manquer les cours pour se faire un peu d'argent pendant l'année.

C'était ainsi, d'ailleurs, qu'il avait pris du retard dans les études. Et c'était ce qui avait amené Eli à accepter de l'aider.

En réalité, elle ne l'avait fait qu'une seule fois.

Et cette seule fois, il l'avait embrassée. Elle avait perdu les pédales et raconté au proviseur du lycée qu'elle était trop occupée pour continuer. Ce qui était tout à fait vrai. Elle sortait avec Roger. Elle était élève d'honneur et présidente des élèves. Elle dirigeait le club de beaux-arts et le comité de tutorat du lycée pour les élèves en difficulté. Ne plus aider Daniel allait contre ses principes, mais il lui avait fait peur. Car lorsqu'il l'avait embrassée, elle avait répondu à son baiser. Et ressenti des émotions et des désirs inconnus jusque-là, et qu'elle ne s'imaginait même pas capable d'éprouver. Des sensations qu'une jeune fille sage n'était pas censée connaître. Et qu'elle n'avait d'ailleurs jamais éprouvé avec Roger. Daniel était un garçon mystérieux, dangereux. Il avait déjà vécu mille choses. Et lorsqu'elle avait croisé son regard sombre, c'était tout le poids de cette expérience qu'elle avait senti et dont il était imprégné, marqué.

Lorsqu'il s'était pris d'amitié pour Roger, Eli avait eu le sentiment que ce baiser pourrait un jour se retourner contre elle, devenir un objet de chantage.

À partir de ce moment-là, elle n'avait plus jamais fait confiance à Daniel Quindlin.

— Pourquoi faut-il que votre réunion ait lieu précisément au moment où la Women's Society de Savannah va vous remettre ce chèque si important ? insista Eli. C'est là-bas que tu devrais être, pas ici.

— Cesse de vouloir tout régenter, tu veux bien ? rétorqua Gigi. La reine de la ruche, ici, c'est moi. Alors je te demande d'aller aider ta mère et de nous laisser à nos affaires.

— Très bien, j'y vais. Mais je lui dirai que tu m'as demandé de te remplacer parce que tu avais rendez-vous avec Daniel.

— Non, ne fais pas ça. Ne lui dis rien, répondit Gigi d'un ton pressant.

— Pourquoi ?

Eli se souvenait de ce que lui avait dit sa mère : Gigi et elle n'étaient pas d'accord sur les projets de rénovation, c'était le moins que l'on puisse dire. La situation était dans une impasse.

— Gigi, ne me dis pas que tu as programmé ce rendez-vous dans le dos de maman ?

Wiladean poussa un soupir et fixa sa petite fille d'un regard qui en disait long.

— Eli, je t'en prie, ne sois pas sotte. Je n'ai pas le temps de t'expliquer les choses à présent. Mais je vous dirai tout en détail plus tard, à ta mère et à toi.

Elle sourit soudain, adressant un signe de main à une participante qu'Eli ne connaissait pas. Cette dernière se dirigea aussitôt vers eux.

— Voilà exactement pourquoi j'ai besoin de ton aide, souffla Gigi, un sourire imperturbable plaqué sur ses lèvres. Si je ne me sauve pas tout de suite, je vais me retrouver coincée dans cette réunion.

Eli haussa les sourcils, laissant clairement entendre qu'elle n'avait pas l'intention d'aller où que ce soit tant que Gigi n'aurait pas dit de quoi il retournait.

— Ta mère et moi avons des différends concernant les rénovations, déclara très vite Gigi à mi-voix, et nous ne sommes pas parvenues à un consensus. Nous avons des vues opposées au sujet du manoir et c'est pourquoi je tenais à m'entretenir seule avec Daniel.

Elle baissa encore la voix, tandis que l'intruse se rapprochait, pour ajouter :

— Tu veux bien m'aider, s'il te plaît ?

Eli n'eut pas le temps de répondre. La dame les avait rejoints.

— Wiladean, le manoir est superbe, comme toujours. Mais j'imagine que notre subvention va vous être précieuse pour réparer ce vilain dégât des eaux.

Tandis qu'elle se penchait pour poser un baiser aérien sur la joue de Gigi, son regard ne quitta pas Daniel un seul instant.

Jetant un coup d'œil au jeune homme, Eli dut reconnaître, à regret, qu'il était extrêmement séduisant. Grand, mince, le visage carré, et toujours aussi énigmatique… Comment aurait-on pu en vouloir à cette femme d'être sensible à son charme, quand bien même elle aurait eu l'âge d'être sa grand-mère ?

Daniel, lui, ne semblait s'être aperçu de rien.

Eli songea à l'époque où la bonne société de Savannah ne voulait même pas entendre parler de lui. Les temps avaient changé, c'était le moins que l'on puisse dire. La dame le dévorait des yeux.

— Wiladean, voulez-vous que nous reportions notre rendez-vous ? demanda-t-il. J'ai l'impression que le moment est mal choisi, en fait.

— Non, Daniel, surtout pas ! répondit Gigi.

— Daniel ? reprit la dame décidément curieuse. Vous êtes Daniel Quindlin, c'est bien ça ?

Elle minaudait ridiculement.

Gigi confirma d'un hochement de tête.

— Je suis Angela Stanton, dit la femme en tendant à Daniel une main couverte de diamants.

Daniel la serra.

— J'ai beaucoup entendu parler de vous, mais je n'avais pas encore eu le plaisir de faire votre connaissance. Vous êtes très demandé, jeune homme. Peut-être devrais-je prendre rendez-vous afin de vous parler des rénovations que je veux entreprendre chez moi. J'habite Monterey Square, à deux pas d'ici, dans un manoir que j'ai acheté après le décès de mon mari.

L'ardente veuve éplorée. Refrain connu !

— Mais Angela, tu as déjà rénové ta maison de fond en comble il y a à peine six mois, s'exclama Gigi. Je me demande ce que tu peux encore avoir à y faire !

— Oh ! mais c'est une entreprise sans fin, Wiladean ! Tu devrais le savoir mieux que personne.

Elle se tourna vers Elisabeth.

— Et qui est cette délicieuse personne ?

— Ma petite-fille, Elisabeth, la cadette. Elle est arrivée d'Atlanta hier soir. Elle nous a fait la surprise. Nous sommes tellement heureuses de l'avoir avec nous. Elle va me représenter à la réunion ce matin.

— Vous êtes ravissante, lança Angela avec exubérance.

— Merci..., fit Eli, gênée.

Elle sentait le regard de Daniel posé sur elle avec insistance.

— Enchantée d'avoir fait votre connaissance, madame Stanton, ajouta-t-elle, décidée à clore la conversation.

— Vous êtes mariée ? reprit la dame. Si ce n'est pas le cas, je trouve que vous feriez un très joli couple, tous les deux ! Ne pensez-vous pas qu'ils auraient de magnifiques bébés, Willa ?

Eli se sentait devenir écarlate à la seule pensée de faire de beaux bébés avec Daniel. Elle baissa les yeux, incapable de regarder ce dernier.

— Ce n'est pas moi qui vais te dire le contraire, répondit Gigi. Je vais sur mes quatre-vingt-cinq ans. À cet âge, je rêve qu'une de mes petites-filles se marie et fasse de moi une arrière-grand-mère.

Elle jeta un coup d'œil en direction de Daniel et Eli.

— J'ai des projets pour vous deux, d'ailleurs.

Pouvait-on imaginer plus grande humiliation ?

Gigi avait perdu la tête, ce n'était pas possible !

— Oh ! voilà Zelda, reprit-elle. Daniel, allez m'attendre dans mon bureau, s'il vous plaît ! Vite !

La diversion était la bienvenue. Eli ne savait plus où se mettre face à l'indécence de sa grand-mère et d'Angela, qui parlaient carrément de les unir, Daniel et elle, comme s'il s'agissait de deux chiens de concours dont on attendait une portée. Daniel, l'homme qui avait ruiné son mariage. C'était un comble !

D'ailleurs, pourquoi Gigi pactisait-elle avec l'ennemi ? Même si Angela prétendait que Daniel était très demandé comme entrepreneur, il n'était pas le seul homme à marier dans la région, loin de là. Et puis, ce n'était pas comme s'il avait été question d'entreprendre d'importants travaux de construction au manoir. Il faudrait en toucher deux mots à Gigi, et elle en profiterait pour fixer des limites. Elle n'était pas revenue au manoir pour l'entendre faire des plans sur la comète avec l'homme qui avait fichu sa vie en l'air.

Gigi se planta devant Daniel comme si sa frêle silhouette pouvait suffire à le dissimuler.

— Allez-y, dit-elle encore. Je vous rejoins dans un instant.

Ce fut peine perdue.

— Daniel ! s'exclama Zelda en les rejoignant. Qu'est-ce qui vous amène ici ce matin ?

Elle fixa aussitôt sa mère d'un air soupçonneux. On ne pouvait pas l'avoir comme ça.

— Il est passé nous voir pour discuter de la restauration, expliqua Wiladean.

— Dans ce cas, je vais vous laisser, intervint Angela. J'aperçois Bunny Henry qui vient d'arriver et je dois lui parler.

Agitant les doigts, elle salua le petit groupe et s'éclipsa.

Zelda considéra le jeune homme d'un regard sceptique.

— C'est très gentil à vous d'être venu, Daniel. Mais le moment ne pouvait pas être plus mal choisi, n'est-ce pas, maman ? Nous recevons les membres de la Women's Society, ce matin. Vous serait-il possible de repasser cet après-midi ?

Non. Sa mère entendait-elle, elle aussi, engager Daniel pour les rénovations ? Sérieusement ?

— On m'attend sur un chantier cet après-midi, expliqua Daniel. Mais je pourrais repasser en fin de matinée, si vous voulez.

Il jeta un rapide coup d'œil à sa montre.

— Disons vers 11 h 30. Serez-vous disponibles à ce moment-là ?

Eli pinça les lèvres. Peut-être s'emballait-elle ? Après tout, sa mère et sa grand-mère n'avaient peut-être pas encore engagé Daniel. Il ne s'agissait à ce stade que d'une visite de courtoisie. Hum… Parlons-en, de la courtoisie ! Quelle courtoisie méritait Daniel Quindlin ? Celle dont il avait fait preuve en poussant Roger à l'abandonner à l'église ?

Eli attendit. Ce traître dirait-il à Zelda qu'il n'était pas venu par hasard, que le rendez-vous avec Gigi était prévu de longue date et que, de plus, cette dernière l'avait intentionnellement planifié ce matin, sachant que Zelda serait occupée à accueillir les convives du petit déjeuner ?

Mais non ! Il ne contesta rien et garda le secret de Gigi.

— Et si vous discutiez toutes les deux avec Daniel pendant que les convives prennent leur petit déjeuner ? proposa Eli. Je peux m'assurer que tout se passe bien dans la salle à manger. Le plus dur est fait, non ? Il me suffira de renouveler les plateaux de nourriture et de remplir les thermos de café. Et je vous préviendrai lorsque tout le monde sera prêt pour commencer la réunion, afin que vous soyez toutes les deux présentes pour la remise du chèque. Vous n'en êtes pas encore à décider de plans ou à choisir des finitions, si ?

Eli savait que Gigi ne serait pas heureuse de l'entendre proposer une telle solution, mais tant pis. Après tout, sa grand-mère n'avait pas joué franc jeu avec Zelda.

C'était une façon de remettre les pendules à l'heure.

— Merci, ma chérie, dit Zelda, mais cela ne va pas être possible. Les membres de la Women's Society nous accordent une subvention. Il serait extrêmement impoli de ne pas assister au petit déjeuner. Ce serait un peu comme si nous prenions l'argent, et au revoir tout le monde ! Ce serait faire preuve de beaucoup d'ingratitude, maman, tu ne crois pas ? Je suis désolée, Daniel, mais il faut repousser le rendez-vous. C'est très gentil à vous de nous proposer la fin de matinée.

Gigi fronça les sourcils.

— Je pense qu'il faut en effet que tu assistes à ce petit déjeuner, Zelda, dit-elle. Et Eli aussi. Vous êtes les générations à venir, c'est vous qui allez gérer le manoir à l'avenir. Moi, je vais bientôt prendre ma retraite et me retirer du jeu. Ce sera à vous d'agir.

— Raison de plus pour que j'aie mon mot à dire dans les rénovations, maman ! contra Zelda. Bon, nous en parlerons tout à l'heure. En attendant, nous devons assister toutes les trois à cette réunion, les trois générations de femmes Galloway-Boudreau-Clark. Allons accueillir tout le monde !

Eli vit sa grand-mère pincer les lèvres, prête à exploser. Mais lorsque Zelda tourna les talons et se dirigea vers la salle à manger, Gigi poussa un soupir et la suivit. Eli resta seule avec Daniel.

— Bienvenue à Savannah ! souffla ce dernier. Tiens, si nous décidions du moment où nous irons prendre ce verre ?

Dans la tête d'Eli, la voix de la raison se mit à hurler : *Non, il n'en est pas question !* Mais son cœur, lui, s'emballa traîtreusement.

Au sortir de son entretien avec Zelda et Wiladean, Daniel croisa de nouveau Eli. Celle-ci n'avait pas été invitée à participer à la réunion. En revanche, sa mère et sa grand-mère étaient arrivées, armées d'opinions totalement opposées et bien décidées à les faire valoir l'une et l'autre.

— Comment ça s'est passé ? s'enquit Eli.

Elle était assise au comptoir en acajou de l'accueil, où étaient déposés toutes sortes de dépliants, brochures touristiques et prospectus divers destinés aux résidents. Daniel avait senti sa présence avant même de l'apercevoir. Il semblait posséder une sorte de sixième sens en ce qui concernait Elisabeth Clark, comme si son corps avait été programmé pour réagir dès qu'elle se trouvait à proximité.

Il sourit pour gagner un peu de temps. Il voulait faire une réponse diplomatique, un peu plus professionnelle que « Disons que j'ai eu l'impression d'être pris entre le marteau et l'enclume ! ».

— Ta mère et ta grand-mère ont des vues très différentes en ce qui concerne la rénovation du manoir, déclara-t-il. Des visions qui sont aux antipodes l'une de l'autre. J'aurais bien aimé que tu assistes à la réunion. Comme modératrice. Ceci sans vouloir les offenser...

Daniel se garda de révéler à Eli qu'il leur avait suggéré de le rappeler lorsqu'elles seraient parvenues à un consensus. Tant que ce ne serait pas le cas, il serait inutile de se revoir. Ce serait une perte de temps pour tout le monde. Toutefois, dans la mesure où c'était Wiladean qui tenait les cordons de la bourse, il y avait tout à parier qu'elle imposerait ses vues. Néanmoins, Zelda avait été claire sur un point : la subvention leur avait été accordée à toutes les deux, et elle-même n'était pas près de renoncer à son point de vue.

Ce n'était pas le rôle de Daniel de jouer les arbitres. Il construirait et rénoverait ce qu'elles voulaient, mais il fallait qu'elles se mettent d'accord au préalable.

— Dans notre famille, les femmes n'ont jamais été en reste. Elles font valoir leurs opinions ! commenta Eli. Dans la mesure où on ne m'a pas conviée à la réunion, je n'allais pas venir y mettre mon grain de sel ! Je suis certaine que ma mère et ma grand-mère finiront par s'entendre. Te voilà donc entrepreneur, alors ?

Daniel acquiesça d'un hochement de tête, ravi qu'elle relance la conversation.

— Je me suis spécialisé dans la rénovation de belles maisons dans les quartiers historiques, et notamment de bâtiments de l'époque victorienne.

— Quand nous étions au lycée, tu faisais des petits boulots sur des chantiers. Comment as-tu eu l'idée de prendre cette spécialisation ?

Elle se souvenait, donc...

Elle le regardait, un petit sourire aux lèvres, comme si elle attendait qu'il en arrive à la chute d'une histoire drôle. Elle ne l'avait jamais pris au sérieux. Pourtant, il avait réussi et il était doué dans son métier. Il avait même tellement de demandes qu'il devait souvent diriger les clients vers la concurrence ou les mettre en liste d'attente. La plupart choisissaient la liste d'attente.

Il n'allait pas le lui dire. Il n'avait pas à se justifier.

Il se contenta de sortir une carte de son portefeuille et la lui tendit.

QUINDLIN BROTHERS ENTERPRISE

RESTAURATION DE BÂTIMENTS HISTORIQUES.

Eli leva les yeux vers lui.

— Très professionnel, je vois !

— Je fais de mon mieux.

— Je n'en doute pas.

Elle avait toujours les yeux aussi bleus que dans son souvenir. Plus bleus que le ciel de Savannah par une lumineuse journée d'hiver. Des yeux dans lesquels il risquait toujours de se perdre. Mais ces dernières années, il avait travaillé dur pour créer son entreprise et la hisser à un stade d'excellence qui lui avait permis de gagner le respect et la confiance de ses clients. Ce n'était donc pas le moment de faire n'importe quoi, de s'attirer des ennuis et de risquer de compromettre le travail pour lequel Wiladean voulait l'engager.

La grand-mère d'Eli avait toujours été très gentille avec lui.

Après l'incendie, elle les avait accueillis, sa grand-mère, son frère et lui, et leur avait offert un toit. Elle avait été la première à lui pardonner ses erreurs de jeunesse et à se porter garante lorsqu'il avait eu besoin de recommandations. Aujourd'hui, elle lui confiait la rénovation du manoir Forsyth, qui était à la fois sa maison et son entreprise. Une belle marque de confiance !

Mais Daniel ne s'y trompait pas. Son activité avait beau être florissante, s'il froissait Wiladean Galloway-Boudreau, il s'exposait à perdre pas mal de marchés. Il lui était arrivé de faire de mauvais choix dans sa vie, il n'entendait pas commettre de nouvelles erreurs aujourd'hui.

3

Lorsque Eli entra dans la cuisine en poussant le dernier chariot de vaisselle du petit déjeuner, sa mère était devant l'évier, en train de laver les tasses de porcelaine fine. Eli mit le chariot de côté et saisit un torchon pour se mettre à essuyer les tasses.

— Comment s'est passée la réunion avec Daniel ? demanda-t-elle.

Zelda poussa un soupir.

— Ta grand-mère et moi sommes dans une impasse.

— Que se passe-t-il ? Pourquoi ne parvenez-vous pas à vous mettre d'accord ?

— C'est cette sempiternelle querelle entre nous ! Elle veut que rien ne bouge, que les choses restent identiques à elles-mêmes, alors que moi, j'ai envie de changement. Besoin de changement.

Eli connaissait sa mère et ces paroles ne la surprenaient pas.

— De quel genre de changements parles-tu ?

C'était là le point d'achoppement. Globalement, le manoir Forsyth Galloway était demeuré le même depuis que l'activité d'auberge avait été mise en place en 1874. On avait procédé à quelques importants aménagements au départ, puisqu'il n'était jusque-là que la maison familiale des Galloway. Mais ensuite, les modifications opérées avaient été minimes, et toujours dans le même esprit traditionnel.

Zelda paraissait à présent perdue dans ses pensées. Elle rinça la tasse qu'elle venait de laver et la tendit à Eli, puis s'essuya les mains sur son tablier.

— Ça ne te lasse pas, toi, que les choses se répètent, que tout soit toujours pareil ?

Eli releva la tête vers elle, surprise.

Dans sa vie à elle, c'était tout le contraire. En tant que professeur d'art, elle préparait des cours, enseignait à des classes qu'elle retrouvait régulièrement, évaluait des projets, commandait des fournitures… Elle vivait seule, mais elle avait des amis, elle faisait partie d'un club de lecture et participait à des actions en tant que bénévole. Et puis, il y avait le quotidien, les courses, le ménage dans l'appartement. La routine était pour elle un bienfait, elle lui permettait de mener de front toutes ses activités sans trop se poser de questions.

Eli sentit sa poitrine se serrer en songeant que ce qui constituait sa principale activité, c'est-à-dire son travail de professeur, avait été rayé de la liste. Elle était sans emploi jusqu'à nouvel ordre.

— Oh ! je ne sais pas, répondit-elle en posant la tasse à côté des autres alignées sur la table à tréteaux, au centre de la grande cuisine. Parfois, la routine peut être rassurante.

Zelda eut un petit rire.

— La routine est une prison ! Non, je retire ce que j'ai dit. La routine, c'est mortel, c'est…

Elle s'interrompit, inquiète, soudain.

— Eli, tu pleures ? Que se passe-t-il, ma chérie ?

Oh ! non…

Eli leva les yeux vers le plafond en essayant de retenir les larmes qui avaient afflué. En vain. Elle s'était promis de ne pas craquer. Elle ne savait pas pourquoi cela se produisait tout à coup. Elle était presque parvenue à se convaincre que tous les changements qui s'étaient imposés à elle étaient un bien. Et voilà que, brusquement, il lui semblait que le sol se dérobait sous ses pieds.

Sa mère la prit dans ses bras et la serra contre elle.

Eli se laissa aller et resta ainsi quelques minutes, à pleurer en silence, tandis que sa mère lui tapotait doucement le dos.

— Ne t'inquiète pas, ma chérie, ça va aller… Je vais préparer du thé et nous allons parler.

Zelda arracha une feuille du rouleau de papier de cuisine et la lui tendit, puis elle mit la bouilloire en route et la rejoignit à la table.

— Dis-moi ce qui se passe.

— En fait, c'est à cause de mon travail… La situation est pire que ce que je t'ai dit hier.

— Je m'en doutais.

— Ah bon ? Ça se voit à ce point ?

— Non, pas du tout, au contraire, même. Depuis que tu es arrivée hier, tu es très stoïque. Mais rien n'échappe à un instinct de mère. J'ai senti que quelque chose n'allait pas.

Entrant un peu dans les détails, Eli expliqua qu'elle risquait de ne pas avoir de poste pour le reste de l'année, ni même après. Sa mère l'écouta, hochant la tête, compréhensive.

La bouilloire s'était mise à siffler. Zelda pressa tendrement la main d'Eli et se leva.

— Earl Grey ou darjeeling ? demanda-t-elle.

— Earl Grey, répondit Eli. Je m'occupe des tasses.

Elle en choisit deux belles, en porcelaine de Chine, qu'elle venait juste d'essuyer. Zelda revint avec la théière blanche ornée de fleurs roses. Que de souvenirs étaient attachés à cette vaisselle ! Lorsque Eli et ses sœurs vivaient au manoir et qu'il y avait un problème ou un événement à fêter, Zelda mettait la bouilloire en route et préparait le thé dans cette même théière.

Si elle avait pu parler, que d'histoires elle aurait racontées !

Eli sourit à cette pensée.

Zelda posa la théière sur la table et disposa sur une jolie assiette quelques scones à la cannelle qui restaient du petit déjeuner. Il n'existait pas beaucoup de tourments qu'une bonne tasse de thé et un scone ne puissent apaiser. La vue de ce petit en-cas traditionnel revigora Eli.

Le temps que le thé achève d'infuser, Zelda et elle prirent chacune un scone.

— Et il n'y a aucune chance pour que tu trouves un poste de professeur d'art dans une autre école ?

Eli eut un petit haussement d'épaules résigné.

— Pas avant l'automne, en tout cas. Sauf si, pour une raison ou pour une autre, un professeur quitte son poste en milieu d'année. Mais les places en art sont rares, et encore plus maintenant que le comté a considérablement restreint le budget. La fondation de mon école était parvenue à financer mon poste, mais le comté n'a pas suivi. La proviseure va essayer de me trouver autre chose, mais elle n'a rien pu me promettre.

— Si elle te trouvait quelque chose, ce serait pour faire quoi ?

— Enseigner aux élèves de primaire, ou travailler dans l'administration. Organiser les programmes de soutien, par exemple.

— Enseigner, pourquoi pas ? Mais je ne t'imagine pas une seconde dans l'administration !

Eli fronça les sourcils et sa mère leva aussitôt les mains en signe de reddition.

— Je sais, je sais. Ce sont des postes importants et tout à fait honorables. Mais franchement, Eli, je ne crois pas qu'organiser des programmes ou je ne sais quoi pourrait te rendre heureuse.

— Mais enseigner à des primaires, cela ne me dérangerait pas.

— Ça ne te dérangerait pas, d'accord, mais est-ce que cela te plairait vraiment ?

— J'aime les enfants, tu le sais.

— Oui. Mais leur apprendre le calcul et la géographie, ce ne serait pas quelque chose que tu as choisi !

— Maman, il faut bien que je gagne ma vie !

— C'est vrai, répondit Zelda. Mais que fais-tu de ton art ? Tu as un don ! En enseignant, tu as cessé de créer, mais au moins, tu es restée plongée dans ce que tu aimes et tu as aidé des jeunes à devenir eux-mêmes créatifs. Peut-être que ce contretemps, c'est en fait le destin qui te tend une perche ? Tu vas pouvoir te concentrer de nouveau sur ta propre créativité.

— Maman, tu sais combien il est difficile de gagner sa vie en tant qu'artiste ! C'est la raison pour laquelle j'ai décidé d'enseigner.

— Et qu'as-tu créé en six ans, depuis que tu enseignes ?

Elle avait raison. Eli passait tellement de temps à organiser ses cours, à préparer les travaux qu'elle donnait à ses élèves, à corriger et évaluer leurs productions que, lorsqu'elle avait un peu de temps libre, se mettre à peindre était la dernière chose dont elle avait envie. En fait, depuis l'échec de son mariage, elle avait totalement abandonné cette activité. Le seul lien qu'elle avait gardé avec la création proprement dite, c'était son carnet intime.

Zelda se pencha, posa les mains à plat sur la table.

— Écoute-moi jusqu'au bout, d'accord ? commença-t-elle. Je connais peut-être un moyen pour que tu puisses te consacrer à ton art tout en gagnant de l'argent.

Eli but une gorgée de thé sans quitter sa mère des yeux, s'efforçant de ne pas afficher ses doutes. Elle devait attendre d'avoir écouté tout ce que Zelda avait à lui dire. C'était une mère merveilleuse qui répondait toujours présente lorsqu'on avait besoin d'elle. Comme maintenant. N'était-ce pas pour cela, en fin de compte, que son instinct l'avait guidée vers le manoir en ce moment de crise ? Mais, en même temps, Zelda n'était pas toujours réaliste. À sa manière assez tranquille, elle était à la fois non conformiste et fantasque, deux traits de caractère qu'Eli adorait chez elle, mais qui la faisaient douter des conseils de carrière qu'elle pourrait lui donner.

Eli reposa sa tasse.

— Qu'as-tu exactement en tête ?

Le regard vert de Zelda s'éclaira.

— En fait, je voudrais transformer le manoir en résidence d'artistes. Une résidence à orientation zen.

Eli ouvrit de grands yeux. Sa mère rayonnait. Elle n'avait pas besoin d'en dire davantage. C'était là le cœur du sujet, ce qui l'opposait à Wiladean et faisait que le projet de restauration du manoir était dans l'impasse. Ça ne pouvait être que ça.

— Et Gigi est partante ?

Zelda eut un geste vague de la main comme pour écarter la question. Elle se cala contre le dossier de sa chaise et croisa les bras.

— Tu sais que ta grand-mère et moi avons des visions très différentes pour ce qui concerne l'avenir du manoir. Nous allons investir beaucoup d'argent dans sa rénovation et j'aimerais qu'elle ait l'esprit plus ouvert. Elle parle de prendre sa retraite cette année et de transférer la propriété à mon nom. Elle ne veut pas que j'aie à attendre qu'elle ait disparu pour prendre les rênes à mon tour, dit-elle.

Zelda fronça les sourcils.

— Je lui en suis reconnaissante, mais tu ne crois pas qu'elle devrait me laisser gérer le manoir comme j'en ai envie ?

— Et ton envie, c'est d'en faire une résidence pour artistes à orientation zen ?

Zelda acquiesça d'un hochement de tête.

— Ça ne te paraît pas génial ? Allons, Eli, tu es une artiste, tu devrais être sensible à la beauté de la chose.

— Maman, je ne veux pas prendre parti. Mais tu ne crois pas que c'est s'éloigner un peu trop de l'auberge transmise en héritage par les Forsyth Galloway ?

— Mais Eli, tu dois prendre parti ! Tu en as le droit ! Et vu que tu es une artiste, je pensais que tu serais emballée par cette idée d'offrir une résidence à des artistes.

Eli sentit qu'elle avançait en terrain miné. Tout ce que Zelda attendait, c'était de pouvoir dire à sa mère qu'elle avait Eli de son côté. Cela dit, le projet l'intriguait. Le problème, c'était qu'il représentait un changement considérable par rapport à la façon dont leurs ancêtres avaient conduit les affaires et au modèle sur lequel ils avaient bâti leur modeste succès.

— Je ne veux pas prendre parti, dit-elle. Mais j'aimerais savoir exactement comment tu vois les choses.

Zelda sourit et s'avança sur sa chaise.

— Je cherchais une façon de nous démarquer des centaines de Bed & Breakfast et chambres d'hôtes qu'il y a dans cette ville et, hop, l'idée m'est venue. Savannah est une ville de culture et d'art. Alors offrir à des personnes à la sensibilité artistique un lieu de séjour où elles pourront créer, voilà qui serait non seulement différent, mais extrêmement attractif. Tu vois le tableau… Enfin, façon de parler…

Zelda gloussa, visiblement fière de son jeu de mots. Puis elle posa une main sur le bras d'Eli.

— Réfléchis-y ! Nous pourrions organiser des excursions et des rencontres à thème artistique. Nous pourrions transformer la salle à manger avec ses superbes portes-fenêtres et sa belle lumière en atelier d'artistes, dispenser des sessions de cours de dessin et de peinture dans le jardin et adapter en salle de cours le pavillon que nous louons à l'heure actuelle. Et voilà le clou du projet : c'est toi qui pourrais enseigner.

— Maman, je n'ai pas le niveau !

— Tu plaisantes ! Cesse de te dévaloriser, Eli. Tu es une vraie artiste et tu as du talent. Je suis certaine que de nombreuses personnes seraient disposées à payer cher pour prendre des cours avec toi. En plus, tu es née à Savannah et tu as un diplôme universitaire. Par la suite, je suis prête à parier que l'université accepterait un partenariat.

— Maman, l'université n'a aucun problème d'hébergement. Elle loge ses étudiants. Et Magnolia Hall se trouve tout près d'ici.

— Oui, mais pour autant que je sache, l'hébergement est réservé aux artistes de passage ou aux personnes qui viennent assister ponctuellement à des réunions ou à des congrès. Nous, nous toucherions un segment du marché qui n'est pas pourvu.

Zelda avait raison. Ce serait un moyen de capter une partie des touristes pour lesquels une telle offre n'existait pas encore.

— Et pourquoi Gigi est-elle tellement opposée à ce projet ? demanda Eli.

Zelda eut de nouveau un geste vague.

— Visiblement, la partie zen lui pose un problème.

Eli aurait dû s'en douter. Il n'y avait pas plus traditionaliste que Gigi.

— J'aimerais aussi proposer des prestations de spa et des cours de yoga. Et du thé.

Zelda leva sa tasse.

— Ce serait amusant de demander à Daniel Quindlin de nous construire un petit salon de thé.

À la seule mention du nom de Daniel, Eli sentit revenir la petite douleur au creux de son ventre. Avec même une pointe un peu plus aiguë qui l'obligea à porter la main à son estomac pour calmer cette sensation ridicule.

— Et peut-être qu'on pourrait convaincre Jane de le tenir pour nous, ajouta Zelda, songeuse.

Jane, la sœur d'Eli, était cheffe pâtissière et elle réalisait son rêve à New York. Elle était chargée des desserts à La Bula, le restaurant du très célèbre chef Liam Wright. Elle était en pleine ascension professionnelle. Il y avait peu de chances qu'elle renonce à une activité aussi gratifiante pour venir s'occuper du salon de thé d'un manoir en mal d'identité.

— Honnêtement, maman, je t'ai écoutée avec beaucoup d'attention lorsqu'il s'agissait d'art, mais pour ce qui est du spa et du salon de thé, je ne suis pas convaincue. C'est un spa ou une résidence d'artistes que tu veux créer ?

Zelda leva le menton.

— Je veux tout, Eli. Pourquoi ne serait-ce pas possible ?

C'était l'éternelle question. Tout le monde voulait tout. Quel que soit ce *tout*.

— Je ne dis pas que tu ne peux pas tout avoir, mais, avec le spa et la résidence d'artistes, tu vises deux marchés différents.

Eli s'interrompit soudain. Elle venait de saisir.

— Quoi... Tu demanderais à Kate de tenir le spa ?

— Si j'avais mes filles autour de moi pour gérer le manoir, je serais la femme la plus heureuse du monde ! Pour moi, c'est cela, la définition de *tout avoir*. Je veux dire que le jour où je ne serai plus là, vous en hériterez toutes les trois... Vous ferez vivre l'héritage familial. Et je ne vois pas de meilleur moyen pour vous d'apprendre le métier.

Zelda paraissait si enthousiaste ! Son regard vert était plein d'espoir et les boucles rousses qui encadraient son joli visage rebondissaient sur ses épaules menues sous l'effet de l'excitation. Eli s'en voulut d'être celle qui avait le mauvais rôle de la ramener à la réalité.

— Tu as parlé de ton projet à Jane et Kate ?

— Non, pas encore. Je voulais te le soumettre en premier lieu. Tu as toujours été la voix de la raison ici. Et j'ai essayé de gagner d'abord Gigi à ma cause, mais elle s'est montrée très réfractaire.

Eli, vas-tu m'aider ? Vas-tu m'aider à la convaincre que c'est une bonne idée ?

Le problème, c'était qu'Eli n'en était pas convaincue elle-même. Même si le manoir Forsyth Galloway avait désespérément besoin d'un bon lifting, ses chambres n'en étaient pas moins réservées à quatre-vingt-cinq pour cent jusqu'au jour de l'an. Il y avait visiblement une clientèle pour ses chambres d'hôtes. Peut-être vaudrait-il mieux s'en tenir à cela, plutôt que de tout révolutionner ?

— As-tu parlé de ton projet à Daniel Quindlin pendant la réunion ?

Zelda tripota le scone qu'elle picorait depuis qu'elles s'étaient installées à la table, puis elle fit non de la tête.

— Nous ne sommes pas entrés dans les détails puisque Gigi et moi n'étions d'accord sur rien ! Pour être honnête, j'ai l'impression que Daniel a quitté cette réunion un peu frustré.

Oui, et elle l'avait rencontré juste après. Elle se souvenait de leur conversation, du trouble étrange qui l'avait assaillie. Et rendue furieuse : ce n'était vraiment pas le genre de réaction qu'une femme était censée éprouver face à un homme qui avait été l'artisan de son malheur.

Voilà ce qu'il faudrait se rappeler quand elle sentirait son cœur s'accélérer à la seule vision de Daniel Quindlin. *Il t'a empêchée de te marier et a ruiné ta vie, ne l'oublie pas !*

Présentées ainsi, les choses paraissaient dramatiques. Pourtant, il était vrai que, quelques années auparavant, elle déplaisait tellement à cet homme qu'il était allé jusqu'à pousser Roger à rompre avec elle.

S'il se montrait aussi charmant et poli aujourd'hui, il y avait fort à parier que c'était pour être sûr qu'on lui confierait la rénovation du manoir.

— Peut-être vaut-il mieux mettre les travaux en attente tant que vous n'avez pas une idée plus précise de ce que vous allez faire, dit Eli.

— Surtout pas ! rétorqua Zelda. Chaque jour que nous passons à ne pas savoir où nous allons est un jour où nous perdons de l'argent.

Eli poussa un soupir.

— C'est possible…

Pour elle, en revanche, chaque jour sans travaux serait un jour de gagné. Un jour où Daniel Quindlin ne viendrait pas empiéter sur son espace alors qu'elle était en train de décider de ce qu'elle ferait de sa vie.

— Maman, je peux te poser une question ?

— Bien sûr, ma chérie. Tout ce que tu voudras.

— Pourquoi as-tu engagé Daniel ?

Zelda eut un petit sourire embarrassé.

— Et pourquoi pas ?

— Eh bien, il a toujours eu la réputation de ne pas être très sérieux, après ce qui s'est passé avec la maison de sa grand-mère.

Et avec le mariage ! Tout le monde était-il devenu amnésique ? Était-ce le sourire charmeur de Daniel qui les envoûtait ?

Eli but une gorgée de son thé devenu tiède.

— Oh ! Elisabeth, c'était il y a longtemps. Ce n'était qu'un gamin. N'oublie pas que les gens changent quand ils avancent en âge. Toi, mieux que quiconque, tu devrais savoir qu'il ne faut pas garder rancune aux gens pour leurs erreurs passées.

Eli faillit s'étrangler avec sa gorgée de thé. Elle toussa.

— Que veux-tu dire, au juste ? s'écria-t-elle quand elle eut retrouvé l'usage de la parole. Que pourrait-on me reprocher, à part d'être tombée amoureuse d'un homme qui n'était pas le bon ? Inutile de revenir là-dessus ! D'ailleurs, c'est une excellente chose que je ne me sois pas mariée avec Roger, ç'aurait été une erreur de plus ! Et sache que je me moque éperdument de ce que les gens peuvent penser, maman. On ne vit plus à l'ère victorienne.

— Calme-toi, tu veux ! Je voulais juste dire que les gens évoluent, qu'ils changent. Comme toi, tu as évolué et changé, Daniel s'est constitué une clientèle par ici. Il travaille très bien. On se l'arrache sur le marché de la rénovation de maisons anciennes.

— Et tu crois qu'il serait qualifié pour t'installer un centre zen ? Je ne vois pas en quoi cela fait appel à des compétences en matière de rénovation de bâtiments historiques. Du coup, cela joue plutôt en faveur de Gigi, non ?

— C'est déloyal, ce que tu dis, Elisabeth.

Elisabeth ? C'était la deuxième fois que sa mère l'appelait ainsi. Elle ne le faisait que lorsqu'elle était en colère ou vexée, ou encore lorsque la conversation était très sérieuse.

— Daniel est quelqu'un de bien, mais je ne veux pas parler de lui maintenant, ajouta-t-elle.

Parfait. Moi non plus.

— Comment en est-on venues à changer de sujet ? reprit Zelda. Revenons à ce que nous disions, à nos projets d'avenir. Toi, Jane, Kate et moi, toutes les quatre gérant le manoir nouvelle formule.

— Nous quatre gérant le manoir ? s'étonna Eli. Mais il n'a jamais été question de cela. Nous ne ferions qu'aider. C'est Gigi qui gère le manoir pour le moment. Et ensuite, ce sera toi.

Zelda hocha la tête sans répondre.

— En tout cas, il faut que Gigi sache que, quels que soient les travaux de rénovation qu'elle décidera, j'entreprendrai moi-même tous les changements auxquels je pense dès que ce sera mon tour de tenir les rênes. Je trouve donc dommage de dépenser l'argent inutilement aujourd'hui.

Sans vouloir prendre parti, Eli devait bien reconnaître que sa mère n'avait pas tort. Si Gigi prévoyait de passer bientôt la main, elle devait accepter la vision personnelle de Zelda concernant l'avenir du manoir. En attendant, il était crucial de trouver un accord satisfaisant pour les deux femmes.

— Tu sais, maman, je trouve que ton projet se défend. Peut-être que vous pourriez trouver un compromis, Gigi et toi. Tu la laisses conserver le manoir, intérieur et extérieur, tel qu'il est et tel qu'elle l'aime, fidèlement à ses racines, et tu lances ton projet artistique pendant que je suis là. Cela permettrait de faire un essai et de voir si les cours d'art rencontrent du succès. Je sais que tu as déjà beaucoup de réservations, mais tu pourrais quand même lancer le projet. De mon côté, je commencerais à réfléchir à des parcours culturels dans la région et à diffuser un peu l'information. Peut-être que tu parviendrais ainsi à remplir les quinze pour cent de réservations qui te manquent et à maximiser les profits ?

Zelda se leva d'un bond et se jeta au cou de sa fille.

— Je savais que je pouvais compter sur toi pour saisir toute l'importance de mon projet, ma chérie ! Tu veux bien en parler à Gigi, s'il te plaît ? Toi, elle t'écoutera.

Le lendemain matin, Daniel gara sa camionnette dans Hall Street, la route qui longeait le côté sud du manoir Forsyth Galloway. C'était Wiladean qui l'avait appelé. Elles étaient prêtes, sa fille et elle, à lui donner des directives claires concernant la rénovation. Elle voulait le voir pour tout lui expliquer. Quant à lui, il souhaitait commencer au plus vite à travailler. Wiladean ne l'avait prévenu qu'à la dernière minute, mais il avait accouru, très heureux que les différends se soient aplanis avec sa fille. Il allait enfin pouvoir commencer à la satisfaire.

Il se sentait toujours redevable envers Wiladean. Elle avait pris soin de sa grand-mère et de son frère en les hébergeant au manoir lorsque leur maison avait été détruite par l'incendie. Il n'y avait eu personne en ville qui se soit comporté avec cette générosité. Au fil des ans, il avait su laisser s'éteindre la colère et ne pas conserver de rancune, mais il n'avait jamais oublié ceux qui l'avaient aidé, lui et sa famille, au moment où ils en avaient eu tant besoin.

Aujourd'hui, il se trouvait en position de payer de retour cette générosité. Ironiquement, cet incendie qui l'avait contraint à quitter la ville et à interrompre brusquement ses études, se contentant d'un brevet plutôt que d'aller jusqu'au baccalauréat, avait été l'événement à l'origine de son activité d'aujourd'hui, l'élément déclencheur qui l'avait conduit à créer son entreprise.

Loin de Savannah, il avait continué à travailler dans le bâtiment et à se perfectionner. À son retour, il avait reconstruit la maison de sa grand-mère. Il ne s'était pas contenté de la remettre en meilleur état qu'elle ne l'était avant l'incendie : il lui avait redonné toute sa splendeur de demeure victorienne du XIXe siècle. Pour cela, il avait étudié les maisons de cette époque et s'était lancé à la recherche de portes, fenêtres, plinthes et moulures qui en faisaient la spécificité.

Le résultat, magnifique, avait non seulement enchanté sa

grand-mère, très fière de lui, mais il l'avait rendu célèbre dans toute la ville, où les gens prisaient la restauration des bâtiments historiques et des maisons anciennes. Wiladean l'avait engagé pour effectuer quelques réparations mineures et était ainsi devenue sa première cliente. L'effet boule de neige les avait conduits, avec son frère Aidan, architecte, à créer leur entreprise.

Sa tablette à la main, Daniel pénétra dans le manoir et son regard se porta instinctivement vers l'accueil. Il espérait y trouver Eli, comme la veille. Un homme et une femme, qu'il supposait être des résidents, feuilletaient des brochures touristiques, mais Eli n'était pas là. Une immense déception l'assaillit. Il s'efforçait de chasser cette étrange sensation lorsque Wiladean apparut sur le seuil du bureau.

— Pile à l'heure ! s'exclama-t-elle en consultant sa montre. C'est une chose que j'apprécie.

Daniel lui sourit.

— Bonjour, Wiladean.

— Entrez, dit-elle, lui faisant signe de la suivre. Nous ne vous retiendrons pas longtemps. Vous avez déjà eu l'amabilité de vous déplacer ce matin bien que nous vous ayons prévenu à la dernière minute. Eli va assister à notre réunion, j'espère que cela ne vous dérange pas. C'est grâce à elle que Zelda et moi sommes parvenues à un accord.

Daniel n'en fut pas étonné. Ce qui le surprit, en revanche, ce fut le plaisir soudain qu'il éprouva en se dirigeant vers la porte du bureau. Le résultat, sans aucun doute, du soulagement bien légitime de savoir enfin Wiladean et sa fille d'accord. Mais au bouleversement qu'il ressentit dans tout son être quand il pénétra dans le bureau et aperçut Eli, fraîche et rayonnante, il comprit qu'il était mal parti. C'était une chose d'admirer Eli et de la trouver belle, c'en était une tout autre de… d'avoir envie de la voir, d'être impatient de la retrouver. Ce n'était pas son style. Quoi qu'il en soit, mieux valait ne pas trop s'habituer à l'idée de la voir, parce qu'elle n'était pas pour lui. Autant qu'il se le mette tout de suite dans la tête.

Elle avait relevé ses cheveux blonds en un chignon très souple sur le haut de la tête et portait un T-shirt bleu tout simple et un jean délavé. Elle était encore plus jolie que la veille, où elle était plus apprêtée. Il aimait ce côté naturel. Non que cela ait une quelconque importance, il n'était pas censé se préoccuper du physique de ses interlocutrices. Il s'agissait d'un rendez-vous d'affaires.

— Bonjour, lança-t-il.

Un sourire effleura les lèvres d'Eli.

— Bonjour.

Il s'apprêtait à s'asseoir sur une chaise près de la porte, mais Wiladean l'arrêta.

— Approchez-vous, Daniel. Il y a une place à côté d'Eli.

— Laisse Daniel s'asseoir où il le souhaite, Gigi, intervint celle-ci.

Le ton était léger, mais Daniel ne fut pas dupe. L'apparente insouciance cachait autre chose.

— Te souviens-tu de ce dont nous avons parlé hier ? reprit Eli. Daniel, hier, j'ai demandé à Gigi de cesser d'essayer de nous rapprocher. C'est très bien si nous voulons travailler ensemble, mais ça s'arrête là, n'est-ce pas, Gigi ?

— Tu ne vas pas commencer, jeune fille ! s'exclama Wiladean. Ta mère est en train de nous préparer du café et des muffins. Nous sommes un peu à l'étroit ici, le bureau n'est pas prévu pour quatre et je n'ai pas envie qu'elle commence à aller de l'un à l'autre avec le café brûlant. Au fait, Daniel, Eli vous a-t-elle dit qu'elle avait décidé de passer les vacances à Savannah pour nous aider à mettre en place le projet sur lequel nous nous sommes mises d'accord, Zelda et moi ?

Eli poussa un soupir.

— Quand aurais-je eu l'occasion de le lui dire, Gigi ? Je t'en ai parlé hier soir.

Eli se leva.

— Je vais voir si maman a besoin d'un coup de main à la cuisine.

Eli s'était levée, mais Wiladean la précéda à la porte.

— Faites la visite, tous les deux. C'est moi qui vais aller aider Zelda.

Eli haussa les sourcils.

— La visite ? Mais Daniel n'est pas venu pour visiter...

— Tu as raison, Eli. Alors explique-lui notre projet, je vais faire activer ta mère. Je reviens tout de suite.

Déjà, elle avait disparu, les abandonnant tous les deux dans un silence gêné.

Eli se cala contre son siège et croisa les bras. Elle n'aurait pas pu avoir l'air moins heureuse de se retrouver coincée dans ce bureau exigu avec lui.

— Tu vas rester un peu à Savannah, si j'ai bien compris ? demanda-t-il pour engager la conversation.

— C'est possible, oui.

Quand Daniel était revenu à Savannah et avait tenté de parler de sa nouvelle activité aux habitants de la ville, il avait rencontré la même froideur qu'Eli lui témoignait à présent. Ils étaient nombreux à se souvenir de ses bêtises passées et à vouloir l'étiqueter comme fauteur de troubles, comme une personne à qui l'on ne pouvait faire confiance. Il avait découvert que le meilleur moyen de rompre la glace était de continuer à parler de sujets anodins, de poser des questions auxquelles il leur était impossible de ne pas répondre. Il existait une caractéristique commune aux gens du Sud, c'était qu'ils ne voulaient surtout pas avoir l'air ouvertement grossiers. Ils étaient donc les grands spécialistes de l'insulte voilée, ce qui pouvait se révéler extrêmement déroutant pour les non-initiés et amener ceux-ci à se demander si l'on venait de leur faire un compliment ou de les envoyer au diable. Daniel avait donc décidé qu'il continuerait de faire poliment la conversation jusqu'à ce qu'ils s'en aillent ou se rendent compte que, après tout, il n'était pas un si mauvais garçon. Et c'était exactement ce qu'il entendait faire en cet instant avec Eli.

— Qu'est-ce qui t'a décidée à rester ?

Au lieu de répondre, elle resta un moment à le regarder. Il la vit se mordre la lèvre inférieure et sentit aussitôt son corps réagir à ce petit geste de défense qui lui était habituel.

Il aurait aimé pouvoir mordre lui-même cette jolie bouche, la titiller du bout des dents, l'absorber doucement dans la sienne, vérifier si elle avait toujours le même goût délicieux et envoûtant qu'autrefois, lorsqu'il l'avait embrassée.

— Si je ne reste pas, finit-elle par dire, Gigi et maman vont continuer à se disputer, voire à s'entretuer pour des broutilles et elles te rendront la vie impossible. Je n'ai pas envie d'avoir cela sur la conscience.

Et voilà ! Elle lui parlait. C'était déjà un progrès.

Il fit pivoter sa chaise de façon à lui faire face.

— C'est donc toi que je devrai remercier si le projet peut avancer ?

— Ça, je ne sais pas...

— Si tu cherches un boulot, je pourrais peut-être t'embaucher comme chef de projet ?

Une expression étrange traversa les traits d'Eli, fugace. Elle releva le menton.

— J'ignorais que tu embauchais... Tu n'as pas ta propre équipe ?

Le ton était un peu sec, mais Daniel commençait à prendre plaisir à la titiller, à l'affronter. Il aimait l'assurance dont elle faisait preuve. C'était provocateur et très excitant. Elle était devenue plus forte aujourd'hui, elle s'était affirmée. Elle n'était plus la bonne élève timide, un peu trop parfaite, qu'il avait connue au lycée et dont elle gardait l'empreinte lorsqu'elle avait failli épouser Roger.

— Rassure-toi, je ne cherche pas de personnel et je n'ai besoin de personne, mais si tu veux faire partie de l'aventure, je pourrais tout de même te trouver un poste.

Il vit ses joues rosir. Cela lui allait bien et démentait cette hardiesse nouvelle qu'il lui avait découverte. Ainsi, il restait en elle un peu de cette ingénuité qu'il lui avait connue et qui l'avait charmé. Il sentit un muscle tressaillir à sa mâchoire. Il fallait qu'il se calme, dans son propre intérêt. Mais il était trop agréable de jouer le jeu de la séduction avec elle pour arrêter.

— Alors, ça t'intéresserait, Eli ?

Elle le fixa, les sourcils froncés et, l'espace d'un instant, il crut qu'elle allait dire oui. L'air s'était brusquement chargé d'électricité et il vit, à son expression, qu'elle en était consciente elle aussi. Cela dit, il n'avait jamais eu besoin de se poser la question de la réciprocité. Bien au contraire. L'attirance avait toujours été là entre eux, manifeste, même si elle ne voulait pas le reconnaître.

— En fait, je n'ai pas l'intention de m'installer à Savannah, déclara-t-elle finalement.

— Très bien. Mais je ne te parlais pas d'engagement sur le long terme.

— Heureusement ! J'espère que tu n'y penses même pas, en ce qui me concerne.

Oh que si, il y pensait. Et le message qu'il entendait à travers ses paroles n'était pas celui qu'envoyait son regard. Lui, il essayait de lui donner une prise, quelque chose à saisir, un point de départ pour eux. Mais il était clair qu'elle ne voulait rien avoir à faire avec lui. Allons, il s'agissait d'une réunion de travail. Il fallait calmer le jeu.

Très bien. Savannah ne s'était pas construite en un jour. Il attendait Eli depuis des années, il pouvait bien l'attendre encore un peu.

— Parle-moi un peu de ce que veulent Zelda et Wiladean. Il paraît que tu les as aidées à parvenir à un accord ?

Eli parut se détendre et elle s'avança sur sa chaise.

— Tu sais déjà qu'elles ont à l'esprit deux conceptions de rénovation totalement différentes.

Daniel acquiesça d'un signe de tête.

— Oui. Des idées diamétralement opposées.

Eli eut un petit haussement d'épaules.

— J'ai demandé à Zelda pourquoi elle souhaitait procéder à un changement aussi radical par rapport à ce qu'avait été le manoir jusqu'à présent. J'ai découvert qu'en fait, ce n'était pas son style architectural traditionnel qui lui posait problème. Ce dont elle a envie, c'est de pouvoir lui apporter un charme supplémentaire, de l'aménager pour accueillir de nouvelles activités.

Voilà qui était intéressant, songea Daniel. Ce point n'avait jamais été abordé lors des réunions précédentes.

— Quel genre d'aménagements a-t-elle à l'esprit ? J'espère qu'il ne s'agit pas de cours de tennis ou de piscines. Un jacuzzi ou un sauna seraient envisageables, mais pour des aménagements plus conséquents nous serions freinés par la route sur deux des côtés de la propriété et par les voisins sur les deux autres.

Eli secoua la tête.

— Non, elle pense à des aménagements plus légers, plus souples et adaptables. Cela dit, je sais qu'elle va adorer l'idée du jacuzzi et du sauna. Alors tu peux te préparer pour cette éventualité. Elle a envie de transformer le manoir en résidence d'artistes et, à terme, d'ajouter un salon de thé et un spa. Mais ça, c'est pour plus tard.

Daniel écoutait avec beaucoup d'attention Eli se faire la porte-parole de tous les points qui avaient été discutés avec Wiladean et Zelda. Notamment la possibilité de transformer un ou deux bâtiments en salles de classe ou en espaces pour des artistes en résidence, celle d'aménager également, à l'intérieur du manoir, un atelier où résidents et invités pourraient installer leurs chevalets et travailler. Il était aussi question d'ouvrir le jardin à des artistes locaux une fois par mois ou par semaine, selon les disponibilités et, enfin, de créer un salon de thé et un spa, pour que les gens puissent se détendre et restimuler leur fibre créatrice.

— De cette façon, nous pourrions rester fidèles à l'histoire du manoir et à son décor traditionnel et, en même temps, l'inscrire dans le nouveau millénaire, comme le dit ma mère.

— Et tu ne comptes pas rester à Savannah pour l'aider à mettre en place ce nouveau projet ?

— Si. Un moment. Ensuite, je retournerai à Atlanta.

Daniel sentit un frisson d'excitation l'assaillir en songeant qu'Eli pourrait demeurer un certain temps à Savannah.

— Avec ta formation artistique et ta connaissance approfondie de la région, tu devrais envisager sérieusement de t'installer comme artiste ici.

— Non, répondit Eli. J'ai ma vie à Atlanta et je n'ai aucune envie d'y renoncer.

Daniel fut tenté de lui demander s'il y avait quelqu'un d'important pour elle à Atlanta, mais il se ravisa. Peu importait, il ne voulait pas le savoir. Une femme telle qu'Eli Clark ne manquait certainement pas d'admirateurs. Elle pouvait fort bien avoir quelqu'un, même si elle venait passer ses vacances ici.

— Nous avons aussi envisagé d'organiser des circuits d'art et d'architecture, poursuivit Eli.

— C'est une excellente idée ! Avant de monter mon entreprise, j'ai beaucoup étudié l'histoire architecturale de la ville. Si tu as besoin d'aide, fais-le-moi savoir.

— C'est ce qui t'a amené à t'intéresser à la restauration des maisons historiques du coin ?

Daniel hocha la tête.

— À l'époque où j'ai quitté Atlanta, je suis allé à Orlando et j'ai été frappé par la différence entre les deux villes. Orlando est agréable et certains quartiers comme Winter Park sont assez beaux. Mais la ville n'a pas beaucoup d'intérêt sur le plan historique. Savannah me manquait terriblement. En fait, j'avais hâte d'y revenir.

Même si beaucoup de gens ne sont pas franchement ravis de m'y voir de nouveau, fut-il tenté d'ajouter. Mais il décida que s'il voulait aller de l'avant, il devait laisser le passé... dans le passé. Il avait peut-être fait des bêtises pendant son adolescence, mais l'eau avait coulé sous les ponts depuis. Tout cela était de l'histoire ancienne. Il avait changé. N'était-il pas normal que la vie accorde à chacun une chance de s'amender, de faire oublier ses erreurs de jeunesse ?

Il devait en apporter la preuve à Eli. Et ce, non pas en paroles mais en actes.

— Je pense que ce projet est jouable, dit-il.

Oh que oui ! Et il y mettrait toute son énergie...

4

Assise à une table pour deux près de la baie vitrée du restaurant Les Mouettes, Eli attendait sa grand-mère. C'était l'une des meilleures tables du restaurant en raison de la vue magnifique qu'elle offrait sur l'eau. Et même si de nombreux touristes se pressaient sur la promenade, contempler ce paysage serein en attendant Gigi procurait à Eli un vrai moment de détente.

La matinée avait été pour le moins étrange. Tout d'abord, sa grand-mère avait insisté pour qu'elles déjeunent ensemble. Puis, alors qu'Eli l'attendait dans le hall, elle avait trouvé un petit mot laissé pour elle à l'accueil. Un rendez-vous s'était libéré dans le salon de coiffure de Kate et Gigi avait sauté sur l'occasion. Elle ne la rejoindrait donc au restaurant qu'à 13 h 30. C'était plutôt curieux, sachant que Gigi avait un rendez-vous hebdomadaire fixe avec Kate, qui venait la coiffer au manoir, une fois sa journée de travail terminée.

Peut-être Kate était-elle prise à leur horaire habituel ? Peut-être avait-elle un rendez-vous ? Gigi était capable de se mettre en quatre pour arranger ses petites-filles si un rendez-vous avec un garçon était en jeu.

Eli saurait le fin mot de l'histoire lorsque sa grand-mère arriverait. Mais pour l'instant, celle-ci était en retard.

Elle sourit intérieurement. Gigi insistait pour que l'on soit ponctuel, mais lorsqu'il s'agissait d'elle, elle avait une horloge un peu fantaisiste. Surtout depuis qu'elle songeait à prendre sa retraite. Quel personnage ! Eli admirait son caractère indépendant, son cran, et l'énergie dont elle faisait preuve à presque quatre-vingt-cinq ans.

Du temps de sa jeunesse, avant de reprendre les rênes du manoir à la suite de sa mère, elle avait suivi une formation de chef. Tout le monde dans la famille racontait la façon dont elle s'était fait sa place dans un monde d'hommes sans la moindre crainte ni le moindre doute. Elle était extrêmement fière que Jane, l'aînée de ses petites-filles, ait choisi de faire des études culinaires. Elle-même n'avait jamais pu réaliser son rêve, qui était d'ouvrir un restaurant au manoir, aussi fondait-elle tous ses espoirs sur Jane pour transformer ce rêve en réalité. Elle avait adoré la suggestion faite par Zelda d'ouvrir un salon de thé. C'était d'ailleurs cet aspect du projet qui avait permis aux deux femmes de sortir de l'impasse. Peu importait que Jane soit parfaitement heureuse à New York : Zelda et Gigi étaient tombées d'accord, elles s'occuperaient de la faire venir le moment venu.

Eli jeta un coup d'œil à sa montre. Il était déjà 13 h 35. Elle poussa un soupir et se mit à observer la salle de restaurant. Les murs étaient tapissés de lambris peints sur lesquels on avait accroché des filets de pêche contenant crabes, homards et autres étoiles de mer. Au fond trônait un grand aquarium que l'on avait cru bon de décorer d'une guirlande de Noël figurant des poissons aux coloris assez criards. Une autre guirlande, du côté opposé, suivait l'arche de la porte.

Pourquoi, parmi tous les restaurants de Savannah, Gigi avait-elle choisi Les Mouettes ? Eli parcourut les tables du regard et ne vit aucun visage familier. Sa grand-mère souhaitait-elle discuter de la rénovation sans risquer de rencontrer un voisin ou une connaissance ? Franchement, elle ne voyait pas ce que ce sujet pouvait avoir de top secret.

Peut-être Gigi avait-elle eu envie de changer de décor. De temps en temps, cela pouvait être amusant de se mêler aux touristes. Mais hormis la vue superbe qu'il offrait, ce restaurant était somme toute assez ordinaire, comme peuvent l'être certains lieux pour touristes. En tout cas, ce n'était pas un endroit très raffiné.

Non qu'Eli veuille absolument déjeuner dans un restaurant

stylé, mais celui-ci n'avait pas dû être rénové depuis son ouverture en 1972. Elle connaissait la date, puisqu'elle était inscrite sur la carte. Cette dernière promettait des produits frais, essentiellement de la mer, servis dans un cadre rustique.

Peut-être Eli allait-elle découvrir ce qu'elle avait manqué durant toutes ces années en ne donnant pas sa chance à cette maison ?

Une serveuse, dont le badge indiquait qu'elle se nommait Billie Jean, s'approcha de sa table et posa devant Eli un petit bol de potage de crabe, spécialité du restaurant, alors qu'elle n'avait pas encore ouvert la carte.

Elle voulut signaler qu'elle n'avait rien commandé mais la serveuse lui coupa la parole :

— Vous êtes bien Elisabeth ? Votre grand-mère a appelé pour dire qu'elle serait en retard et que vous deviez commencer. Elle pense que vous devez mourir de faim. Vous voulez quelque chose à boire : une bière, un thé ?

Billie Jean était grande et mince, et ses cheveux noirs étaient striés de fils d'argent. Elle avait le visage fatigué, mais son regard était vif et aimable.

— Je prendrai un thé sans sucre, merci, répondit Eli.

— Tout de suite ! fit Billie Jean en s'éloignant vers un client qui, à une autre table, lui avait adressé un signe.

Eli reporta son attention sur le potage. Elle en prit une cuillerée et laissa son regard s'évader par la baie vitrée.

Lorsque Daniel arriva aux Mouettes, le restaurant était encore en plein boom du déjeuner. Il se prépara à devoir attendre, mais lorsqu'il donna son nom à l'accueil, on lui dit que sa table était prête. Peut-être Wiladean était-elle déjà arrivée. Elle lui avait dit 13 h 45. Il consulta sa montre pour s'assurer qu'il n'était pas en retard. Trois minutes d'avance. C'était parfait.

Tandis qu'il suivait l'hôtesse, il croisa le regard d'un client qui attendait une table. Ce dernier secoua la tête d'un air mécontent. Peut-être pensait-il qu'il lui était passé devant ? Son visage lui était vaguement familier et Daniel chercha dans sa mémoire où il avait pu le croiser.

— Vous devriez peut-être placer ce monsieur avant moi, dit-il à l'hôtesse en désignant l'individu du menton.

— M. Carlyle ? Non, pas de souci. Je m'occupe de lui et de ses amis tout de suite.

Carlyle ? George Carlyle. Il tenait la station-service. À l'époque, Daniel et ses amis étaient venus prendre de l'essence à plusieurs reprises et ils étaient partis sans payer. Le regard noir que l'homme lui avait jeté n'avait sans doute rien à voir avec le placement à table.

Daniel avait acquis sa mauvaise réputation à l'adolescence. Plus de dix années avaient passé depuis et il se trouvait aujourd'hui à la tête d'une entreprise florissante qui agissait pour la valorisation de la communauté. Il lui arrivait encore de croiser des gens qui ne voyaient en lui que le mauvais garçon qu'il avait été, tout juste bon à créer des problèmes et ne songeant qu'à voler de l'essence, à se procurer des fusées de feux d'artifice interdits et à brûler les maisons.

Il salua de la tête le fameux Carlyle, qui se renfrogna encore davantage.

Pas de regrets et uniquement des erreurs nouvelles, voilà quelle était sa philosophie de vie désormais.

À l'exception de quelques rencontres occasionnelles avec des résidents de Savannah dotés d'une trop bonne mémoire, Daniel savait que la plupart des gens avaient oublié le passé et acceptaient l'homme qu'il était devenu aujourd'hui. Après l'incendie, il avait fui Savannah. Il s'était imaginé que son frère et sa grand-mère s'en sortiraient mieux sans lui. Il était parti pour Orlando, où il avait cherché du travail. Il occupait souvent deux emplois, quelquefois trois, dans le bâtiment ou tout autre secteur qui lui permettait de gagner sa vie et d'envoyer de l'argent à sa grand-mère. C'était le moins qu'il pouvait faire, après tous les ennuis qu'il lui avait causés.

Un éclat de cheveux blonds attira soudain son attention.

Il vit Eli avant qu'elle le voie. Elle était assise à une table pour deux, près de la baie vitrée, juste en face de lui. Un bol de potage était posé devant elle. Elle ne mangeait pas. La cuillère à la main, suspendue dans son mouvement, elle regardait dehors.

Elle portait un chemisier blanc, une jupe et des escarpins. Elle avait croisé les jambes, les avait ramenées sur le côté. Il put tout à loisir promener son regard sur leur galbe envoûtant et leur belle couleur bronzée. Puis il remonta, s'arrêta sur la soie légère du chemisier, là où elle épousait les courbes douces de ses seins.

Il cessa son observation avant qu'elle le surprenne et fixa son visage. Cela dit, il aurait fallu être de marbre pour ne pas apprécier ce qui lui était donné à voir.

Alors que l'hôtesse qui le précédait arrivait à la table, le regard d'Eli croisa le sien.

Malgré sa surprise manifeste de le voir, elle ne se laissa pas démonter. Elle lui adressa un sourire poli, légèrement tendu, et posa sa cuillère.

— Je vous en prie, monsieur, dit l'hôtesse. Voici votre table.

— Que fais-tu là, Daniel ?

— J'étais censé retrouver Wiladean. Elle m'a donné rendez-vous ici pour parler de la rénovation.

— Ah bon ? Mais à moi aussi, elle m'a donné rendez-vous ici. Elle est chez le coiffeur, elle ne devrait plus tarder… Mais… Euh… Elle ne m'a pas du tout parlé de toi, j'ignorais que tu devais venir déjeuner avec nous.

— Et voilà, cher monsieur !

La serveuse Billie Jean venait d'apparaître. Souriant à Daniel, elle posa un bol de potage devant lui.

— Qu'est-ce que je vous sers à boire ?

— Je n'ai pas commandé ce potage, précisa-t-il aussitôt. Nous attendons quelqu'un. Je prendrai simplement un thé, pour l'instant.

— Si c'est Wiladean que vous attendez, elle a rappelé ; elle ne pourra pas venir. J'ai l'impression que vous n'allez être que tous les deux.

Eli demeura sans voix, mais il était clair qu'elle soupçonnait quelque entourloupe de la part de Gigi.

— Elle est vraiment désolée, poursuivit Billie Jean, mais que cela ne vous empêche pas de déjeuner ! Elle m'a dit que c'est elle qui vous invite.

Billie Jean poussa un soupir.

— Vous formez vraiment un beau couple, tous les deux.

Les joues d'Eli s'empourprèrent à ces mots. Il y avait longtemps que Daniel n'avait pas vu une femme rougir ainsi.

— Un couple ? répliqua Eli avec un petit rire sec. Nous ? Mais pas du tout. Nous ne sommes pas un couple.

Daniel se demanda si elle se rendait compte que c'était la deuxième fois en deux jours qu'on leur disait qu'ils allaient bien ensemble. Et c'était vrai.

— Je n'ai personne dans ma vie en ce moment, poursuivit Eli. Et si vous voulez tout savoir, j'étais fiancée il y a quelques années. Seulement, mon fiancé m'a laissée tomber le jour du mariage. Devant l'autel, carrément !

Les lèvres de Billie Jean se figèrent en un « o » de surprise. Elle posa la main sur le bras d'Eli.

— Je suis vraiment désolée, Je comprends que vous soyez échaudée et que vous n'ayez plus envie de sortir avec qui que ce soit.

Eli jeta un regard en coin à Daniel tout en poursuivant :

— Oui, cette expérience a été épouvantable. Et vous savez quoi ? En fait, c'est le témoin du marié qui a tout fait pour convaincre mon fiancé de ne pas m'épouser. Vous vous rendez compte ?

Billie Jean semblait ne pas en revenir. Son regard brillait. Elle voulait en savoir plus.

— C'est incroyable ! Le témoin du marié ? Il faut être un sacré salopard pour agir comme ça !

— Je ne vous le fais pas dire.

Eli fixait à présent Daniel droit dans les yeux.

— Attendez, vous ne savez pas la meilleure. Juste avant que je descende l'allée de l'église pour gagner l'autel, ma sœur a surpris une conversation entre mon ex-fiancé et son témoin, qui était soi-disant son ami. Il le suppliait de renoncer au mariage tant qu'il était encore temps. Ma sœur s'est demandé si elle ne devait pas me le dire, mais quand la cérémonie a commencé et qu'elle a vu le futur marié au pied de l'autel, elle a naturellement pensé que tout allait bien, que mon fiancé valait beaucoup mieux que cela. Mais elle se trompait ! Lorsque le prêtre a demandé à mon fiancé s'il voulait me prendre pour épouse, il n'a pas pu répondre.

À ce moment-là, son témoin s'est penché vers lui et lui a posé la main sur l'épaule. J'ai cru que c'était pour l'encourager, mais pas du tout, au contraire : je l'ai entendu dire à Roger… c'est le nom de mon ex-fiancé : « Ne fais pas ça, pars pendant que tu peux encore. » Et c'est ce qu'a fait l'ex-futur marié : il est parti en courant comme s'il avait le diable à ses trousses. Il m'a laissée là, seule, humiliée, devant plus de deux cent cinquante personnes. Jamais je ne pourrai le leur pardonner, ni à l'un ni à l'autre.

— Comme je vous comprends ! s'exclama Billie Jean. Ces deux-là méritent d'aller rôtir en enfer ! Je suis vraiment désolée pour vous. Peut-être que vous feriez mieux de boire du vin plutôt que du thé. C'est la maison qui vous l'offre ! Vous l'avez bien mérité, après ce que vous avez traversé.

— C'est gentil, dit Eli, mais je vais m'en tenir au thé.

Billie Jean se tourna vers Daniel.

— Si cette demoiselle déjeune avec vous après ce qui lui est arrivé, c'est que vous devez être quelqu'un de bien. Il n'y en a pas assez sur cette terre. Et franchement…

Elle se pencha vers Eli pour lui murmurer à l'oreille :

— Celui-là est vraiment craquant ! Vous devriez peut-être songer à lui donner une chance. Bon, je reviens avec vos boissons.

Parfait ! songea Daniel. Voilà, tout était dit. Il avait reçu le message cinq sur cinq. Eli ne décolérait pas. De toute évidence, elle ne connaissait pas toute l'histoire ; sinon, elle n'aurait pas été à ce point furieuse contre lui. Qu'elle ait été profondément blessée, il le comprenait, bien sûr. Mais une telle rancune, après tout ce temps ? Non, elle n'était pas au courant de la moitié de ce qui s'était passé ce jour-là.

— Tu te sens mieux maintenant ? demanda-t-il.

— Je ne peux pas dire contre lequel de vous deux je suis le plus en colère : Gigi ou toi. Je lui ai pourtant dit qu'elle devait arrêter de chercher à tout prix à nous pousser dans les bras l'un de l'autre.

Daniel fronça les sourcils.

— Tu crois que c'est ce qu'elle essaie de faire ?

Eli fixa un instant ses mains avant de lever de nouveau les

yeux vers lui et de le considérer comme s'il était idiot. Mais au moins, elle n'avait pas quitté la table.

— Et pourquoi, à ton avis, aurait-elle monté cette histoire de déjeuner auquel elle n'est pas venue ?

Daniel ne put retenir un petit rire.

— Ta grand-mère possède de très grandes qualités, mais la subtilité n'en fait visiblement pas partie.

— Et ça ne date pas d'aujourd'hui, fit Eli d'un ton sec.

Daniel sentait qu'il fallait y aller doucement. Il marchait sur des œufs. Aussi attirante que puisse être Eli, il n'était pas ici avec elle pour un repas en amoureux. Même si Wiladean était l'instigatrice de cette rencontre, Eli était sa petite-fille et, si la situation s'envenimait entre elle et lui, Wiladean pourrait en être agacée et lui retirer le contrat de rénovation qu'elle désirait lui confier. Il ne manquait certes pas de travail, mais Wiladean était très influente à Savannah, et cette réputation de sérieux et de professionnalisme qu'elle lui avait faite au fil des années, elle pouvait tout aussi bien la défaire en un clin d'œil.

— Écoute, dit-il à Eli, puisque nous sommes ici, toi et moi, nous n'avons qu'à en profiter pour parler de la rénovation. Comme l'a dit ta grand-mère, tu es la voix de la raison dans ce projet. C'est peut-être l'occasion ou jamais de me dire tout ce que je dois savoir à ce sujet.

Avant qu'Eli ait eu le temps de répondre, Billie Jean revenait avec leurs boissons.

— Wiladean souhaite que vous profitiez tous les deux de ce déjeuner. Elle vous invite. Alors, à vous de choisir ce qui vous fait plaisir.

Le regard de Billie Jean brillait d'un tel enthousiasme qu'on aurait dit qu'elle venait de gagner à la loterie. D'une certaine manière, c'était le cas. Nul doute que Wiladean avait dû la gratifier d'un généreux pourboire pour qu'elle accepte d'apporter son aide à cette mise en scène ridicule.

— Prenez votre temps. Je repasse tout à l'heure pour prendre la commande.

— Je suis désolée que nous ayons été piégés de cette manière, dit Eli dès qu'elle se fut éloignée. Ne te crois pas tenu de rester.

— Et je me priverais de ce potage qui a l'air délicieux ? Tu plaisantes ? Mais si toi, tu veux t'en aller, il n'y a pas de problème.

— Non, je reste. Gigi nous invite, je propose que nous lui donnions une bonne leçon. Nous allons commander ce qu'il y a de plus cher, ça lui apprendra.

— De toute façon, c'est moi qui paierai, dit Daniel.

Eli ouvrit la bouche pour protester, mais il l'arrêta d'un geste.

— Ce n'est pas négociable.

— Tu n'as pas à faire cela, il n'y a pas de raison.

— Pourquoi ?

— Parce que Gigi nous a piégés, que c'est une conspiratrice responsable d'un coup monté et que je vais me sentir mal à l'aise pendant tout ce repas.

— Pourquoi te sentirais-tu mal à l'aise ? Ce n'est pas toi qui as planifié ce repas ! À moins que tu n'aies été complice...

Daniel adora voir son regard lancer des éclairs.

— Alors là, certainement pas ! s'exclama-t-elle en se levant brusquement. Écoute, cette situation est vraiment trop pénible. Je m'en excuse au nom de ma grand-mère et je te laisse.

— Non, Eli, ne t'en va pas !

Eli glissa la bandoulière de son sac à son épaule en secouant la tête. Apparemment, elle ne voulait rien entendre.

— C'est toujours ta réponse, la fuite, quand la situation devient difficile ? lança Daniel.

Elle s'immobilisa. Elle le fixait, tendue. Il la vit se mordre la lèvre inférieure.

— Non, c'est faux. C'est toi qui as quitté Savannah.

— Toi aussi, tu es partie, fit-il remarquer. Écoute, j'aimerais bien que tu restes. S'il te plaît !

Eli hésita encore un moment, puis elle se rassit à la table.

— Merci, dit-il.

Il vit de nouveau son regard lancer des éclairs.

— Merci pour quoi ?

— De rester.

Son visage était grave. Il y lisait de la douleur. Un long soupir lui échappa et il craignit de la voir se lever de nouveau et partir.

— Pouvons-nous en parler ? demanda-t-il finalement.

— Parler de quoi, Daniel ?

— De toi et moi...

— Il n'y a pas de toi et moi !

— Je sais qu'il n'y a pas de toi et moi. Ce que j'essaie de te demander, c'est si nous pouvons parler de ce qui s'est passé entre toi et moi le jour du mariage, à l'église. Je sais que tu penses avoir toutes les raisons de m'en vouloir. Si tu as besoin de quelqu'un sur qui rejeter la faute, pas de problème. Tu es libre de ne pas vouloir en parler et de passer le reste de ta vie à m'accuser. Je n'évoquerai plus le sujet. Mais si tu veux connaître le reste de l'histoire, parce que tu n'en connais qu'une partie, nous pouvons en parler.

Eli le fixa un moment, le temps que les mots pénètrent dans son esprit. Comme s'ils le faisaient contre sa volonté.

— Pas ici, en tout cas, dit-elle finalement.

— D'accord.

Il fit signe à la serveuse et ajouta :

— Je règle l'addition et nous partons. Allons dans un endroit calme.

— Non. Je ne suis pas sûre de vouloir parler de ça.

Les mots exprimaient le refus, mais le ton n'était plus aussi convaincu.

Billie Jean s'approcha de leur table.

— Vous êtes prêts à passer commande ?

— Non, nous désirons juste l'addition, répondit Daniel.

— Des additions séparées, ajouta Eli.

— Mais vous n'avez rien commandé ! Vous n'avez pris que le potage et encore, vous ne l'avez même pas fini. Quelque chose n'allait pas ?

— Le potage était délicieux, assura Daniel. Mais nous devons partir. Un rendez-vous imprévu.

Billie Jean haussa les sourcils.

— Un rendez-vous imprévu ? Ah bon ?

Elle regarda Eli puis de nouveau Daniel.

— C'est comme ça que ça s'appelle, aujourd'hui ? Eh bien, d'accord. Vous avez de la veine, l'addition est déjà réglée. Votre grand-mère y a veillé. Vous pouvez partir.

Alors qu'elle s'éloignait, le téléphone de Daniel se mit soudain à sonner. En temps normal, il n'aurait pas répondu, mais il vit s'afficher *Commissariat de police de Savannah.*

— Bizarre, dit-il, c'est la police. Il vaut mieux que je réponde.

Eli acquiesça d'un signe de tête en se levant et ils se dirigèrent tous deux vers la sortie.

— Daniel Quindlin à l'appareil.

— Monsieur Quindlin, ici le sergent Eric Briggs, du commissariat de police de Savannah. Êtes-vous parent avec Aidan Quindlin ?

Daniel sentit son sang se glacer. Il posa sa main libre sur son oreille pour bloquer le bruit des conversations, de la vaisselle qu'on débarrassait et du babil de bébés.

— Oui, c'est mon frère, répondit-il, la gorge sèche.

Il lui semblait entendre sa voix de très loin, comme si elle était dissociée de son corps.

— Il a eu un problème ?

— Quelque chose ne va pas ? murmura Eli.

Toute animosité avait disparu de sa voix. Elle n'exprimait plus qu'une inquiétude sincère.

Daniel s'aperçut qu'il avait cessé de marcher. Il s'était figé sur place.

— Monsieur, vous trouvez-vous dans le secteur de Savannah ?

— Oui, pourquoi ?

Le saisissement passé, sa voix avait retrouvé un ton plus ferme.

— Dites-moi ce qui se passe.

— Pourriez-vous aller le plus rapidement possible au Memorial University Hospital ?

— Oui, bien sûr. Aidan a un problème ? Il est blessé ?

— Je vous en prie, monsieur, allez à l'hôpital. On vous donnera toutes les informations sur place.

Et le sergent raccrocha.

Daniel demeura quelques instants immobile, s'efforçant de recouvrer ses esprits.

— Daniel, quelque chose ne va pas ? Qu'est-ce qui se passe ? redemanda Eli.

Elle le regardait, les sourcils froncés, au comble de l'inquiétude.

Le contact soudain de la main qu'elle posait sur son bras le ramena à la réalité.

— Je ne sais pas. C'était la police de Savannah. Ils me demandent d'aller au Memorial University Hospital. C'est au sujet de mon frère, Aidan.

Eli porta la main à sa bouche.

— Oh… J'espère qu'il n'a rien de grave.

Daniel secoua vigoureusement la tête, s'efforçant de dissiper le brouillard de son esprit.

— Moi aussi, mais ils n'ont rien voulu me dire.

— Viens, dit Eli. Je t'y conduis.

5

Eli ne connaissait pas très bien Aidan Quindlin, mais elle s'en souvenait. À l'époque où il était venu vivre au manoir avec sa grand-mère, après l'incendie de leur maison, il ne communiquait pas beaucoup. Il avait deux ans de moins que Daniel et ne fréquentait pas du tout les mêmes personnes. Il était sorti avec sa sœur Kate. Eli se souvenait vaguement qu'il y avait eu un problème lors du bal de fin d'études. Enfin, quoi qu'il en soit, cela n'avait plus d'importance aujourd'hui. Elle était là pour aider Daniel. Et il en avait bien besoin, fragile soudain, sous le choc, alors qu'il venait d'apprendre que son frère avait eu un accident de moto.

Un chauffard avait grillé un feu rouge.

Son casque lui avait sauvé la vie.

Néanmoins, il souffrait de traumatisme crânien. De possibles atteintes de la moelle épinière.

Soudain, tous les différends qui l'opposaient à Daniel s'étaient évanouis ou, du moins, étaient passés au second plan. Toute personne digne de ce nom les aurait aidés, lui et son frère, en pareille circonstance. Leur grand-mère et leurs parents étaient décédés. Le fait que ce soit Daniel qui ait reçu l'appel de la police prouvait qu'il était la personne la plus proche d'Aidan. Cela répondait à la question qu'elle s'était posée, à savoir si Aidan était marié ou s'il avait quelqu'un dans sa vie. De toute évidence, les deux frères ne pouvaient compter que l'un sur l'autre.

La salle d'attente avait été décorée pour les fêtes. On avait orné les vitres d'étoiles, cloches, et divers personnages réalisés au pochoir avec de la neige en bombe. Un petit sapin était installé sur l'une des tables et des haut-parleurs diffusaient des chants de Noël en sourdine. Eli observa Daniel, assis dans l'un des fauteuils de vinyle vert, les coudes posés sur les genoux, les mains serrées, la tête penchée.

Il y avait une heure qu'ils étaient assis ainsi, en silence.

— Tu veux boire quelque chose ? demanda-t-elle. Je vais aller à la machine.

Daniel leva la tête, l'air surpris, comme s'il venait tout juste de se souvenir qu'elle était là.

— Non, merci.

Il passa les mains sur son visage, puis dans ses cheveux sombres, et reposa les coudes sur ses genoux.

— Euh... Tu n'es pas obligée de rester. Je ne veux pas te retenir.

— Ne sois pas ridicule ! Je ne vais pas te laisser seul à l'hôpital. De plus, nous sommes venus avec ma voiture. Comment rentreras-tu chez toi ?

Daniel resta un moment à fixer ses mains, puis il leva la tête. La douleur marquait son beau visage, en dépit des efforts visibles qu'il faisait pour paraître maître de la situation.

— J'appellerai un taxi, ne t'inquiète pas. Vas-y.

Eli se leva.

— Non, je ne vais pas *y aller*, comme tu dis. Désolée ! En revanche, je vais aller nous chercher un café. Comment veux-tu le tien ?

Il la fixa quelques secondes, une expression indéchiffrable sur ses traits. Elle aurait presque pu se convaincre qu'il avait l'air soulagé.

— Noir sans sucre, dit-il finalement.

Elle hocha la tête.

— Je reviens.

Au bout de quelques pas, elle songea à se retourner, à lui donner son numéro de téléphone afin qu'il puisse l'appeler s'il y avait du nouveau, mais elle se ravisa. Elle allait juste à la cafétéria. Elle n'en avait pas pour longtemps.

Mais c'était fou, songea-t-elle, comme la vie pouvait basculer d'un instant à l'autre. Vous étiez dans un restaurant pour touristes en train de repenser aux blessures du passé et, en un rien de temps, vous vous retrouviez dans un hôpital, à attendre avec angoisse des nouvelles d'un être cher.

Elle venait à peine de s'engager dans le couloir lorsqu'elle l'entendit pousser un juron. Elle revint aussitôt sur ses pas. Daniel s'était levé et regardait sa montre.

— Que se passe-t-il ? demanda-t-elle en le rejoignant.

— Chloe, dit-il. C'est la fille de mon frère. Elle est en classe. C'est à peu près à cette heure-ci qu'il va la chercher d'habitude. Il faut que j'appelle l'école.

Aidan avait une fille ? Alors où se trouvait la mère de cette enfant ? Ce n'était pas le moment de poser la question. Elle n'était pas là, à l'hôpital, et Daniel ne comptait visiblement pas sur elle pour aller chercher la petite fille.

Daniel saisit son téléphone et s'agaça de la lenteur d'Internet.

— Daniel, laisse-moi t'aider, dit Eli. S'il te plaît !

— Il faut que j'appelle l'école et que je leur dise qu'Aidan a eu un accident. Mais je n'ai pas le numéro et je n'arrive pas à...

— Où va-t-elle à l'école ? Quel est le nom ?

— *Country Day*. Il faut absolument que je les contacte.

— Assieds-toi, je te cherche le numéro.

La voix d'Eli était douce, mais le ton ferme. Il fit ce qu'elle lui disait, se rassit dans le fauteuil de vinyle vert.

— Tu te souviens de Josey Jensen ? demanda-t-elle. Nous étions en classe avec elle.

Daniel eut un haussement d'épaules évasif.

— Elle est conseillère d'éducation à *Country Day*. Si tu veux, je peux l'appeler et lui expliquer ce qui s'est passé.

— Non. C'est à moi de le faire.

Eli acquiesça et, sans insister, lui dicta le numéro de l'école, qu'il enregistra dans son portable. Il le composa puis s'éloigna dans le couloir qui menait vers la sortie.

Quelques minutes plus tard, il réapparut, l'air désorienté.

— Chloe va sortir de l'école dans une heure. Te serait-il possible d'aller la chercher ? Je pourrais y aller moi-même, mais je n'ai pas envie de m'éloigner. Je voudrais être là quand le chirurgien aura terminé et qu'il viendra me donner des nouvelles. Je ne voudrais pas le manquer.

— Aucun problème, répondit Eli, heureuse de pouvoir se rendre utile.

— Après la sonnerie, ton amie Josey ira chercher Chloe dans sa classe et l'emmènera dans son bureau. Elle te fait dire que tu pourras venir la chercher là.

— Je pourrais l'emmener au manoir ensuite, qu'en dis-tu ? suggéra Eli. Je suis certaine que maman et Gigi seront ravies de s'en occuper. Comme ça, je pourrai venir te rejoindre et t'apporter quelque chose à manger. Nous n'avons pas déjeuné, finalement. Tu dois avoir faim.

C'était une remarque idiote, Eli s'en rendit compte. Manger était sans doute la dernière préoccupation de Daniel... Mais, après tout, c'était un homme et, sans vouloir généraliser, la plupart des hommes mangeaient quand on leur donnait quelque chose, quel que soit le moment de la journée. Et Daniel n'eut pas l'air choqué.

— Daniel, Chloe va se demander pourquoi c'est une étrangère qui vient la chercher, poursuivit Eli. Que souhaites-tu que je lui dise ?

Eli vit un muscle tressauter à sa mâchoire.

— Elle a cinq ans. Qu'est-on censé dire à une enfant de cinq ans dans un cas pareil ?

— Bon, ne t'inquiète pas. Je suis enseignante, j'ai l'habitude des enfants. À moins que tu aies quelque chose de particulier à lui dire, tu peux me laisser faire, je saurai gérer. Mais donne-moi quand même ton numéro, on ne sait jamais.

Eli entra le numéro sur son portable et appela Daniel.

— Maintenant, tu as aussi le mien. Au cas où...

Daniel hocha la tête.

— À présent, je pars la chercher !

— Eli, je viens de me souvenir de quelque chose... Chloe n'acceptera pas de monter dans la voiture de quelqu'un qui ne connaît pas le code secret qu'elle et son père ont choisi.

— Je comprends, c'est important. Et tu le connais, toi ?

Daniel eut un sourire triste.

— Oui. C'est *rutabaga*. Un mot qui fait beaucoup rire Chloe.

— D'accord. Ne t'inquiète de rien. Je m'occuperai bien d'elle.

— Attends ! dit encore Daniel. Il te faudra un siège enfant. Il y en a un dans la voiture d'Aidan. Le matin, il emmène Chloe à l'école en voiture, et il retourne ensuite chez lui prendre sa moto, jusqu'à l'heure de revenir la chercher.

Eli n'imaginait pas que l'Aidan dont elle avait gardé le souvenir était du genre à rouler à moto. En scooter, peut-être, et encore... Elle n'entendait pas le juger, mais il lui était toujours apparu comme le type même de l'élève studieux. Il était difficile de réconcilier l'image qu'elle avait de lui avec l'homme qui avait eu cet accident.

Chez les Clark, c'était elle la bonne élève. Jane était la beauté et Kate, la sœur décontractée et fantaisiste.

Eli avait été l'élève sage qui avait combattu son attirance pour le mauvais garçon.

Aidan avait certainement été attiré de la même manière par Kate.

Mais visiblement, il s'était épanoui plus tard, puisqu'il avait maintenant une fille. Et une moto.

Eli se sentit soudain envahie par une étrange tristesse.

— Je me demande si l'école n'aurait pas un siège à prêter pour les cas d'urgence ? suggéra-t-elle.

— C'est une bonne idée.

Daniel passa un coup de fil et, quelques minutes plus tard, le problème était réglé. Un siège lui serait prêté par l'école.

— Appelle-moi si tu as des nouvelles, dit encore Eli avant de partir.

Daniel leva vers elle un visage tendu. Il ne dit rien, mais elle devina sans peine ce qu'il pensait. *À quoi bon ? Tu seras là-bas et moi ici. J'assumerai.*

— À bientôt, dit-elle.

Et elle s'éloigna afin qu'il n'ait pas à lui répondre.

Daniel et Aidan s'étaient vraiment rachetés l'année où ils avaient décidé de se lancer ensemble dans les affaires.

Architecte, Aidan était la tête de la Quindlin Brothers Renovations. Daniel en était les bras.

Durant leur enfance, ils n'avaient jamais été proches. Ils étaient trop différents. La mort de leurs parents dans un accident de voiture n'avait fait qu'accuser ces différences. Daniel était le rebelle qui n'avait pas voulu s'installer à Savannah, en dernière année de lycée, pour y vivre avec sa grand-mère, et il avait tout fait pour prouver à quel point son malaise était profond. Trop occupé par lui-même, il n'avait pas pris le temps de se soucier de son jeune frère qui, de son côté, s'était efforcé de faire oublier ses défauts en se montrant exemplaire.

Aidan avait été la tête pensante, le studieux, celui qui ne causait jamais de désagrément ni de chagrin à personne. Rouler sur cette satanée moto ne lui ressemblait vraiment pas. Et même en voulant jouer les aventuriers, il n'avait pas oublié la prudence et avait porté un casque. Si cela n'avait pas été le cas, il aurait perdu la vie. Mais un garçon aussi posé et tranquille que lui n'aurait jamais dû se trouver sur ce genre de grosse cylindrée.

Après le départ de sa femme, Veronica, qui les avait laissés tomber, Chloe et lui, Aidan avait dû ressentir le besoin de se prouver quelque chose. C'était à ce moment-là qu'il avait acheté la moto.

Daniel fixa ses avant-bras tannés par les journées passées sur les chantiers, ses mains de travailleur, puis le linoléum fatigué de la salle d'attente. Pourquoi n'avait-il pas protesté davantage lorsque Aidan avait acheté cette Harley ? Premièrement, parce qu'ils étaient adultes tous les deux et qu'aucun n'était en droit de dire à l'autre ce qu'il devait faire. Et ensuite, parce que Aidan l'avait achetée un beau matin, sur un coup de tête, sans demander l'avis de personne.

Il avait pris des leçons pour la conduire, certes. Mais rien ne pouvait vous préparer à affronter deux tonnes de métal lancées à pleine vitesse par un alcoolique qui venait de brûler un feu rouge. De même que rien de ce que Daniel aurait pu dire n'aurait fait changer son frère d'avis : il entendait garder la moto. Daniel aurait voulu avoir ce genre de pouvoir sur lui, mais ce n'était pas le cas.

Des deux, il avait peut-être été la tête brûlée, mais Aidan, lui, était censé être le plus raisonnable.

Il marmonna un juron, maudissant son frère pour son manque de jugeote. Il fallait savoir se servir de sa tête quand la situation l'exigeait.

Les jambes de Daniel commençaient à s'engourdir. Il y avait un moment qu'il était assis là, penché, le dos voûté, à fixer le sol. Il se leva, jeta un coup d'œil à sa montre. À cette heure, Eli avait déjà dû récupérer Chloe. Il se demanda comment elle s'y était prise avec l'enfant. Il ne lui avait pas été d'un grand secours lorsqu'elle lui avait demandé ce qu'il fallait lui dire. Pas plus qu'il n'avait été capable de parler à Aidan, de le convaincre qu'il était stupide d'acheter une moto quand on avait une enfant de cinq ans à charge.

Mais à quoi bon ressasser ainsi les regrets ? Le mal était fait, et il valait mieux prendre exemple sur Eli, dépasser la rancune qu'il nourrissait contre son frère à cause de ce qu'il considérait comme de l'inconscience.

Eli, elle, avait dépassé les griefs qu'elle avait contre lui pour se concentrer sur ce qui importait en ce moment de crise. Elle lui venait en aide aujourd'hui encore, comme elle l'avait fait la nuit où il avait mis accidentellement le feu à la maison de sa grand-mère. Elle était allée prévenir sa mère et sa grand-mère, qui avaient toutes deux accueilli Daniel, sa grand-mère et son frère. Et une fois qu'ils avaient été tirés d'affaire, elles n'avaient pas voulu accepter le moindre dédommagement.

Wiladean et Zelda l'ignoraient, mais Daniel avait la ferme intention de les remercier pour leur générosité : il effectuerait la rénovation du manoir à prix coûtant. Du moins, cela avait été son intention avant qu'Aidan ait cet accident.

À présent, tout était en attente. Tout dépendrait du pronostic.

Daniel se mit à faire les cent pas dans la salle d'attente, s'efforçant de dominer son anxiété. En vain.

Il décida alors d'envoyer un message à Eli pour prendre des nouvelles de Chloe.

Il venait juste de commencer à écrire sur son téléphone lorsqu'une voix l'appela.

— Monsieur Quindlin ?

Il leva la tête. Le chirurgien venait à sa rencontre, le visage grave.

Ah, la capacité de résistance et l'énergie des enfants équilibrés !

Eli n'aurait su dire si elle trouvait réconfortant ou inquiétant que Chloe Quindlin l'ait suivie avec autant de facilité et d'entrain. Il lui avait suffi de prononcer le mot secret et de promettre une glace et quelques dessins animés et la petite fille s'était retrouvée attachée dans la voiture, sur le siège enfant prêté par l'école.

— On a fait une fête aujourd'hui à l'école, lança Chloe de sa petite voix enfantine. C'est parce que c'était le dernier jour d'école de l'année.

Eli jeta un coup d'œil dans le rétroviseur et vit la fillette, tranquillement installée, en train de regarder défiler le paysage au-dehors.

— Tu es en vacances, alors ?

— Oui.

Eli jeta un nouveau coup d'œil dans le rétroviseur et la vit serrer contre elle un petit chat blanc en peluche.

Avec ses beaux cheveux châtains bouclés et ses grands yeux bleus, on aurait dit une poupée de porcelaine.

— Comment il s'appelle, ton petit chat ? demanda-t-elle.

— Princesse Câline.

La petite fille porta la peluche à son oreille.

— Princesse Câline veut savoir où nous allons.

— Dis-lui que nous allons chez moi. En fait, nous sommes presque arrivées. Ton oncle Daniel viendra te chercher un peu plus tard. Mais en l'attendant, on va goûter et jouer à des jeux. Tu aimes jouer ?

— Ça dépend à quoi.

Au manoir, on proposait un grand choix de jeux correspondant à toutes les tranches d'âge.

— Tu as déjà joué à Candyland ?

— Non.

Eli s'arrêta à un feu rouge, à l'intersection de Whitaker et de Gaston.

Chloe porta de nouveau le petit chat à son oreille.

— Princesse Câline veut savoir si tu as le jeu My Little Pony ?

Le feu passa au vert. Eli jeta un coup d'œil à droite et à gauche et traversa le carrefour.

— Je n'en suis pas certaine. Nous regarderons en arrivant, si tu veux.

Elle tourna à droite dans Hall Street et se gara sur l'un des emplacements réservés.

— Elle est drôlement grande, cette maison. C'est là que tu habites ? C'est ta maison ?

— Oui. Tu veux entrer ?

Chloe ne répondit pas. Elle serra très fort sa peluche contre elle. Eli descendit de voiture et vint ouvrir sa portière.

— Pourquoi c'est toi qui es venue me chercher à l'école ? C'est toujours mon papa qui vient me chercher, demanda soudain la petite fille tout en dégrafant la ceinture du siège.

Eli attendait cette question, elle savait que Chloe finirait par la poser. Mieux valait sans doute que ce soit maintenant plutôt que tout à l'heure, pendant le trajet. Elle allait pouvoir prendre tout le temps de lui répondre.

— Tu sais que la seule raison pour laquelle tu as pu monter dans ma voiture, c'était parce que je connaissais le mot secret. Mme Jensen a parlé avec ton oncle Daniel. C'est lui qui m'a envoyée te chercher et qui viendra te prendre tout à l'heure. Ce qui est bien, c'est que tu sais qu'il ne faut jamais partir avec quelqu'un que tu ne connais pas, sauf si cette personne connaît le code secret, ou bien si un adulte que tu connais te donne la permission.

La petite fille écarquilla les yeux et une moue se dessina sur ses lèvres. Eli craignit aussitôt d'en avoir trop dit, de lui avoir fait peur avec ce discours sur les personnes étrangères dont on doit se méfier.

Dans son métier d'enseignante, elle avait appris à répondre sobrement aux questions que lui posaient ses élèves. À ne pas extrapoler ni trop en rajouter. Dans la mesure où Daniel n'avait pas su lui indiquer ce qu'il fallait dire à Chloe au sujet de son père, elle en déduisait que la seule chose à faire était de s'en tenir à la vérité. Mais moins elle en dirait, mieux ce serait, puisqu'elle ignorait dans quel état se trouvait Aidan. Tout aussi équilibrée et dégourdie que soit Chloe, elle n'en était pas moins une fillette de cinq ans.

— Ton papa a été obligé d'aller chez le médecin. Tu es déjà allée chez le médecin, toi ?

Chloe hocha la tête. Elle prit le chat en peluche qu'elle avait glissé sous son bras et le porta à son oreille.

— Princesse Câline veut savoir si papa va avoir une piqûre.

— Ça, c'est bien possible.

Chloe fit la grimace.

— Pauvre papa !

— Oui, dit Eli, ce n'est pas drôle. Personne n'aime les piqûres. Mais par contre, tu sais ce que j'aime, moi ?

Chloe secoua la tête et la regarda, impatiente de savoir.

— J'aime les glaces. Et toi ?

Les boucles châtaines de Chloe volèrent en tous sens tandis qu'elle hochait vigoureusement la tête.

— Et Princesse Câline aime beaucoup ça aussi.

— Je suis certaine qu'il en reste pour trois. Tu veux qu'on aille voir ?

Eli souleva l'enfant dans ses bras et la posa sur le sol. Puis elle prit sa petite main dans la sienne et remonta l'allée de gravier en direction de la porte arrière du manoir.

Toutes deux pénétrèrent directement dans la cuisine, où Gigi les attendait. Avant d'arriver à l'école, Eli avait appelé au manoir pour mettre sa mère et sa grand-mère au courant de l'accident. En fait, elle n'avait certainement pas prévu le tour que prendrait la journée. Dans son esprit, elle se voyait rentrant directement au manoir pour avoir une petite conversation avec Gigi. Elle entendait lui dire ce qu'elle pensait de la façon dont elle avait combiné ce déjeuner et lui rappeler fermement, une fois de plus, qu'elle devait cesser d'essayer de la pousser dans les bras de Daniel.

À présent, elle voyait comme un heureux signe du destin le fait qu'elle ait été avec Daniel quand il avait reçu l'appel de la police. Ça ne serait pas arrivé sans ce déjeuner, et elle n'aurait pas pu aller chercher Chloe et apporter son aide à Daniel et à son frère.

Qui aurait pu croire qu'elle se féliciterait un jour que pareille chose soit arrivée ? Soudain, tout ce qui avait pu se passer auparavant paraissait sans importance.

— Tu dois être Chloe, dit Gigi en s'accroupissant devant la petite fille malgré ses genoux douloureux. Tu peux m'appeler Gigi, si tu veux.

Debout au milieu de la cuisine, son petit chat en peluche serré contre elle, Chloe paraissait minuscule et fragile.

Eli avait décidé qu'elle réglerait ses comptes avec Gigi, mais le moment était mal choisi. Néanmoins, elle n'avait pas l'intention de lui laisser croire qu'elle n'avait pas vu clair dans son jeu.

— Bravo, Gigi, tu es très bien coiffée, c'est magnifique ! s'exclama-t-elle en sortant deux pots de glace du congélateur.

Gigi avait beau s'être apprêtée, il était clair qu'elle ne sortait pas de chez le coiffeur.

— Merci, ma chérie.

— C'était gentil de la part de Kate de s'occuper de toi comme ça, au pied levé. Tu as un peu changé de style, en plus ?

Eli adressa un sourire entendu à sa grand-mère, les sourcils levés, histoire de bien enfoncer le clou.

Gigi n'eut même pas la décence de paraître penaude. Bien au contraire, elle embraya aussitôt.

— Tu as raison, ta sœur a des doigts en or, et elle est tellement gentille avec sa Gigi !

Elle s'arrêta là, mais le sous-entendu était clair : *Tu devrais suivre son exemple.*

Le moment n'était pas à la polémique. Gigi dut s'en rendre compte, elle aussi, car elle changea de sujet.

Elle s'approcha d'Eli et lui prit un pot de glace des mains.

— Comment ça va ? demanda-t-elle à voix basse.

— Je ne sais pas. Je comptais justement envoyer un message à Daniel après avoir donné à Chloe la glace que je lui ai promise. Ça te dirait de manger un peu de glace avec nous, Gigi ? ajouta-t-elle plus fort, s'efforçant de montrer le maximum d'enthousiasme pour distraire Chloe.

Gigi joua le jeu.

— Oh oui ! J'adorerais ça ! répondit-elle.

Elle adressa un large sourire à Chloe.

— Tu es d'accord, Chloe, pour que je me joigne à vous ? Et tant que nous y sommes, je propose même que nous jouions les vraies gourmandes !

Chloe la regarda, surprise.

— Oui, on pourrait faire des sundaes, reprit Gigi. Tu sais, avec de la sauce chocolat, de la chantilly et des amandes… Je suis même certaine que, si Eli cherche bien, elle va trouver du coulis de framboise dans le réfrigérateur.

Le visage de la fillette s'éclaira.

— J'adore le coulis de framboise et les amandes sur la glace !

— Dans ce cas, c'est parti ! Installe-toi à la table avec ton joli petit chat pendant qu'Eli nous apporte tout ça.

— Il faut peut-être se laver les mains d'abord, intervint Eli. Chloe rentre juste de l'école. Tu t'en occupes, Gigi ?

— Oui, volontiers, répondit cette dernière. Et toi, tu devrais aller envoyer ce message que tu voulais envoyer. Mlle Chloe va m'aider et, lorsque tu reviendras, les sundaes seront prêts à être dégustés.

Aidan était sorti de la salle d'opération et se trouvait maintenant en soins intensifs. Il avait subi un traumatisme crânien et de nombreuses fractures, et le chirurgien l'avait plongé en coma artificiel, le temps que l'œdème cérébral se résorbe.

Maintenant qu'il connaissait l'état d'Aidan, Daniel était profondément tiraillé. Devait-il rester à l'hôpital ? Il savait que ce serait préférable, pour le cas où il y aurait du nouveau, mais les hôpitaux lui faisaient une peur bleue. Il en détestait l'odeur, le cadre austère, la dure réalité dont ils étaient le symbole. À l'exception des gens qui y travaillaient, on ne s'y rendait que lorsqu'il arrivait quelque chose de grave. Et son expérience n'était pas faite pour le rassurer : dans son entourage, aucune des personnes qui étaient entrées à l'hôpital n'en était ressortie.

Ses parents. Sa grand-mère. Son épouse.

Il espérait de tout cœur qu'Aidan allait survivre et qu'il mettrait ainsi un terme à cette funeste série.

L'hôpital le rendait nerveux et il n'avait qu'une envie, partir. Fuir cet endroit. De toute façon, il fallait qu'il s'occupe de Chloe. Il avait suffisamment profité de la gentillesse d'Eli et de sa famille. Il laissa donc toutes les coordonnées nécessaires aux infirmières et celles-ci lui promirent de l'appeler si quoi que ce soit se produisait ou si Aidan se réveillait avant son retour, le lendemain matin.

Il franchit la double porte automatique, mal à l'aise à l'idée de s'en aller. Mais en quoi pouvait-il être utile, assis dans la salle d'attente ? Plus tard, pendant les heures de visite, il pourrait demeurer aux côtés d'Aidan, mais en attendant, il se trouvait relégué dans la salle d'attente ou à la cafétéria.

Aidan le comprendrait, il en était certain. Et mieux encore, il serait probablement furieux de le savoir assis là, à ne rien faire, au lieu de s'occuper de leur entreprise. Mais avant cela, c'était de Chloe qu'il devait s'occuper.

Ce n'était pas le travail qui manquait et, avec Aidan à

l'hôpital, il se demandait comment il pourrait s'en sortir tout en prenant soin de la petite fille. Chloe devait être la priorité des priorités. Depuis qu'Aidan et lui s'étaient associés, elle allait toujours à l'école et, en dehors des heures de classe, au centre de loisirs. Mais Daniel ignorait où se trouvait celui dont elle avait l'habitude, et il n'avait aucune idée de la façon dont on s'y prenait pour en choisir un, pas plus qu'il ne savait à qui s'adresser pour trouver une baby-sitter qui pourrait aller la chercher là-bas. Une chose était certaine : il n'était pas question de la confier à une personne qu'elle ne connaissait pas. L'hôpital lui avait donné les effets personnels d'Aidan, parmi lesquels se trouvait la clé de son domicile. La première chose qu'il ferait, après avoir récupéré son van sur le parking des Mouettes et être passé chercher Chloe au manoir, ce serait de ramener l'enfant chez elle et de mettre sur pied un plan pour faire en sorte qu'elle mène la vie la plus normale possible.

L'angoisse lui nouait l'estomac. Il ne s'était jamais occupé d'une enfant de cet âge. Toutefois, songea-t-il pour se rassurer, il avait passé assez de temps avec son frère et Chloe pour pouvoir se débrouiller. Ce dont il était moins sûr, c'était de parvenir à tout faire : s'occuper de Chloe à plein temps, gérer l'entreprise et aller voir Aidan à l'hôpital.

En tant qu'architecte, Aidan passait plus de temps que lui au bureau. Si Chloe était malade ou en vacances, il travaillait de la maison. Pour Daniel, en revanche, l'essentiel de l'activité se faisait sur les chantiers. Et un chantier n'était pas un endroit approprié pour une enfant.

Aidan était un très bon père. Il donnait l'impression que combiner travail et enfant se faisait sans peine. Il n'y avait pas de raison que Daniel n'y arrive pas : d'une manière ou d'une autre, il s'en sortirait.

La mère de Chloe n'avait plus donné signe de vie depuis des années. Daniel ne savait pas comment entrer en contact avec elle et il n'était pas certain que ce soit ce qu'Aidan souhaiterait. De toute façon, il n'avait pas très envie de demander de l'aide à une femme qui avait abandonné son propre enfant.

Elle avait quitté Aidan très peu de temps après la naissance, le laissant seul avec le nouveau-né. Elle avait tout rejeté en bloc, la maternité et le mariage. Durant cinq ans, Aidan avait assumé les rôles de père et de mère. Chloe passait en premier et il avait fait tout ce qui était en son pouvoir pour qu'elle ait une enfance heureuse.

Tout, sauf renoncer à cette satanée moto...

Daniel chassa cette pensée. Les médecins lui avaient dit que son frère était jeune et en bonne santé et qu'ils avaient bon espoir qu'il récupère... avec le temps. Mais il n'était pas encore tiré d'affaire.

Maintenant que Daniel était dehors et qu'il pouvait respirer autre chose que l'horrible odeur d'antiseptique de l'hôpital, il laissa tomber sa garde, lâcha prise et admit qu'il avait une peur bleue de perdre son frère.

Non, Aidan n'était pas encore tiré d'affaire...

Quand le taxi l'eut déposé sur le parking des Mouettes et qu'il eut récupéré son van, il ouvrit les vannes et laissa libre cours à ses émotions, martelant le volant à coups de poing.

Bon sang, Aidan, comment as-tu pu être aussi stupide ? Tu n'avais rien à faire d'un engin de ce calibre. Ça a toujours été moi, la tête brûlée de la famille, pas toi !

Il cogna de nouveau sur le volant et, pour la énième fois, pesta contre le destin. Pourquoi était-ce Aidan qui se retrouvait sur ce lit d'hôpital et pas lui ? Il aurait volontiers changé de place avec lui. Chloe avait besoin d'un père. Il était tout pour elle.

Pourquoi avait-il fallu que ce chauffard complètement ivre traverse le carrefour au même moment qu'Aidan ?

Les choses auraient-elles été différentes s'il avait parlé un peu plus longtemps avec lui, au bureau ? S'il l'avait retenu ? S'il avait été plus attentif à ce qu'il tentait de lui dire ? Quelque chose au sujet de Chloe, de l'école, une histoire de cupcakes confectionnés pour la fête de fin d'année. Il s'était moqué de lui, l'avait traité de « papa gâteau » et l'avait interrompu en lui demandant de se dépêcher. Que se serait-il passé si, pour une fois, il avait accepté de discuter avec son frère, au lieu d'avoir toujours quelque chose de plus important à faire ? Cela aurait-il tout changé pour Aidan ? Serait-il sur ce lit d'hôpital, en train de lutter pour sa vie ?

Lorsque les larmes affluèrent soudain à ses yeux, Daniel lança une bordée de jurons et laissa tomber la tête sur le volant, attendant que ce moment de faiblesse lui passe. À cet instant, son téléphone vibra, signe qu'il avait un message. Son cœur se mit à cogner dans sa poitrine, mais il se raisonna aussitôt : si c'était l'hôpital, on l'aurait appelé.

Il appuya sur la touche message. C'était Eli.

Je viens aux nouvelles. Ici, tout va bien, pas de souci. Gigi et Chloe sont devenues les meilleures amies du monde et elles s'amusent comme des folles.

Le message d'Eli fut pour lui un baume au cœur. Savoir que Chloe baignait dans l'atmosphère chaleureuse de la famille d'Eli lui permit de se ressaisir. *La famille*... Il n'en avait jamais fait grand cas, mais aujourd'hui, alors que l'un des deux seuls proches qu'il lui restait se trouvait à l'hôpital, en train de lutter pour sa survie, cela devenait la chose la plus précieuse au monde. Daniel n'était pas croyant, mais il ferma un instant les yeux et récita une prière pour que son frère se remette, et une autre pour remercier les Boudreau-Clark de leur bonté et leur générosité. Pour la seconde fois, ces femmes étaient là pour lui et elles lui venaient tout naturellement en aide.

Il faudrait trouver un moyen de les remercier à la hauteur de tout ce qu'elles avaient fait et faisaient pour lui.

Il saisit son téléphone, commença à taper son message.

Merci pour ces nouvelles. Je suis en chemin pour venir chercher Chloe. Dis à Gigi que je lui suis très reconnaissant. Et à toi aussi, Eli. Je vous dois beaucoup.

Eli lui répondit aussitôt, affirmant que personne ne comptait les points. Il fut tenté de lui demander si cela signifiait qu'elle avait cessé de lui en vouloir pour le drame qu'elle avait vécu le jour de son mariage avorté avec Roger, mais ç'aurait été de mauvais goût. Elle le tenait pour responsable de la trahison de Roger. Durant toutes ces années, il le lui avait laissé croire.

Il se demandait ce qui se serait passé s'il n'avait pas reçu cet appel de la police. Auraient-ils parlé de ce qui l'avait conduit à dissuader Roger de l'épouser ? Eli l'aurait-elle écouté jusqu'au bout ? Bien évidemment, la vérité n'aurait pas été plus facile à admettre. Peut-être valait-il mieux qu'Eli continue de le croire responsable. Et, si elle cessait de lui en vouloir, il n'était peut-être pas nécessaire qu'elle apprenne toute l'histoire.

Quel dommage qu'il y ait eu besoin d'une tragédie pour que se réinstaure le dialogue ! Mais aussi terrible que soit ce drame, ce serait peut-être grâce à lui qu'ils pourraient enfin tourner définitivement la page, tous les deux.

6

Lorsque Eli aperçut Daniel dans le hall d'entrée du manoir, en fin d'après-midi, elle lui trouva l'air épuisé.

Son beau visage était tendu, et sa pâleur contrastait avec le brun de ses cheveux et son regard sombre. Il avait au coin des yeux de petites rides qu'elle n'avait pas remarquées auparavant. C'était aisément compréhensible : il venait de vivre la pire épreuve qui se puisse imaginer. Si l'une de ses sœurs se trouvait en soins intensifs, à l'hôpital, elle-même serait dévastée, défaite et incapable sans doute de faire quoi que ce soit. Et elle ne pourrait pas quitter l'hôpital, s'éloigner de leur chevet. Ce n'était pas une critique envers Daniel, puisqu'elle savait que la seule raison de sa présence ici était Chloe.

— Bonsoir, dit-elle. Comment ça va ?

Il cilla à plusieurs reprises. Visiblement, il était ailleurs.

— Euh... Hum... Aussi bien que possible, j'imagine, vu les circonstances.

Il glissa les mains dans les poches arrière de son jean.

— Où est Chloe ?

— Dans le patio, en train de jouer à My Little Pony avec Gigi.

Un sourire effleura ses lèvres.

— Je suis impressionné ! Gigi accepte de se confronter à une telle adversaire ?

Eli se mit à rire. Au moins, il n'avait pas perdu son sens de l'humour. On le lui avait parfois reproché, certaines personnes n'appréciant pas du tout ses plaisanteries. C'était pourtant souvent ce qui permettait de tenir dans les situations difficiles, comme celle que traversait Daniel en ce moment.

— Plutôt deux fois qu'une. Lorsque Gigi a su que My Little Pony était le jeu préféré de Chloe, elle est aussitôt allée en acheter un. Depuis, elles n'ont pas arrêté. Je crois qu'elles ont fait une bonne douzaine de parties. On dirait que c'est en train de devenir le passe-temps préféré de Gigi aussi.

Eli fit signe à Daniel de la suivre et ils gagnèrent l'une des grandes portes-fenêtres qui ouvraient sur le patio, où la partie se jouait.

— Tu vois ? Je t'ai bien dit qu'elles étaient devenues les meilleures amies du monde...

Eli et Daniel restèrent un moment côte à côte et le silence les enveloppa. Un silence seulement troublé par le tic-tac de la vieille pendule du grand-père, en faction sur le mur.

Eli jeta un coup d'œil à Daniel. Son visage était crispé, douloureux. Il lui fallut toute sa volonté pour ne pas l'attirer dans ses bras pour le serrer contre elle. Car cet homme, d'ordinaire si arrogant et si sûr de lui, avait l'air totalement brisé.

Elle croisa les bras pour ne pas risquer un geste non seulement stupide, mais qui, de plus, pourrait être mal interprété. Daniel y verrait peut-être davantage que ce qu'elle y mettrait.

— Chloe peut rester chez nous ce soir, si cela peut t'aider, proposa-t-elle. Comme ça, tu seras libre de retourner à l'hôpital si on t'appelle.

Daniel la fixa un instant comme s'il ne savait que répondre.

— C'est très gentil de ta part, merci, dit-il enfin. Mais je n'ai que déjà trop abusé. Je vais la ramener chez moi. Mais nous passerons d'abord chez Aidan pour que je prenne quelques affaires à elle.

Il eut un petit haussement d'épaules.

— Nous y resterons peut-être, en fait, pour qu'elle puisse dormir dans son lit. Tu crois que ce ne serait pas mieux pour elle ?

— Si. Cela lui ferait moins de bouleversements.

— Je ne sais pas quoi lui dire au sujet de son père, avoua Daniel. Qu'est-ce que tu en penses ? Tu es enseignante, tu as l'habitude des enfants. Tu peux peut-être m'aider.

Eli hocha la tête.

— Oui, certainement. Mais d'abord, il faut que tu saches que nous en avons déjà parlé un peu. Je suis une étrangère pour elle et quand elle a vu que c'était moi qui venais la chercher, elle a voulu savoir pourquoi. Je lui ai dit que son père avait dû aller chez le médecin. Je n'ai pas extrapolé, j'ai simplement répondu à ses questions. Ce qui la préoccupait surtout, c'était de savoir si on allait lui faire une piqûre.

— Ah bon ?

— Oui. Une piqûre, ce n'est pas une mince affaire pour une petite fille de cinq ans, tu sais.

Daniel acquiesça d'un signe de tête.

— Elle va certainement poser d'autres questions quand elle verra que son père ne rentre pas ce soir.

— Oui, c'est vraisemblable. Réponds-lui en toute honnêteté, en lui expliquant qu'il a eu un accident, mais sans donner trop de détails.

Daniel ne répondit pas. Eli poursuivit.

— Le plus important, c'est qu'elle se sente aimée et en sécurité. Il faut qu'elle sache que tu t'occuperas bien d'elle en l'absence de son père.

Daniel hocha la tête et se passa une main dans les cheveux.

— D'accord, je vais suivre tes conseils. Je veux qu'elle sache que tout ira bien. Aidan avait prévu de prendre un peu de temps pour être avec elle pendant la période des vacances. C'est ce que je vais faire, ce qui signifie que je vais devoir repousser un peu la date de fin des travaux pour le manoir. J'espère que Wiladean et ta mère comprendront.

Daniel se passa une main sur le visage, puis de nouveau dans les cheveux. Il était clair qu'il avançait à l'aveuglette dans cette situation inédite, en s'efforçant de la gérer au fur et à mesure. L'angoisse qu'elle suscitait chez lui était palpable.

— Je peux m'occuper d'elle, Daniel, tu sais, déclara-t-elle doucement.

— Eli...

— Je sais que tu tiens à assumer les choses comme tu l'entends ce soir, mais sache que mon offre tient pour la suite.

J'ai l'habitude des enfants. Si je garde Chloe, tu pourras aller à l'hôpital et travailler au manoir. Cela te permettra de mener à bien la rénovation tandis que Chloe sera ici avec moi. Mais c'est seulement si tu en as envie, bien sûr.

Elle n'aurait pu le jurer, mais il lui sembla que l'atmosphère s'était brusquement détendue. Daniel paraissait soulagé.

— C'est vraiment très gentil à toi de me le proposer, mais je ne peux pas envisager de travailler tant que je ne suis pas sûr qu'Aidan est hors de danger.

Eli hocha la tête.

— En tout cas, je peux prendre Chloe quand tu veux. Ne veux-tu pas que je t'accompagne pour le premier soir ? Ainsi, si Chloe commence à te poser des questions, tu ne seras pas seul, je t'aiderai à lui répondre.

C'était le moins qu'Eli puisse faire. Daniel souffrait, c'était évident, et il s'efforçait de faire front.

— Tu es vraiment merveilleuse, Eli ! s'exclama-t-il en l'attirant soudain dans ses bras pour la serrer contre lui.

D'abord surprise, Eli n'eut aucune envie de le repousser. Ce geste lui paraissait familier… et extrêmement naturel.

Était-ce la seule fatigue ou la présence apaisante d'Eli ? Chloe s'endormit en cinq minutes après qu'ils l'eurent bordée dans son lit, Daniel et elle. Ils avaient commandé des pizzas pour le dîner, fromage pour Chloe, poivrons et champignons pour eux, puis Eli avait aidé la fillette à faire sa toilette et à se mettre en pyjama.

Comme Daniel s'y attendait, au moment de se coucher, Chloe avait voulu voir son père. Elle avait pleuré lorsqu'ils lui avaient expliqué qu'il était blessé et devait dormir à l'hôpital jusqu'à ce que le médecin l'autorise à rentrer chez lui. Elle avait demandé si elle pourrait aller le voir le lendemain et Daniel avait répondu qu'il poserait la question au médecin et qu'ils s'y rendraient dès que possible. Mais en attendant, il était là pour s'occuper d'elle, elle n'avait rien à craindre. Bien évidemment, ils ne l'avaient pas laissée seule avec son chagrin. Ils étaient restés près d'elle, lui caressant les cheveux, la rassurant, lui murmurant des paroles réconfortantes : ils seraient toujours là pour elle.

Il y avait eu quelques secondes embarrassantes lorsque Chloe avait demandé si Eli serait là le lendemain matin, quand elle se réveillerait. Eli avait pris l'initiative de lui répondre et Daniel lui en avait été reconnaissant.

— Non, ma chérie, je dois rentrer chez moi ce soir.

— C'est pour ça que tu es venue avec ta voiture ?

— Oui. Comme ça, je peux repartir et ton oncle Daniel peut rester ici, avec toi. Il t'emmènera au manoir demain matin et tu pourras jouer toute la journée avec Gigi, si tu veux. Et moi, j'aimerais bien que tu m'apprennes à jouer à My Little Pony. Tu pourrais ? On s'amuserait bien, tu ne crois pas ?

Chloe avait acquiescé, apaisée. Princesse Câline serrée contre sa poitrine, elle avait bientôt fermé les yeux et s'était endormie.

Les deux adultes avaient quitté la chambre sur la pointe des pieds. Daniel n'avait pas envie qu'Eli s'en aille, mais s'il ne trouvait pas très vite une idée, c'était ce qu'elle allait faire. Elle se dirigeait déjà vers la porte.

— C'était une bonne idée de demander à Chloe ce qui était prévu qu'elle fasse pendant les vacances de Noël, lança-t-il en référence à la conversation qu'ils avaient eue durant le dîner. Parfois les choses sont là, sous votre nez, et on ne les voit pas. J'avais oublié qu'Aidan l'avait inscrite au centre de loisirs de l'école pour la semaine précédant Noël. Il va falloir que je me renseigne sur l'organisation, les horaires, le temps qu'elle est censée y passer.

Il aimait ce terrain d'entente qu'ils avaient trouvé pour s'occuper de Chloe, la coucher ensemble, faire en sorte qu'elle soit rassurée. Il était incroyable qu'Eli soit parvenue à mettre de côté l'animosité qu'elle éprouvait à son égard afin de l'aider à s'occuper de sa nièce. Décidément, cette femme était fabuleuse. Il l'avait toujours su, mais son attitude actuelle en était la preuve manifeste.

Avec un enjeu aussi important que l'état d'Aidan et sa survie, ainsi que le bien-être de Chloe et son équilibre, il paraissait un peu égoïste de vouloir garder Eli avec lui ce soir. Mais sa présence apaisante lui faisait un bien fou et lui permettait de tenir.

— Tu t'y prends vraiment très bien avec elle, Daniel, dit-elle.

— Je l'aime beaucoup, c'est tout. Aidan et elle sont tout ce que j'ai dans la vie.

— Je suis désolée pour ce qui est arrivé. Sincèrement désolée.

Daniel ne sut que répondre. Et même s'il l'avait su, il n'aurait pas pu prononcer les mots tant sa gorge était nouée. Eli dut sentir à quel point il était angoissé, ou peut-être cela se voyait-il sur son visage, car elle vint à son secours en lui offrant un sourire plein de douceur.

— Tu as changé, je trouve, lui dit-elle.

Daniel sentit son cœur se serrer. Il avait envie de lui prouver que c'était vrai.

— Oui, tu as raison. J'ai changé, acquiesça-t-il sobrement, ne voulant surtout pas qu'elle s'imagine qu'il prenait sa remarque à la légère. Les années m'ont montré ce qui était important. Elles m'ont appris que la vie est fragile et qu'elle ne nous donne pas toujours de seconde chance.

— C'est vrai.

Eli s'appuya contre le canapé, à demi assise sur l'accoudoir. Elle avait changé de vêtements depuis le déjeuner. Elle portait un jean et un chemisier bleu qui mettait en valeur ses yeux et soulignait harmonieusement les courbes de son buste. Elle était tout près de lui et le désir fut soudain si fort de tendre la main vers elle, de la toucher, qu'il crispa instinctivement les poings. Il n'entendait pas céder à cette envie primaire. Encore moins avec Chloe dans la pièce à côté.

Autrefois, il aurait pris cette liberté. C'était l'époque où il était en colère, où il en voulait à la terre entière. Il avait perdu ses parents et avait dû venir vivre à Savannah. Il extériorisait sa haine en transgressant les règles, en prenant ce qu'il voulait, quand il le voulait, sans se soucier des conséquences.

Il enfouit les mains dans les poches arrière de son jean.

— Quel a été le déclencheur pour toi ? reprit Eli.

Il se contenta d'un haussement d'épaules et elle insista :

— Quand as-tu décidé qu'être un rebelle n'était pas ce que tu avais de mieux à faire ?

Daniel la fixa un moment, buvant à son regard, s'imprégnant des traits de son visage.

— Il vient un temps où il faut choisir entre grandir ou continuer de suivre ce chemin insensé et destructeur qui ne mène nulle part. Et puis il y a aussi le moment où l'on trouve sa vocation, la chose qui vous passionne.

Son regard se porta vers l'arbre de Noël, dans l'angle du salon de son frère, et il songea à Lana, son épouse disparue. Elle avait beaucoup compté pour lui et, de bien des manières, on pouvait dire qu'elle l'avait sauvé. Elle lui avait fait prendre conscience que la meilleure façon de lui rendre hommage après sa disparition serait de poursuivre son objectif, de ne surtout pas laisser le chagrin et la colère l'aveugler et le ramener vers le chemin d'autodestruction qui avait été le sien autrefois. C'était l'une des raisons qui l'avaient fait revenir à Savannah. Pour en finir avec le passé, montrer qu'il avait changé et que les habitants devraient désormais compter avec un homme qui avait mûri, un homme sûr de lui et de ses capacités.

— Pour moi, la révélation, ça a été la rénovation des maisons anciennes. Ironique, non ? Moi qui brisais tout, maintenant, je répare.

Le beau visage d'Eli s'illumina et Daniel eut envie de l'embrasser. Comme il l'avait fait, de nombreuses années plus tôt.

— Je n'avais pas envisagé les choses ainsi, mais tu as raison.

Elle soutint son regard en se mordant la lèvre inférieure. Daniel se demanda si elle se souvenait de ce baiser et si, comme lui, elle avait envie d'en retrouver le goût.

— Pourquoi as-tu agi comme tu l'as fait, Daniel ? Pourquoi as-tu éprouvé le besoin de briser mon mariage ?

Et voilà, on y était. Elle avait posé la question. Celle qu'il avait à la fois tant souhaité entendre et tant redoutée, dans son souci de clarifier les choses une bonne fois pour toutes. Car il savait que, tant qu'ils n'en auraient pas parlé, tant qu'ils n'auraient pas réglé le problème, il n'y aurait aucun espoir pour eux de s'engager sur le chemin que le destin avait tracé pour qu'ils se retrouvent.

— Tu es certaine de vouloir aborder le sujet maintenant ? demanda Daniel.

Non, Eli n'était pas tout à fait certaine de vouloir connaître la vérité, mais elle ne voulait pas l'avouer. Il lui avait fallu si longtemps pour dépasser la douleur et l'humiliation. Évoquer de nouveau cet événement, c'était rouvrir la blessure. Toutefois, elle savait que, pour que la plaie cicatrise définitivement, il fallait en passer par là.

— Tu as raison, le moment est mal choisi, répondit-elle. Je suis désolée.

Pourquoi avait-elle dit ces mots ? Eli détestait ce côté velléitaire chez elle.

Quand tu prends une décision, tâche de t'y tenir ! Cesse de fuir sans arrêt !

Daniel eut un petit haussement d'épaules.

— Tu n'as aucune raison d'être désolée. En ce qui me concerne, il n'y a pas de moment plus ou moins approprié. J'aimerais vraiment pouvoir faire toute la lumière.

— Mais ce n'est pas très délicat de ma part de te demander ça ce soir, Daniel. Tu as plus important en tête que de te soucier du passé. Pour commencer, il faut régler cette histoire de centre de loisirs.

Daniel secoua la tête.

— Je demanderai à Chloe si elle a des amies qui y vont et je me mettrai en relation avec les parents.

— Bonne idée ! Tu dois te dire que, en tant qu'enseignante, j'aurais pu y penser.

— Oh ! Eli, tu m'as beaucoup aidé aujourd'hui. Tu n'as vraiment aucun reproche à te faire.

Eli se demanda si ce n'était pas de sa part une façon subtile de changer de sujet, afin de ne pas avoir à parler du mariage. Elle n'aurait jamais dû aborder le sujet.

Elle se leva et se retrouva si proche de lui qu'elle fut parcourue d'un frisson et sentit le souffle lui manquer. En reculant, elle buta contre le canapé. Daniel lui tendit aussitôt la main et saisit son bras.

— Ça va ?

— Oui.

Oui, ça va bien. Et toi aussi, ça ira. Mais pourquoi ai-je le sentiment que toi et moi *sommes très loin d'aller bien ?*

— Si tu n'arrives pas à trouver le numéro des amies de Chloe, son institutrice pourra peut-être te mettre en rapport avec elles, proposa Eli. Même si les enfants sont en vacances, quelquefois les instituteurs ont des permanences à l'école. Appelle demain pour vérifier. Parce que tu as raison, les amies choisissent souvent d'aller au centre de loisirs ensemble. C'est vrai, non ?

Eli jacassait. Elle était ridicule.

— Voyons voir, dit Daniel. La dernière fois que j'ai mis mes enfants en centre de loisirs... Oh ! mais non... En fait, je n'ai pas d'enfants.

Il se mit à rire et Eli l'imita, mais cela ressemblait davantage à un hoquet.

— Tu en es certain ? demanda-t-elle.

— Tout à fait certain.

— C'est bon à savoir.

Elle se mordit la lèvre avant de dire une nouvelle stupidité.

Alors Daniel tendit la main et posa un doigt sous son menton. Elle leva le visage vers lui et plongea le regard dans le sien.

Une onde de chaleur lui parcourut tout le corps.

— Si tu ne veux pas parler du mariage, il n'y a aucune obligation, dit-il, revenant à la conversation qu'ils avaient interrompue avec le problème du centre de loisirs. Je ne vais pas te mentir, Eli, la situation n'avait rien d'agréable pour moi. Je ne me serais jamais mêlé de rien si Roger avait été le garçon charmant et intègre que tout le monde imaginait. Mais je me moquais de ce que *tout le monde* pouvait penser. Il n'y avait que toi qui m'importais et Roger ne te méritait pas.

À la façon dont il la regardait, à la fièvre, la passion qu'elle lisait dans ses yeux, et qui contrastait étonnamment avec la douceur du contact sur son visage, elle crut qu'il allait se pencher et l'embrasser. Et, comble de stupidité, elle l'aurait laissé faire.

Elle en avait envie.

Mais il ôta soudain sa main et s'écarta, instaurant de nouveau entre eux une distance salutaire.

— La seule chose qu'il faut que tu saches, Eli, c'est que je n'ai jamais eu l'intention de te faire du mal. Je ne t'en ferai jamais. Ni aujourd'hui ni jamais.

Eli entrouvrit les lèvres, le souffle soudain court.

— Roger me trompait, c'est ça ?

Daniel ne répondit pas tout de suite. Ce n'était pas nécessaire. L'expression de son visage était suffisamment parlante.

Jusqu'au jour du mariage, Daniel avait été le meilleur ami de Roger. Quand ce dernier était parti étudier à l'université, dans l'État de Géorgie, tous deux étaient restés en contact. D'ailleurs, bien que ne faisant pas lui-même d'études, Daniel avait passé plus de temps avec Roger à Athens, en Géorgie, qu'Eli elle-même.

Elle n'avait pas apprécié que Roger demande à son ami d'être son témoin au mariage. Pour elle, Daniel avait toujours été celui dont l'unique mission était de dévoyer Roger. Comme si Roger n'était qu'un enfant naïf et impressionnable prompt à se laisser entraîner. Pour la première fois à présent, il lui apparaissait que son ex-fiancé avait plutôt été celui qui entraînait l'autre, peut-être celui qui menait la danse. En ce qui la concernait, en tout cas, il l'avait bien fait marcher. Depuis ce jour funeste, il avait été beaucoup plus facile pour Eli de rejeter la faute sur Daniel plutôt que de regarder la réalité en face : Roger l'avait menée en bateau et ce, depuis longtemps. Cela avait commencé bien avant l'instant où il l'avait abandonnée devant l'autel.

— Je te dois des excuses, Daniel, murmura-t-elle.

— Non, absolument pas.

— Si. Tu m'as épargné de commettre la pire erreur de mon existence et, jusqu'à présent, je t'ai toujours tenu pour responsable de mon chagrin. Si ma relation avec Roger ne s'était pas terminée ce jour-là, elle aurait pris fin tôt ou tard. Elle aurait été difficile. Et malgré l'humiliation terrible que cela a été pour moi d'être abandonnée à l'église, il aurait été plus humiliant encore d'être l'épouse d'un homme qui me trompait au vu et au su de tout le monde.

— Je suis profondément désolé que les choses se soient passées ainsi, dit Daniel, le visage grave.

— Dis-moi, maintenant, sois honnête avec moi : que s'est-il produit la veille du mariage pour que tu aies été à ce point déterminé à l'empêcher ? Roger m'a-t-il trompée cette nuit-là ?

— Eli...

La voix de Daniel sonnait comme un avertissement.

— Daniel, insista Eli.

— Tu n'as jamais parlé avec Roger ?

— Je ne l'ai revu qu'une fois après le mariage. Il s'est excusé, il m'a expliqué qu'il s'était rendu compte trop tard qu'il ne m'aimait pas suffisamment pour passer le reste de ses jours avec moi.

Elle haussa les épaules.

— Mais aujourd'hui, je me demande s'il ne s'est pas produit quelque chose.

— Le temps a passé, Eli. Crois-tu réellement qu'il soit important de connaître tous les détails de cette histoire ?

— Pas les détails, ce n'est pas ça. J'ai simplement besoin de savoir, d'obtenir une réponse. Durant toutes ces années, je n'ai pas voulu y penser. Je n'ai pas voulu voir la vérité, mais puisque j'ai ouvert les yeux aujourd'hui, je veux aller jusqu'au bout.

Daniel la regardait, le regard plein d'émotion. D'une émotion profonde qui trahissait l'intérêt sincère qu'il lui portait.

— Écoute, si tu me dis la vérité, je comprendrai ton geste de ce jour-là. Ça le justifierait. À mes yeux, tout du moins, et dans mon cœur, Daniel. Durant toutes ces années, tu as assumé le mauvais rôle, tu as laissé tout le monde croire que tu étais le mauvais garçon, le responsable de ma perte. Je n'ai pas besoin que tu entres dans les détails. Je veux un simple « oui » ou un simple « non ». Roger m'a-t-il trompée la veille de notre mariage ?

Daniel prit une grande inspiration et acquiesça d'un signe de tête.

— Alors, je te remercie de m'avoir empêchée de commettre une énorme erreur, dit Eli.

Elle s'approcha lentement de lui et lui tendit les mains. Puis elle effleura son visage, enfouit les doigts dans ses beaux cheveux bruns et posa sa bouche sur la sienne. Ce fut à la fois la sensation de retrouver un goût familier et une vraie découverte. Une expérience étrange, comme si elle se tenait en observatrice, comme si ce baiser se déroulait en dehors de son corps.

Mais quand Daniel l'attira dans ses bras et la plaqua contre lui, elle sentit le monde chavirer et s'abandonna au vertige de son baiser.

7

Lorsque Daniel s'éveilla le lendemain matin, seul dans un lit qui n'était pas le sien, il lui fallut quelques secondes pour se souvenir de tout. Il était chez son frère, dans la chambre d'ami. Une image surgit aussitôt dans son esprit : il se vit embrassant Eli. Avait-il rêvé ? Il lui semblait sentir encore la douceur de sa bouche, le goût de ses lèvres. Il n'y avait aucun doute, ce baiser avait réellement existé. Restait à savoir à présent ce qu'Eli allait en penser, comment elle allait réagir.

Elle ne s'était pas attardée après le baiser, ce qui était une bonne chose, car il n'avait alors qu'une envie, continuer de l'embrasser, encore et encore. Et même davantage. Mais un simple baiser n'était pas un laissez-passer. Et quand bien même Eli aurait voulu davantage, ils savaient tous les deux que ce n'était pas une bonne idée avec Chloe présente dans la maison.

Ils s'étaient séparés, un peu gênés et gauches. Daniel passerait déposer Chloe au manoir le lendemain afin de pouvoir aller à l'hôpital et Eli s'occuperait d'elle avec Zelda et Wiladean.

Ils n'avaient plus reparlé du mariage. De toute évidence, Eli n'avait pas envie de connaître les détails sordides, d'apprendre comment Roger s'était réveillé le matin avec une monstrueuse gueule de bois dans les bras d'une strip-teaseuse rencontrée dans le club où il avait enterré sa vie de garçon.

Daniel avait tenté de le raisonner lorsqu'il avait commencé à perdre le contrôle et à devenir un peu trop familier avec sa préférée, une jeune rousse qui l'avait invité sur scène pour jouer l'homme soumis dans une interprétation très personnelle de *Cinquante nuances de gris*. Daniel était intervenu auprès d'elle et lui avait dit que Roger se mariait le lendemain. Il avait fini par prendre les choses en main et avait ramené Roger, totalement ivre, dans sa chambre d'hôtel. Mais de toute évidence, les choses n'en étaient pas restées là. Roger et la strip-teaseuse s'étaient contactés durant la nuit et les choses étaient allées au-delà de la simple conversation téléphonique.

Le lendemain matin, constatant que Roger ne répondait pas au téléphone, Daniel s'était rendu à son hôtel, prêt à lui faire avaler un litre de café, à le traîner sous la douche et à l'aider à s'habiller. Il l'avait trouvé, toujours ivre, au lit avec la jeune strip-teaseuse rousse. Et le mariage commençait deux heures plus tard…

Daniel avait tenté de le persuader d'appeler Eli pour annuler la cérémonie ou, tout du moins, la repousser jusqu'à ce qu'il ait fait le vide dans sa tête, qu'il ait dépassé les raisons, quelles qu'elles soient, qui l'avaient poussé à se comporter comme il l'avait fait. L'argument de Daniel était simple : s'il n'était pas prêt à se marier, il ne devait pas le faire.

Daniel ne portait pas de jugement. Il s'en tenait aux faits. Si Roger éprouvait une attirance irrésistible pour les strip-teaseuses, une attirance qui allait au-delà du simple plaisir de les regarder, le moins qu'il puisse faire était de reconsidérer le projet de se marier et de jurer fidélité à Eli.

La jeune rousse était partie. Roger s'était douché, habillé, et il avait déclaré qu'il entendait se marier. Il en avait visiblement été convaincu jusqu'au moment où il avait dû regarder Eli dans les yeux et prononcer le *oui* qui les unirait.

Heureusement qu'il avait eu cet éclair de clairvoyance, parce que Daniel avait vraiment craint qu'il aille jusqu'au bout.

Mieux valait qu'Eli ne sache pas ce qui s'était passé. De toute façon, lui-même ne lui aurait pas révélé toute la vérité, même si elle avait insisté. À quoi bon la faire souffrir ? Il savait pourtant combien elle savait se montrer persuasive, mais elle avait paru se satisfaire de la version abrégée de l'histoire. Peut-être se faisait-il des illusions, parce qu'il était amoureux d'elle depuis le jour où il l'avait vue pour la première fois, mais il lui semblait maintenant que la voie qui menait à elle et qui lui avait toujours été interdite était enfin libre.

Cela dit, avec l'accident d'Aidan, si une relation devait se nouer entre eux, cela prendrait beaucoup de temps. Mais comme il attendait depuis déjà longtemps, peu importait. Il ne fallait rien brusquer. Ils avaient de nombreux obstacles à surmonter.

Il espérait qu'Eli ne lui en voulait pas de lui avoir révélé la vérité et, surtout, qu'elle ne regrettait pas leur baiser.

Un baiser qui était arrivé à l'issue d'un moment chargé d'une telle émotion qu'il ne devait pas s'emballer et lui donner plus de signification qu'il n'en avait. Peut-être était-ce tout simplement sa façon à elle de réagir au fait que Roger l'avait trahie, trompée la veille du mariage. Peut-être ne s'agissait-il que d'un réflexe, comme si elle avait trouvé cette façon pour se venger. *Voilà, j'ai embrassé ton meilleur ami.* Un acte dirigé contre Roger, qui ne saurait d'ailleurs jamais que ce baiser avait eu lieu. Daniel ne lui avait parlé qu'une seule fois. Après avoir abandonné Eli devant l'autel, le laissant assumer le rôle de bouc émissaire, le traître avait disparu. Il s'en était allé ailleurs, mener une nouvelle vie.

Mais pour l'instant, Daniel devait se concentrer sur la journée à venir. Il fallait aller à l'hôpital. Une brusque bouffée d'angoisse le submergea à cette perspective.

Personne ne l'avait appelé, mais, plutôt que de croire à ce vieux dicton selon lequel « pas de nouvelles, bonnes nouvelles », il saisit son portable et appela l'hôpital.

L'état d'Aidan était stable, ce qui était un excellent signe.

L'espace d'un instant, il songea qu'il n'était peut-être pas indispensable de se rendre à l'hôpital. Il aimait son frère, mais monter la garde à côté de son lit n'avancerait à rien. À cette pensée, il fut aussitôt pris de remords. Aidan n'avait que lui et il était de son devoir d'être à ses côtés dans l'adversité. C'était ce qu'un frère digne de ce nom se devait de faire. Mais pénétrer dans un hôpital était si difficile pour lui !

Chloe dormait toujours lorsqu'il se leva. Il se doucha rapidement, s'habilla. Puis il alla jeter un coup d'œil à la cuisine, pour voir ce qu'il allait pouvoir préparer comme petit déjeuner.

Il ouvrait la porte du réfrigérateur lorsqu'une petite feuille de papier maintenue par deux aimants en forme de lettres de l'alphabet attira son attention.

Il s'en saisit. C'était un prospectus concernant le centre de loisirs de l'école de Chloe. Bon sang ! Il était là depuis le début. Il ne l'avait pas remarqué parce qu'ils avaient commandé des pizzas pour le dîner et qu'il n'avait pas prêté attention à ce qui se trouvait sur la porte du réfrigérateur de son frère lorsqu'il était venu prendre du jus de fruit pour Chloe.

Le centre de loisirs durait une semaine, mais il ne commencerait que dans quelques jours. Si, dans l'intervalle, il pouvait compter sur Eli pour s'occuper de Chloe, cela lui permettrait de gagner du temps et d'assumer tout ce qu'il avait à faire avant le retour de l'enfant à l'école début janvier. D'ici là, Aidan serait peut-être sorti de l'hôpital.

En moins d'une heure, il avait installé Chloe dans son van, dans le siège pour enfant qu'Eli avait sorti de sa voiture, et il prenait la route du manoir.

— Regarde ce que j'ai trouvé ! annonça Daniel en entrant dans la cuisine du manoir.

D'une main, il souleva Chloe contre lui tandis que, de l'autre, il brandissait un prospectus.

Eli sentit une onde de chaleur la parcourir. Cet homme était vraiment irrésistible. En quoi le fait de le voir prendre Chloe dans ses bras pouvait-il l'émouvoir à ce point ? Des pères aimants agissant ainsi, elle en avait vu souvent, mais aucun n'avait à ce point troublé la femme qu'elle était.

C'était Daniel, voilà l'explication. Le baiser qu'ils avaient échangé la veille, lorsqu'elle lui avait arraché cette confession concernant son mariage, l'avait totalement libérée.

Anxieuse, elle s'était demandé comment il allait réagir ce matin. Tout était différent désormais. Cet homme dont elle avait rêvé de se venger se révélait être celui qui l'avait empêchée de faire la plus grosse erreur de sa vie. Lui en tiendrait-il rigueur ?

Mais il était là, tout sourire, lui tendant un papier, comme si rien n'avait pu le rendre plus heureux que de la voir.

— Qu'est-ce que c'est ? demanda-t-elle.

— Des informations sur le centre de loisirs où est inscrite Chloe.

— C'est vrai ? Où as-tu trouvé ça ?

— Le papier était juste sous mon nez, aimanté sur la porte du réfrigérateur, au milieu de quelques autres. Ce matin, il m'a sauté aux yeux alors que je ne l'avais pas remarqué hier.

Eli le prit et le parcourut.

— Oh ! Le centre prévoit une semaine d'activités artistiques. Ça te plaît, l'art, Chloe ?

La petite fille hocha la tête.

— Princesse Câline et moi, on adore dessiner et peindre.

Eli rendit le prospectus à Daniel.

— Moi aussi. Je crois que nous allons bien nous amuser, aujourd'hui, pendant que ton oncle Daniel va travailler au manoir.

— Oncle Daniel, tu vas rester ici toute la journée ? s'enquit Chloe.

— Absolument. Je serai là si tu as besoin de moi.

Chloe fronça les sourcils et serra très fort son chat en peluche contre sa poitrine.

— Je croyais que tu devais aller voir mon papa et demander au docteur quand je pourrais y aller moi.

Daniel jeta un coup d'œil à Eli. Elle lui fit comprendre qu'il n'y avait aucun problème, qu'il pouvait se rendre à l'hôpital et qu'elle serait heureuse de s'occuper de Chloe.

— C'est une bonne idée d'aller voir le médecin, dit-elle, et de faire le point sur l'état d'Aidan.

— J'ai appelé l'hôpital ce matin. Son état est stable.

Il avait brusquement changé d'humeur. Il semblait hésiter. Eli n'aurait su dire ce qui se passait exactement, mais quelque chose n'allait pas.

— Chloe et moi avons un emploi du temps très chargé, dit-elle pour détendre l'atmosphère. Tu vois, tu peux y aller. Nous allons être tellement occupées que tu ne vas probablement pas nous manquer.

De nouveau, elle vit Daniel chercher son regard.

— J'espère que si, tout de même !

Et voilà ! Elle était là, de nouveau, cette émotion qui faisait s'emballer son cœur et naître d'étranges picotements au creux de son ventre. Il fallait faire attention, car elle ignorait où ces sensations traîtresses pouvaient la mener. Et elle était prête à parier que Daniel n'était pas franchement innocent dans cette histoire.

— Mais oui, tu vas me manquer, Oncle Daniel ! affirma Chloe. Tu reviendras dès que tu auras vu papa, hein ?

Daniel lui sourit, mais il y avait une tension palpable sur son visage, comme s'il faisait un réel effort pour sourire à sa nièce. Si Eli ne l'avait pas vu aussi enjoué à son arrivée, elle aurait pu penser qu'elle était la cause de ce soudain revirement d'humeur. Mais, une fois encore, elle extrapolait sûrement...

— En fait, je ne suis pas certain d'y aller aujourd'hui, mais je poserai la question au médecin, au téléphone.

— Quoi ? Tu ne vas pas à l'hôpital ? s'étonna Eli.

— Je verrai. Quand j'ai eu l'infirmière au téléphone, elle m'a dit qu'on me contacterait au moindre changement...

Au même instant, Gigi fit son entrée en poussant la porte à double battant de la cuisine.

— Bonjour ! s'exclama-t-elle avec entrain.

— Bonjour, Gigi !

Eli jeta un coup d'œil à sa montre, ravie de la diversion.

— Tu t'es levée tôt, ce matin. Il n'est que 7 h 30.

— J'ai une excellente raison pour être fin prête et sur le pont à cette heure matinale, répondit sa grand-mère en se tournant vers Chloe.

La fillette gloussa, visiblement heureuse.

— Princesse Câline est tout à fait prête, elle aussi, dit-elle en brandissant le petit chat en peluche.

Gigi se pencha et tendit l'oreille.

— Que dis-tu, Princesse Câline ? Tu veux jouer à My Little Pony ?

Chloe écarquilla les yeux et secoua la tête de son chat pour lui faire dire oui.

— Oh ! mais oui, moi aussi, j'adorerais jouer, Princesse Câline, dit encore Gigi. Je vais voir si Chloe a envie de jouer avec nous.

Chloe se mit à sauter de joie.

— Oui, oui ! s'écria-t-elle.

Gigi prit la petite fille par la main et décocha un sourire entendu à Eli, à Daniel puis de nouveau à Eli.

On ne pouvait être plus claire.

— Désolée de vous abandonner, mais Chloe, Princesse Câline et moi, nous avons à faire. Amusez-vous bien, tous les deux.

Elle conclut par un clin d'œil et sortit avec Chloe.

Eli l'entendit encore saluer un couple qui résidait au manoir, mais ne put discerner ce qui se disait derrière les portes battantes. L'espace d'un instant, elle songea à aller voir si elle pouvait aider en quoi que ce soit, mais c'était au tour de Zelda, aujourd'hui, de préparer et de servir le petit déjeuner. En fait, il fallait se rendre à l'évidence : si elle avait tant envie de s'éloigner en cet instant, c'était à cause de Daniel et du troublant baiser de la veille dont il lui semblait sentir encore l'empreinte sur ses lèvres. Et elle éprouvait la même gêne que lorsqu'elle s'était retrouvée seule avec lui, au restaurant, à la suite des manigances de Gigi. Une fois de plus, il était évident que sa grand-mère faisait tout pour les pousser l'un vers l'autre. D'autant que Daniel ne semblait pas pressé de se rendre à l'hôpital. Eli ignorait pour quelle raison il rechignait tant. Mais une chose était certaine, la situation la mettait mal à l'aise.

— À quelle heure arrive ton équipe ? demanda-t-elle.

— Dans une heure et demie. Je leur ai dit de venir à 9 heures. Pourquoi ?

— Tu ne comptes pas aller voir Aidan avant leur arrivée ?

— Vu que son état n'a pas bougé, je pensais plutôt y aller à l'heure du déjeuner.

Et voilà, elle ne s'était pas trompée. Daniel était tendu.

— Dans ce cas, cela nous laisse tout le temps de faire une petite promenade, poursuivit-elle. J'adore Forsyth Park le matin.

Tu m'accompagnes ? Cela nous fera du bien de prendre l'air. Je vais nous préparer deux cafés à emporter.

Eli sortit deux mugs de voyage du placard de la cuisine. Il buvait son café noir et sans sucre, elle l'avait appris la veille à l'hôpital. Il s'était passé tellement de choses depuis ! Elle avait l'impression que des mois s'étaient écoulés. Elle connaissait le goût de ses lèvres, leur douceur sur les siennes, la sensation de ses mains sur son corps, mais il y avait tant de choses encore qu'elle ignorait sur cet homme...

Préparer un café pour un homme le matin lui parut soudain une chose très intime. L'image de Daniel nu, endormi à ses côtés dans le lit, avec les premiers rayons de soleil matinal qui filtraient dans la chambre, se déploya dans son esprit tel un film. Sa raison avait beau la mettre en garde, cette vision s'attarda dans son esprit et, avec elle, le trouble qui avait surgi dans son corps. Elle savait pourtant que c'était ridicule, son temps à Savannah était compté. Elle regagnerait Atlanta tôt ou tard.

Eli s'efforça d'ignorer la petite voix qui lui soufflait : *Puisque tu dois partir au bout du compte, pourquoi refuserais-tu une aventure ? Ce serait fait et tu l'oublierais.*

Eli cilla à plusieurs reprises, chassant très vite cette pensée.

— Je ne dis pas non pour un café, s'exclama Daniel.

Eli en versa deux tasses... *Nue dans le lit, en train de boire un café avec lui après une nuit torride...*

Comment serait-ce de passer une nuit dans ses bras ?

Arrête ! Ça suffit !

Ça n'arrivera pas de toute façon.

Jusqu'au moment où ça arrivera...

Ils quittèrent la cuisine et gagnèrent l'entrée du parc. La lumière offrait ce mélange d'argent et d'or liquide qui filtrait à travers la mousse espagnole et baignait les branches des chênes, donnant au parc, avec ses décorations de Noël, un aspect irréel, éthéré. Il faisait doux et la brise effleurait les visages telle une caresse.

— C'est le moment de la journée que je préfère, dit Eli, rompant le silence.

— C'est magnifique, répondit Daniel tandis qu'ils avançaient.

Mon bureau se trouve dans un bâtiment victorien, de l'autre côté du parc. J'aime courir le matin, avant de me mettre au travail. J'ai tout sur place pour me doucher et me changer. Je vois que tu aimes te lever tôt, toi aussi.

— En tant qu'enseignante, je n'ai pas trop le choix.

— Cela te plaît d'enseigner l'art ?

Eli sentit sa gorge se serrer en songeant qu'elle n'avait plus de poste de professeur. Elle ne répondit pas tout de suite et entraîna Daniel dans le jardin des senteurs. C'était l'un des endroits qu'elle préférait. Situé dans la partie ouest du parc, il était entouré de murs et l'on y pénétrait par une grille de fer forgé.

— C'est un métier passionnant, affirma-t-elle enfin en poussant la grille.

— Mais… ?

— Mais quoi ?

Elle s'assit sur le banc de pierre, près de la petite fontaine qui ornait l'entrée, et Daniel prit place à ses côtés. Leurs cuisses se touchèrent.

— Il y avait un « mais » à la fin de ta phrase. C'est un métier passionnant, mais…, dit Daniel.

— Ce n'est pas ce que j'ai dit.

— Tu n'as pas eu besoin. C'était implicite dans ta voix.

— Tu es très perspicace. C'est vrai que la situation est un peu compliquée.

— Tu peux toujours me l'expliquer. Je devrais être capable de comprendre.

Eli se mordit la lèvre et sourit.

— Je n'en doute pas, mais ce n'est pas pour cette raison que je t'ai demandé de m'accompagner.

— Oh ! À quoi dois-je m'attendre ? Je crains le pire.

Eli lui sourit.

— Je te propose un marché. Si tu me dis pourquoi tu n'as pas envie d'aller à l'hôpital, je t'expliquerai en quoi ma situation est compliquée.

Eli sentit Daniel se crisper. Il s'écarta légèrement d'elle, le regard fixé sur sa tasse.

— Qu'est-ce qui te fait croire que je n'ai pas envie d'aller à l'hôpital ?

— D'abord, parce que dès que j'en parle, tu évites mon regard.

Daniel se tourna vers elle.

— Non. Je te regarde, tu vois ?

Il avait peur. Eli le lisait dans ses yeux. Elle se tourna vers lui et son genou effleura de nouveau la jambe de Daniel.

— Mais surtout, poursuivit-elle, chaque fois que j'ai mentionné l'hôpital, tu as eu l'air paniqué, comme si tu voulais t'enfuir.

— Fuir n'est pas la façon dont je gère les situations.

Eli eut envie de le pousser dans ses retranchements en soulignant que sa décision de travailler ce matin, au lieu de se rendre à l'hôpital, ressemblait fort à une fuite. Ou, tout du moins, à de l'évitement. Elle n'en dit rien toutefois.

— D'accord, peut-être que je me trompe, soupira-t-elle, mais il m'a semblé que, chaque fois que quelqu'un mentionnait l'hôpital, tu perdais ton sang-froid. Ton frère et toi, vous donnez pourtant l'impression d'être très proches. Je tente seulement de comprendre pourquoi tu ne...

Eli s'interrompit en lisant de l'affolement dans le regard de son interlocuteur. Peut-être valait-il mieux ne pas insister. Le silence retomba entre eux.

— Ce n'est pas parce que je ne passe pas tout mon temps à son chevet que je m'en désintéresse.

Eli le sentit sur la défensive. Elle n'avait vraiment pas cherché à le mettre mal à l'aise.

— Je ne porte aucun jugement, Daniel. Ne sois pas en colère.

— Je ne le suis pas.

— Dans ce cas, écoute-moi jusqu'au bout, d'accord ?

Il acquiesça d'un signe de tête.

— Même plongé dans le coma, il est possible qu'il t'entende, qu'il sente ta présence. Te savoir auprès de lui pourrait lui donner la force de se battre.

Daniel se pencha en avant, les coudes posés sur les genoux, les yeux au sol. Eli n'excluait pas la possibilité qu'il se lève et s'en aille. Aussi demeura-t-elle immobile, silencieuse.

— J'ai l'intention de faire tout ce qu'il faut pour Aidan, déclara-t-il finalement. Ce qu'il y a, c'est que je n'aime pas les hôpitaux. Je n'y ai connu que des dénouements malheureux. Les personnes que j'ai aimées et qui y sont allées n'en sont jamais sorties vivantes. Mes parents, par exemple, qui ont eu un accident de voiture lorsque j'étais en terminale. Puis ma grand-mère, qui a fait un infarctus et que l'on n'a pas pu sauver. Et enfin, ma femme, qui est décédée à la suite d'un accident cardio-vasculaire. Aujourd'hui, c'est Aidan qui s'y trouve, en train de lutter pour sa vie. Chloe et lui sont la seule famille qu'il me reste, ajouta-t-il, ponctuant sa phrase d'un haussement d'épaules.

Sa femme ? Daniel avait été marié ? C'était la première fois qu'elle en entendait parler, mais le moment n'était pas propice aux questions.

— Je suis désolée.

Eli faillit lui prendre la main mais se ravisa au dernier moment.

— Je n'avais pas imaginé cela.

— Tu pensais réellement que je n'avais pas envie d'y aller parce que je m'en fichais ?

— Non. Je ne te juge pas, Daniel. J'ignorais ce qui se passait, mais je me doutais qu'il y avait un problème.

Elle leva les mains en signe d'apaisement.

— Je te le répète, je ne porte aucun jugement. Mais réfléchis : ne pas aller à l'hôpital ne change rien au fait qu'Aidan s'y trouve. C'est très bien que son état se soit stabilisé, mais il a quand même besoin de te sentir à ses côtés, de t'entendre lui parler. Il saura que tu le vois. Si tu ne le fais pas pour toi, fais-le pour Chloe. Et bien sûr, si tu as besoin d'aide pour Chloe ou si tu veux que quelqu'un t'accompagne à l'hôpital pour te soutenir, nous sommes là, ma famille et moi. Je suis là.

— Merci, Eli. Tu as de la chance de les avoir.

Daniel sourit, mais son regard demeura neutre.

— Ta grand-mère a toujours été très bonne pour moi. Elle a accueilli ma famille après l'incendie et, grâce à elle, Chloe n'est pas trop malheureuse et elle se sent en sécurité aujourd'hui. Durant toutes ces années, Wiladean m'a fait confiance. Elle a vu, au-delà du petit délinquant que j'étais à l'adolescence, l'homme que j'allais devenir. Et c'est grâce à elle et à sa gentillesse que les gens d'ici ont cessé de me rejeter.

— Gigi a toujours été très gentille, assura Eli.

Mais l'adjectif lui parut soudain inadéquat.

Dire que Daniel avait été marié et qu'elle ne lui en avait rien dit !

— Toi aussi, Eli, tu es quelqu'un d'exceptionnel, reprit Daniel. Je n'abandonne pas mon frère, mais en vérité, aller à l'hôpital et rester à son chevet alors qu'il est branché à tous ces tubes et à toutes ces machines, c'est extrêmement difficile pour moi.

— J'irai avec toi.

— Oh ! cela m'aidera énormément, je crois ! Tu serais prête à y aller avec moi aujourd'hui, vers midi ou 13 heures ?

— Bien sûr ! C'est d'accord.

— Maintenant, c'est à toi de me dire quel problème t'empêche d'aimer ce métier qui te passionne.

— J'ai vraiment conclu ce marché ?

— Oui.

Eli but une gorgée de café qui lui brûla les lèvres. Il était encore fumant dans la tasse isotherme.

— J'ignorais que tu avais été marié, dit-elle.

Les mots lui avaient échappé sans qu'elle ait eu le temps de les retenir.

Il lui fut impossible de s'excuser d'être indiscrète, de lui dire qu'il n'était pas obligé de répondre. Malgré son envie de rompre le silence qui venait de s'installer entre eux, elle fut incapable de dire quoi que ce soit.

Daniel finit par prendre la parole.

— J'ai été marié pendant sept mois. Elle s'appelait Lana. Elle était...

Un sourire triste effleura ses lèvres et il secoua la tête.

— Elle était lumineuse, pleine de vie, positive. Elle me faisait penser à toi.

Eli le regarda, le souffle coupé par cet aveu.

— Tu as dit qu'elle avait eu un accident cardio-vasculaire ?

Daniel hocha la tête.

— C'est arrivé quand ?

— Il y a cinq ans.

— Oh Daniel, je suis vraiment désolée !

— C'est comme ça. Et c'est terrible. On aime quelqu'un et soudain, tout bascule. En un clin d'œil, la personne n'est plus là.

Les yeux de Daniel brillaient de larmes, mais il ne détourna pas le regard.

Jamais un homme ne s'était montré à ce point sincère avec elle, aussi vulnérable.

Elle ne sut que dire. Elle ne se sentait pas le droit de parler. Elle-même n'avait jamais perdu une personne qu'elle aimait ou, du moins, aucune ne lui avait été arrachée par la mort. Un frisson glacé la parcourut.

C'est alors que Daniel eut le geste le plus inattendu qui soit. Il glissa un bras autour d'elle et l'attira contre lui. C'était comme s'il voulait la réconforter, alors que cela aurait dû être l'inverse.

— Lana a grandement contribué à me faire changer. J'ai appris que la vie ne donne pas souvent de deuxième chance. Et que, quand elle en offre une, il ne faut pas hésiter à la saisir.

Pour conclure, Daniel se pencha et lui effleura les lèvres d'un baiser.

— C'est ton tour maintenant, dit-il en se redressant. Parle-moi de ton travail. Pourquoi n'est-il plus aussi enthousiasmant qu'avant ?

— Non. C'est inutile. Mon histoire est tellement triviale par rapport à ce que tu viens de me dire !

— Un marché est un marché. En fait, je t'ai confié deux choses dont je n'aime pas parler. C'est ton tour, à présent.

Eli eut un petit haussement d'épaules.

— D'accord.

Le bras de Daniel était toujours là, tendrement refermé autour d'elle et, en cet instant, il n'existait pas d'autre endroit au monde où elle aurait voulu se trouver.

— Le problème, ce n'est pas que mon travail ne soit pas enthousiasmant ; c'est que je n'ai plus de travail. À cause de réductions budgétaires, mon poste d'enseignante en art a été supprimé. L'art n'est pas considéré comme une priorité. Voilà où j'en suis.

— Cela signifie-t-il que tu vas rester à Savannah ?

— Je ne sais pas. Probablement que non. Je vis à Atlanta maintenant, ma vie est là-bas. Mais il est possible que je doive me déplacer en fonction du travail que je trouverai.

— Si cela peut avoir une influence..., commença Daniel.

Il la serra plus fort, saisit une mèche de ses cheveux et la laissa glisser entre ses doigts.

— Moi, j'aimerais que tu restes. Me laisseras-tu une chance d'essayer de te convaincre de revenir vivre à Savannah ?

Eli sentait son souffle chaud balayer sa tempe. Son cœur s'était soudain mis à battre très fort.

Oh ! comme elle avait envie que cet homme fasse partie de sa vie !

Elle sentit les lèvres de Daniel venir effleurer sa joue. Elle leva la tête pour le regarder. Il avait le visage grave, mais son regard brûlait de désir. Un instant plus tard, leurs lèvres se rejoignaient.

Le baiser commença lentement, imperceptiblement, avec une douceur envoûtante. Daniel pressait ses lèvres, les caressait, faisait croître peu à peu le désir. Bientôt, Eli s'abandonna. Et lorsque le baiser s'approfondit et se fit plus intense, elle se cramponna à la chemise de Daniel, serrant le tissu serré dans ses poings pour ne pas chavirer.

Futur marié infidèle, mariage raté, frère blessé... Soudain plus rien n'importait que la façon dont leurs corps s'imbriquaient, s'apprivoisaient, dans cette étreinte improvisée, tandis que Daniel la serrait plus fort contre lui et prenait sa bouche, argument des plus convaincants pour l'inciter à demeurer à Savannah. Peut-être le vieil adage était-il vrai ? Lorsqu'une porte se fermait, une autre s'ouvrait sur un avenir plus beau. Car que pouvait-il exister de plus tentant que les sentiments très forts qui s'exprimaient dans cette confession silencieuse ?

Les lèvres de Daniel avaient un goût de café et de cannelle, une saveur exotique qui parlait à Eli d'autrefois, mais qui revêtait surtout une irrésistible promesse d'avenir.

Oh mon Dieu, dans quoi s'embarquait-elle ?

Fidèle à sa promesse, Eli accompagna Daniel à l'hôpital chaque jour.

Le quatrième jour après l'accident, une infirmière les accueillit avec de bonnes nouvelles. L'œdème dans le cerveau d'Aidan avait commencé à se résorber. Cela ne signifiait pas qu'il soit totalement sorti d'affaire, mais c'était le signe incontestable que son état s'améliorait. Dans son apparence, rien n'avait changé, mais médecins et infirmières étaient optimistes.

Eli avait apporté un petit sapin artificiel pour lui, mais elle n'avait pas été autorisée à le mettre dans sa chambre en soins intensifs. On lui permit toutefois de laisser un cadre contenant une photo de Chloe que Daniel avait trouvé dans le salon, chez Aidan.

Tandis qu'ils quittaient l'hôpital, Daniel prit la main d'Eli. Le soleil était en train de se coucher et une douce promesse semblait flotter dans la brise douce de cette soirée de décembre à Savannah.

— Je crois qu'il vaudrait mieux attendre qu'Aidan se réveille avant d'emmener Chloe le voir, dit Daniel.

— Dans combien de temps crois-tu que cela arrivera ?

— Le médecin ne veut pas se prononcer, mais tout porte à croire que ce ne devrait pas être long.

Eli hocha la tête.

— Tu sais ce qui serait sympa ? Je voulais faire un cadeau de Noël un peu anticipé à Chloe. Je voulais lui acheter un chevalet à elle. J'aimerais lui en faire la surprise. Nous avons pris tellement de plaisir à peindre ensemble ! Tu serais d'accord pour que nous passions par le magasin de fournitures pour artistes ce soir ? Et nous pourrions en profiter pour dîner dehors.

— C'est une excellente idée !

Daniel songea qu'il aurait été d'accord avec Eli quoi qu'elle propose. Il l'aurait même suivie au bout du monde. Cette prise de conscience fit soudain s'emballer son pouls et il sentit son corps tout entier réagir. Ce qui se passait entre eux était encore nouveau, c'était comme si ce sentiment, qui avait mûri au fil de sa vie, restait néanmoins fragile, aujourd'hui. Daniel éprouvait le besoin d'avancer avec prudence.

Même s'ils n'entendaient pas se cacher particulièrement,

puisqu'ils se tenaient la main à l'extérieur et s'embrassaient dans le parc, ils avaient décidé d'être plus réservés face à la famille d'Eli, et surtout face à Chloe. Eli avait plaisanté, affirmant qu'elle ne voulait pas donner à Gigi la satisfaction de penser que ses nombreuses tentatives pour les pousser dans les bras l'un de l'autre avaient porté leurs fruits.

Lorsqu'ils se trouvaient tous deux au manoir, Daniel travaillait avec son équipe et Eli s'occupait des résidents ou jouait avec Chloe. Se pouvait-il qu'une semaine seulement se soit écoulée depuis qu'elle avait vu Daniel courir depuis son balcon ? Elle n'en revenait pas.

— Tu sais ce dont je viens de me rendre compte ? demanda Daniel lorsqu'ils atteignirent le van.

— Non. De quoi s'agit-il ?

— Je ne t'ai pas encore invitée à dîner en bonne et due forme.

— C'est vrai !

Daniel pressa la télécommande pour ouvrir les portières.

— Il faut que je répare cette erreur.

— Je suis certaine que Gigi acceptera de jouer les baby-sitters pour Chloe, dit Eli avec un sourire.

— Et que vas-tu lui dire ? En ce qui nous concerne, j'entends.

Lorsque Eli leva les yeux vers lui, il vit le soleil couchant se refléter dans son regard, mêlant à ses iris des nuances d'argent et d'or. Daniel songea qu'il aurait voulu pouvoir immortaliser cet instant. Rien n'aurait pu le rendre plus heureux, combler son cœur.

Il en allait tout autrement avec son corps. Son désir pour Eli le taraudait. Il avait envie de la découvrir dans l'intimité comme on découvrait un cadeau longtemps attendu. Il rêvait de leurs corps nus, si serrés l'un contre l'autre qu'il ne saurait dire où le sien finissait et où commençait celui d'Eli…

— Demain soir, ma sœur Kate vient au manoir et nous dînons en famille avec Gigi et ma mère, indiqua Eli. Je pense que ce serait l'occasion d'apprendre à ma famille qu'un certain nombre de choses ont changé entre nous, tu ne crois pas ?

8

— Il y a vraiment des pirates qui habitent ici, Oncle Daniel ?

L'hôtesse du Repaire des Pirates venait juste de les installer à leur table et Chloe, les yeux écarquillés, contemplait la salle du restaurant tout autour d'elle.

L'homme déguisé en pirate qui haranguait les clients à l'extérieur avait donné le ton à la soirée, dans ce restaurant mondialement connu, et il n'avait pas manqué de capter l'attention de Chloe.

— Bien sûr ! répondit Daniel. Celui qui t'a parlé tout à l'heure, à l'extérieur, il habite ici. C'est sa maison.

Le restaurant était très touristique. Ce n'était pas le genre d'établissement qu'affectionnait Daniel, mais il devait reconnaître que l'ambiance était familiale et sympathique, idéale pour prendre un repas avec Eli et Chloe avant d'aller acheter le chevalet au magasin de fournitures pour artistes.

— Mais pourquoi il laisse tous ces gens entrer chez lui, alors ? poursuivit Chloe. Ils vont manger tout ce qu'il a dans sa cuisine.

Eli et Daniel se mirent à rire.

— Ce ne sont pas les provisions qui lui manquent, tu sais, et c'est quelqu'un qui adore partager, dit Eli.

Elle désigna la carte.

— Tu as vu tout ce qu'il propose ? Qu'est-ce qui te ferait plaisir ?

— Je suis certain de savoir ce que tu veux, moussaillon, dit Daniel en prenant son plus bel accent de pirate.

Chloe gloussa et serra son chat en peluche contre elle.

— Tu veux un beau et gros filet de poisson, c'est ça ?

— Non, dit Chloe. Pas du tout. Cherche encore !

— Mille sabords ! Alors, une belle assiette de jambalaya. Oui, c'est ce que la petite demoiselle rêve de manger. Apportez-moi ça tout de suite !

— Non, non ! s'exclama Chloe en riant. C'est pas ça !

— Barbe Noire se serait trompé ? Ce n'est pas possible !

— Tu n'es pas Barbe Noire, tu es Oncle Daniel ! Princesse Câline veut manger des nuggets de poulet. Et des frites !

— Ah, je ne sais pas si c'est possible. C'est le plat réservé aux plus vaillantes princesses pirates. Es-tu une vaillante princesse pirate ?

— Oui ! Et Princesse Câline aussi !

— Dans ce cas, vous en aurez toutes les deux. Mais seulement si tu me fais un beau dessin.

— D'accord ! s'exclama Chloe.

Elle s'empara d'un crayon violet dans la corbeille qu'avait apportée l'hôtesse et se mit à colorier le dessin de bateau de pirate sur le set de table en papier.

C'est alors que Daniel remarqua une dame d'un certain âge, à la table voisine, qui les regardait d'un air attendri.

— Quelle petite fille adorable ! Quel âge a-t-elle ?

— J'ai cinq ans, répondit Chloe en brandissant sa main, les doigts bien écartés.

Elle les fixa un instant, vérifiant qu'elle ne s'était pas trompée.

— Tu m'as l'air très intelligente et très bien élevée, dit encore la dame.

Elle repoussait déjà sa chaise, car elle avait terminé son repas et se levait pour partir avec les convives de sa table.

— Cela fait chaud au cœur de voir des parents aussi aimants et attentifs. Vous formez une très belle petite famille.

— Merci, dit Daniel.

Il se tourna vers Eli et lui sourit, attentif à sa réaction.

Lorsqu'elle sourit à son tour et remercia la dame, il les regarda toutes les deux, Chloe et elle, assises face à lui et, l'espace d'un instant, il eut l'impression qu'ils formaient vraiment une famille. Il s'imagina marié à Eli, en train de dîner au restaurant avec leur enfant. Voilà, songea-t-il en éprouvant une soudaine sensation de bien-être. Ce serait bien. Parfait, même.

— Qu'y a-t-il ? demanda Eli.

Il secoua la tête avec un sourire.

— Cet endroit me fait penser aux circuits d'architecture que tu envisageais d'organiser pour les résidents du manoir.

Daniel éprouvait le besoin de se raccrocher au réel plutôt que de se laisser aller à rêver à un possible mariage avec Eli.

— Pourquoi ? demanda-t-elle.

— Ce bâtiment n'est pas seulement le plus ancien de Savannah ; c'est le plus ancien de toute la Géorgie.

— J'en ai entendu parler, mais... d'accord, j'avoue. Cela paraît peut-être incroyable, mais bien que je sois née ici et que j'y aie grandi, c'est la première fois que j'y mets les pieds.

— Moi qui croyais que Le Repaire des Pirates était un passage obligé pour tous les natifs de Savannah !

— Non, c'est un passage obligé pour tous les touristes.

— Ce qui en fait un incontournable dans un circuit d'architecture. Ce restaurant historique, ainsi que tout le bâtiment, date de 1750. Et le petit pavillon devant lequel nous sommes passés, et qui fait office de serre, a été construit dans les années 1930. C'est intéressant sur le plan historique, non ?

— Tout à fait. Tu as l'air de savoir beaucoup de choses, je suis impressionnée ! Tu t'es toujours intéressé à l'architecture ?

Daniel secoua la tête.

— Je ne sais pas. Peut-être, mais je n'en étais pas conscient. Si cela m'avait vraiment passionné, j'imagine que j'aurais tout fait pour pouvoir poursuivre mes études et que j'aurais étudié l'architecture à l'université. Comme mon frère.

— Il n'est jamais trop tard.

Daniel se cala contre le dossier de sa chaise.

— J'ai déjà énormément de travail avec mon entreprise. Il ne me reste pas beaucoup de temps libre, ce qui est plutôt bon signe, tu me diras. Et puis, si j'avais un diplôme d'architecte, je préférerais probablement construire plutôt que de rénover. Or, ce sont précisément mes connaissances dans ce domaine, des connaissances très spécifiques sur l'architecture des maisons anciennes, qui me distinguent de la concurrence.

Eli leva les mains.

— Parfait. Tu m'as convaincue ! C'est bien de faire exactement ce qui nous passionne.

C'était fou ! À la façon dont elle venait d'incliner la tête, une image avait surgi dans son esprit. Eli, telle qu'il l'avait vue la première fois, le jour où elle avait cherché à lui enseigner la grammaire et où il s'était penché pour embrasser. Il en éprouvait l'envie folle en cet instant, et c'était très exactement ce qu'il aurait fait, au beau milieu du restaurant, si Chloe ne s'était pas trouvée là.

— Tu me feras faire la visite architecturale de Savannah ?

La demande d'Eli le prit au dépourvu.

— Euh... Je n'ai pas véritablement de visite définie au sens strict du terme.

— Dans ce cas, nous pourrions peut-être faire une promenade, un soir, et tu me montrerais les lieux que tu affectionnes plus particulièrement.

En temps normal, il aurait plaisanté. Il lui aurait demandé combien elle était prête à payer pour qu'il lui dévoile ses secrets, mais il ne voulait pas risquer de gâcher ce moment.

— C'est d'accord, répondit-il simplement.

— Eh bien, tu acceptes enfin de me consacrer un peu de temps ? Ce n'est pas trop tôt !

Eli serra sa sœur dans ses bras et se mit à rire pour atténuer le reproche et faire comprendre à Kate qu'elle plaisantait. Enfin... presque.

— Je suis rentrée la nuit dernière, dit Kate en remontant la bandoulière de son sac sur son épaule. J'étais partie en croisière une semaine aux Bahamas.

— Ah, je comprends maintenant pourquoi tu es aussi bronzée, et pourquoi tu ne m'as pas rappelée.

Les deux sœurs traversèrent le hall d'entrée en direction de la cuisine. Eli adressa un petit signe de main à un couple de résidents jeunes mariés qui s'étaient visiblement mis sur leur trente et un pour une soirée en ville.

— Il n'y avait pas de réseau sur le bateau et je n'allais pas te réveiller à 2 heures, ce matin, lorsque je suis rentrée. Il va falloir que tu me racontes tout ce qui s'est passé pendant mon absence.

— Oh ! là ! Par où commencer ? répondit Eli, faisant mentalement la liste de tout ce qu'il y avait de nouveau.

Sa venue à Savannah à cause de la perte de son poste. Daniel. L'accident d'Aidan. *Daniel*. La présence de Chloe au manoir. *Daniel*. Leur mère et Gigi en désaccord au sujet de la rénovation et les orientations nouvelles que Zelda avait en tête concernant le manoir... *Daniel*.

De son sac, Kate sortit une bouteille de vin rouge, une petite bouteille de rhum, une brique de jus d'orange, une fiasque de cognac et plusieurs fruits. Elle aligna tout cela sur la table.

— Je me suis dit que j'allais préparer une sangria pour donner un petit air de fête au repas de ce soir. Tu sais où Gigi range les pichets ?

— Je vais en chercher un, dit Eli.

— Et si tu veux bien me passer une planche à découper, je vais préparer les fruits en premier, pour qu'ils aient le temps de macérer un peu dans l'alcool.

— Dis-moi, tu n'es pas sortie avec Aidan Quindlin à une certaine époque ? demanda Eli tout en ouvrant les portes du buffet.

Kate eut un petit haussement d'épaules.

— Je ne suis pas vraiment sortie avec lui. Il était amoureux de moi en terminale, et il m'a demandé s'il pouvait être mon cavalier pour le bal de fin d'année. Ça ne s'est pas très bien terminé. À cause de moi, je dois le reconnaître. Je n'aurais jamais dû accepter d'aller à ce bal avec lui. Pourquoi tu me demandes ça ?

— Parce qu'il a eu un grave accident de moto la semaine dernière.

— Oh ! non... C'est affreux. Mais, dis-moi, on parle bien d'Aidan Quindlin ? Il fait de la moto ? Je ne l'aurais jamais imaginé, ce n'était vraiment pas son genre. Quel crétin !

— Kate ! dit Eli en posant un pichet en verre sur la table. Ce n'est pas sympa de dire ça. Il a été gravement blessé, tu sais…

Kate plaqua une main sur sa bouche, l'air sincèrement contrit.

— Désolée. Il va comment ?

— Pour le moment, il est dans le coma. Il est au Memorial University Hospital, mais depuis hier, il paraît qu'il y a du mieux. Le médecin pense qu'il va s'en sortir.

— Il est dans le coma ?

Kate n'en revenait pas.

— Je suis contente de savoir qu'il va s'en sortir. J'irai le voir. Tu as une idée des heures de visite ?

Eli les lui indiqua. Kate la fixa, les sourcils froncés, le couteau en l'air.

— Comment se fait-il que tu sois à ce point au courant de l'état d'Aidan et des horaires de visite ?

— Figure-toi que j'étais avec son frère, Daniel, quand la police l'a appelé pour l'informer de l'accident, répondit Eli, se préparant à la réaction de Kate.

Elle fut immédiate.

Sa sœur reposa son couteau et leva les mains.

— Waouh ! Attends… On va commencer par le commencement. Qu'est-ce que tu fabriquais avec Daniel Quindlin ?

Eli sentit son estomac se crisper.

— Je déjeunais avec lui, répondit-elle d'un ton qu'elle voulait détaché.

Comme s'il s'agissait d'un déjeuner entre copains, et non d'un tête-à-tête avec l'homme que ses sœurs détestaient depuis l'incident du mariage.

Même si Eli était anxieuse à la perspective de raconter à sa sœur le tour qu'avaient pris les événements, elle avait hâte de lui révéler cette nouvelle… amitié ? Elle hésitait encore à parler de liaison. Tout était si récent et le fait d'émotions si fluctuantes… Mais pour être tout à fait honnête, ce qui se passait allait au-delà d'une simple amitié. D'abord, des amis ne s'embrassaient pas comme ils l'avaient fait, Daniel et elle, et ils ne rêvaient pas d'aller encore plus loin. En même temps, elle n'avait pas envie, à ce stade, de coller une étiquette sur ce qui se passait entre eux. Ce serait le moyen le plus sûr pour tuer la passion.

— Hum... Un déjeuner ? Je n'y comprends rien. Je crois qu'il vaut mieux que tu reprennes depuis le début.

C'est ce que fit Eli. Elle expliqua à sa sœur qu'elle avait perdu son emploi et était venue passer les vacances à Savannah. Elle lui raconta qu'elle avait d'abord vu Daniel courir dans le parc au petit matin, puis qu'elle l'avait revu ensuite dans le hall d'entrée.

— Tu savais que maman et Gigi faisaient rénover le manoir ? demanda-t-elle à sa sœur.

— Maman et Gigi font rénover le manoir ? Qu'est-ce que tu racontes ? Je pars une semaine et tout est sens dessus dessous quand je reviens ?

— Il est clair que la décision ne date pas d'une semaine. Je venais à peine de l'apprendre lorsque j'ai découvert que Daniel en était l'entrepreneur principal.

— Tu plaisantes ? s'écria Kate. Je les vois deux, trois, et parfois quatre fois par semaine, selon qui a besoin de se faire coiffer, et elles ne m'en ont jamais parlé. Je rêve !

— Je ne suis pas la seule, si je comprends bien ! soupira Eli. Il semble qu'elles aient bien caché leur jeu, toutes les deux !

— Qui cache quoi à qui ? s'enquit Zelda, qui venait de faire irruption dans la cuisine, un dossier à la main.

Les deux sœurs se regardèrent, puis Eli détourna les yeux. Elle aurait aimé avoir le temps de mettre Kate au courant de toute l'histoire concernant Daniel. À présent, elle n'était plus tellement sûre de vouloir en parler devant leur mère. Peut-être cela signifiait-il qu'elle avait besoin de temps pour analyser la situation.

Kate se planta face à Zelda, les poings sur les hanches.

— Pour commencer, qu'est-ce qui vous a pris, à toi et à Gigi, d'engager Daniel Quindlin ?

Kate avait prononcé son nom avec un tel dégoût qu'Eli sentit son cœur se serrer. Elle regretta aussitôt de n'avoir pas pu aller au bout de son explication avec Kate.

Zelda posa le dossier sur la table et fixa tranquillement sa fille.

— Et pourquoi serait-ce un problème ?

— Tu plaisantes ?

Kate se tourna vers Eli.

— Maman plaisante. Une femme capable d'engager un homme qui a fait échouer dans la douleur le mariage de sa propre fille serait…

— Eli sait que nous avons engagé Daniel, coupa Zelda. Et non seulement cela ne semble pas lui poser de problème, mais elle a, de toute évidence, fait la paix avec lui. Kate, tu ne peux pas vivre dans le passé. Sinon, tu finiras vieille et aigrie.

— Qui est vieille et aigrie ? demanda Gigi en arrivant à son tour, les bras chargés de sacs en papier brun. J'espère que ce n'est pas de moi que vous parlez.

— Non. Nous parlons de Kate, répondit Zelda.

Gigi fronça les sourcils.

— Kate ? Vieille et aigrie ? Comment osez-vous dire cela de ma petite-fille, qui est jeune et absolument extraordinaire ?

— Elle continue à en vouloir à Daniel Quindlin.

— Kate, ma chérie, reprit aussitôt Gigi, changeant complètement de ton, pourquoi tant d'amertume à l'égard de ce garçon ? Il me semblait que tu étais sortie avec son frère. Oh ! au fait, tu sais qu'il a eu un très grave accident et qu'il est à l'hôpital ? Tu devrais aller le voir.

— Oui, Gigi. Je suis au courant. Et je suis vraiment désolée. Mais cela mis à part, comment avez-vous pu agir ainsi par rapport à Eli ? Engager Daniel Quindlin, il faut le faire ! Vous croyez qu'Eli n'a pas assez souffert ?

C'en était trop !

— Je ne souffre plus, assura Eli. Et je crois même que je suis en train de tomber amoureuse de Daniel Quindlin.

Elle fut la première surprise de s'entendre franchir ainsi allègrement les étapes pour en arriver à cet aveu et parler carrément d'amour.

Elle vit en face d'elle trois visages interloqués.

Ce fut Kate qui réagit la première.

— Qu'est-ce que tu racontes ? s'exclama-t-elle.

— Ah bon ? fit Zelda, dont le trouble était visible dans son beau regard vert.

— J'en étais sûre ! s'écria Gigi en battant des mains comme si elle venait de remporter une victoire olympique.

Eli se ravisa. Daniel n'était au courant de rien et elle-même, dépassée par les mots qui lui avaient échappé, venait seulement de prendre conscience de ce qui se jouait en elle.

— Enfin, ce que je veux dire, c'est que nous nous voyons régulièrement, lui et moi, corrigea-t-elle.

— Depuis quand ? demanda Kate.

— Depuis une semaine.

Une semaine. Eli se rendit compte qu'elle devait paraître totalement ridicule. Elle avait passé des années à se méfier des hommes, à les tenir à distance pour tout dire, et elle pensait être en train de tomber amoureuse ?

— Je ne comprends pas, dit Kate en retournant à la préparation de sa sangria.

— Moi non plus, je ne comprends pas, affirma Eli. Mais c'est comme ça. Daniel et moi, nous avons eu l'occasion de discuter de pas mal de choses et je me suis rendu compte qu'il n'était pas l'homme méprisable que j'imaginais.

Kate eut un petit rire sec.

— Il jouait les durs et les provocateurs au lycée, Eli.

— ... Dit la fille qui s'habillait tout en noir, avec chaînes et maquillage gore, contra Gigi. Mais ce n'est plus toi, tu es différente, aujourd'hui !

— Dieu merci..., murmura Zelda.

— Maman ! s'exclamèrent Kate et Eli à l'unisson.

— Personne ne lui en tient rigueur aujourd'hui, n'est-ce pas ? demanda Eli en fixant sa mère et sa grand-mère.

— Je me suis fait une règle personnelle de ne jamais nourrir de rancune contre quiconque, révéla Gigi. Je m'efforce toujours de parler avec les gens pour désamorcer les conflits.

— Et tu as parlé avec Daniel ? demanda Eli.

— Bien sûr ! Je ne suis pas allée fouiller dans le passé, je n'en ai pas eu besoin. J'ai toujours pensé que, si Roger et toi étiez faits l'un pour l'autre, rien ne pourrait vous séparer.

Le haussement d'épaules de Gigi tint lieu de conclusion. Chacune savait pertinemment comment les choses s'étaient terminées.

— Je me considère comme un assez bon juge en matière de caractères, poursuivit Gigi. Lorsque j'ai commencé à me renseigner à droite et à gauche pour trouver un entrepreneur, j'ai entendu dire que Daniel Quindlin était le meilleur. Pourquoi serais-je allée chercher quelqu'un de moins qualifié, alors que je pouvais m'octroyer les services des frères Quindlin, grands spécialistes de la rénovation de maisons anciennes ? De plus, je pressens que Daniel a toujours eu un faible pour toi, Eli. Il fallait du cran pour s'interposer comme il l'a fait, devant tout le monde, le jour du mariage. Lorsque Roger s'est enfui, j'ai compris qu'il ne te méritait pas. Je l'ai toujours trouvé un peu trop beau parleur et superficiel.

— C'est une façon de voir les choses, commenta Kate. C'est aussi ce que tu ressens, Eli ?

— Oui, aussi étonnant que cela puisse paraître...

Eli n'était pas franchement à l'aise. Elle avait envie de revenir sur ce qu'elle avait dit. Pourquoi était-elle allée raconter qu'elle était en train de tomber amoureuse ? D'ailleurs, si elle y réfléchissait un peu, c'était la panique qui la gagnait, l'envie de se sauver, de retrouver Atlanta et la sécurité, même si la vie là-bas était un peu ennuyeuse. Mais elle comprenait en même temps que ce désir de fuite était encore une conséquence du stress dont elle avait souffert après l'épisode traumatisant du mariage.

Depuis Roger, elle n'avait connu qu'une seule relation et elle y avait rapidement mis fin, sans lui donner vraiment de chance. Il n'y avait aucune alchimie entre cet homme et elle.

Avec Daniel, il en allait tout autrement. Une attirance irrésistible les poussait l'un vers l'autre. Un désir fou. Et au moment de l'annoncer à sa famille, voilà qu'elle reculait.

Était-ce là ce qu'elle voulait ? Être seule ? Était-ce ainsi qu'elle souhaitait vivre ? Elle rassembla tout son courage pour reprendre la parole.

— Ce qui se passe est tout récent, déclara-t-elle. Il est clair que Daniel et moi, nous en sommes encore à essayer d'analyser ce que nous ressentons. Alors parler d'amour est un peu prématuré, c'est sûr.

— Oh ! comme tu es pénible ! s'exclama Kate en levant les yeux au ciel. Tu l'aimes ou tu ne l'aimes pas ? Il faut que je sache de quel côté me ranger.

— Merci d'être du mien, répondit Eli.

— Nous sommes toutes du tien, assura Gigi.

Zelda se tourna vers la table où Kate était en train de mélanger la sangria.

— Je boirais volontiers quelque chose, dit-elle.

Elle gagna le buffet, dont elle sortit quatre verres à vin.

— Prends tout ton temps, en tout cas. Ne laisse personne te bousculer. Être seule n'est pas forcément un mal.

Eli savait que sa mère pensait à sa propre expérience, à son divorce. Elle n'en parlait que rarement.

Fred Clark avait quitté Zelda alors que ses trois filles étaient encore à l'école élémentaire. Alcoolique, il passait plus de temps à pointer au chômage qu'à travailler. Zelda avait fini par renoncer à réclamer la pension alimentaire et elle avait coupé les ponts. Cela valait mieux pour ses filles. Il n'y avait pas eu de problème pendant deux ans, jusqu'à ce que Fred intente une action en justice dans le but de récupérer la moitié du manoir.

Il avait perdu, mais son coup d'éclat avait inspiré à Gigi la plus grande des prudences. Elle avait fait renforcer, devant notaire, les termes du contrat visant à mettre le manoir à l'abri de la convoitise de tout mari des générations futures qui entendrait s'en approprier une part.

Toujours optimiste, Gigi avait déclaré que la rupture de Zelda avait finalement eu un bon côté si elle avait abouti à protéger leur manoir bien-aimé d'éventuelles cupidités. Mais pour Zelda, la rupture avait été un drame. Elle n'avait plus jamais été la même depuis le divorce. Et même si Fred avait été débouté de sa demande, il lui avait volé une partie de son âme.

— Je suis heureuse d'avoir apporté de quoi faire cette sangria, dit Kate. Je crois que nous en avons grand besoin.

— Écoutez-moi, toutes les trois, intervint Eli. Je me suis peut-être un peu emballée en disant que j'étais en train de tomber amoureuse. Seulement, voir Daniel sous un jour nouveau a été très étonnant pour moi et... très libérateur. Mais il faut prendre en compte le fait que Daniel se trouve dans une période émotionnelle intense, avec son frère hospitalisé. Et puis, je ne suis pas venue à Savannah avec l'intention de rester. Je n'ai reçu aucune nouvelle concernant mon poste et, à l'heure actuelle, j'ignore si j'aurai ou non du travail à la rentrée scolaire. On ne sait jamais, si la situation se débloque, je retournerai à Atlanta. Daniel a son entreprise ici et moi, j'ai ma vie là-bas. C'est tout ce qu'on peut dire pour l'instant. Maman et Gigi, vous avez voulu que nous soyons toutes réunies ce soir. Je vous laisse la parole.

Zelda et Gigi étaient en train de disposer tout un assortiment d'amuse-gueules acheté chez le traiteur Hitch, dans Drayton Street. Eli les vit échanger un regard qui lui sembla un peu circonspect. Toutefois, elle avait décidé de ne plus tirer de conclusions hâtives. Elle attendit.

— Je regrette que Jane ne puisse pas être des nôtres ce soir, commença Gigi en disposant sur un plat de petits canapés à l'avocat. Si elle n'était pas en train de travailler en ce moment, je l'aurais appelée pour qu'elle puisse entendre ce que nous avons à dire. Mais Kate travaille le jour et Jane, le soir. Ce n'est pas grave, nous lui ferons un compte rendu...

Elle s'interrompit et regarda les deux jeunes femmes l'une après l'autre.

— Si nous vous avons demandé d'être là ce soir, reprit-elle, c'est parce qu'il y a du nouveau. Je prends officiellement ma retraite et je transmets donc les rênes du manoir Forsyth Galloway à votre mère.

Il ne s'agissait pas réellement d'une surprise, Gigi parlait déjà de cette retraite depuis un bon nombre d'années. La surprise, c'était que l'heure du changement ait sonné.

— C'est toujours un moment très important dans l'histoire de notre famille lorsque nous transmettons la propriété à la génération suivante, poursuivit Gigi. C'est notre héritage que nous léguons et à travers lequel nous gardons vivante la mission de mes arrière-arrière-grands-parents. Voilà pourquoi il est important que vous, les filles, vous vous prépariez pour le jour où ce sera votre tour de reprendre l'affaire. Vous avez grandi ici toutes les trois, et même si aujourd'hui, votre vie à chacune vous appelle ailleurs, il faut que vous commenciez à envisager qu'après Zelda, ce sera vous.

Eli jeta un coup d'œil à sa mère. Elle était pâle et regardait dans le vide. Soudain elle se reprit et but d'un trait son verre de vin, se resservit et le vida de nouveau.

— Ça va, maman ? demanda Eli en lui prenant la main alors qu'elle s'apprêtait à se servir de nouveau.

— Non, ça ne va pas. Enfin, pas vraiment… Je suis heureuse pour Gigi bien sûr ! Elle a bien mérité de prendre sa retraite. Tu as presque quatre-vingt-cinq ans, maman, il y a un moment que tu aurais dû le faire. La seule raison pour laquelle cela n'a pas eu lieu, c'est que je n'étais pas prête à reprendre le flambeau. Tu n'as pas eu d'autre choix que de continuer.

— Zelda, dit Wiladean d'une voix grave. Nous en avons déjà parlé et nous avons réglé le problème.

Zelda rit, mais elle avait les yeux emplis de larmes.

— C'est vrai. Le problème est réglé parce qu'il n'y a pas d'autre solution, pas d'autre choix. Nous sommes nées dans cette prison qui nous a ôté toute possibilité de choix. Je ne me sens toujours pas prête à reprendre le flambeau, mais si je ne le fais pas, qui le fera ? Faut-il attendre des filles qu'elles abandonnent les vies qu'elles se sont construites pour s'embarquer dans l'aventure ? Je ne voudrais imposer une telle charge à personne, et surtout pas à mes filles.

Gigi s'insurgea.

— Mais que dis-tu, Zelda ?

— Ce que je dis, maman, c'est que je ne pense pas être jamais prête à assumer la gestion du manoir, soupira Zelda.

Sur ces mots, elle saisit le dossier qu'elle avait apporté, l'ouvrit et en sortit une poignée de brochures sur papier glacé qu'elle étala sur la table.

— Je dis que je ne veux pas être pieds et poings liés, contrainte de m'occuper de ce manoir jusqu'à l'âge de quatre-vingt-cinq ans. Après le départ de Fred, j'ai cessé de vivre. J'ai renoncé à ce que j'étais et à tout ce qui me rendait heureuse. Et pourquoi ? Parce que je me sentais incroyablement coupable d'avoir risqué de tout perdre à cause d'un homme qui disait m'aimer et qui a carrément tenté de m'arnaquer ensuite. C'est idiot de renoncer à soi et il peut paraître un peu tard pour en prendre conscience, mais aujourd'hui, je ressens vraiment le besoin de m'occuper de moi.

Zelda saisit une brochure concernant la découverte du Machu Picchu et de sa région, une autre faisant la promotion d'un voyage dans les îles Galápagos et une autre encore, celle d'une croisière de méditation de trois semaines.

— J'ai envie de faire tout ça, enchaîna-t-elle. Je veux voyager, me retrouver. Mais ce sera impossible si toute ma vie, jour après jour, est conditionnée par ce manoir, liée à lui. Pour moi, ce lieu est une prison.

Gigi s'assit. Elle semblait totalement sonnée, comme si elle venait de recevoir une gifle.

— Que proposes-tu, Zelda ? dit-elle d'une voix éteinte. Que nous vendions le manoir ? Que nous nous débarrassions de six générations d'histoire comme si ce n'était rien ?

Gigi ne lui laissa pas le temps de répondre. Elle se leva et quitta la pièce.

Décidément, Zelda et sa mère semblaient incapables de se mettre d'accord sur quoi que ce soit. Mais jamais encore elles n'en étaient arrivées à une telle impasse.

Et Eli ne voyait vraiment pas comment elle allait pouvoir les aider à en sortir.

9

Le lendemain matin, le téléphone d'Eli sonna au moment où elle sortait de la douche. Elle se drapa dans une serviette et décrocha.

— Oui, allô ?

— C'est quoi, cette histoire entre Daniel et toi ?

C'était Jane, sa sœur aînée. Eli se reprocha aussitôt de ne pas l'avoir appelée la veille. Apparemment, les nouvelles étaient allées vite. Kate avait dû lui laisser un message, puisqu'elle travaillait tard. Elle l'imaginait très bien lui demandant de l'appeler dès qu'elle rentrerait, quelle que soit l'heure. Elle avait tellement hâte de partager les potins.

— Bonjour, Jane. Que t'a-t-on raconté, au juste ?

— Ne fais pas ta sainte-nitouche, Eli ! Kate m'a dit que tu étais tombée amoureuse de Daniel Quindlin. Faut-il que je débarque au manoir pour une intervention d'urgence ?

Eli sentit sa gorge se serrer. Si seulement elle avait pu rembobiner le film, revenir sur ce qu'elle avait dit ! Les mots lui avaient échappé et, à peine les avait-elle prononcés qu'elle le regrettait. Au point de n'avoir quasiment pas dormi de la nuit.

En fait, elle n'aurait su dire ce qu'elle voulait. Elle n'avait pas envie de cesser de voir Daniel, mais avoir annoncé qu'elle en était amoureuse lui donnait l'impression d'avoir sauté d'un avion sans parachute et d'être en train de tomber en chute libre, attendant le choc inévitable de l'atterrissage.

La tête commençait à lui tourner et avoir cette conversation avec Jane était la dernière chose dont elle avait envie en cet instant.

— Si ça te donne l'occasion de venir au manoir, c'est super. Débarque !

— Enfin, Eli, Daniel Quindlin ? Je me réveille dans quel monde, ce matin ?

Eli saisit l'occasion pour changer de sujet.

— À propos, que fais-tu debout à cette heure ? Tu n'as dormi que quatre heures !

— J'ai voulu t'appeler, savoir si tu n'avais pas perdu l'esprit. *Daniel Quindlin ?* Mais qu'est-ce qui te prend, bon sang ?

Jane avait prononcé ce nom comme s'il la dégoûtait. Eli savait que sa sœur aînée pensait avant tout à elle et à son intérêt, mais cela l'agaçait quand même.

— Mon esprit est toujours là, à sa place, et il se porte très bien, merci ! répondit-elle.

Elle écarta un instant le téléphone de son oreille pour vérifier l'heure. Il était presque 7 heures. David et Chloe arriveraient dans une heure et il fallait encore qu'elle se sèche les cheveux et prenne le café dont elle avait envie pour commencer sa journée. Voire deux.

— Pourrais-tu m'écouter, avant de juger ?

Jane se tut, mais Eli l'imagina tentant de comprendre comment, vu la conversation qu'elle avait surprise avant le mariage, sa sœur pouvait supporter de se trouver dans la même pièce que Daniel et, pire encore, éprouver des sentiments pour lui.

Pour la seconde fois, Eli s'entendit raconter le moment où elle l'avait reconnu en train de courir dans le parc, puis celui où elle l'avait croisé au manoir, un peu plus tard le même matin.

— Je suppose que Kate t'a dit que maman et Gigi l'avaient engagé pour effectuer des réparations après les dégâts causés par le cyclone, et aussi pour des travaux de rénovation ?

— Oui, et à ce que j'ai compris vous avez pris un verre ensemble pour discuter des talents de ce monsieur.

— Attends de tout savoir avant de juger ! Le plus important, c'est que ce n'est pas à cause de Daniel que mon mariage est tombé à l'eau. J'apprécie que tu sois si prompte à prendre ma défense, mais sache que Roger me trompait allègrement. Et cela durait depuis un bon moment, apparemment. Pendant toute la période où nous avons été séparés à l'université, et encore la veille du mariage ! Je n'ai pas voulu en savoir davantage, je me suis épargné les détails. Mais j'imagine que c'était suffisamment grave pour que Daniel décide d'intervenir. Et d'ailleurs, Roger a mis les voiles juste après. Je ne sais pas si c'est dans un moment de lucidité soudaine ou tout simplement par lâcheté. Daniel ne l'a pas kidnappé : il s'est enfui, Jane ! Et aussi humiliant que cela ait pu être de me retrouver ainsi abandonnée au pied de l'autel, Daniel m'a sauvée d'un mariage qui aurait été l'erreur de ma vie.

— C'est de la reconnaissance tardive, alors ? interrogea Kate d'une voix radoucie.

Malgré le changement de ton, Eli sentait bien que sa sœur ne comprenait plus grand-chose. De la reconnaissance ? Elle songea au jour où Daniel l'avait embrassée dans la bibliothèque du lycée, alors qu'elle devait l'aider à étudier.

— Je vais te dire une chose que je n'ai jamais dite à personne et que je te demande expressément de ne pas répéter.

Elle faillit ajouter : *non pas que ce soit important*. Mais si, ça l'était. Ça l'était énormément.

— Quand nous étions au lycée, un jour où je l'aidais à travailler, Daniel m'a embrassée. Il n'habitait Savannah que depuis un mois et, à l'époque, je sortais déjà avec Roger. Cela s'est passé avant qu'ils deviennent amis, tous les deux. Daniel m'a embrassée et j'étais tellement naïve et sans expérience que ce baiser m'a terrorisée. Jane, ce que j'ai ressenti ce jour-là, je ne l'ai plus jamais ressenti depuis. Et même si nous nous sommes évités au maximum par la suite, je ne l'ai jamais oublié. Seulement, je n'en étais pas vraiment consciente. Je m'en suis rendu compte en revoyant Daniel. Depuis, je crois fermement à ce vieil adage qui dit que la frontière est très ténue entre l'amour et la haine. La situation est complexe, mais je crois savoir un peu mieux maintenant de quel côté de cette frontière je me situe. Car une chose est certaine, je ne le déteste plus.

Jane ne dit rien et Eli sentit sa gorge se serrer. Elle ne savait pas ce qu'elle aurait voulu entendre Jane lui répondre. Elle lui avait avoué ces premiers émois avec Daniel et elle se sentait soudain vulnérable. Jane allait-elle en minimiser l'importance ? Et alors ? Ce baiser l'avait marquée, même s'il lui avait fallu des années pour en prendre conscience. Peut-être n'était-elle pas prête pour vivre quelque chose avec Daniel Quindlin à l'époque. Peut-être ne l'était-elle pas davantage, aujourd'hui. Mais le seul moyen qu'elle avait de savoir si elle s'approchait trop près du feu, c'était de prendre le risque de se brûler.

Chloe avait un effet très positif sur le manoir. Tout le monde faisait attention à elle lorsqu'elle était présente, en particulier Zelda et Gigi, qui s'efforçaient toutes deux de se maîtriser et d'arrondir les angles. Car, en dépit de la période difficile qu'elle vivait à cause de l'accident de son papa, Chloe demeurait une petite fille joyeuse au tempérament très doux. Elle illuminait le manoir de sa présence, tel le soleil de Savannah par un beau jour de printemps.

En outre, les résidents adoraient Chloe et Princesse Câline, le petit chat en peluche qui ne la quittait pas, toujours dans ses bras ou posé à côté d'elle lorsqu'elle jouait à My Little Pony ou peignait sur le chevalet qu'Eli et Daniel lui avaient acheté. Gigi avait dit à Chloe qu'elle était l'ambassadrice du manoir Forsyth Galloway.

— C'est comme si tu étais la princesse du manoir qui accueille avec grâce les résidents et qui les rend heureux.

Un tout nouveau jeu de rôles était né, dans lequel Chloe était la princesse et Gigi, sa fidèle servante.

Elles s'amusaient tellement ensemble qu'Eli et Daniel ne furent guère surpris lorsque Gigi leur suggéra de sortir un soir tous les deux. Cela permettrait à Chloe de rester s'amuser plus longtemps au manoir, dit-elle d'un ton léger. Eli n'avait pas osé le lui demander après ce qui s'était passé le fameux soir où elle avait révélé ses sentiments pour Daniel et où Zelda et Gigi en étaient venues à échanger des propos acerbes. Mais Gigi l'avait soulagée en se proposant, et en insistant beaucoup de surcroît.

Elle avait pris les devants le vendredi matin, dès que Daniel et Chloe étaient arrivés au manoir.

— Si vous me confiiez cette adorable petite fille ce soir et sortiez prendre du bon temps, tous les deux ? avait-elle suggéré à Daniel et Eli. La semaine prochaine, elle va aller au centre de loisirs et elle va beaucoup me manquer.

Ravis, ils avaient saisi la balle au bond. Son travail terminé, Daniel était rentré se changer chez lui, puis il était revenu chercher Eli au manoir.

Dans sa petite robe noire, élégante sans être trop habillée, qu'elle avait choisi de porter avec des sandales lacées autour de ses chevilles bronzées, Eli était superbe. Daniel fut littéralement subjugué en la voyant. Elle avait relevé ses longs cheveux blonds en un chignon flou et portait un maquillage léger qui lui donnait un côté légèrement sophistiqué.

Ils gagnèrent le Crystal Beer Parlor, dans Jones Street, où ils prirent l'apéritif puis dînèrent. Ils s'étaient installés côte à côte dans un des boxes, vers le fond du restaurant. Quand Daniel se tourna sur le siège de façon à lui faire face, son genou toucha la cuisse d'Eli sous la nappe à carreaux. Il posa alors la main sur sa jambe, qu'il caressa doucement, avant de glisser les doigts sous le bas de sa robe.

Elle réagit aussitôt. Elle se rapprocha et vint se presser un peu contre lui. Daniel sentit un courant électrique traverser tout son corps et il eut la certitude qu'Eli avait la même sensation. Il fut tenté de la prendre dans ses bras et de l'enlever pour l'emmener tout de suite chez lui, et au diable le dîner ! Mais il avait davantage à lui offrir. Il voulait lui montrer qu'il valait mieux que cela, que cet empressement à la séduire. Et qu'elle aussi méritait mieux.

— C'est drôle, dit-elle soudain. Je suis venue ici un nombre incalculable de fois et j'ignore tout de l'histoire de ce lieu. Tout ce que je sais, c'est qu'on y mange divinement bien. En revanche, je parierais que tu as beaucoup à dire sur ce bâtiment.

Daniel hocha la tête.

— Au début, pendant trente ans, cela a été une épicerie : un très gros magasin qui faisait également droguerie et qui était tenu par la famille Gerben. Il avait ouvert dans les années 1900. Au début des années 1930, les Gerben l'ont vendu à Blocko Manning et à son épouse Connie. Le Crystal a été l'un des premiers endroits à servir de l'alcool à la fin de la prohibition. La rumeur dit qu'ils avaient commencé bien avant et qu'il existait non seulement un bar clandestin, mais également une maison close.

— Ici même ? s'étonna Eli. Là où nous sommes en ce moment ?

— Non, le bar était au sous-sol et la maison close, au dernier étage.

— Si les murs pouvaient parler...

— Beaucoup de gens auraient eu des ennuis ! acheva-t-il en souriant.

— Tu es vraiment passionné par l'histoire de tous ces lieux, n'est-ce pas ? interrogea encore Eli.

Daniel acquiesça.

— Il suffit de creuser un peu pour s'apercevoir qu'une foule de gens ont des histoires à raconter. C'est fascinant. J'adore me plonger dans le passé de Savannah.

— Raconte-moi encore une histoire ! Celle d'un autre lieu.

Daniel réfléchit un instant.

— Sais-tu qu'il existe plus d'une centaine de sous-quartiers à l'intérieur des six grands quartiers de Savannah ?

— Et quels sont-ils, ces six grands quartiers ?

Eli se mordit la lèvre et, n'y tenant plus, Daniel se pencha aussitôt pour l'embrasser. Il lui prit doucement la bouche entre ses dents, la mordilla, la titilla...

— Downtown, Midtown, Southside, Eastside, Westside et West Chatham, murmura-t-il ensuite sans éloigner son visage.

Et au fur et à mesure qu'il avait énuméré les différents quartiers de Savannah, il avait laissé son index remonter lentement le long de la cuisse d'Eli.

Elle pressa plus fort sa jambe contre lui.

— J'aime beaucoup tout... tout ce que tu me racontes... Continue...

À son tour, elle posa la main sur la cuisse de Daniel, dangereusement près de son entrejambe, et se mit à décrire de petits cercles sur le jean. Il sentit immédiatement son corps réagir.

— Le quartier historique couvre une superficie d'environ

quatre kilomètres carrés et il compte trois cents bâtiments et maisons, à peu près.

Eli le provoquait et cela le rendait fou.

— Très bien, oui. Continue…, souffla-t-elle.

Daniel entreprit d'effleurer l'intérieur de sa cuisse, là où la peau était si fine, si sensible… Elle frissonna.

— L'architecture offre un mélange de styles : gothique, colonial, italianisant et, bien sûr, victorien.

Il remonta la main un peu plus haut encore et entendit Eli retenir son souffle.

— Je sais qu'il y a d'autres influences, mais je ne parviens plus à me les rappeler maintenant…

Du coin de l'œil, il vit une silhouette s'approcher de leur table. Le serveur.

— Nous reprendrons plus tard, murmura-t-il en ôtant sa main.

Le dîner fut excellent, puis ils regagnèrent Hall Street. Daniel gara son van sur le parking du manoir. L'air était incroyablement doux pour la saison. C'était une nuit idéale pour faire découvrir à Eli tous ses lieux préférés dans Savannah. Ils partiraient à pied.

— J'ai une surprise pour toi, dit-il avant de quitter la voiture.

Il tendit le bras vers la banquette arrière et y prit une petite glacière. Elle contenait une bouteille de champagne et deux coupes.

— Que dirais-tu d'une visite guidée au champagne ? C'est une option haut de gamme.

— Excellente initiative ! Mais aurais-tu l'intention de m'enivrer et de profiter de moi ?

— Cela te plairait ?

La question resta en suspens.

Eli se pencha, posa les lèvres dans son cou et remonta doucement jusqu'à son oreille, dont elle mordilla le lobe.

— Oui, ça me plairait beaucoup. Mais tu n'aurais pas besoin de m'enivrer pour cela. Et je n'aurais pas l'impression que tu profites de moi.

Son souffle était chaud et doux sur sa peau. Daniel emprisonna son visage et prit sa bouche en un long baiser, si intense et troublant qu'il faillit perdre tout contrôle. Sans la bouteille de champagne et les coupes entre eux, il aurait attiré Eli sur ses genoux et poursuivi ce qu'ils avaient commencé sous la nappe, au Crystal.

Mais Daniel vit dans cet obstacle le signe qu'il ne devait rien hâter. Il ouvrit le champagne, en servit deux coupes et en tendit une à Eli.

— Attends un instant, je viens t'ouvrir la portière.

Ils remontèrent Whitaker en direction de Jones Street et Daniel recouvra sa maîtrise de lui-même.

— Il existe des centaines de bâtiments qui méritent que je te les montre. Mais j'en ai sélectionné une douzaine, qui sont mes préférés.

— Je suis impatiente de les voir.

— Je n'ai pas forcément choisi ceux qui sont les plus spectaculaires, mais plutôt ceux qui ont du caractère et témoignent de notre histoire et de notre art. Nous pouvons commencer tout de suite par la rue dans laquelle nous nous trouvons. Jones Street. On dit que c'est la plus belle de Savannah. Qu'en penses-tu ?

— Je la trouve très belle, en effet. D'une beauté discrète, sans ostentation. Les maisons qui la bordent ne se donnent pas à voir comme certaines, trop sophistiquées, trop fastueuses, qui bordent certaines de nos places.

— Exactement. Jones Street est connue, non pas pour ses bâtiments opulents, mais parce qu'elle est un symbole d'harmonie architecturale, un régal pour l'œil.

— Je dois admettre que tu as raison, commenta Eli en promenant un regard émerveillé autour d'elle. J'aime profondément le manoir Forsyth et tout ce qu'il représente pour notre famille, mais parfois, j'échangerais volontiers ma part contre une petite maison qui ne serait qu'à moi... Comme ici, par exemple, dans Jones Street.

— Et tu pourrais vivre en sachant le Forsyth tout proche, mais dans d'autres mains ?

— Sans doute que non. Mais c'est normal d'avoir envie d'une vie à soi, non ? C'est ce que j'ai essayé de construire à Atlanta.

— C'est le destin, parfois, qui choisit pour nous.

— C'est précisément ce qui pose problème à ma mère en ce moment.

Eli but une gorgée de champagne.

— Gigi a annoncé qu'elle prenait sa retraite, mais maman n'a pas envie de récupérer les rênes du manoir. Elle semble penser que le destin a d'autres projets pour elle, comme voyager, par exemple.

Ils remontèrent Abercorn Street en direction de Lafayette Square.

— Que va-t-il se passer, alors, pour le manoir ? Quelqu'un d'autre peut prendre sa place ?

— C'est ce à quoi nous sommes en train de réfléchir. Nous n'avons pas d'autre famille. La nôtre a toujours mis un point d'honneur à ce que le manoir soit administré par des femmes de la branche de Gigi. Elle avait une sœur, notre tante Gertie, mais qui n'a pas eu d'enfant. Elle est décédée aujourd'hui, et tout nous est donc revenu en héritage. Jane est à New York, Kate a son métier de coiffeuse...

Elle poussa un soupir.

— Je dois dire que je suis assez embêtée par ce qui se passe entre Gigi et ma mère, poursuivit-elle. Gigi a annoncé qu'elle prenait sa retraite et maman a envie de voyager aux Galápagos. À son retour, elle discutera de l'avenir du manoir. Je ne sais pas combien de temps je vais pouvoir rester à Savannah pour dépanner.

Daniel sentit son ventre se nouer. Eli n'avait pas abandonné l'idée de repartir. Dès qu'ils se rapprochaient un peu, devenaient plus intimes, elle en parlait de nouveau. Mais il sentait qu'il valait mieux ne pas intervenir, se contenter d'écouter.

— Il faut dire que toutes deux n'ont pas eu la vie facile, enchaîna Eli. Tu n'as jamais eu le plaisir de rencontrer mon père, Fred. Mes parents ont divorcé alors que nous étions encore très jeunes, mes sœurs et moi. Peu de temps après, Fred a attaqué ma mère devant les tribunaux pour récupérer une part du manoir qu'il estimait lui revenir.

— J'imagine que Gigi n'a pas dû apprécier.

— C'est le moins que l'on puisse dire. Et ma mère non plus. Fred a perdu son procès parce que le manoir était au nom de Gigi.

Mais cette action en justice a coûté très cher à ma mère et lui a fait énormément de mal. Je peux dire que ce divorce a bouleversé sa vie. Depuis, elle n'a plus jamais retrouvé sa joie de vivre. Parfois, elle doute de son propre jugement et c'est ce qui la rend méfiante. Tout d'un coup, elle se réveille avec l'impression que la vie lui a échappé et elle veut rattraper le temps perdu. Elle dit qu'elle a peur que diriger le manoir l'empêche de mener la vie dont elle a envie. Elle dit que ce manoir est un peu comme une prison pour elle. Mais en même temps, elle reconnaît que Gigi a parfaitement le droit de prendre sa retraite.

— Si je comprends bien, le problème serait résolu et tout le monde serait heureux si tu revenais t'installer à Savannah et que tu prenais la direction du manoir !

Le regard d'Eli s'assombrit.

— Oui, tout le monde serait heureux, sauf moi. Revenir à Savannah ne me dérangerait pas, mais je ne suis pas certaine d'avoir envie de me retrouver liée au manoir. Cela réclame de s'investir complètement.

Daniel se demanda si la remarque valait aussi pour les relations humaines. Eli continuait-elle à se renfermer dans sa coquille après ce qui s'était passé avec Roger ? Avoir vécu ce genre d'expérience avait de quoi rendre méfiant. Mais de là à jouer la sécurité et à mettre fin à toute relation avant même qu'elle ait réellement commencé... Lui-même avait vécu une situation similaire après la disparition de sa femme. Lorsqu'on aimait profondément, on s'exposait à beaucoup souffrir.

Ils marchèrent en silence jusqu'à la fontaine de Lafayette Square. On apercevait les flèches de la cathédrale Saint-Jean-Baptiste qui scintillaient à travers les branches des chênes, telles deux apparitions dans la nuit. Eli s'arrêta pour contempler cette vue magnifique.

— Je suis désolée, Daniel, je n'ai pas cessé de te parler de ma famille. C'est fini, promis. Je ne vais pas risquer de gâcher cette soirée fabuleuse en radotant sur la guerre que ma mère et ma grand-mère ont décidé de se livrer.

Eli engloba le paysage d'un geste.

— C'est ici que maman et Gigi quittent la visite et que nous la continuons sans elles.

Elle lui sourit et il imprima cette image dans son esprit. Il voulait se souvenir à jamais de son visage en cet instant.

— Je ne pensais pas qu'il serait aussi facile de parler avec toi, dit-elle encore.

Pour toute réponse, Daniel posa un baiser sur ses lèvres.

— Tu as raison de dire qu'il faut parfois regarder de plus près pour découvrir chez les autres des qualités que l'on n'avait jamais vues.

Ils traversèrent la place et s'arrêtèrent devant la maison du beau-père de Juliette Gordon Low, fondatrice des Girls Scouts, Andrew Low House.

— Cette demeure combine des éléments d'architecture grecque et d'autres empruntés au style des villas italiennes, et elle possède également certains des plus beaux exemples de balcons en fer forgé de Savannah. À l'époque, on pouvait mesurer la richesse d'un individu à la quantité et la qualité du fer forgé visible sur la façade de sa maison. C'était un artisanat très onéreux et une façon d'étaler sa fortune.

Tandis qu'ils poursuivaient leur déambulation, Daniel lui montra encore d'autres lieux parmi ses préférés, notamment deux ou trois belles maisons de personnages célèbres et d'écrivains.

— J'ai visité beaucoup de ces lieux avec mes enseignants quand j'étais élève, dit Eli. Mais je trouve que c'est triste de vivre au milieu de tant d'histoire et de beauté et de finir par ne pratiquement plus rien voir.

— Je suis heureux, dans ce cas, de te les avoir fait redécouvrir, dit Daniel en lui prenant la main.

— Tant qu'il n'y a pas d'interrogation écrite à la fin de la visite...

— Jamais de la vie ! Tu te rappelles quel élève j'étais à l'école.

— C'est uniquement parce que l'école n'a pas su te passionner.

Me passionner ? C'est toi qui me passionnes ! songea Daniel.

— Peu importe que tu n'aies pas eu ton bac et que tu ne sois pas allé à l'université. Il y a des gens qui ne sont pas faits pour ça.

D'ailleurs, tu as beaucoup mieux réussi que nombre de diplômés, Daniel. Tu excelles dans ton domaine.

— Tu sais que je n'ai jamais été bon élève. Mes notes n'étaient pas à la hauteur, c'est le moins que l'on puisse dire. Je brillais par mon absentéisme et les démêlés que j'ai eus avec la justice n'ont pas arrangé les choses. Après l'incendie de la maison de ma grand-mère, j'ai quitté Savannah. Je n'ai même pas terminé le lycée.

— Tu as toujours été plus attiré par l'action que par les livres, non ?

Il hocha la tête.

— Je ratais souvent les cours pour aller travailler sur des chantiers, oui. Après le décès de mes parents, quand Aidan et moi sommes allés vivre chez notre grand-mère, les temps étaient difficiles. La plupart des entrepreneurs me payaient cash pour ma journée de travail. Peu leur importait l'âge que j'avais, du moment que je me présentais à l'heure et que j'avais envie de travailler. Et que j'en étais capable. À l'époque, il valait mieux gagner de l'argent qu'étudier l'algèbre et la littérature anglaise.

— Tu as acquis des connaissances d'un autre type. C'est à cette période que tu as appris le métier ?

— Oui. J'ai appris l'essentiel de ce qu'il y avait à savoir sur la construction et, par la suite, cela m'a énormément servi.

— Il semblerait, en effet..., dit Eli en s'arrêtant devant l'imposante silhouette brun ocre de la maison Sorrel-Weed.

Elle fit la grimace.

— Dis-moi quelque chose de positif sur celle-ci !

— Pourquoi ? Qu'y a-t-il ?

— Tu sais que ce bâtiment est réputé comme étant le plus hanté de tout le pays, si ce n'est du monde ? Il figurait dans une émission sur les lieux les plus terrifiants des États-Unis.

— Très bien. Tu veux faire la visite de la maison hantée, voir les fantômes ? demanda Daniel en désignant la file des gens qui attendaient pour se faire la peur de leur vie.

— Non, surtout pas ! Je n'ai aucun goût pour ce genre de chose.

— Tu es née à Savannah et tu n'aimes pas les frissons ? Tu n'ignores pas que la ville tout entière est construite sur un cimetière ?

Eli plaqua les mains sur ses oreilles.

— Je ne veux pas t'entendre. Je n'ai jamais vu de fantômes et je n'ai aucune envie d'en voir. Je ne veux entendre que des histoires joyeuses.

Eli croisa les bras et referma les mains sur ses épaules.

— Comme dans les contes de fées où l'on vit heureux jusqu'à la fin des temps ? plaisanta Daniel.

Mais il sentait un étrange pincement dans sa poitrine. Pour la première fois de sa vie, il se prenait à croire qu'une fin heureuse était possible. Car il s'imaginait parfaitement vivre heureux avec Eli pour toujours. Leurs regards se croisèrent et quelque chose changea soudain entre eux.

— Dis-moi pourquoi tu as choisi cette maison, demanda Eli. Pourquoi fait-elle partie de tes préférées ?

Daniel prit une longue inspiration. Il n'avait pas envie de rompre le charme de cet instant en parlant d'architecture. Il le fit néanmoins.

— Elle est principalement construite en style néoclassique et donc d'inspiration grecque, mais elle possède également des éléments Régence anglaise et, surtout, beaucoup, beaucoup de fantômes.

— Arrête ! s'exclama Eli en levant la main comme si elle voulait lui donner une tape sur le bras.

Il s'en saisit, l'attira dans ses bras et l'embrassa. Ils restèrent ainsi, enlacés sur le trottoir, oublieux du reste du monde, de la maison hantée, des touristes qui devaient s'écarter pour ne pas les bousculer. Toutes les peurs, tous les fantômes qui hantaient Daniel et le rendaient si hésitant, si instable, s'évanouissaient soudain.

Il n'aurait su dire combien de temps s'écoula avant qu'il libère les lèvres d'Eli. Tous deux s'écartèrent l'un de l'autre, mais il glissa un bras autour de la taille d'Eli et ils poursuivirent ainsi leur déambulation dans Bull Street.

— Eli Clark ? appela soudain une voix. C'est toi ?

Celle qui interpellait ainsi Eli était assise à une table du restaurant Le Public. Daniel reconnut Daisy Carter. Elle avait fréquenté le même lycée qu'eux à Savannah. Il s'attendait à ce qu'Eli s'écarte et se dégage de son bras, mais elle n'en fit rien.

Daisy se leva et ils s'arrêtèrent pour lui parler. Elle s'approcha et son regard s'illumina en se posant sur Daniel, comme si elle venait de découvrir le scoop du siècle.

— Eh, mais oui, c'est bien toi, Eli ! s'exclama-t-elle. Et avec qui, dis-moi ? Avec Daniel Quindlin ! Quelle surprise ! Je ne vous ai plus revus ni l'un ni l'autre depuis...

Le mariage.

Elle ne l'avait pas dit, mais ce n'était pas nécessaire. Daniel sut que c'était ce qu'elle avait en tête à la façon dont son sourire se fit soudain condescendant. Son sang ne fit qu'un tour.

— Bonsoir, Daisy, dit Eli.

Daisy s'avança et la serra un instant dans ses bras.

— Tu es de retour à Savannah ? demanda-t-elle, tout en lançant un coup d'œil à Daniel.

— Je suis professeur à Atlanta et je suis venue passer les vacances de Noël en famille. Et toi, que deviens-tu ?

— J'ai épousé Lance Drayton il y a trois ans. Vous vous souvenez de lui, non ? Il a terminé ses études au lycée trois ans avant nous. Nous avons deux enfants, une petite fille, Annabelle, et un fils, Chase, notre aîné. J'adore ma vie de femme au foyer. Lance et moi, nous dînons avec un couple d'amis ce soir, ajouta-t-elle en désignant leur table. Vous voulez vous joindre à nous ? Je suis certaine qu'on peut trouver deux chaises supplémentaires.

La table de quatre était coincée dans la salle bondée. Il semblait peu probable qu'il y ait de la place pour deux autres chaises. De plus, il était clair que Daisy et ses amis approchaient de la fin du repas. Daniel se demanda s'il ne s'agissait pas d'une proposition en l'air, car Daisy ne l'avait jamais aimé lorsqu'ils étaient lycéens. Aidan et lui faisaient partie des très rares élèves boursiers dans une école fréquentée essentiellement par des élèves aisés. Il était à peu près certain que les sentiments de cette femme à son égard n'avaient pas changé. Ce n'était pas la première fois qu'il la croisait en ville, mais c'était la première fois qu'elle lui adressait la parole. Le rebelle en lui eut envie de la prendre au mot et d'accepter l'invitation. Mais pourquoi l'aurait-il fait, alors qu'il passait un moment merveilleux avec Eli ?

Ils déclinèrent poliment la proposition et montrèrent un enthousiasme de pure forme lorsque Daisy annonça qu'il faudrait à tout prix qu'ils dînent ensemble tous les quatre. Cela ne se produirait jamais, il le savait, malgré la promesse faite par Daisy d'appeler très vite Eli pour convenir d'une date.

— De toute évidence, nous avons beaucoup de temps à rattraper, dit encore Daisy.

Tandis qu'ils s'éloignaient, Daniel sentit Eli lui prendre la main, comme pour lui dire *Donnons-leur matière à cancaner*. Il en fut ravi.

— Cela devait arriver un jour ou l'autre, dit-il.

— Qu'est-ce qui devait arriver ? demanda Eli, apparemment tout à fait détendue.

— De tomber sur quelqu'un que nous connaissons. Quelqu'un du lycée.

Quelqu'un qui se trouvait au mariage et avait été témoin de ce qui s'était passé. De son intervention auprès de Roger et du drame qui s'était ensuivi.

— Tu es certaine de ne pas vouloir rebrousser chemin pour passer la soirée avec Daisy et ses amis ? s'enquit-il.

— Oh là, non, je passe mon tour ! Quelle ironie de l'avoir justement rencontrée aux abords de cette maison pleine de fantômes !

— C'est toi qui le dis. Tu assumes.

— Mais tu l'as pensé !

— Je l'avoue. Mais je promets de m'amender et de devenir une meilleure personne.

— Heureusement que tu es là pour me donner l'exemple !

Daniel se mit à rire.

— Les temps changent, c'est le moins que l'on puisse dire !

Ils marchèrent encore une dizaine de minutes, traversèrent Wright Square, remontèrent York Street jusqu'à Oglethorpe Square et gagnèrent la Owens-Thomas House.

— Voici un lieu tout à fait tranquille, déclara Daniel. Tu y es déjà entrée ?

— Il y a des lustres, oui, répondit Eli. Et je ne m'en souviens pas du tout.

— Nous reviendrons de jour et nous ferons la visite. C'est un lieu chargé d'histoire. Il possède une magnifique collection de mobilier du début XIXe siècle. C'est un exemple parfait d'architecture Régence anglaise. Tu vois le fer forgé qui se poursuit sur les côtés ? Cette maison est célèbre pour avoir été l'une des premières à posséder une véranda de fer forgé. Le héros de la révolution américaine, le marquis de La Fayette, y a vécu. C'est d'ailleurs depuis cette véranda qu'il s'est adressé aux citoyens de Savannah.

Il se faisait tard et Daniel ne voulait pas risquer de lasser Eli avec trop d'architecture. Aussi reprirent-ils le chemin du manoir. Ce fut un retour très agréable, vingt bonnes minutes de marche illuminées par les décorations de Noël. Le temps filait trop vite. Daniel le déplorait.

Il comprit alors qu'il avait des raisons de se faire du souci. À quand remontait la dernière fois qu'il avait passé la soirée avec une femme et redouté le moment où elle se terminerait, comme c'était le cas maintenant ? Ou mettre au point une stratégie pour ramener la demoiselle chez lui, prendre du bon temps avec elle, puis reprendre le cours de sa vie ?

Il éprouvait un sentiment étrange. Il avait envie d'Eli, mais ne voulait rien précipiter. Il ne fallait pas prendre trop d'initiatives, aller trop vite et risquer de tout gâcher. De plus, lorsqu'ils passeraient au stade suivant, lorsqu'ils deviendraient plus intimes encore, il ne brusquerait rien non plus. Il faudrait qu'ils aient toute une nuit devant eux. Il voulait que le visage d'Eli soit la dernière image qu'il verrait avant de fermer les yeux et la première qu'il découvrirait en se réveillant, le lendemain matin. Il voulait lui apporter son petit déjeuner au lit et ne pas avoir à se préoccuper de ce qu'il convenait de faire avec Chloe.

Lorsqu'ils quittèrent Whitaker et bifurquèrent dans Hall Street, Eli se tourna vers lui.

— Peux-tu rester encore un petit moment dehors ou dois-tu reprendre Chloe tout de suite ?

— C'est à toi de me le dire.

Daniel lui prit la main, la porta à ses lèvres et lui embrassa les doigts.

— Chloe doit dormir à l'heure qu'il est, mais je ne voudrais pas abuser de la gentillesse de ta grand-mère.

— Et abuser de moi, qu'en dirais-tu ?

Eli le prit par la main et l'entraîna.

— Ouvre le van !

Daniel aima la lueur mutine dans son regard. Il sentit son corps réagir aussitôt.

— Veux-tu que nous allions ailleurs ? Nous sommes un peu trop près du manoir, non ?

— Non, là, c'est bien.

— Les gens ne vont pas jaser ?

— Qu'ils jasent ! D'ailleurs, je suis certaine que c'est ce que Daisy est déjà en train de faire. Cela donnera du grain à moudre aux gens.

Ils montèrent dans le van et Daniel brancha la stéréo sur un morceau de jazz. Alors ils s'étreignirent, bouches unies, avides, mains impatientes explorant tout ce qu'il était possible d'explorer sur le siège d'un van.

— Je veux que tu me fasses l'amour, Daniel, murmura Eli.

— Moi aussi, j'en meurs d'envie, répondit-il. Mais pas ici, pas comme ça…

Il n'avait aucune envie de quitter Eli, de lui souhaiter bonne nuit et de repartir. Mais il savait que, s'ils continuaient ainsi, il n'allait pas pouvoir garder indéfiniment le contrôle.

Il l'embrassa une dernière fois longuement, langoureusement, puis il s'écarta, se redressa sur le siège et remit de l'ordre dans les vêtements d'Eli et dans les siens tout en s'efforçant de se convaincre que c'était là la meilleure solution.

Quel menteur !

Il avait une envie folle d'Eli, mais il la voulait nue et dans son lit. Il ne voulait pas que leur première fois se passe dans une voiture.

— J'ai l'impression de me retrouver au temps de nos années de lycée, dit soudain Eli comme si elle avait lu dans ses pensées.

— Nous n'avons jamais rien fait ensemble dans une voiture.

— Non. Mais nous nous sommes embrassés dans la bibliothèque du lycée. Tu t'en souviens ?

— Comme si c'était hier.

Daniel l'attira contre lui, le dos de la jeune femme pressé contre son torse, et il la serra dans ses bras.

— Il est temps de rattraper le temps perdu, dit Eli d'une voix rauque.

Il glissa la main le long de son bras et décrivit de la pointe de l'index de petits cercles sur sa peau nue. Son infinie douceur faillit, une fois encore, lui faire perdre le contrôle. Il se ressaisit et, tout en gardant Eli serrée contre lui, il attrapa la bouteille de champagne.

— Je t'en sers une coupe ?

— Non. Ne bouge pas. Je suis tellement bien comme ça...

Elle lui prit la bouteille des mains, la porta à ses lèvres et en but une gorgée.

— Après ce baiser dans la bibliothèque, dit Daniel, j'ai pensé que tu me détestais.

— Tu m'avais fait une peur bleue.

Elle lui tendit la bouteille. Il tourna légèrement la tête, but à son tour une gorgée de champagne.

— Parce que tu éveillais en moi des choses que je ne voulais pas ressentir.

— Elles te font toujours aussi peur aujourd'hui ?

— Non. Aujourd'hui, je me sens prête à les vivre avec toi.

— Tu n'as rien à craindre de moi, Eli. Je ne te ferai pas de mal, je te le promets.

— Je le sais. Tu es une personne nettement plus intègre et digne de confiance que...

Elle avait failli dire *Roger*, songea Daniel.

Qu'il aille au diable ! Après toutes ces années, le souvenir de ce salopard trouvait encore le moyen de venir s'insinuer entre eux.

Il peut toujours essayer. Je ne le laisserai pas faire.

— Tu as raison, dit Daniel, nous avons du temps à rattraper. La semaine prochaine, Chloe sera au centre de loisirs. Je ferai en sorte que nous ayons du temps ensemble.

10

Zelda était encore assise à l'accueil avec une tasse de tisane lorsque Eli revint, après avoir raccompagné Daniel et Chloe au van. Pourtant, Chloe s'était endormie tôt, vers 20 h 30, et la porte d'entrée du manoir avait été fermée à 22 heures, à charge pour les résidents de rentrer avec leur code d'accès.

Zelda leva la tête du magazine qu'elle était en train de feuilleter.

— Comment s'est passé ton rendez-vous ?

— Bien. Nous avons dîné au Crystal, puis nous avons fait une longue promenade architecturale qui pourrait tout à fait devenir une idée de circuit. Nous pourrions le tester assez vite, qu'en penses-tu ?

— Oui, c'est une excellente idée.

Le sourire de Zelda parut forcé à Eli. Sa mère était pâle et avait les traits tirés.

— Tu as une minute pour discuter ? demanda-t-elle. Je peux te faire une tisane, si tu veux. Il y a encore de l'eau dans la bouilloire.

Eli savait par expérience que, si elle lui proposait cela, c'était qu'elle avait une idée en tête.

— Je ne suis pas fatiguée, assura-t-elle. Nous pouvons parler.

Zelda se leva et les deux femmes se dirigèrent vers la cuisine.

— C'est tout ce que vous avez fait, vous promener ?

Eli jeta un regard étonné à sa mère.

— Oui. Que voulais-tu que nous fassions d'autre ?

— Oh ! Eli, ne sois pas si prude ! Tu as vingt-huit ans, tu n'as plus l'âge de jouer les vierges effarouchées. Tu as les lèvres toutes gonflées et de petites traces rouges de frottement de barbe sur les joues.

Eli porta une main à ses lèvres et eut envie de rentrer sous terre.

— Maman, laisse tomber, je t'en prie...

— Excuse-moi, c'est un peu maladroit de ma part, mais c'est ma façon de te dire que je comprends. Daniel est un homme extrêmement séduisant.

— Bon, je vais me coucher. Bonne nuit.

— Non, Elisabeth, s'il te plaît ! Reste et parlons ! Je te promets de ne plus rien dire qui puisse te choquer. Je comprends que tu aies envie de tourner la page après ce qui s'est passé avec Roger. C'était il y a six ans. Et ce n'est pas parce que j'ai vécu une expérience malheureuse avec ton père que je dois la projeter sur toi. Je veux dire, tu es jeune et pleine de vie. Tu es libre de tomber amoureuse et d'aimer qui tu veux.

Après les interventions de Gigi devenue entremetteuse et la bénédiction soudaine de sa mère, tomber amoureuse de Daniel commençait à ressembler à un prix décerné par un comité de sélection, et l'impression était un peu étrange. Mais Zelda ne pensait pas à mal et il était clair que c'était d'autre chose qu'elle avait envie de parler. Eli la suivit donc à la cuisine.

Zelda sortit un sachet du tiroir à tisanes.

— Camomille, ça t'ira ?

— Ce sera très bien.

Eli se doutait bien que ce n'était pas pour parler de Daniel que sa mère l'avait attendue.

— Que se passe-t-il, maman ? reprit-elle. De quoi veux-tu me parler ?

Zelda ne répondit pas tout de suite. Elle versa de l'eau chaude dans la tasse d'Eli, en remit un peu dans la sienne et les apporta toutes deux à la table. Puis elle s'assit en face d'Eli.

— J'ai beaucoup réfléchi, dit-elle sans la regarder.

Elle se tut et un silence pesant retomba dans la pièce. Eli résista à l'envie de le combler.

— J'ai un peu honte de la façon dont je me suis emportée, l'autre soir, quand Kate était là.

— Il n'y a pas de problème, maman. Ce n'est pas une situation facile. J'en suis encore à me demander si ce manoir est un cadeau ou un joug. Mais il s'agit de notre héritage et nous avons beaucoup de chance de l'avoir.

— C'est exactement pour cette raison que j'en suis arrivée à la conclusion suivante, dit Zelda. Je vais prendre mon tour à la tête du manoir. Ce ne serait pas juste, vis-à-vis de Gigi et de vous trois, de ne pas assumer mes responsabilités en la matière. Gigi a travaillé au-delà de ce qu'elle aurait dû et cela, à cause de moi. J'aurais dû intervenir, la convaincre de s'arrêter avant, mais je n'avais pas envie de prendre sa suite.

Elle poussa un soupir.

— Le Machu Picchu, les Galápagos et la Grèce attendront.

Elle rit.

— Ils m'ont attendue jusqu'à présent. Ils peuvent patienter encore un peu, non ?

Son regard était triste. La vérité s'y lisait clairement. Ce n'était pas ce dont elle avait envie. Eli ne savait pas quoi dire. Zelda n'était pas du genre à jouer les fausses victimes pour la pousser à s'engager et à la soulager de son fardeau.

— J'entends encore Gigi me dire : « Que veux-tu que je fasse ? Que je vende ? »

Zelda avait des larmes dans les yeux.

— Elle a raison. Il n'y a pas véritablement d'autre solution. Nous n'avons pas les moyens d'engager un directeur. La suite dépend de moi à présent, et je ne peux tout de même pas être celle qui renoncera à un héritage remontant à six générations.

— Je t'aiderai aussi longtemps que je le pourrai, promit Eli.

Sous-entendu, jusqu'à ce qu'on m'appelle pour me dire qu'il y a un poste pour moi.

Zelda hocha la tête et une larme roula sur sa joue.

Et si l'occasion ne se présente pas, s'il n'y a pas de poste pour moi ? Les coupes budgétaires ont été si drastiques pour l'année scolaire...

Eli ôta le sachet de tisane et le pressa sur le bord de sa tasse avec sa cuillère pour en extraire l'eau. Elle se revit soudain un moment plus tôt, dans le van. Il lui semblait sentir encore la douceur des lèvres de Daniel sur les siennes, la caresse de ses mains sur ses seins. Dieu qu'elle avait envie de lui ! Jamais elle n'avait ressenti pareil désir dans son corps et il la tenaillait tout entière.

— Maman, dit-elle en reposant la cuillère. Que dirais-tu de laisser faire le destin ? Si on m'appelle pour me proposer un poste en janvier, je retourne à Atlanta. Dans le cas contraire, je remets à plus tard ma recherche d'emploi, je m'installe à Savannah et je t'aide à diriger le manoir.

Zelda la regarda, interdite. Puis elle plaqua une main sur sa bouche et les larmes qu'elle retenait tant bien que mal depuis un moment roulèrent sur ses joues.

— Tu ferais ça pour moi ?

Eli hocha la tête.

— Oui.

Pour toi. Et pour Daniel.

Mais il y avait peu de chances qu'elle lui fasse part du pari qu'elle venait de prendre.

Lorsque Daniel arriva au manoir, le lundi, Eli se trouvait dans le solarium, en train de dessiner dans son carnet de croquis et de s'occuper des résidents. À cause des travaux de rénovation, la salle à manger était fermée et l'on servait le petit déjeuner dans le solarium.

Le lundi était généralement une journée plus calme que les autres. De plus, lorsqu'on avait averti les futurs résidents que des travaux de restauration seraient en cours, certains avaient annulé leur réservation. Aussi ce lundi était-il encore plus calme que d'habitude. Eli s'étant portée volontaire pour servir le petit déjeuner, elle avait apporté son journal de croquis en pensant que ce serait le moment idéal pour se remettre à y travailler.

À Atlanta, elle avait été tellement occupée avec ses classes et tellement travaillé pour ses élèves qu'elle ne s'était pas autorisée à consacrer beaucoup de temps à créer pour elle, à laisser parler sa créativité personnelle. Aujourd'hui, elle avait décidé de faire un collage. Elle était en train d'en assembler les divers éléments et de voir ce que cela donnait : fragments d'affiches, vieux tickets de cinéma, petites coupures de presse. Ensuite, elle dessinerait et peindrait par-dessus. Mais pour l'instant, elle devait attendre que la base qu'elle avait passée sur son dessin sèche. C'était un exercice de patience en même temps que de création. Elle avait oublié à quel point exercer ses talents artistiques la rendait heureuse.

Mais ce n'était pas la seule raison pour laquelle elle avait apporté son carnet. Elle voulait tester la réaction des résidents, voir si ses dessins éveillaient un quelconque intérêt chez eux. Elle le mesurerait à leur attitude. Si certains s'approchaient et lui demandaient ce qu'elle faisait ou tout simplement s'ils la regardaient faire...

Sur les sept personnes descendues prendre le petit déjeuner, six s'étaient montrées intéressées. Et sur ces six, cinq lui avaient fait part de leur envie de prendre un cours d'art graphique avec elle.

Cinq, ce serait un bon début, le bon chiffre pour un cours de débutants.

Sans même consulter Gigi ou sa mère, Eli prit la décision d'offrir aux résidents la leçon d'art inaugurale du manoir Forsyth Galloway. Elle aurait lieu ce mercredi. Eli expliqua à ses futurs élèves qu'il leur suffirait de se munir d'un carnet de croquis ou d'un cahier de la taille, de la forme et du papier de leur choix. S'ils désiraient le même qu'elle, ils pouvaient le trouver à la boutique de fournitures pour artistes sur Martin Luther King Jr. Boulevard. Elle fournirait le reste du matériel nécessaire.

Eli achevait de coller le dernier élément de sa composition lorsque, levant les yeux, elle aperçut Daniel dans l'encadrement de la porte. Une joie indicible l'envahit. Il lui parut plus séduisant que jamais, rasé de près et extrêmement élégant.

— Bonjour ! lança-t-elle.

— Bonjour.

Il la rejoignit et se pencha pour regarder ce qu'elle faisait.

— Comment ça s'est passé, ce matin, avec Chloe ? demanda-t-elle. C'était son premier jour au centre de loisirs.

— Très bien. Elle a retrouvé ses petites camarades. Visiblement, elles étaient toutes heureuses de se voir. J'ai juste eu droit à un petit signe d'au revoir et elle est partie en courant avec ses copines dans la cour. Qu'es-tu en train de faire ?

— C'est un avant-projet pour ma leçon d'art inaugurale, qui aura lieu ici même mercredi. Ça me fait plaisir que tout se soit bien passé pour Chloe. Elle va nous manquer au manoir !

Daniel désigna le carnet de croquis.

— Cela fait de toi la première artiste en résidence, alors ?

— Oui. Ou disons plutôt le premier professeur d'art en résidence.

— Non, artiste. J'insiste. Ne te sous-estime pas !

Eli sentit un délicieux frisson d'excitation la parcourir. Il y avait si longtemps, depuis ses études d'art en réalité, qu'elle ne se considérait plus comme une artiste, mais seulement comme une enseignante. Il fallait dire que c'était une situation confortable : elle se cachait derrière cette étiquette. L'enseignante enseignait, point final. Ses élèves la respectaient, respectaient ses compétences et son savoir. Il était rare que les débutants qui suivaient ses cours portent un jugement sur ce qu'elle faisait avec eux. Qu'elle propose du dessin, de la peinture ou de la sculpture sur terre glaise, rares étaient les critiques. Il arrivait à ses élèves de protester lorsqu'elle devenait parfois un peu plus théorique et insérait dans son cours une réflexion sur la théorie des couleurs ou les différents styles des grands maîtres. Mais leurs protestations étaient bien souvent de pure forme, car ils l'écoutaient avec attention et ne demandaient qu'à apprendre. Ils savaient bien qu'ensuite, ils donneraient libre cours à leur imagination, à leur vivacité dans des exercices libres. Et si elle parlait de la manière de Jackson Pollock, ce qui les intéresserait surtout, ce serait de prendre des brosses et de jouer sur le papier avec toutes les couleurs.

Daniel saisit une chaise qu'il approcha et s'assit à côté d'elle.

— Je peux regarder ? demanda-t-il. Je me rends compte que je n'ai plus rien vu de ce que tu faisais depuis nos années de lycée.

La première réaction d'Eli fut de ne rien vouloir montrer de son travail, de se protéger. À quand remontait la dernière fois qu'elle s'était livrée, dévoilée à travers son art, quasiment mise à nu ?

— Fais attention, dit-elle.

Mais n'avait-elle pas accepté de se montrer vulnérable dans les bras de Daniel, le vendredi précédent ? Le souvenir des moments vécus ce soir-là dans le van fit courir un long frisson dans tout son corps et renaître le désir au creux de son ventre.

— Le mélange de colle artisanale que j'ai utilisé n'est pas encore sec.

Eli savait toutefois que tous les éléments étaient déjà fixés et qu'ils ne bougeraient pas. Et si elle acceptait de remettre son cœur entre les mains expertes de Daniel, elle pouvait sans doute lui faire confiance pour feuilleter avec précaution ce carnet qui était demeuré fermé depuis des années, à l'abri des regards critiques.

Des milliers de pensées se bousculèrent dans l'esprit d'Eli, pêle-mêle. Roger, la douleur. L'amour, la vulnérabilité, le rejet. La trahison et la colère. Le désir. Le sentiment d'avoir été sauvée avant de commettre une erreur fatale.

— D'accord, je vais faire attention, promit Daniel.

Eli laissa glisser le carnet vers lui.

Elle retint son souffle lorsque, immobilisant d'une main la page sur laquelle elle travaillait lorsqu'il était entré, il se mit à feuilleter le carnet.

Il observa chaque page en silence. Jamais Eli ne s'était sentie aussi exposée et vulnérable. Elle avait détourné les yeux et son cœur battait à tout rompre.

Cinq bonnes minutes s'écoulèrent et Daniel ne disait toujours rien. Il continuait de feuilleter le carnet, revenant en arrière, puis avançant de nouveau.

Eli n'y tint plus.

— Ce ne sont que des études, hasarda-t-elle.

Comme si cela la dédouanait, la libérait de toute responsabilité. C'était une façon de prendre les devants par rapport à l'opinion qui devait être en train de se dessiner dans l'esprit de Daniel.

Elle aurait voulu qu'il dise quelque chose et, en même temps, elle redoutait de l'entendre exprimer son opinion. Elle en était même à regretter d'avoir apporté ce carnet et d'avoir laissé Daniel le prendre.

Puis, soudain, une chose étrange se produisit. Toute pensée

négative, dévalorisante, s'évanouit, remplacée par une voix douce, clémente, qui lui disait qu'elle n'avait pas besoin de l'avis de qui que ce soit pour se sentir pleinement à sa place en tant qu'artiste. L'art était un don et ce don, elle l'avait reçu. Personne ne pourrait le lui enlever.

— C'est magnifique, déclara soudain Daniel d'un ton qui débordait d'admiration. Vraiment magnifique. As-tu peint des toiles depuis le lycée ? Attends... C'étaient tes toiles qui se trouvaient dans la salle à manger, avant que nous commencions la rénovation ?

Eli comprit que c'était de son œuvre qu'il était en train de parler. Quelqu'un, probablement Gigi ou sa mère, avait ôté les tableaux du mur afin qu'ils ne risquent pas d'être endommagés.

— Oui. Elles datent de l'époque de mes études d'art.

— Mais pourquoi as-tu cessé de peindre, Eli ? Tu as tellement de talent ! Je me souviens très bien de toi au lycée, tu étais une élève extrêmement douée, qui possédait plein de cordes à son arc.

Eli n'avait pas envie de parler de l'inspiration qui l'avait quittée, faute de temps et d'attention pour créer, puisqu'il avait bien fallu qu'elle gagne sa vie. Ni de songer de nouveau à Roger, qui lui avait volé sa joie de vivre et sa confiance en elle lorsqu'il l'avait quittée. Aujourd'hui, elle ne voulait plus revenir sur le passé, ni recourir à ce qui n'était que des excuses.

Tant de choses avaient changé depuis, avec les années. Eli savait qu'il était grand temps de cesser de s'apitoyer sur elle-même. Désormais, elle devait se servir des dons qui lui avaient été accordés, même si, pour commencer, cela signifiait donner des leçons de dessin et de peinture aux résidents du manoir. Il lui resterait toujours du temps pour peindre.

C'était le moins qu'elle puisse faire en attendant qu'on veuille bien lui annoncer qu'un poste d'enseignante en art s'était libéré.

— J'ai une surprise pour toi, lança Daniel.

Un éclat brillait dans ses yeux bruns. Il savait qu'Eli allait aimer ce qu'il avait à lui dire.

— Après-demain, après la journée au centre de loisirs, Chloe a été invitée chez son amie Emma. La maman d'Emma la prendra à la sortie du centre de loisirs et elle la ramènera là-bas le lendemain matin. Alors, si tu es libre mercredi soir, je t'invite à dîner à la maison.

— Alors, comment s'est passée cette première leçon ? demanda Daniel en tendant à Eli un verre de malbec.

C'était la première fois qu'elle venait chez lui. Quant à Daniel, cela faisait un bon moment qu'il n'y avait plus passé de temps. Il n'avait même pas encore installé la moindre décoration de Noël.

Depuis l'accident d'Aidan, il habitait chez son frère, dans le quartier d'Habersham, afin de ne pas couper Chloe du lieu qui lui était familier, et il avait totalement délaissé sa maison de Skidaway Road.

En fin d'après-midi, il était passé voir Aidan à l'hôpital. Son état continuait de s'améliorer, mais il n'était pas encore assez satisfaisant pour que l'on puisse diminuer les doses de médicaments qui le maintenaient en coma artificiel. Ensuite, Daniel était allé faire des courses : filet de bœuf et queues de langouste. Il ne possédait pas le talent d'un chef, mais il se débrouillait néanmoins en cuisine. Lorsque Eli était arrivée, il avait déjà préparé l'essentiel du repas. Il ne tenait pas à être coincé derrière les fourneaux.

C'était leur première soirée en tête à tête. Daniel ignorait où cela les conduirait, mais une chose était sûre : il voulait profiter de la présence d'Eli un maximum de temps.

— Le cours s'est très bien passé, répondit Eli. Tous ceux qui s'étaient inscrits... En fait, ils n'étaient que cinq..., précisa-t-elle en riant.

Elle leva les yeux au ciel, signifiant par là que ce n'était pas un bien grand nombre.

— Enfin, quoi qu'il en soit, tous les inscrits sont venus et ils ont eu l'air d'apprécier le cours. Ils étaient vraiment très intéressés.

Daniel leva son verre et le fit tinter contre le sien.

— Félicitations, c'est fantastique ! Tu penses pouvoir renouveler l'expérience ?

Eli eut un petit haussement d'épaules.

— Je ne sais pas. On verra. Au fait, j'ai oublié de te dire que ma mère avait réfléchi et revu sa position par rapport au manoir. Pour l'instant, elle accepte de reprendre les rênes. Pas franchement de gaieté de cœur, mais elle est consciente que c'est ce qu'il convient de faire.

Daniel sentit sa gorge se nouer et se détourna très vite pour cacher sa déception. Il partit s'occuper des pointes d'asperges qu'il avait mises à cuire.

— Ce qui te laisse totalement libre, commenta-t-il depuis la cuisinière.

Il jeta un coup d'œil derrière lui pour voir la réaction d'Eli. Celle-ci se mordait la lèvre inférieure, perdue dans ses réflexions.

— Je ne sais pas, répondit-elle enfin. Il faudra voir comment ça se passe.

Daniel devait se rendre à l'évidence. Ce qui existait entre eux ne durait que depuis deux semaines. Parfois, il lui semblait qu'ils avaient toujours été ensemble. Mais que signifiait *être ensemble* ? Était-ce autre chose que se voir tous les jours et passer du temps l'un avec l'autre ? Fallait-il proclamer au monde entier que l'on formait un couple, mettre les points sur les *i* ? Daniel ne se sentait pas très à l'aise dans ce domaine et ne savait pas comment s'y prendre. Tout ce qu'il savait, c'était qu'Eli était entrée dans sa vie et qu'il ne voulait surtout pas la perdre.

Que se passerait-il si elle obtenait un poste à Atlanta ? La question lui brûlait les lèvres, mais il ne fallait pas se montrer pressant. Et puis, il n'avait pas envie d'avouer la moindre faiblesse, de montrer qu'en fait, il avait besoin d'elle. Il songea au nombre de fois où il s'était trouvé dans la position inverse et où une femme qui lui plaisait avait précipité la fin de la relation en voulant faire le point, savoir où ils en étaient et vers quoi ils allaient. Il résolut d'abandonner le sujet. Il n'allait pas gâcher la soirée ! Il s'affaira encore quelques instants aux fourneaux puis acheva de mettre la table. Eli lui demanda des nouvelles d'Aidan. Elle n'avait pas pu l'accompagner ce matin-là puisqu'elle avait donné son cours.

Daniel s'aperçut soudain que, pour la première fois ce jour-là, il était allé à l'hôpital sans se sentir au bord de la panique.

Les nouvelles avaient été plutôt bonnes. L'équipe médicale qui s'occupait d'Aidan devait se réunir le lendemain afin d'évaluer l'opportunité d'interrompre le coma artificiel. Il en informa Eli.

Elle sourit, le regard plein d'espoir.

— Tu ne veux pas que nous soyons présents ? Je peux t'accompagner. Chloe sera tellement heureuse que nous puissions enfin lui donner de bonnes nouvelles ! Elle va peut-être enfin voir son papa.

Daniel hocha la tête sans répondre. Oui, Eli prenait à cœur les problèmes de sa famille. Elle se sentait concernée par les événements qui le touchaient et s'y investissait. Dans ce cas, se demanda-t-il, ne pouvait-on pas estimer qu'elle se sentait également investie dans leur relation à tous les deux ?

Ils se regardèrent et la vérité lui apparut soudain, manifeste, dans toute sa clarté. Lorsqu'ils baissaient la garde, l'intimité naissait tout naturellement entre eux. C'était une affinité si profonde, si puissante, qu'elle les habitait tout entiers.

Ils s'étaient fait confiance, s'étaient confié leurs secrets les plus intimes. Ils connaissaient le pire et le meilleur de leurs personnalités respectives. Et même si, pour Daniel, être attaché aussi profondément à une femme avait quelque chose d'effrayant, il n'y avait rien qu'il puisse faire. Il avait déjà dépassé le point de non-retour et il se mentirait à lui-même en refusant d'admettre l'évidence. Il était amoureux d'Eli. D'Elisabeth. Profondément amoureux.

Et la question demeurait pourtant : quel avenir avait-il avec elle ?

Il savait ce que lui-même voulait, mais ignorait toujours quelles étaient ses intentions à elle. Pouvait-elle envisager de rester à Savannah pour lui ? Il ne voulait surtout pas la bousculer.

Alors, que faire ?

Il garda la question pour lui. Il allait se contenter de profiter de la compagnie d'Eli, du repas succulent qu'il avait préparé. Il ne se concentrerait que sur le positif.

Pour son plus grand plaisir, Eli dégusta toutes les bonnes choses qu'il avait cuisinées en le complimentant à chaque étape du repas. La conversation alla bon train, tantôt joyeuse, tantôt grave lorsqu'on aborda l'état d'Aidan et la situation de sa petite fille. Lorsqu'ils eurent achevé la délicieuse mousse au chocolat qu'il avait achetée pour le dessert, ils passèrent au salon, où les paroles laissèrent la place aux caresses et aux baisers.

Installé avec Eli sur le canapé, Daniel la serra contre lui, désireux de la garder dans l'étreinte de ses bras en se demandant comment faire pour ne jamais la laisser partir. Puis, soudain, une pensée lui vint et il s'écarta d'elle avec un sourire.

— J'ai une surprise pour toi, dit-il. Attends-moi une seconde !

Il se leva et gagna sa chambre, pour revenir quelques instants plus tard avec un petit paquet rectangulaire qu'il avait lui-même enveloppé dans du papier cadeau.

Il le tendit à Eli.

— Qu'est-ce que c'est ?

— Ton cadeau de Noël. J'ai pensé qu'il pourrait t'être utile tout de suite.

— Daniel, il ne fallait pas..., protesta-t-elle.

— Dès que je l'ai vu, je me suis dit qu'il était fait pour toi et j'ai eu envie de te l'offrir. Ouvre-le !

Il s'assit près d'elle et elle se pencha aussitôt vers lui pour lui effleurer les lèvres d'un baiser.

Il sourit.

— Tu ne sais pas encore ce que c'est ! plaisanta-t-il.

Eli ôta le papier et découvrit une très belle boîte ancienne, dont la taille serait parfaite pour ranger ses pinceaux.

— Oh ! merci, Daniel, elle est magnifique ! Elle me plaît beaucoup. C'est très gentil d'avoir pensé à moi.

— Ouvre-la...

Eli obéit aussitôt et découvrit que la boîte contenait un petit écrin.

— Mais... Daniel...

— Vas-y ! Ouvre-le.

Elle acquiesça, curieuse : à l'intérieur, se trouvait une fine chaîne en or avec un petit pendentif en forme de pinceau brosse.

Elle demeura un instant interdite.

— Oh ! Daniel ! s'exclama-t-elle lorsqu'elle eut recouvré sa voix. C'est un bijou magnifique !

— Laisse-moi le mettre à ton cou, proposa-t-il.

Eli souleva ses cheveux et il glissa délicatement la chaîne et referma le fermoir sur sa nuque. Lorsque le bijou fut en place, Eli tendit la main, effleura le pendentif.

— Qu'il te permette de te souvenir toujours de ce que tu es, dit Daniel. Tu as beaucoup de talent, ne l'oublie pas ! Ne le laisse pas se perdre.

Eli se pencha et l'embrassa en se pressant contre lui. Alors Daniel s'abandonna à la douceur et la volupté du baiser. Il aimait le goût de sa bouche, le satin frais et doux de sa peau. C'était comme un rayon de soleil dans sa vie. Un rayon de soleil qu'il attendait depuis si longtemps...

Il n'y avait pas la moindre retenue, la moindre hésitation dans ce baiser. Eli savait exactement ce qu'elle voulait et elle le prenait. Déjà, elle s'était mise à explorer son corps de ses mains à la fois fébriles et douces, lui caressant les épaules, le dos. Lorsqu'elle glissa les doigts dans la ceinture de son jean et libéra sa chemise et qu'il la sentit effleurer la peau nue de ses reins, son corps tout entier réagit violemment.

Dans cette caresse, il y avait la promesse qu'elle l'aimerait avec une passion qui aurait raison de lui, le rendrait encore plus vulnérable et sans défenses qu'il ne l'était. Et déjà, malgré le risque, il n'avait plus qu'une envie : lui montrer à quel point il la désirait, combien il avait attendu ce moment, en avait rêvé depuis le jour où, pour la première fois, il avait posé les yeux sur elle à la bibliothèque. Et, plutôt que de lui dire tout cela avec des mots qui risquaient de rompre le charme en cet instant, il clama ses sentiments en s'emparant de sa bouche avec fougue pour l'enivrer d'un baiser profond. Un baiser fait pour la toucher jusqu'au cœur de son âme.

Le désir qu'il avait d'elle enflait de seconde en seconde. Il aimait sentir sous ses doigts ce corps souple comme une liane, ces courbes douces. Il glissa les mains derrière ses hanches et la plaqua plus fort contre lui, pour lui faire constater l'évidence de son désir.

— Je te veux, murmura-t-elle, le souffle court. Je te veux maintenant…

À ces mots, il remonta les mains pour les poser sur ses seins, qu'il pressa avec volupté, agaçant leurs pointes à travers le coton fin de son chemisier. Eli haletait. Il la vit fermer les yeux et renverser la tête en arrière, enivrée par ses caresses.

Elle agrippa sa chemise avec force, poings serrés, la respiration saccadée. On eût dit que la fièvre l'avait saisie. Elle s'appropriait son corps à travers ses mains qui l'exploraient, de plus en plus audacieuses.

Un désir fou, irrésistible, les embrasait tous les deux. Daniel l'attira plus près et nicha le visage au creux de son cou. Elle avait la peau douce sous ses lèvres, sous sa bouche, sous sa langue. Il traça un chemin le long de sa mâchoire et retrouva sa bouche, qu'il reprit avec ardeur.

Ils allaient faire l'amour ce soir. Un frisson de plaisir le parcourut à cette pensée. Rien ne s'y opposait plus. Il la voulait nue contre lui, il voulait se perdre en elle.

— Allons dans la chambre, murmura Eli, la voix rauque.

Sans attendre, elle le prit par la main et l'entraîna vers le couloir.

Dès qu'ils eurent franchi le seuil de la chambre, ils laissèrent libre cours à leur passion. Bouches unies, mains impatientes, ils s'arrachèrent leurs vêtements, dernière barrière à l'exploration enivrante de leurs corps. La chambre résonna bientôt de leurs souffles mêlés, haletants, tandis qu'ils roulaient sur le lit, enlacés, éperdus, ivres, oublieux du temps et de l'espace, ne songeant plus qu'à se donner l'un à l'autre.

Combien de temps Daniel avait-il attendu ce moment ? Eli était grisante, enivrante quand elle se cambrait sous lui, offerte. Et la sensation de sa peau satinée, si douce sous ses doigts rêches le rendait fou. Il sentait qu'elle voulait être à lui, éperdument. Et lui-même ne voulait rien d'autre…

Lorsqu'ils retombèrent, épuisés, sur les draps défaits, Eli demeura les yeux fermés, reprenant peu à peu son souffle. Elle sentait Daniel frissonner encore de plaisir, la tête nichée au creux de son cou.

Tout à coup, il s'écarta d'elle et elle ouvrit les yeux. Il s'était soulevé et la regardait. Puis il se pencha vers elle et lui effleura les lèvres d'un baiser.

— Je t'aime, murmura-t-il. Marions-nous, Eli !

Eli se figea. Avait-elle bien entendu ? Non, elle devait s'être trompée. Pourtant, elle vit à l'expression de son visage, à son regard sérieux planté dans le sien qu'il n'y avait aucun doute possible. C'était bien ce qu'il avait dit : il l'aimait et voulait l'épouser.

Non, ce n'était pas possible…

Elle ne pouvait pas se marier avec lui.

Non !

Pourquoi avait-il dit ces mots ? Pourquoi fallait-il qu'il gâche tout ?

Stop ! Les choses allaient trop vite.

Mais tu aimes cet homme depuis tes dix-sept ans, lui souffla sa petite voix intérieure.

Aimer un homme de loin, un homme que l'on pensait hors d'atteinte, avec lequel on était sûre de ne rien vivre était une chose, mais de là à l'épouser…

Je ne te ferai pas de mal, Eli. Je te le promets.

Ses paroles résonnaient dans son cœur, sa tête.

Je le sais. Tu es une personne nettement plus intègre que…

Daniel n'est pas Roger !

Elle savait qu'il disait vrai, qu'il ne lui ferait jamais de mal. Du moins, pas intentionnellement. Alors pourquoi avait-elle si peur ?

Elle avait l'impression d'être soudain paralysée. Elle aurait voulu s'écarter, mais elle était incapable du moindre mouvement. Elle ne parvenait même pas à lui répondre, à lui dire qu'il ne fallait rien précipiter, que c'était dommage de gâcher ce qu'ils étaient en train de vivre… Cependant, pas un mot ne franchissait ses lèvres.

Daniel avait dû sentir le changement.

Il se passa une main dans les cheveux.

— Dans le feu de l'action, on prononce parfois des paroles

que l'on regrette au matin, parvint enfin à articuler Eli, d'un ton qu'elle souhaitait léger.

Elle voulait lui donner une chance de se reprendre. Bien sûr que ces mots lui avaient échappé ! Il ne pensait pas sérieusement ce qu'il avait dit. La seule issue possible, pour lui, serait de reconnaître que les mots avaient dépassé sa pensée.

Il y avait des hommes qui, dans le feu de la passion, criaient le nom de leur partenaire. Daniel, lui, demandait en mariage.

Eli cherchait désespérément un moyen d'alléger l'atmosphère, mais rien ne lui vint à l'esprit.

Il fallait pourtant qu'elle fasse quelque chose. Sinon, elle le savait, elle allait prendre ses jambes à son cou.

11

Cet homme avait le don de la mettre sens dessus dessous. Il venait à peine d'entrer dans sa vie et, déjà, il lui jouait un tour pendable...

Elle aurait dû se méfier, ne pas laisser la situation s'emballer, devenir incontrôlable.

Elle n'était pas partie, finalement. Il était déjà 3 heures du matin et elle était tellement sous le choc qu'elle n'avait pas eu le courage de prendre sa voiture et de rentrer au manoir. Et puis, il existait peut-être une chance infime pour que Daniel se rende compte de son erreur en se réveillant, le lendemain matin. Tu avais raison, dirait-il. Je me suis laissé emporter. Je retire ce que j'ai dit, n'y pensons plus.

Elle n'avait pas voulu le laisser en plan, mais il n'en restait pas moins vrai qu'il lui avait demandé de l'épouser.

De l'épouser !

Après cette remarque qu'elle avait faite sur les paroles qu'on laisse échapper dans le feu de l'action et qu'on regrette au matin, Daniel n'avait plus parlé. Elle aurait tellement aimé qu'il dise quelque chose...

Je plaisantais.

Ou même : *J'étais sérieux, mais prends le temps de réfléchir.*

Quelque chose. N'importe quoi, mais quelque chose.

Au lieu de cela, il s'était enfermé dans le silence, il était redevenu le Daniel distant et ombrageux d'autrefois. Eli en était désolée. Sa remarque désinvolte avait dû le blesser profondément et elle s'en voulait d'avoir prononcé ces mots, mais aussi de s'être retrouvée médusée, incapable de réagir à ses paroles, choquée par cette soudaine demande en mariage. Elle n'avait pas su prendre le dessus et réagir.

Pourquoi ? Pourquoi avait-il gâché le moment extraordinaire qu'ils étaient en train de vivre ?

Eli avait le cœur serré. Elle n'avait pas envie de perdre Daniel, mais elle n'était pas du tout prête à s'engager. Elle ne savait même pas de quoi le lendemain serait fait et elle ignorait si elle retrouverait un jour l'envie de partager sa vie avec quelqu'un.

Lorsqu'elle ouvrit les yeux le lendemain matin, Daniel était déjà debout. Il lui apporta une tasse de café au lit.

— As-tu besoin de temps pour réfléchir ? demanda-t-il d'emblée.

Réfléchir à quoi ? À leur relation, ou à sa demande en mariage ? En était-ce vraiment une, d'ailleurs ?

— J'étais sérieux, Eli, insista-t-il. Je veux t'épouser.

Oui, c'en était bien une !

Oh ! Non...

— Daniel...

Eli se redressa dans le lit et, s'apercevant qu'elle était nue, tira le drap sur elle.

Elle ne voulait épouser personne. Personne, pas même Daniel.

— Daniel, il faut que je sois honnête avec toi. La seule perspective de mettre une robe blanche et de remonter l'allée d'une église, avec tous les regards braqués sur moi, me glace le sang.

Elle porta la main à son cou et sentit le contact léger de la petite chaîne, puis du pendentif à la naissance de ses seins.

Alors Daniel posa la main sur son bras et un frisson la parcourut, qui l'agaça. C'était insensé, mais elle aimait sentir les doigts de Daniel sur sa peau. Ils étaient apaisants tant qu'elle parvenait à dissocier cela de l'idée de mariage. Rien que d'y penser, elle avait la gorge sèche et les mains moites. Déjà, son cœur s'emballait dans sa poitrine.

— On n'a pas besoin d'envisager une cérémonie en grande pompe. Cela peut être très intime, uniquement nous et nos familles.

Eli sentit l'air lui manquer. Elle voulut prendre une inspiration, mais c'était comme si l'oxygène s'était soudain raréfié dans la chambre.

— Nous pouvons attendre qu'Aidan soit sorti de l'hôpital, poursuivait Daniel.

Le sang battait si fort aux tempes d'Eli que c'est à peine si elle entendit la suite.

— Chloe serait ta demoiselle d'honneur.

Eli ne répondit pas, se contentant de secouer la tête.

— Nous n'avons pas besoin de nous marier tout de suite, assura-t-il. Nous pouvons attendre, mais...

Ce fut ce *mais*, laissé en suspens à la fin de sa phrase, qui fit sortir Eli de ses gonds.

Mais j'ai besoin que tu me dises oui maintenant. *Mais* j'ai besoin que tu me promettes de ne pas te dérober au dernier moment. *Mais* il faut que tu m'assures que tu vas venir te réinstaller à Savannah...

Cela signifiait qu'elle serait de nouveau à la merci d'un homme, qu'elle remettrait son cœur entre les mains d'autrui, au risque d'être brisée ensuite. Il était évident que, si Daniel n'avait jamais pu l'oublier, c'était parce qu'elle était demeurée inaccessible toutes ces années, parce qu'elle n'était pas libre. Que se passerait-il une fois qu'elle aurait accepté de devenir sa femme ? Une fois que la chasse serait terminée et le gibier captif ?

— Non, je ne peux pas, articula-t-elle. Il faut que je parte.

Elle éprouvait une sensation étrange, comme si elle se trouvait dans un état second et se regardait agir.

Elle lui rendit la tasse, repoussa le drap et se leva.

Au manoir, toute l'équipe était à l'œuvre sur le chantier, mais à 10 heures, Daniel n'était toujours pas arrivé. Eli lui envoya un message.

À quelle heure a lieu la réunion pour Aidan ? J'aimerais venir avec toi.

Elle retint son souffle, les yeux rivés sur l'écran. Et s'il ne lui répondait pas ? Elle se sentait le cœur tellement serré qu'elle se demandait s'il n'allait pas exploser. Elle ne se comprenait plus, se trouvait soudain capricieuse. Elle redoutait de perdre Daniel, mais ne voulait pas s'engager davantage avec lui. Et encore moins l'épouser. Tout du moins, dans l'immédiat.

Les minutes s'écoulaient, interminables. Elle commençait à désespérer lorsque la réponse s'afficha enfin sur l'écran.

Daniel était furieux. Il se serait giflé. Que s'était-il passé ? Lui qui voulait prendre son temps, ne pas bousculer Eli, laisser les choses suivre leur cours... C'était réussi !

Comment était-ce possible ? Il avait fait l'amour avec elle et nageait en plein bonheur et brusquement, il lui avait demandé de l'épouser.

Il y avait de quoi être atterré. Il n'y avait plus de retour en arrière possible.

Il pensait avoir perdu Eli à tout jamais lorsqu'il avait reçu son message. Elle voulait l'accompagner au rendez-vous de l'hôpital. Il songea d'abord à répondre non, ou à ne rien répondre du tout, ce qui revenait au même. Mais la perspective d'entrer dans cet hôpital pour y entendre un diagnostic, bon ou mauvais, mais sans elle, lui sembla au-dessus de ses forces.

Tout ce qui importait aujourd'hui, c'était Aidan. Voilà sur quoi il devait se concentrer. Et ce serait vraiment très bien qu'Eli soit là.

Il montait dans sa voiture quand son téléphone sonna. Il décrocha, inquiet en reconnaissant le numéro de l'hôpital. C'était le médecin, qui lui demandait de se rendre au bureau des infirmières, en unité de soins intensifs, plutôt que dans son bureau comme prévu.

Aussitôt, il envoya un message à Eli pour la prévenir du changement de lieu.

Fidèle à son engagement, la jeune femme arriva sur place à 13 heures tapantes.

— Ça va ? lui demanda-t-elle lorsqu'elle le rejoignit.

Il acquiesça d'un bref hochement de tête.

— Oui.

Ce fut tout ce qu'ils se dirent qui puisse être en lointain rapport avec ce qui s'était passé la nuit précédente. En cet instant, c'était Aidan, le centre de toutes les attentions.

Le médecin était en retard. Tandis qu'ils l'attendaient, Daniel prit brusquement conscience qu'il allait peut-être leur annoncer une nouvelle qui ne serait pas bonne. Certes, jusqu'à présent, l'état de santé d'Aidan n'avait fait que s'améliorer, l'œdème s'était peu à peu résorbé et, d'après l'ensemble des examens, il était permis de se montrer optimiste, mais on ne savait jamais.

Et tandis que Daniel patientait, observant la femme qu'il aimait, une femme dont les sentiments à son égard n'étaient pas aussi profonds que ceux qu'il nourrissait pour elle, il songeait avec angoisse que le ciel allait peut-être lui tomber sur la tête. Une fois de plus.

Jamais encore il n'avait appris une bonne nouvelle dans un hôpital. C'était dans un tel lieu qu'il avait perdu ses parents, sa grand-mère, Lana...

Il était sur le point de dire à Eli qu'elle n'était pas obligée de rester lorsque le médecin fit son apparition.

— Monsieur Quindlin, je suis en retard, désolé, j'ai été retenu par un patient. Veuillez me suivre, je vous prie. Il y a quelque chose qu'il faut que je vous montre.

— Comment ça va ? Est-ce qu'Aidan va bien ?

Le médecin ne répondit pas. Il se contenta de faire signe à Daniel de le suivre.

— Je vais attendre ici, dit Eli.

Daniel acquiesça d'un signe de tête et suivit le médecin. Ce n'était pas le moment de penser à autre chose qu'à son frère et aux décisions difficiles qu'il allait peut-être devoir prendre. Et pourtant, il se surprit à réfléchir à Eli : en fait, ce n'était pas parce qu'elle avait tenu à l'accompagner à l'hôpital que ses sentiments avaient changé. Ni qu'elle se souciait de lui davantage que toute personne normalement constituée l'aurait fait face à quelqu'un qui traversait une épreuve. De la même façon qu'elle était passée d'agacée et hautaine à aimable et attentionnée le jour où Aidan avait eu son accident, elle pouvait très bien avoir mis leur différend de côté en sachant que cette journée pourrait se révéler éprouvante pour lui. Elle avait peut-être à cœur de lui montrer quelle personne généreuse et empathique elle était.

Le médecin s'immobilisa devant la porte de la chambre d'Aidan et se tourna vers Daniel.

— Attendez-moi ici !

L'attente parut interminable à Daniel. Enfin, le médecin ouvrit la porte et il put entrer. Alors, son cœur fit un bond dans sa poitrine : Aidan était réveillé. Il était sorti du coma.

Eli n'avait pas été autorisée à aller voir Aidan. Tant qu'il était en soins intensifs, les visites restaient réservées à la famille proche. Mais elle fut comblée lorsque Daniel ressortit et partagea la bonne nouvelle avec elle.

Elle proposa de fêter l'événement en prenant un café au Sentient Bean, un établissement proche du manoir.

Était-ce parce qu'elle considérait qu'il y avait trop de non-dits entre eux ? Parce qu'elle estimait qu'ils devaient absolument se parler ? Ou avait-elle pris conscience, en patientant dans cet hôpital, que la vie était brève et pouvait basculer à tout moment ? Toujours est-il qu'en prenant place sur la banquette, près de la baie vitrée qui donnait sur le parc, Daniel eut l'impression qu'Eli n'était plus dans l'état de panique qui l'avait saisie au petit matin.

— L'autre jour, commença-t-elle, quand j'ai discuté avec ma mère au sujet de ce que j'allais faire, retourner à Atlanta ou revenir m'installer à Savannah, je lui ai dit que j'allais laisser le destin décider. Si je reste à Savannah, je dirai adieu à un éventuel poste d'enseignante. Et si je retourne à Atlanta, j'attendrai qu'un poste se libère, justement.

Ce n'était pas exactement une promesse, mais ce n'était pas non plus un non définitif, songea Daniel.

À une époque, il avait été persuadé que le destin s'acharnait contre lui. Mais aujourd'hui, après ces bonnes nouvelles qu'il venait d'apprendre à l'hôpital, il se prit à espérer que la chance veuille bien lui sourire de nouveau.

Voilà pourquoi il ne reparla pas de mariage avec Eli. Il fallait la laisser tranquille, prendre de la distance. Non pas le genre de distance qui pourrait lui faire croire qu'il était en colère contre elle, ou indifférent au point de ne pas juger bon d'en parler. Non, juste assez de recul pour voir si ce qui existait entre eux était appelé à durer ou non.

Il aimait Eli. Il l'aimait depuis très longtemps.

Il avait vécu sans elle durant toutes ces années et n'avait pas l'intention de la laisser partir, mais s'il devait compter sur le destin pour qu'elle reste à Savannah, mieux valait se préparer à la perdre. Il n'entendait pas s'accrocher si son désir profond était de retourner à Atlanta, loin de lui et de la vie qu'il s'était, non sans mal, construite à Savannah.

— Je suis allée voir Aidan à l'hôpital aujourd'hui, annonça Kate.

C'était donc cela ! Eli se disait bien qu'il devait y avoir une raison pour que sa sœur passe ainsi au manoir à l'heure du déjeuner. Ce n'était pas dans ses habitudes.

À l'arrivée de sa sœur, Eli était en train de préparer le matériel nécessaire à son quatrième cours. Le premier avait remporté un tel succès qu'elle avait fait savoir, via le tableau d'affichage du manoir, qu'il pourrait y en avoir d'autres. L'engouement avait été tel qu'elle avait mis sur pied quatre nouvelles sessions et avait même ouvert une liste d'attente.

— Je suis très heureuse qu'il se remette aussi bien, dit-elle à Kate. Comment s'est passée ta visite ?

Kate ne répondit pas tout de suite et Eli, relevant les yeux vers elle, lui trouva un drôle d'air tout à coup.

— Daniel ne t'a rien dit ?

— Qu'était-il censé me dire ? s'étonna-t-elle. Aidan va bien ?

— Si on veut, répondit Kate en l'aidant à disposer le matériel sur la grande table.

— Physiquement, il récupère de façon tout à fait satisfaisante. En revanche, il semble avoir quelques problèmes de mémoire.

Eli suspendit son geste. C'était étrange que Daniel n'ait pas partagé cette information avec elle. Il n'y avait fait aucune allusion.

— Que veux-tu dire, au juste ?

— Pour commencer, il ne sait pas du tout qui je suis.

— Ça t'étonne ? Beaucoup d'eau a coulé sous les ponts, depuis. Et cette soirée de fin d'études désastreuse n'a pas dû lui laisser un bon souvenir. Et il a peut-être choisi de la chasser de sa mémoire.

La remarque n'amusa pas du tout Kate.

— Je suis sérieuse. Il ne se souvient pas de moi. Je lui ai dit que nous étions allés ensemble à cette soirée, pensant que cela lui rappellerait quelque chose. Il a souri et m'a dit qu'il était désolé, mais qu'elle n'évoquait rien pour lui. Et il m'a regardée comme si nous étions restés les meilleurs amis du monde.

— Oh... Tu lui as rafraîchi les idées, alors ?

— Tu plaisantes ? Bien sûr que non ! Que voulais-tu que je lui dise ? Rappelle-toi, tu étais amoureux de moi à l'époque et j'ai accepté que tu m'accompagnes à cette soirée, mais je suis sortie avec un autre garçon ?

— Il finira par s'en souvenir. Que feras-tu alors ? Ou peut-être que tu n'as pas l'intention de retourner le voir ?

— Si, si ! Je me suis proposée pour y aller tous les jours et l'aider à se raser et lui couper les cheveux, si besoin. Il a toujours la main droite dans le plâtre. Je me suis dit que c'était le moins que je puisse faire.

— Ne me dis pas que tu te sens coupable ? Sérieusement, Kate ! Après toutes ces années...

Kate eut un petit haussement d'épaules.

— Bon, en tout cas, ça ne peut pas faire de mal de l'aider un peu tant qu'il en a besoin. Maman, Gigi et toi, vous vous êtes bien occupées de Chloe.

— Avec une joie que tu n'imagines même pas ! D'ailleurs, elle me manque. Elle est au centre de loisirs. C'est son petit chevalet qui est là, ajouta Eli en désignant l'objet.

Une tristesse soudaine l'assaillit en songeant qu'elle ne reverrait peut-être jamais la petite fille. Depuis qu'Aidan était sorti du coma, Daniel l'emmenait à l'hôpital tous les soirs, après être allé la chercher au centre de loisirs. Puis ils rentraient tous les deux chez Aidan... ou ailleurs. Pas au manoir, en tout cas.

Depuis cette nuit qu'ils avaient passée ensemble, Daniel se

montrait… très cordial. Il venait systématiquement la saluer le matin et prenait même un café avec elle plusieurs fois par semaine avant de commencer son travail au manoir, quand il n'était pas allé visiter d'autres chantiers avant. Pourtant, Eli sentait qu'une légère distance s'était créée. Il se comportait avec elle de manière un peu trop distante.

Par exemple, il ne l'avait plus jamais embrassée. Toutefois, elle refusait d'y prêter trop attention. Elle ne pouvait pas lui en vouloir. Après tout, ne lui avait-elle pas fait comprendre on ne peut plus clairement qu'elle avait besoin d'espace ?

Et de l'espace, il lui en laissait depuis. Un peu trop, même.

Chaque jour, il allait seul à l'hôpital, désormais, ce qu'elle trouvait naturel, puisque Aidan était réveillé et se portait de mieux en mieux. Eli voulait leur laisser le temps de se parler, de se retrouver. Tant qu'Aidan avait été dans le coma, elle avait voulu soutenir Daniel, lui apporter du réconfort. Aujourd'hui, elle serait de trop avec les deux frères.

Daniel et elle n'étaient plus sortis ensemble non plus. Ni pour déjeuner ou dîner ni même pour se promener, tout simplement. Il n'y avait eu que le café qu'ils avaient pris ensemble au Sentient Bean. Eli mettait cela sur le compte du nouvel emploi du temps de Daniel, dicté par cette semaine que Chloe passait au centre de loisirs.

Et voilà qu'aujourd'hui, Eli apprenait par sa sœur qu'Aidan avait des problèmes de mémoire. Daniel ne lui en avait rien dit. C'était étrange. Elle ignorait si l'absence de souvenirs se limitait à Kate ou si Aidan ne reconnaissait pas non plus son frère. Ni Chloe. Mon Dieu, pourvu que le problème ne touche pas sa fille ! Ce serait trop dur pour une enfant de cinq ans. Elle ne comprendrait pas.

Mais tout cela, elle l'ignorait. Daniel ne lui avait parlé de rien.

Kate jeta un coup d'œil à sa montre.

— Bon, il faut que je me sauve ! déclara-t-elle. Je suis juste passée dire bonjour. J'ai une cliente au salon dans une demi-heure. J'ai intérêt à me dépêcher.

Après le départ de sa sœur, Eli demeura seule dans la vaste salle. Elle jeta un regard autour d'elle, songeuse, tout en caressant du bout des doigts le petit pinceau en or suspendu à sa chaîne. Elle avait installé son chevalet dans un angle de la pièce et rangé ses brosses dans la boîte ancienne que Daniel lui avait offerte. Elle travaillait à une toile en ce moment. Le tableau était loin d'être achevé, mais elle était très satisfaite de la tournure qu'il prenait.

Elle songea soudain que rien ne l'empêchait de se mettre au travail tout de suite et de passer la journée à peindre si elle en avait envie. Quand Roger l'avait quittée, elle avait dû se reconstruire, repenser du tout au tout le trajet de vie qu'elle avait envisagé jusque-là.

Car, son diplôme universitaire en poche, elle avait cru qu'elle pourrait se consacrer à plein temps à sa carrière de peintre après le mariage. Roger avait terminé ses études de commerce international un semestre avant elle, qui avait souhaité suivre un cours supplémentaire, dispensé par un de ses artistes contemporains préférés. Roger avait tout de suite décroché un très bon poste dans une firme comptable et il devait commencer à travailler pendant qu'elle terminait son semestre.

En l'abandonnant, il lui avait ôté toute possibilité de devenir peintre à plein temps. Elle avait dû trouver un emploi pour subvenir à ses besoins. Devenir enseignante n'était pas ce dont elle avait naturellement envie, mais c'était un débouché logique, compte tenu de ses études, et surtout le moyen le plus sûr d'assurer sa subsistance. Elle s'était donc courageusement mise au travail, et son art avait dû passer au second plan.

Tandis qu'elle examinait son tableau, une vue du parc du manoir à Noël, une évidence la frappa soudain. En fait, elle n'était pas du tout pressée de retourner à Atlanta. Elle n'avait pas franchement envie de reprendre la vie qu'elle menait là-bas. Et elle se sentait plus que prête à courir le risque de revenir s'installer à Savannah pour y retrouver tout ce qui l'avait rendue si heureuse, autrefois.

Les crédits ayant été coupés, il était certain qu'elle ne retrouverait pas un poste d'enseignante en art graphique. Avec un peu de chance, à l'automne, elle se verrait proposer un poste administratif ou, au mieux, un travail d'art thérapeute, par exemple. Il lui faudrait pour cela suivre un stage, se former ; sa proviseure l'avait évoqué.

Elle aimait le contact avec les élèves, mais ce qu'on lui proposerait n'aurait rien à voir avec ce dont elle rêvait. Elle ne s'y sentirait ni satisfaite ni heureuse, elle le savait.

Heureuse comme elle l'était ici, entourée de sa famille, dans le magnifique manoir de son enfance.

Heureuse comme elle l'était quand elle dispensait les cours aux résidents, par exemple.

Et comme elle l'était en compagnie de Daniel...

Que se passait-il ? Qu'est-ce qui n'allait pas chez elle ? Si elle continuait de fuir perpétuellement, non seulement elle s'éloignerait de plus en plus de la femme qu'elle était et de ce qui la passionnait dans la vie, mais elle s'éloignerait également de l'homme qu'elle aimait.

Car elle n'était pas en train de tomber amoureuse de Daniel Quindlin. Elle était déjà amoureuse de lui, et même plus que cela. Elle l'aimait, tout simplement, et cela lui faisait une peur bleue.

Soudain, elle n'eut plus qu'une envie, le retrouver. En espérant qu'il n'était pas trop tard. La seule façon de le savoir serait de prendre l'initiative, de sortir de sa réserve.

Juché sur une échelle dans la salle à manger du manoir, Daniel constatait les dégâts. Car jusqu'à présent, au lieu d'entreprendre des rénovations en profondeur, Wiladean et Zelda s'étaient malheureusement contentées de masquer les problèmes. L'humidité avait poursuivi son œuvre et attaqué le bois, qui avait commencé à pourrir. Ce qui signifiait qu'il allait falloir entreprendre des réparations plus importantes que prévu et qui nécessiteraient davantage de temps. Daniel n'était pas particulièrement pressé de leur annoncer cette mauvaise nouvelle.

— Hé, Daniel !

Wiladean venait d'apparaître dans l'encadrement de la porte.

— Pouvez-vous venir ? J'aimerais vous montrer quelque chose.

— Bien sûr. De quoi s'agit-il ?

Voilà qui allait lui donner l'occasion de lui dire à quoi elle devait s'attendre concernant les travaux.

— J'étais dehors, en train de couper le lierre sur la façade, et j'ai vu qu'il y avait quelque chose de bizarre à l'un des balcons. Vous pouvez venir jeter un coup d'œil ?

Quelque chose de bizarre à l'un des balcons ?

Une image surgit aussitôt dans l'esprit de Daniel. Il revit Eli, si attirante, le premier matin, quand il l'avait aperçue au balcon de sa chambre.

Bon sang, il s'était pourtant promis de ne plus ressasser ce genre de pensées. Il aimait Eli, il l'avait toujours aimée et il l'aimerait toujours. Et parce qu'il l'aimait, il devait la laisser réfléchir sans l'étouffer. Mais bon sang, qu'il était difficile de rester loin d'elle, de lui octroyer l'espace dont elle avait besoin, alors qu'elle était toujours là, présente dans chacune de ses pensées !

— Ça va ? demanda Wiladean.

— Oui, très bien.

Ils descendirent les marches du porche et s'avancèrent dans la cour.

— Bon, tant mieux, parce que j'ai besoin de toute votre attention. Regardez le balcon, là, et dites-moi ce que vous voyez.

Daniel fixa le point que lui désignait Wiladean. C'était le balcon de la chambre d'Eli.

— Je suis désolée, Wiladean, je ne vois rien. Pouvez-vous être plus précise ? Que suis-je censé voir ?

— Quoi, vous ne voyez vraiment rien ? Ça crève les yeux, pourtant.

Daniel plissa les paupières et scruta encore le balcon. Wiladean le saisit par le bras.

— Venez, prenons un peu de recul. Vous verrez mieux depuis l'allée du parc.

— Je devrais plutôt passer par l'intérieur. Je me rendrais mieux compte, objecta Daniel.

Mais Wiladean ne voulut rien entendre. D'une main ferme, elle l'entraîna vers l'allée. Lorsqu'ils y parvinrent, il se retourna et, soudain, un peu plus loin, il aperçut Eli. Celle-ci était assise dans l'herbe, un panier de pique-nique à côté d'elle, son chevalet posé sur ses genoux.

— Il y a Eli là-bas, dit-il à Wiladean.

— Oui, en effet.

— Bon, maintenant, dites-moi ce qui ne va pas avec ce balcon !

— Le balcon ? fit Wiladean comme si elle ne savait pas de quoi il parlait. Ah oui... Oh ! nous verrons plus tard, ce n'est pas urgent. Allez plutôt rejoindre ma petite-fille.

Eli était en train de peindre et Daniel songea qu'il ne fallait pas la déranger. Toutefois, lorsqu'il se tourna de nouveau vers elle, elle lui fit signe d'approcher.

— Allez-y, confirma Wiladean. Je crois savoir que le tableau qu'elle est en train de peindre vous est destiné.

Daniel se sentit désolé pour Wiladean, qui y croyait encore. Elle avait fait tout ce qui était en son pouvoir pour les rapprocher, Eli et lui, mais ça n'allait pas avoir lieu. Du moins, pas dans un proche avenir.

Tôt ou tard, quelqu'un appellerait Eli pour lui proposer un poste. Elle était si talentueuse ! Elle réussissait tout ce qu'elle entreprenait. Ils seraient fous, dans son école, de laisser partir une personne comme elle, quelqu'un de sa valeur.

Et lui aussi serait fou de la laisser partir, d'ailleurs. Seulement, il n'avait pas le choix, cela ne dépendait pas de lui. Jamais il ne la pousserait à faire une chose dont elle n'avait pas envie. Elle avait refusé sa demande en mariage. Il était clair que l'idée de s'engager déclenchait chez elle un vent de panique. Le traumatisme consécutif à ce qu'elle avait vécu avec Roger était énorme.

De nouveau, Eli lui fit signe d'approcher. Il s'excusa auprès de Wiladean et s'avança jusqu'à la jeune femme.

— Bonjour, dit-elle. Merci de venir me rejoindre. Tu as quelques instants à m'accorder ?

— J'ai toujours du temps pour toi.

Il s'assit près d'elle et elle ôta le chevalet de ses genoux pour le poser de côté. Placée comme l'était la toile, Daniel ne pouvait voir ce qu'elle représentait. Cependant, en cet instant, il était surtout préoccupé par ce qu'il avait envie de dire à Eli et il cherchait les mots adéquats : il voulait bien essayer de vivre leur relation en prenant tout le temps qui lui serait nécessaire et…

Il n'eut pas le temps de commencer à parler : déjà, Eli avait sorti de son panier deux coupes et une bouteille de champagne.

— Je sais que nous sommes en pleine journée et que tu travailles. Mais j'ai une nouvelle à t'annoncer et je n'imaginais pas la fêter avec quelqu'un d'autre que toi.

Daniel sentit son cœur se serrer. Il savait ce qu'elle allait dire.

— Tu te souviens que j'avais décidé de laisser le destin choisir à ma place ce que j'allais faire ?

— On t'a proposé un poste ? demanda Daniel en s'efforçant de se montrer enthousiaste.

Eli hocha la tête.

— Curieusement, c'est le travail dont j'ai toujours rêvé, mais certainement pas celui que je m'attendais à obtenir.

— Le comté a finalement décidé de financer ton poste d'enseignante ?

— Non, pas du tout. Aucun crédit n'a été débloqué. En conséquence, je vais donc enseigner l'art ici même, au manoir.

Daniel fronça les sourcils.

— Je ne suis pas certain de te suivre.

Il ne fallait surtout pas s'enthousiasmer trop vite. Il n'allait pas laisser ses désirs obscurcir son jugement, prendre le pas sur la logique. Il n'était pas question de s'emballer, comme il l'avait fait avec cette ridicule demande en mariage.

— Tu veux dire que tu as eu des nouvelles de ton établissement scolaire et qu'ils n'ont pas de poste pour toi ? demanda-t-il pour bien préciser les choses.

— Non, je n'ai toujours aucune nouvelle de ce côté-là. Du coup, cela m'a donné l'occasion de réfléchir. Un homme très avisé m'a dit un jour que la vie ne donne pas souvent de seconde chance et que, lorsque cela se produit, il faut savoir la saisir. J'ai décidé de rester à Savannah.

Daniel sentit son cœur bondir dans sa poitrine.

— Voilà qui mérite un toast, en effet ! s'écria-t-il.

Il leva le verre qu'elle lui tendait et le fit tinter contre le sien.

— Cela veut-il dire que nous pouvons recommencer là où nous nous sommes arrêtés, mais en prenant tout notre temps ?

Eli fronça les sourcils.

— J'imagine que j'avais tellement peur de te perdre que j'ai voulu précipiter les choses, poursuivit-il. Je pensais que cela te donnerait envie de rester...

— Daniel, coupa Eli. Est-ce que tu m'aimes ?

— Oui, je te l'ai dit, répondit-il sans hésiter. Je t'ai toujours aimée et je t'aimerai toujours.

À ces mots, Eli se pencha vers lui et l'embrassa. Un long baiser tendre qui le bouleversa.

— Eh bien, sache que je suis la plus heureuse des femmes, parce que moi aussi, je t'aime, dit-elle lorsque leurs bouches se désunirent. Et je suis prête à prendre tous les risques, désormais. J'ai peint ce tableau pour toi. Oui, je veux que nous reprenions là où nous en étions avant que je cède à la panique. S'il n'est pas trop tard, si je n'ai pas tout gâché... Enfin, voilà...

Elle tourna le chevalet vers lui. Le tableau représentait le manoir Forsyth Galloway. En le regardant de plus près, Daniel aperçut une silhouette féminine à l'un des balcons, celui auquel il avait vu Eli le premier jour. Celui que Wiladean lui avait demandé de regarder tout à l'heure.

Il leva les yeux vers Eli et lut un trouble indicible sur son visage.

— Daniel, veux-tu m'épouser ? souffla-t-elle.

Il demeura un instant interdit.

— Ai-je bien entendu ? finit-il par articuler. Tu me demandes en mariage ?

Eli ferma les yeux et prit une grande inspiration, comme si elle rassemblait tout son courage. Puis elle hocha la tête.

— Mais bien sûr que je veux vous épouser, mademoiselle Elisabeth Clark ! s'exclama-t-il. Vous faites de moi le plus heureux des hommes !

Eli poussa un cri de joie et se jeta à son cou pour l'embrasser follement.

Lorsqu'ils s'écartèrent, hors d'haleine, elle lui sourit.

— Peut-être que le destin est finalement un meilleur allié

que nous le pensions puisqu'il a fini par nous réunir, dit-elle en riant. Cela dit, Gigi a peut-être œuvré encore plus que lui. S'il y a quelqu'un dont il faut reconnaître le mérite, c'est bien elle ! Ce qui me fait penser, justement...

Eli se leva et lança de grands signes en direction du manoir.

Une clameur de joie monta alors du balcon de sa chambre, où Wiladean, Zelda et Kate attendaient la nouvelle avec impatience.

Épilogue

Le jour de Noël, Daniel et Chloe se joignirent à la famille Boudreau-Clark pour un déjeuner de fête au manoir.

La veille, Eli et Daniel avaient joué les pères Noël pour Chloe, la couvrant de cadeaux : poupées, jeux et puzzles. Tous s'étaient mis en quatre pour offrir à la fillette le Noël le plus joyeux possible. Elle fut adorable et très reconnaissante, mais ne put cacher sa déception de ne pas avoir ce qu'elle désirait le plus : le retour de son papa à la maison. Néanmoins, elle faisait preuve de beaucoup de courage, plus qu'on pouvait en attendre d'une petite fille de cinq ans.

Tout le monde s'apprêtait à passer à table pour déguster le délicieux repas préparé par Charles Weathersby, un ami de la famille propriétaire du restaurant Wila, dans le centre historique de Savannah, lorsque Daniel reçut un appel téléphonique.

Il adressa alors un petit signe de tête à Kate et se pencha vers Eli.

— C'est le moment.

Il se leva, imité par Kate, et s'excusa.

— Nous revenons tout de suite, dit-il.

— Où vas-tu, Oncle Daniel ? demanda Chloe.

— On vient de m'apprendre que le Père Noël t'a apporté un autre cadeau. Tu serais heureuse de l'avoir ou tu penses en avoir reçu suffisamment ?

Chloe le regarda et son petit visage se fit grave.

— Le Père Noël m'a déjà apporté beaucoup de choses. S'il veut donner ce cadeau à un enfant qui n'en a pas eu autant, je suis d'accord. Moi, ce que je voulais, c'était mon papa, mais il est toujours à l'hôpital.

Chloe serra très fort Princesse Câline en disant ces mots et, l'espace d'un instant, Daniel craignit qu'elle se mette à pleurer.

— Oh ! je ne sais pas, Chloe..., dit-il. C'est très gentil à toi de penser aux autres, mais peut-être aimerais-tu y jeter quand même un coup d'œil avant de le donner.

La petite fille serra plus fort son chat contre elle, mais ne répondit pas.

Un moment plus tard, Daniel et Kate revenaient dans la salle à manger, poussant Aidan dans un fauteuil roulant.

— Papa ! s'écria Chloe. Le Père Noël m'a apporté mon papa pour Noël !

Elle courut vers lui et referma ses petits bras autour de son cou. Tout le monde avait les larmes aux yeux.

La veille de Noël, Aidan avait été transféré dans un centre de rééducation. Compte tenu de l'amélioration de son état de santé, le médecin avait donné son accord pour qu'il puisse passer quelques heures à l'extérieur et fêter Noël avec sa fille, Daniel et la famille Boudreau-Clark. Aidan avait bon moral et, avec l'aide de Kate, il put déguster les mets qui se succédèrent à table. Durant tout le repas, il tint la main de Chloe dans la sienne.

Lorsqu'on eut débarrassé la table et qu'une pause s'imposa avant de passer au dessert, Daniel entraîna Eli vers la véranda, afin d'être seul avec elle un moment.

— Le Père Noël avait un dernier cadeau et il est pour toi, annonça-t-il.

— Daniel, qu'est-ce que c'est ? Nous avons déjà échangé nos cadeaux.

— Celui-ci est très spécial.

Il s'interrompit un instant, préparant ses mots avec soin.

— Je sais que je t'ai déjà demandée en mariage, et très maladroitement, d'ailleurs. Toi, tu l'as fait avec style. Néanmoins, il manque encore quelque chose.

Il plongea la main dans sa poche et en sortit un joli petit écrin bleu.

— Je craignais que ce ne soit pas véritablement officiel tant que je ne t'aurais pas offert une bague.

Il ouvrit l'écrin et Eli eut le souffle coupé.

— Eli Clark, depuis l'instant où je t'ai vue pour la première fois dans la bibliothèque du lycée, j'ai su que nous étions destinés l'un à l'autre. Veux-tu faire de moi l'homme le plus heureux au monde et devenir ma femme ?

— Oh oui ! s'exclama Eli. Rien ne pourrait me rendre plus heureuse, moi aussi ! Et cette bague est magnifique...

Daniel passa le délicat solitaire au doigt fin d'Eli, puis ils scellèrent cet engagement renouvelé d'un long baiser.

Lorsqu'ils regagnèrent la salle à manger, tout le monde leva son verre pour leur porter un toast.

— À nos futurs mariés ! clamèrent-ils tous à l'unisson.

— C'est mon plus beau Noël, dit Chloe. Non seulement j'ai eu mon papa en cadeau, mais, en plus, j'ai une tata maintenant. Tata Eli !